Rafael Ábalos • Grimpow

Das Geheimnis der Weisen

cbt

Foto: © privat

DER AUTOR

Rafael Ábalos, 1956 in Málaga geboren, war zunächst Dozent der Rechtswissenschaft an der Universität von Granada, bis er sich 1984 in seiner Heimatstadt als Anwalt niederließ. Er hat zwei Romane für Erwachsene veröffentlicht. »Grimpow« ist sein erstes Jugendbuch und sorgte bereits Monate vor Erscheinen international für Furore.

Rafael Ábalos

Grimpow
Das Geheimnis der Weisen

Aus dem Spanischen
von Ilse Layer und
Elisabeth Müller

cbt

cbt

cbt – C. Bertelsmann Taschenbuch
Der Taschenbuchverlag für Jugendliche
Verlagsgruppe Random House

FSC
Mix
Produktgruppe aus vorbildlich bewirtschafteten Wäldern und anderen kontrollierten Herkünften
Zert.-Nr. SGS-COC-1940
www.fsc.org
© 1996 Forest Stewardship Council

Verlagsgruppe Random House FSC-DEU-0100
Das für dieses Buch verwendete
FSC-zertifizierte Papier *Holmen Book Cream*
liefert Holmen Paper Hallstavik, Schweden.

1. Auflage
Erstmals als cbt Taschenbuch Oktober 2008
Gesetzt nach den Regeln der Rechtschreibreform

Die spanische Originalausgabe erschien 2005 unter
dem Titel »Grimpow. El camino invisible«
bei Random House Mondadori, S. L.

Übersetzung: Ilse Layer, Elisabeth Müller
Lektorat: Angela Troni
Umschlagabbildung: © Ferenc Regoes; David Argemi
Umschlaggestaltung: Hauptmann & Kompanie
Werbeagentur, München–Zürich
se · Herstellung: ReD
Satz: Uhl+Massopust, Aalen
Druck: GGP Media GmbH, Pößneck
ISBN 978-3-570-30512-6
Printed in Germany

www.cbj-verlag.de

Für Constantino Bértolo, wen sonst

Inhaltsverzeichnis

Wir leben, so stellen wir fest, in einer
befremdlichen Welt. Wir möchten verstehen,
was wir um uns her wahrnehmen,
und fragen: Wie ist das Universum
beschaffen? Welchen Platz nehmen wir in
ihm ein, woher kommt
es, und woher kommen wir?

STEPHEN W. HAWKING
Eine kurze Geschichte der Zeit

ERSTER TEIL

Die Abtei Brinkum

Eine Leiche im Schnee

Der dichte Nebel hinderte ihn daran, über seine eigenen Fußstapfen in der tiefen Schneedecke hinauszusehen, die sich über die Berge gelegt hatte. Deshalb bemerkte Grimpow die Leiche erst, als er darüberstolperte und hinfiel. Sofort war ihm klar, welch grausigen Fund er da gerade gemacht hatte, und er starrte dem toten Mann, der wie schlafend neben ihm lag, entsetzt ins Gesicht. Voller Angst rappelte er sich sogleich wieder auf, lief so schnell er konnte zur Hütte und stieß dabei dichte Atemwolken aus, wie ein von hungrigen Wölfen gehetztes Reh.

»Was gibt es denn so Dringendes?«, fragte Durlib und öffnete die Tür, gegen die Grimpow wie von Sinnen gehämmert hatte.

»Da… da drüben liegt ein toter Mann!«, antwortete Grimpow, noch völlig außer Atem, und zeigte auf den weißen Tannenwald hinter sich.

Durlib wurde blass. »Bist du dir da ganz sicher, mein Junge?«, forschte er erschrocken nach.

Grimpow begnügte sich mit einem Nicken, während er die beiden Kaninchen, die er an den vereisten Wasserfällen im Tal mit Pfeil und Bogen erlegt hatte, auf einen Baumstumpf fallen ließ.

»Warte, ich muss erst mein Schwert holen«, sagte Durlib.

Er verschwand im Inneren der Hütte, griff nach seinem Fellumhang und schnallte sich sein langes, stets am Eingang hängendes Schwert um die Hüfte.

»Los, mein Junge, bring mich zu der Stelle, wo du den Mann gefunden hast.«

Wie zwei Gespenster machten sich die beiden im Nebel auf die Suche nach dem Leichnam des Unbekannten.

Grimpow schritt zügig vorneweg, den Bogen in der Linken, den Köcher voller Pfeile über der Schulter. Er war bereit, auf alles zu schießen, was sich in der Nähe regte. Sein Herz hämmerte wie wild, während er im Schnee nach seinen eigenen Fußabdrücken Ausschau hielt. Die Spuren waren so deutlich und tief, dass es keinen Zweifel gab. Er musste nur denselben Weg zwischen den Felsen und Tannen zurückgehen, dann würde der Mann, der wie schlafend im Schnee gelegen hatte, wieder vor ihm auftauchen.

»Da ist er!«, rief Grimpow, als er die dunklen Umrisse eines in den Schnee eingesunkenen Leibes ausmachte.

Durlib hielt neben ihm inne.

»Du bleibst hier und kommst erst nach, wenn ich es dir sage«, wies er den Jungen an.

Die Leiche lag auf der Seite, das Gesicht dem diesigen Himmel zugewandt, als hätte der Mann als Letztes den Wunsch verspürt, sich von den Sternen zu verabschieden. Er mochte um die sechzig sein, und nach seiner Kleidung und dem Umhang aus dickem Tuch über seinen Schultern zu schließen, war er von adliger Abstammung, daran hatte Durlib keinen Zweifel. Er ging langsam näher, kniete vor dem Edelmann nieder und schloss ihm die Lider. Das lange Haar, der weiße Bart und die Augenbrauen des Toten waren von winzigen Eisnadeln bedeckt, die Haut war blau angelaufen und die völlig ausgetrockneten Lippen umspielte ein Lächeln.

»Er muss erfroren sein«, erklärte Durlib, nachdem er den Leichnam eingehend untersucht hatte. »Ich kann keine Wunde entdecken, die auf Gewalt hinweist. Wahrscheinlich ist er vom Pferd gestiegen und hat sich gestern Abend im Nebel verirrt. Dann ist ihm die Kälte in die Adern gekrochen und hat ihm das Blut stocken lassen. Aber ich glaube, er ist in Frieden gestorben, trotz seines unglückseligen Endes.«

In diesem Moment sah Durlib, dass die rechte Hand des Toten zur Faust geballt war, als enthielte sie einen wertvollen Gegenstand, von dem sich der Edelmann nicht einmal in den letzten Momenten seines Lebens hatte trennen wollen. Durlib griff nach der starren, gefrorenen Hand und bog mühsam jeden einzelnen Finger auf, bis ein runder, geschliffener Stein von der Größe einer Mandel zum Vorschein kam. Er war von einer eigentümlichen, undefinierbaren Farbe, die sich veränderte, wenn man ihn hin und her drehte.

»Was ist?«, erkundigte sich Grimpow neugierig.

»Komm her«, forderte ihn Durlib auf.

Als Grimpow neben ihm stand und dem Verstorbenen noch einmal ins Gesicht blickte, fand er erneut, dass der Mann aussah, als schliefe er. Vielleicht ist der Tod nur ein friedlicher, ewiger Schlaf, dachte er. Dann bemerkte er den kleinen Stein, den Durlib in der Hand hielt, und fragte: »Was ist denn das für ein Stein?«

»Vielleicht hat der Edelmann ihn als Amulett benutzt und kurz vor seinem Tod in die Hand genommen, als er die Gewissheit hatte, dass er seine Seele Gott anvertrauen muss«, mutmaßte Durlib und warf ihn Grimpow zu. »Nimm du ihn an dich. Von nun an ist dieser Stein mit deinem Schicksal verknüpft«, fügte er in geheimnisvollem Ton hinzu.

Grimpow fing ihn auf. Der Stein fühlte sich trotz der kalten Bergluft warm an.

»Was soll das heißen, er ist von nun an mit meinem Schicksal verknüpft?«, fragte der Junge verwirrt. So rätselhaft hatte Durlib sich noch nie ausgedrückt.

»Wenn er ein Talisman ist, dann beschützt er dich vermutlich vor bösen Geistern und bringt dir Glück«, erwiderte Durlib ungerührt.

»Ich habe doch schon einen Talisman«, entgegnete Grimpow, knöpfte sein Wams auf und zeigte ihm das Leinensäckchen mit den Rosmarinzweigen, das ihm seine Mutter vor Jahren umgehängt hatte.

»Dann hast du jetzt eben zwei und der böse Blick, Flüche und Gift können dir nichts mehr anhaben. Aber wie du am erstarrten Gesicht dieses Edelmannes erkennen kannst, musst du dich vor der Kälte in Acht nehmen. Offenbar hat ihm der Talisman dagegen nicht viel genützt.«

Grimpow musste daran denken, dass seine Mutter immer gesagt hatte, er sei im vierzehnten Jahrhundert zur Welt gekommen und der Vollmond, der in der Nacht seiner Geburt am Himmel geleuchtet hatte, habe ihm alles Glück und Wohlergehen verheißen, welches das unselige Schicksal ihr selbst vorenthalten habe. Während der Junge mit den Fingerspitzen über die polierte Oberfläche des Steins strich, dachte er: Nun werden die Prophezeiungen meiner Mutter in Erfüllung gehen. Doch etwas in ihm ließ ihn auch unwägbare Ereignisse befürchten, die er nur dunkel vorausahnte und die ein tiefes Unbehagen in ihm auslösten. Er führte diese Beklemmung auf die Begegnung mit dem toten Edelmann zurück, dessen lebloser Leib vor ihm lag.

Dabei war dies trotz seines zarten Alters nicht die erste Leiche, die er zu Gesicht bekam. Sobald eine Seuche ausbrach, starben die Menschen in der Gemarkung Ullense wie die Fliegen. Grimpow hatte daher schon die schwarz verfärbten, entstellten Leiber zahlreicher toter Männer, Frauen, Greise und Kinder gesehen, die wie unheimliche Schreckgespenster vor dem Friedhof aufgetürmt gelegen hatten.

All dies ging Grimpow durch den Sinn, als Durlibs erstaunte Stimme ihn aus seinen Gedanken riss.

»Sieh dir diese Kostbarkeiten an!«, rief er freudestrahlend.

Hastig nahm er seinen Fellumhang ab, breitete ihn auf dem Schnee aus und kippte sogleich den Inhalt einer ledernen Satteltasche hinein, die er unter dem Leichnam gefunden hatte. Im Schutz des Nebels blitzten im fahlen Mittagslicht zwei unterschiedlich große Dolche auf, in deren Elfenbeinschäfte Saphire und Rubine eingearbeitet waren. Daneben lagen unzählige Silbermünzen, ein wenig Schmuck, ein versiegelter Brief sowie ein in einer Holzschatulle verwahrtes goldenes Petschaft, womit Könige und Adlige ihre Schriftstücke als echt zu kennzeichnen pflegten.

»Du willst diese Schätze doch nicht etwa an dich nehmen?«, fragte Grimpow erschrocken beim Anblick der größten Kostbarkeiten, die ihm je unter die Augen gekommen waren.

Durlib starrte seinen Begleiter verdutzt an. »Was redest du da, Grimpow! Wir sind Landstreicher und Diebe! Hast du das etwa vergessen?«

»Aber keine Leichenschänder«, gab der Junge unerwartet bestimmt zurück.

»Ich bitte dich!«, erwiderte Durlib versöhnlich. »In meinem langen, elenden Leben als Geächteter und gemeiner Wegelagerer hat mir der Himmel noch nie einen so wertvollen Schatz wie diesen hier vor die Füße gelegt, ohne dass ich dafür Kopf und Kragen aufs Spiel setzen musste. Und jetzt verlangst du von mir, dass ich die Kostbarkeiten nicht an mich nehme? Bist du denn verrückt geworden, mein Junge?«, wollte er erregt wissen.

Grimpow ließ den Stein in der Hand kreisen und suchte nach Argumenten, um Durlib von seinen Absichten abzubringen.

»Wir haben keine Ahnung, wer dieser Mann ist, woher er stammt und wie er in diese Gegend geraten ist. Vielleicht weiß sogar jemand Bescheid, dass er hier vorbeigekommen ist, und macht sich bald auf die Suche nach ihm.«

»Der Neuschnee hat sämtliche Spuren verwischt, darüber brauchst du dir also keine Sorgen zu machen«, erwiderte Durlib, um ihn zu beruhigen.

»Und sein Pferd?«, hakte Grimpow nach.

»Darum werden sich die Wölfe kümmern, falls er überhaupt ein Pferd hatte.«

»Die Wölfe können weder die Zügel noch den Sattel fressen. Wenn die Sachen gefunden werden, wird man uns des Mordes bezichtigen, und wir müssen eines elenden Todes sterben«, erklärte Grimpow schlagfertig.

»Daran habe ich gar nicht gedacht«, räumte Durlib ein und kratzte sich am Kopf. »Vielleicht verstecken wir den Schatz lieber in der Nähe der Hütte und kommen gegen Abend zurück, um den Verstorbenen zu begraben, bevor es dunkel wird. Ein guter Christ überlässt den Leib eines Toten nicht den wilden Tieren. Anschließend nehmen wir als Lohn für die Gefälligkeit den Schatz an uns, dann findet seine Seele ihren Frieden mit Gott und unsere bleibt frei von jeder Sünde.«

Bei den letzten Worten bekreuzigte er sich wie ein predigender Mönch.

»Wir sollten dem Abt von Brinkum Bescheid sagen«, meinte Grimpow trocken.

Durlib machte keinen Hehl aus seiner Verwunderung über den Vorschlag des Freundes. »Dem Abt von Brinkum? Das ist der größte Dieb in dieser Gegend, seit die Welt erschaffen wurde! Wenn er den Schatz zu Gesicht bekommt, streicht er ihn ganz gewiss als Entgelt für die vielen Messen und Gebete ein, die seine Abtei dem Seelenheil des toten Edelmannes jeden Tag widmen wird«, gab Durlib voller Hohn zurück.

»Aber er könnte feststellen, um wen es sich bei dem Toten handelt, und dafür sorgen, dass er in der Klosterkirche beerdigt wird, wie es einem Edelmann gebührt«, entgegnete Grimpow hartnäckig.

»Das Quartier für einen so vortrefflichen adligen Verstorbenen wird der gute Abt sich ebenfalls ohne jeden Zweifel großzügig entlohnen lassen«, erklärte Durlib, und sein Tonfall wurde dabei noch ironischer.

»Damit haben wir nichts zu schaffen«, sagte der Junge verächtlich.

Aus Durlibs plötzlichem Schweigen schloss Grimpow, dass er sich geschlagen gab.

»Ich frage mich, wer wohl mit solch einem Schatz in der Satteltasche allein durch die Berge hier reitet«, meldete Durlib sich nach einer Weile nachdenklich zu Wort.

Grimpow war nicht klar, ob die Frage an ihn gerichtet war oder ob sein Freund sie sich selbst stellte. »Hast du eine Vermutung?«, wollte er wissen.

»Vielleicht ist er einer der Kreuzritter, die vor Jahren mit den Schätzen der Ungläubigen aus dem Heiligen Land zurückgekehrt sind, oder ein Pilger, der in einsamer Buße zu den Reliquien eines heiligen Apostels unterwegs ist, um sich von seinen Sünden reinzuwaschen. Es könnte sich auch um einen entmachteten König aus einem fernen Reich handeln, der mit dem geflohen ist, was in seine Satteltasche gepasst hat, oder um einen Strauchdieb wie wir, der mit dieser prunkvollen Kleidung seine Untaten vertuschen will. Jedenfalls glaube ich nicht, dass er aus der Gegend stammt. Ich habe noch nie derartige Dolche gesehen, aus bestem Eisen und mit so vielen herrlichen Edelsteinen auf den Elfenbeinschäften«, antwortete Durlib wenig überzeugt.

»Offenbar hatte er eine Nachricht zu überbringen«, sagte Grimpow und deutete auf den versiegelten Brief.

Durlib griff danach und betrachtete ihn von allen Seiten. Dann zog er das goldene Petschaft aus der Schatulle und verglich es mit dem Abdruck im Siegellack. Es war eine seltsame Schlange, die sich in den Schwanz biss und so mit ihrem Körper einen Kreis beschrieb, der von unverständlichen Zeichen umgeben war.

»Das Siegel stammt eindeutig von diesem Petschaft«, bestätigte er, nachdem er beide eingehend miteinander verglichen hatte.

»Wenn wir es aufbrechen, erfahren wir vielleicht etwas über den Toten.«

Durlib sah Grimpow erwartungsvoll an, als suchte er im Blick des Jungen nach der Bestätigung, dass auch er den Inhalt des Schreibens kennenlernen wollte. Genau in diesem Augenblick begann Grimpow, die verborgene Macht des Steins wahrzunehmen, während er diesen wie ein Spielzeug mechanisch in der Hand kreisen ließ.

»Brich es auf«, erwiderte er, ohne zu zögern.

Durlib löste das Siegel mithilfe des kleineren Dolchs, doch aus seiner Miene war zu schließen, dass ihnen das Öffnen der Nachricht gar nichts brachte. Sie war nämlich in Geheimschrift verfasst.

»Was haben diese komischen Schriftzeichen wohl zu bedeuten?«, fragte er halblaut.

Grimpow bat ihn um den Brief. Kaum hatte er die Zeilen vor Augen, da reihten sich die Wörter in seinem Kopf auch schon aneinander, als bärge diese seltsame Zeichenfolge keinerlei Geheimnis für ihn.

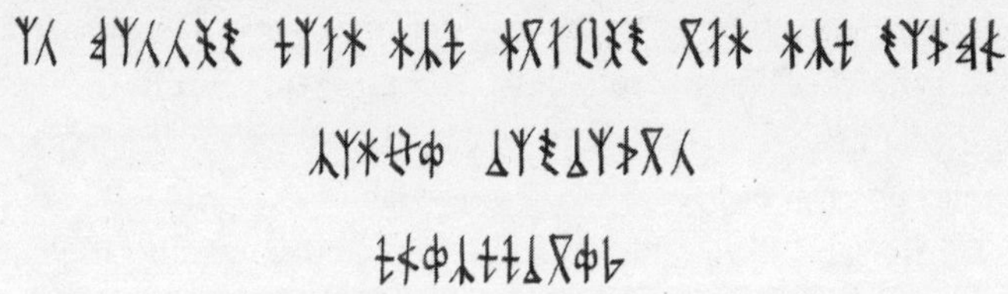

»Im Himmel sind das Dunkel und das Licht. Aidor Bilbicum. Straßburg«, las Grimpow flüssig vor, ohne zu begreifen, warum ihm ausgerechnet diese und keine anderen Worte über die Lippen kamen, während vor seinem geistigen Auge zahllose unwirkliche, wirre Bilder erschienen.

Durlib sah ihn mit einer Mischung aus Verblüffung und Argwohn an. »Wieso verstehst du, was da steht?«

»Ich verstehe es gar nicht«, gab der Junge zu. »Es ist, als könnte ich diese Zeichen lesen, ohne die Sprache zu kennen, genauso wie ich ›Vogel‹ oder jedes andere Wort sage, auch wenn ich es nicht schreiben kann. Ich glaube, es liegt an diesem Stein, dass ich dieses Rätsel lösen konnte«, überlegte er verblüfft.

Gleichzeitig spürte er, wie der seltsame Stein mit seiner Haut zu verschmelzen schien und ihm auf magische Weise ein ganzes Universum an Wissen eröffnete. Er argwöhnte, der tote Edelmann höchstpersönlich habe sich seiner Seele bemächtigt.

Auf einmal verwandelten sich die Eisnadeln in den Haaren und an den Augenbrauen des Leichnams in kleine Wassertropfen, das Gesicht nahm eine rosige Farbe an, und der Körper begann auf dem Schnee zu schmelzen wie eine Wachspuppe in der Hitze des Feuers, bis er gänzlich verschwunden war.

»Bei den Narben eines verprügelten Diebes! Ich will am Galgen von Ullense hängen, wenn hier nicht der Teufel die Hand im Spiel hat!«, rief Durlib ungläubig aus.

Grimpow hingegen war von dem wundersamen Ereignis keineswegs überrascht. »Mir scheint, der Mann ist dorthin zurückgekehrt, wo er hergekommen ist«, erklärte er versonnen. Noch immer spürte er den Stein in der Hand und war sich nicht ganz sicher, ob er gerade wirklich selbst sprach.

Durlib sah ihn entgeistert an. »Was soll das für ein Ort sein, wo sich die Toten wie durch Zauberei in Luft auflösen?«

»Das weiß ich auch nicht genau. Aber seit ich diesen Stein in der Hand halte, sehe ich Dinge, die dir nicht im Traum einfallen würden. Und ich kann es mir beim besten Willen nicht erklären«, antwortete Grimpow.

»Ach komm, red keinen Unfug! Gerade eben hat hier direkt vor unserer Nase die Leiche eines Mannes gelegen und jetzt ist sie nicht mehr da! Das muss die Zauberei eines Schwarzmagiers sein, der mit dem Teufel im Bunde ist«, polterte Durlib los und bekreuzigte sich erneut mit geheuchelter Frömmigkeit.

»Weder Gott noch der Satan hat etwas damit zu tun. Glaub mir«, widersprach der Junge. Er konnte jedoch nicht sagen, wie er zu dieser Erkenntnis kam.

»Also, ich bleibe jedenfalls keine Sekunde länger in diesem verfluchten Wald, um der Sache auf den Grund zu gehen. Sonst schlägt uns das Gespenst des Edelmannes am Ende noch den Kopf ab und spießt ihn auf, damit die Geier uns genüsslich die Augen aushacken können.«

Hastig raffte Durlib den Schatz des toten Edelmannes auf seinem Fellumhang zusammen. Er stopfte alles in die Satteltasche des Verstorbenen und wollte aufbrechen.

»Seit wann glaubst du an Gespenster, Durlib? Irgendetwas sagt mir auch, dass der geheimnisvolle Edelmann eine Mission zu erfüllen hatte, einen wichtigen Auftrag, den er nicht wie geplant zu Ende bringen konnte. Das werden wir nun für ihn übernehmen müssen, als Gegenleistung dafür, dass wir den Schatz behalten«, erklärte Grimpow.

Aus Durlibs Miene zog Grimpow den eindeutigen Schluss, dass sein Freund fürchtete, das Amulett des Edelmannes habe ihn um den Verstand gebracht.

»Er hat sich also diese einsame, verschneite Berggegend ausgesucht, um dem Tod ins Auge zu blicken, uns seine Reichtümer zu vermachen und anschließend zu verschwinden wie Christus nach der Kreuzigung?«, fragte Durlib angriffslustig.

»Vielleicht war er nur auf der Durchreise, vermutlich nach Straßburg, um diesem Aidor Bilbicum den versiegelten Brief zu überreichen«, überlegte Grimpow laut.

Durlib seufzte entnervt und machte so große Augen wie eine Kröte. »Denk, was du willst! Jedenfalls bringen nur der Leibhaftige und sein Gefolge aus Hexenmeistern, Zauberern und Schwarzmagiern solche Wunder zuwege, wie wir es hier soeben erlebt haben – womöglich zu unserem Unglück und Verderben«, begann er. »Wir machen uns also am besten zur Abtei Brinkum auf, bevor die Nacht hereinbricht. Dort nehmen wir am letzten Stundengebet des Tages teil und läutern Körper und Seele mit reichlich Weihwasser. Nur so können wir den Schaden abwenden, den der Geist dieses toten Magiers, Hexenmeisters oder was auch immer uns mit seinen Zaubereien aus dem Jenseits zufügen will.«

»Verstehe, im Grunde bist du genauso abergläubisch wie gefräßig«, stellte Grimpow lachend fest. »Aber dass sich der tote Edelmann, der uns so reich beschenkt hat, an uns rächen will, das glaube ich nicht. Außerdem – was haben wir ihm schon angetan? Wir wollten ihm doch ein christliches Begräbnis neben dem Altar der Abtei Brinkum verschaffen!«, fügte der Junge überzeugt hinzu.

Durlib zog die Augenbrauen zusammen und verlieh so seinen Zweifeln Ausdruck. »Ich vertraue darauf, dass die hellseherischen Fähigkeiten, die dieser Stein dir offenbar verliehen hat, so treffsicher sind wie die Pfeile deines Bogens. Andernfalls befürchte ich, dass der Fluch des toten Edelmannes sich an unsere Fersen heften wird wie der Schatten des Leibhaftigen an einen Besessenen.«

»Vergiss deine Befürchtungen, Durlib! Ich weiß zwar nicht, wozu der Tote und der merkwürdige Stein gut sein sollen, aber wenn ich mich nicht täusche, werden wir mithilfe ebendieses Steins das Geheimnis lüften, das dich so beunruhigt«, erwiderte Grimpow selbstsicher.

»Mir genügen schon die Reichtümer, die Fortuna uns beschert hat, auch wenn sie sich dazu eines toten Edelmannes bedient hat, der über die unheimliche Gabe verfügt, sich unsichtbar zu machen. Solltest du seiner Mission in dieser unserer Welt trotzdem auf den Grund gehen wollen, werde ich dich bestimmt nicht im Stich lassen. Ich bin dabei, wenn uns das Abenteuer lockt wie der liebliche Gesang einer schönen Jungfrau«, schloss Durlib seine Rede ab.

»Dann lass uns unverzüglich nach Brinkum aufbrechen!«, erwiderte Grimpow zufrieden.

Als sie zur Abtei hinabstiegen, hob sich der Nebel in schlanken Schwaden und verfing sich in den löchrigen Wolken zwischen den Tannenwipfeln. Die Schneedecke war inzwischen deutlich dünner, und auf dem schmalen, von dornigen Sträuchern gesäumten Pfad, der ins Tal hinabführte, kamen sie bequemer und leichter voran. Durlibs Furcht vor der Rache des toten Edelmannes schien sich gelichtet zu haben wie der Nebel. Während er neben Grimpow ausschritt, trällerte er eine Melodie, die er stets anzustimmen pflegte, wenn er guter Dinge war.

Durlib spielte die Drehleier, wusste Romanzen vorzutragen und konnte es bei seinen Zauberkunststücken und beim Jonglieren mit den berühmtesten fahrenden Spielleuten und Gauklern der Umgegend aufnehmen. Doch in erster Linie war er ein Gauner und Dieb, der Bauern, Reisende, Pilger, Händler, Nonnen und Ritter um ihre Geldbörse bringen konnte, sei es mit seinem flinken Mundwerk, sei es unter Zuhilfenahme seiner Hände und seines Schwertes. Als er Grimpow im vergangenen Jahr beim Frühlingsfest kennengelernt hatte, arbeitete dieser als Schankbursche. Sie waren sich in der schummrigen, übel riechenden Schenke seines Onkels Fedo begegnet, den alle nur »den Wüterich« nannten. Das Gasthaus in Rhile pflegte Durlib aufzusuchen, um mit seiner Kunstfertigkeit die aus den umliegen den Dörfern stammenden Gäste zu unterhalten.

In einer Gewitternacht, als Durlib gerade einem leichtfertigen Trupp Handwerker bei einer Würfelpartie das Geld aus der Tasche zog, erkannte ihn ein reicher Viehhändler. Der Landstreicher hatte den Mann am Vormittag erst an einer Weggabelung mit der Spitze seines Schwertes bedroht und um seinen Erlös gebracht. Der erboste Händler drückte Grimpow sogleich ein paar Münzen in die Hand, damit er den Dieb nicht aus den Augen ließ und ihm auf Schritt und Tritt folgte. Er selbst wollte inzwischen die Schergen des Stadtherrn alarmieren, der innerhalb der Mauern von Rhile Recht sprach. Sie sollten den Bösewicht dingfest machen und ihn im Morgengrauen unverzüglich auf dem Marktplatz henken. Doch Grimpow empfand diese Strafe für jemanden, der in seinen Augen zwar ein unverfrorener, aber dennoch sympathischer kleiner Gauner war, als allzu grausam. Also klärte er den Dieb sogleich darüber auf, in welcher Gefahr er schwebte, wenn er nicht sofort aus der Schenke verschwand.

Durlib leerte seinen Weinkrug in einem einzigen Zug, wischte sich mit dem Ärmel seines Kittels über den Mund und sagte: »Traurig ist das Schicksal eines Geächteten!« Mit einem Zwinkern in Grimpows Richtung fügte er noch hinzu: »Hat die Schenke einen zweiten Ausgang, durch den ich mich davonschleichen kann, bevor die Soldaten des Grafen mir den Bauch aufschlitzen wie einem mit Eicheln gemästeten Schwein?«

Grimpow machte dem Fremden ein Zeichen, ihm zu folgen. Als der Onkel des Jungen kurz unachtsam war, nutzen die beiden den günstigen Moment und stahlen sich durch den mit Spinnweben verhangenen Weinkeller auf den Hof hinter der Schenke. Dort öffnete Grimpow das Tor, das während der Weinlese den Wagen der Winzer Einlass gewährte, und bat Durlib, kurz draußen zu warten und die Straße im Blick zu behalten. Dann schlich er in den angrenzenden Stall, in dem ein altes Zugpferd stand. Er zäumte es auf, warf ihm eine zerschlissene Decke als Sattel über den Rücken und kehrte mit dem Tier am Zügel zu Durlib zurück.

»Wie kann ich dir deine großzügige Hilfe nur vergelten?«, fragte dieser und machte Anstalten, ein paar Münzen aus dem Beutel zu holen, den er unter seinem Kittel trug.

»Nimm mich mit«, antwortete Grimpow, ohne zu zögern. »Wenn dieser Händler und mein Onkel bemerken, dass ich sie hintergangen habe, peitschen sie mich so lange aus, bis sie mir das Rückgrat gebrochen haben«, fügte er hinzu und warf dem Fremden einen flehenden Blick zu.

Durlib musterte den Jungen und überlegte, was er mit ihm anfangen sollte. Schließlich sagte er lächelnd: »Jetzt steig schon auf diese Schindmähre und lass uns schleunigst das Weite suchen. Wenn meine Verfolger uns schnappen, werde im Morgengrauen nicht nur ich gehenkt, sondern du gleich mit.«

Das ließ sich Grimpow nicht zweimal sagen. Freudig und mit einem akrobatischen Sprung schwang er sich auf das Pferd. Im strömenden Regen machten die beiden sich auf den Weg zu seiner Mutter in Obernault, einem kleinen Dorf, das eine gute Stunde von Rhile entfernt lag. Dort wollten sie die Nacht verbringen.

»Bei deinem Onkel scheinst du dich nicht besonders wohlzufühlen«, bemerkte Durlib. Das Grollen des abziehenden Gewitters übertönte fast seine Worte, während am Himmel immer wieder Blitze zuckten.

»Onkel Fedo ist mit einer Schwester meiner Mutter verheiratet und der Einzige, der in unserer Familie ein Auskommen hat. Als mein Vater vor zwei Jahren an Pocken gestorben ist, hat mich meine Mutter zum Arbeiten zu ihm geschickt. Sie hat es getan, damit ich wenigstens nicht hungern muss und den Beruf des Gastwirts erlerne. In Obernault wird wenig angebaut und der kalte Nordwind vernichtet jedes Jahr fast die gesamte Ernte. Meine Tante ist eine gute Frau, aber mein Onkel ist wahrhaftig ein Wüterich, der unentwegt schimpft und fast täglich seinen Unmut an mir auslässt. Außerdem verflucht und schlägt er mich ständig und peitscht mich regelmäßig aus.«

»Was hast du jetzt vor?«, fragte Durlib, während er unablässig in die Dunkelheit spähte, die sie umfing, seit sie Rhile hinter sich gelassen hatten.

»Wenn du willst, kann ich dein Diener werden«, antwortete er.

»Ein Landstreicher wie ich hat keinen Diener. Außerdem bin ich gern allein und mein unstetes Leben als Geächteter ist keinen Deut besser als das deine in der Schenke deines Onkels.«

»Immerhin kannst du gehen, wohin du willst!«, wandte Grimpow ein.

»Meine Freiheit wird letztlich nur dazu führen, dass ich eines Tages in irgendeinem elenden Dorf gehenkt werde. Ich kann nicht zulassen, dass du mit mir kommst.«

»Dann lass mich wenigstens so lange bei dir bleiben, bis ich meinen eigenen Weg im Leben gefunden habe«, bat Grimpow.

Sie sahen sich beim Reden nicht an, schließlich war es dunkel und Grimpow saß hinter Durlib auf dem Pferd, aber in diesem Moment drehte Durlib sich um und blickte dem Jungen direkt in die Augen.

»Du solltest versuchen, etwas Besseres zu werden als ein gewöhnlicher Strauchdieb, wie ich einer bin«, sagte er.

»Ich wollte immer Schildknappe werden, damit ich den Umgang mit Waffen erlerne und in Schlachten kämpfen kann.«

»In den Schlachten töten die Männer einander, ohne recht zu wissen, warum. Du solltest dir eine andere Beschäftigung suchen.«

Daraufhin trat Schweigen ein, das sie geraume Zeit begleitete, bis Durlib, der sich in der Schuld des Jungen fühlte, erklärte: »Na gut, du kannst bei mir bleiben, wenn du willst. Aber nur für begrenzte Zeit«, schränkte er ein, diesmal ohne sich umzudrehen.

Grimpow wusste, dass seine Mutter sich freuen würde, ihn zu sehen, auch wenn seine Flucht aus der Schenke seines Onkels sie womöglich verstimmte. Als sie bis auf die Knochen durchnässt sein Elternhaus erreichten, erzählte Grimpow ihr, was geschehen war. Seine Zukunftspläne mit Durlib, den er als ehrbaren Spielmann vorstellte, überzeugten sie nicht recht davon, dass sein Berufswechsel von Vorteil sei. Dennoch überschüttete sie ihn, als sie wieder Abschied nahmen, mit Küssen und guten Wünschen. Vielleicht hatte sie einen Moment lang befürchtet, in ihrem Haushalt noch jemanden durchbringen zu müssen. Grimpow hatte außer seinen vier Schwestern zwei weitere kleine Kinder bemerkt, die er nicht einmal kannte.

So begann der Junge also sein neues Leben an Durlibs Seite. Gemeinsam zogen sie durch Dörfer und Städte, stahlen auf Bauernhöfen und Märkten, überfielen Kaufleute und Pilger. Sie gaben sich vor Kirchentüren als Blinde oder Krüppel aus und bettelten, jonglierten und trugen auf Marktplätzen und in Schlössern Romanzen vor. Im Winter wilderten sie in den Bergen. Durlib brachte Grimpow den Umgang mit Pfeil und Bogen bei und zeigte ihm, wie man die Spuren von Kaninchen, Hirschen und Rehen, Luchsen, Bären, Wölfen und Füchsen las. Er lernte, trotz der Entbehrungen der Armut zu überleben, einen guten Freund zu schätzen und in Neumondnächten die Sterne zu betrachten.

All dies ging dem Jungen durch den Kopf, während sie mit ihrem kostbaren Schatz durch den Schnee auf die Abtei Brinkum zustapften, und er hätte sich nicht träumen lassen, dass er sich schon sehr bald für immer von Durlib trennen sollte.

Unverhoffter Besuch

Im fahlen Abendlicht tauchten die Gemäuer von Brinkum als rötliche Steinmasse vor ihnen auf, bedeckt von Dächern, auf denen sich der Schnee türmte. Die Abtei lag im Nordosten von Ullense in einem fruchtbaren Tal, umgeben von Wäldern, Flüssen und Bergen. Sie war vor drei Jahrhunderten von Einsiedlermönchen errichtet worden, die an diesem schönen Ort die Pforten des Paradieses gefunden zu haben glaubten. Der hohe Glockenturm, der sich majestätisch über die anderen Gebäude erhob, diente schon von Weitem als Orientierung für verirrte Pilger und zur Abschreckung von Dämonen.

Es war nicht das erste Mal, dass Grimpow die Abtei mit Durlib aufsuchte. Denn der Abt, ein Mönch mittleren Alters mit den winzigen, ausdruckslosen Augen einer Statue, besaß trotz seines Armutsgelübdes nicht wenige Schmuckstücke und Kleinode. Sie waren sein ganzer Stolz und mehr als einmal hatte er einen Anteil von Grimpows und Durlibs Beute gefordert. Im Gegenzug hatte er ihnen das eine oder andere ausgiebige Mahl mit Wein gewährt. Außerdem durften sie in einer klostereigenen Hütte im Wald überwintern und in den Bergen jagen, und nicht zuletzt drückte der Abt bei ihren Vergehen stets ein Auge zu.

»Wir sollten unseren Schatz lieber verstecken, bevor wir um Einlass bitten, sonst will der Abt nur wissen, was sich in der Satteltasche befindet, und steckt neugierig die Nase hinein«, sagte Durlib, als sie an einer Furt einen Bach überqueren wollten.

Grimpow betrachtete die üppige Pflanzenwelt um sich herum, die hohen Tannen überall und die grauen Felsen, denen der Wind ihre zarte Schneedecke entrissen hatte. Nicht weit von ihnen stand auf einem Steinsockel ein kleines Kreuz, das den Weg zur Abtei wies. Eine geeignete Stelle, um die Satteltasche zu vergraben, dachte er und deutete mit ausgestrecktem Arm darauf.

»Am Fuße dieses Kreuzes ist der Schatz gut aufgehoben«, erklärte er.

Durlib nickte nur und ging mit großen Schritten darauf zu. Er öffnete die Satteltasche und zog die beiden reich verzierten Dolche heraus. Den kleineren gab er Grimpow, den größeren behielt er für sich.

»Steck ihn zwischen Wams und Hose«, forderte er den Jungen auf.

»Glaubst du, uns droht bei den Mönchen irgendeine Gefahr?«, fragte Grimpow verblüfft.

»Nach allem, was ich heute gesehen habe, bin ich lieber vorsichtig«, antwortete Durlib mit einem flüchtigen Lächeln.

Auch er versteckte seinen Dolch unter dem Wams, zog dann sein Schwert aus der Scheide und bohrte hinter dem Sockel mit dem kleinen Steinkreuz ein Loch. Bevor er die Satteltasche hineinlegte, öffnete er sie noch einmal und holte einige Silbermünzen heraus.

»Die tauschen wir beim Abt von Brinkum gegen zwei der Pferde ein, die er mit so viel Hingabe in seinen Stallungen züchtet. Ich weiß nicht recht, wo Straßburg liegt und wie viele Tage wir dorthin unterwegs sein werden, aber zu Pferd ist die Reise gewiss bequemer als zu Fuß.«

Als Grimpow begriff, dass Durlib trotz seines Argwohns genau wie er nach Straßburg wollte, um herauszufinden, was es mit dem Brief des toten Edelmannes auf sich hatte, konnte er es kaum erwarten, in der Abtei anzukommen.

Den Stein hatte Grimpow in das kleine Leinensäckchen mit den Rosmarinzweigen gleiten lassen, das er immer um den Hals trug. Obwohl er nun die Wärme, die der Stein ausgestrahlt hatte, solange er ihn in der Hand gehalten hatte, nicht mehr spürte, nahm er doch unausgesetzt seine Nähe wahr. Es handelte sich keineswegs um einen gewöhnlichen Talisman, so viel war klar. Etwas Unerklärliches, eine Art stummer Ruf aus der Ferne, trieb den Jungen dazu, herauszufinden, was wirklich dahintersteckte. Allerdings waren der versiegelte Brief und das goldene Petschaft ihre einzigen Anhaltspunkte und das bereitete Grimpow Kopfzerbrechen.

Nachdem sie die Satteltasche mit Erde und Schnee bedeckt hatten, schlugen sie den gewundenen Weg zur Abtei ein, der einen Hang hinaufführte.

»Im Himmel sind das Dunkel und das Licht«, wiederholte Grimpow laut die Worte, die er beim Anblick der seltsamen Zeichen ausgesprochen hatte.

»Das klingt wirklich wie die Beschwörung eines Magiers, also sprich den Satz besser nicht so nah bei einer Kirche aus. Sonst schleudert der liebe Gott noch sein himmlisches Licht nach uns und verbannt uns für immer ins Dunkel der Hölle«, verkündete Durlib voller Vergnügen über sein gelungenes Wortspiel.

»Dieser Satz ist sicher weit mehr als das, Durlib. Ich überlege gerade, ob er vielleicht eine Losung ist, ein Schlüssel, dessen wahre Bedeutung einzig dieser Aidor Bilbicum in Straßburg kennt.«

»Nur Magier und Hexenmeister wissen um die Wirkung der Zauberformeln, die sie in ihren Ritualen und Beschwörungen anwenden. Wir reden also über ein und dasselbe. Ich habe einmal gesehen, wie eine alte Hexe einer Frau den Teufel ausgetrieben hat. Die Frau lag die ganze Zeit auf dem Boden und zappelte und sabberte wie ein verendendes Tier. Die Hexe tanzte unentwegt um sie herum, und ihre Worte klangen, als kämen sie aus dem Mund eines teuflischen Ungeheuers.«

»Du redest von Aberglauben und Zauberei, ich dagegen meine weit mehr als das. Ich würde den Satz sogar so deuten, dass im Himmel die Unwissenheit liegt, nämlich die Dunkelheit, aber auch das Licht, womit nichts anderes gemeint ist als Wissen und Weisheit. Der Aberglaube und die Verhexungen, von denen du sprichst, entspringen der Unwissenheit des Volkes. Es gibt weder Götter noch Dämonen, Durlib, sie sind bloß eine Erfindung der Menschen, um sich die Welt zu erklären«, eröffnete Grimpow seinem Freund, erneut erstaunt über seine Wortwahl.

»Bist du sicher, dass wirklich du zu mir sprichst und nicht der Geist des geheimnisvollen toten Edelmannes?«, wollte Durlib wissen und sah den Jungen an, ohne seine Befürchtungen und Bedenken zu verhehlen.

»Was macht das schon für einen Unterschied?«, fragte Grimpow, um eine Antwort verlegen, zurück.

»Das macht sogar einen gewaltigen Unterschied. Wenn der Abt von Brinkum dich hören könnte, würde er denken, du wärst den Dämonen zum Opfer gefallen. Sicherlich würde er dafür Sorge tragen, dass du zur Abschreckung vor ganz Ullense auf dem Scheiterhaufen verbrannt wirst.«

»Selbst wenn du mich jetzt auslachst – ich glaube, genau davor ist der tote Edelmann geflohen«, verkündete Grimpow im Brustton der Überzeugung.

»Ein Grund mehr, in ihm einen von der Inquisition verfolgten Magier, Hexenmeister oder Anbeter der Finsternis zu sehen, deren Seelen im Feuer geläutert werden sollen«, sagte Durlib genau in dem Moment, als sie die Pforte der Abtei erreichten.

Die Nacht senkte sich schon mit dichten Schattenschleiern über das Tal, als ihnen ein scheuer Riese mit gekrümmtem Rücken die Pforte öffnete. Der Diener, den die Mönche Keno nannten, schien für die Neuankömmlinge keine Sympathie zu hegen. Er starrte sie nur wortlos an, als wäre er plötzlich stumm geworden oder als hätte der Wind gerade mit seinen unsichtbaren Händen an die Klosterpforte geklopft.

»Willst du nicht zwei arme Reisende einlassen, die kein Feuer haben, an dem sie sich wärmen können, und auch kein Bett, auf dem ihr müder Leib ruhen kann, mein lieber Keno?«, fragte Durlib mit einer angedeuteten Verbeugung.

Ohne ein Wort schloss der Diener die Pforte wieder und Grimpow und Durlib hörten ihn davonschlurfen. Sie nahmen an, er hole sich bei einem Mönch oder dem Abt die Erlaubnis, sie einzulassen, aber als er nicht wiederkam, betätigte Durlib den Türklopfer noch einmal. Diesmal mit größerer Entschlossenheit.

»Ich komme ja schon!«, flötete eine Stimme auf der anderen Seite.

Es handelte sich um Bruder Brasco, der rund war wie ein Weinfass und immerzu lächelte. Grimpow hatte ihn stets in der Küche und an der Feuerstelle mit allerlei Töpfen, Fleischstücken und Gemüsebündeln hantieren sehen. Der Mönch schob den Riegel zurück, und als er die beiden starr vor Kälte vor sich stehen sah, trat ein spöttisches Lächeln auf seine fleischigen Lippen.

»Herein mit euch, bevor die Kälte euch noch den Atem nimmt und eure Knochen gefrieren«, sagte er. »Darf man erfahren, was uns diesen unverhofften Besuch verschafft?«

»Wir haben beschlossen, die Hütte in den Bergen zu verlassen und nie mehr in diese Eishölle zurückzukehren«, erklärte Durlib und betrat entschlossen die Abtei.

»Die Hölle, die ihr fürchten sollt, besteht nicht aus Eis, sondern aus Feuer. Darin werdet ihr ewig schmoren, außer Gott vergibt euch eure Sünden«, erwiderte der Mönch und verriegelte die Pforte wieder, nachdem auch Grimpow über die Schwelle getreten war.

»Genau diese Absicht führt uns in Eure heilige Stätte, Bruder Brasco. Wir wollen unseren Geist in der Klosterkirche stärken und in Eure Gebete einstimmen, bevor wir zu unserer langen Reise in ferne Länder aufbrechen«, erklärte Durlib mit geheuchelter Frömmigkeit.

»Vermutlich wollt ihr nebenbei auch eure Mägen füllen und im Schutz vor Kälte und Wind bei uns schlafen«, versetzte der Mönch spöttisch.

»Heute Nacht schon«, gab Durlib zu und schüttelte den Schnee von seinem Fellumhang. »Als Lager genügen uns jedoch ein Strohsack und eine Decke im Pilgersaal, und für unser leibliches Wohl geben wir uns mit einem Kanten Brot, einem ordentlichen Stück Käse und einem Krug von dem Wein zufrieden, den Ihr so gut in Eurer Speisekammer versteckt«, fügte er lachend hinzu.

Der Mönch musste ebenfalls schmunzeln. »Dieses Jahr war die Ernte miserabel«, berichtete er. Dann machte er sich auf den Weg zur Küche und bedeutete ihnen, ihm zu folgen.

In der Abtei war alles dunkel. Nur eine Fackel, die am anderen Ende der großen Eingangshalle an einer Steinwand brannte, ließ einen langen, gewölbten Gang erahnen.

»Ihr wollt euch also auf eine lange Reise begeben«, sagte Bruder Brasco, während er seinen riesigen Bauch unter der braunen Ordenskutte vor sich herschob.

»Ganz recht. Und zwar gleich morgen früh«, bestätigte Durlib.

»Wisst ihr denn auch schon, wohin eure Reise euch führen soll?«

»Wir wollen das Ende der Welt suchen!«, antwortete Durlib voller Begeisterung.

»Wie ich gehört habe, befindet sich das *finis mundi* sehr weit von hier, und zwar jenseits der tiefen Meere im Westen. Dort sollen übrigens nur grässliche Ungeheuer und Dämonen hausen«, erklärte der Mönch und machte ein entsetztes Gesicht.

»Manche behaupten aber auch, dort seien die unsichtbaren Pforten zum Paradies zu finden. Es heißt, in diesen fernen Ländern gebe es Gold und Edelsteine in Hülle und Fülle, die Frauen seien die schönsten, die man je gesehen hat, Speisen und Getränke seien stets in Reichweite und man bleibe ewig jung«, versetzte Durlib.

Bruder Brasco warf ihm einen missbilligenden Blick zu und öffnete die Küchentür.

»Die Pforten zum Paradies sind schon in diesem Tal zu finden, das uns Gott als Augenweide erschaffen hat«, widersprach er schroff. »Die Orte, von denen du redest, hat dagegen noch niemand zu Gesicht bekommen. Sie existieren nur in der Einbildungskraft einiger verdorbener, geblendeter Köpfe, die den Versuchungen des Teufels erlegen sind. Du bist doch nicht etwa einer von ihnen?«, fragte der Mönch.

»Ich bin nur ein Unwissender, der die Macht Gottes fürchtet und jeden Tag betet, um in sein Reich zu gelangen«, antwortete Durlib scheinheilig, um die Zweifel des Mönchs zu zerstreuen.

»Ich sehe schon, als Komödiant schneidest du deutlich besser ab denn als Gauner«, befand Bruder Brasco, der nach wie vor lächelte.

Sie betraten die Küche, in deren Mitte noch ein paar dicke

Holzscheite im Kamin brannten, und Bruder Brasco wies ihnen eine Bank an einem Tisch zu. Es herrschte eine solche Hitze, dass sie sogleich ihre Fellumhänge ablegten. In einer Ecke des großen Raumes gab es eine Verbindungstür zum Refektorium. Dort gingen zwei Diener mit Tonschüsseln ein und aus. Von seinem Platz aus konnte Grimpow sehen, dass die Klosterbrüder gerade mit dem Abendessen begonnen hatten. Es herrschte tiefes Schweigen, und einzig die Öllampen, die auf den Tischen verteilt waren, warfen ein schwaches Licht, während die Mönche mit gesenkten Köpfen versonnen das Essen betrachteten. Kurz darauf drang das dumpfe Gemurmel des Mönchs, der mit dem Vorlesen der Psalmen an der Reihe war, an Grimpows Ohren.

Bruder Brasco brachte ihnen ein großes, rundes Brot, für jeden einen Teller heiße Suppe, einige Scheiben Schweinebraten, ein Stück Käse, ein Stück gepökelten Speck und den Krug Wein, um den Durlib gebeten hatte.

»Wenn der Abt dich fragt, was du da trinkst, sag ihm, es sei nur Wasser«, scherzte der Mönch, als er den Krug auf den Tisch stellte.

Dann setzte er sich zu ihnen und machte sich daran, Walnüsse zwischen den Handflächen aufzuknacken.

»Weiß der Abt denn schon, dass wir hier sind?«, fragte Durlib, ohne sein geräuschvolles Schlürfen zu unterbrechen.

»Als Keno mir von eurer Ankunft berichtet hat und ich losgegangen bin, um euch zu öffnen, hatte das Abendessen gerade begonnen. Da wollte ich den Abt nicht stören, um unser Schweigegelübde nicht zu brechen. Ich werde es ihm mitteilen, sobald alle zu Ende gegessen haben, noch bevor er das letzte Stundengebet des Tages in der Kirche abhält. Aber du weißt ja, es ist Christenpflicht, Reisenden und Pilgern ein Dach über dem Kopf anzubieten. Er wird also nichts dagegen einwenden, dass ihr heute Nacht in der Abtei bleibt.«

»Ich muss dringend mit ihm sprechen, bevor er sich in seine Gemächer zurückzieht«, erklärte Durlib nach einem ausgiebigen Schluck Wein.

»Kann ich dir vielleicht weiterhelfen?«, fragte der Mönch neugierig.

»Ich will dem Abt einen Tauschhandel vorschlagen, Pferde gegen Silbermünzen.«

»An Vermögen mangelt es dir derzeit offenbar nicht«, stellte Bruder Brasco fest. »Wer war denn diesmal das Opfer deines Raubzugs?«, fügte er argwöhnisch hinzu.

»Wen sollte ich denn in diesen einsamen Bergen mitten im Winter schon überfallen, wenn nicht einmal Krähen über den Wald fliegen?«, fragte Durlib alarmiert.

»Vielleicht ein Gespenst«, antwortete der Mönch leise, schob sich eine Walnuss in den Mund und knackte sie mit seinen kräftigen gelben Backenzähnen.

Durlib starrte Grimpow mit weit aufgerissenen Augen an, überspielte seine Verblüffung jedoch gleich wieder und versetzte gelassen: »Es handelt sich um Silbermünzen, die ich für einen Anlass wie diesen aufgehoben habe.«

Der Junge verfolgte die Unterhaltung gespannt und stumm, genau wie Keno, der riesige, zurückgebliebene Klosterdiener. Doch dann richtete der Mönch seine Eichhörnchenaugen auf ihn und fragte, als interessierten ihn Durlibs Erklärungen nicht weiter: »Was ist mit dir? Warum bleibst du nicht als Novize in der Abtei und stellst dein Leben in den Dienst Gottes, anstatt in Gesellschaft eines Diebes wie Durlib durch die Welt zu ziehen?«

»Ich will meinen eigenen Weg im Leben finden«, brachte Grimpow schüchtern vor.

»Du wirst keinen heiligeren Weg finden als den von Arbeit und Gebet. Heutzutage wimmelt es in Wald und Flur von Dieben, abtrünnigen Mönchen und Bettlern«, führte Bruder Brasco aus und musterte Durlib dabei vielsagend. »Es gibt keine bessere Zuflucht als das Haus unseres Herrn, um den Versuchungen der Sünde zu entgehen. Hier kannst du alles Mögliche lernen: Latein und Griechisch, Vieh hüten, Gemüse anbauen, Blumen und Heilkräuter sammeln, Kranke versorgen, Handschriften abschreiben, sie ausmalen und übersetzen. Du könntest sogar Küchengehilfe werden und nach meinem Tod meinen Posten übernehmen. Ich hoffe aber, das geschieht erst lange, nachdem ich alt geworden bin«, fügte er mit einem Blick in Richtung Decke hinzu.

»Ich mag das Schweigen nicht«, wandte Grimpow ein, der sich durch die Gesprächigkeit des Mönchs ermuntert fühlte.

Bruder Brasco fand die Antwort offensichtlich komisch, denn er lachte laut auf. »Wie du siehst, ist der Koch von der Einhaltung dieser strengen Ordensregel ausgenommen. Ich könnte mich unmöglich mit den Dienern verständigen, wenn ich dazu nur die Hände benutzen und nicht sprechen dürfte«, erklärte er amüsiert.

»Wahrscheinlich würdet Ihr auch platzen, wenn Ihr einen ganzen Tag lang schweigen solltet«, erklärte Durlib, dem der Wein allmählich die Zunge löste.

Bruder Brasco nahm Durlibs spitze Bemerkung mit Humor, denn er kannte ihn gut genug, um keinerlei Bosheit hinter seinen Worten zu vermuten. Alle lachten gedämpft, um die Stille in der Abtei nicht zu stören.

Nach einer Weile verrieten ihnen das Bänkerücken und die Schritte, dass die Mönche ihr Abendessen beendet hatten und das Refektorium schweigend verließen.

»Entschuldigt mich einen Moment, ich werde den Abt über eure Ankunft in Kenntnis setzen«, bat der Mönch und stand auf.

Kaum war Bruder Brasco aus der Küche gegangen, da fragte Durlib Grimpow leise: »Hast du gehört, was er gesagt hat?«

Grimpow nickte mehrmals.

»Er hat gleich von einem Gespenst gesprochen und damit den Besitzer der Silbermünzen gemeint«, schob Durlib hastig nach.

»Möglicherweise war es nur eine Redensart, um zu erklären, wie du zu diesen Silbermünzen gekommen bist«, überlegte Grimpow.

»Was, wenn der tote Edelmann hier war, bevor wir ihn gefunden haben?«, überlegte Durlib und sah dem Jungen dabei direkt in die Augen, als wollte er seine Gedanken lesen.

Grimpow konnte die Frage nicht beantworten, da Bruder Brasco, gefolgt vom Abt, durch die kleine Tür aus dem Refektorium hereinkam.

»Diese Füchse haben einen schlechten Zeitpunkt gewählt, um ihren Bau in den Bergen zu verlassen«, sagte der Abt lächelnd, sobald er sie beim Kamin erblickt hatte.

Durlib stand auf und lief auf ihn zu, um den großen Ring an der Hand zu küssen, die der Abt ihnen entgegenstreckte. Grimpow tat es ihm nach und spürte das kalte Gold auf den Lippen, als hätte er sie auf ein Stück Eis gedrückt.

Der Abt von Brinkum war nicht nur das Oberhaupt des Klosters, seine Macht erstreckte sich vielmehr über ganz Ullense sowie einen Teil der benachbarten Gemarkung. Angeblich war er einst ein verwegener Ritter gewesen, der mit dreißig Jahren den Waffen abgeschworen hatte, um Mönch zu werden und den Rest seines Lebens fernab der Welt wie ein Einsiedler zu leben. Doch Bruder Brasco hatte Durlib vor geraumer Zeit erzählt, der wahre Grund für die frommen Anwandlungen des Abtes sei eine schöne Dame gewesen, die seine Liebe auf den ausdrücklichen Wunsch ihres Vaters hin verschmähte. Der Abt besuche sie jedoch nach wie vor als Beichtvater in einem nahe gelegenen Schloss und überhäufe sie mit Geschenken und Aufmerksamkeiten.

Daraufhin hatte Grimpow sich vorgestellt, dass diese Dame an ihren zarten Händen einen Teil des Schmuckes trug, den sie als Wegelagerer erbeutet hatten und der dem Abt ebenso viel oder noch mehr Freude bereitete als der Gesang seiner Mönche.

Nachdem der Abt die Neuankömmlinge freundlich begrüßt hatte, wies er Bruder Brasco an, sie im Pilgersaal unterzubringen und nach dem letzten Stundengebet des Tages in seine Gemächer zu schicken, die neben dem Kapitelsaal gelegen waren.

Kaum hatte er die Küche in Richtung Kreuzgang verlassen, gingen der Küchenmönch, Durlib und Grimpow ebenfalls hinaus. Allerdings benutzten sie eine Seitentür, von der aus eine enge Wendeltreppe direkt in den Pilgersaal führte. Sie erklommen die Stufen schweigend und nur im Schein einer kleinen Öllampe, die Bruder Brasco in der Hand trug. Der Saal lag im Dunkeln, und die flackernde Flamme ließ einige Strohsäcke erkennen, die nebeneinander auf dem Boden angeordnet waren. In dem großen, rechtwinkligen Raum mit dem Tonnengewölbe bildeten kleine Rundbogenfenster in einer Seitenwand den einzigen Schmuck. In der Mitte ragte ein dickes, rundes Ofenrohr aus dem Boden, durch das der Rauch aus dem Kamin der daruntergelegenen Küche aufstieg. Dadurch herrschte hier selbst in den strengen Gebirgswintern stets eine angenehme Temperatur, auch wenn in dieser Jahreszeit wegen der Schneedecke im Tal kaum Pilger und Reisende vorbeikamen und nur selten jemand in der Abtei übernachtete.

»Wenigstens müsst ihr heute Nacht nicht das Schnarchen und die Ausdünstungen anderer Gäste ertragen«, sagte Bruder Brasco, während er aus einer altersschwachen Truhe ein paar dicke Wolldecken herauszog.

»Ist es lange her, dass hier jemand geschlafen hat?«, fragte Durlib und schnüffelte wie ein Spürhund.

»Wahrscheinlich seid ihr seit dem Wintereinbruch die Ersten, die diesen Saal betreten.«

Durlib wirkte erleichtert, und Grimpow wusste sofort, was sein Freund dachte. Wenn Bruder Brasco nicht log, war der tote Edelmann offenbar nicht in der Abtei vorbeigekommen, bevor er sich in die Berge aufgemacht hatte. Demnach konnte niemand von seiner Existenz und seinem rätselhaften Verschwinden wissen.

»Allerdings«, fuhr der Mönch fort, wobei er die Stimme senkte und einen vertraulichen Tonfall anschlug, »habe ich die Abtei gestern vor Sonnenuntergang verlassen, um mir ein wenig die Beine zu vertreten. Da glaubte ich, im Nebel einen einzelnen Reiter zu sehen, der zu den Bergen unterwegs war. Ich dachte, er habe sich verirrt und finde im Nebel den Weg zur Abtei nicht. Also habe ich nach ihm gerufen, aber er hat nur den Kopf gedreht und mich angesehen. Seine Augen kamen mir so leer vor wie bei einem Totenschädel. Dann hat er seinen Weg wie eine Seele im Fegefeuer fortgesetzt und ist im Nebel verschwunden.«

Bruder Brascos Worte, in die Schatten hineingesprochen, die um sie herumtanzten, lösten bei Durlib und Grimpow einen heftigen Schauder aus und ließen beide verstummen.

»Habt ihr diesen Reiter in den Bergen denn nicht getroffen?«, fragte der Mönch in das Schweigen hinein und hob die Öllampe, um ihre Gesichter besser sehen zu können.

Grimpow wollte gerade den Kopf schütteln, als Durlib sich räusperte und fragte: »Habt Ihr darüber mit dem Abt gesprochen, Bruder Brasco?«

»Wenn ich das getan hätte, würde der Abt sicher denken, ich sei betrunken gewesen und diese gespenstische Erscheinung sei dem Wein zuzuschreiben«, antwortete der Mönch verächtlich.

»Wart Ihr denn betrunken?«, bohrte Durlib nach, als wäre er der Beichtvater des Mannes.

»Ich schwöre dir bei den Gebeinen des heiligen Tristan de Guillory, dass ich gestern den ganzen Tag nur Wasser getrunken habe.«

»Dann könnt Ihr Euren Augen sicher trauen, denn auch wir haben den geheimnisvollen Reiter heute Vormittag in der Nähe unserer Hütte durch den Wald reiten sehen, als wäre er eine Erscheinung.« Durlibs Worte ließen Grimpow zu Eis erstarren wie den Leichnam, den sie am Morgen im Schnee gefunden hatten.

»Ist das wirklich wahr?«, fragte der Mönch nach, als wären ihm Durlibs Worte ein Trost oder bestätigten eine Überzeugung, an der er selbst zweifelte.

»Meine Hände sollen in den Flammen Eures Herdes lodern, wenn ich Euch anlüge!«, zischte Durlib leise, streckte die Arme aus und hielt dem Mönch die Handflächen entgegen, um seine Aufrichtigkeit zu beweisen.

Einen Moment lang dachte Grimpow, sein Freund wolle ihr Geheimnis preisgeben.

»Es stimmt«, bestätigte der Junge daher schnell Durlibs Worte und berichtete weiter. »Als wir den unbekannten Edelmann vor der Hütte gesehen haben, bin ich auf ihn zugegangen, aber als ich ihn begrüßen und sein Pferd streicheln wollte, haben sich beide in Luft aufgelöst wie ein Traum.«

»Ein unglaublicher, grässlicher Alptraum, würde ich sagen!«, setzte Bruder Brasco aufgeregt hinzu.

»Da haben wir einen solchen Schreck bekommen, dass wir sofort unsere Hütte verlassen und uns zur Abtei geflüchtet haben, wo weder Gespenster noch der Teufel Unterschlupf finden«, erklärte Durlib. Rasch bekreuzigte er sich mit derselben Frömmigkeit wie unmittelbar nach dem Verschwinden des toten Edelmannes.

Der Mönch bekreuzigte sich ebenfalls und sagte leise: »Ich habe schon viele heidnische Legenden über Geister und Dämonen gehört, in denen es um schreckliche Heldentaten von Riesen, Drachen, Nixen, Feen, Hexen, Magiern, Zwergen und Elfen geht. Aber ich habe noch nie ein derart echtes Gespenst gesehen. Das Gesicht des Mannes sah alles andere als menschlich aus, sondern kam mir vor wie das Antlitz eines Teufels, eine dieser Ausgeburten der Hölle, die unsichtbar sind und mutterseelenallein durch die Welt irren, um nach ihrem Tod die Vergehen und Fehler ihres frevelhaften Lebens zu sühnen.«

Durlib betrachtete seinen Plan als gelungen, Bruder Brasco mit seiner Geschichte hinters Licht zu führen – im Übrigen glaubte er auch selbst felsenfest daran –, und fragte erwartungsvoll: »Habt Ihr mit einem Eurer Klosterbrüder über diese heikle Angelegenheit gesprochen?«

»Hältst du mich für verrückt?«, warf ihm Bruder Brasco stirnrunzelnd an den Kopf. »Wenn diese unwirklichen, schrecklichen Ereignisse dem Abt, den Mönchen oder den Bewohnern hier in der Gegend zu Ohren kommen, halten sie dieses Tal mitsamt den Bergen für verflucht. Dann wird kein Mönch, Pilger oder Gläubiger je wieder die Abtei betreten, aus Furcht, dem Gespenst dieses unbekannten Edelmannes zu begegnen und seinen Zorn und Groll auf sich zu ziehen.«

»Vielleicht hat das Gespenst seinen Weg längst fortgesetzt und befindet sich zu dieser nächtlichen Stunde schon auf der anderen Seite der Berge«, mutmaßte Grimpow, um Bruder Brascos Befürchtungen zu zerstreuen.

»Vertrauen wir darauf, dass es so ist«, erwiderte der Mönch.

»Um zu verhindern, dass sich sein unreiner Geist in unseren Seelen einnistet, wollen wir in die Kirche gehen und für unser Seelenheil beten, so wie wir es uns auf dem Weg hierher vorgenommen haben«, schlug Durlib vor.

Zur Klosterkirche führte vom anderen Ende des Pilgersaals eine breite Treppe, die in einen großen Innenhof mündete. Als die drei ins Freie traten, spürten sie die beißende Kälte, während kleine Schneeflocken weiß glitzernd in der Dunkelheit vor ihnen niederschwebten. Sie überquerten den Hof im Laufschritt bis zu einer eisenbeschlagenen Tür, die direkt ins Seitenschiff der Kirche führte, dem einzigen für Reisende und Pilger vorgesehenen Eingang. Im Inneren erhellten einige Öllampen in den Ecken des Mittelschiffs schwach die dicken Säulen. In abenteuerlichen Windungen reichten sie bis zum Deckengewölbe hinauf, das um diese Zeit schwarz war wie der Nachthimmel.

Kaum hatte Durlib das Gotteshaus betreten, da steuerte er auch schon auf das Weihwasserbecken hinter der Tür zu, tauchte die Hand hinein und bekreuzigte sich dreimal hintereinander. Damit hoffte er, den schlechten Einfluss zu bannen, den der Geist des toten Edelmannes möglicherweise auf ihrer beider Leben ausübte. Er zog sogar die Silbermünzen aus einer geheimen Hosentasche und ließ sie verstohlen in das Becken gleiten, um sie von jedem Fluch oder Zauber zu läutern.

Während Bruder Brasco sich hinkniete und das Gesicht mit beiden Händen bedeckte, setzte sich Durlib in eine der mittleren Kirchenbänke neben Grimpow und flüsterte ihm ins Ohr: »Du solltest mit dem Stein dasselbe tun.«

Der Junge achtete jedoch nicht auf Durlibs Worte, sondern richtete seine Aufmerksamkeit auf die Mönche, die zur Komplet, welche die Kirchenglocken kurz zuvor angekündigt hatten, in den Chorraum einzogen. Alle hatten die Kapuzen über die gesenkten Köpfe gestreift, traten mit aneinandergelegten Händen in einer Reihe ein und stellten sich vor ihre Plätze. Grimpow zählte dreißig Männer unterschiedlichen Alters und Aussehens, obwohl alle die gleiche braune Ordenstracht trugen. Dann stimmte einer von ihnen, der Stimme nach zu schließen fast noch ein Junge, einen so sanften, melodiösen Lobgesang an, dass Grimpow augenblicklich in tiefen Schlaf fiel.

Als das Stundengebet zu Ende war, spürte er Durlibs Ellbogen in den Rippen. Das sollte wohl heißen, dass der Abt aus dem Chor auf sie zukam. Noch ganz benommen, schlug Grimpow die Augen auf. Die hohe, schlanke Gestalt des Abtes, die sich im Schein der im Chorraum brennenden Altarkerzen abzeichnete, kam ihm gespenstischer und furchterregender vor als der Leichnam des Unbekannten.

»Es muss ein Wunder geschehen sein, das diese beiden Langfinger auf einmal in unser Stundengebet treibt«, sagte der Abt leise und kniff seine winzigen Augen auch noch zusammen, sobald er in der letzten Kirchenbank angelangt war.

Voller Ehrerbietung standen die beiden auf, und Bruder Brasco antwortete an ihrer Stelle: »Sie haben beschlossen, die Berghütte zu verlassen und an irgendeinem fernen Ort ein sündenfreieres Leben zu führen. Sie wollen gleich morgen früh mit Eurem Segen aufbrechen.«

»Ist das wahr?«, wollte der Abt wissen und musterte Durlib aus zusammengekniffenen Augen.

»Wir wollen nach Straßburg. Vor Einbruch des Winters habe ich gehört, dass noch immer an dem neuen Münster gebaut wird. Vielleicht finden wir dort Arbeit als Steinmetze.«

Grimpow musterte Durlib voller Bewunderung für seine Fähigkeit, Lügengeschichten zu erfinden.

»Steinmetze nehmen ihren Beruf sehr ernst und öffnen die Tore ihrer Zunft niemandem, der nicht vertrauenswürdig ist«, erklärte der Abt.

»Ich dachte, Ihr könntet uns vielleicht dem Bischof empfehlen. Mit Eurer Hilfe finden wir mühelos eine ehrbare Arbeit, damit Grimpow ein Leben fern der Sünde führen kann, da bin ich mir sicher«, schlug Durlib dem Abt schmeichelnd vor.

»Die größte Sünde dieses Jungen besteht darin, dass er schon so lange mit dir zusammen ist. Aber Gott ist barmherzig und wird einsehen, dass das Böse nicht von ihm, sondern von demjenigen ausgegangen ist, der wie ein Vater zu ihm war«, predigte der Abt und ließ dabei seine Knopfäuglein vom einen zum anderen wandern.

»Durlib ist mein bester Freund und ich werde mich nie von ihm trennen«, verteidigte Grimpow seinen Begleiter mit Nachdruck. Zugleich musste er sich auf die Zunge beißen, denn am liebsten hätte er dem Abt unter die Nase gerieben, was er von ihm und seinen Sünden hielt.

Da spürte Grimpow, dass ihn jemand am Ärmel seines Kittels zog. Bruder Brasco wollte ihn auf diese Weise für seinen frechen Ton dem Abt gegenüber rügen.

»Wir gehen jetzt wohl besser in meine Gemächer. Dort könnt ihr mir eure Absichten eingehender schildern, denn mir scheint, ihr wolltet unter sechs Augen mit mir sprechen«, erwiderte der Abt, ohne auf die Provokation des Jungen einzugehen.

Schweigend verließen die Mönche in Reih und Glied den Chor und steuerten wie eine Kolonie Ameisen auf eine nahe Treppe zu. Diese führte direkt in den Schlafsaal, einen lang gestreckten, kargen, hohen Raum mit Holzdecke, auf dessen Boden Strohsäcke nebeneinander aufgereiht lagen. Die Mönche benutzten nicht einmal Decken, um sich vor der Kälte zu schützen, und die kleinen Fenster in der Außenwand des Schlafsaals blieben die ganze Nacht offen, um die eisige Bergluft hereinzulassen.

Bruder Brasco blieb betend in der Kirche zurück, während Durlib und Grimpow den leisen Schritten des Abtes folgten. Sie traten in den Innenhof hinaus und stellten fest, dass es nicht nur aufgehört hatte zu schneien. Auch der Nebel hatte sich völlig gelichtet, und am Himmel zwischen den Wolken klafften große Lücken, in denen die Sterne funkelten.

Durch eine Tür in einer Ecke des Innenhofs kehrten sie ins Hauptgebäude zurück. Ein kurzer, schmaler Durchlass mit einer schwachen Öllampe an der Decke wies ihnen den Weg zum Kreuzgang, der von mehreren Fackeln hell erleuchtet war. Mit einem Mal tauchte vor ihren Augen ein Wald aus Bögen und Säulen von unermesslicher Schönheit auf.

Grimpow blieb stehen, um das Kapitell einer der kleinen Säulen im Kreuzgang zu betrachten, in das eine menschliche, von Löwen umringte Gestalt gehauen war. Darunter stand ein Text, den er ohne Weiteres verstand, obwohl er in Lateinisch abgefasst war:

DANIEL CUM LEONIBUS

Erstaunt über die Neugier des Jungen trat der Abt neben ihn und fragte: »Weißt du, was dieses Bildnis besagt?«

»Es ist eine Darstellung des Propheten Daniel, den seine Feinde wegen seiner Treue zu Gott in eine Löwengrube geworfen haben«, erklärte Grimpow, ohne zu stocken.

Durlib starrte ihn genauso verblüfft an wie der Abt.

»Weißt du denn auch, ob die Löwen den Propheten Daniel gefressen haben?«, hakte der Abt in väterlichem Ton nach und musterte das Gesicht des Jungen eindringlich.

»Nein, das haben sie nicht getan«, antwortete Grimpow. »Ein von Gott gesandter Engel hat den Löwen das Maul verschlossen, sodass sie ihm nichts antun konnten.«

»Wer hat dir denn diese Geschichte erzählt?«, forschte der Abt ein wenig verwirrt nach.

Grimpow war klar, dass er dem Mönch nichts vom Einfluss des seltsamen Steins erzählen durfte. Wenn er indes Durlib anführte, würde der Abt sicher seine niedere Meinung über diesen ändern und sich später beim Tausch der Silbermünzen gegen die Pferde aus seinem Stall großzügig zeigen.

»Durlib hat mir in den Bergen viele Geschichten von Gott erzählt«, erklärte er daher arglos, auch wenn er genau wusste, dass es gelogen war.

Sein Freund errötete leicht. Doch genau wie jedes Mal, wenn er sich mit Hilfe seiner Gewitztheit aus der Schlinge ziehen musste, sagte er, ohne zu zögern: »Nun ja, ich habe dem Jungen nur die Geschichten nahegebracht, die Bruder Brasco mir hin und wieder in der Klosterküche erzählt hat.«

Der Abt betrachtete ihn argwöhnisch. »Zumindest freut es mich zu erfahren, dass in der Hütte der Geächteten und Diebe, in der ihr überwintert, der Name Gottes nicht ungehört verhallt ist«, sagte er und setzte den Weg zu seinen Gemächern fort.

Sie gingen durch den gewölbten Säulengang, am Kapitelsaal vorbei, und betraten schließlich einen rechteckigen, kalten Raum, dessen Wände einen durchdringenden Geruch nach Moder und verbranntem Wachs verströmten.

Der Abt entzündete die Kerzen eines Kandelabers auf einem Tisch, auf dem eine Bibel, ein Stundenbuch sowie einige Pergamentrollen lagen. Sodann bedeutete er ihnen, auf zwei Stühlen Platz zu nehmen, die einem Sessel mit hoher, geschnitzter Lehne gegenüberstanden. Auf diesem ließ er sich selbst mit der Feierlichkeit eines Patriarchen nieder.

»Ihr wollt also gleich morgen früh aufbrechen«, stellte der Abt fest.

»Ganz recht«, bestätigte Durlib. »Mir geht schon seit einiger Zeit durch den Kopf, dass die Berghütte nicht der richtige Ort für Grimpow ist. Ich will nicht, dass er sein ganzes Leben von einem Dorf ins nächste flüchtet, so wie ich es getan habe, seit ich denken kann.«

»Ihr wollt euch also mitten im Winter nach Straßburg aufmachen?«

»Straßburg ist eine reiche, blühende Stadt. Dort werden wir gewiss ehrbar leben können, das sagte ich Euch ja bereits. Ich kenne einen Weg, auf dem wir ohne jede Gefahr über die Berge kommen.«

Während Durlib und der Abt sich unterhielten, tat Grimpow zerstreut und betrachtete die Einbände der zugeklappten Handschriften auf dem Tisch. Zu seiner Überraschung stellte er fest, dass er alle Titel ohne Schwierigkeiten lesen konnte.

»Du weißt, wenn der Junge wollte, könnte er als Novize hier im Kloster bleiben, so wie es schon viele junge Männer adliger und einfacher Abstammung getan haben, seit diese Abtei vor mehr als dreihundert Jahren gegründet wurde.«

»Ich selbst habe es ihm oft ans Herz gelegt und vorhin hat auch Bruder Brasco in der Küche davon gesprochen. Aber der Junge ist ein allzu freier Geist, als dass er sich den strengen, entsagungsvollen Regeln Eures Ordens unterwerfen wollte.«

»Gott hat die Menschen in Adlige, Geistliche und Diener eingeteilt«, erläuterte der Abt und richtete seinen Blick auf Grimpow. »Erstere dienen den Waffen und Letztere dienen Ersteren. Nur wir Geistliche genießen das Vorrecht, Gott dienen zu dürfen. Du bist bloß ein Diener, und die Freiheit, von der du sprichst, ist nichts als Einbildung.«

»Es mag durchaus so sein, wie Ihr sagt, aber Grimpow ist nicht bereit, sich von mir zu trennen, und ich möchte seine Gesellschaft auch nicht missen«, versetzte Durlib und brachte damit wahrheitsgemäß beider Gefühle zum Ausdruck.

»Und du hast nichts dazu zu sagen?«, fragte der Abt Grimpow, der die ganze Zeit geschwiegen hatte.

»Ich glaube, ich würde nie ein guter Mönch werden«, antwortete der Junge nur und tat dann wieder zerstreut.

»Schon gut, wie du willst. Offenbar hast du genauso einen Dickschädel wie dein Lehrer. Nun sagt mir noch, worüber ihr mit mir unter sechs Augen sprechen wolltet«, forderte der Abt Durlib auf, lehnte sich in seinem Sessel zurück und faltete die Hände im Schoß.

Durlib räusperte sich. »Wir brauchen die beiden besten Pferde aus Eurem Stall.«

»Du weißt ganz genau, dass die Pferde aus den Stallungen der Abtei nicht zum Verkauf stehen«, widersprach der Abt unbeeindruckt.

Mit einer geschmeidigen Bewegung glitt Durlibs rechte Hand in die Geheimtasche in seiner Hose. Wie bei einem Zauberkunststück zog er die Münzen des toten Edelmannes heraus und legte sie leichthin auf den Tisch.

Der Abt schnellte ruckartig vor, riss die Augen auf, als er im fahlen Kerzenlicht das Silber funkeln sah, und fragte: »Woher hast du diese Münzen?«

»Ich habe sie vor einiger Zeit in der Nähe von Motville einem venezianischen Seidenhändler gestohlen«, antwortete Durlib kurzerhand.

Der Abt griff nach einer der Münzen, hielt sie sich vor die Augen und untersuchte sie eingehend. »Dass sie aus Silber sind, steht außer Zweifel, aber ich habe noch nie solche seltsamen Zeichen gesehen«, erklärte er.

»Bekommen wir also die Pferde?«, fragte Durlib, um weitere Erklärungen über die Herkunft der Münzen zu vermeiden.

»Ich spreche noch heute Abend mit dem Stallmeister. Morgen könnt ihr zwei Pferde aus unseren Stallungen holen und etwas Reiseproviant einpacken.«

»Werdet Ihr uns auch Euren Segen und eine Empfehlung an den Bischof von Straßburg mit auf den Weg geben?« Durlib nutzte die Großzügigkeit des Abtes gnadenlos aus.

»Beide Wünsche werde ich euch morgen früh erfüllen.«

Der Handel folgte einem Ritual, das Grimpow schon öfter miterlebt hatte: Durlib trug seine Wünsche vor und der Abt erklärte sie für unerfüllbar. Sodann legte sein Freund irgendetwas Wertvolles auf den Tisch, fast immer einen Ring oder ein goldenes Armband, woraufhin der Abt ihnen die Gefälligkeiten ohne Weiteres zusicherte. Der Junge überlegte, ob der Abt bei der Dame seines Herzens wohl genauso vorging.

Sie schickten sich bereits an, die Gemächer des Abtes zu verlassen, als der dumpfe Schlag des Türklopfers gegen das Haupttor wie ein Donner widerhallte und alle Bewohner der Abtei erstarren ließ.

»Wer außer Gaunern wie euch streift wohl in einer Winternacht wie dieser durch die Berge?«, fragte der Abt erstaunt.

Durlib und Grimpow wechselten einen Blick, ohne zu wissen, was sie darauf erwidern sollten.

»Das finden wir am schnellsten heraus, wenn wir nachsehen«, schlug Durlib nach einigen Sekunden vor.

Kaum waren sie in den Kreuzgang hinausgetreten, als weitere Schläge die Stille erneut durchbrachen. Gleichzeitig bemerkten sie hinter den Säulen des gegenüberliegenden Bogengangs die bauchige Gestalt Bruder Brascos, der aus der Küche herbeigeeilt kam, gefolgt von einigen Dienern, die aufgeregt miteinander tuschelten.

»Was ist los? Was soll dieser Aufruhr? Und warum öffnet niemand das Tor?«, fragte der Abt den Küchenmönch, sobald dieser bei ihnen angelangt war.

»Keiner von uns oder den Dienern hat den Mut dazu. Hinter dem Tor hört man derart laut die Rüstungen klappern und die Pferde wiehern, dass es den Anschein hat, als wären die vier apokalyptischen Reiter mit ihrer schrecklichen Gefolgschaft in der Abtei eingetroffen«, erklärte Bruder Brasco keuchend. Er machte den Eindruck, als bekäme er vom schnellen Laufen und dem Schreck, der ihm in die Glieder gefahren war, keine Luft.

Als Grimpow das hörte, bestand für ihn kein Zweifel mehr: Bruder Brasco war davon überzeugt, dass das Gespenst des Edelmannes in den Wäldern die Geister der Toten um sich geschart hatte und nun die Abtei mit seinem unheimlichen Gefolge überfallen wollte. Auch Durlib dachte offenbar so etwas, der Angst nach zu urteilen, die sich auf seinem Gesicht widerspiegelte. Der Junge hingegen ahnte, dass die Reiter am Klostertor unheilvoller und niederträchtiger waren als jedes erdenkliche Gespenst, da sie Geschöpfe aus Fleisch und Blut waren.

»Wir wollen diejenigen willkommen heißen, die so heftig an unsere Tür klopfen, wer auch immer sie sein mögen«, entschied der Abt und übernahm die Führung des improvisierten Gefolges.

Eine ganze Reihe von Mönchen war aus dem Schlafsaal heruntergekommen und hatte sich in der großen Eingangshalle der Abtei eingefunden. Alle warteten aufgeschreckt und gespannt auf die Ankunft des Abtes, und als sie ihn durch den Kreuzgang näher kommen sahen, traten sie zur Seite und bildeten einen schmalen Gang. Einige Mönche trugen brennende Kerzen, während andere die Hände unter dem Skapulier gefaltet hatten, als wollten sie für die Ankömmlinge einen Lobgesang anstimmen.

»Öffnet das große Tor!«, wies der Abt die Diener an.

Das Quietschen der Riegel brachte das Gemurmel der Mönche zum Verstummen. In der stockfinsteren Nacht tauchten die Silhouetten von sechs Reitern mit langen Umhängen auf, die schwarz waren wie ihre Pferde. Große Kapuzen verdeckten ihre durchgefrorenen Gesichter.

»Wer von Euch ist der Abt?«, erklang eine tiefe Stimme vom Rücken eines Pferdes, das unruhig im Schnee scharrte.

Der Abt trat vor, bis er unter dem Sturz des offenen Tores stand. »Ich bin der Abt von Brinkum, aber nun ist die Reihe an Euch, uns Euren Namen und die Eurer Begleiter zu nennen, bevor Ihr die Abtei betretet.«

Eines der Pferde wieherte und bäumte sich auf.

»Mein Name ist Burumar de Gostelle vom heiligen Orden der Dominikaner, Inquisitor von Lyon und Abgesandter von Papst Clemens V. In seinem Namen ersuche ich Euch um Quartier in Eurer Abtei für mich und die Soldaten des Königs von Frankreich, die mich begleiten«, erklärte der Reiter feierlich und streifte seine Kapuze ab. Darunter kam ein mit Narben übersätes Gesicht zum Vorschein, das er mit einem kurzen weißen Bart zu kaschieren versuchte.

Als Bruder Brasco die Worte des Dominikaners vernahm, atmete er erleichtert auf, allerdings verdüsterte sich sein rundes Gesicht sogleich wieder. Denn während die Neuankömmlinge das Tor passierten, stellte der Küchenmönch fest, dass dem letzten Soldaten der Schimmel folgte, auf dem er das Gespenst des toten Edelmannes in die Berge hatte reiten sehen. Nur trug das Tier keinen Reiter mehr.

Eine Geschichte und eine Legende

Die Diener brachten die Pferde in den Stallungen unter, die Mönche kehrten in ihren Schlafsaal zurück, Bruder Brasco begleitete die Soldaten des Königs in die Küche, um sie zu verköstigen, der Abt lud den Inquisitor in seine Gemächer ein, wo dieser bei einem reichlichen Abendessen die Gründe für seinen Besuch darlegen würde, und Durlib zog sich mit Grimpow in den Pilgersaal zurück. Allmählich kehrte in allen Winkeln der Abtei wieder Stille ein.

Auf ihren Strohsäcken und beim spärlichen Schein einer kleinen Öllampe auf dem Boden ließ Durlib Grimpow an seinen Sorgen teilhaben.

»Denkst du das Gleiche wie ich?«, fragte er leise. Sein Kopf lag auf den im Nacken gefalteten Händen, und er starrte an das Deckengewölbe, als blickte er in die Unendlichkeit.

»Ich glaube schon.«

»Der Schimmel ohne Reiter, den einer der Soldaten am Zügel geführt hat, könnte dem toten Edelmann gehört haben«, mutmaßte Durlib.

»Bruder Brasco ist davon überzeugt. Ich habe sein entsetztes Gesicht bemerkt, als sie das Pferd an ihm vorbeiführten«, erwiderte Grimpow.

»Möglicherweise ist es vor den wilden Tieren aus dem Wald geflüchtet und sie haben es unten im Tal gefunden«, überlegte Durlib.

»Mir ist jedenfalls aufgefallen, dass es lahmt.«

Durlib wälzte sich auf seinem Strohsack hin und her, da ihm ein unbarmherziger Floh zu schaffen machte. »Ich befürchte, der Dominikaner wird Fragen stellen und Bruder Brasco könnte sich verplappern. Vor allem, wenn er vorher einige Krüge Wein getrunken hat«, sagte er.

»Bruder Brasco wagt es bestimmt nicht, einem Inquisitor zu erzählen, dass er das Gespenst eines Ketzers in die Berge hat reiten sehen«, beruhigte ihn Grimpow.

»Und dann ist da auch noch der Abt, der sich über die mysteriösen Zeichen auf den Silbermünzen gewundert hat.«

»Du hast recht, aber auch er wird mit dem päpstlichen Abgesandten gewiss nicht über seine Bestechlichkeit sprechen«, wandte Grimpow ein.

»Vielleicht wollen der Dominikaner und die Soldaten ja nur nach Ullense und haben das Pferd rein zufällig im Tal gefunden«, sinnierte Durlib, als wollte er die Angelegenheit herunterspielen.

»Nein«, widersprach Grimpow. »Inzwischen zweifle ich nicht mehr daran, dass der Inquisitor Burumar de Gostelle hinter dem toten Edelmann her war und ihn auf dem Scheiterhaufen brennen sehen wollte. Mir ist nur noch nicht klar, warum. Ich vermute aber mal, dass der versiegelte Brief und der Stein dabei eine große Rolle spielen«, fügte er hinzu. Dann blickte er zu Boden, um sich auf die wirren Bilder zu konzentrieren, die vor seinem geistigen Auge entstanden, als wäre er ein Hellseher.

»Kannst du all das wirklich sehen?«, fragte Durlib, immer noch erstaunt und voller Argwohn über die Visionen seines Freundes.

»Ich sehe nur seltsame Bilder, Durlib, das ist alles«, antwortete Grimpow müde.

»Versuch jetzt ein bisschen zu schlafen. Ich will noch eben mit dem Mönch sprechen, der für die Stallungen zuständig ist, damit unsere Pferde bei Tagesanbruch bereitstehen. Nebenbei versuche ich, etwas über diesen Dominikanermönch in Erfahrung zu bringen und herauszufinden, was ihn hierher führt.«

»Ich habe Angst«, sagte Grimpow und kroch unter die Decke, als wollte sich gleich ein unheilvoller Schatten auf ihn stürzen.

»Dieser wundersame Stein wird dich schützen. Schlaf jetzt, morgen sind wir nicht mehr hier«, versicherte Durlib.

Er stand auf, griff nach der Öllampe und verließ den Pilgersaal über die enge Treppe zur Klosterküche, wo die lebhaften Stimmen der Soldaten des französischen Königs erneut die Schweigeregel brachen.

Grimpow zog im Dunkeln das Amulett aus dem Leinensäckchen und nahm sogleich ein schwaches Schimmern wahr, als hielte er ein Stück Glut in den Fingern. Er öffnete die Hand, und da lag der Stein, lebendig und rötlich funkelnd wie eine gerade erst vom Himmel gefallene Sternschnuppe. Das ungewöhnliche Strahlen des Steins nahm stetig zu, bis es den ganzen Pilgersaal in die Farben des Feuers tauchte und die Rippen des Deckengewölbes so deutlich hervortreten ließ, dass sie wie das Skelett eines riesigen Urtiers wirkten.

Instinktiv ahnte der Junge, dass nichts so bleiben würde, wie es war, und ihm kamen unvermittelt sein Heimatdorf und die elende Behausung seiner Eltern in den Sinn. Er musste an seine ersten Kinderjahre denken, als er Schweine und Ziegen gehütet hatte, an die Erntezeit, an seine übermütigen Spiele und Zänkereien mit den anderen Dorfkindern, ebenso wie an die fröhlichen und traurigen Momente in der Schenke seines Onkels Fedo.

Auf einmal überkam ihn die Gewissheit, dass seine Kindheit für immer vorbei war und in seinem Gedächtnis verschwimmen würde wie Nebelschwaden, die der Wind umhertrieb. Er fürchtete, den kniffligen, gefährlichen Herausforderungen, von denen der leuchtende Stein ihm kündete, nicht gewachsen zu sein. Schließlich war er noch ein Junge und hatte eben erst begonnen, zusammen mit Durlib das grausame Leben der Erwachsenen zu entdecken.

Grimpow wusste nicht, wie lange er geschlafen hatte. Er erinnerte sich nur noch daran, dass er im Traum wirre Bilder vergangener und zukünftiger Zeiten gesehen hatte, unbekannte Gesichter, die in seltsamen Sprachen zu ihm gesprochen hatten, dazwischen unendlich viele unverständliche Zahlen und Zeichen. Deutlich hatte er auch immer wieder Explosionen am Himmel wahrgenommen, die Millionen neuer Sterne entstehen ließen. Außerdem planetarische Umwälzungen, die ganze Erdteile und Weltmeere in wunderschöne, zeitlose Landschaften verwandelten, ewiges Eis, das die Welt unter einem schwarz gefärbten Aschehimmel bedeckte, Seuchen, die die Erde heimsuchten, ungeheure, erbarmungslose Maschinen, die unter entsetzlichem Getöse Feuer spien, Kriege, die Millionen von Männern, Frauen und Kindern vernichteten.

Plötzlich spürte er, wie jemand ihn aus diesem Alptraum aufweckte, und hätte beinah vor Schreck laut aufgeschrien, als er im schwachen Schein einer Öllampe das runzlige, bekümmerte Gesicht eines alten Mönchs sah, den er nicht kannte.

»Los, los, steh auf!«, verlangte der Mann leise.

»Was ist denn?«, fragte Grimpow verschlafen und noch mit halb geschlossenen Augen.

»Jetzt ist keine Zeit für Erklärungen. Du musst so schnell wie möglich fort von hier«, antwortete der Mönch und drängte ihn zum Aufstehen.

»Wo ist Durlib?«, hakte der Junge nach, als er feststellte, dass der Strohsack neben dem seinen leer war.

»Um den kümmern wir uns später, wir müssen jetzt los.«

Der alte Mönch blies die Öllampe in seiner Hand aus, packte mit der anderen Grimpow am Arm und steuerte im Dunkeln geschickt auf die Treppe zu, die in den Innenhof mit der Kirche führte. Erschrocken und so dicht hinter ihm, als wäre er sein Schatten, folgte der Junge ihm aufs Geratewohl, ohne etwas zu sagen. Sie ließen den Zugang zur Kirche links liegen und huschten quer über den Hof. Dort stieß der Mönch, der seinen Begleiter wie einen Blinden leitete, mit der Schulter eine Tür auf und dirigierte ihn durch einen Gang, den der Junge sich lang und unheimlich vorstellte, weil er gar kein Ende nehmen wollte.

In der undurchdringlichen Finsternis konnte Grimpow lediglich das Geräusch seiner Schritte auf den Steinplatten sowie ein fernes Plätschern wie von einem unterirdischen Rinnsal hören, in das sich das schrille Pfeifen der Ratten mischte. Als er mit dem Arm die raue Wand streifte, schloss er daraus, dass sie eine enge Wendeltreppe hinabstiegen. Schließlich blieben sie auf einem Absatz stehen, und der alte Mönch zündete die Öllampe wieder an, wobei seine knochigen, rauen Hände leicht zitterten. Nun erblickte Grimpow zu seinem Entsetzen unzählige aufeinandergetürmte Totenschädel, die ihn aus ihren leeren Augenhöhlen in ihren rechts und links in die Felswände gehauenen Nischen anzustarren schienen.

»Erschrick nicht«, sagte der Mönch, »diese Schädel gehören Toten, denen es nichts mehr ausmacht, wenn jemand wie du vorbeikommt und ihre ewige Ruhe stört.«

Ungerührt vom Entsetzen des Jungen ging der Mönch einige

Schritte weiter und bewegte einen der Totenköpfe, als wollte er ihm den nicht vorhandenen Hals umdrehen. Vor Grimpows angstgeweiteten und überraschten Augen schob sich ein Teil der Wand geräuschvoll zur Seite, bis die Öffnung so breit war, dass problemlos ein Mensch hindurchpasste. Grimpow dachte im ersten Moment, er stehe vor dem Tor zur Hölle, und erinnerte sich daran, was Durlib im Wald in den Bergen über den Fluch des toten Edelmannes zu ihm gesagt hatte.

»Wo bringt Ihr mich hin? Warum sagt Ihr mir nicht, wo mein Freund ist?«, fragte er und wagte nicht, auch nur einen einzigen Muskel seines Körpers zu bewegen.

»Ich bringe dich nur an einen sicheren Ort«, erhielt er zur Antwort. »Jetzt komm, oben erkläre ich dir alles.«

Dabei sah der alte Mönch ihn mit seinen wimpernlosen Augen so gütig an, dass Grimpows Befürchtungen allesamt wie weggeblasen waren. So aus der Nähe schätzte der Junge den Mann auf über achtzig, auch wenn er mit der Frische eines Novizen sprach und sich rasch bewegte. Nur das leichte Zittern seiner Hände und sein gebräuntes Gesicht voller Furchen, die zum Teil so tief waren wie der Abgrund, in den sie gerade gestiegen waren, deuteten darauf hin, dass er nicht mehr der starke, kampferprobte Mann von einst war.

Grimpow beschloss, dem Mönch zu folgen, um baldmöglichst herauszufinden, was passiert war und warum er sich in diesem Loch verstecken musste, das so entlegen und unzugänglich war wie ein Grab. Ohne nach rechts oder links zu blicken, passierte er den Gang mit den Totenschädeln und betrat eine kleine Höhle. Von dort führte eine Wendeltreppe nach oben, eng und gewunden wie im Turm einer Kirche oder einer Burg.

Grimpow stieg hinter dem Mönch die Stufen hinauf. Sie gelangten in einen rechteckigen Raum, dessen Wände allesamt mit Regalen voller Handschriften und Pergamentrollen bedeckt waren. Es gab weder Türen noch Fenster, nur die Luke zu dem schwarzen Treppenschacht, über den sie hergelangt waren. Ein muffiger Geruch mischte sich mit dem angenehmen Duft nach getrockneten Blumen, dessen Ursprung Grimpow nicht ausmachen konnte.

»Wo sind wir hier?«, fragte der Junge, während er die unzähligen Bücher um sie herum bestaunte. Er hatte das Gefühl, er könne sie alle lesen, ohne sie aufschlagen zu müssen, oder ihm sei bereits jedes einzelne Wort bekannt, das auf den vielen Seiten stand.

»In einem Geheimkabinett der Bibliothek.«

Der Mönch stellte die Öllampe auf den Holztisch in der Mitte des ungewöhnlichen Raumes, griff nach einem losen Stück Docht und hielt es in die Flamme. Damit zündete er mehrere Lampen an, die an Ketten von der Decke hingen, sodass der Raum bald in warmes Licht getaucht war. Dann löschte er das Dochtende, indem er Daumen und Zeigefinger über der Flamme zusammendrückte. Dabei fiel Grimpow auf, dass der alte Mönch rabenschwarze Fingerkuppen hatte, und er fragte sich, woher das wohl kam.

»Das Feuer ist der einzige unbarmherzige Feind, der dir in diesen vier Wänden begegnen kann. Wenn du allein bist, musst du beim Anzünden und Löschen der Lampen sehr vorsichtig sein«, schärfte der alte Mann Grimpow ein und ließ sich ermattet auf den Hocker am Schreibtisch in einer Ecke des Raumes sinken.

Grimpow setzte sich dem Mönch gegenüber. »Soll ich hier eingesperrt werden?«, fragte er, von der tristen Einsamkeit einer Gefangenschaft bedrückt, die der alte Mönch ihm in Aussicht stellte, noch ohne dass er den Grund dafür erfahren hatte.

»Hier bist du besser aufgehoben als in einem Kerker voller Ratten und Kellerasseln. Ich kenne keinen bequemeren Ort, um dich vor den Bluthunden in Sicherheit zu bringen, die heute Nacht in der Abtei eingetroffen sind«, antwortete der Mönch.

»Und Durlib? Was ist mit ihm geschehen?«, fragte der Junge verängstigt.

Der alte Mönch senkte den Kopf, und Grimpow schloss aus seiner zerknirschten Miene, dass die Antwort nicht gerade erfreulich ausfallen würde.

»Das weiß ich nicht genau, aber es kann gut sein, dass dein Freund zu dieser Stunde bereits in einem der erwähnten Kerker steckt, damit Burumar de Gostelle ihn verhören kann.«

Bei diesen Worten verspürte Grimpow einen so heftigen Schmerz, als hätte man ihm den Dolch des toten Edelmannes, den er im Hosenbund verborgen trug, in die Eingeweide gestoßen. Seit er den Leichnam im Schnee entdeckt hatte, ahnte er, dass etwas Schlimmes bevorstand, nun begriff er endlich den Grund für seine Unruhe.

»Was, glaubt Ihr, kann Durlib geschehen?«, forschte er nach, besorgt um das Schicksal seines lieben Freundes.

»Das weiß nur Gott allein.«

»Wer seid Ihr, und warum denkt Ihr, dass der Inquisitor von Lyon und die Soldaten des französischen Königs sich für einen Strauchdieb wie Durlib und einen Jungen wie mich interessieren könnten?«, fragte Grimpow neugierig.

Der alte Mönch schnappte nach Luft wie ein Fisch auf dem Trockenen. Grimpow vermutete, dass er aufgrund seines fortgeschrittenen Alters an Atembeschwerden litt.

»Mein Name ist Rinaldo von Metz. Ich wurde am zehnten September 1228 geboren und bin seit über vier Jahrzehnten Bibliothekar in dieser Abtei. Wenn du magst, kannst du mich Bruder Rinaldo nennen«, erklärte der Mönch voller Stolz auf seinen Namen und seine Abstammung.

Grimpow wusste nicht, wie er es ausgerechnet hatte, aber ihm war sofort klar, dass sein Gegenüber bereits fünfundachtzig Lebensjahre vollendet hatte. Instinktiv griff er unter sein Wams und tastete nach dem Dolch. Damit kann ich mir den Bibliothekar vom Leibe halten, falls er mir etwas zuleide tun will, sagte er sich. Für den Bruchteil einer Sekunde schoss ihm der abwegige Gedanke durch den Kopf, Bruder Rinaldo könne verrückt sein, auch wenn er auf den ersten Blick nicht so wirkte.

»Ihr habt mir noch nicht gesagt, was die Inquisition von uns wollen kann«, hakte Grimpow nach, als der Mönch schwieg.

»Auskunft über einen Tempelritter, dem Burumar de Gostelle seit Lyon auf den Fersen ist und der offenbar gestern hier in der Gegend vor seinen Verfolgern in die Berge geflohen ist. Der Dominikanermönch und seine Begleiter haben das Pferd des Flüchtigen am Eingang des Tals aufgefunden. Es hatte an den Beinen Bisswunden von irgendeinem wilden Tier, einem Wolf, einem Luchs oder einem Bären, wer weiß. Unter dem Sattel war eines der sonderbaren Zeichen des Templerordens eingebrannt.«

Es war das erste Mal, dass Grimpow von einem Tempelritter und dem Templerorden hörte, auch wenn er zugleich den Eindruck hatte, diese Geschichte bereits gut zu kennen, wenn auch unbewusst.

»Ein Tempelritter, sagt Ihr?«, fragte er.

»Ganz recht. Du bist zu jung, um von ihnen gehört zu haben, aber es ist noch nicht allzu lange her, da waren die Heldentaten der Ritter vom Tempel Salomons in allen christlichen Reichen bekannt.«

»Weder Durlib noch ich weiß etwas von diesem Tempelritter, von dem Ihr sprecht. Wir haben in den Bergen nie jemanden gesehen«, log Grimpow. Er war außerstande, Bruder Rinaldo von dem Leichnam zu erzählen, den sie im Schnee gefunden hatten, sowie von dem Schatz, dem Brief, dem Stein und der Art und Weise, wie der Leichnam sich vor ihren Augen in Luft aufgelöst hatte.

»Mich brauchst du nicht anzulügen, ich versuche dir nur dabei zu helfen, den Klauen dieses ruchlosen Mönchs zu entkommen. Burumar de Gostelle weiß, dass Durlib dem Abt Silbermünzen mit den eigenartigen Zeichen der Templer gegeben hat und zwei Pferde dafür will.«

»Wie könnt Ihr davon erfahren haben?«

»In den Mauern der Abtei Brinkum geschehen nur selten Dinge, die mir nicht zu Ohren kommen«, antwortete der alte Mönch mit geheimnisvoller Miene. »Aber das tut jetzt nichts zur Sache.«

»Dann hat uns der Abt also verraten?«, wollte Grimpow wissen.

»Ganz recht«, bestätigte Bruder Rinaldo leichthin. »Aber er hat dem Dominikaner gegenüber nur Durlib erwähnt, dich nicht.«

»Warum hat er das getan?«

»Aus Furcht, mit den glühenden Eisen der Inquisition gebrandmarkt zu werden.«

Grimpow hätte vor Wut am liebsten laut geschrien, als er sich ausmalte, was Durlib in den Händen der Schergen des Inquisitors von Lyon alles zustoßen konnte. Er wusste nicht, was genau die Inquisition war, noch warum sie die sogenannten Ketzer folterte und lebendig auf dem Scheiterhaufen verbrannte. Aber irgendwann hatte Durlib ihm erklärt, dass die Kirche Hexen, Magier, Weise und alle Bettelmönche, die ihre Reichtümer und ihre Glaubenslehre nicht anerkannten, bis in den Tod verfolgte.

Das war an einem unheilvollen, heißen Sommertag in Ullense gewesen, kurz nachdem sie sich kennengelernt hatten. Sie hatten auf einem Karren einen armen Teufel in blutbefleckten Lumpen gesehen, gefesselt und mit einem Holzkreuz in der Hand. Aus einer großen Kopfwunde war zwischen verfilzten Haaren eine unförmige Masse aus Hirn und geronnenem Blut ausgetreten, und die gebrochenen Beine des Mannes hingen seltsam verdreht neben der Bank, auf die er gebunden war. Zwei Trommler gingen dem Soldatentrupp voraus, der ihn zum Scheiterhaufen auf den Marktplatz führte, wo er bei lebendigem Leibe verbrannt wurde – unter den Entsetzensschreien des Ketzers und dem Jubel derjenigen, die der grausamen Bestrafung beiwohnten.

»Bringt mich zu Burumar de Gostelle, ich werde ihm die Wahrheit über den Tempelritter erzählen, den er sucht«, bat Grimpow. Er war entsetzt über die Vorstellung, seinen Freund Durlib könne das gleiche Schicksal ereilen wie jenen armen Teufel.

Bruder Rinaldo sah ihn mitfühlend an. »Du meinst, damit könntest du verhindern, dass er euch beide umbringt, sobald er weiß, was er wissen will?«, fragte er mit weit aufgerissenen Augen.

»Das kann ich nicht sagen, aber zumindest verhindere ich dadurch, dass Durlib gefoltert wird. Ich könnte es nicht ertragen, wenn er meinetwegen leiden müsste.«

»Denk nicht länger über etwas nach, was du nicht beeinflussen kannst. Durlib wird sich schon selbst zu helfen wissen. Aber jetzt sag mir eins«, fügte der Mönch hinzu und verstummte für einen Moment, als suchte er nach den richtigen Worten. Schließlich fragte er: »Habt ihr den Tempelritter in den Bergen überfallen, um ihm die Silbermünzen zu stehlen?«

Im ersten Augenblick wollte Grimpow sein Gegenüber anlügen und ihm weismachen, der Edelmann habe sie ihnen dafür geboten, dass sie ihm den Weg durch die Berge zeigten. Doch irgendetwas trieb ihn dazu, Bruder Rinaldo die Wahrheit zu erzählen.

»Nein, ich habe ihn in der Nähe unserer Hütte tot im Schnee gefunden, als ich von der Kaninchenjagd bei den Wasserfällen im Tal zurückkam. Durlib meinte, der Mann habe sich vielleicht von seinem Reittier entfernt und im Nebel in den Bergen verirrt. Er muss in der Nacht erfroren sein.«

»Habt ihr seinen Leichnam begraben?«

Grimpow verneinte erneut, indem er diesmal nur den Kopf schüttelte. Dann fügte er hinzu: »Auch wenn Ihr es nicht glauben werdet – es war nicht nötig. Wir wollten zur Abtei, um dem Abt von unserem Fund zu berichten, damit er den Mann in der Kirche beerdigt, aber plötzlich verschwand der Leichnam im Schnee, als wäre er ein Wesen aus einer anderen Welt.«

Bruder Rinaldos Augen funkelten auf einmal seltsam. »Dann ist es also wahr!«, rief er und riss erneut die wimpernlosen Augen weit auf.

»Was wollt Ihr damit sagen?«, fragte Grimpow verwirrt.

»Dass es ein Geheimnis gibt.«

»Ich verstehe Euch nicht. Zweifelt Ihr denn nicht an dem, was ich Euch erzählt habe?«

»Warum sollte ich an diesem Wunder zweifeln? Ist es etwa kein Wunder, dass die Sonne jeden Morgen im Osten auf- und im Westen untergeht? Steckt etwa kein Geheimnis hinter den Wundern der Natur, hinter den Bahnen des Mondes oder hinter der Reglosigkeit der Sterne?«

»Was hat denn all dies mit dem rätselhaften Verschwinden des Tempelritters zu tun?«, wollte Grimpow nun völlig durcheinander wissen.

»Die alte Legende vom Geheimnis der Templer ist so wahr wie die Geschichte, die du mir erzählt hast«, antwortete der alte Mönch voller Begeisterung. »Genau dieses Geheimnis will Burumar de Gostelle aufdecken. Deshalb hat er auch den Edelmann verfolgt, den du tot in den Bergen gefunden hast.«

»Was für eine alte Legende meint Ihr denn?«, fragte Grimpow just in dem Moment, als vor seinem geistigen Auge undeutliche Bilder vergangener Zeiten und ferner Länder erschienen.

»Bevor ich dir von dieser Legende erzähle, sag mir bitte, ob ihr außer den Münzen noch etwas bei dem Leichnam des Tempelritters gefunden habt.«

Grimpow überlegte erneut, ob er Bruder Rinaldo die Wahrheit sagen oder ihn anlügen sollte, doch schließlich entschied er sich dafür, alles aufzuzählen, was sie in der Satteltasche gefunden hatten. Einzig den Stein aus der Hand des toten Edelmannes, der nun in seinem Leinensäckchen steckte, ließ er unerwähnt.

»Zweifellos ein wertvoller Schatz, den ihr bestimmt an einem sicheren Ort versteckt habt«, mutmaßte der Mönch. »Aber das interessiert mich alles gar nicht. Ich habe dem weltlichen Reichtum bereits vor vielen Jahren entsagt. Erzähl mir lieber von dem Brief und dem goldenen Petschaft. Habt ihr das Siegel aufgebrochen?«

»Durlib hat es getan, und zwar hiermit«, erklärte Grimpow und zog den mit Edelsteinen besetzten Dolch unter seinem Kittel hervor. »Der Brief war voller Schriftzeichen, die weder Durlib noch ich entziffern konnte. Keiner von uns beiden kann lesen und schreiben.« Das war zwar zur Hälfte gelogen, aber auf diese Weise konnte er den Inhalt des Briefes für sich behalten.

Beim Anblick des Dolchs weiteten sich die Augen des alten Mönchs, als wartete er schon seit Jahrzehnten auf das, was Grimpow ihm da erzählte.

»Dieser mit Saphiren und Rubinen besetzte Dolch gehört zweifellos einem Tempelritter«, erklärte der Mann erstaunt.

»Trägst du nicht auch den Brief bei dir?«, setzte er mit ernster Erwartung in seinem faltigen Gesicht hinzu.

»Den haben wir in der Satteltasche beim goldenen Petschaft gelassen.«

»Macht nichts, macht nichts. Alles passt mit der gleichen Präzision zusammen, mit der jede Nacht die Sterne am Firmament erscheinen«, murmelte er vor sich hin.

»Wie meint Ihr das?«, fragte Grimpow.

»Ach nichts. Ich habe nur laut gedacht«, antwortete Bruder Rinaldo gedankenverloren.

Grimpow war überrascht, dass der Mönch nicht wissen wollte, wo Durlib und er den Schatz versteckt hatten. Das bestätigte ihm, dass Bruder Rinaldo tatsächlich nicht an den Silbermünzen und dem Schmuck interessiert war.

»Was ist mit der alten Legende, die Ihr mir erzählen wolltet?«, fragte Grimpow, um den alten Mann aus seinen Grübeleien zu reißen.

Bruder Rinaldo schloss für einige Sekunden die Augen, als schickte er sich an, in die Tiefen seines Gedächtnisses hinabzusteigen, um darin nach den fernen Ursprüngen der Legende um die geheimnisvollen Tempelritter zu suchen. Dann öffnete er langsam die wimpernlosen Augen.

»Im Jahr 1118 reisten neun französische und flämische Ritter, die das Ritterleben leid waren und sich für ein Leben im Kloster entschieden hatten, nach Jerusalem. Sie suchten König Balduin II. in der Absicht auf, die christlichen Pilger zu schützen, die seit dem ersten Kreuzzug in Scharen ins Heilige Land strömten, um dem Grab Christi ihre Ehre zu erweisen. Dort angelangt, ließen sie sich im ehemaligen Tempel König Salomons nieder, wo sie lange Zeit blieben. Sie übten sich in der Versenkung und beteten, auch wenn der Legende zufolge ihre wahre Mission darin bestand, in den Ruinen des Gotteshauses einem

Geheimnis auf den Grund zu gehen. Auf dieses Geheimnis waren die Kreuzritter in uralten Handschriften gestoßen, die sie nach der Eroberung Jerusalems gefunden hatten. Angeblich konnte es denjenigen, die es lüfteten, die Weltherrschaft und sogar Unsterblichkeit einbringen. Neun Jahre nach der Ankunft der neun Ritter im Salomonischen Tempel kehrten sechs von ihnen nach Frankreich zurück, und zwar mit einem riesigen Wagen, der viele Menschen zu der Vermutung veranlasste, sie hätten ihre Mission erfolgreich abgeschlossen.«

Völlig gefesselt von dieser Legende unterbrach Grimpow Bruder Rinaldos Bericht. »Haben sie das Geheimnis, hinter dem sie her waren, denn gelüftet?«, fragte er.

»Das hat man nie eindeutig feststellen können. Aber viele behaupteten damals, die Ritter vom Tempel Salomons seien mit der Bundeslade, der die Bibel eine übernatürliche Macht zuschreibt, nach Frankreich zurückgekehrt und hätten sie erneut an einem unbekannten Ort vor den Augen der Menschheit verborgen. Andere waren indes überzeugt, dass die neun Ritter in Wirklichkeit in den Stallungen des Salomonischen Tempels den Heiligen Gral gefunden hatten.«

»Den Heiligen Gral?«

»Der Heilige Gral ist der Kelch, aus dem Christus beim Abendmahl den Wein getrunken hat«, erklärte er. »Dieser sagenhafte Becher besaß angeblich wundersame Eigenschaften, die jegliches menschliche Vorstellungsvermögen übersteigen.«

»Stimmt das wirklich?«, fragte Grimpow, denn er ahnte, dass sein Stein etwas ganz anderes war als das, wovon der alte Mönch da erzählte.

»Das weiß ich nicht«, räumte der Mönch ein. »Fest steht nur, dass der Templerorden kurze Zeit später aus Tausenden von Mönchssoldaten bestanden, sich rasch in ganz Europa ausgebreitet und in jedem Reich eine Vielzahl von Komtureien, Kirchen und Burgen errichtet hat. Die Tempelritter gelangten zu so viel Macht und Reichtum, dass sogar die Könige ernsthaft geglaubt haben, sie hätten einen Schatz von unvergleichlichem Wert entdeckt.«

»So reich und mächtig waren sie?«, fragte Grimpow neugierig.

»Ja, sie waren sogar reicher und mächtiger als je ein König oder Kaiser«, antwortete Bruder Rinaldo.

»Warum werden sie dann jetzt verfolgt?«

»Ich habe die Geschichte von einigen Brüdern erfahren, die aus Paris in die Abtei gekommen sind. Demnach ließ sich der französische König Philipp IV., der trotz seiner Hässlichkeit und seines Eulengesichts den Beinamen der Schöne trug, von Habgier und Grausamkeit blenden. Vor sechs Jahren befahl er seinen Soldaten, alle Tempelritter in seinem Reich gefangen zu nehmen. Damit verfolgte er die unrühmliche Absicht, sich ihrer Burgen zu bemächtigen, ihnen ihre Schätze zu rauben und ihre Geheimnisse zu lüften. Hunderte von kampferprobten Tempelrittern wurden eingesperrt, gedemütigt und zu Tode gefoltert. Man klagte sie zu Unrecht an, Christus zu verleugnen, auf das Kreuz zu spucken und einen Teufelsgötzen namens Baphomet anzubeten. Viele Templer gestanden unter den entsetzlichen Qualen der Inquisition ihre Schuld und endeten später erbarmungslos auf dem Scheiterhaufen. Selbst Papst Clemens V. bat sämtliche christlichen Herrscher aus Furcht vor dem Zorn des französischen Königs, alle Templer zu verfolgen, die sich auf ihrem Territorium versteckten, anstatt sich für diejenigen einzusetzen, die seinen Vorgängern bei den Kreuzzügen fast zwei Jahrhunderte lang zur Seite gestanden hatten.«

»Hat der Inquisitor deshalb den Tempelritter bis in die Berge verfolgt?«, fragte Grimpow. Er glaubte, alles verstanden zu haben, was der alte Mönch ihm erzählte, und stellte zufrieden fest, dass er mit seiner Vermutung richtig gelegen hatte.

»Einerseits ja. Aber soweit ich heute Nacht das Gespräch des Dominikaners Burumar de Gostelle mit dem Abt verfolgt habe«, antwortete der Mönch und rutschte unruhig auf dem Sitz herum, »hat der letzte Großmeister der Templer, Jacques de Molay, der nach wie vor mit anderen Komturen des Ordens im Turm des Pariser Templergebiets gefangen gehalten wird, ein Geständnis abgelegt. Er sagte seinen Peinigern, dass das Geheimnis des Salomonischen Tempels nur einem kleinen Kreis von Weisen bekannt war. Niemand hat es je zu Gesicht bekommen, nicht einmal er selbst.«

»Ihr glaubt also, dass der unbekannte Edelmann etwas mit diesem Geheimnis zu tun hatte?«, fragte Grimpow, um wieder Klarheit in seine Gedanken zu bringen.

»Burumar de Gostelle ist davon überzeugt, dass es sich so verhält«, versicherte Bruder Rinaldo. »Und nach dem verschlüsselten Brief und dem goldenen Petschaft zu urteilen, das dein Freund Durlib und du bei dem Mann gefunden habt, zweifle auch ich nicht daran«, fügte er hinzu.

»Aber was, wenn die Legende erfunden ist?«, forschte Grimpow, denn er wollte nicht zugeben, dass sich der Schlüssel zu dem Geheimnis der Templer in der vergrabenen Satteltasche befinden konnte.

»Außer der Sache mit dem Geheimnis aus dem Tempel Salomons ist alles, was ich dir gerade erzählt habe, so wahr wie die Tatsache, dass wir zu dieser nächtlichen Stunde wach sind. Das ist Geschichte, keine Legende«, antwortete er.

Auf einmal fiel Grimpow etwas auf, was er bis zu diesem Augenblick nicht bedacht hatte.

»Ihr wart ein Tempelritter, bevor Ihr Euch in diese Abtei zurückgezogen habt, nicht wahr?«, fragte er.

Auf dem Gesicht des alten Mönchs zeichnete sich Unruhe ab. Er kniff die Augen zusammen und ließ den Blick über die Handschriften in den Regalen schweifen.

»Ganz recht, das war ich einmal, aber es ist schon so viele Jahre her, dass mein schwerfälliges Gedächtnis die Auskunft verweigert, warum ich mich davon abgewandt habe«, räumte er ohne Kummer ein.

»Vielleicht denkt Ihr nicht gern daran zurück, was Ihr damals getan habt«, mutmaßte Grimpow.

»Schon möglich«, erwiderte der Mönch und sah den Jungen an, als betrachtete er einen Propheten.

Grimpow nahm wahr, dass Bruder Rinaldos Hände zitterten, was dieser zu überspielen versuchte, indem er sie in den Schoß legte. Nach einem Moment tiefen Schweigens erzählte er von den Wechselfällen seines Lebens, seit er als Junge, kaum älter als Grimpow, in die Komturei eingetreten war. Sie wurde von den Tempelrittern in seiner kleinen Geburtsstadt Metz in Lothringen im Nordosten Frankreichs unterhalten, und er kam auf Empfehlung eines Onkels hin, der damals dort Komtur war.

Seit seinem sechzehnten Geburtstag hatte er im Heiligen Land gelebt und dort die Templerburgen von Safed, Tripolis, Damaskus, Gaza, Galiläa, Damietta und Akkon mit dem Schwert gegen die Ungläubigen verteidigt. Zusammen mit Ludwig IX. hatte er am siebten und achten Kreuzzug teilgenommen. Der König von Frankreich hatte die christlichen Heere angeführt und war 1270 mit weiteren Mitgliedern der Königsfamilie vor den Toren von Tunis an der Pest gestorben.

»Im selben Jahr hatte ich den Anblick all der Leichen, all der verstümmelten Körper und des vergeblich im Namen Gottes vergossenen Blutes satt und beschloss, mich von der Welt, ihrer Grausamkeit und ihrem Elend abzuwenden. Ich suchte Zuflucht in der abgelegenen Abtei Brinkum, ohne andere Absichten als die, den Rest meines Lebens mit dem Studium der wertvollen Handschriften ihrer umfangreichen Bibliothek zuzubringen. Die Bücher, die du hier siehst, hat die Kirche allesamt verboten, sie werden seit Jahrhunderten an diesem Ort aufbewahrt. Hier sind sie vor den neugierigen Blicken der Mönche sicher«, schloss er mit einem Seufzer.

»Habt Ihr sie alle gelesen?«, fragte Grimpow und blickte sich verwundert um.

»Jedes einzelne«, antwortete er stolz. »Sie enthalten so viel Weisheit, dass selbst mir oft Zweifel an der Existenz Gottes gekommen sind.«

»Ich verstehe Euch nicht«, erwiderte Grimpow.

»Wenn die Vorstellung von Gott als dem Schöpfer des Himmels und der Erde uns dazu dient, die Dinge um uns herum zu erklären, fällt es schwer, an ihn zu glauben, sobald man den Himmel und die Erde aus sich selbst heraus erklären kann. Viele Weise haben dies ansatzweise erreicht, und ihre durchdachten Theorien stehen in diesen wunderbaren Büchern, die die Inquisition als ketzerisch bezeichnet. Aber selbst wenn ich Gottes Existenz nicht in Zweifel ziehe, werde ich nie wieder an den kriegerischen, unbarmherzigen Gott glauben, den die Päpste, Könige und Kaiser verehren, um ihre Habgier zu befriedigen«, erklärte er erregt. »Als ich aus dem Heiligen Land zurückgekehrt bin, habe ich festgestellt, dass viele Bettelmönche Barmherzigkeit und Armut predigten und deshalb verfolgt und eingesperrt wurden. Sogar die ersten Tempelritter verschrieben sich während ihres langen, neun Jahre währenden Aufenthalts in Jerusalem Armut und Weisheit. Aber die Gründung des Ordens und der Lauf der Zeit machten sie zu Kriegern, die genauso ehrgeizig und hochmütig waren wie ihre heutigen Feinde. Nur einige wenige blieben ihren Vorsätzen treu und wurden zu den einzigen Erben des Geheimnisses der neun Ritter vom Tempel Salomons. In der Legende, die ich dir erzählt habe, werden diese Tempelritter, die nie das Schwert erhoben haben, ›die Auserwählten‹ genannt.«

»Wieso?«, fragte Grimpow, an der neuen Richtung interessiert, die seine Unterhaltung mit dem alten Mönch nahm.

»Ein Auserwählter zeichnet sich durch seine Wissbegier aus, die ihn nicht eher ruhen lässt, als bis er die Beschaffenheit der Welt erkundet hat. Damit trägt er seinen Teil zu der über die Menschheit hinausreichenden Weisheit bei, die ihn schließlich dazu führen wird, das Geheimnis der Weisen zu lüften. Dieser wunderbare Schatz, den niemand je erblickt hat und dessen Pforten vielen verschlossen bleiben, ist nur demjenigen zugänglich, der sich auf die Suche begibt, indem er den richtigen Zeichen und Wegen folgt.«

»Seid Ihr ebenfalls auf der Suche nach diesem Schatz?«

»Ich bin dem Tod bereits zu nahe, um mich auf Abenteuer einzulassen, die der Jugend eigen sind. Du hingegen kannst das Geheimnis der Weisen sehr wohl lüften.«

»Dann glaubt Ihr also, dass der tote Tempelritter in den Bergen ein Auserwählter war?«

»Ohne jeden Zweifel. Und dich hat das Schicksal ebenfalls auserwählt«, erklärte er. »Offenbar sollst du die Mission weiterführen, mit der er beauftragt war.«

Die Worte des Mönchs bestätigten, was Grimpow gedacht hatte, als er in den Bergen die Wärme des Steins in seiner Hand gespürt hatte. Allerdings hatte er keinen blassen Schimmer, wie er diesen Auftrag zu Ende führen sollte. Ihm blieb vorerst nur, sich ins ferne Straßburg auf die Suche nach Aidor Bilbicum zu machen.

»Was kann ich tun, um dieses Geheimnis zu lüften?«, wandte er sich Hilfe suchend an den alten Mann.

»Als Erstes musst du die Botschaft des versiegelten Briefes

entziffern. Die Tempelritter haben sich der jüdischen Kabbala und unzähliger Geheimschriften bedient, die nur verstehen konnte, wer im Besitz der Schlüssel dazu war. Nicht einmal ich als ehemaliger Templer bin mir sicher, ob ich dir helfen könnte, selbst wenn ich den versiegelten Brief vor mir hätte.«

Grimpow zweifelte nicht an der Aufrichtigkeit von Bruder Rinaldos Worten und beschloss, es ihm gleichzutun und ihm alles zu erzählen. Vielleicht konnte der alte Mönch ihm dabei behilflich sein, die wahre Bedeutung jenes rätselhaften Satzes herauszufinden.

»Und wenn ich Euch jetzt sage, dass ich die Zeilen in dem versiegelten Brief auf Anhieb begriffen habe?«

Der alte Mönch zuckte zusammen und starrte Grimpow ungläubig an, in der Erwartung, er werde mit seinen Enthüllungen fortfahren. Doch als der Junge schwieg, fragte er zaghaft und voller Angst vor der Antwort: »Hast du etwa eine Vision gehabt?«

»Ich weiß nicht recht, was es war«, antwortete Grimpow. »Aber ich habe die seltsamen Zeichen auf dem Pergament sofort verstanden, als hätte mir eine innere Stimme wie durch Zauberei ihre Bedeutung enthüllt.«

»Ein Wunder!«, rief Bruder Rinaldo aus und fuhr sich mit der Hand über die Stirn, als schwitzte er trotz der strengen Kälte, die in dem Raum herrschte.

»Die versiegelte Botschaft lautete lediglich: Im Himmel sind das Dunkel und das Licht. Aidor Bilbicum. Straßburg.«

Auf den Zügen des alten Mönchs spiegelte sich Zufriedenheit, als er Grimpows Worte vernahm. »Eine Losung, eine Person und eine Stadt«, murmelte er versonnen.

»Und?«, forschte Grimpow in der Hoffnung, Bruder Rinaldo werde ihm noch mehr verraten als das, was er bereits wusste.

»Alles passt zusammen, alles passt zusammen«, antwortete der Mann nur.

»Was, meint Ihr, hat der Satz zu bedeuten?«, fragte Grimpow.

»Im Himmel sind die Nacht und der Tag, die Dunkelheit und die Helligkeit, die Unwissenheit und die Weisheit«, sagte er.

»An so etwas habe ich auch schon gedacht.«

»Ich glaube, es ist eine Losung. Wenn dieser Aidor Bilbicum die Nachricht erhält, weiß er bestimmt, was er zu tun hat. Allerdings kann ich mir noch nicht erklären, wie du, ein Junge, der nicht einmal lesen und schreiben kann, dieses Rätsel entziffert hast.«

Bei diesen Worten erhob er sich, trat an eines der Regale hinter sich und griff nach einer dicken illuminierten Handschrift. Er legte sie offen auf den Tisch und zog die brennende Öllampe heran, bis die Seiten golden schimmerten.

»Komm her«, sagte er erwartungsvoll.

Grimpow tat wie geheißen und trat neben ihn, ohne die offenen Seiten des dicken Buches aus den Augen zu lassen. Dort waren zwei Textspalten rechts und links von vier gleich großen Kreisen angeordnet, in denen in kräftigen Blau- und Rottönen Szenen mit Engeln und Mönchen und eine mit Blattgold umrandete befestigte Stadt dargestellt waren.

»Kannst du das hier verstehen?«, fragte der alte Mönch, ohne Grimpow aus den Augen zu lassen. Dabei deutete er mit dem Zeigefinger auf den Anfang des Textes, der in wunderschönen lateinischen Lettern geschrieben war.

»Und die Stadtmauer wurde aus Jaspis, die Stadt selbst aus purem Gold erbaut und glich reinem Glas. Jede Lage der Stadtmauer wurde mit allen möglichen Edelsteinen verziert…«, begann Grimpow zu lesen, als wäre Latein die Sprache seiner Eltern gewesen und er hätte sie von Geburt an gelernt.

»Das reicht, das reicht«, murmelte der alte Mönch und schnitt vor Verwunderung eine Grimasse, während in seinen Augen leuchtende Funken aufblitzten.

»Durlib ist davon überzeugt, dass alles, was uns zugestoßen ist, seit wir den Leichnam gefunden haben, das Werk des Teufels ist«, bemerkte Grimpow.

»Sonderbar und unerhört sind die Dinge, die du erzählst, ganz zweifellos. Wenn ich nicht mit eigenen Augen gesehen hätte, wie du den lateinischen Text übersetzt hast, wo du doch gar nicht lesen kannst und auch diese alte Sprache nicht beherrschst, würde ich denken, dass es sich nur um die Lügenmärchen einfältiger Komödianten und Puppenspieler handelt. Aber es steht fest, dass mit dir etwas Unerklärliches geschehen ist – ob nun ein Wunder oder Zauberei. Viele haben die Tempelritter als Magier und Zauberer bezeichnet und behauptet, bei der Anhäufung ihres Reichtums sei es nicht mit rechten Dingen zugegangen. Aber nach allem, was du mir erzählt hast und was ich selbst gesehen habe, bin ich davon überzeugt, dass hinter ihrem Geheimnis etwas weit Ungewöhnlicheres und Rätselhafteres steckt als eine schlichte Zauberformel.«

Grimpow hätte Bruder Rinaldo nur von dem Amulett des toten Edelmannes zu erzählen brauchen, damit der Mönch seine Vermutung bestätigen konnte, dass der ungewöhnliche Stein dieses Wunder zuwege brachte. Aber da ertönten die Turmglocken der Abtei und riefen zur Matutin.

»Ich muss jetzt gehen, damit mich weder der Abt noch der Inquisitor vermisst, wenn mein Platz im Chor während des Stundengebets leer bliebe«, erklärte der alte Mönch und erhob sich.

Grimpow beobachtete, wie er sich erst an einem Brett in der Nähe zu schaffen machte, dann an einem anderen, bis eines der vollgepackten Regale plötzlich zur Seite glitt und eine stockfinstere Öffnung freigab.

»Kommt Ihr bald wieder?«, fragte Grimpow, als der alte Mönch sich anschickte, den Raum zu betreten, den der Junge für einen der Säle der offiziellen Bibliothek hielt.

»Ich sehe dich nach der Prim wieder, sobald es hell wird. Dann versuche ich, dir etwas zu essen und Nachricht von deinem Freund Durlib zu bringen«, antwortete Bruder Rinaldo. Er war unter dem Türsturz, den die obersten Regalbretter bildeten, stehen geblieben.

»Vergesst die Öllampe nicht«, erinnerte ihn Grimpow, bevor er davonging.

Aber der alte Mönch drehte sich einfach um und verließ das geheime Kabinett. »Meine Augen sind daran gewöhnt, im Dunkeln zu sehen.«

Seine zerbrechliche, vom Alter leicht gebeugte Gestalt verlor sich in der Dunkelheit. Kurz darauf schloss sich das offene Regal mit einem dumpfen Geräusch wieder und ließ Grimpow in völliger Einsamkeit zurück.

Die Quadratur des Kreises

Als Grimpow am nächsten Tag erwachte, wünschte er sich nichts sehnlicher als Nachricht von Durlib. Er hatte fast die ganze Nacht kein Auge zugetan, sondern auf dem unbequemen, notdürftigen Lager, das er sich auf dem Tisch bereitet hatte, vor Kälte gezittert. Die Hängelampen hatte er gelöscht und nur in einer Ecke das winzige Licht der Öllampe brennen lassen. Ständig ging ihm im Kopf herum, was Bruder Rinaldo ihm über die Tempelritter und ihr Geheimnis erzählt hatte.

Er befürchtete, dass sie auch Durlib entsetzlich folterten, um alles aus ihm herauszupressen, was er über den erfrorenen Edelmann wusste. So viel war klar: Wenn Burumar de Gostelle das Pferd des Templers unten im Tal gefunden und die Münzen gesehen hatte, die Durlib dem Abt überreicht hatte, dann hegte er sicher nicht den geringsten Zweifel, dass sie dem flüchtigen Templer begegnet waren und etwas über ihn und seinen Verbleib berichten konnten. Völlig unklar war dem Jungen jedoch, ob der Dominikaner auch von seiner Anwesenheit in der Abtei wusste. Offenbar hatte der Abt dem Mönch nur von Durlib erzählt, um Grimpow vor den entsetzlichen Klauen des Inquisitors von Lyon zu schützen.

Einige Stunden später, lange nachdem die Turmglocken die

Mönche zum ersten Gebet des Tages gerufen hatten, tat sich endlich etwas. Aber zu seiner Überraschung besuchte ihn nicht wie versprochen Bruder Rinaldo. Als er das Geräusch der Felswand hörte, die sich hinter der Bodenklappe bewegte, war ihm sofort klar, dass jemand den Gang mit den Totenschädeln betrat, den er bereits kannte. Alarmiert zog er den Dolch aus dem Hosenbund, voller Angst, es könnten der Inquisitor und seine Schergen sein, die ihn holen wollten. Er hielt den Atem an, während die Schritte auf der Wendeltreppe langsam näher kamen, und seufzte erleichtert, als sich die Bodenklappe hob und darunter die obere Hälfte von Kenos riesigem Körper zum Vorschein kam.

Anstatt den Raum zu betreten, hielt der Diener inne und starrte Grimpow an wie ein Uhu, der sich im Dunkeln vergewissern will, dass er wirklich das kleine Nagetier vor sich hat, auf das er es abgesehen hat. Dann zog er aus einem Beutel einen Schlauch mit Wasser, einen Kanten Brot, eine Schlackwurst und zwei Äpfel und legte alles auf den Boden. Ohne ein Wort schloss er die Bodenklappe wieder und verschwand genauso langsam, wie er gekommen war.

Grimpow setzte den ledernen Schlauch gierig an die Lippen und trank, bis sein Durst gestillt war. Dann trug er die Lebensmittel zu dem Tisch hinüber, der ihm als Nachtlager gedient hatte, und verschlang alles bis auf den letzten Bissen, als wären es die köstlichsten Leckereien, die er je gekostet hatte.

Da in den fensterlosen Raum kein Licht von draußen einfiel, konnte er nicht verfolgen, wie der neue Tag verging, auch wenn er annahm, dass es schon seit geraumer Zeit hell war. Mit einem Kerzenstummel zündete er die Lampen wieder an, die von der Decke baumelten, und vertrieb sich die Zeit damit, die Titel der Handschriften zu studieren, die das Geheimkabinett barg. Er stellte fest, dass er sie alle ohne Schwierigkeiten lesen konnte, obwohl sie in Lateinisch, Griechisch, Hebräisch und Arabisch abgefasst waren. Doch dieses Wunder, das ihm nun bereits vertraut war, brachte ihn nicht mehr zum Staunen. Viele Bücher enthielten nur saubere, zierliche Buchstaben, andere hingegen waren mit wunderschönen Miniaturbildern illuminiert und mit Pflanzenmotiven in kräftigen Farben und reichlich Blattgold verziert.

Er entdeckte Handschriften über Philosophie, Astronomie und Astrologie, über Anatomie und Medizin, über Heilkräuter, Gifte und Arzneitränke, über Magie, Zauberformeln und Hexerei, über wilde Tiere, Ungeheuer, Dämonen, Fabelwesen und ferne, exotische Länder, über Geometrie, Arithmetik und Mineralogie, über Physik und Alchimie. Grimpow war fasziniert davon, diese Schätze der Weisheit, die ebenso geheimnisvoll wie alt waren, anfassen und lesen zu können. Die meisten von ihnen waren nämlich vor Hunderten von Jahren verfasst worden und stammten aus den unterschiedlichsten Orten der bekannten Welt.

Er war gerade in die Betrachtung einer Tafel vertieft, auf der die kreisförmigen Bahnen der Himmelskörper dargestellt waren und die vor fast tausend Jahren von einem Weisen namens Lafare Alabos gezeichnet worden war, als er hinter den Bücherregalen ein Geräusch hörte. Gleich darauf glitt dasselbe Regal zur Seite, das Bruder Rinaldo in der Nacht in Bewegung versetzt hatte. Als Grimpow den alten Mönch hereinkommen sah, klappte er die Handschrift zu und platzte sofort mit der Frage nach Durlib heraus.

»Dein Freund ist gerissener als ein Fuchs in der Falle«, erwiderte Bruder Rinaldo mit einem Lächeln und verschloss das offene Regal hinter sich.

»Ist er entkommen?« Grimpow konnte die Antwort kaum erwarten.

»Noch nicht, aber ich bin sicher, es wird ihm bald gelingen. Als die Soldaten des Königs ihn heute Nacht in den Stallungen der Abtei festgenommen haben, während er sich mit dem Kellermeister unterhielt, hat er sich ungemein gefügig und dienstfertig gezeigt. Selbst Burumar de Gostelle hat daraufhin geglaubt, den idealen Verbündeten in ihm gefunden zu haben, um den gesuchten Tempelritter festzunehmen. Schließlich ahnt er nicht einmal, dass der Mann längst tot ist.«

»Dann haben sie ihn also nicht misshandelt?«, wollte Grimpow wissen und machte seiner Erleichterung mit einem Seufzer Luft.

»Vorläufig hat er sich der Folter geschickt entzogen. Durlib hat dem Dominikanermönch erklärt, er hätte gestern Vormittag in der Nähe der Hütte in der Tat einen Edelmann ohne Pferd getroffen, der sich offenbar im Nebel in den Bergen verirrt hatte. Er beschrieb das Aussehen und die Kleidung des Unbekannten und erzählte, er habe sich mit dem Mann über den Grund seiner Reise unterhalten. Dieser habe ihm erklärt, er müsse in einer dringenden Angelegenheit, die keinen Aufschub dulde, nach Norden. Durlib versicherte dem Inquisitor von Lyon, er habe dem Reisenden von der nahe gelegenen Abtei Brinkum erzählt und ihm vorgeschlagen, sich dort ein Reittier und Proviant für die lange Reise zu besorgen. Daraufhin habe dieser erwidert, er sei müde und habe sich beim Sturz vom Pferd eine Rippe gebrochen. Deshalb habe er ihm, Durlib, einige Silbermünzen in die Hand gedrückt und ihn gebeten, zur Abtei zu laufen und zwei Pferde zu erwerben, damit er seine Reise fortsetzen könne. Darüber hinaus habe er ihm angeboten, dass er ihn, wenn er das wünsche, nach seiner Rückkehr aus der Abtei als Diener begleiten könne.«

»Dann hat Durlib dem Inquisitor also eingeredet, dass der Tempelritter noch lebt!«, rief Grimpow aus.

»Er hat Burumar de Gostelle hoch und heilig versichert, er würde den Edelmann, hinter dem er her ist, in seiner Hütte auf dem Strohsack finden, wo er auf die Pferde und den Proviant warte. Durlib erbot sich sogar, den Dominikanermönch und die Soldaten des Königs in die Berge zu führen, und beteuerte, es gebe keinen Winkel in der Gegend, den er nicht kenne, falls der geächtete Edelmann sich versteckt habe. Verführt von der Aussicht, den flüchtigen Templer gefangen zu nehmen wie ein in die Falle getapptes Tier, befahl der Inquisitor Durlib, die Nacht bei den Soldaten im Schlafsaal für edle Gäste zu verbringen. Gleich heute Morgen wollten sie in die Berge aufbrechen, um unverzüglich und erbarmungslos Jagd auf ihre wertvolle Beute zu machen.«

»Sind sie denn schon fort?«

»Ja, ich habe sie mit eigenen Augen von den Pferdestallungen aus aufbrechen sehen. Durlib hat das Gefolge mit dem Hochmut eines Heißsporns angeführt«, antwortete er lächelnd.

»Dann hängt er sie ganz gewiss in irgendeiner Wegbiegung ab«, versicherte Grimpow. Er war überzeugt von Durlibs Geschick, den Soldaten auf einem verschneiten, unwirtlichen Gelände, das er in- und auswendig kannte, zu entkommen.

»Burumar de Gostelle war vielleicht einfältig genug, die Geschichte zu glauben, die dein Freund ihm aufgetischt hat. Aber er ist gewiss nicht so leichtsinnig, Durlib entkommen zu lassen, sobald sie unterwegs sind. Deshalb hat er ihm die Hände mit Lederriemen auf den Rücken gebunden.«

»Habt Ihr ihn gesehen?«

»Ja, das habe ich. Dein Freund hat trotz der Fesseln zufrieden vor sich hin gepfiffen, als wäre er zum Hochzeitsbankett eines Monarchen unterwegs, um die Brautgabe zu überbringen.«

Zu wissen, dass Durlib in die Berge ritt, beruhigte Grimpow, denn zweifellos würde er die erstbeste Gelegenheit zur Flucht nutzen und in die Abtei zurückkehren, um ihn zu holen. Aber er machte sich auch Gedanken darüber, was Burumar de Gostelle wohl über ihn selbst wusste – falls er überhaupt etwas wusste.

»Glaubt Ihr, der Dominikanermönch ist auch hinter mir her?«

»Er weiß nicht einmal, dass du hier bist. Der Abt wollte dich nicht in die Sache mit den Silbermünzen des Tempelritters hineinziehen. Auch dein Freund hat dem Mönch nichts über deine Anwesenheit in der Abtei verraten«, erklärte Bruder Rinaldo.

»Muss ich denn dann noch lange hier eingesperrt bleiben?«, fragte Grimpow und blickte sich um. Damit brachte er indirekt seinen Wunsch zum Ausdruck, den fensterlosen Raum so bald wie möglich wieder zu verlassen und sich von der Platzangst zu befreien, die ihn dort befiel.

»Zumindest bis Burumar de Gostelle und die Soldaten des Königs abgereist sind. Vor Mittag schicke ich Keno mit einem Strohsack und ein paar Wolldecken her, damit sich dein Aufenthalt hier so angenehm wie möglich gestaltet.«

»Ist der scheue Diener überhaupt vertrauenswürdig?«, fragte Grimpow argwöhnisch. Der Riese war ihm irgendwie unheimlich.

»Der arme Teufel würde sein Leben für mich geben, ohne dass ich ihn darum bitten müsste. Der Abt hat ihn als Halbwüchsigen halb tot auf einem verlassenen Friedhof gefunden und ihn in die Abtei gebracht, um ihn von seiner Fallsucht zu heilen. Seither lebt er als persönlicher Diener des Abtes bei uns.«

»Was passiert, wenn der Dominikaner herausfindet, dass Durlib ihn zum Besten gehalten hat?«, forschte Grimpow und kehrte damit zu dem Thema zurück, das ihn am meisten interessierte.

»Wenn Durlib dann noch in seiner Gewalt ist, wird er ihm die Haut in Streifen abziehen, ihn dann vierteilen und den Schweinen zum Fraß vorwerfen. Ich hoffe, er kann fliehen, bevor er dem Inquisitor erzählen muss, was tatsächlich geschehen ist. Wenn er ihm von dem Tod des Tempelritters und dem Verschwinden des Leichnams im Schnee berichtet, denkt der Dominikaner sicher, dein Freund wolle ihn an der Nase herumführen.«

»Aber das ist nun einmal wirklich geschehen!«, rief Grimpow aus.

»Und du meinst, das könnte jemand glauben?«

»Ihr habt es doch auch getan.«

»Das stimmt, aber Burumar de Gostelle würde niemals an das Verschwinden einer Leiche glauben, selbst wenn er es mit eigenen Augen gesehen hätte. Heute Morgen hat mir Bruder Arben beim Frühstück erzählt, dass er den Dominikanermönch vor einigen Jahren in Vienne in der Nähe von Lyon kennengelernt hat. Und gerade eben hat er mir in der Schreibstube gestanden, dass sich der Inquisitor als Späher für den französischen König unter die Tempelritter im Heiligen Land gemischt habe, um ihre Einweihungsriten und Geheimnisse in Erfahrung zu bringen. Anscheinend war Burumar de Gostelle einer der engsten Vertrauten des letzten Großmeisters, Jacques de Molay. Nach seiner Rückkehr nach Paris verriet er ihn und beschuldigte ihn der Ketzerei. Burumar de Gostelle trat damals als Inquisitor in den Dominikanerorden ein und widmete sich mit Leib und Seele der Verfolgung der Templer, die den Schergen des Königs von Frankreich entkommen waren. Viele von ihnen waren über die Grenze im Norden des Landes nach Deutschland geflohen und hatten in den Burgen des Steinkreises bei Herzog Ulf von Österberg und seinen Getreuen Zuflucht gefunden.«

Die neuen Tatsachen und Personen in Bruder Rinaldos Erzählung entfachten Grimpows Interesse. »Von diesen Burgen habe ich noch nie gehört«, sagte er.

»Ich habe sie zwar noch nie gesehen«, fuhr der alte Mönch fort, »aber soweit ich weiß, besteht der Steinkreis aus acht kleinen Burgen, die dicht beieinander auf den Gipfeln von felsigen, unzugänglichen Bergen erbaut wurden. Diese acht Burgen liegen wie auf einer vollkommenen Kreislinie um Herzog Ulf von Österbergs Festung herum, die sich wiederum auf einem uneinnehmbaren felsigen Tafelberg im Mittelpunkt des Kreises befindet…«

Bruder Rinaldo erklärte weiter, dass die kreisförmige Anordnung von Verteidigungsanlagen in Kriegszeiten rasche Hilfe von Burg zu Burg ermöglichte und feindliche Belagerungen ungemein erschwerte. Denn zu den schwierigen Verhältnissen auf dem bergigen Gelände, auf dem sie standen, kam der Umstand, dass ein Heer, das eine Burg belagerte, seinerseits von den übrigen Burgen sowie der Festung des Herzogs von Österberg umringt war und auf diese Weise dem eigenen Angriff zum Opfer fiel. Zu diesen komplexen Gegebenheiten kamen eine Vielzahl von Durchlässen in den Felsen und ein ausgeklügeltes Labyrinth von unterirdischen Tunneln und Stollen hinzu, welche die Burgen miteinander verbanden. Durch diese konnten die Belagerten den Angreifern entkommen und sie zum Narren halten, wie ein Kaninchen mithilfe der vielen Schlupflöcher in seinem Bau den Füchsen ein Schnippchen schlägt.

Zur kreisförmigen Anordnung der Burgen waren Herzog Ulf von Österbergs Vorfahren von einem großen Weisen angeregt worden, und zwar in einer Zeit häufiger Grenzstreitigkeiten mit ihren südlichen Nachbarn. Angelockt von der Fruchtbarkeit des Bodens und ihrem Reichtum, hatten diese das blühende Land vereinnahmen wollen. Seit dieser Zeit waren alle Österbergs von weisen Tempelrittern erzogen worden, die zu ihren besten Beratern und Verbündeten geworden waren.

Angeblich hatte ein Vorfahre des Herzogs bereits als Kind

komplizierte mathematische Berechnungen angestellt, vertrackte geometrische Probleme gelöst und kannte sich aufs Genaueste mit den Sternbildern aus. Das erste Schwert, das sein Vater ihm schenkte, und die Handschriften, von denen es im geheimen Laboratorium seines Lehrmeisters nur so wimmelte, waren die besten Gefährten seiner Kindheit, und bald begann er, in Algebra eigene Theorien zu entwickeln. Außerdem schrieb er Gedichte, beherrschte die Hieroglyphenschrift und errichtete mit zwanzig Jahren zur allgemeinen Verblüffung eine Sternwarte, in der er und sein Meister nächtelang die Wunder des Universums betrachteten.

»Ist Herzog Ulf von Österberg auch ein Auserwählter?«, fragte Grimpow, als ihm einfiel, was Bruder Rinaldo ihm in der Nacht über die Weisen erzählt hatte, die das Geheimnis des Salomonischen Tempels in Jerusalem kannten.

»Das weiß niemand. Aber seine Vasallen halten ihn alle für einen großen Weisen. Obwohl er nie dem Templerorden angehört hat, zumindest nicht offiziell, muss er ihm sehr verbunden sein. Schließlich hatte er einen Tempelritter zum Berater und seine Burgen sind kreisförmig angeordnet.«

»Was haben denn die Burgen des Steinkreises mit den Tempelrittern zu tun?«, fragte Grimpow, denn er wollte so viel wie möglich über seinen ungewöhnlichen Stein herausfinden.

»Das male ich dir am besten kurz auf.«

Der alte Mönch ging zu einem kleinen Schreibtisch in einer Ecke des Raumes und setzte sich. Er griff nach einer Feder, tauchte sie in ein Tintenfass und strich mit der Handkante ein unbenutztes Stück Pergament auf dem Pult glatt. Grimpow stellte sich neben Bruder Rinaldo und beobachtete neugierig, wie er mit langsamen Bewegungen und trotz des leichten Zitterns seiner Hand einen perfekten Kreis zeichnete.

»Der Kreis«, setzte der alte Mönch feierlich an, »zählt zu den rätselhaftesten geometrischen Figuren. Seine unendliche Linie steht für die Vollkommenheit und die Ewigkeit ohne Anfang und Ende, die nur am Himmel zu finden sind. Sogar der Vollmond und die untergehende Sonne sind kreisförmig, genau wie alle Gestirne des Universums.«

Der Mönch machte eine Pause und zeichnete unter den Kreis ein Quadrat von derselben Größe.

»Und wenn der Himmel der Kreis ist…«

»…ist die Erde das Quadrat«, fiel ihm Grimpow ins Wort, ohne recht zu wissen, wie er zu dieser Feststellung kam.

»In der Tat«, fuhr Bruder Rinaldo fort und warf dem Jungen einen bewundernden Blick zu. »Wenn der unendliche Himmel durch den Kreis dargestellt wird, wird die Endlichkeit der Erde im Quadrat symbolisiert, sozusagen der entgegengesetzten, begrenzten geometrischen Form. Es ist kein Zufall, dass die vier gleich langen Seiten des Quadrats den vier Himmelsrichtungen entsprechen: Norden, Süden, Osten und Westen, ebenso den vier Jahreszeiten: Frühling, Sommer, Herbst und Winter, sowie den vier Grundelementen der Natur: Wasser, Erde, Luft und Feuer. Außerdem kann das Quadrat, das die Erde symbolisiert, durchaus in dem Kreis enthalten sein, der den Himmel darstellt, weil sie eine gemeinsame kosmische Mitte besitzen.«

Noch während er sprach, zeichnete er mit Präzision einen weiteren Kreis und mitten hinein ein Quadrat, sodass der Mittelpunkt des Kreises mit dem Mittelpunkt des Quadrats zusammenfiel.

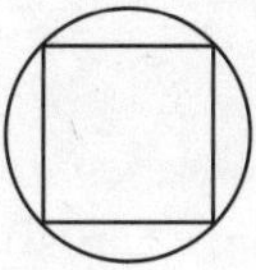

»Auf diese Weise bilden Himmel und Erde ein dyadisches Ganzes, dessen endgültige Verschmelzung so unmöglich ist wie die Quadratur des Kreises, an der bisher noch jeder gescheitert ist, der aus den beiden eine einzige geometrische Figur erschaffen wollte. Das wäre nämlich so, als wollte man die Erde mit dem Himmel und den Menschen mit Gott vereinigen«, erklärte Bruder Rinaldo. Er war zufrieden über die Erwartungen, die er in Grimpow ausgelöst hatte, und rechnete fest damit, dass der Junge ihn ermunterte, mit seinen bildhaften Erklärungen fortzufahren.

»Euren Worten entnehme ich, dass die acht Burgen des Steinkreises mit ihrem gemeinsamen Mittelpunkt die vollkommene Verbindung zwischen dem Himmlischen und dem Irdischen, dem Göttlichen und dem Menschlichen darstellen. Andererseits habt Ihr mir gerade glaubhaft versichert, die Quadratur des Kreises sei ein Ding der Unmöglichkeit. In der Zeichnung, in der Ihr die Verbindung der Erde mit dem Himmel dargestellt habt, gibt es nur vier Berührungspunkte zwischen beiden und nicht acht.«

»Ganz recht, Grimpow, aber das war noch nicht alles«, sagte

der alte Mönch und begann erneut, einen Kreis und darin ein Quadrat zu zeichnen, und fügte dann zwischen den beiden noch ein Achteck hinzu.

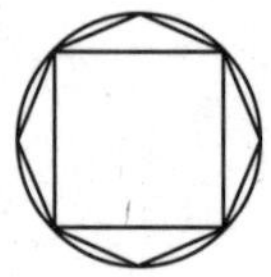

Als er fertig war, sagte er zufrieden: »Sieh nun selbst. Wenn man versucht, den Kreis in seiner Form dem Quadrat anzunähern, erhält man eine neue geometrische Figur mit acht gleich langen Seiten, die ihren Mittelpunkt mit dem Kreis und dem Quadrat gemeinsam hat. Das Achteck stellt also genau wie die acht Burgen des Steinkreises die vollkommene Harmonie zwischen Himmel und Erde dar. Es symbolisiert das Gleichgewicht zwischen dem Göttlichen und dem Menschlichen, die Ausgewogenheit zwischen Geist und Materie, Seele und Körper, dem Unsichtbaren und dem Sichtbaren.«

»Zwischen dem Dunkel und dem Licht!«, entfuhr es Grimpow plötzlich, als ihm der Inhalt des versiegelten Briefes wieder einfiel.

»Das ist mit Sicherheit der Schlüssel zu dem Brief, mein Junge. Deshalb besteht für mich auch kein Zweifel an seinem templerischen Ursprung«, behauptete Bruder Rinaldo.

Grimpow zweifelte noch daran, ob es sich tatsächlich so verhielt. »Wie ist es Euch gelungen, das wirre Rätsel zu lösen und die Bedeutung des Achtecks und damit auch der acht Burgen des Steinkreises herauszufinden?«, fragte er, ohne den Blick von der geometrischen Figur abzuwenden.

»All das ist mir gelungen, nachdem ich hier in diesem Geheimkabinett einige Handschriften gelesen hatte. Mir war schon immer der achteckige Grundriss vieler Türme und Kirchen des Templerordens aufgefallen und ich wollte den Grund dafür in Erfahrung bringen. Anschließend musste ich meine Erkenntnisse nur noch auf die Burgen übertragen.«

»Und als Tempelritter habt Ihr das nicht gewusst?«

»Ein Tempelritter wie ich, der sich aufgrund seines Eids ganz dem Krieg und dem Gebet widmet, hat nur Befehle zu befolgen und darf keine Fragen stellen. Ehe ich in diese Abtei kam, war ich auch nicht darauf bedacht, mir ein wie auch immer geartetes Wissen anzueignen, sofern es nicht den Gebrauch der Lanze, des Bogens oder des Schwertes betraf.«

Während der alte Mönch sprach, dachte Grimpow unaufhörlich daran, dass die Lösung für das ganze Geheimnis wahrscheinlich in dem seltsamen Stein lag. Er wollte Bruder Rinaldo davon erzählen, aber eine innere Stimme riet ihm, dieses Geheimnis vorerst für sich zu behalten. So wie auch die neun Tempelritter das Geheimnis bewahrt hatten, auf das sie vor über zweihundert Jahren gestoßen waren.

»Warum taucht das Wort ›Stein‹ in dem Namen der Burgen des Steinkreises auf?«, fragte Grimpow, um mehr über das seltsame Amulett zu erfahren.

»Darüber habe ich mir nie Gedanken gemacht. Aber vermutlich weil die Steine ihrer Türme und Mauern so hart waren«, antwortete der alte Mönch wenig überzeugt.

»Alle Burgen sind aus Stein«, widersprach Grimpow dieser oberflächlichen Begründung.

»Du hast recht, mein Junge, aber die Antwort auf diese Frage – wenn es sie denn gibt – wirst du in den verbotenen Aufzeichnungen und Handschriften selbst suchen müssen. Nutze die Zeit, die du zwangsläufig hier drinnen zubringen musst. Im Regal hinter dir«, sagte er, während er mühsam aufstand und mit dem Zeigefinger hinter sich deutete, »findest du eine Vielzahl von Büchern über Mineralogie und Alchimie. In einigen geht es auch um den Stein der Weisen. Vielleicht findest du darin eine vernünftige Antwort auf deine Frage. Viele Templer waren große Alchimisten und haben diese schwierige Kunst in den langen Jahren ihres engen Zusammenlebens mit den Arabern im Heiligen Land erlernt. Manche behaupten sogar, der Templerorden hätte seine Reichtümer und Schätze durch die Verwandlung einfacher Metalle in Silber und Gold erlangt. Aber diese Dinge haben mich nie interessiert und ich habe auch nie daran geglaubt.«

»Was, wenn genau das ihr Geheimnis wäre?«, fragte Grimpow. Dass der Mönch den Stein der Weisen erwähnte, hatte ihn erst recht neugierig gemacht.

»Dann solltest du dich nicht bemühen, es in Erfahrung zu bringen, denn wenn es dir gelingt, willst du es wahrscheinlich nicht mehr zerstören. Die Versuchung des Goldes ist weit tückischer als der Teufel«, antwortete der alte Mann nüchtern. »Ich muss jetzt fort, es geht auf Mittag zu und ich will weder die Sext noch das Essen verpassen. Ich komme wieder, sobald der Inquisitor und die Soldaten des Königs von ihrem Ausflug zurückgekehrt sind. Dann erzähle ich dir, was mit deinem Freund Durlib geschehen ist.«

»Versprecht, mir die Wahrheit nicht zu verschweigen, so hart sie auch sein mag«, bat ihn Grimpow.

»Ich würde dich nie belügen«, erwiderte der Mönch. »Aber ich bin sicher, dass du mir noch nicht alles erzählt hast, was du weißt.«

Grimpow errötete und starrte verlegen auf den Boden, um dem kalten Blick des Mönchs auszuweichen.

»Ich befürchte, dass Bruder Brasco sich betrinkt und dem Dominikaner von meinem Aufenthalt in der Abtei erzählt. Auch er hat den Tempelritter gesehen, als er in die Berge ritt. Allerdings hielt er ihn für ein Gespenst, das seine Sünden sühnt, weil es ziellos im Nebel umherritt wie eine Seele im Fegefeuer«, brachte er zu seiner Entschuldigung vor.

»Bruder Brasco kann seine Zunge sehr wohl im Zaum halten. Vor allem, wenn er fürchtet, man könnte sie ihm abschneiden, sobald er davon Gebrauch macht«, gab der alte Mönch zurück und lachte schallend. Dann verließ er den Raum, ohne sich noch einmal umzudrehen.

Keno kam nur kurze Zeit später mit einem Strohsack, mehreren Decken und reichlich Essen wieder. Wie es seiner Gewohnheit entsprach, begnügte er sich damit, alles wortlos neben die Bodenklappe zu legen. Wenn im Dunkeln ein Gespenst in der Abtei herumirrt, dann ist es ohne Zweifel der Diener, malte sich Grimpow aus. Das missgestaltete Gesicht und der zahnlose Mund jagten ihm schreckliche Angst ein, auch wenn in seinen Augen immer noch der Ausdruck des traurigen, schutzlosen Kindes lag, das den Abt einst dazu veranlasst hatte, ihm das Leben zu retten.

In gewisser Weise verdankte auch Grimpow sein Leben einem anderen, nämlich Durlib. Nur würde er es im Unterschied zu Keno nicht fertigbringen, sein Leben aufs Spiel zu setzen, um das seines Freundes zu retten. Er kam sich deshalb wie ein Feigling vor und beschloss daher, diesen fensterlosen Raum zu verlassen. Dann konnte er vor der Klosterpforte auf die Rückkehr von Burumar de Gostelle warten, ihm alles erzählen, was er wusste, und ihm seinen magischen Stein im Austausch für Durlib anbieten.

Er suchte in den Regalen nach den geheimen Hebeln zum Öffnen der unsichtbaren Tür, durch die der alte Mönch die angrenzenden Räume der Bibliothek betrat und wieder verließ – doch vergeblich. Auf den Regalbrettern standen nur verstaubte

Handschriften voller Spinnweben, die an seinen Fingern haften blieben. Es kam ihm vor, als wäre er in die klebrige Falle eines entsetzlichen, erbarmungslosen Ungeheuers getappt, das ihm seinen dunklen Schlund zeigte. Wahllos nahm er einige Bücher heraus, da fiel sein Blick auf den Titel eines alten, abgegriffenen Bandes, der seine Aufmerksamkeit bannte. Er war lateinisch und lautete:

LAPIS PHILOSOPHORUM

»Der Stein der Weisen!«, rief Grimpow laut aus.

Er vergaß all seine Befürchtungen und vertiefte sich an dem Tisch in der Mitte des Kabinetts in dieses aufwühlende Buch eines unbekannten Autors. Der Junge war sicher, dass er auf den dicken Pergamentblättern zumindest die Antwort auf einige seiner Fragen nach der Herkunft des Steins finden würde, und brannte darauf, das Geheimnis zu lüften.

Er begann zu lesen, ohne den Sinn der Worte recht zu begreifen. Aber je weiter er in der Lektüre voranschritt, desto deutlicher entstanden vor seinem geistigen Auge die Bilder der langen, weit zurückliegenden Geschichte der Weisen aus vergangenen Zeiten und fernen Ländern, deren größtes Streben die Suche nach dem Stein der Weisen gewesen war.

Soweit Grimpow verstand, handelte die Handschrift von der ehrwürdigen Kunst der Verwandlung einfacher Metalle in Gold, genannt Alchimie. Der Autor erklärte eine Vielzahl wirrer Methoden, mit denen die Weisen in ihren Laboratorien den begehrten *lapis philosophorum* herstellten. Mit diesem Stein ließen sich jedoch nicht nur die armseligsten Metalle in reines Gold verwandeln, vielmehr ermöglichte er seinem Schöpfer auch, zu vollkommener Weisheit und Unsterblichkeit zu gelangen. Wegen dieser wundersamen Eigenschaften war die Vorgehensweise der Alchimisten nur den Eingeweihten zugänglich und das Wissen wurde jeweils vom Meister an seine Schüler weitergegeben. Dadurch wollte man verhindern, dass der Stein der Weisen gewissenlosen Personen in die Hände fiel, die seine wundersame Macht dazu benutzten, sich zu bereichern und die Welt zu beherrschen.

Grimpow überlegte, ob es sich bei seinem Stein womöglich um den Stein der Weisen handelte, von dem in diesem Buch die Rede war. Hatten ihn die rätselhaften Tempelritter vielleicht anhand einer Handschrift aus dem Tempel Salomons in ihren geheimen Laboratorien hergestellt? War er deshalb beim Papst und beim König von Frankreich so begehrt, weil sie damit ihre leeren Schatztruhen mit Gold füllen und ihre Feinde mit ihren Heeren niederwalzen wollten? Grimpow nahm sogar an, dass dieser Stein dem Templerorden zu seinem Reichtum verholfen hatte. Der in den Bergen erfrorene Edelmann hatte gewiss die Mission gehabt, den Stein an irgendeinem geheimen Ort zu verstecken, damit das wertvolle Stück nicht seinen Verfolgern in die Hände fiel, nachdem die in Paris gefolterten Templer seine Existenz preisgegeben hatten.

Mit diesen Überlegungen verbrachte er den Rest des Tages, überzeugt davon, er besitze einen magischen Stein von außerordentlichem Wert. Zugleich beunruhigte ihn die Gewissheit, dass die beiden grausamsten und mächtigsten Männer der Welt genau diesen Stein um jeden Preis in ihren Besitz bringen wollten.

Einige Zeit nachdem die Turmglocken der Abtei zur Vesper geläutet hatten, kam Bruder Rinaldo von Metz den Jungen in seinem Gefängnis besuchen. Grimpow nahm an, dass es bereits dunkel war, und nach der Miene des alten Mönchs zu schließen, brachte er ihm keine guten Nachrichten von Durlib.

Kaum hatte Bruder Rinaldo den fensterlosen Raum betreten, ließ er sich auf einer Bank am Tisch nieder, stützte die Ellbogen auf und sagte mit düsterer Stimme: »Durlib ist nicht mit Burumar de Gostelle und den Soldaten des Königs zur Abtei zurückgekehrt.«

»Haben sie ihn getötet?«, fragte Grimpow erschrocken und traurig zugleich.

Der alte Mönch schüttelte leicht den Kopf. »Nein, aber der Dominikanermönch hat dem Abt erzählt, dass Durlib zu fliehen versucht hat. Er hat sich von einem Felsvorsprung in die Tiefe gestürzt und ist beim Aufprall auf die Felsen gestorben.«

»Seid Ihr sicher, dass er tot ist?«, fragte Grimpow, der mit den Tränen kämpfte.

»Dafür spricht die Wut des Inquisitors, dass er sich mit einer solch einfachen Kriegslist hinters Licht hat führen lassen. Er hätte sich nur zu gern an deinem Freund gerächt und ihn eigenhändig langsam zu Tode gefoltert. Als er Durlib auf die Schliche kam, ahnte dieser wahrscheinlich, was ihn erwartete, und beschloss, das Trauerspiel abzukürzen, das er da aufführte, um lebendig aus der Abtei zu kommen.«

Auch wenn der ruchlose Inquisitor von Lyon davon überzeugt sein mochte, dass Durlib tot war, weigerte sich Grimpow, es zu glauben. In nichts war sein Freund geschickter als darin, irgendwelche Verfolger an der Nase herumzuführen, indem er ihnen weismachte, was ihm gerade so zupasskam. Durlib kannte jede Wegbiegung, jeden Engpass, jeden Abgrund und jeden unter dem Schnee verborgenen Felsspalt. Wenn er sich also irgendwo in den Bergen in die Tiefe stürzte, hatte er seinen Sprung gewiss genau berechnet. Sicherlich war er auf einem Felsvorsprung gelandet, der den Blicken seiner Begleiter verborgen war.

»Möglicherweise hat Durlib dem Inquisitor nur vorgemacht, er wäre ums Leben gekommen«, wandte er ein. Zugleich wollte er es sich selbst einreden, denn er hatte nicht vergessen, dass Durlib gefesselt gewesen war. Das musste ihn bei seiner Flucht behindert haben, ganz gleich, in welchem Zustand er sich nach dem Sturz befand.

»Dein Wort in Gottes Ohr, Grimpow. Möge dein Freund sich keine Verletzung zugezogen haben, die nicht von selbst verheilt. Wenn er mit dem Leben davongekommen ist, wird er dich gewiss bald holen. Wenn nicht, machen wir uns eben auf die Suche nach ihm, sobald die Schneeschmelze einsetzt, um seinem Leichnam auf dem Friedhof der Klosterdiener ein christliches Begräbnis zu verschaffen. Jetzt können wir nur warten und hoffen, dass Burumar de Gostelle so bald wie möglich weiterreist. Seit er und die Schergen des Königs diese heilige Stätte betreten haben, scheinen ihre Mauern zu beben, als wäre das Ende der Zeiten nahe.«

»Dann glaubt Ihr also, dass er bald aufbrechen wird?«

»Das hat er zwar nicht zum Abt gesagt, als sie sich vorhin im Kapitelsaal unterhalten haben. Aber ich kann mir nicht vorstellen, dass ihm ein längerer Aufenthalt hier von Nutzen wäre. Vor allem dann nicht, wenn er noch immer denkt, der Tempelritter, hinter dem er her war, sei am Leben und strebe auf die Grenze im Norden zu. Ich an seiner Stelle würde davon ausgehen, dass der Geächtete zu den Burgen des Steinkreises will, um bei seinen Brüdern in Herzog Ulf von Österbergs Festung Zuflucht zu finden.«

Bruder Rinaldos letzte Worte trösteten Grimpow nicht nur, weil er sein Gefängnis vielleicht bald verlassen konnte, sondern auch weil Durlib möglicherweise noch am Leben war.

»Wie ich sehe, hast du die Zeit nicht damit vertan, deine Einsamkeit zu beklagen«, sagte der alte Mönch und deutete auf die Handschrift, die aufgeschlagen auf dem Tisch lag. »Ist es dir gelungen, etwas herauszufinden?«, erkundigte er sich.

»Nicht so richtig. Das hier ist ein sehr komplizierter, verworrener Text, aber zumindest habe ich gelernt, wie man den Stein der Weisen in einem Laboratorium herstellt.«

»Bist du sicher? Die Alchimie ist eine schwer verständliche Kunst. Nichts an ihr ist so, wie es zu sein scheint.«

»Ich glaube, die Aura des Geheimen, die viele Alchimisten umgibt, ist nichts weiter als Geheimniskrämerei«, widersprach Grimpow unverblümt.

»Es stimmt, dass es seit je unter den Alchimisten von Scharlatanen, Betrügern, Gaunern und Jahrmarktsschreiern nur so gewimmelt hat, und daran hat sich nichts geändert. Die meisten von denen, die Wunderrezepte zur Goldgewinnung feilbieten, sind auf dem Schafott gelandet und haben ihre Unwissenheit und ihre Waghalsigkeit mit dem Leben bezahlt. Das Bestreben vieler Weiser, gesicherte Kenntnis über die Geheimnisse der Welt zu erlangen, ist dagegen etwas anderes. Sie sind die wahren Alchimisten, die im Stein der Weisen das Ideal vollkommener Weisheit suchen.«

»Glaubt Ihr, dass es den Stein der Weisen wirklich gibt?«, fragte Grimpow.

»In zahlreichen alten Texten ist von der geheimnisvollen Kraft des *lapis philosophorum* die Rede. Deshalb träumen viele davon, einen solchen Stein in ihrem Laboratorium herzustellen. Ich dagegen neige zu der Annahme, dass diese Umwandlung nur ein Sinnbild für das wahre Wesen des Menschen ist, also nichts anderes als das Streben nach umfassendem Wissen.«

»Dann glaubt Ihr also, dass der echte Stein der Weisen gar kein Stein ist?«, hakte Grimpow nach. Er konnte die Antwort des Mönchs kaum erwarten, denn dessen Erklärung stimmte haargenau mit dem überein, was er selbst vermutete, seit Durlib ihm in den Bergen das Amulett zugeworfen hatte.

»Wer weiß?«, fragte der alte Mann zurück. Er hob den Blick

zur Holzdecke, als suchte er die Antwort über dem Dach der Abtei und versetzte sich in Gedanken in den unendlichen Nachthimmel. Dann fuhr er mit ruhiger Stimme fort: »Fest steht nur, dass kein Weiser, ob Alchimist oder nicht, je seine genaue Natur beschrieben hat, auch wenn einige in der Kunst der Verwandlung Erfahrene versichern, der Stein der Weisen sei rot wie die Glut des Feuers und funkle in der Dunkelheit wie ein Stern.«

Genau das war bei dem Stein – oder um welch wunderkräftigen Gegenstand es sich auch handelte – der Fall. Deshalb fragte Grimpow: »Habt Ihr irgendwann einmal versucht, den Stein der Weisen nach den hier beschriebenen Verfahren herzustellen?« Er deutete mit dem Kinn auf die Handschrift.

»Ich hätte nicht die Geduld, die lange, ungewisse Warterei zu ertragen, und das trotz meiner Leidenschaft für die Sternkunde, für deren Ausübung nun mal Zeit vonnöten ist«, antwortete der Mönch lächelnd. »Aber ich schwöre bei Gott, dass Bruder Arben es in seinem kleinen Laboratorium seit Jahren versucht. Er hat schon alle Formeln, Rezepturen und Kniffe ausprobiert, die er in den verbotenen Büchern gefunden hat. Nur hat er, seit ich ihn kenne – und das sind mittlerweile viele Jahre – nie mehr als ein paar Goldtinkturen erhalten, und zwar solche, wie sie die Priester im alten Ägypten schon vor Jahrhunderten für ihre Beisetzungen und Einbalsamierungen herstellten. Und darüber hinaus den einen oder anderen köstlichen Kräuterlikör, den vor allem Bruder Brasco zu schätzen weiß«, schloss er fröhlich.

»Kann ich denn mit Bruder Arben sprechen, sobald ich hier herauskomme?«

»Mit Sicherheit. Er wird begeistert sein von einem jungen, leidenschaftlichen Schüler, der ihm bei seinen Experimenten zur Hand gehen kann.«

Dann setzte der alte Mönch den verborgenen Mechanismus am Regal in Bewegung und verließ das Geheimkabinett wie ein Gespenst, das durch Wände schwebt, ohne gesehen oder gehört zu werden.

Ein Schrei in der Nacht

In der Nacht vernahm Grimpow einen Schrei, der sich anhörte wie das ferne Aufheulen eines wilden Tieres. Was in der Abtei tatsächlich vorgefallen war, sollte er jedoch erst am nächsten Morgen erfahren.

Nach dem Läuten der Turmglocken zur Matutin hatten sich alle Mönche im Chor der Kirche eingefunden und schläfrig auf die Ankunft des Abtes gewartet, um die Psalmen anzustimmen. Da er sonst nie zu spät kam, warfen sich die Novizen bereits befremdete, unruhige Blicke zu. Den älteren Mönchen entging ihr Gebaren nicht, auch wenn sie ins Gebet versunken oder noch halb im Tiefschlaf waren, aus dem man sie soeben im Schlafsaal gerissen hatte. Bruder Rinaldo stand von seiner Bank auf, um das anschwellende Gemurmel mit einer Handbewegung zum Schweigen zu bringen, als der Entsetzensschrei Kenos die Stille in der Abtei in tausend Stücke riss.

Unter wirrem, alarmiertem Geschrei sprangen alle Mönche von ihren Plätzen im Chorraum auf und liefen zum Kreuzgang. Vor den Gemächern des Abtes fanden sie Keno. Er lag auf dem Boden, von heftigen Krämpfen geschüttelt, und hatte vor Schreck die Augen weit aufgerissen. Bruder Rinaldo rüttelte ihn wie einen Sterbenden und fragte mehrmals, was denn vorgefallen sei. Er erhielt jedoch nur unverständliches Gestammel zur Antwort, vermischt mit dem Speichel, der dem zahnlosen Diener aus dem Mund lief. Ein junger Mönch lief ins Studierzimmer des Abtes und kehrte kurz darauf mit angstverzerrtem Gesicht zurück.

»Sie haben den Abt geköpft! Sie haben den Abt geköpft!«, schrie er und bekreuzigte sich dabei, als hätte er den Leibhaftigen persönlich zu Gesicht bekommen.

Daraufhin betrat Bruder Arben, gefolgt von Bruder Brasco und einigen anderen Mönchen, die am längsten im Kloster lebten, die Abtgemächer. Währenddessen drängten sich die übrigen Männer an der Tür zusammen, murmelten entsetzt vor sich hin und reckten die Hälse, um einen Blick auf die makabre Szene zu erhaschen.

Der Abt saß, den Kopf in grotesker Verrenkung auf der rechten Schulter, mit einem Ausdruck des Grauens im Gesicht an seinem Schreibtisch, während seine verdrehten Augen ins Leere starrten. Ein sauberer Schnitt hatte ihm die Kehle durchtrennt und Fleischfetzen und Hautlappen freigelegt, über die unentwegt Blut sprudelte. Seine Kutte war schon völlig durchgeweicht und auf dem Boden hatte sich eine dunkle Lache gebildet.

Bruder Rinaldo war draußen geblieben und kümmerte sich um den noch immer von Krämpfen geplagten Keno. Nachdem der Mönch mit seinen langen Fingern verhindert hatte, dass der Fallsüchtige an seiner Zunge erstickte, wies er einige andere Diener an, Keno in die Krankenstube zu bringen. Dann bahnte er sich einen Weg durch die Männer, die den Zugang zu den Gemächern des Abtes versperrten, und sah gerade noch, wie Bruder Arben dem Toten die Augen zudrückte und über dessen Lidern mit dem Daumen ein kleines Kreuz schlug. Ihm war sofort klar, dass hinter diesem abscheulichen Verbrechen nichts anderes steckte als die Absicht, dem Abt für immer den Mund zu versiegeln.

Seit der Ankunft des päpstlichen Gesandten mit den Schergen des französischen Königs hatte Bruder Rinaldo dessen gesamte privaten Unterredungen mit dem Abt belauscht. Er hegte nämlich den Verdacht, dass der Besuch des Inquisitors von Lyon kein Zufall war. Anfangs hatte er sogar befürchtet, der ruchlose Dominikanermönch könne hinter ihm selbst her sein. Dabei dachte er weniger an seine Vergangenheit als Tempelritter denn an die ketzerischen Theorien der aufmüpfigen Bettelmönche, die er selbst in mehreren Büchern verteidigt hatte. Er hatte sie alle während der letzten Jahre in der Abtei verfasst. Für ihn stand eindeutig fest, wer den Abt ermordet hatte und dass er erbarmungslos geköpft worden war, damit er niemandem von der Absicht des Papstes und des französischen Königs erzählen konnte, sich das Geheimnis der Weisen zu eigen zu machen.

Kurz darauf erschienen Burumar de Gostelle und die Soldaten des Königs in den Gemächern des Abtes. Als die Mönche das metallische Klirren der Schritte unter den dunklen Bögen des Kreuzgangs vernahmen, traten sie zur Seite. Sie stimmten für die Seele ihres ermordeten Bruders einen Trauergesang an, der sich in der Dunkelheit wie ein Raunen der Götter anhörte.

»Wer auch immer der Täter ist, er kann geschickt mit einem arabischen Dolch umgehen«, verkündete der Inquisitor, nachdem er kühl und ungerührt den durchtrennten Hals des Abtes betrachtet hatte. Zugleich sah er sich um, als erwartete er, den Mörder unter den anwesenden Mönchen zu entdecken.

»Wie könnt Ihr so sicher sein, dass der Mörder den Abt mit einem arabischen und nicht mit einem christlichen Dolch geköpft hat?«, fragte Bruder Rinaldo.

»Wenn Ihr einmal im Heiligen Land gekämpft hättet, wüsstet Ihr so gut wie ich, wie die Ungläubigen die Christen köpfen.«

Dem alten Mönch war sehr wohl bekannt, mit welcher Grausamkeit Christen und Muslime sich im Namen des barmherzigen Gottes gegenseitig töteten, aber er bewahrte lieber Stillschweigen über seine dramatischen Erlebnisse während der Kreuzzüge.

»Wollt Ihr damit sagen, ein Mönch dieser Abtei habe den Abt mit dem Dolch eines Ungläubigen geköpft?«, fragte er.

»Viele Kreuzritter, darunter auch die Mönchssoldaten des Templerordens, haben gelernt, ihre Feinde nach der Art der grausamen islamischen Krieger der Assassinen-Sekte zu köpfen. Ihnen genügt ein einziger Schnitt mit ihrem scharfen Dolch, um einem christlichen Ritter die Kehle zu durchtrennen.«

Bruder Rinaldo ließ sich von Burumar de Gostelles Überheblichkeit nicht einschüchtern. »Dann sucht den Mörder nicht unter uns, sondern unter den Waffenträgern«, fuhr er ihn an. »Welchen Grund sollten wir haben, unseren besten Bruder zu töten?«, setzte er herausfordernd hinzu.

»Denselben, aus dem Kain Abel getötet hat«, antwortete der Dominikaner mit verhaltenem Zorn. Er versuchte, Güte vorzutäuschen, die ihm offensichtlich abging. »Aber seid unbesorgt, der Abt hat mir mitgeteilt, dass er denselben flüchtigen Templer um Euer Anwesen hat herumschleichen sehen, dem wir seit Lyon gefolgt sind. Diesen Mann verdächtige ich dieses Verbrechens. Der saubere Schnitt«, fügte er hinzu und deutete auf die offene Wunde, »lässt daran keinen Zweifel.«

»Nach Euch und den Soldaten in Eurem Gefolge hat heute Nacht niemand mehr die Abtei betreten«, entgegnete der alte Mönch.

»Euch dürfte nicht unbekannt sein, dass Papst Clemens die Templer persönlich zu Ketzern und Geächteten erklärt hat und behauptet, sie hätten durch ihren verderbten Bund mit dem Bösen Zugriff auf Formeln von Hexenmeistern und Schwarzmagiern. Sie können nach Belieben auftauchen und verschwinden, durch Wände und Mauern gehen, Menschen verstummen lassen und Tiere zum Sprechen bringen. Sie können Greisen ihre Jugend zurückgeben und Männer in Frauen verwandeln, mit dem Teufel sprechen und in der Hölle aus und ein gehen, so wie sie in ihren Komtureien aus und ein gegangen sind.«

»Wie wollt Ihr dann dieses flüchtigen Templers habhaft werden, wenn Ihr von ihm sprecht, als wäre er der Leibhaftige in Menschengestalt?«

»Zu ihrem Unglück ist ihre schwarze Magie so vergänglich wie das Funkeln mancher Sterne am Firmament. Deshalb können sie nicht ewig fliehen und sich versteckt halten. Ich versichere Euch, ich werde den Mörder fassen, auch wenn ich dafür Himmel und Erde in Bewegung setzen muss.

Doch als diejenigen, die dem Abt am nächsten standen, sollt Ihr Euch nun darum kümmern, dass der Leichnam in die Kirche geschafft wird. So können die Mönche die ganze Nacht für seine Seele beten, bevor er morgen ein christliches Begräbnis erhält. Ich werde bei Tagesanbruch die Spur des Geächteten aufnehmen und mein Pferd erst dann aus dem Galopp durchparieren, wenn ich den Kerl eingeholt habe«, sagte er mürrisch.

Verschreckt kehrten die Mönche mit gesenkten Köpfen in den Chor der Kirche zurück und stimmten einen halblauten Psalm an. Unterdessen schafften Bruder Brasco und Bruder Arben mithilfe zweier Diener den Leichnam des Abtes auf einer Trage in die Krankenstube, um ihn in ein Leichentuch zu hüllen.

Es mochte kurz nach der Morgendämmerung gewesen sein, als Bruder Rinaldo Grimpow im Geheimkabinett der Bibliothek aufsuchte, um ihm zu erzählen, was in der Nacht in der Abtei vorgefallen war. Dann nahmen seine wimpernlosen Augen einen fröhlicheren Ausdruck an, und er erklärte, nun könne der Junge sein Versteck ohne Furcht verlassen.

»Sind der Inquisitor und die Soldaten des Königs denn schon losgeritten?«, fragte Grimpow. Er konnte nämlich nicht glauben, dass es wirklich stimmte, was der Bibliothekar da sagte.

»Sie haben bereits vor Sonnenaufgang ihre Pferde gesattelt und sind im ersten Morgenlicht nach Ullense aufgebrochen. Der Dominikaner wollte nicht einmal die Beerdigung des Abtes nach der Terz abwarten.«

Grimpow war zwar betrübt über Durlibs ungewisses Schicksal und den Tod des Abtes, spürte jedoch seine Lebensgeister wiederkehren, als ihm unterwegs der eiskalte Wind ins Gesicht schlug, der durch die offenen Fenster hereinwehte. Bald würde ihm seine neu erlangte Freiheit erlauben, einer Sache auf den Grund zu gehen, über die er sich seit Tagen den Kopf zerbrach.

Wenn Durlib das Glück gehabt hatte, so überlegte Grimpow, seinen Sturz in die Tiefe unverletzt zu überstehen, war er bestimmt an den Ort zurückgekehrt, wo sie die Satteltasche des toten Edelmannes vergraben hatten. Deshalb nahm er sich vor, die Abtei bei der ersten unverfänglichen Gelegenheit zu verlassen, zum Wegkreuz hinunterzugehen und nachzusehen, ob Durlib sich den Schatz geholt hatte.

Sie durchquerten mehrere Bibliotheksräume und bogen dann in einen breiten, hellen Gang ein, dessen große, zum Kreuzgang hin offene Bögen den Ausblick auf den grauen, trüben Himmel freigaben. Es schneite nicht, aber die grimmige Kälte ließ Grimpow hellwach werden, als hätte er sich das Gesicht in einem eiskalten Teich gewaschen. Sie gingen zum Kreuzgang hinunter und steuerten auf die Kirche zu – auf demselben Weg, den Durlib und er gemeinsam zurückgelegt hatten, als sie am Abend ihrer Ankunft dem Abt in seine Gemächer gefolgt waren.

Einen Moment lang stellte sich Grimpow die Blutspritzer an den Wänden und auf dem Boden des Studierzimmers vor und ein tiefer Schauder erfasste ihn. Plötzlich kam ihm sogar wieder der Gedanke, dass es sich bei dem magischen Stein womöglich gar nicht um den *lapis philosophorum* aus der Handschrift handelte, sondern, wie Durlib gemeint hatte, um ein teuflisches Amulett, das nun bereits zwei Menschen das Leben gekostet hatte.

In der Kirche war alles für die Beisetzung des Abtes vorbereitet. Die Mönchsgesänge klangen in den Schiffen des Gotteshauses wie ein melancholischer Engelschor und durch die bunten Glasfenster fiel das Licht friedlich auf das bleiche Antlitz des Verstorbenen. In der braunen Kutte und dem weißen Zingulum seines Ordens lag er mit gefalteten Händen auf einem hölzernen Katafalk vor dem Altar. Er hatte die Augen geschlossen, und Bruder Arben hatte sich bemüht, mit einer eigens von ihm entwickelten Schminke die Spuren des Entsetzens zu übertünchen, das dem Abt noch immer ins Gesicht geschrieben stand.

Dennoch sah Grimpow, dass das mumifizierte Gesicht verzerrt und der Unterkiefer zu einem unnatürlichen Ausdruck von Spott, Entsetzen oder Kummer verrenkt war. In den Ecken des Aufbahrungsraums brannten vier große Altarkerzen in hohen Bronzekandelabern und ein durchdringender Weihrauchgeruch hing wie eine unsichtbare Duftwolke unter den Kuppeln der Kirche.

Grimpow setzte sich neben die Klosterdiener und lauschte mit aufrichtiger Frömmigkeit der Totenmesse. Er widmete sie insgeheim auch dem Seelenheil seines lieben Freundes Durlib, falls dieser bei seinem Sturz tatsächlich ums Leben gekommen sein sollte. Falls nicht, so fügte ihm ein so lieblicher, wunderschöner Gesang wie der der Mönche zumindest keinen Schaden zu.

»*Requiem aeternam dona ei, Domine…*«, sagte Bruder Rinaldo, als die Totenfeier beendet war.

Nach der Messe schulterten vier kräftige Diener den Katafalk und der Trauerzug setzte sich in Richtung Klosterfriedhof in Bewegung. In Zweierreihen folgten die Mönche mit den Kapuzen auf den Köpfen und dicken brennenden Kerzen in den Händen dem Toten, ohne dass die Gesänge und Gebete verstummten. Von der Kirche aus steuerten sie über den Innenhof auf den langen, engen Gewölbegang zu, der bis zum Kreuzgang führte. Dann betraten sie den Kapitelsaal, wo ein Mönch mit dunklen Augenringen und Knubbelnase den Leichnam des Abtes erneut mit Weihwasser besprenkelte und dabei ein kurzes, sanftes Bittgebet aufsagte. Von dort setzten sie ihren Weg schweigend durch einen anderen Teil des Kreuzgangs fort, betraten einen Durchlass, den Grimpow nicht kannte, und gelangten durch einige elende, mit Fackeln erhellte Nebenräume in einen weitläufigen Garten voller Gräber und Kreuze hinter der Apsis der Kirche.

Neben einer ausgehobenen Grube warteten bereits zwei Diener mit Schaufeln. Die Mönche bildeten einen ungleichmäßigen Kreis, während die Träger den Katafalk auf dem Boden abstellten. Dann ließen sie den Leichnam des Abtes in das Grab hinab, bedeckten ihn mit Erde und steckten schließlich ein Kreuz aus Eisen in den kleinen Grabhügel. Schneeflocken schwebten aus dem Himmel hernieder, der sich zu verdüstern begann, als sich von den Bergen her ein starker Schneesturm ankündigte.

Während die Mönche schweigend zu ihrem Tagewerk zurückkehrten, spazierten Bruder Rinaldo und Bruder Arben zwischen den Gräbern und den hohen Zypressen über den Friedhof. Grimpow hielt sich in ihrer Nähe und spitzte die Ohren.

»Ich wusste gar nicht, dass ein Ritter des geächteten Templerordens im Tal zu den Bergen unterwegs war«, sagte Bruder Arben. Er war ein kleiner, schlanker Mann mit heller Haut, die wie sein rasierter Schädel glänzte. Die Tonsur sowie seine kantige Nase verliehen ihm etwas von einem gutmütigen, vergnügten Possenreißer.

»Das wusste keiner von uns. Und ich bin überzeugt, dass nicht einmal der Abt davon Kenntnis hatte.«

»Aber Burumar de Gostelle hat heute Nacht behauptet, der Abt habe den flüchtigen Templer in der Nähe des Klosters gesehen.«

»Hast du dem Inquisitor von Lyon auch nur ein einziges Wort geglaubt?«, fragte Bruder Rinaldo, während er langsam über die dünne Schneedecke auf dem Friedhof schritt.

»Wer sonst hätte den Abt heute Nacht köpfen können?«, fragte Bruder Arben zurück.

»Frag dich lieber, was der Abt wohl gewusst hat, damit man ihn ermorden musste.«

»Wie meinst du das?« Der Kräutermönch blieb verwirrt stehen.

»Burumar de Gostelle, den du selbst vor Jahren als Novizen in Vienne kennengelernt hast, hat sich in der Nacht seiner Ankunft unter vier Augen mit dem Abt in dessen Gemächern unterhalten. Dabei hat er ihm erklärt, aus welchen wichtigen Gründen er den flüchtigen Templer seit Langem unermüdlich verfolgt.«

»Was sollten das für Gründe sein, wenn nicht die gleichen, die in den letzten Jahren Hunderte von Tempelrittern in den Kerker, auf die Folterbank und den Scheiterhaufen gebracht haben?«, wollte Bruder Arben wissen.

»Er ist hinter ihren Geheimnissen und Schätzen her«, flüsterte der alte Mönch und blickte sich verstohlen um, als befürchtete er, jemand könne ihnen zuhören.

»Die Truhen voll Gold und Silber, die die Templer im Turm ihres Pariser Gebiets verwahrt hatten, hat der französische König unmittelbar nach der Verhaftung aller *frères* an sich gebracht. Mehrere Tage vor seiner Festnahme soll der Großmeister Jacques de Molay seinen treuesten Rittern befohlen haben, mit unbekanntem Ziel aufzubrechen. Angeblich hat ein Karren die Festung mitten in der Nacht verlassen, aber das ist nur dummes Geschwätz von Bettlern und Kupplerinnen.«

»Ich meinte das Geheimnis aus der Legende«, stellte der alte Mönch richtig.

»Das Geheimnis von König Salomons Tempel?«, fragte der Kräutermönch mit weit aufgerissenen Augen.

»Ganz recht. Burumar de Gostelle hat dem Abt erzählt, Jacques de Molay habe unter Folter gestanden, das Geheimnis sei im Besitz einer Gruppe von Weisen, die nicht einmal er selbst kenne.«

»Dann ist die Legende also wahr!«, rief Bruder Arben aus und wischte eine Schneeflocke fort, die sich wie ein zarter weißer Schmetterling auf seiner Nase niedergelassen hatte.

»So wahr, dass der Inquisitor von Lyon persönlich den flüchtigen Tempelritter bis in diese Berge verfolgt hat«, bekräftigte der alte Mönch.

»Vermuten sie denn, dass er den Schlüssel zu dem Geheimnis besitzt?«

»Soweit ich weiß, hat er einen rätselhaften Brief bei sich getragen.«

Grimpow dachte schon, Bruder Rinaldo würde Bruder Arben alles erzählen, was er selbst ihm bei ihrem Gespräch vor ein paar Tagen anvertraut hatte. Doch der Bibliothekar erwähnte nichts dergleichen.

»Es überrascht mich, dass du noch am Leben bist, wo du über diese Angelegenheit genauso viel weißt wie der Abt«, sagte der

Kräutermönch mit einem Seufzen. »Warst du bei seinen Unterredungen mit Burumar de Gostelle anwesend?«, setzte er hinzu.

»Nein, aber frag mich bitte nicht, wie ich davon erfahren habe.«

Beide Mönche verfielen in nachdenkliches Schweigen und gingen weiter, als wollten sie über die letzten Worte nachsinnen oder überlegen, was sie als Nächstes sagen sollten.

Schließlich erklärte Bruder Arben: »Eines verstehe ich allerdings nicht...« Nach einer kurzen Pause fuhr er fort: »Wenn der Dominikaner den Abt geköpft hat, wie konnte er dann so lange nach uns im Kreuzgang auftauchen?«

»Er kann ihn durchaus ermordet haben und dann in aller Eile in den Schlafsaal für edle Gäste zurückgekehrt sein«, antwortete der alte Mönch.

»Als ich das Studierzimmer des Abtes betreten habe, ist noch das Blut aus seinem Hals gesprudelt. Burumar de Gostelle hatte unmöglich genug Zeit, das Verbrechen zu begehen, in den Schlafsaal zu gehen und wieder in den Kreuzgang zurückzukehren, als wäre nichts geschehen.«

Bruder Rinaldo zuckte zusammen, als wäre ihm auf einen Schlag klar geworden, woran seine ganze Theorie krankte. Das Argument des kleinen Kräutermönchs war so schlagkräftig wie vernünftig, und er begriff sogleich, dass er bisher die falschen Schlüsse gezogen hatte. An seinem finsteren Gesichtsausdruck las Grimpow ab, dass der alte Mönch sogar in Erwägung zog, Durlib könnte den Abt umgebracht haben.

Sollte dieser seinen Sprung in die Tiefe unverletzt überlebt haben, konnte er in der Nacht in die Abtei zurückgekehrt, über die Mauer um einen der Gärten gesprungen, bis zu den Gemächern des Abtes vorgedrungen sein und ihn mit dem Dolch des toten Edelmannes geköpft haben. Sozusagen als Rache dafür, dass der Abt ihn bei dem Dominikanermönch denunziert hatte.

Aber die Vorstellung fand er derart an den Haaren herbeigezogen, dass er eine neue Überlegung ins Feld führte.

»Du hast recht mit dem, was du sagst. Vielleicht hat Burumar de Gostelle den Abt nicht eigenhändig umgebracht. Dennoch bin ich sicher, dass er einem seiner Soldaten befohlen hat, ihn zu ermorden und sich irgendwo in der Nähe zu verstecken, bis wieder Ruhe einkehrt, wahrscheinlich im Kapitelsaal, der keine Türen hat. Niemand hätte bemerkt, wenn ein Soldat weniger den Dominikanermönch im Kreuzgang begleitet hätte, kurz nachdem wir eingetroffen waren und Keno gefunden hatten.«

»Stimmt«, gab der Kräutermönch zu. »Ich glaube kaum, dass in dem ganzen Entsetzen und Durcheinander irgendein Mönch darauf geachtet hat, ob wirklich alle fünf Schergen des Königs den Inquisitor von Lyon begleiten. Außerdem ist es gewiss kein Zufall, dass er jemandem die Schuld an dem Verbrechen zugeschoben hat, der die Abtei nie betreten hat.«

»Deshalb hat er uns das Märchen von den teuflischen Fähigkeiten der Templer aufgetischt.«

»Ich weiß mit Sicherheit, dass ihm einige Brüder geglaubt haben und jetzt voller Schrecken fürchten, dieser Tempelritter könnte sie ebenfalls köpfen. Ich habe sogar einige Novizen munkeln hören, Keno hätte den Abt in einem Anfall von Wahnsinn umgebracht.«

»Sie hatten noch nie erlebt, wie sich jemand so entsetzlich windet und schreit, da ist es verständlich, dass sie ihn in ihrer Unwissenheit verdächtigen.« Der Bibliothekar zeigte sich nachsichtig.

»Ja, aber Keno ist nur ein armer Teufel, dem Gott bei seiner Geburt den Verstand vorenthalten hat, damit er nie das Elend der Menschen begreift. Seine Wahrnehmung der Wirklichkeit ist so beschränkt, dass er nicht in der Lage ist, jemanden zu hassen oder gar umzubringen«, entgegnete Bruder Arben.

»Er hatte auch keinen Dolch in der Hand, als wir ihn fanden. Außerdem hat er mir selbst heute früh vor der Prim gestanden, dass er in Ohnmacht gefallen ist, als er den geköpften Abt gesehen hat, und nicht mehr weiß, was dann geschah«, bestätigte Bruder Rinaldo, während er seine Schritte zur Kirche lenkte.

Genau in diesem Moment begann ein eiskalter Wind, kräftig über die Abtei hinwegzufegen und die Wipfel der Zypressen auf dem Friedhof mit der gleichen Selbstverständlichkeit zu beugen, mit der Grimpow beim Jagen seinen Bogen spannte.

In der Küche wies Bruder Brasco die Diener an, im Refektorium die Tische zu decken. Es war Zeit für das Mittagessen. Über dem Feuer stand auf einem Dreifuß ein riesiger Topf, dem dichte, nach Minze duftende Dampfwolken entstiegen. Grimpow lief das Wasser im Mund zusammen, wenn er nur an das köstliche Gericht dachte, das er im Kochtopf vermutete.

»Der Hunger war schon immer ein guter Köder, um Gauner einzufangen!«, rief der Küchenmönch dem Jungen grinsend zu, die Pausbacken von der Hitze aufgedunsen und feuerrot, als er ihn hereinkommen sah.

Er bedeutete ihm, sich an den Tisch zu setzen. Nachdem die Diener begonnen hatten, im Refektorium das Essen aufzutragen, stellte er ihm eigenhändig eine dampfende Tonschale mit einem dicken Eintopf, einen Kanten warmes Brot und einen Krug Wasser auf den Tisch.

»Tut mir leid wegen Durlib«, erklärte er und setzte sich neben Grimpow. »Die Soldaten haben mir gesagt, er sei in den Bergen einen Abhang hinuntergestürzt.«

»Ja, das hat mir Bruder Rinaldo auch erzählt«, bestätigte der Junge erneut betrübt.

Bruder Brasco machte noch einen Schritt auf ihn zu und flüsterte ihm ins Ohr, damit niemand ihn hören konnte: »Damit steht ja wohl fest, dass das Gespenst des Edelmannes hier sein Unwesen treibt: ein tödlicher Unfall und ein entsetzliches Verbrechen.«

»Ihr glaubt, dass beide Unglücke das Werk des geheimnisvollen Gespensts waren?«, fragte Grimpow, um den Befürchtungen des Mannes zu schmeicheln.

»So sicher mich eines Tages der Tod mit seiner langen Sense und seinem schrecklichen Totenschädel holen wird«, antwortete der Küchenmönch und küsste das Kruzifix an seinem Hals. »Ich habe gleich geahnt, dass dieses Gespenst Unglück über die Abtei bringen würde, aber ich wollte es nicht wahrhaben. Manche Mönche behaupten, sie hätten in der Nacht ein seltsames Zischen und gedämpfte Klagelaute gehört. Andere erzählen, sie hätten finstere Gestalten über die Dächer der Abtei huschen sehen. Das war also erst der Anfang«, fuhr er leise fort. »So wie man Ende des vergangenen Jahrtausends fürchtete, die Welt würde untergehen, und alle entsetzt vor der vorhergesagten Ankunft des Satans geflüchtet sind, während Pest, Hunger und Kriege die halbe Menschheit dahingerafft haben«, verkündete er wie ein Prophet.

Bruder Brasco sah Grimpow mit angstverzerrtem Gesicht an. Da dieser schwieg, sprach er weiter: »Burumar de Gostelle hat gestern gesagt, dass der Abt, Gott hab ihn selig« – er machte eine Pause, um sich erneut zu bekreuzigen – »von dem Tempelritter geköpft worden sei, der sich in der Nähe der Abtei herumgetrieben hat. Aber wenn er glaubt, es handle sich um ein Wesen aus Fleisch und Blut, dann irrt er. Dieses Gespenst, das ich, wie du weißt, mit eigenen Augen vor ein paar Tagen in die Berge habe reiten sehen, ist gekommen, um eine Schuld aus der Vergangenheit zu begleichen. Es wird dieses verwunschene Tal erst wieder verlassen, wenn ihm das gelungen ist. Möge Gott uns vor seinem mörderischen Dolch schützen, bevor es zu spät ist!«, rief er aus.

Bei diesen Worten zog er einen Kaninchenfuß und eine Knoblauchknolle aus der Tasche seiner Kutte und nahm sie in beide Hände, als verspräche er sich davon seine Rettung.

Grimpow verkniff sich ein Grinsen, als er erneut Einblick in die Ängste und abergläubischen Vorstellungen des Küchenmönchs bekam. Dann fragte er ihn: »Seid Ihr sicher, dass ein Kaninchenfuß und der Knoblauch Euch vor dem scharfen Dolch des Gespensts schützen können?«

»Ich kenne kein wirksameres Mittel gegen böse Geister, aber bitte erzähl Bruder Rinaldo nichts davon. Sonst brummt er mir als Strafe für meine Sünde mindestens ein Jahr Schweigen auf, auch im Schlaf«, antwortete Bruder Brasco, als legte er die Beichte ab.

»Seid beruhigt, ich werde diskret sein und schweigen wie der arme Keno. Wisst Ihr, ob er sich bereits von seinem Anfall erholt hat?«, fragte Grimpow.

»Ich habe ihm vor einer ganzen Weile etwas zu essen in die Krankenstube gebracht, da hat er wie ein Murmeltier geschlafen. Ich glaube, Bruder Arben hat ihm gestern Abend in einer Tasse Lindenblütentee eine Arznei verabreicht, die ihn mehr tot als lebendig gemacht hat«, mutmaßte der Mönch unter schallendem Gelächter. »Aber du brauchst dich nicht um ihn zu sorgen, Keno ist so unsterblich wie die Götter. Außerdem hat er das Glück, alle Liköre und Arzneien kosten zu dürfen, die der Kräutermönch auf seiner Suche nach dem Lebenselixier herstellt. Es würde mich daher nicht wundern, wenn er uns alle überlebt und so alt wird wie der sagenhafte Methusalem, der der Bibel zufolge neunhundertneunundsechzig Jahre gelebt und nicht einmal bei seinem Tod wie ein Greis ausgesehen hat.«

»Stimmt es, dass manche Mönche gedacht haben, Keno hätte den Abt in einem Anfall von Wahnsinn geköpft?«, fragte Grimpow, um ihn auszuhorchen. Denn wenn jemand alle Gerüchte kannte, die in der Abtei blitzschnell die Runde machten, dann Bruder Brasco, davon war er überzeugt.

»Eine derartige Verleumdung kann nur von einer verderbten Lästerzunge wie derjenigen kommen, die Adam im Paradies in Versuchung geführt hat. Von der Sorte gibt es in diesem Kloster einige, die es allesamt verdient hätten, in ein Schlangennest gesperrt zu werden«, antwortete Bruder Brasco und hob einen der Äpfel an den Mund, die er Grimpow soeben als Nachtisch hingestellt hatte. Er biss mit seinen vergilbten Zähnen hinein und fuhr fort: »Keno ist in diese Abtei gekommen, als er fast erwachsen war. Er hatte keine Eltern mehr und hatte sie auch nie kennengelernt. Offenbar war seine Mutter eine Hure, die ihn nach seiner Geburt in der Höhle einer alten Hexe in der Nähe des Dorfs Corbeille zurückließ. Die alte Zauberin erbarmte sich seiner und fütterte ihn mit der Milch einer Ziege durch, die genauso altersschwach war wie sie selbst. Später, als Keno größer war, verdienten sich die beiden ihren Lebensunterhalt, indem sie an Markttagen und Kirchweihfesten vor der Kirche bettelten. Aber statt Mitleid mit ihm zu empfinden, mieden ihn die Leute erschrocken, wenn sie sein entstelltes Gesicht und seinen zahnlosen Mund sahen. Als er hierherkam, konnte er nicht einmal sprechen, sondern stammelte nur immer wieder fast unverständlich: ›Versteck dich, versteck dich vor den Menschen und ihrer Bosheit!‹«

»Warum hat er das gesagt?«, wollte Grimpow wissen, der wie gebannt zuhörte.

»Später haben wir erfahren, dass dies das Einzige war, was er die alte Hexe jemals hatte sagen hören. Als sie starb, blieb Keno allein in der Höhle zurück, und es ist ein wahres Wunder, dass ihn Hunger und Kälte nicht dahinrafften. Die Nachbarn der Gemarkung flößten ihm so viel Angst ein, dass er sich in den Wäldern versteckte, wie die Alte es ihm immer geraten hatte, und sich in keinem der umliegenden Dörfer mehr blicken ließ. Eines Tages hat man auf einem Hof im Wald von Autrefort eine junge Frau kaltblütig ermordet aufgefunden. Da haben sie natürlich sofort nach ihm gesucht, um ihn an den Galgen zu bringen.«

»Sie dachten, er hätte die junge Frau ermordet?«

»Es ist immer das Einfachste, die Schuld an einem Gewaltverbrechen jemandem zu geben, der sich nicht wehren kann.«

Grimpow begriff, dass Burumar de Gostelle genau dieselbe Methode angewendet hatte, als er den Mord am Abt von Brinkum dem Tempelritter anhängte. Davon sagte er jedoch nichts zu Bruder Brasco, der vor lauter Redseligkeit nicht mehr zu bremsen war.

»Auf seiner unermüdlichen Flucht hat Keno sich irgendwann auf einem verlassenen Friedhof versteckt. Tagelang hat er sich wie ein lebender Toter in der Gruft einer Adelsfamilie verkrochen, bis der Hunger ihn aus seinem Versteck trieb. Er machte sich immer erst nach Einbruch der Dunkelheit in der Umgebung des Friedhofs auf die Suche nach etwas Essbarem. Wenn er etwas gefunden hatte, was weiß ich, Schnecken, Würmer, Käfer, eine Kröte, eine Ratte, eine Katze oder einen Hund, kehrte er zum Friedhof zurück, um seine Beute wie ein wildes Tier im Dunkeln hinunterzuschlingen.«

In Grimpows Kehle regte sich urplötzlich ein Brechreiz und ihm wurde ganz flau. Dabei überraschte ihn eigentlich nicht, was der Küchenmönch ihm über Keno erzählte, denn auch Durlib und er hatten hin und wieder unappetitliche Tiere hinuntergewürgt, um den Hunger zu besänftigen, der in ihren Eingeweiden rumorte.

»Isst er immer noch solchen Unrat?«, fragte Grimpow, bemüht, seinen Ekel zu überspielen.

»Ich habe ihn ein paarmal dabei ertappt, wie er in der Jauchegrube Ratten gejagt hat. Keno schwört allerdings, er tue es für Bruder Arben, der sie für seine Versuche braucht, um irgendwelche Gebräue und Gifte herzustellen.«

»Dann glaubt Ihr also nicht, dass Keno den Abt ermordet haben könnte?«, fragte der Junge unverblümt. Bislang hatte Bruder Brasco sich vor der Beantwortung der Frage gedrückt, die ihn am meisten interessierte.

»Glaubst du, Keno könnte den Geistlichen ermorden, der ihm das Leben gerettet hat? Dieser arme Schwachkopf ist wie ein unschuldiges Kind und kann keiner Fliege etwas zuleide tun, außer er will sie essen«, antwortete der Küchenmönch und lachte erneut schallend.

Grimpow sah Keno am selben Nachmittag in der Krankenstube wieder, als der Schneesturm mit apokalyptischem Getöse auf die Dächer und gegen die dicken Mauern der Abtei peitschte. Da feststand, dass der Junge so lange bei den Mönchen blieb, bis klar war, was ohne seinen Freund Durlib aus ihm werden sollte, schlug Bruder Rinaldo ihm vor, nachmittags dem Kräutermönch in der Krankenstube zur Hand zu gehen und vormittags in der Bibliothek den Stoff des *Trivium* und des *Quadrivium* zu studieren. Wenn er nichts einzuwenden habe, sagte der alte Mönch, werde er selbst sein Meister sein. Grimpow willigte begeistert ein.

Am folgenden Tag lernte er, dass *Trivium* die Bezeichnung der Gelehrten für die drei Künste der Sprache war, nämlich Grammatik, Rhetorik und Dialektik, und dass es sich beim *Quadrivium* um die vier mathematischen Künste handelte: Arithmetik, Musik, Geometrie und Astronomie. Auch wenn Bruder Rinaldo ihn alsbald in die Feinheiten der Sprache und der Wissenschaften einweihte, faszinierte ihn doch nichts so sehr wie die Geheimnisse der Alchimie, die er zusammen mit dem Kräutermönch in dessen Laboratorium erforschte.

Die Krankenstube lag im südwestlichen Flügel der Abtei, und zwar nach Süden, um an klaren Wintertagen die warmen Sonnenstrahlen zu nutzen. Bruder Arben pflegte zu sagen, es gebe keine wundersamere Medizin als das Licht und die Wärme dieses königlichen Gestirns. Gleich neben der Krankenstube befand sich der Saal der Novizen, die einen Teil des Nachmittags damit zubrachten, in einer kleinen Kapelle zu beten.

Als sie Grimpow vorbeigehen sahen, starrten einige der jüngsten Mönche ihn neugierig an, und er konnte in ihren Augen eindeutig einen Anflug von Neid ausmachen. Sie wussten, dass der Junge weder verpflichtet war, zu allen Horen am Stundengebet teilzunehmen, noch dem Schweigegelübde unterlag und auch keine körperlichen Arbeiten übernehmen musste, wie sie es jeden Morgen nach der Prim taten. Folglich fragten sie sich, was ein Junge wie Grimpow in der Abtei machte, und wünschten sich ein ebenso freies Leben. Nicht wenige von ihnen waren nämlich mehr auf Wunsch ihrer Eltern als aus wahrer religiöser Berufung ins Kloster gegangen – vor allem, nachdem sie vom Nektar der Liebe und des Rittertums gekostet hatten. Beides lockte schließlich alle jungen Leute, die das Glück hatten, in den Adelsburgen von Ullense zur Welt gekommen zu sein.

Keno lag im Vorraum der Krankenstube unter einem großen Fenster. Es war mit Holzläden verschlossen, hinter denen der Sturm heulte, als wäre er ein verrückt gewordenes Gespenst. Der Diener schien zu schlafen, aber als er Grimpows Schritte hörte, fuhr er zusammen und sah ihn erschrocken an. Noch unter dem Eindruck der dramatischen Geschichte, die Bruder Brasco ihm in der Küche gerade erzählt hatte, lächelte der Junge den Diener an und stellte zu seinem Erstaunen fest, dass Kenos Gesicht sich ebenfalls zu einem unheimlichen, aber freundlichen Lächeln verzog.

Bruder Arben kam ihm aus dem Nachbarraum zu ihrer Rechten entgegen, wo sich der Saal für die Mönche befand. Unter den drei Fenstern der Krankenstube standen etliche Betten aufgereiht, aber nur zwei waren belegt. Auf dem einen döste ein junger Mönch mit einem geschienten Bein, der beim Ausbessern des undichten Kirchendachs von der Leiter gestürzt war und sich den Knöchel gebrochen hatte. Auf dem anderen Bett sah Grimpow nur ein in Decken gehülltes Bündel, darunter den reglosen Körper eines hundertjährigen, bärtigen Mönchs. Der Mann war offenbar blind, denn seine Augen waren starr auf einen unsichtbaren Punkt an der Gewölbedecke gerichtet. Er war der älteste Bruder der Abtei, hieß Umberto von Alessandria, rührte sich seit zwanzig Jahren nicht mehr und tauchte seither auch nicht mehr aus seinen Gedanken auf.

Über den Sternen

Ein durchdringender Geruch nach verbranntem Zinn und Schwefel erfüllte Bruder Arbens alchimistisches Laboratorium. Den länglichen, schmalen Raum, der durch zwei runde Fensterluken in den Wänden mit Licht versorgt wurde, betrat man durch eine absplitternde, eisenbeschlagene Holzpforte unter einem steinernen Torbogen. Zwei dicke Säulen stützten die niedrige, vom Rauch der Feuerstellen rußige Decke und auf Borden standen unzählige Glasgefäße mit Flüssigkeiten in allen Farben, dazu die unterschiedlichsten Flaschen, Destillierkolben, Reagenzgläser, Schmelztiegel, Glaskolben, Schüsseln, Tonschalen und Kupferkessel. Auf einem Tisch, der mit dunklen Flecken übersät war, lagen etliche Handschriften und Pergamente neben einem Leuchter mit fünf gebogenen Armen sowie mehreren Federkielen und Tintenfässern. Alles in diesem Raum schien mit einer geheimnisvollen Patina überzogen, die so alt war wie die Zeit selbst.

Der kleine Kräutermönch ließ sich seine Begeisterung, Grimpow zum Schüler zu haben, deutlich anmerken. Kaum hatte der Junge das Laboratorium betreten, erzählte er ihm, dass er vor vielen Jahren selbst von dem inzwischen erblindeten Bruder Umberto alles gelernt hatte, was dieser über die Krankheiten des Körpers und der Seele wusste. Der alte Mönch hatte ihm beigebracht, wie Heilkräuter, Pflanzen, Salben, Tinkturen, Heiltränke und sogar Gifte in kleinen Dosen eine heilsame Wirkung entfalteten. Wie ein Gelehrter, der von dem unbezähmbaren Wunsch erfüllt ist, seine medizinischen Kenntnisse vor jemandem auszubreiten, für den alles neu ist, redete Arben ausschweifend über Schwindsucht, Brand, Geschwüre, Pocken, Pest und Aussatz als den schrecklichsten Waffen des Todes.

Während der Kräutermönch anschließend einen Saft aus Honig und Minze zubereitete, um die Lungensekretion des hundertjährigen Umberto anzuregen, und eine Salbe aus Aloe und Fett zusammenrührte, damit die Wunde am gebrochenen Knöchel des anderen kranken Mönchs endlich vernarbte, gestand er Grimpow, worin er seine wahre Berufung sah. Er wollte einer der großen Kenner der geheimnisvollen Kunst der Alchimie werden, in deren Mysterien ihn ebenfalls Bruder Umberto eingeführt hatte. Doch dann war dieser bei einem verhängnisvollen Unfall, als ein Destillierkolben zerborsten war und ihm unzählige Scherben in die Augen getrieben hatte, für immer erblindet.

»Hat er das Augenlicht verloren, als er hier in diesem Laboratorium den Stein der Weisen gesucht hat?«, fragte Grimpow aufgeregt. Die Geschichte des rätselhaften blinden Mönchs hatte ihn vollends gepackt.

»Bruder Umberto hat weit mehr als das verloren. Mit dem Augenlicht ist auch seine Lebensfreude verschwunden. Seither liegt er Tag und Nacht wie ein Starrsüchtiger darnieder und weigert sich aufzustehen, sogar wenn der Abt persönlich es ihm befohlen hat. Obwohl ihm der Abt schon mehrfach mit Exkommunikation gedroht hat, hat er nie wieder einen Fuß auf den Boden gesetzt, nicht einmal um in die Latrine zu gehen.«

»Spricht er denn auch nicht?«, fragte Grimpow.

»Nur wenn ihm danach zumute ist, und das ist äußerst selten der Fall. Das letzte Mal, dass ich ihn etwas sagen hörte – und ich meine mich zu erinnern, dass es eine Gotteslästerung war –, war im letzten Winter. Ich habe es nicht vergessen, weil es da auch so viel geschneit hat. Ich glaube, er ist der einzige Mönch in unserer Abtei, der sich streng an unsere Schweigeregel hält.«

Grimpow begleitete den Kräutermönch in die Krankenstube und beobachtete, wie er Bruder Umberto von Alessandria mit einem Metalllöffel eine breiige, gelbliche Flüssigkeit einflößte. Nun fielen dem Jungen die ausgetrockneten Augenhöhlen und die fahle Haut des blinden Mönchs auf, der zwar nach mehr als hundert Jahren verwelkt war, aber dennoch die Züge eines weisen, vornehmen Mannes bewahrte.

»Dich überrascht, dass er gar nicht so alt aussieht, hab ich recht?«, fragte Bruder Arben, nachdem sie ins Laboratorium zurückgekehrt waren.

Grimpow nickte wortlos.

Der Kräutermönch sprach weiter: »Kurz vor dem Unfall, der ihn des schönsten aller Sinne beraubt hat, vertraute mir Bruder Umberto an, dass er glaube, endlich die Formel für das Lebenselixier gefunden zu haben. Verführt von der Aussicht auf Unsterblichkeit, habe er, entgegen den Geboten der Kirche und ohne Furcht vor der Strafe Gottes für seine Verwegenheit, davon getrunken. Als er später erblindete, dachten die Mönche, der Abt eingeschlossen, Gott hätte den Destillierkolben zerbersten lassen, weil Umberto Seine Barmherzigkeit herauszufordern gewagt hatte.«

»Es war doch nur ein Unfall. Wie könnte Gott so grausam sein!«, widersprach Grimpow.

»Bruder Rinaldo und ich dachten wie du, aber der Schritt von der Vernunft zum Aberglauben ist genauso klein wie der vom Leben zum Tod.«

»Hat Bruder Umberto Euch nicht die Formel für den Stein der Weisen verraten?«, fragte Grimpow. Er brannte förmlich darauf, die Antwort zu erfahren.

»Nein, das hat er nie getan, und selbst wenn, hätte es mir nichts genützt.«

»Bruder Rinaldo hat mir erzählt, dass Ihr ebenfalls den sogenannten *lapis philosophorum* sucht und ganze Nächte in diesem Laboratorium zubringt.«

Der kleine Kräutermönch lächelte mit seinem gutmütigen Possenreißergesicht. »Mein lieber Grimpow, dem wahren Alchimisten kommt es nicht auf das Ergebnis an, sondern auf das, was er während seiner Suche lernt. Deshalb muss jeder Alchimist seinen eigenen Weg gehen, in dem Bestreben, das geniale, weise Wesen aufzuspüren, das in ihm steckt. Ich muss gestehen, ich habe es noch nicht gefunden.«

»Dann versucht Ihr also nicht, grobe Metalle in reinstes Gold umzuwandeln?«, fragte Grimpow, völlig verwirrt über die Äußerung des Mönchs.

»Ja und nein«, antwortete dieser. »Ich experimentiere in der Tat mit Metallen, um sie so rein zu machen wie Gold, aber ich werde nicht vom Ehrgeiz getrieben und strebe auch nicht nach Reichtum. Dieser außerordentliche Stein der Weisen, auf den alle Alchimisten aus sind, ist kein Gold, wie viele Scharlatane fälschlicherweise behaupten, sondern etwas so Unstoffliches wie die Weisheit. Das Gold ist nur ein Sinnbild, ein Symbol für die Vollkommenheit der Seele, nach der die wahren Alchimisten streben. Dieser Vollkommenheit nähern sie sich durch das Wissen, das sie sich bei der alchimistischen Umwandlung von Metallen erwerben und das die Fähigkeit des Menschen unter Beweis stellt, den Geheimnissen der Natur auf die Spur zu kommen und sie zu lüften. Die Alchimie versucht, sich die Materie untertan zu machen, sie umzuwandeln und neu zu erschaffen, so wie Gott es tat, als er die Welt erschuf. Aus diesem Grund ist jede Zeit anders als die vorhergehende und die nachfolgende. Deshalb ist ja auch die Zukunft unseres Lebens und der Menschheit so ungewiss und faszinierend«, erklärte der Mönch begeistert.

Nach einem kurzen Räuspern fuhr er fort: »Jede unserer Errungenschaften wird bald verblassen angesichts der Erfindungen vieler Weiser, die alle erdenklichen Apparate bauen werden. Wir müssen nur darauf achten, dass diese Wunderwerke der Entwicklung der Menschheit dienen, nicht ihrer Zerstörung. Deshalb halten wir unsere Kenntnisse, Forschungen und Entdeckungen absolut geheim und machen sie nur den Eingeweihten zugänglich. Die anderen würden sie nicht verstehen, sondern missbrauchen. Und so mancher würde sich wohl sogar darüber lustig machen.«

»Betrachtet die Kirche die Alchimisten deshalb als Ketzer?«

»Die Kirche und die Könige treibt nur die Sorge um, dass irgendwann jeder Gold herstellen und dadurch mächtiger werden könnte als der Papst. Genau das ist vor Jahren mit den Tempelrittern geschehen, die man wegen ihrer Macht und ihres Reichtums zu Ketzern erklärt hat.«

Da waren sie erneut, die Tempelritter, und Grimpow musste unwillkürlich an seinen magischen Stein denken. Nach allem, was Bruder Arben ihm soeben erklärt hatte, hatte er viel mit der Alchimie, dem Stein der Weisen und dem Orden vom Tempel Salomons in Jerusalem zu tun. Plötzlich ahnte der Junge, dass der Stein, den er um den Hals trug – wenn er überhaupt einer war –, vielleicht allen Legenden zugrunde lag, die sich im Laufe der Jahrhunderte um den rätselhaften *lapis philosophorum* gerankt hatten. Vom Stein der Weisen hatte jeder schon einmal gehört, indes wusste niemand mit Sicherheit, ob es ihn wirklich gab, welche Bedeutung er hatte und wozu er gut war.

Der Schneesturm verzögerte Grimpows Vorhaben, zu dem Wegkreuz ins Tal hinunterzugehen, um festzustellen, ob Durlib ihren kleinen Schatz ausgegraben hatte. Das wäre das untrügliche Zeichen, dass er noch am Leben war. Es war sein Geheimnis, nur seins und Durlibs, denn niemand sonst wusste, wo sie die Satteltasche versteckt hatten. Doch der Junge fand bald heraus, dass die Mauern der Abtei so viele Geheimnisse bargen, wie Seelen in ihr wohnten.

Eines Tages, als die Kirchenglocken die Mönche kurz vor Mittag gerade zur Sext gerufen hatten und Grimpow allein in der Bibliothek zurückgeblieben war, wo er eine astronomische Abhandlung eines Ägypters namens Ptolemäus studierte, sah er Kenos entstelltes Gesicht hinter einer Säule hervorlugen. Der Diener forderte ihn mit einem schiefen Lächeln auf, ihn zu begleiten. Grimpow ließ die Handschrift auf dem Tisch liegen und folgte ihm neugierig, so dicht hinter ihm wie sein Schatten.

Aus den verstohlenen Bewegungen des Dieners auf dem Weg durch die Gänge der Bibliothek sowie aus der Vorsicht, mit der er die Türen öffnete und behutsam wieder zuzog, schloss der Junge, dass Keno unbemerkt bleiben wollte. Offensichtlich sollte niemand erfahren, wohin er mit seinem jungen Begleiter unterwegs war. Sie gingen in den Kreuzgang hinunter, am Kapitelsaal und den Gemächern des Abtes vorbei und steuerten auf den Schlafsaal für edle Gäste zu. Dort öffnete Keno eine Pforte, die zum Gebäude der Diener, in den Gemüsegarten und zu den Stallungen führte. Ein heftiger Wind peitschte durch die Baumwipfel und wirbelte die Schneeflocken über ihren Köpfen durcheinander, sodass sie die Augen zusammenkneifen mussten.

»Wohin gehen wir?«, schrie Grimpow in dem vergeblichen Versuch, den riesigen Diener, der rasch vor ihm ausschritt, zum Sprechen zu bewegen. Doch er erhielt keine Antwort.

Schließlich erreichten sie die Ställe, wo ein gutes Dutzend reinrassiger Pferde vor Sturm und Kälte geschützt friedlich das Futter aus den gut gefüllten Trögen fraß. Alle waren pechschwarz, außer einem, in dem Grimpow sofort das Reittier des in den Bergen erfrorenen Edelmannes wiedererkannte. Er ging auf den Schimmel zu und spürte in dem Blick des Tieres, dass es sich freute, ihn zu sehen, als wären sie bereits miteinander vertraut.

Als Keno neben ihn trat, wieherte das Pferd erschrocken und schüttelte sich. Grimpow tätschelte ihm den Hals, um es zu beruhigen, und entdeckte dabei die blanke Narbe auf seinem Rücken. Es handelte sich um ein Brandzeichen, das der Junge schon einmal gesehen hatte: die Schlange auf dem versiegelten Brief und dem goldenen Petschaft, die sich in den Schwanz biss und dabei mit ihrem Körper einen Kreis beschrieb.

»Ich dachte, Burumar de Gostelle hätte das Pferd mitgenommen«, sagte Grimpow. Er hoffte, Keno würde sich nun endlich zum Sprechen entschließen.

Aber der Diener begnügte sich damit, ihm die Bandagen an den Hinterbeinen des Tieres zu zeigen.

Grimpow mutmaßte, dass die Bisswunden noch nicht verheilt waren, sodass der Inquisitor das Pferd wohl oder übel in den Stallungen der Abtei hatte zurücklassen müssen. Der Junge nahm sich vor, Bruder Rinaldo um Erlaubnis für einen Ausritt zu bitten, sobald der Schneesturm nachgelassen hatte, und dankte Keno, dass er ihn in den Stall geführt hatte.

Als dieser die Worte des Jungen hörte, verzogen sich seine Lippen zu einem erfreuten Lächeln, auf das ein unverständliches Gestammel folgte. Dann zog der Diener ihn am Ärmel seines Kittels und drängte ihn zum Weitergehen. Offenbar wollte er ihm nicht nur das verletzte Pferd zeigen.

Keno ging zum anderen Ende der Stallungen, wo ein riesiger

Berg Stroh bis an die mächtigen Dachbalken hinaufreichte. Den schob er zum Teil beiseite und öffnete eine Bodenklappe, welche einen Schacht freigab, der so tief und schwarz war wie ein ausgetrockneter Brunnen. Behände ließ er sich hineingleiten und bedeutete Grimpow, ihm zu folgen. Der Junge wusste, dass er von diesem Riesen mit dem Gesicht eines Ungeheuers und der Seele eines Kindes nichts zu befürchten hatte, und folgte ihm, ohne zu zögern, trotz der absoluten Dunkelheit, in die sie sich begaben. Über ihren Köpfen schloss sich die Klappe wieder und sie stiegen blind eine Eisentreppe an der Wand des Schachts hinab. Unten angelangt tastete Keno eine Ecke ab, dann zündete er eine Fackel an, in deren Schein Grimpow sehen konnte, dass sie sich in einem engen Tunnel befanden. An dessen Ende tat sich eine geräumige Höhle auf, durch die ein dunkler Bach floss. Die Wände waren aus Felsen und über ihnen glitzerten spitze Stalaktiten wie durchscheinende Weichtiere im Mondlicht.

Keno steuerte auf etwas zu, was wie eine uralte Holztruhe aussah, und winkte Grimpow zu sich heran. Er drückte ihm die Fackel in die Hand und öffnete den Deckel der Truhe, als wollte er einen kostbaren Schatz heben, der jahrhundertelang in dieser unterirdischen Höhle verborgen gewesen war. Der Junge näherte die Fackel der offenen Truhe und erstarrte zu Stein, als er das prächtige Schwert sah, das auf dem sorgfältig zusammengefalteten Umhang eines Ritters ruhte.

Er fragte Keno, ob er wisse, wem das Schwert gehöre, aber der Diener zuckte lediglich die Achseln und grinste ihn mit seinem zahnlosen Mund an. Grimpow malte sich sogleich aus, dass dies vielleicht die Gewänder waren, die Bruder Rinaldo getragen hatte, als er vor langer Zeit in der Abtei Brinkum eingetroffen war. Der Schaft des Schwertes war aus purem Gold und mit Edelsteinen besetzt, ähnlich wie bei den Dolchen, die der tote Edelmann bei sich gehabt hatte. Am Ende des Schaftes war ein Kreis mit einem roten achtspitzigen Kreuz eingraviert, und auf dem Übergang zwischen Schaft und Klinge war ein kleines Medaillon mit einem Reiter eingelassen, der im Galopp eine Lanze schwang.

Grimpow gab Keno die Fackel zurück und nahm das schwere Schwert in die Hand. Kaum berührten seine Finger den Schaft, da erschien vor seinem geistigen Auge ganz deutlich eine Reihe von Bildern, in denen Bruder Rinaldo von Metz auftauchte, das Gesicht hinter dem Visier eines Helms verborgen, im Kettenhemd und einer weißen Tunika, auf die in Brusthöhe ein großes rotes Kreuz gestickt war. Es war das gleiche Kreuz, das auch hinten auf den weißen Mantel genäht war, der seinen Rücken bedeckte, das seinen langen Schild zierte und das von dem kleinen Kreis eingerahmt wurde, der den Schaft seines Schwertes krönte. Auf einem feurigen schwarzen Streitross ritt er durch eine Menschenmenge aus Frauen und Kindern, die schreiend vor einer Feuersbrunst flohen und auf die er im Blutrausch erbarmungslos mit seinem Schwert einschlug.

Grimpow schloss die Augen, außerstande, diese Schreckensvision von Blut und Tod noch länger zu ertragen, und warf das Schwert zu Boden. Keno sah ihn daraufhin verblüfft und erschrocken an, als hätte auch er mit seinen Kinderaugen dieses makabre Gemetzel gesehen.

Auf den Schneesturm folgte ein kalter, aber strahlender, wolkenloser Tag. Die Berggipfel im Norden zeichneten sich wie spitze Reißzähne am Horizont ab, die den Himmel verschlingen wollten. Darüber bewegte sich die Sonne gemächlich auf ihrer ewig gleichen Bahn von Osten nach Westen. Auf den Tannen türmte sich der Schnee, sodass die Äste fast bis zum Boden herunterhingen, und weiter im Süden, bei den Wasserfällen, zog ein Schwarm Aasgeier über dem Tal bizarre Kreise, die von einem saftigen Mahl kündeten.

Grimpow sagte Bruder Rinaldo Bescheid, dass er das verletzte Pferd des Templers versorgen wolle, und verließ die Abtei in Richtung Stall, nachdem sich die Mönche im Refektorium eingefunden hatten. Das Haupttor war verschlossen, aber Keno hatte ihm den Weg zu den Stallungen gezeigt. Vom Gemüsegarten aus brauchte er bloß über einen kleinen Zaun zu springen und schon befand er sich außerhalb der Abtei.

Er trug den Dolch des toten Edelmannes unter dem Fellumhang versteckt und konnte es kaum erwarten, endlich herauszufinden, ob Durlib noch lebte. Dazu musste er nur den steilen Abhang mit der dicken Schneedecke, unter der sich der Weg schlängelte, ganz hinunterlaufen. Das Wegkreuz war so nah, dass er es bald auf einer Lichtung zwischen den Tannen entdeckte. Unzählige zickzackförmige Spuren von Wölfen machten ihn stutzig, während er bei jedem Schritt bis zu den Knien im Schnee einsank. Im Winter kamen ganze Rudel hungriger Wölfe aus den Bergen herab, um in den Dörfern im Tal Schafe zu reißen, vor allem nach so heftigen Schneefällen wie in den letzten Tagen. Grimpow vermisste Bogen und Köcher, denn bei seinem Aufbruch hatte er nicht daran gedacht, sie aus dem Pilgersaal mitzunehmen.

Der Steinsockel, auf dem das Wegkreuz stand, war völlig zugeschneit. Grimpow schaufelte den Schnee mit den Händen beiseite, bis seine Finger wegen der bitteren Kälte ganz taub waren. Dann holte er den Dolch heraus und stocherte in der Erde nach der Satteltasche. Sie war nicht schwer zu finden, aber als er sie an derselben Stelle liegen sah, an der Durlib und er sie vergraben hatten, glaubte er, sein Herz würde zu Eis erstarren, so wie das Herz des Edelmannes in den Bergen zu Eis erstarrt war. Offensichtlich war Durlib nicht zurückgekehrt, um die Tasche zu holen, und das wiederum bedeutete, dass er bei seinem Sturz in der Tat zu Tode gekommen war, wie der Inquisitor dem Abt versichert hatte.

Da ließ Grimpow seinen Tränen freien Lauf wie einem über die Ufer tretenden Bach, denn in der Abtei hatte er sie seit Tagen zurückgehalten, in der Hoffnung, Durlib sei noch am Leben. Er musste an den Tag denken, als er ihn in der Schenke seines Onkels Fedo kennengelernt und sich entschlossen hatte, mit ihm durch die Welt zu streifen. Mit der Zeit war Durlib zu dem Vater geworden, den er sich immer gewünscht, jedoch nie gehabt hatte. Denn sein leiblicher Vater war ein streitsüchtiger Trunkenbold gewesen, der Grimpows Mutter Tag für Tag misshandelt und den Jungen und seine Schwestern mit seinem ewigen Gestank nach saurem Wein abgestoßen hatte.

Doch als der Junge schluchzend die Satteltasche aus dem Loch zog und sie öffnete, stellte er fest, dass sich darin weder die Silbermünzen noch der Schmuck des toten Edelmannes befanden. Mit vor Kälte steifen Fingern wühlte er in der Ledertasche, um sich zu vergewissern, dass seine Augen ihn nicht trogen, und entdeckte, dass neben dem Brief und dem goldenen Petschaft ein paar Rosmarinzweige lagen, die vorher nicht dort gewesen waren.

Ein Freudenschrei entfuhr ihm, der in einiger Entfernung von den Bergen zurückgeworfen wurde. Dann schrie er noch einmal genauso laut. So konnte Durlib ihn bestimmt hören, falls er sich noch in den umliegenden Wäldern versteckt hielt. Denn nun zweifelte Grimpow nicht mehr daran, dass sein Freund am Leben war. Durlib musste eingefallen sein, dass seine Mutter ihm als Kind Rosmarinzweige um den Hals gehängt hatte, und er benutzte sie nun als Zeichen. Unwillkürlich hatte Durlib damit eine einfache Geheimsprache zwischen ihnen entwickelt.

Durlib war klar, Grimpow würde sofort begreifen, dass nur er die Rosmarinzweige in die Satteltasche gesteckt haben konnte, als er den Schmuck und die Silbermünzen mitnahm. Der Junge griff nach dem versiegelten Brief und dem goldenen Petschaft und legte die leere Satteltasche wieder in das Loch. Sein Freund würde zurückkommen, um nachzusehen, ob er die geheime Botschaft erhalten hatte, da war er sicher. Damit ersichtlich war, dass er und kein anderer die Satteltasche geöffnet hatte, nahm er einen kleinen Stein von ähnlicher Größe wie der des toten Edelmannes und steckte ihn in die Ledertasche. Diese Botschaft würde Durlib ebenfalls verstehen und sicher bald zu ihm in die Abtei zurückkehren.

So groß war Grimpows Jubel, dass er nach seiner Rückkehr direkt in die Klosterküche lief, um Bruder Brasco die frohe Kunde zu bringen. Aber zu seiner Überraschung war der bereits auf dem Laufenden.

»Wie kann das sein?«, fragte der Junge verwundert.

Der Küchenmönch führte einen Kochlöffel mit Suppe an die Lippen, kostete genüsslich davon und steckte den Löffel dann wieder in den Eintopf, der auf dem Feuer vor sich hinköchelte.

»Durlib war heute Vormittag nach der Terz hier, als alle Mönche bei der Arbeit waren und du mit Bruder Rinaldo in der Bibliothek studiert hast«, antwortete er ein wenig widerwillig.

»Warum hast du mir nicht Bescheid gesagt? Du wusstest doch genau, dass ich ihn unbedingt sehen wollte!«, warf Grimpow ihm ungehalten vor.

Bruder Brasco starrte betreten auf den Küchenboden, um den vor Wut funkelnden Augen des Jungen auszuweichen.

»Durlib hat mich gebeten, dir erst zu sagen, dass er hier war, wenn er wieder fort ist«, antwortete er bekümmert. »Er dachte, es wäre besser, wenn du ihn nicht siehst.«

»Wieso wollte Durlib mich nicht sehen? Er hat doch gewusst,

wie sehr ich auf ihn warte! Wir müssen unsere Reise ans Ende der Welt fortsetzen. Das hat er Euch doch selbst gesagt, an dem Abend, als wir in der Abtei angekommen sind, wisst Ihr noch?«, fragte Grimpow aufgebracht und bekümmert zugleich.

Bruder Brasco trat auf ihn zu und legte ihm eine rosige Hand auf die Schulter. »Grimpow, Grimpow, mein Junge ...«, sagte er unschlüssig. »Dein Freund Durlib wollte nicht, dass du weiter wie ein Landstreicher und Geächteter lebst. Er schleppt dieses Dasein wie den Fluch der ewigen Buße mit sich herum. Er hat mir erzählt, er habe in den letzten Tagen, nachdem Burumar de Gostelle ihn beinahe umgebracht hätte, in der Einsamkeit der Berge viel über deine Zukunft nachgedacht. Er sei zu dem Schluss gekommen, zusammen mit ihm würdest du Armut und Unwissenheit nie hinter dir lassen, sondern eines Tages auf dem Marktplatz irgendeines elenden Dorfes am Galgen hängen.«

Da fiel Grimpow ein, dass er, als er den Stein des Edelmannes zum ersten Mal angefasst hatte, faszinierende und tragische Veränderungen in seinem Leben vorausgeahnt hatte und dass eine brennende Neugierde auf alles, was ihn umgab, in ihm erwacht war. Deshalb hatte er sich auch so gefreut, in die Abtei Brinkum zu gelangen und dort den Bibliothekar Rinaldo von Metz kennenzulernen, der ihm so viel über die Natur und den Kosmos beibringen konnte.

Im Grunde seines Herzens war und blieb er aber der vergnügte, widerspenstige Schelm, der mit Durlib frei durch die Dörfer und über Land streifte, ohne andere Zukunftssorgen als diejenige, die Hoffnung nicht zu verlieren und an jedem neuen Tag noch am Leben zu sein. Vor die Wahl gestellt, hätte er niemals die Entbehrungen und Unwägbarkeiten seines Lebens mit Durlib gegen allen Reichtum und alle Weisheit der Welt eingetauscht.

»Ich wollte mich aber nie von ihm trennen! Durlib ist mein

einziger wahrer Freund!«, stieß Grimpow unter Schluchzen hervor.

»Durlib hat entschieden, dass es besser für euch beide ist, wenn ihr euch trennt, zumal du dich schon daran gewöhnt hast, ohne ihn zu sein. Er ist überzeugt davon, dass du in dieser Abtei all das lernen kannst, was er dir nie beibringen könnte, und deinen Weg auch ohne ihn gehst. Ich soll dir von ihm ausrichten, dass du die Suche nach diesem magischen Weg, von dem du einmal geträumt hast, niemals aufgeben sollst. Und wenn du ihn findest, sollst du an ihn denken, als wäre er bei dir.«

Damit, so dachte Grimpow, wollte Durlib ihn indirekt ermutigen, eines Tages die Mission des Edelmannes fortzusetzen, deshalb hatte er auch den Brief und das goldene Petschaft nicht an sich genommen. Vermutlich genügten seinem Freund die Silbermünzen und der Schmuck, um ein neues Leben fern der Armut zu beginnen.

»Aber warum hat er mir all das nicht selbst gesagt? Dann hätte ich mich wenigstens von ihm verabschieden können«, klagte er.

»Er befürchtete, wenn er dich wiedersieht, würde er es nicht übers Herz bringen, dich in der Abtei zurückzulassen«, erwiderte Bruder Brasco, schon deutlich erleichterter.

Grimpow fügte sich Durlibs Entscheidung und versuchte seine Traurigkeit zu überspielen. »Hat Durlib Euch nicht gesagt, wo er hinwollte und was er jetzt vorhat?«, fragte er.

»Er hat mir nur gesagt, er wolle ans Meer, um herauszufinden, ob es wirklich Sirenen gibt.«

Als Grimpow am nächsten Morgen Bruder Rinaldo fragte, ob er jemals das Meer gesehen habe, nahmen die wimpernlosen Augen des alten Mönchs einen wehmütigen Ausdruck an. Er erklärte dem Jungen, das Meer sei wie ein riesiger See ohne Ufer, manchmal sei es grün wie ein Smaragd und dann wieder blauer als der Himmel. Wenn es ruhig sei, sehe es aus, als schliefe es, aber es könne auch so schrecklich sein wie die Hölle, wenn die Wellen sich haushoch türmten und Schiffe, die diese Ruhe zu stören wagten, erbarmungslos verschlangen.

»Habt Ihr im Meer einmal eine Sirene gesehen?«, fragte Grimpow ihn und hatte dabei die Reise im Sinn, die Durlib Bruder Brasco gegenüber erwähnt hatte.

»Auf meinen Reisen hatte ich nie das Glück, einem dieser Wesen zu begegnen, von denen die Seefahrer so viele märchenhafte Legenden erzählen.«

Bruder Rinaldo entschuldigte sich für einen Moment und verließ die Bibliothek, wo Grimpow gerade eine von einem arabischen Weisen namens Avicenna verfasste Abhandlung über die menschliche Anatomie studierte. Der alte Mönch steuerte auf das Geheimkabinett mit den verbotenen Büchern zu und kehrte kurz darauf mit einer umfangreichen Handschrift zurück, die er auf den Schreibtisch legte. Ihr Titel lautete *Liber monstruosum.*

Er schlug den Band auf und blätterte darin, bis er auf eine bezaubernde Illustration stieß: eine junge Frau von unerhörter Schönheit, deren goldenes Haar ihr wie eine Kaskade über die Schultern fiel. Ihre himmelblauen Augen schienen Grimpow herausfordernd anzublicken, während dieser sich ohne jede Scham an der Betrachtung ihrer großen, runden Brüste ergötzte und dabei ein sonderbares, wohliges Prickeln verspürte. Unterhalb des Nabels ging der Körper der Sirene in den silbrig glitzernden Schwanz eines großen Seefisches über, der anmutig auf einer Klippe ruhte. Neben der Abbildung stand eine in Lateinisch abgefasste Textspalte: »Sirenen sind Meerjungfrauen, die die Seeleute mit ihrer trefflichen Gestalt und ihrem liebreizenden Gesang verführen. Vom Kopf bis zum Nabel haben sie einen weiblichen Körper und gleichen einem Menschen, indes haben sie den schuppigen Schwanz eines Fisches, mit dem sie sich in der Tiefe fortbewegen.«

Während Grimpow den Blick nicht von den nackten Brüsten des Wesens abwenden konnte, erzählte Bruder Rinaldo ihm eine Geschichte, die er auf einer seiner Reisen gehört hatte. Eine Expedition christlicher Kreuzritter, die auf dem Seeweg ins Heilige Land unterwegs waren, war vom Sturm auf eine unbekannte Insel gespült worden und hatte deutlich das Gemurmel, die Gesänge und das Lachen der Sirenen gehört. Hingerissen von der Lieblichkeit ihrer Stimmen, waren die Kreuzritter der Versuchung erlegen, sie zu lieben, und man hörte nie wieder von ihnen, bis Jahre später ein venezianisches Handelsschiff an der Küste der geheimnisvollen Insel vor Anker ging und die Skelette der Ritter in Galauniform auf den Klippen verstreut fand.

Diese Legende versetzte Grimpow in Unruhe, denn da Durlib sich auf die Suche nach Sirenen machen wollte, fürchtete er, sein Freund könne auf dem Meer den Tod finden, dem er in den Bergen entgangen war.

Aber der alte Mönch beruhigte ihn: Die schönen Sirenen seien seiner Meinung nach nur eine Erfindung, ein Sinnbild der Gefahren der Fleischeslust, die den Männern so viel Unglück einbringe, seit Eva im Paradies Adam in Versuchung geführt hatte.

Die vielen Abbildungen in diesem Bestiarium weckten Grimpows Neugier, und so verbrachte er den ganzen Vormittag damit, sie sich alle anzusehen, während Bruder Rinaldo ihm mit unverhohlener Begeisterung von Fabelwesen wie dem Einhorn, dem Zentaur, dem Drachen und dem Basilisk erzählte, einem Mischwesen zwischen Drachen und Hahn, das mit seinem Blick einen Menschen töten konnte. All diese Wesen und Legenden seien lediglich von den Menschen seit Anbeginn der Welt ersonnene Fabelwesen, um mit ihnen die ganze Magie und Rätselhaftigkeit des Universums zum Ausdruck zu bringen, erklärte der Mönch.

In den folgenden Tagen fand Grimpow beim Studium vieler alter Handschriften in der Klosterbibliothek bestätigt, dass die ersten Bewohner der Erde diese Mythen von Göttern und Fabelwesen dazu benutzt hatten, die Wunder um sie herum zu erklären. Sie ordneten den Himmel den Göttern zu, die Erde den Tieren und Menschen und die finsteren Tiefen den Ungeheuern, Teufeln und Dämonen. Für sie war alles, was sich in diesen Welten zutrug, chaotisch und ein Ergebnis des Zufalls. Nur den Göttern war es gegeben, in den ungewissen Verlauf dieser Ereignisse Ordnung zu bringen. Der Junge lernte jedoch auch, dass nach dem Auftauchen der Schrift vor Tausenden von Jahren einige weise Männer das Universum und die Natur anders wahrnahmen. Sie kamen zu dem Schluss, dass die Erscheinungen in ihrer Umgebung nicht dem launenhaften Willen der Götter unterlagen, sondern feststehenden Gesetzen folgten. Diese schlugen sich in den Dingen selbst nieder, deren Wesen man erforschen konnte.

Nichts überraschte Grimpow jedoch so sehr wie die mathematischen Theorien eines griechischen Weisen namens Pythagoras, den die Perser fast fünfhundert Jahre vor Christus festgenommen und nach Babylonien geschafft hatten, wo Magier ihm beibrachten, dass man das Wesen aller Dinge mithilfe von Zahlen ausdrücken konnte. Der Mönch erzählte Grimpow daraufhin, dass dieser kluge Mann in Kroton eine Schule von jungen Weisen gegründet hatte, die sich Pythagoreer nannten und deren Wissen und Unterricht streng geheim blieb. Da fielen ihm die Bilder wieder ein, die er vor einigen Tagen im Traum gesehen hatte, als er im Pilgersaal der Abtei geschlafen hatte: Zahlen über Zahlen und mathematische Formeln, vermischt mit wirren Theorien über die Natur und das Universum. Ohne zu wissen warum, ahnte Grimpow, dass der Stein des toten Edelmannes irgendetwas mit diesen rätselhaften Weisen des Altertums zu tun hatte.

Seine Vermutung bestätigte sich eines Nachmittags, als er nach dem Mittagessen Bruder Arben in der Krankenstube aufsuchte, während es draußen friedlich schneite. Schon seit Tagen schien die Abtei wieder in ihren ruhigen, stillen Alltag zurückgefunden zu haben, fern vom Aufruhr und den Ängsten, welche die kaltblütige Ermordung des Abtes bei den Mönchen ausgelöst hatte. Alle waren an ihre Arbeit und ihre Gebete zurückgekehrt, auch der junge Mönch, der sich den Knöchel gebrochen hatte, wie Grimpow feststellte, als er an dessen leerem Bett vorbeiging.

Auf dem Weg zum Laboratorium durchquerte er gerade die Krankenstube, da vernahm er hinter sich eine tiefe Stimme, die ihn wie ein Schlangenbiss lähmte.

»Dieser Stein kann dich eines Tages das Leben kosten!«

Grimpow drehte den Kopf und stellte fest, dass sich außer Bruder Umberto von Alessandria und ihm niemand im Raum befand. Demzufolge musste der blinde Mönch das Wort an ihn gerichtet haben, auch wenn der Junge das Gesicht des Hundertjährigen wegen der vielen Decken, die ihn vor der Kälte schützten, nicht sehen konnte.

»Was wollt Ihr damit sagen? Ich verstehe Euch nicht«, erwiderte Grimpow und blieb neben Bruder Umbertos Bett stehen.

Seine Verwirrung hing in der Luft wie eine verhexte Wolke und löste sich erst auf, als die Stimme des bettlägerigen Mönchs den Zauber brach.

»Mich kannst du nicht hinters Licht führen«, antwortete er.

»Seit ich zum ersten Mal deine Schritte in dieser Stube gehört habe, wo sogar das Siechtum für mich unsichtbar ist, wusste ich, dass du den Stein bei dir trägst. In der undurchdringlichen Finsternis meiner Blindheit nahm ich sein Licht wahr wie das Funkeln eines Sterns in tiefer Nacht. Seither habe ich auf den richtigen Moment gewartet, um mich allein mit dir zu unterhalten.«

»Ich weiß nicht, wovon Ihr sprecht. Vielleicht täuscht Ihr Euch«, entgegnete Grimpow. Der blinde Mönch konnte unmöglich erraten haben, dass er in dem Leinensäckchen unter seinem Wams den Stein versteckt trug.

»Ich spreche über den Stein der Weisen, den *lapis philosophorum,* wenn du ihn lieber so nennen willst«, gab der alte Mönch nüchtern zurück.

»Ich besitze keinen Stein und schon gar nicht den Stein der Weisen der Alchimisten«, beharrte der Junge und setzte sich auf das Nachbarbett. Er wollte das ausdruckslose Gesicht des hundertjährigen Mannes, das fast vollständig von einem langen weißen Bart bedeckt war, besser sehen können.

»Jetzt kann ich ihn noch deutlicher spüren, es nützt dir nichts, das Offensichtliche abzustreiten«, stellte der Blinde zufrieden fest.

Bruder Umberto von Alessandria bewegte beim Sprechen nur die Lippen, seine Miene und der Körper blieben reglos. Wenn er schwieg, kam es Grimpow deshalb so vor, als unterhielte er sich mit einem Toten.

»Ich glaube, Ihr sprecht im Delirium, ich sage lieber Bruder Arben Bescheid, damit er Euch Eure Arznei bringt«, erwiderte der Junge ausweichend.

»Mein einziges Delirium hat darin bestanden, diesen Stein so sehr begehrt zu haben, dass er mich ganz verrückt gemacht hat«, widersprach der alte Mann eindringlich.

»Ich sehe schon, in Wirklichkeit habt Ihr den Verstand verloren, denn Ihr sprecht vom Stein der Weisen, als handelte es sich um eine schöne Dame, der Ihr Eure Liebe geschenkt habt.«

»Mein Begehren wäre nicht so groß gewesen, wenn es sich um eine Frau gehandelt hätte. Ich habe mein Keuschheitsgelübde treu befolgt, die Fleischeslust hat mich nie in Versuchung führen können«, versetzte der Mönch.

»Wenn Ihr aber den Stein der Weisen gesucht habt, bis Ihr das Augenlicht und den Verstand verloren habt, wart Ihr Eurem Armutsgelübde nicht wirklich treu. Was hattet Ihr denn mit dem Gold im Sinn, das Ihr in Eurem Laboratorium hergestellt hättet?«, fragte Grimpow, um den Kranken aus der Reserve zu locken. Wenn der Mönch ihm einfach so auf den Kopf zusagen konnte, dass er den Stein der Weisen besaß, musste er auch allerhand darüber wissen.

»Gold ist nichts im Vergleich zur Macht Gottes!«, antwortete dieser erregt und rührte sich zum ersten Mal unter seinen Decken. Dann beruhigte er sich wieder und fuhr fort: »Es gab eine Zeit, in der ich den *lapis philosophorum* mit dem reinen Herzen eines begabten Schülers besessen habe. Es gab keine Frage, die ich nicht beantworten konnte, und kein Geheimnis, das ich nicht mit meinem Verstand ergründete. Es war, als wäre ich in den Himmel aufgestiegen und hätte mich direkt neben Gott gesetzt, um mich am Anblick eines Universums ohne Geheimnisse zu erfreuen. Plötzlich war mir alles erklärlich und begreiflich, wie es zu Beginn für den Schöpfer gewesen sein muss.«

Seine Beschreibung erschien Grimpow zumindest nicht völlig abwegig, denn beim Studium der Handschriften in der Bibliothek hatte er die Zauberkraft des Steins am eigenen Leib gespürt. Es war, als enthüllte er ihm auf Anhieb das gesamte Wissen der Menschheit, das bereits bekannte ebenso wie das noch zu entdeckende. Es stand also außer Zweifel, dass Bruder Umberto von Alessandria genau wusste, wovon er sprach.

»Demnach ist es Euch gelungen, vollkommene Weisheit zu erlangen?«, fragte Grimpow, während er durch ein Fenster beobachtete, wie die Dämmerung in feurigen Farben über das Tal hereinbrach.

»Nicht ganz, aber doch genug, um in meinem Leben nichts anderes zu begehren. Solange ich den Stein in der Absicht benutzt habe, Weisheit zu erlangen, habe ich unermüdlich über alle Wissensgebiete geschrieben, von der Astronomie bis hin zur Mathematik und Geometrie, Philosophie, Alchimie, Medizin, Botanik, Mineralogie und Musik… Die zutreffendsten Überlegungen und die komplexesten Thesen haben sich in Reichweite meiner Feder befunden wie die Früchte eines Baumes in Reichweite meiner Hand. Das alles habe ich allein dem Stein der Weisen zu verdanken. Er war meine wahre Triebfeder und meine einzige Inspiration.«

»Zumindest seid Ihr ein Weiser geworden. Ich habe in der Bibliothek viele von Euch verfasste Bücher entdeckt«, erwiderte Grimpow.

»Ja, man könnte sagen, dass ich ein Weiser geworden bin, der genauso blind war wie der Armseligste unter den Unwissenden.«

»Habt Ihr einen Fehler begangen?«

»Irgendwann hat mich der Ehrgeiz gepackt und ich wollte den Stein benutzen, um Gold herzustellen und Unsterblichkeit zu erlangen. Ich war so besessen von dem Gedanken, mich mit Reichtum zu umgeben und die künftigen Epochen der Welt mit eigenen Augen mitzuerleben, ohne dass mein Körper altert, dass ich alle meine Grundsätze und Überzeugungen verraten habe.«

»Was ist dann geschehen?«, fragte Grimpow neugierig.

»Die Steine, die ich herstellen konnte, sind mir zwischen den Fingern zerbröselt, sobald ich sie aus dem Glaskolben geholt habe. Mein Hochmut und meine Habgier trieben mich dazu, mich Tag und Nacht ins Laboratorium der Abtei zurückzuziehen und nicht mehr zu schlafen. Bis ich eines Morgens die Umwandlung beschleunigen wollte und einen Destillierkolben so stark erhitzte, dass er vor meinen Augen zerbarst und mir für immer die wunderbare Gabe des Sehens nahm.«

»Ich weiß, Bruder Arben hat mir erzählt, was Euch zugestoßen ist. Aber es war nur ein Unfall, der jedem Alchimisten passieren könnte«, erwiderte Grimpow, um den Kranken zu trösten.

»Mag sein«, räumte der hundertjährige Mönch ein, »aber das ändert nichts an der Tatsache, dass mein Augenlicht verloren ging und mit ihm mein ganzer Ehrgeiz. Ich liege seit über zwanzig Jahren in diesem Bett, ohne ein anderes Licht zu sehen als das meines Geistes und ohne andere Gesellschaft als die meiner Erinnerungen. In all den Jahren habe ich nichts anderes getan, als an den Stein der Weisen zu denken, um sein Geheimnis zu ergründen. Jetzt weiß ich, dass man ihn in keinem anderen Laboratorium herstellen kann als in dem der Seele. Wenn man das vergisst, richtet er einen zugrunde, so wie es mir und vielen anderen passiert ist, die ihn um jeden Preis besitzen wollten. In ihm steckt nämlich Gutes und Böses, so wie in allen Dingen des Lebens.«

»Warum sagt Ihr, man könne den Stein der Weisen nicht in einem Laboratorium herstellen? Ist das denn nicht das eigentliche Anliegen der Alchimie?«, fragte Grimpow. Er konnte Bruder Umbertos Überlegungen einfach nicht nachvollziehen.

»Genau davon berichten die Legenden und wirren Abhandlungen derjenigen, die nie bis zum wahren Geheimnis der Weisen vorgedrungen sind. Das solltest du ebenso gut wissen wie ich«, antwortete er.

»Nein, das weiß ich nicht«, widersprach Grimpow verwirrt. »Warum sagt Ihr es mir nicht einfach?«

Der blinde Mönch schien zu zweifeln, aber nach einigen Augenblicken tiefen Schweigens erklärte er: »Der einzige Stein der Weisen, den es je gegeben hat, ist derjenige, der vor mehr als zweitausend Jahren im Besitz babylonischer, ägyptischer und griechischer Magier war. Diesen Stein besaßen die Weisen des Altertums wie Thales von Milet, Pythagoras, Homer, Parmenides, Ptolemäus, Sokrates, Plato, Aristoteles und all die Jünger, die ihnen in ihren Schulen und Geheimbünden nachfolgten. Seither haben sich die Menschen nie wieder so sehr bemüht, die Welt zu erklären. Unsere Zeit ist finster und verkommen, beherrscht von Angst und Aberglauben, Hunger und Armut, Krankheit und Tod«, verkündete er wie ein mutloser Prophet.

Es bereitete Grimpow große Freude, aus Bruder Umbertos Mund die Namen all der griechischen Weisen zu hören, deren Schriften er in der Klosterbibliothek studiert hatte. Also fragte er: »Und wie gelangte der Stein in die Hände dieser Weisen?«

»Wenn man das wüsste, gäbe es kein Geheimnis zu enthüllen. Ich bezweifle sehr, dass sie es irgendwann selbst in Erfahrung gebracht haben. Die Lösung dieses Rätsels liegt über den Sternen«, schloss Bruder Umberto von Alessandria.

Grimpow sollte seine Stimme nie wieder hören.

Das Gold der Alchimisten

Die Tage verstrichen genauso langsam, wie im Herbst die Blätter fallen, und mit ihnen ging der Winter und kam der Frühling. Irgendwann setzte das Tauwetter ein, das die warme Jahreszeit ankündigte. In der Abtei lagen keine Schneereste mehr und auf den nahen Wiesen spross bald darauf das Gras und überzog die Berghänge mit leuchtendem Grün.

Mit der Ankunft des Frühlings veränderte sich auch Grimpows Tagesablauf. Er studierte nach wie vor jeden Vormittag von der Prim bis zur Terz bei Bruder Rinaldo in der Bibliothek. Danach lief er in den Stall, sattelte das Pferd des Templers, das er wegen seines weißen Fells und seiner glänzenden himmelblauen Augen Astro getauft hatte, und ritt zu den Wasserfällen im Tal oder zu den Gletschern hinauf, um von dort den Horizont abzusuchen. Er vermisste Durlib so sehr, dass er nie die Hoffnung aufgab, seinem Freund dabei zu begegnen, wie er in den umliegenden Wäldern seine Kaninchenfallen aufstellte, so wie er es jeden Morgen getan hatte, solange sie in der Hütte gelebt hatten.

Seit ihrer Trennung hatte es keinen einzigen Tag gegeben, an dem Grimpow nicht an ihn dachte. Auf diese Weise, überlegte er, würde er nie Durlibs Gesicht vergessen. Er wollte nicht, dass es ihm erging wie mit Bild seiner Mutter und seiner Schwestern, das die Zeit irgendwann getilgt hatte, sosehr er sich auch bemühte, sich ihre lieblichen Züge und ihr unbändiges Lachen ins Gedächtnis zu rufen. Er fühlte sich wie ein dem Schicksal überlassenes Waisenkind, obwohl ihm die Mönche ihre Aufmerksamkeit und Fürsorge zuteilwerden ließen. Besonders Bruder Brasco, der Koch, behandelte ihn wie einen zarten adligen Novizen, dem es an nichts fehlen durfte.

Dabei war Grimpow nur ein Junge, dem die Abtei in ihren Steinmauern Unterschlupf gewährte, ohne im Gegenzug dafür von ihm zu verlangen, dass er die Ordensgelübde ablegte. So hatten es die Mönche beschlossen, als sie sich nach der Ermordung des Abtes im Kapitelsaal versammelten, um einen Nachfolger zu ernennen und über die Angelegenheiten der Abtei zu beraten – darunter auch Grimpows Zukunft als Novize.

Einige schlugen vor, der Junge solle die braune Kutte anlegen und wie jeder andere junge Mönch die Schweigeregel und die Stundengebete einhalten, aber Bruder Rinaldo hielt es für angemessener, wenn Grimpow sich zumindest einige Monate lang dem Studium in der Bibliothek widmete und Bruder Arben in der Krankenstube zur Hand ging. Wenn es dann seinem Wunsch und seiner Berufung entspreche, könne er sich jederzeit für die Novizenkutte entscheiden, sobald er von sich aus die Ordensgelübde ablegen wolle. Bruder Rinaldos Vorschlag fand bei allen Zustimmung und auch der neue Abt bekräftigte ihn. Er war ein heiter aussehender Mönch mit grauen Augen und weißem Haar, der in der Abtei wegen seiner Besonnenheit und Güte hoch geachtet war.

Grimpow nahm zwar an der Versammlung im Kapitelsaal nicht teil, konnte jedoch vom angrenzenden Raum aus die Besprechung der Mönche mithören. Sein Meister hatte ihm nämlich verraten, dass es in der Mauer eine Stelle gab, an die man nur das Ohr zu legen brauchte, um jedes Wort im Kapitelsaal deutlich hören zu können. Da begriff der Junge, dass es in allen Räumen der Abtei, auch in den Gemächern des Abtes, eine solche geheime Stelle gab, die nur Bruder Rinaldo kannte.

Der alte Mönch gestand ihm, dass er auf diese Weise in Erfahrung gebracht hatte, was Burumar de Gostelle dem Abt über den Tempelritter und das Geheimnis der Weisen mitgeteilt hatte. Denn dieses unerhörte akustische Hilfsmittel war ihm bekannt, seit sein Amtsvorgänger in der Bibliothek es ihm vor seinem Tod aufgezeigt hatte. Seinerseits hatte er es ebenfalls von seinem Vorgänger erfahren, genau wie dieser und so weiter bis zu den Anfängen der Abtei. Deren geheime Schlupfwinkel, Durchlässe und offene Stellen waren allesamt in zusammengerollten Plänen festgehalten, die im Geheimkabinett der Bibliothek lagerten.

Für Grimpow bestand kein Zweifel daran, dass auch das Geheimnis der Weisen auf diesem Wege weitergegeben worden war, vom einen zum nächsten, Generation um Generation. Er fragte sich, ob der in den Bergen erfrorene Edelmann vielleicht der Letzte in dieser Reihe gewesen war und nun außer ihm niemand mehr von der Existenz des Steins wusste, den er um den Hals trug. Mithin sah der Junge sich von Geheimnissen umgeben, von denen die meisten ihm so unergründlich erschienen wie die Himmelskuppel in sternenklaren Nächten.

Sobald der Nachthimmel frei von Wolken und Gewittern war, stieg Bruder Rinaldo nach der Komplet auf einen Hügel in der Nähe der Abtei, um seine astronomischen Beobachtungen fortzusetzen. Seit vielen Jahren schrieb er an einer umfangreichen astronomischen Abhandlung mit dem Titel *Theorica Planetarum* und wollte, so versicherte er Grimpow, sein großes Werk zu Ende bringen, bevor Gott beschloss, ihn zu sich zu rufen.

Der Junge begleitete ihn jeden Abend und half ihm, das Astrolabium zu tragen, einen eigenartigen Apparat aus Metall, mit dem sich die verschiedensten Beobachtungen über die Position der Sterne am Himmelsgewölbe anstellen ließen und mit dem Grimpow unter Anleitung des alten Mönchs alsbald umzugehen lernte. Bruder Rinaldos Astrolabium war eine Metallscheibe an einem Ring, auf deren äußerem Rand eine 360-Grad-Skala eingraviert war, während ihr innerer Rand in die vierundzwanzig Stunden des Tages unterteilt war. Darüber lag ein drehbares Lineal, das den gewünschten Himmelskörper anzupeilen erlaubte. Über diese erste Scheibe konnte der Astronom mehrere andere Scheiben schieben, je nach Zweck, darunter eine Skala zur Umrechnung der Winkel in Grade. Das Astrolabium wurde senkrecht an einem Ring gehalten und ließ sich auf den gewünschten Himmelskörper richten, um dessen Position und Höhe am Nachthimmel zu messen.

Bruder Rinaldo notierte das jeweilige Gestirn, seine Messungen und die Uhrzeit auf einer Tafel. Diese Angaben übertrug er am folgenden Tag in die astronomische Handschrift, die er in Lateinisch in der Schreibstube abfasste, wo andere Mönche bedeutende alte Texte übersetzten, abschrieben oder illuminierten.

In einer Neumondnacht, während Grimpow vom Hügel aus Sternschnuppen beobachtete, die so klein waren wie Glühwürmchen und blitzschnell über den Himmel schossen, entrollte Bruder Rinaldo ein Pergament, das er bei sich trug. Es war eine kostbare runde Sternkarte, auf der die gesamte Himmelskuppel abgebildet war.

»Hier sind alle Sterne eingezeichnet, die du momentan sehen kannst. Setz dich zu mir und überprüfe es, indem du den Himmel mit der Karte vergleichst.«

Grimpow tat, wie ihm geheißen. Er setzte sich ins feuchte

Gras und hielt die Sternkarte in die Höhe, bis der echte Nachthimmel mit der runden Darstellung voller leuchtender Punkte übereinstimmte. Es war, als hielte er das ganze Firmament in der Hand. Neben jedem Punkt, der mit Leuchttinte eingezeichnet und deshalb gut erkennbar war, stand jeweils der Name des Sterns, während gerade Linien ihn mit den übrigen Sternen seines Sternbildes verbanden. Der Junge brauchte nicht lange, bis er das strahlend helle Licht des Planeten Venus an beiden Himmeln entdeckt hatte. Als Nächstes machte er Saturn und Jupiter ausfindig, dann Beteigeuze, Bellatrix und Rigel im Sternbild des Orion sowie Pollux im Osten. Während er den wirklichen und den künstlichen Himmel miteinander verglich, beobachtete er Dutzende von Funken, die über den Himmel stoben wie orientierungslose Lichtwesen.

»Ist sie nicht wunderbar?«, fragte Bruder Rinaldo und setzte sich neben ihn.

»Was denn?«, fragte Grimpow, denn er wusste nicht, was der alte Mönch genau meinte.

»Die Himmelskuppel.«

Grimpow hatte bereits an den Abenden zuvor Gelegenheit gehabt, sich an der Betrachtung des Sternenhimmels zu erfreuen, bis er der Faszination seiner Schönheit erlag wie ein junger Mann beim Anblick der Frau seiner Träume. In der Bibliothek hatte er sich alles angeeignet, was je über die Erde, die Sonne, den Mond, die Planeten, ihre Trabanten und die Sterne geschrieben worden war, und hatte eine Vorstellung davon, wie viele Rätsel die Dunkelheit des Universums barg. Aber er wusste auch, dass der Mensch diese eines Tages in vollem Umfang erfassen würde, obgleich bis dahin noch Tausende von Jahren vergehen konnten. So wie man mit dem Astrolabium die Position der Sterne berechnen konnte, würden irgendwann riesige Apparate die Menschen bis zu den Sternen bringen.

»Eines Tages werden die Menschen mit der gleichen Selbstverständlichkeit zu den Himmelskörpern reisen, mit der sie heute auf ihren Pferden reiten«, wagte er zu sagen, ohne den sternenübersäten Nachthimmel aus den Augen zu lassen.

»Was du da sagst, ist Frevel. Nur Gott kann den Himmelskosmos bewohnen«, erwiderte Bruder Rinaldo und sah Grimpow aus den Augenwinkeln an, als musterte er einen Besessenen. Dann sann er einen Moment nach und fügte hinzu: »Aber vielleicht hast du recht und es gibt Augen, die über unsere Zeit hinausblicken und sich in die fernste Zukunft versetzen können, so wie es die Propheten getan haben. Deine Augen scheinen diese vorzügliche Eigenschaft zu besitzen, seit du auf den Leichnam des Edelmannes gestoßen bist. Ich weiß eigentlich nicht, warum mich deine Worte überraschen.«

»Das ist keine Frage der Prophezeiung, sondern der Wissenschaft«, erklärte Grimpow. »Vor einem guten Monat habe ich mit Bruder Umberto von Alessandria in der Krankenstube gesprochen, und er hat mir etwas gesagt, was mir geholfen hat, es zu begreifen.«

»Du hast mit Bruder Umberto gesprochen? Er redet seit Jahren mit niemandem mehr. Was hat er dir denn gesagt?«, erkundigte sich der Mönch mit lebhaftem Interesse.

»Er hat vom Stein der Weisen und von den Weisen selbst gesprochen und mir versichert, dass der geheimnisvolle Ursprung des *lapis philosophorum* über den Sternen liegt.«

»Dieser Hundertjährige ist und bleibt verrückt. Über den Sternen ist nur Gott!«, rief Bruder Rinaldo verärgert.

»Ihr selbst habt mir im Geheimkabinett der Bibliothek gesagt, dass es schwer ist, an Gott zu glauben, nachdem der Mensch begonnen hat, sich selbst und alles um ihn herum zu erklären«, entgegnete Grimpow.

Bruder Rinaldo wurde nervös. »Dass es mir manchmal schwerfällt, an Gott zu glauben, bedeutet nicht, dass ich ihn leugne. Würde ich nicht mehr an den Allmächtigen glauben, dann könnte ich nicht weiterleben. Das Dasein eines Mönchs hat keinen Sinn, wenn er nicht jeden Tag seinen erhabenen Gott lobpreist.«

»Vielleicht sprechen wir gar nicht über so unterschiedliche Dinge, und was für Euch Gott ist, nenne ich ganz einfach Weisheit. Letztendlich hat beides die gleiche Bedeutung, nur die Blickwinkel sind unterschiedlich: Für Euch hat Gott die Welt erschaffen, ohne sie zu erklären, und für mich erklärt die Weisheit die Welt, ohne sie erschaffen zu haben«, sagte Grimpow.

»Mir scheint, in diesen Wochen hast du mehr gelernt, als für einen Jungen in deinem Alter angebracht ist. Aber vergiss nicht, du wirst immer auf eine Frage stoßen, auf die du keine Antwort findest...«

Der Junge wartete, bis Bruder Rinaldo seine Eintragung in die Sterntafel beendet hatte, dann wollte er wissen, auf welche Frage es denn keine Antwort gebe. Doch der Bibliothekar blieb stumm in seine Beobachtungen des unendlichen Himmels über ihnen vertieft, als wäre sein Begleiter gar nicht da.

»Wie lautet denn diese Frage ohne Antwort?«, bohrte Grimpow nach längerem Schweigen nach.

»Wo ist der Anfang, wie hat alles begonnen? Wenn du nicht an Gott glaubst, wirst du es nie erklären können«, antwortete der Mönch.

»Wenn man an Gott glaubt, kann man diese Frage auch nicht beantworten, man fügt nur eine weitere hinzu: Wer hat Gott erschaffen? Wenn man dann zugibt, dass die Menschen Gott erschaffen haben, damit sie sich die Welt erklären können, ist und bleibt es widersinnig zu denken, Gott hätte auch die Menschen erschaffen«, brachte Grimpow vor. Er war voller Stolz, ein Streitgespräch über ein derart komplexes Thema führen zu können.

»Das ist wahr, aber Gott dient meiner Unwissenheit zumindest als Trost.«

»Eure Unwissenheit hindert Euch allerdings nicht daran, die Unsinnigkeit Eurer Argumente zu begreifen«, versetzte Grimpow in dem Wissen, dass eine höhere Macht durch ihn sprach.

Den Augen des alten Mönchs sah man seine Müdigkeit deutlich an. Es waren mindestens zwei Stunden verstrichen, seit sie auf den Hügel gekommen waren, und beide waren sie vor Kälte und von dem Tau, der das Gras und ihre Wollumhänge überzog, schon ganz steif.

Auf dem Rückweg zur Abtei überlegte Grimpow, dass er alles, was er in der Bibliothek gelernt hatte, Bruder Rinaldo und dem unerklärlichen Einfluss des Steins verdankte. Vielleicht war er mit seinen Behauptungen zu weit gegangen. Der Mönch war zweifellos ein Gelehrter, wenngleich er im Wissen vergangener Epochen verhaftet war wie ein an einem ausgetrockneten Fluss gestrandetes Boot. Bei seinen Studien in der Bibliothek hatte der Junge jedoch herausgefunden, dass sich das Wissen der Menschen über Natur und Kosmos im Laufe vieler Jahrhunderte entwickelt hatte, indem es den Übergang von Religion und Aberglauben zu Wissenschaft und Vernunft vollzogen hatte, und dass diese keine anderen Grenzen kannten als die der Vorstellungskraft.

»Ja, vielleicht hast du recht«, fuhr Bruder Rinaldo von Metz fort. »Das Bewusstsein und die Vorstellungskraft der Menschen sind rätselhaft und stecken voller Überraschungen. Ohne sie wäre nichts von dem, was der Mensch über sich selbst und über das Universum herausgefunden hat, möglich gewesen. Wenn man den Menschen ihre Träume und ihre Vorstellungskraft nimmt, hat man das plumpeste, hilfloseste und primitivste Wesen der Erde vor sich.«

In dieser Nacht konnte Grimpow lange nicht einschlafen. Seit Burumar de Gostelle die Abtei verlassen hatte, war er dazu übergegangen, einen Strohsack im Schlafsaal der Novizen zu benutzen. Als er sich hinlegte, schliefen alle bereits, voller Furcht, dass bald wieder die Glocken des Turms läuteten und sie zur Prim riefen. Lautlos schlüpfte er unter die Decke und ließ sich alles durch den Kopf gehen, was seit dem Tag geschehen war, als er das rätselhafte Amulett des Edelmannes gefunden hatte.

Inzwischen wusste er weit mehr als damals, nicht nur über die Natur und das Universum, sondern auch über den geheimnisvollen Stein. Er war zu dem Schluss gekommen, dass dieser wundersame Stein weit älter war, als er es sich je hätte träumen lassen. Er musste im Lauf der Jahrhunderte unter strengster Geheimhaltung von Generation zu Generation weitergegeben worden sein, bis er in die Hände des Edelmannes gelangt war. Grimpow bezweifelte sogar, ob dieser wirklich ein Tempelritter war. Grimpow war vielmehr davon überzeugt, dass es sich um einen Weisen handelte, der sich nicht um Waffen, Kriege und Religionen scherte. Durchaus plausibel erschien ihm jedoch die Legende vom Tempel Salomons, die Bruder Rinaldo ihm erzählt hatte. Auch lag für ihn auf der Hand, dass der Papst und der König von Frankreich seinen Stein um jeden Preis in ihren Besitz bringen wollten und sogar vor einem Mord nicht zurückschreckten.

In seinen Überlegungen schloss Grimpow aus, dass der Stein der Weisen, den die Alchimisten in ihren Laboratorien herstellen wollten, derselbe war, den er besaß. Allerdings konnten die Legenden und Handschriften über den *lapis philosophorum* durchaus eine verzerrte Darstellung der wahren Geschichte des Steins der Weisen sein, der sich in seinem Besitz befand und mit dem babylonische, ägyptische und griechische Magier vor mehr als tausend Jahren viel zu tun gehabt hatten. Von diesen anfänglichen Vermutungen musste er nur noch nachprüfen, ob sein Stein ein so minderwertiges Metall wie Blei in Gold verwandeln konnte.

Das fand er eines Abends im Laboratorium der Krankenstube heraus, während Bruder Arben der Vesper beiwohnte.

An diesem Tag hatte der kleine Kräutermönch ihm eines der vielen alchimistischen Verfahren gezeigt. Dazu hatte er eine alte Handschrift mit dem Titel *Physika kai Mystika*, die man einem griechischen Weisen namens Demokrit zuschrieb, offen auf den Tisch gelegt und war ihren Anweisungen gefolgt.

»Wir stellen uns vor, dass wir im alten Griechenland sind und das Laboratorium eines der ersten bekannten Alchimisten betreten haben«, sagte Bruder Arben.

Er bereitete den Ofen und den Glaskolben vor, in dem er die Umwandlung durchführen wollte. Dann holte er vier Glasbehältnisse aus einem Regal und entnahm jedem eine kleine Menge seines Inhalts: Blei, Zinn, Kupfer und Eisen.

»Diese vier bleiben von den sieben bekannten Metallen übrig, wenn man die beiden Edelmetalle, Gold und Silber, sowie das einzige flüssige Metall, das Quecksilber, ausschließt.«

Er ließ das Metallpulver in den Glaskolben gleiten. In der Hitze des Feuers im Ofen begannen sie zu schmelzen, bis sie eine glanzlose, schwärzliche Masse ohne metallisches Aussehen bildeten, aus der lediglich einige winzige Eisenkügelchen herausstachen, die einen beißenden Brandgeruch verströmten.

»Sobald wir die Metalle miteinander verschmolzen haben, erhalten wir eine Masse, die die Alchimisten Grundmaterie nennen«, fuhr er fort. »Sie ist schwarz wie die Nacht, aus der der Tag hervorgeht…«

»… oder wie das Dunkel des Himmels, aus dem das Licht entsteht«, warf Grimpow ein. Ihm war der Wortlaut des in Geheimschrift abgefassten versiegelten Briefes wieder eingefallen.

»Richtig! Es freut mich, dass du es verstehst«, sagte der Kräutermönch, ohne zu ahnen, dass Grimpow etwas ganz anderes meinte, und fuhr fort: »Aber jetzt gehen wir einen Schritt weiter und mengen unserer minderwertigen Metallmischung ein wenig schönes Silber bei.«

Bei diesen Worten griff er nach einem anderen Behältnis, holte mit einem kleinen Blechlöffel ein wenig Silberpulver heraus, schüttete es in den Glaskolben und rührte die Masse langsam um.

»Nun warten wir, bis dieser Silbersamen seine Wirkung zeigt und im Bauch unseres Glaskolbens aufgeht wie der Samen einer Rose in der Erde. Wir warten, bis er aufblüht und so das Verborgene sichtbar wird«, erklärte er. »Während wir mit unserer philosophischen Seele über den Samen nachdenken, der das Unbelebte belebt, fügen wir eine Spur dieses seltsamen Metalls hinzu, das alle anderen zu durchdringen vermag …«

»Quecksilber«, sagte Grimpow, denn davon hatte er in einer der Handschriften im Geheimkabinett der Bibliothek gelesen.

Bruder Arben zuckte zusammen, als hätte er eine Gotteslästerung vernommen. »In der Tat, mein Junge«, bestätigte er erstaunt. Er legte sein gutmütiges Possenreißergesicht in Falten, während er die zähflüssige Masse in dem Glaskolben mit Quecksilber übergoss. »Aber wir hätten uns auch mit ein wenig geschmolzenem Zinn und sogar einigen Gramm Arsen behelfen können, um die Mischung aufzuhellen und sie weiß werden zu lassen.«

Grimpow beobachtete, wie sich die schwärzliche, formlose Masse, mit der Bruder Arben das alchimistische Verfahren eingeleitet hatte, vor seinen Augen allmählich in einen ebenso vollkommenen wie schönen Klumpen Silber verwandelte. Die Masse ging langsam auf, so wie Brotteig aufgeht, sobald die Hefe den Gärprozess in Gang setzt.

»Dieses Silber, das trotz seines edlen Aussehens so falsch ist, wie es einst Judas war, könnte sogar den Schatzmeister im Papstpalast von Avignon täuschen«, sagte der Kräutermönch lächelnd und war stolz auf das gelungene Experiment.

Dann holte er den Silberklumpen mit einer langen, schmalen Zange aus dem Glaskolben und ließ ihn in eine Schüssel mit kaltem Wasser gleiten. Eine schwach zischende Dampfwolke stieg auf, die sogleich wieder verpuffte. Bruder Arben wickelte den abgekühlten Klumpen in ein Baumwolltuch und rieb ihn ab, bis er ganz trocken war.

»Jetzt brauchen wir nur noch die glückliche Krönung unserer Großtat zu versuchen«, sprach er weiter, wobei ihm ein ungläubiger Seufzer entfuhr, »indem wir eine Prise Goldsamen hinzufügen und diesen Silberklumpen in den *theion hydor* oder das Wunderwasser legen, das viele Alchimisten auch göttliches Wasser nennen.«

»Dadurch verwandelt sich das falsche Stück Silber in ein echtes Stück Gold?«, fragte Grimpow. Er konnte einfach nicht glauben, dass Bruder Arben den Stein der Weisen der Alchimisten in seinem Laboratorium herzustellen vermochte.

Der Kräutermönch ließ den falschen Silberklumpen erneut in den Glaskolben gleiten, schmolz ihn wieder ein und fügte eine Prise Goldstaub aus einem Säckchen in einer Tischschublade hinzu. Da er sich seiner Grenzen in der Kunst der Umwandlung bewusst war, gab er zu: »Wenn es mir gelingt, mit der richtigen Dosis das göttliche Wasser herzustellen, bringe ich das Wunder vielleicht zuwege. Bis jetzt ist dabei jedoch nicht mehr herausgekommen als eine gelbliche Tinktur, die nicht einmal beim größten Einfaltspinsel als Gold durchgehen würde. Allerdings muss man auch sagen, dass ich bei meinen Versuchen, das göttliche Wasser mithilfe von anderen Zutaten herzustellen, einen grünlichen Likör erhielt, der so gesund und wohlschmeckend ist, dass Bruder Brasco ihn für das wahre Lebenselixier hält.«

Da fiel Grimpow wieder ein, was sein Meister ihm über Bruder Brascos Vorliebe für Likör erzählt hatte, dessen Schwäche für Schnaps, Wein und Bier er nur zu gut kannte.

Unterdessen nahm der Kräutermönch einen bauchigen Destillierkolben von einer Bank in der Nähe des Tischs und stellte ihn auf einen anderen beheizten Ofen. Dann goss er eine Flasche Essig in den Destillierkolben und fügte, als der Essig zu sieden begann, nach und nach einige Stücke Kalk sowie Schwefelkristalle hinzu. Er vermischte das Ganze mit Zitronenschalen, Bienenhonig, scharfem Pfeffer, Muskatnuss und Sandelholz, bis ein köstlicher, einschläfernder Duft nach Zitrusfrüchten das Laboratorium erfüllte.

Während sie darauf warteten, dass das göttliche Wasser die notwendigen Eigenschaften annahm, um das Wunder der endgültigen Umwandlung des Silbers in Gold durch Destillation zu bewerkstelligen, unterhielten sie sich. Bruder Arben erzählte Grimpow, dass einer der alten Alchimistenmeister namens Zosimus das göttliche Wasser durch Destillation von Hühnereiern erhalten habe. Natürlich habe er dieses Experiment ebenfalls durchgeführt, bei ihm seien die Eier aber nur so hart geworden wie im Wasserbad in Bruder Brascos Küche. Diese Methode ging auf die Jüdin Maria zurück, eine Alchimistin, der man große Weisheit nachsagte und die Erfindung des Destillierkolbens zuschrieb, mit dem ihr vor über siebenhundert Jahren angeblich die Herstellung des Steins der Weisen gelungen war.

»Inzwischen bin ich mir sicher, dass die Eier, von denen Zosimus in seinen Werken schreibt, nur Sinnbilder sind und niemand außer ihm und seinen Schülern deren wahre Bedeutung kannte«, fügte der Mönch hinzu.

Das wusste Grimpow bereits, denn in den Handschriften, die

er in der Bibliothek gelesen hatte, wimmelte es von Hinweisen auf die unterschiedlichsten Sinnbilder für den alchimistischen Prozess: die Sonne, der Mond, die Planeten, die Liebenden, der Drache oder die Schlange. Letztere hatten die Alchimisten zu ihrem Symbol erkoren und Ouroboros genannt, und sie entsprach genau dem Zeichen auf dem Rücken des Pferdes des angeblichen Templers, ebenso wie jenem auf dem goldenen Petschaft, das der Mann mit sich geführt hatte.

Nachdem sich das göttliche Wasser geklärt hatte, kippte der kleine Kräutermönch dic Wunderflüssigkeit aus dem Destillierkolben in ein größeres Gefäß und ließ den Silberklumpen mit einem erwartungsfrohen Zeremoniell hineingleiten.

Sie geduldeten sich eine Weile, und zwar so lange, bis Bruder Arben eine Sanduhr, die er neben das Gefäß gestellt hatte, viermal umgedreht hatte. Inzwischen hatte der falsche Silberklumpen einen gelblichen Ton angenommen.

»Das soll das Gold der Alchimisten sein?«, fragte Grimpow ungläubig.

»Dieses falsche, gelblich gefärbte Silber so zu nennen, hieße, ihm eine Eigenschaft zuzuschreiben, die es bedauerlicherweise nicht besitzt«, antwortete der Kräutermönch betrübt.

In diesem Moment läuteten die Turmglocken zur Vesper, und Bruder Arben brach zur Kirche auf, um seinen Platz im Chor einzunehmen. Den Silberklumpen ließ er einfach in dem Gefäß liegen.

Grimpow blieb allein im Laboratorium zurück und räumte zunächst die auf Bänken und Tisch verteilten Behältnisse und Gerätschaften auf. Sodann nutzte er die Gelegenheit, um das Experiment unbeobachtet zu überprüfen. Er holte den Stein aus dem Leinensäckchen an seinem Hals und ließ ihn in das göttliche Wasser gleiten, das der Kräutermönch so sorgfältig zubereitet hatte. Sofort glühte der Stein auf, einem aktiven Vulkan gleich, das göttliche Wasser begann erneut zu sieden wie in einem Hexenkessel, und der gelbliche Silberklumpen nahm einen wunderschönen Goldton an, heller als die Strahlen der Sonne am Himmel.

Mit der Zeit hatte sich Grimpow an Durlibs Abwesenheit gewöhnt. Es verging zwar kein Tag, ohne dass er sich an seinen Freund erinnerte, doch er tröstete sich mit dem Gedanken, dass er sonst niemals all das gelernt hätte, was er nun wusste. Wenn Durlib beschlossen hatte, dass sich ihre Wege trennen sollten, dann genau aus diesem Grund, überlegte Grimpow. Er sollte sich unter Bruder Rinaldos Anleitung dem Studium widmen können. Aber etwas in ihm, das stärker war als die Kraft der Vernunft, trieb ihn an, der Abtei Brinkum den Rücken zu kehren, um so bald wie möglich das Geheimnis der Weisen zu lüften.

Vor einigen Tagen hatte ein Novize namens Pelin de Langfort, mit dem Grimpow eine aufrichtige Freundschaft geknüpft hatte, da ihre Strohsäcke im Schlafsaal nebeneinanderlagen, ihm vorgeschlagen, gemeinsam aus der Abtei zu fliehen. Der Sohn des Grafen von Langfort, Besitzer und Herr über eine reiche Grafschaft im Südwesten der Gemarkung Ullense, hatte versprochen, Grimpow zu seinem Schildknappen zu ernennen, sobald sie auf der Burg seines Vaters in der Ebene von Langfort angelangt seien. Dort würden sie sich mit Pferden und Waffen versehen und sich in die verwegensten Abenteuer auf den Straßen der Welt stürzen.

Pelin war ein unruhiger, stets zu Scherzen aufgelegter junger Novize mit pechschwarzem Haar und Funken sprühenden Augen. Als Strafe für seine ständigen Missetaten und sein zügelloses Verhalten gegenüber den Burgfräulein hatte sein Vater ihn zu Beginn des Herbstes ins Kloster geschickt. Der Graf vertraute darauf, dass ein längerer Aufenthalt in der Abtei seinen jüngsten Sohn nicht nur lehrte, sich einer strengen Disziplin zu unterwerfen und seine fleischlichen und kriegerischen Gelüste zu zügeln, sondern ihn auch zum Gebet und zur Arbeit führte. Denn das war in seinen Augen der beste Weg, Gott zu dienen und nebenbei auch seiner weitverzweigten adligen Familie. Denn Damen und Ritter waren bei den Langforts zahlreich vertreten, wohingegen es kaum Geistliche, Bischöfe und Äbte gab.

Der Novize Pelin de Langfort hatte das siebzehnte Lebensjahr bereits vollendet und wollte die Abtei noch vor Ende des Frühlings verlassen, wie er Grimpow mit überschäumender Begeisterung versicherte. Er gedachte, sich den Pilgern aus dem nordöstlichen Elsass anzuschließen, die jedes Jahr auf ihrem Weg ins ferne Santiago de Compostela über die Berge kamen. In Spanien kämpften sie angeblich noch gegen die Ungläubigen, und Könige und Adlige benötigten junge Ritter als Söldner, die ihre Heere zum Sieg zu führen vermochten.

Wie er Grimpow in einer Nacht erzählte, in der beide am Übel der Schlaflosigkeit litten und nur hin und wieder für kurze Zeit eindösten, wurden in Spanien die von den Mauren zurückeroberten Gebiete unter den Rittern aufgeteilt, welche die Schlachten befehligt hatten. Sodann errichteten sie dort ihre Festungen, deren Türme zum Ruhme ihrer Heldentaten bis in den Himmel reichten. Pelin de Langfort war nicht bereit, auf solche Ehre und Größe zu verzichten, und wenn Grimpow ihn nicht begleitete, so sagte er, werde er sich einen anderen Knappen suchen, der an seiner Stelle den Vorzug genießen würde, ihm zu dienen.

Zu einem anderen Zeitpunkt hätte Grimpow keine Sekunde gezögert, zum treuen Schildknappen des verstiegenen, verheißungsvollen Ritters zu werden, aber ebenso wie es den Novizen auf der Suche nach ewigem Heldenruhm nach Süden zog, strebte Grimpow nach Norden, um getreu seinem Vorsatz die Unsterblichkeit der Weisen zu erlangen.

»Heute Nacht, wenn alle Mönche schlafen, verlasse ich die Abtei. Noch kannst du mitkommen«, flüsterte ihm Pelin eines Morgens ins Ohr. Grimpow war allein in der Bibliothek, während Bruder Rinaldo in der Schreibstube die Angaben auf den Sterntafeln in seine Handschrift *Theorica Planetarum* übertrug.

»Seid Ihr verrückt? Noch bevor Ihr das Tal verlassen habt, überfallen Euch die Wegelagerer. Und wenn sie herausfinden, wer Ihr seid, erpressen sie von Eurem Vater ein Lösegeld, mit der Drohung, Euch andernfalls den Kopf abzuschlagen. Ich kenne diese Sorte Raubmörder gut, sie haben nicht einmal mit ihren eigenen Kindern Erbarmen, das könnt Ihr mir glauben«, warnte ihn Grimpow so leise, dass der Novize ihn gar nicht hören konnte.

»Ich halte die Grabesstille in diesem Kloster keinen Tag länger aus. Die Frühmetten und Gebete sind nichts für eine Seele wie die meine, die danach lechzt, mit Pferd und Schwert in die Ferne zu ziehen und das Herz einer schönen Unbekannten zu erobern«, sagte Pelin verzweifelt und poetisch wie ein Troubadour.

»Wartet zumindest, bis Ihr Euch einer Pilgerkarawane anschließen könnt, so wie Ihr es vorhattet. Sicher wird bald eine in der Abtei eintreffen, denn sie machen sich das Tauwetter in den Bergen zunutze«, beharrte Grimpow.

Pelin de Langfort schüttelte den Kopf. »Morgen könnte es schon zu spät sein. Außerhalb dieser Mauern locken mich Freiheit und Ruhm, und wer weiß, ob die feinen Damen bereit sind, noch länger auf mich zu warten. Jeden Tag höre ich ihre lieblichen Stimmen, die mir tausend Wonnen und Abenteuer verheißen. Ich habe beschlossen, mich ohne weiteren Aufschub in ihre zarten Göttinnenarme zu werfen, bevor meine Seele bei den Gesängen und Gebeten in der Abtei verwelkt«, erklärte der Novize, und seine Augen sprühten Funken wie die Glut eines Lagerfeuers.

Dies war nicht das erste Mal, dass Pelin de Langfort Grimpow von den Wonnen der Liebe, den süßen Küssen und den sanften Liebkosungen eines Burgfräuleins erzählte. Die Worte des Novizen riefen dem Jungen das Bild der Sirenen in Erinnerung, ihre nackten, runden Brüste und ihre betörenden Stimmen, die seine Sinne in Aufruhr versetzten. Er geriet in Versuchung, in dieser Nacht mit Pelin de Langfort aus der Abtei Brinkum zu fliehen und sich so bald wie möglich auf die Suche nach Abenteuern und Liebschaften zu begeben, deren Ruf in seinen Ohren so laut widerhallte wie ein Donner in einer Gewitternacht.

Davon hatte Grimpow schließlich immer geträumt: Schildknappe eines fahrenden Ritters zu werden und von Turnier zu Turnier zu ziehen wie die Helden in den Romanzen, die die Spielleute auf den Plätzen und Märkten vortrugen. Das hatte er auch mit Durlib vorgehabt, als sie nach der Entdeckung des toten Edelmannes in den Bergen beschlossen, sich auf die Suche nach dem *finis mundi* aufzumachen. Doch nun, da er die Gelegenheit hatte, der Abtei den Rücken zu kehren und mit Pelin ein neues Leben voller Abenteuer zu beginnen, meldete sich seine innere Stimme zu Wort. Sie sagte, ihm sei ein anderes Schicksal bestimmt und er solle nicht voreilig eine derart gewagte, bedeutsame Entscheidung treffen.

»Wohin wollt Ihr überhaupt?«, fragte Grimpow schließlich.

»Ich mache mich auf nach Südwesten zur Festung von Langfort und verabschiede mich von meiner Mutter, bevor ich nach Spanien weiterziehe.«

»Euer Vater wird Euch mit einer Abordnung Soldaten in die Abtei zurückschicken, sobald Ihr Euch in seiner Festung blicken lasst.«

»Ich versichere dir, dass ich nur als Leiche in diesen Friedhof zurückkehren werde.«

»Hier ist es doch gar nicht so übel«, befand Grimpow aufrichtig, denn er kannte die Härten des fahrenden Lebens zur Genüge.

»Das sagst du, weil du frei bist wie ein Vogel, auch wenn du den Tag gern über unnützen Handschriften verbringst, die nichts zum Ruhm eines fahrenden Ritters und schon gar nichts zu den Aufgaben eines guten Knappen beitragen. Wenn du mitkommst, wirst du es gewiss nicht bereuen«, erklärte der Novize Pelin de Langfort, und sein Hochmut schlug in eine flehentliche Bitte um.

»Lass mich überlegen. Ich bin mir nicht sicher, ob das Schicksal für uns denselben Weg ausersehen hat, und auch nicht, ob uns dieselben Abenteuer und Heldentaten erwarten«, antwortete Grimpow, den zusehends nagende Zweifel bedrängten.

»Du hast Zeit bis nach der Komplet, dich zu entscheiden. Treffe ich dich nicht im Stall an, sobald die letzte Fackel im Kreuzgang erlischt, gehe ich davon aus, dass du darauf verzichtest, mein Knappe zu werden. Dann verlasse ich die Abtei auf Nimmerwiedersehen, ohne zurückzublicken.«

In dieser Nacht schlief niemand auf dem Strohsack des Novizen Pelin de Langfort, und als die Turmglocken vor Tagesanbruch zur Prim riefen, ahnte Grimpow, welcher Aufruhr in der Kirche entstehen würde, wenn die Mönche bemerkten, dass sein Platz im Chorgestühl leer blieb. Deshalb lief er zu Bruder Rinaldo, um ihm Bescheid zu sagen, bevor sich unter den schreckhaften Klosterbrüdern das Gerücht eines neuen Verbrechens verbreitete, und zwar so schnell, wie sich das Feuer über ein Stoppelfeld hermacht.

Aber als Grimpow in der Küche anlangte, um Bruder Brasco zu bitten, den Abt und Bruder Rinaldo aus der Kirche zu holen, weil er in einer dringenden Angelegenheit unter vier Augen mit ihnen sprechen müsse, war es bereits zu spät. Einige Novizen hatten bemerkt, dass Pelin die Nacht nicht im Schlafsaal verbracht hatte, und dachten entsetzt, das Gespenst des Tempelritters habe ihn ermordet.

»Bestimmt ist er geköpft worden, genau wie der alte Abt!«, rief Bruder Brasco aus, als er den Jungen in die Küche kommen sah. Er gab ihm keine Gelegenheit, ihn über den Vorfall zu unterrichten.

»Wie bitte?«, fragte Grimpow.

»Hast du es noch nicht gehört? Pelin de Langfort ist verschwunden. Niemand hat ihn seit dem Ende der Komplet gestern Abend gesehen und an der Matutin hat er auch nicht teilgenommen. Jetzt suchen alle in der Abtei nach ihm, sie befürchten nämlich, er sei ermordet worden«, erzählte der Mönch aufgewühlt.

Grimpow merkte, dass Bruder Brasco erregter war, als wenn er das Gespenst des Edelmannes aus den Bergen gesehen hätte. Daher erklärte er in scherzhaftem Ton: »Ihr braucht ihn nicht so jung zu beerdigen. Pelin de Langfort ist quicklebendig und zufriedener als Ihr selbst.«

»Was faselst du da?«

»Er hat die Abtei gestern Abend verlassen, um Euren religiösen Orden gegen den Ritterorden und die Wonnen der Liebe einzutauschen«, erzählte Grimpow lachend.

Der Küchenmönch stellte einen Topf Milch auf den Tisch, wischte sich die Hände an der braunen Kutte ab und brummte ernüchtert: »Ich hatte diesen aufmüpfigen Novizen schon immer im Verdacht, ein Bastard zu sein… Aber sag mir, woher weißt du, dass er aus der Abtei geflohen ist?«

»Er hat es mir selbst erzählt. Er wollte mich sogar überreden, mit ihm zu gehen und sein Schildknappe zu werden. Auch hat er mir prophezeit, man werde in allen christlichen Reichen von unseren Heldentaten sprechen.«

»Wenn der Graf von Langfort erfährt, dass sein verlorener Sohn, den er zum Bischof machen wollte, aus der Abtei geflohen ist, wird dem jungen Pelin keine andere Heldentat bleiben als der Versuch, seine Knochen vor einer Tracht Prügel zu retten.«

»So streng ist sein Vater?«, wollte Grimpow angesichts der unheilvollen Vorhersage des Küchenmönchs wissen.

»Es heißt, er könne mit einem Faustschlag einen Bären niederstrecken und niemand habe je den Mut gehabt, sich seinen Wünschen zu widersetzen, aus Furcht, von der spitzen Klinge seines Schwertes aufgespießt zu werden wie ein Stück Rauchfleisch.«

Grimpow sollte nie erfahren, ob Bruder Brasco scherzte oder übertrieb, um sich über seine Blauäugigkeit lustig zu machen, denn gleich darauf betraten der Abt und Bruder Rinaldo, in eine Unterhaltung vertieft, die Küche.

»Wenn im Stall ein Pferd fehlt, können wir davon ausgehen, dass der Novize es mitgenommen hat«, hörte Grimpow den alten Bibliothekar zum Abt sagen.

Der Junge trat auf die beiden Männer zu und erzählte ihnen, was er wusste. Der Abt legte beim Zuhören die Stirn in Falten, um sein Missfallen zum Ausdruck zu bringen. Graf von Langfort war nämlich nicht nur ein inbrünstiger Verehrer des heiligen Tristan, des Pilgermönchs, dessen Gebeine in der dunklen, feuchten Krypta der Abtei aufbewahrt wurden, sondern er trug auch jedes Jahr mit erheblichen Zuwendungen zum Lebensunterhalt der Mönche bei. Durch die Flucht des aufmüpfigen Novizen sah der Abt die Fortsetzung der vielen Spenden und Besuche ernsthaft gefährdet.

Die beiden Männer verließen die Küche in Richtung Chor und tauschten sich dabei über den Vorfall aus, während Grimpow mit Bruder Brasco allein zurückblieb. Dieser machte sich daran, einen köstlichen Ziegenkäse herzustellen, indem er mit seinen breiten Händen in einem Kübel mit ausgeflockter Milch herumrührte.

»Stimmt es, dass der Graf die Abtei häufig aufsucht?«, fragte Grimpow den Küchenmönch. Er trat neben ihn und half ihm, die geformten Käsestücke in feine Leinentücher einzuschlagen.

»Er hat die Angewohnheit, mit seinem Gefolge mehrere Male im Frühling und hin und wieder auch im Sommer herzukommen, wenn es im Tal nicht mehr kalt ist und die Gicht in seinem Bein erträglicher ist. Seinen eigenen Worten nach geht es ihm jedes Mal deutlich besser, wenn er in der Krypta der Klosterkirche zum heiligen Tristan betet und die Kräutermedizin trinkt, die Bruder Arben für ihn herstellt. All das lindert seine schrecklichen Schmerzen wohl so sehr, dass er seinen Wohnsitz am liebsten in die Abtei verlegen würde, um jeden Tag in den Genuss dieser Wunder zu kommen. Doch dazu bereitet ihm die Verteidigung seiner Grafschaft zu viele Verpflichtungen und Sorgen.«

»Glaubt der Graf denn wirklich, der heilige Tristan kümmere sich um seine Gichtanfälle?«, fragte Grimpow.

»Auch wenn du ein Ungläubiger bist – um dich nicht als Ketzer zu bezeichnen«, sagte Bruder Brasco und musterte ihn wohlwollend aus den Augenwinkeln, »aber die Wunder des heiligen Tristan sind der ganzen christlichen Welt bekannt. Du wirst dich selbst davon überzeugen können, wenn die ersten Pilger in der Abtei eintreffen.«

Nun begriff Grimpow, warum Pelin es so eilig gehabt hatte, die Abtei zu verlassen: Bald würde sein Vater hier eintreffen, um sich seiner Frühjahrskur zu unterziehen. Er konnte seinen Freund nun besser verstehen.

Wollt' die Sonne den Mond umwerben

Die ersten Pilger aus dem Norden bezogen Anfang April in der Abtei Quartier und mit ihnen trafen auch wieder Neuigkeiten ein. Sie berichteten, der Großmeister des Templerordens, Jacques de Molay, sei zusammen mit einigen anderen Tempelrittern bei lebendigem Leibe auf dem Scheiterhaufen verbrannt worden. Er habe den Papst und den französischen König verflucht und ihnen geschworen, sie würden noch vor Jahresfrist sterben.

Grimpow widmete diesen Nachrichten nicht allzu viel Aufmerksamkeit und auch die Klosterbrüder sprachen nicht mit ihm darüber.

An einem Tag, an dem der Himmel mit dichten schwarzen Wolken überzogen war und immer wieder von den leuchtenden Klauen der Blitze zerrissen wurde, beobachtete Grimpow vom Bibliotheksfenster aus die Ankunft einer Gruppe prächtig gekleideter Adliger mit ihren Pagen und Dienern. Von dem Trubel angezogen, stieg er in den Kreuzgang hinab und steuerte von dort auf die Krankenstube zu, um Keno und den anderen Dienern zur Hand zu gehen. Diese kümmerten sich unter Bruder Brascos fortgesetzten, barschen Anweisungen bereits um die Unterbringung der Neuankömmlinge.

Der Küchenmönch gestikulierte ohne Unterlass und schwang seinen Bauch hin und her, während er sich den aus den Kutschen steigenden Damen und Burgfräulein gegenüber in Verbeugungen und Begrüßungen erging. Grimpow wollte ihn gerade fragen, wie er sich in diesem Hin und Her von Truhen und Kästen nützlich machen konnte, als er ein Mädchen aus einem mit Blumengirlanden geschmückten Wagen steigen sah, dessen Augen so hell und klar waren wie zwei Eiskristalle.

Die unbekannte Schöne bemerkte, dass er sie verblüfft anstarrte, und warf ihm ein Lächeln zu. Grimpow errötete, und seine Gedanken stoben ungestüm auf wie ein Schwarm Vögel, die aus den schönsten Träumen aufgescheucht werden. Zum ersten Mal in seinem Leben verspürte er ein Vorgefühl der Liebe, ein heftiges Brodeln seines Blutes von Kopf bis Fuß, das ihn erbeben ließ wie eine dem Sturmwind ausgesetzte Binse. In diesem Augenblick begriff Grimpow alles, was Pelin ihm über die Liebe und die seelische Verwirrung erzählt hatte, die diese mit sich brachte, und wünschte sich, diese magische Begegnung mit dem Mädchen mit den kristallklaren Augen möge bis in alle Ewigkeit andauern.

Doch Bruder Brasco bemerkte den Blickwechsel der beiden jungen Leute und befahl Grimpow, in die Bibliothek zurückzukehren und seine Studien fortzusetzen, bevor ihm der Teufel über den Weg lief und ihn mit unreinen, sündigen Empfindungen in Versuchung führte. Der Junge gehorchte nur widerwillig, starrte den ganzen Nachmittag dümmlich ins Leere und gab sich süßen Träumereien hin. Immer wieder drückte er sich in der Nähe des Schlafsaals für edle Gäste herum, ohne dass es ihm gelang, die junge Göttin noch einmal zu Gesicht zu bekommen. Es war, als wäre sie vor seinen Augen aus dem Nichts aufgetaucht, um sich anschließend in Luft aufzulösen, genau wie der Leichnam des unbekannten Edelmannes.

Obwohl Grimpow das Mädchen nicht wiedersah, tat er in den folgenden Nächten kein Auge zu, sondern erquickte seine Gedanken an dem holden Gesicht der rätselhaften Schönen, deren Stimme er im Traum zu hören glaubte wie den berauschenden Gesang der schönsten Sirene, die je ein Mensch gesehen hatte.

Viele Pilger trafen in langen Karawanen auf ihrem Weg nach Santiago de Compostela in Brinkum ein, indem sie die Alpen von Nordosten nach Süden überquerten und der Strecke folgten, die die Gemarkung Ullense mit dem Weg verband, der bis ins weit entfernte spanische Roncesvalles führte. Dort schlossen sie sich anderen Pilgern aus Deutschland oder Paris an, um Buße zu tun und sich von ihren Sünden reinzuwaschen, indem sie sich vor dem Grab des Apostels im noch ferneren Compostela niederwarfen. Aber auch Pilger aus den umliegenden Gemarkungen trafen in der Abtei ein, angezogen von dem wundertätigen Ruf der Gebeine und des Schädels des heiligen Tristan, die in einem weißen Marmorsarkophag in der Krypta der Klosterkirche ruhten.

Der heilige Tristan war als erster Mönch ins Tal von Brinkum gelangt, als die Wälder ausschließlich von Wölfen und Bären bewohnt waren. Er hatte eine kleine Einsiedelei aus Holz errichtet, um dort in Abgeschiedenheit und Einsamkeit zu leben. Den Legenden zufolge lautete sein wahrer Name Tristan de Guillory und er war zur Zeit des ersten Kreuzzugs mit Peter dem Einsiedler und seinem Heer von Hungerleidern, Abenteurern und Ausbrechern nach Jerusalem gepilgert. Statt das Ende ihrer Not und ewiges Seelenheil, welches sie im Heiligen Land zu finden gehofft hatten, bekamen sie aber zu ihrem Unglück nur den Tod unter der unheilvollen Maske von Seuchen und Hunger sowie die spitzen Schwerter der Muslime zu spüren.

Tristan de Guillory war einer der wenigen Überlebenden, die

aus dieser Hölle zurückkehrten und von ihrer Bedrängnis berichteten. Mit eingefallenem Gesicht und barfuß wie sein Meister ritt er auf einem Esel durch Dörfer und Städte und predigte den heiligen Krieg gegen die Ungläubigen mit aufwieglerischem Geschrei, das alle seine Zuhörer mitriss. Doch eines Tages verschwand Tristan de Guillory, und niemand hörte mehr etwas von ihm, bis eines Tages einige Mönche auf dem Weg über die Berge im tiefen Wald auf seine schmuddelige Einsiedelei stießen und auf dem Lager seine blanken Gebeine entdeckten.

Geblendet von der Schönheit der Berge, beschlossen die Mönche, im Tal von Brinkum zu bleiben und das Skelett des Einsiedlers in der Krypta der Abtei beizusetzen, die sie ihm zu Ehren errichten wollten. Dank dieser Reliquien des heiligen Predigers der Kreuzzüge galt die Abtei in der ganzen Gemarkung Ullense bald als wundertätig. Zunächst erbauten sie die Abtei genau an der Stelle, wo die Einsiedelei gestanden hatte, aber häufige Lawinen zwangen die Mönche, sie an ihren heutigen Standort zu verlegen.

Grimpow wunderte sich darüber, dass die Kirche jemanden für heilig erklärte, der mit so viel Eifer seinesgleichen getötet hatte. Am folgenden Morgen beobachtete er vom Fenster der Bibliothek aus die lärmende Betriebsamkeit der Pilger, die sich anschickten, ihren Weg nach Santiago de Compostela fortzusetzen, und hoffte, das Mädchen mit den kristallklaren Augen wiederzusehen.

Daher fragte er Bruder Rinaldo: »Wenn Gott in der Bibel die Liebe zwischen allen Menschen verkündet, warum hat die Kirche dann zu den Kreuzzügen aufgerufen, um das Heilige Land zu erobern und die Ungläubigen zu töten?«

Der alte Mönch war überrascht von dieser heiklen Frage seines Schülers, und es war ihm deutlich anzumerken, dass er sich am liebsten um die Antwort gedrückt hätte.

»Bruder Brasco hat mir erzählt, dass der heilige Tristan sein halbes Leben verkündet hat, Gott habe zu ihm gesprochen. Er solle alle Christen der Erde anfeuern, die heiligen Stätten von Jerusalem zu befreien und alle Ungläubigen zu töten, die ihnen in die Quere kämen oder sich ihrem Vorhaben widersetzten«, beharrte Grimpow.

»Bruder Brasco ist eine Lästerzunge und kann den Mund nicht halten, außer er hat Angst, er könnte ihm wegen seiner Worte zugenäht werden«, versetzte der alte Mönch aufbrausend.

»Dann stimmt es also?«, bohrte der Junge nach. Er war traurig darüber, dass die Pilgerkarawane die Abtei verließ, ohne dass er das Mädchen mit den kristallklaren Augen wiedergesehen hatte.

Bruder Rinaldo überlegte einige Augenblicke, bevor er zu einer Erklärung ansetzte. »Vor dreihundert Jahren verfiel die Christenheit einem religiösen Fanatismus, der schwer zu rechtfertigen ist. Sie wollte das Heilige Grab aus der Gewalt der Muslime befreien, die ohne jeden Respekt darauf herumtrampelten. Gott wollte es so.«

»Wem hat Gott denn den Wunsch mitgeteilt, dass in seinem Namen so viele Leben geopfert werden sollten?«, fragte Grimpow. Er wusste genau, dass er seinen Meister damit erneut in Bedrängnis brachte.

»Gott hat zu den Christen durch Papst Urban II. gesprochen, der damals sein Stellvertreter auf Erden war. Nach der ersten Jahrtausendwende drängten alle nach Jerusalem, im Glauben, dort befände sich das Himmelreich. Aber die Pilger wurden ungestraft von den Muslimen angegriffen, ohne jede Furcht erniedrigt und getötet. Da rief der Papst alle Adligen und Ritter auf, die Pilger mit Waffengewalt zu verteidigen. ›Geht, Brüder Christi, geht hin und kämpft gegen die Feinde Gottes, die ohne

Recht das Heilige Grab des Herrn an sich reißen!‹, forderte er sie auf, als er 1095 in der Synode von Clermont den ersten Kreuzzug ausrief.« Bei diesen Worten schien der alte Mönch die ganze Vitalität und Kraft seiner Zeiten als Tempelritter wiederzuerlangen.

»Ihr habt mir gesagt, Ihr hättet am achten Kreuzzug teilgenommen – so viele hat es also gegeben?«, wollte Grimpow wissen.

»Die Muslime haben keine Ruhe gegeben und nie aufgehört, unsere Festungen im Heiligen Land anzugreifen. Wir mussten sie mit mächtigen Heeren aus allen Reichen Europas immer wieder zurückerobern. Es waren beinahe zweihundert Jahre blutiger Kämpfe, die kein Ende nehmen wollten«, antwortete Bruder Rinaldo bekümmert.

»Deshalb habt Ihr also all die Frauen und Kinder mit Eurem Templerschwert geköpft?«, fragte Grimpow. Er wusste sehr wohl, dass er dem alten Mönch damit einen Dolch ins Herz stieß. Aber er musste aus Rinaldos Mund die Wahrheit über die Bilder hören, die er gesehen hatte, als er das kostbare Schwert in der Höhle unter der Abtei in die Hand genommen hatte.

Als Bruder Rinaldo Grimpows Frage hörte, trat ein betroffener, ungläubiger Ausdruck auf sein Gesicht. »Wie kannst du das alles wissen?«, fragte er mit zitternden Lippen, als hätte er in Grimpows leuchtenden Augen das Antlitz des Teufels erkannt.

»Keno hat mir neulich Euer Schwert und Euer Tempelrittergewand gezeigt. Als ich die Waffe in die Hand genommen habe, da habe ich das Blutbad vor meinem geistigen Auge so deutlich gesehen, wie ich jetzt Euch sehe.«

Der alte Mönch seufzte niedergeschlagen, sagte aber dennoch: »Du sollst eine Antwort bekommen. Aber dafür musst du mir schwören, dass du die Frage, die ich dir jetzt stellen werde, genauso wahrheitsgemäß beantwortest wie ich deine.«

»Das ist gerecht«, willigte Grimpow ein.

Es trat ein kurzes Schweigen ein, das beiden ewig erschien.

»Damals war ich davon überzeugt, ich würde in den Himmel kommen, wenn ich diese wehrlosen Geschöpfe töte, weil es Gottes Wille war, alle Ungläubigen auszurotten, auch Frauen und Kinder«, sagte der Mönch voller Gram über seine Erinnerungen.

»So blind wart Ihr geworden, dass Ihr all die Lügen geglaubt habt?«, warf ihm der Junge vor.

»Der Fanatismus vernebelt den Verstand des klügsten Menschen. Aber glaub mir, ich habe für meine Sünden reichlich gebüßt«, antwortete Bruder Rinaldo betrübt.

Grimpow konnte sich dieser Meinung zwar nicht anschließen, aber die Erklärungen seines Meisters genügten ihm. Also sagte er: »Nun seid Ihr an der Reihe.«

Bruder Rinaldo räusperte sich und fragte voller Erleichterung über die Beendigung des Verhörs: »Hast du Bruder Arben in seinem Laboratorium auf irgendeine Weise geholfen, minderwertiges Metall in reines Gold zu verwandeln?« Dabei sah er dem Jungen tief in die Augen, als wollte er sich von der Aufrichtigkeit der Antwort überzeugen.

»Ja«, antwortete Grimpow schlicht und einfach, in der Hoffnung, diese knappe Bestätigung werde dem Bibliothekar ebenfalls genügen.

»Du hast Bruder Arben schier in den Wahnsinn getrieben. Als er den Goldklumpen in seinem Destillierkolben sah, glaubte er, die endgültige Formel für die alchimistische Umwandlung gefunden zu haben. Nun versucht er Tag und Nacht verzweifelt, sie zu wiederholen – ohne Erfolg. Wie ist dir das gelungen?«

Grimpow wollte dem alten Mönch verheimlichen, dass er es nicht aus eigener Kraft vermocht hatte, aber er hatte einen Schwur abgelegt und musste ihn vorbehaltlos erfüllen. Daher zog er den Stein aus dem Leinensäckchen und zeigte ihn Bruder Rinaldo. Der betrachtete ihn fasziniert, als hätte er einen Splitter des Heiligen Kreuzes vor sich.

»Ich habe diesen Stein in das göttliche Wasser gleiten lassen, das Bruder Arben im Destillierkolben hergestellt hatte.«

»Darf ich ihn mir mal ansehen?«, bat der Mönch und streckte die Hand aus.

Zögernd, da er nicht wusste, was sein Meister damit vorhatte, reichte Grimpow ihm den Stein, aber der Bibliothekar hielt ihn sich nur vor die Augen, um ihn besser betrachten zu können.

Dann sagte er: »Das ist also alles.«

»Was wollt Ihr damit sagen?«

»Dieser unscheinbare Stein ist ohne Zweifel der echte Stein der Weisen, von dem in allen Legenden und Handschriften die Rede ist. Der Einzige, der Blei in Gold verwandeln und aus einem Menschen einen Weisen machen kann«, erklärte der Mönch. »Wo hast du ihn her? Hat der Tempelritter ihn bei sich getragen?«, fügte er hinzu, während er Grimpow den Stein zurückgab.

»Ja, der tote Edelmann hatte ihn in der Hand, als Durlib und ich ihn im Schnee gefunden haben«, räumte er ein. »Mein Freund hat ihn für ein einfaches Amulett gehalten und ihn mir gegeben. Er sagte, dieser Stein sei mit meinem Schicksal verknüpft.«

»Da hat er sich nicht getäuscht. Durlib war bald klar, dass dir ein anderes Schicksal bestimmt ist als ihm. Deswegen hat er dich auch in der Abtei zurückgelassen, wo du alles gelernt hast, was ich dir beibringen konnte. Für mich steht außer Zweifel, dass du trotz deines zarten Alters weiser bist als viele Weise, denen ich in meinem langen Leben begegnet bin. Aber vielleicht ist nun der Zeitpunkt gekommen, dass du dich auf den Weg nach Straßburg machst und dort nach diesem Aidor Bilbicum suchst. Vielleicht kann er dir helfen, das Geheimnis der Weisen zu enthüllen.«

»Manchmal habe ich den Eindruck, als würde mich der Stein dazu treiben, die Abtei zu verlassen«, erwiderte Grimpow.

»Wenn du tust, wonach dein Herz wirklich verlangt, werden die Hindernisse auf deinem Weg nur ein Ansporn sein, um weiterzugehen. Wenn du aber gegen deine Überzeugung bei uns bleibst, wird dich das geringste Hindernis, das du zu überwinden hast, zum Scheitern bringen. Die Entscheidung liegt einzig und allein bei dir. Ich werde deinen Entschluss in jedem Fall gutheißen.«

Als der Mönch Bruder Brasco mitteilte, Grimpow werde die Abtei in Kürze verlassen, war dieser so untröstlich und bekümmert wie nach der Ermordung des Abtes.

»Ich dachte, der Junge würde als Novize bei uns bleiben und bald die Ordensgelübde ablegen. Jemand, der so weise ist wie er, könnte Abt oder Bischof oder sogar Papst werden«, erwiderte er traurig.

»Dein Interesse an Grimpow ist löblich, doch hat der Zufall diesem Jungen die wichtigste Mission beschert, die du dir vorstellen kannst. Er hat in diesen Monaten viel über die großen Geheimnisse gelernt, deren Ursprung bis auf den Anbeginn der Welt zurückgeht und die noch gelüftet werden müssen, bevor sie der Menschheit zum Ruhme gereichen. Sein Schicksal liegt über den Sternen.«

»Was willst du damit sagen?«, fragte der Küchenmönch.

»Stell mir bitte keine Fragen, die ich dir nicht beantworten kann, weil ich dir mehr als hundert durchwachte Nächte lang Erklärungen dazu abgeben müsste, ohne dass du am Ende viel schlauer wärst als jetzt.«

»Ich kann dir nicht ganz folgen, Rinaldo«, sagte Bruder Brasco noch einmal.

»Dieses Rätsel zu begreifen, würde dich mehr verwirren als

das mangelnde Wissen, das du beklagst. Hör auf mich und vergiss die Worte, die du von mir vernommen hast, bald wieder.«

Nach langen, eintönigen Tagen mit viel Regen und heftigen Frühjahrsgewittern traf ein einzelner Reiter in der Abtei ein. Er sah aus wie ein Abenteurer und ritt einen prächtigen Rappen, dessen Fell glänzte wie ein See im Mondlicht. Störrisch und unbeholfen trottete neben ihm ein Maulesel einher, beladen mit großen Satteltaschen und Beuteln sowie den Einzelteilen einer alten Ritterrüstung. Anders als die meisten Pilger kam der Reiter nicht aus dem Norden, sondern aus dem Süden.

Grimpow, der sich in aller Frühe auf die Kaninchenjagd gemacht hatte, sah ihn den Weg heraufkommen, lief ihm, ohne zu zögern, entgegen und stellte sich dann auf einen Felsbrocken am Wegesrand. Der Reiter war ein junger, kräftiger Mann von heiterem Aussehen, auf dessen rechter Wange sich beim Sprechen und Lächeln ein Grübchen bildete. Seine Kleidung war ein wenig in Mitleidenschaft gezogen, aber etwas an ihm verlieh ihm das kühne Aussehen eines Ritters ohne Land und sonstigen Besitz. Um die Hüfte trug er ein langes Schwert mit einem goldenen Schaft, und Grimpow sah auf dem Maulesel einen Schild, der als Wappen eine Sonne vor einem blauen Himmel und einen Vollmond vor einem schwarzen Himmel trug. Die beiden Symbole machten seine Verbindung mit der Alchimie deutlich.

Grimpow riefen sie ein Gedicht ins Gedächtnis, das Bruder Arben ihm im Laboratorium der Krankenstube vorgetragen hatte, während sie das Blei in Gold zu verwandeln versucht hatten. Es lautete folgendermaßen:

Wollt' die Sonne den Mond umwerben
und folgte seiner Bahn über den unendlichen Himmel.
»Komm herbei, schöne Dame, und bewundre meinen Mut,

flieh nicht vor mir, sondern erhöre mein Rufen.
Ich bin der König des Tages«, sprach die Sonne,
»meine besten Gaben sind Wärme und Licht.«
»Die nächtliche Mondenkönigin, das bin ich,
und schenke der Liebe Dunkel und Stille.«
»So liebe mich denn, begehrter Mond,
o du süßer Nektar meiner bitteren Sehnsucht.«
»Gewiss will ich dich lieben, glückselige Sonne,
du meiner ewigen Unrast vortrefflicher Trost.«

Als der Fremde bei Grimpow angelangt war, brachte er seine Reittiere zum Stehen und fragte mit Blick auf den Bogen, den der Junge in der Hand hielt: »Hast du schon etwas erlegt?«

»Nein, ich habe bisher noch kein Kaninchen gesehen, sie müssen alle im letzten Regen ertrunken sein«, antwortete Grimpow.

»Bist du sicher, dass du mit diesem Bogen umgehen kannst?«, fragte der Ritter, während ein Lächeln seine Lippen umspielte.

Anstatt die Frage zu beantworten, zog Grimpow einen Pfeil aus dem Köcher auf seinem Rücken, legte den Bogen an und zielte auf eine violette Blume, die sich etwa sechzig Schritt entfernt im Wind wiegte. Er spannte den Bogen, und als er die Sehne losließ, zischte der Pfeil durch die Luft und kappte den Stängel der Blume, als hätte der Wind sie mit einem scharfen Messer abgeschnitten.

»Nicht schlecht«, sagte der Reiter lachend. »Dort unten bin ich gerade einem verirrten Reh begegnet. Wenn du es in dem Gestrüpp da suchst, kannst du es vielleicht erlegen«, fügte er hinzu. Er drehte den Kopf, um auf einen unbestimmten Punkt hinter sich zu deuten.

»Wenn Ihr nichts dagegen habt, begleite ich Euch zum Kloster und kündige dem Abt Euer Kommen an.«

»Lebst du in der Abtei Brinkum?«

»Erst seit ein paar Monaten. Ich bin zu Beginn des letzten Winters hierher gekommen.«

»Wie heißt du?«

»Mein Name ist Grimpow, aus Obernault. Und wer seid Ihr?«

»Ich heiße Salietti, Salietti de Estaglia.«

Ein Adler flog mit ausgebreiteten Schwingen über die Tannen hinweg, ein sterbendes Kaninchen in den Klauen.

»Seid Ihr Italiener?«

»Ganz recht.«

»In der Abtei lebt ein blinder, hundertjähriger Mönch, der in Alessandria in der italienischen Grafschaft Piemont geboren wurde. Umberto ist sein Name«, erklärte Grimpow.

»Ich habe von ihm und seinen alchimistischen Theorien gehört«, erwiderte der Reiter und zügelte sein unruhiges Pferd.

»Seid Ihr Alchimist?«, fragte Grimpow interessiert.

»Nein, aber mein Vater war einer, und manchmal hat er mir von Mönchen erzählt, die wie er dem großen Geheimnis des Steins der Weisen auf der Spur waren. Umberto von Alessandria war den Alchimisten seiner Zeit wohlbekannt.«

Diese Worte aus dem Mund des fremden Reiters verursachten Grimpow ein leichtes Kribbeln im Magen. »Und wo wollt Ihr hin?«, fragte er, um das Thema zu wechseln.

»Ich bin nach Norden unterwegs, nach Straßburg. Ich will am Frühjahrsturnier der elsässischen Burgen teilnehmen, das Baron Fenio de Vokko in seiner Festung ausrichtet.«

»Ihr wollt im Turnier kämpfen!«, brach es freudig aus Grimpow heraus.

Eine Sekunde lang schoss ihm der Gedanke durch den Kopf, die Abtei mit dem Neuankömmling zu verlassen. Auf diese Weise würde er nach Straßburg gelangen, sich auf die Suche nach Aidor Bilbicum machen und ihm den rätselhaften versiegelten Brief aushändigen können.

»Das ist mein Wunsch, und ich hoffe, alle Ritter, die sich im Lanzenstechen mit mir messen, im ehrlichen Kampf zu besiegen. Ich habe Fenio de Vokkos Herolde öffentlich ausrufen hören, dass der Gewinner unter den anwesenden Damen die Turnierkönigin wählen wird. Vielleicht finde ich ja die Prinzessin meiner Träume«, erklärte er lächelnd.

Einen Moment lang sah Grimpow in den Augen des Ritters Salietti de Estaglia das Gesicht des Novizen Pelin de Langfort, dessen Blut ebenfalls vor lauter ritterlichem Ehrgeiz zu kochen schien.

»Dann werdet Ihr einen Schildknappen benötigen, der Euch treu zu Diensten ist und Euch hilft, im Turnier Eure Waffen zu tragen«, schlug Grimpow vor, ohne zu überlegen.

»Würdest du gern mit mir kommen?«

»Nichts würde ich mir mehr wünschen, als Euer Schildknappe zu werden«, antwortete der Junge begeistert.

Salietti erwiderte, wenn er das wirklich wolle, könne er sich von diesem Augenblick an als in seinem neuen Amt ernannt betrachten. Sodann schnallte er den Ledergürtel ab, an dem er das Schwert um die Hüfte trug, zog es aus der Scheide und gab Grimpow damit einen leichten Schlag auf die Schulter.

Dabei verkündete er mit gespielter Feierlichkeit: »Mit diesem Schlag meines Schwertes, der die edelmütige Anerkennung der Gesetze des Rittertums bedeutet, ernenne ich dich zu meinem Schildknappen!«

Dann überreichte er Grimpow das schwere Schwert, damit er unverzüglich damit beginnen konnte, seine Pflicht als Waffenträger eines Ritters zu erfüllen. Als der Junge es berührte, ahnte er, dass sich eine neue Welt voller unwägbarer Schrecknisse und aufregender Geheimnisse vor ihm auftat.

ZWEITER TEIL

Die Burgen des Steinkreises

Der Baum der Gehenkten

Am Tag ihres Aufbruchs sagten die Mönche der Abtei Grimpow und Ritter Salietti de Estaglia schweigend Lebewohl. Bruder Brasco standen Tränen in den Augen. Auch Grimpow bedauerte es, das steinerne Gemäuer verlassen zu müssen, das ihm in den letzten Monaten Zuflucht geboten hatte, aber er wusste, dass er die unvollendete Mission des toten Edelmannes fortsetzen musste. Ritter Salietti bot ihm eine einzigartige Gelegenheit, nach Straßburg zu gelangen, und die durfte er auf keinen Fall ungenutzt lassen.

Bruder Rinaldo hatte nicht nur nichts dagegen, dass Grimpow sich dem Ritter anschloss, sondern zeigte sich erfreut, als er aus dem Mund des Jungen vernahm, dass Salietti ihn in einer kurzen, aber feierlichen Zeremonie bereits zu seinem Schildknappen ernannt hatte. Vor ihrem Aufbruch rief der alte Mönch Grimpow noch einmal in die Bibliothek und sagte ihm, Bruder Umberto von Alessandria kenne in Straßburg einen Gastwirt namens Jan Hinkebein, der ihm helfen könne, Aidor Bilbicum zu finden.

»Seine Herberge heißt ›Zum Auge des grünen Drachen‹ und befindet sich ganz in der Nähe des früheren Marktplatzes von Straßburg, wo noch immer das neue Münster gebaut wird. Du wirst keine Probleme haben, ihn zu finden. Sag ihm, du kämst auf Empfehlung von Bruder Umberto von Alessandria.«

Dann führte er seinen ehemaligen Schüler zu den Pferdeställen, in deren Tür Grimpow Keno erblickte. Dieser musterte ihn mit traurigem Blick, als wollte auch er nicht, dass Grimpow die Abtei verließ. Aber als der Junge sich von ihm verabschieden wollte, lief er davon und verschwand flink wie ein Wiesel hinter dem Schweinekoben. Sie betraten den Stall und Bruder Rinaldo ging direkt auf Astro zu, den Schimmel des Edelmannes.

»Der neue Abt hat mich ermächtigt, ihn dir zu schenken«, erklärte der alte Mönch. »Wenn du schon die Mission des Tempelritters zu Ende führst, ist es besser, wenn du sein Pferd mitnimmst.«

Grimpow dankte Bruder Rinaldo für alles, was er für ihn getan hatte, und legte Astro Zaumzeug und Sattel an. Das Tier wieherte zufrieden, als ahnte es, dass es sich von seinem neuen Besitzer nicht mehr trennen würde.

»Vergiss nie, dass die Suche nach der Weisheit ein langer, verschlungener Weg ist. Hoffentlich erlangst du sie eines Tages und hast das Glück, dann auch das Geheimnis der Weisen zu lüften. Wenn das geschieht, bin ich wahrscheinlich schon im Jenseits und genieße den ewigen Frieden im Himmel oder schmore bis in alle Ewigkeit im Schlund der Hölle«, schloss der alte Mönch mit einem Lächeln, das seine wimpernlosen Augen strahlen ließ.

Salietti de Estaglia wartete vor den Toren der Abtei auf Grimpow. Er saß bereits auf seinem Reittier, neben sich den Maulesel, der mit der Rüstung und dem Proviant bepackt war, den Bruder Brasco ihnen für die lange Reise zusammengestellt hatte.

Als er Grimpow mit Astro am Zügel herbeikommen sah, rief er lachend aus: »Eigentlich sollte der Knappe auf seinen Herrn warten!«

»Diesmal müsst Ihr es ihm nachsehen, Ritter Salietti, und mich als den Verantwortlichen für die Verspätung Eures Pagen betrachten«, gab Bruder Rinaldo ebenfalls lachend zurück.

Mit einem Satz sprang Grimpow auf Astros Rücken und sagte stolz: »Wir können jederzeit aufbrechen, mein Herr.«

Ein schweigender Mönchschor winkte ihnen zum Abschied. Aus Bruder Brascos Augen lösten sich ein paar Tränen, die er zurückzuhalten versuchte, indem er sein rundes Gesicht verzog, während er mit den Fingern über seinen Kaninchenfuß streichelte.

Sie hatten sich gerade in Bewegung gesetzt, und die Mönche waren auf dem Weg zurück an ihr Tagewerk, als die Stimme des kleinen Kräutermönchs erscholl. Grimpow hatte ihn schon beim Abschiednehmen vermisst.

»Wartet kurz!«, rief er. Bruder Arben kam herbeigelaufen, überreichte Grimpow einen kleinen Lederbeutel und sagte leise: »Das hier ist dir vielleicht nützlicher als mir. Außerdem bin ich nach reiflicher Überlegung zu dem Schluss gekommen, dass der Klumpen Gold, den ich in meinem Laboratorium gefunden habe, eher dir gehört als mir. Ich habe ihn wieder eingeschmolzen und daraus Goldbohnen gemacht, die du auf deiner Reise vielleicht gebrauchen kannst.«

»Ihr seid wirklich großzügig«, sagte Grimpow dankbar.

»Nicht mehr, als du es mir gegenüber warst«, gab der Kräutermönch zurück. Dann beobachtete er mit vergnügter Miene, wie sich die beiden Reiter von der Abtei entfernten.

Als sie die Berge erklommen, um die westlichen Alpen durch eine enge, im Nordosten gelegene Schlucht zu überqueren, verschwand die Sonne hinter einer Wolkendecke, und die Gipfel verdüsterten sich, bis sie in Schatten gehüllt waren. Zum letzten Mal blickte Grimpow von seinem Reittier aus zurück und begriff, dass die rötlichen Steinmauern der Abtei seine Vergangenheit umschlossen wie einen beunruhigenden, bittersüßen Traum, der nur im Gedächtnis fortlebt. Dort hatte er zum letzten Mal seinen lieben Freund Durlib gesehen, dort hatte er sich vor dem ruchlosen Inquisitor Burumar de Gostelle versteckt, dort war der Abt ermordet worden und dort hatte er alles gelernt, was er nun wusste.

All diese Gefühle und Erinnerungen blieben nun zurück, und er musste den Blick nach vorn richten, um seinen Weg fortzusetzen, ohne zu straucheln. Er musste herausfinden, wer Aidor Bilbicum war, was der Wortlaut des versiegelten Briefes bedeutete, was genau der Stein der Weisen war und was dieser mit dem Geheimnis der Weisen zu tun hatte, hinter dem der Papst und der französische König her waren.

»Bedrückt dich etwas, Grimpow?«, fragte Salietti, der mit der Würde eines Monarchen ohne Reich neben ihm herritt.

»Nein, ich habe nur daran gedacht, dass ich dieses Tal wohl nie wieder sehen werde«, antwortete er.

»Ich bitte dich, so etwas darfst du nicht sagen! Die Zukunft ist ungewiss und launenhaft wie ein Sommergewitter. Vielleicht kehrst du eines Tages in die Abtei zurück«, widersprach Salietti.

Aber Grimpow wusste, dass er nie wieder zurückkehren würde. »Ihr habt mich nicht einmal gefragt, was mir der Kräutermönch zum Abschied mitgegeben hat«, bemerkte Grimpow, um das Gespräch in eine andere Richtung zu lenken.

»Ich mische mich nicht gern in die Angelegenheiten meines Knappen ein«, erwiderte Salietti.

»Ich glaube, es ist besser, wenn Ihr diesen Lederbeutel für mich aufbewahrt«, bot Grimpow ihm an.

Der Ritter streckte die Hand aus, griff nach dem Beutel und betrachtete ihn neugierig. »Worum handelt es sich?«

»Seht selbst.«

Salietti ließ die Zügel seines Pferdes los und löste den Knoten des Riemens, mit dem der Beutel verschlossen war. Er zog ihn auf und holte schließlich eine Hand voll Goldbohnen heraus, so klein und rund wie geröstete Maiskörner.

»Beim geräucherten Bart eines Alchimisten!«, rief er und stieß einen langen Pfiff aus, der an den Bergen widerhallte. »Das hier ist ein kleines Vermögen«, fügte er befriedigt hinzu.

»Ihr könnt es als das Eure betrachten. Schließlich seid Ihr der Ritter und ich bin nur Euer Knappe. Es wäre nicht richtig, wenn ich Eure Reichtümer befördern würde«, erklärte Grimpow scherzhaft.

»Ein guter Ritter würde niemals seinem Knappen den Besitz abnehmen. Aber wenn es dir recht ist, hüte ich diesen Beutel mit Gold für dich – du wirst nie einen besseren Wächter finden, lieber Grimpow. Ich schwöre dir bei meiner Ehre und beim Schlund des sagenhaften Zerberus, dass ich dein Gold mit meinem Schwert und notfalls auch mit meiner Ritterwürde verteidigen werde«, erklärte Salietti und steckte den Beutel unter sein Wams.

»Was haltet Ihr davon, wenn wir Euch in Ullense standesgemäße Gewänder und eine neue Rüstung kaufen? Die Eure ist verbeulter und verrosteter als Bruder Brascos ältester Kochtopf und eines Ritters wie Euch unwürdig. Außerdem verdient sie nicht den Stolz eines reichen Knappen wie des Euren«, sagte Grimpow lachend.

»Ich nehme dein Angebot voller Freude an, vorausgesetzt, du bestehst nicht darauf, auch mein Schwert gegen ein edleres einzutauschen. Dieses hier, das ich Athene nenne, weil es mir schon so oft das Leben gerettet hat, ist das beste Schwert, von dem ein fahrender Ritter nur träumen kann«, erwiderte Salietti und legte die Hand an den Gürtel.

»Kennt Ihr Euch in der griechischen Mythologie aus?«, fragte Grimpow, als er den Namen der Kriegsgöttin hörte.

»Als ich so alt war wie du, hatte ich einen Lehrer, der mir viele interessante Dinge beigebracht hat«, antwortete der Ritter gleichgültig.

»Athene war die Kriegsgöttin der Griechen«, erklärte Grimpow.

»Aber die Menschen betrachteten sie auch als Göttin der Vernunft, sie stand den Künsten und der Literatur vor und hatte viel mit Philosophie zu tun«, dozierte Salietti. Für Grimpow bestand nicht der geringste Zweifel, dass sein neuer Freund und »Herr« weiser war, als er zugab, auch wenn er ärmer war als ein Bettler.

Sie ritten weiter bergauf und überquerten saftige grüne Wiesen, auf denen im Sommer die Wanderschäfer ihre Lagerfeuer entfachten, um ihre Herden vor den Wölfen zu schützen. Sie kamen an hohen Wasserfällen vorbei, die sich wie Pferdeschweife weiß schäumend von den Klippen stürzten, machten einen Bogen um eisige Gletscher, in denen sich riesige Spalte und bodenlose Abgründe auftaten, und gingen zu Fuß durch enge, unergründliche Schluchten, wobei sie ihre Reittiere am Zügel hinter sich herzogen. Schließlich hatten sie die hohen Berggipfel passiert und am Ende einer tiefen Schlucht tauchte auf einer weiten Ebene die von einer Stadtmauer umschlossene Stadt Ullense auf.

Die Sonne war noch nicht untergegangen, als sie das Stadttor erreichten. Mehrere Heuwagen überquerten die befestigte Brücke, ohne dass die auf dem kleinen Wachtturm postierten Soldaten ihnen den Eintritt verwehrten. Auch sie selbst fragte niemand, wo sie hinwollten und woher sie kamen. Dennoch hatte ihnen der Abt von Brinkum auf Bruder Rinaldos Vorschlag hin einen an den Bischof von Straßburg gerichteten Geleitbrief mitgegeben. Dieser gestattete ihnen, jede Stadt oder Burg, in der sie Quartier benötigten, ohne Weiteres zu betreten und wieder zu verlassen.

Die Straßen von Ullense waren um diese Abendstunde wie leergefegt. Nur vom Marktplatz her war Geschrei zu hören. Der Ritter schrieb dies den Händlern zu, die hinter klapprigen Verkaufsständen lauthals ihre Waren anpriesen.

Das dachte Grimpow zuerst auch, aber sein Entsetzen steigerte sich fast zum Wahnsinn, als sie den Platz betraten und er seinen Freund Durlib wie eine Vogelscheuche am Galgen hängen sah.

Die davor versammelte Menschenmenge lachte hysterisch und johlte vor Aufregung, dem Spektakel einer öffentlichen Hinrichtung beizuwohnen. Durlibs halb nackter, blutüberströmter Körper baumelte hin und her wie ein Pendel, seine noch offenen Augen waren aus den Höhlen getreten, und die Zunge hing ihm aus dem Mund, als wollte er sich über seine Henker lustig machen. Grimpow schloss die Augen und zügelte sein Grauen, indem er die Hände zu Fäusten ballte, bis sich seine Fingernägel in die Handflächen bohrten.

»Hast du den Mann gekannt?«, fragte ihn Salietti, verblüfft über das Verhalten seines Knappen.

Mit großer Mühe konnte ihm Grimpow verständlich machen, dass es sich bei diesem armen Teufel um Durlib handelte, der für ihn wie ein Vater gewesen war, bevor die Abtei Brinkum ihn aufgenommen hatte.

»Lass uns weiterziehen, wir können ja doch nichts mehr für ihn tun«, erwiderte der Ritter betroffen.

Der Junge konnte sich nicht rühren, auch wenn er am liebsten nach Saliettis Schwert gegriffen, seinem Pferd die Sporen gegeben hätte und auf die Menschenmenge losgestürmt wäre, die noch immer johlte und lachte.

»Komm, Grimpow, ich glaube, du musst mir noch eine Menge erzählen«, sagte der Ritter und zog an Astros Zügeln.

Sie verließen den Platz durch eine niedrige, überwölbte Gasse und kamen an den Ruinen einer alten Kirche vorbei. Weiter vorn, in einem engen Sträßchen mit kleinen Fachwerkhäusern, fanden sie eine offene Schenke, in der eine schlanke, mit Pockennarben übersäte Frau auf einem schmuddeligen Schanktisch Tonkrüge säuberte. Salietti stieg vom Pferd und bat Grimpow, es ihm gleichzutun. Dann griff er nach Astros Zügeln und band den Schimmel mit seinem eigenen Pferd und dem mit der Rüstung bepackten Maulesel an einen Eisenring neben der Tür.

Die Frau beäugte die beiden misstrauisch. Sie wischte sich die Hände an einem Tuch ab und fragte, wie es komme, dass sie nicht auf dem Platz seien und der Hinrichtung beiwohnten.

»Die ganze Stadt ist dort versammelt und flattert um die Leiche herum wie die Raben um das Aas«, sagte sie. »Andere sterben zu sehen, finden sie lustig und vergessen dabei, dass auch für sie einmal die Stunde kommen wird, vor dem Himmel Rechenschaft abzulegen«, fügte sie mit näselnder Stimme hinzu.

Salietti bedeutete Grimpow, sich an einen Tisch am Fenster zu setzen, und bestellte einen Schnaps. Dann sagte er: »Was hat dieser Mann getan, dass seine Hinrichtung solches Aufsehen erregt?«

Die Frau wirkte über Saliettis Neugier erfreut. »Soweit ich weiß, hat er sich mehrere Abende hintereinander betrunken und überall damit geprahlt, er besitze den Schatz eines rätselhaften Edelmannes, den er in der Nähe der Abtei Brinkum tot in den Bergen aufgefunden habe. Als die Soldaten des Grafen ihn festnehmen wollten, zog er sein Schwert und hieb dem einen das Ohr und dem anderen den Arm ab. Den dritten tötete er einfach.« Sie machte eine Pause und seufzte. »Er ist vor einigen Monaten in Ullense aufgetaucht und hat mit Silbermünzen um sich geworfen, die von diesen Teufelsanbetern geprägt waren, die man Templer nennt. Manche halten ihn für einen Dieb und sind der Ansicht, er sei verrückt geworden, als er sein Vermögen mit so wenig Verstand und noch weniger Nutzen durchgebracht hatte«, erzählte die Frau ohne jedes Mitgefühl, während sie ein kleines Glas mit Schnaps füllte. Dann deutete sie mit dem Kinn auf Grimpow und fragte: »Was ist denn mit dem Jungen los?«

»Ihm ist nur ein wenig übel. Das hier hilft ihm sicher wieder auf die Beine«, antwortete der Ritter und bot seinem Knappen den Schnaps an.

Grimpow trank ihn widerwillig und dachte unablässig an Durlib, dem das Schicksal übel mitgespielt und seinem Leben am Baum der Gehenkten von Ullense ein Ende bereitet hatte – genau dem, auf den er sich bei seinen Verwünschungen und unbedachten Ausrufen immer bezogen hatte. Wie in einem endlosen Alptraum sah der Junge seinen Freund immer wieder am Galgen baumeln und musste daran denken, wie oft Durlib ihm seinen Tod angekündigt hatte, ohne dass ihm Grimpow je geglaubt hatte.

An dem Tag, als sie gemeinsam aus der Schenke seines Onkels Fedo geflohen waren, hatte Durlib zu ihm gesagt: »Meine Freiheit wird letztlich nur dazu führen, dass ich eines Tages in irgendeinem elenden Dorf gehenkt werde.«

Durlib hatte sich nicht getäuscht, auch wenn Grimpow in diesem Moment noch nicht fassen konnte, was ihm zugestoßen war. Warum hatte sich nicht bewahrheitet, was sein Freund Bruder Brasco an dem Tag angekündigt hatte, als er ein letztes Mal in der Abtei vorbeigekommen war? Damals hatte er gesagt, er wolle das Meer sehen und herausfinden, ob es wirklich Sirenen gab. Aber dieser schöne Traum war nun ausgeträumt. Grimpow kannte Durlib, er wusste, dass sein Freund sich hin und wieder betrank und unter den Opfern seiner Betrügereien Streit und Handgreiflichkeiten heraufbeschwor. Allerdings hätte er nie gedacht, dass Durlib nach dem Verlust des Schmucks und der Silbermünzen auch den Verstand verlieren könnte.

Mit der Rastlosigkeit, die diese Gedanken in ihm auslösten, hörte Grimpow, wie Salietti die Frau mit dem vernarbten Gesicht fragte, ob sie einen Ort kenne, wo er und sein Knappe die Nacht verbringen und ihre Pferde versorgen könnten.

»Die Pferde und der Maulesel können in den Ställen unterkommen, und wenn Ihr wollt, könnt Ihr in einem Zimmer unter dem Dach schlafen. Ich kann Euch auch etwas zum Abendessen anbieten und für den Jungen eine gute Brühe kochen, damit er wieder zu Kräften kommt. Es sieht nicht so aus, als hätte der Schnaps bei Eurem Knappen viel ausgerichtet.«

Der Ritter bedeutete der Gastwirtin seine Zustimmung und musterte Grimpow in der Erwartung, dass er einverstanden war, die Nacht in dieser stinkenden, elenden Kaschemme zu verbringen. Der Junge deutete ein Nicken an, in dem Wunsch, bald mit seinem Kummer allein zu sein und möglichst rasch schlafen zu gehen, um diesen zu besänftigen.

Das Quartier entpuppte sich als Verschlag mit schrägen Wänden direkt unter dem Dach, dessen Balken aufgrund mehrerer undichter Stellen schimmlig waren. Das einzige Mobiliar bildeten ein Hocker und zwei Betten, die so hart waren wie der Boden. Zum Glück schlief Grimpow bald ein, nachdem die Gastwirtin ihm eine heiße Suppe aus Brot und Knoblauch mit zwei verbrutzelten Eiern heraufgebracht hatte. Er bekam nicht einmal mit, dass Salietti das Zimmer verließ, sobald er sich hingelegt hatte.

Am folgenden Morgen war der Knappe nach wie vor niedergeschlagen und zog sich die Decke über den Kopf. Der Ritter erzählte ihm, er habe nach Einbruch der Dunkelheit für Durlibs Bestattung gesorgt, um zu verhindern, dass der Mann tagelang auf dem Platz hängen blieb, im Freien verfaulte und von den Raben angepickt wurde. Den Totengräber zu überreden, hatte ihn zwei Goldbohnen und eine nahezu schlaflose Nacht gekostet. Denn er musste warten, bis sich der Platz geleert hatte, damit er den Strick am unheilvollen Baum der Gehenkten abschneiden, Durlibs leblosen Körper auf einen Karren laden und ihn zum Friedhof bringen konnte, der sich hinter einigen direkt an die Stadtmauer gebauten Hütten befand.

Wie er herausgefunden hatte, war Durlib tatsächlich seit einigen Monaten, als Adliger gekleidet, in Ullense ein und aus gegangen. Er hatte sein Vermögen beim Würfel- und Kartenspiel verprasst, sich in Schenken und Bordellen betrunken und heftige Streitigkeiten mit seinen Mitspielern heraufbeschworen. Die Geschichte mit dem toten Edelmann war inzwischen sogar dem Bischof zu Ohren gekommen. Da dieser von einem flüchtigen Tempelritter wusste, hinter dem der Inquisitor Burumar de Gostelle her war, ließ er Durlib von den Soldaten des Grafen von Ullense festnehmen. Dabei tötete Grimpows Freund einen von ihnen und verletzte zwei andere schwer, bevor ihn die Kräfte verließen und er ohnmächtig zu Boden sank. Der Graf ordnete an, ihm auf dem Platz hundert Peitschenhiebe zu verpassen und ihn dann an dem Baum zu hängen, der in der Gemarkung Ullense als Galgen für die öffentliche Hinrichtung von Mördern und Dieben diente.

Unweigerlich fühlte sich Grimpow am Tod seines Freundes schuldig. Wenn sie in den Bergen nicht den Leichnam des Edelmannes gefunden hätten, wäre all dies nicht passiert. Und auch nicht, wenn Grimpow, anstatt in der Abtei zu bleiben, mit Durlib nach Straßburg aufgebrochen wäre, so wie sie es vorgehabt hatten. Er machte sich Vorwürfe, dass er sich mit der Trennung abgefunden hatte. Vor lauter Einsamkeit war Durlib aus der Bahn geworfen worden und hatte sich vor der Sinnlosigkeit seines Lebens ins Glücksspiel und in Trinkgelage geflüchtet, die sein kleines Vermögen ihm ermöglichten.

Am liebsten hätte sich Grimpow des Steins an seinem Hals

entledigt. Es schien ein Fluch darauf zu lasten, der bereits den Tod des Edelmannes, den des Abtes von Brinkum und nun auch noch den seines guten Freundes Durlib verursacht hatte. Aber etwas in Grimpow weigerte sich zu glauben, dass der Stein der wahre Grund für so viel Unglück war. Wenn Salietti und er früher nach Ullense gekommen wären, so überlegte er, hätten sie Durlib vielleicht noch helfen können.

Als er seine Gedanken dem Ritter mitteilte, erwiderte dieser: »Der Zufall ist ein geheimnisvolles Würfelspiel, genau wie jenes, wofür dein Freund Durlib so viel übrig hatte. Ein ungewisses, unaufhaltsames Spiel, das wir gleich nach unserer Geburt zu spielen beginnen und in dem wir mit jedem Atemzug neu würfeln, ohne zu wissen, ob unseren Wünschen, Erwartungen und Träumen Glück beschieden ist. In diesem trügerischen Vergnügen, das uns unsere Ängste vergessen lässt, gehen wir jeden Tag einen Schritt weiter, entscheiden uns für oder gegen die Zahlen, die uns Glück oder Unglück bringen. Dabei ist jede Bemühung, die Fallstricke des Schicksals zu meiden, so sinnlos wie Tränen angesichts des Todes.«

»Die Tränen sind wenigstens ein Trost«, versetzte Grimpow.

Salietti öffnete die Luke und ließ in die Dachkammer ein paar Sonnenstrahlen, die zwar zaghaft und schwach waren, den Jungen aber dennoch blendeten.

»Dann tu es, beweine den Tod deines Freundes, bis dir keine einzige Träne mehr bleibt. Aber wenn du fertig bist, denk daran, dass das Leben weitergeht, und freue dich bei dem Gedanken, dass auch dein Freund Durlib in deiner Erinnerung weiterleben wird.«

Grimpow sprang vom Bett auf, bereit, unverzüglich nach Straßburg aufzubrechen. »Ich gehe die Pferde satteln«, erklärte er.

»Warte einen Moment«, bremste ihn Salietti und hob den Arm. »Wenn wir unsere Reise gemeinsam fortsetzen wollen, müssen wir vorher offen von Mann zu Mann miteinander sprechen, ohne Rücksicht darauf, dass ich ein Ritter bin und du mein Schildknappe. Zwischen uns soll fortan kein Unterschied bestehen, außer dem, der uns beiden auf unserer weiteren Reise zugutekommt.«

Nach diesen Worten schwieg er und wartete mit fragend hochgezogenen Augenbrauen darauf, dass sein Knappe auf diesen Vorschlag einging.

»Einverstanden«, erklärte Grimpow. Er war nun schon munterer und ließ sich wieder auf sein Lager nieder.

Salietti setzte sich ihm gegenüber und sah ihm tief in die Augen. »Wer war dein Freund wirklich?«, fragte er.

Grimpow erklärte ihm, dass Durlib ein Gauner und Dieb gewesen war, und erzählte ihm auch, wann und wie er ihn kennengelernt hatte und warum sie den Winter in den Bergen nahe der Abtei Brinkum verbracht hatten.

Salietti nickte und gab sich mit den Erklärungen zufrieden. »Und was hat es mit der Geschichte von dem toten Edelmann auf sich?«, fragte er weiter.

Da berichtete der Junge ihm von dem Leichnam, den sie im Schnee gefunden hatten, sowie von dem kleinen Schatz, den er in seiner Satteltasche bei sich gehabt hatte: den Silbermünzen, dem Schmuck, den mit Saphiren und Rubinen besetzten Dolchen, dem versiegelten Brief und dem goldenen Petschaft. Er schilderte ihm auch, wie sich der Körper des toten Edelmannes im Schnee auf ebenso plötzliche wie unbegreifliche Weise vor ihren Augen in Luft aufgelöst hatte. Dann erklärte er ihm, dass es ihm gelungen sei, die seltsamen Schriftzeichen in dem versiegelten Brief zu entziffern, und erzählte ihm von Durlibs und seiner Absicht, Aidor Bilbicum in Straßburg ausfindig zu machen. Schließlich berichtete er noch von all dem, was nach der Ankunft des Inquisitors Burumar de Gostelle und der Soldaten des Königs in der Abtei geschehen war: Durlibs Flucht, die Ermordung des Abtes, sein Studium in der Bibliothek und seine Unterhaltung mit dem blinden hundertjährigen Mönch Umberto von Alessandria.

»Was ist aus dem Stein geworden?«, wollte Salietti auf einmal wissen.

»Aus welchem Stein?«, fragte Grimpow zurück, indem er so tat, als wüsste er nicht, was der Ritter meinte.

»Wir haben uns geschworen, aufrichtig zu sein ...«, mahnte Salietti stirnrunzelnd und forderte Grimpow damit auf, ihm die Wahrheit nicht vorzuenthalten.

Da holte der Junge den kleinen Stein aus dem Leinensäckchen und hielt ihn dem Ritter hin. »Ich bin mir nicht ganz sicher, ob es wirklich ein Stein ist«, erklärte er, um seine Zweifel zu rechtfertigen.

Salietti nahm den Stein in die Hand. Grimpow bemerkte, dass sich seine Farbe nicht veränderte und er auch nicht rötlich funkelte, so wie damals, als er selbst ihn zum ersten Mal berührt hatte.

»Ich weiß von Bruder Umberto von Alessandria, dass du den *lapis philosophorum* oder Stein der Weisen gefunden hast, wenn du ihn lieber so nennst«, eröffnete der Ritter.

»Von Bruder Umberto?«, fragte Grimpow, ohne seine Verblüffung zu verhehlen.

Da fiel ihm ein, dass Salietti ihm bei seiner Ankunft in der Abtei gesagt hatte, er kenne den blinden Mönch. Darüber hinaus waren die Sonne und der Mond auf seinem Schild eindeutige alchimistische Symbole, die kein Eingeweihter übersehen würde.

»Dann seid Ihr... ich meine, dann bist du... du....«, stammelte Grimpow zunehmend lauter, um seiner Entrüstung Ausdruck zu verleihen. »Dann bist du gar kein Ritter, sondern genauso ein Betrüger wie Durlib. Ein unverschämter Gauner, der mich hinters Licht führen will!«

Salietti lachte schallend. »Ich glaube, ich bin kein größerer Gauner als du, denn du hast mir auch nichts von deinen geheimnisvollen Absichten erzählt. Aber sei unbesorgt, ich bin nur gekommen, um dir zu helfen.«

»Hat Bruder Umberto dich holen lassen?«, wollte Grimpow unbedingt wissen.

»Es war Bruder Rinaldo von Metz. Er hat mir einen Diener seines Vertrauens mit einer Nachricht geschickt und mich gebeten, in die Abtei Brinkum zu kommen und von dort aus mit dir nach Straßburg zu reisen. Bruder Umberto hatte nach langen Jahren des Schweigens mit ihm gesprochen, und beide fanden, du dürftest dich nicht allein auf die Suche nach dem Geheimnis der Weisen machen. Als ich dich auf dem Weg zur Abtei traf, begriff ich, dass du der betreffende Junge warst. Allerdings habe ich nicht damit gerechnet, dass du es mir so leicht machen und mir ohne Umschweife erklären würdest, du wolltest mein Schildknappe werden.«

»Wie sind die beiden denn auf dich gekommen?«, fragte Grimpow, noch immer völlig verblüfft.

»Wie schon gesagt, mein Vater ist ein langjähriger guter Freund von Bruder Umberto. Das war also nicht gelogen. Er hat an der Universität von Padua bei ihm studiert und die beiden haben bei vielen Entdeckungen und alchimistischen Experimenten zusammengearbeitet. Nach seiner Erblindung pflegte mein Vater den Mönch alle zwei Jahre in der Abtei zu besuchen, und zwar in meiner Begleitung, seit ich alt genug bin. Bruder Umberto und Bruder Rinaldo kennen mich gut und wissen, dass ich in Padua und Paris studiert habe, wenngleich ich mich zu den Waffen berufen fühlte und einen Herzogtitel trage. Den habe ich von meinem Großvater Iacopo de Estaglia erhalten, nachdem mein Vater dessen überschuldetes Erbe ausgeschlagen hatte.«

»Ich nehme an, dann weißt du zumindest etwas über das Geheimnis der Weisen«, sagte Grimpow. Er war zufrieden, dass Bruder Umbertos und Bruder Rinaldos Wahl auf Salietti gefallen war.

Salietti stand auf, betrachtete durch die Luke den blauen Himmel über Ullense und ließ dabei den geheimnisvollen Stein in der Hand kreisen.

»Auch nicht viel mehr als du. Hast du diesen rätselhaften Brief bei dir?«, fragte er.

Grimpow öffnete eine Geheimtasche in der Naht seines Wamses, zog das gefaltete Schreiben heraus und reichte es ihm. Salietti betrachtete es aufmerksam und ließ den Stein darübergleiten, als hoffte er, so die seltsamen Schriftzeichen, in denen es abgefasst war, zu verstehen.

»Es ist unglaublich, dass du diese Sprache ganz allein entschlüsselt hast«, sagte er nachdenklich. Ihm war klar geworden, dass sich ihm die Bedeutung nicht offenbarte, obwohl er den magischen Stein in der Hand hielt.

Grimpow erwiderte achselzuckend: »Das lag an dem Stein, da bin ich ganz sicher. Aber frag mich nicht, warum, denn ich wüsste nicht, was ich dir darauf antworten sollte.«

»Du zweifelst nicht an dem, was hier steht?«, bohrte Salietti nach.

»›Im Himmel sind das Dunkel und das Licht. Aidor Bilbicum. Straßburg.‹ Das habe ich nicht vergessen, seit ich es zum ersten Mal gelesen habe. Bruder Rinaldo hat dir bestimmt erzählt, was für eine seltene Gabe ich besitze, seit ich diesen Stein gefunden habe. Ich kann jede Sprache verstehen, so alt sie auch sein mag.«

»Schon, aber es ist schwer, zu glauben, dass dieser unscheinbare Stein solche Wunder in dir bewirkt«, entgegnete Salietti und gab ihm beides zurück.

»Bruder Rinaldo ist davon überzeugt, dass der tote Edelmann ein Ritter des Templerordens war. Er sagt, dieser Stein sei ein Teil des Geheimnisses, das die neun Tempelritter vor zweihundert Jahren im Tempel Salomons in Jerusalem entdeckt und später nach Frankreich geschafft haben und an einem unbekannten Ort versteckten.«

»Gut möglich«, stimmte Salietti wenig überzeugt zu. »Aber genau das müssen wir herausfinden.«

Die Gastwirtin erklärte ihnen, wo sie einen Tuchhändler finden konnten, um ihre armselige Kleidung durch Gewänder zu ersetzen, die dem Adelsstand des Herzogs von Estaglia und seinem Schildknappen angemessener waren. Salietti entlohnte sie für ihre Liebenswürdigkeit und das Quartier mit einer Goldbohne, worauf die Frau ihm die Hand küsste, als wäre sie die einbalsamierte Reliquie eines Wunderheiligen, und ihm einige Silbermünzen herausgab.

Mit eleganten Stiefeln, Gürteln, Hemden, Hosen und Wämsern herausgeputzt, die selbst die Sonne, die sie auf der Straße empfing, zu blenden vermochten, wurden sie in der angesehensten Waffenhandlung von Ullense vorstellig. Dort empfing sie ein rundlicher Mann, dessen Gesicht fettig war und genauso glänzte wie sein kahler Schädel. Er wurde von allen Meister Altrup genannt.

»Willkommen, mein Herr!«, sagte Meister Altrup und rang seinem runden Körper mit Mühe eine tiefe Verbeugung ab. »Sagt mir, was Ihr wünscht, dann werde ich alles in meiner Macht Stehende tun, um Euch zu Diensten zu sein.«

Salietti erwiderte die Höflichkeit des Waffenmeisters mit einem leichten Kopfnicken. »Ich brauche eine gute Rüstung, um beim Turnier mitzukämpfen«, erklärte er und ließ den Blick über eine Reihe prachtvoller Rüstungen schweifen, deren glatte, polierte Einzelteile an großen roten Samttafeln die Wände zierten.

Grimpow musterte gerade mit offenem Mund die umfangreiche Sammlung von Schwertern in den Glasvitrinen, als Salietti den Arm hob und auf eine Rüstung aus leichten Stahlplatten deutete, die wie ein versilberter Spiegel funkelte. Der Helm wurde von einer Sonne gekrönt, in der ein goldgelber Federbusch steckte, und war mit einem abgerundeten Visier und breiten Luftschlitzen versehen.

»Ihr könnt gewiss sein, dass Ihr die beste Waffenhandlung von ganz Ullense aufgesucht habt. Unsere Stahlpanzer werden nicht nur geschätzt, weil sie die Unversehrtheit ihres Trägers garantieren, sondern auch als wahre Kunstwerke bewundert.«

»Passt mir diese Rüstung da an, Meister Altrup. Sie scheint mir die solideste und leichteste für den Turnierkampf zu sein«, sagte Salietti kurzerhand und deutete auf eine der Samttafeln.

»Ohne Zweifel wisst Ihr, was Ihr sucht, Herr…«, unterbrach der Waffenmeister.

»Salietti, Salietti de Estaglia, aber wenn Ihr wollt, könnt Ihr mich auch Herzog nennen«, erwiderte Salietti ohne Überheblichkeit.

»Wenn Ihr am Turnier in den elsässischen Burgen teilnehmen wollt, Herr Salietti, wird diese Rüstung Euch zum Ruhm des Sieges verhelfen. Ihr werdet bei allen Damen Bewunderung und bei den wackersten Rittern Neid erregen«, erläuterte Meister Altrup schmeichelnd. »Ich versichere Euch, in ganz Ullense werdet Ihr keine ausgefallenere und modernere Rüstung finden, leicht wie eine Feder und hart wie ein Diamant«, fügte er hinzu und griff nach einem langen Stab, an dessen Ende ein Haken befestigt war.

Damit nahm er nacheinander alle Platten der von Salietti gewählten Rüstung ab. Er breitete sie auf einem großen Tisch aus, während er eingehend die Vorzüge jedes Einzelteils beschrieb, angefangen beim Helm, dem Visier, dem Kinnschutz und der Helmbrünne, die die Kehle bis zum Brustpanzer schützte, bis hin zu den Armschienen, den Panzerhandschuhen und Beinröhren. Es waren unglaublich viele Teile, Lederriemen und Scharniere, mit denen sich Grimpow als Knappe auskennen musste, um Salietti vor einem Turnier in die Rüstung zu helfen. Als Meister Altrup die Rüstung Stück für Stück geduldig und sorgfältig an Saliettis Körper befestigte, ließ Grimpow sich nicht den kleinsten Handgriff entgehen.

Zwischendurch fragte der Meister: »Wollt Ihr Euch auch Baron Fenio de Vokkos Heer anschließen?«

Salietti und Grimpow sahen sich verständnislos an.

»Fenio de Vokkos Heer?«, fragte der Herzog unschlüssig.

»Ich sehe schon, die Kriegsgerüchte sind nicht bis nach Italien gedrungen«, erwiderte Meister Altrup so redselig wie ein Barbier.

»Nein, das ist nicht der Fall, ich muss es Euch gestehen. Soweit ich weiß, haben Fenio de Vokkos Herolde nur das Turnier der elsässischen Burgen angekündigt, mit dem wie jedes Jahr der Frühling gefeiert wird. Sie haben alle Ritter Norditaliens eingeladen, an den berühmten Wettkämpfen teilzunehmen«, erklärte Salietti.

Meister Altrup senkte die Stimme, wohl wissend, welches Interesse seine Worte bei seinem adligen Kunden wecken würden. »Mein verehrter Herzog de Estaglia, seht Euch lieber vor. Dieses Jahr ist das Turnier nur ein Vorwand, um in der Festung des habgierigen Barons Fenio de Vokko so viele Ritter wie möglich zu versammeln und von ihnen zu verlangen, sich ohne Ausflüchte seinem neuen Kreuzzug anzuschließen.«

Das Wort »Kreuzzug« hallte in Grimpows Kopf wider und ließ ihn aufhorchen, denn der Waffenmeister sprach so leise, dass er ihn kaum verstehen konnte. Obendrein wurde seine Stimme hin und wieder von fernen Hammerschlägen übertönt, mit denen jemand Metall auf einem Amboss bearbeitete.

»Hat Fenio de Vokko etwa vor, ein neues Heer zu befehligen und das Heilige Land zurückzuerobern?«, fragte Salietti ungläubig.

Meister Altrups aufgedunsenen Lippen entfuhr ein gekünsteltes Lachen. »Oh nein, Herr Salietti!«, antwortete er. »Diesmal richtet sich der Kreuzzug nicht gegen die Ungläubigen im Morgenland, sondern gegen die Ketzer in den Burgen des Steinkreises hinter der Grenze von Fenio de Vokkos Ländereien zu Deutschland.« Er legte eine Pause ein und wandte seine ganze Kraft auf, um eine Platte auf Saliettis rechter Schulter anzubringen. Dann rang er nach Luft und sprach weiter: »Meinen Gewährsmännern zufolge, lauter adlige Ritter, wie Ihr Euch aufgrund der Natur meines Berufes vorstellen könnt, wird der französische König den Wettkämpfen beiwohnen und dort einen Heiligen Kreuzzug gegen all jene Burgen ausrufen, die den geächteten Tempelrittern Zuflucht bieten.«

Als Grimpow das hörte, fiel ihm ein, was Bruder Rinaldo ihm über die Burgen des Steinkreises erzählt hatte: dass Herzog Ulf und seine Getreuen die Templer aufgenommen hatten, die nach der von König Philipp dem Schönen angeordneten Verfolgung aus ganz Frankreich geflohen waren. Er musste sich auf die Zunge beißen, um sich nicht in das Gespräch einzumischen, denn ihm war eingefallen, dass sein niedriger Stand als unwissender Knappe ihm Stillschweigen gebot. Doch Grimpow vertraute darauf, dass Salietti sich die Gelegenheit nicht entgehen lassen würde, Waffenmeister Altrups leutselige und gefährlich indiskrete Art für seine eigenen Erkundigungen zu nutzen.

»Dort stecken diese widerständischen Templer also auch? Ich dachte, König Philipp hätte ihnen und ihren teuflischen Ketzereien nach den Verhaftungen vor sechs Jahren ein Ende gemacht.« Salietti redete Meister Altrup nach dem Mund, damit er ihnen alles über den bevorstehenden Krieg erzählte, was er wusste.

»Den Nachrichten aus Paris zufolge«, erwiderte der Waffenmeister und senkte die Stimme diesmal noch mehr, sodass Grimpow noch dichter an Salietti herangehen musste, um ihn zu verstehen, »ist der Großmeister der Templer zusammen mit einigen seiner Präzeptoren und Komturen vor Notre-Dame auf dem Scheiterhaufen verbrannt worden. Vor seinem Tod soll er den Papst und den französischen König mit einem schrecklichen Fluch belegt haben: Er hat versichert, beide würden vor Jahresfrist sterben. Deshalb munkelt man, König Philipp sei nicht hinter den flüchtigen Templern her, sondern hinter dem Geheimnis vom Tempel Salomons. Denn angeblich kann nur dieses Geheimnis den Fluch bannen.«

»Was haben die Burgen des Steinkreises mit dem Geheimnis der Templer zu tun?« Salietti tat, als wären ihm die Einzelheiten dieser Angelegenheit nicht bekannt, und bewegte gleichzeitig Arme und Beine, um sich die Rüstung passend zu machen.

Meister Altrup griff nach dem Helm und klappte das Visier nach oben. »Es wird behauptet, die neun Ritter hätten den Schatz nach Frankreich gebracht und in der Festung in der Mitte des Steinkreises versteckt, den die Burgen bilden. Neun Ritter und neun uneinnehmbare Burgen«, antwortete er und zwinkerte Salietti zu, um die Doppeldeutigkeit seiner Worte zu unterstreichen.

»Verstehe. Wo könnte man ein so kostbares und begehrtes Geheimnis besser aufbewahren als in den neun Burgen des Steinkreises?«, schlussfolgerte der Herzog, um Meister Altrup zu zeigen, dass er seine Anspielungen begriffen hatte und auf diese Frage keine Antwort erwartete.

Der Waffenmeister hob den Helm und setzte ihn Salietti auf. Dieser sah in seiner funkelnden Ritterrüstung so majestätisch aus, wie einst der erste Herzog von Estaglia ausgesehen haben musste.

Dann sagte Meister Altrup: »Nun, Herr Salietti, könnt Ihr entscheiden, auf welcher Seite Ihr mit Eurer neuen, tadellosen Rüstung kämpfen wollt.« Auf seinem Gesicht machte sich ein ebenso zufriedenes wie boshaftes Lächeln breit.

Der Fluch des Einsiedlers

Bis nach Straßburg waren es noch mehrere Tagereisen. Salietti brannte darauf, beim Frühjahrsturnier mitzukämpfen, und hin und wieder betrachtete er seine neue Rüstung auf dem Rücken des Maulesels, als ahnte er, dass diese polierten Metallplatten, die wie das Gold der Alchimisten hinter dem Glas eines Destillierkolbens in der Sonne funkelten, ihm einmal das Leben retten sollten.

Meister Altrups Ankündigung ließ ihm keine Ruhe. Vor allem nachdem er erfahren hatte, dass sich das Geheimnis der Weisen, dem Grimpow und er auf der Spur waren, in Herzog Ulfs Festung oder in einer der anderen acht Burgen des Steinkreises verbarg. Salietti war nicht so naiv, dem Gerede Glauben zu schenken, aber was der Waffenmeister ihm erzählt hatte, klang vernünftig.

Was konnte hinter den neun Rittern für neun Burgen stecken, außer, der König von Frankreich führte persönlich einen neuen Kreuzzug gegen die Burgen des Steinkreises an, wo sie doch als uneinnehmbar galten? Wenn es denn so war und das Geheimnis der Weisen wirklich in einer dieser Festungen versteckt war, welche Bedeutung hatte dann Grimpows geheimnisvoller Stein, und wer war der tote Edelmann? Mehr noch, was bedeutete der rätselhafte versiegelte Brief und wer war Aidor Bilbicum?

Über all diese Fragen zerbrach Salietti sich den Kopf, während sie stumm über die Ebene von Ullense ritten. Schließlich brachte er sein Pferd zum Stehen und erklärte: »Ich glaube, wir müssen von vorn beginnen.«

Grimpow zügelte Astro und sah Salietti fragend an, ohne zu begreifen, was er damit sagen wollte.

»Ich verstehe dich nicht. Sollen wir wieder in die Abtei Brinkum zurückkehren?«

»Ich spreche vom Geheimnis der Weisen. Wir suchen etwas, von dem wir weder wissen, was es ist, noch wozu es dient oder wo es versteckt sein kann«, überlegte er laut und setzte sich wieder in Bewegung.

»Ich glaube, dieser Gedankengang war überaus klug«, witzelte Grimpow.

»Aber was wissen wir eigentlich?«, fragte Salietti, ohne auf den Spott seines neuen Freundes einzugehen. Seine Frage schwebte eine ganze Weile in der Luft wie der Habicht, der über ihnen seine Kreise zog.

»Dass wir einen geheimnisvollen Gegenstand besitzen, der unerklärliche Wunder wirken kann«, formulierte Grimpow als erste Gewissheit.

»Einen geheimnisvollen Gegenstand, der täuschende Ähnlichkeit mit einem Stein hat«, fügte Salietti hinzu.

»Mit einem Stein, dessen Ursprung auf die Anfänge der Menschheit zurückzugehen scheint«, fuhr der Junge fort.

»Einer Menschheit, die im *lapis philosophorum* irgendwann die Weisheit entdeckt hat«, spann Salietti weiter. Es klang wie eine schlichte Wortspielerei, deren Geschwindigkeit bei jeder Runde zunahm.

»Eine Weisheit, die von den Weisen kultiviert wurde.«

»Von den Weisen, die ihr Wissen an die Eingeweihten weitergegeben haben.«

»An Eingeweihte, die ihr Wissen geheim gehalten haben«, ergänzte Grimpow.

»Ein Geheimnis, das neun Ritter vor zweihundert Jahren entdeckt haben.«

»Die neun Ritter, die den Orden der Templer gegründet haben.«

»Der Templer, die der französische König vor sechs Jahren als Geächtete verfolgt hat«, betonte Salietti.

»Geächtete, die in den Burgen des Steinkreises Zuflucht gesucht haben.«

»In den Burgen des Steinkreises, zu denen der tote Edelmann unterwegs war.«

»Der tote Edelmann, der vor Burumar de Gostelle geflohen ist und ein goldenes Petschaft, einen geheimnisvollen Stein und einen Brief bei sich getragen hat.«

»Einen Brief, der eine Botschaft enthält.«

»Eine Botschaft, in der von Aidor Bilbicum und der Stadt Straßburg die Rede ist.«

»Der Stadt Straßburg, zu der wir uns aufmachen werden, nachdem wir am Turnier teilgenommen haben.«

»Am Turnier, das Fenio de Vokko einberufen hat, damit der französische König dort seinen neuen Kreuzzug ankündigen kann.«

»Einen Kreuzzug, in dem das Geheimnis der Weisen gelüftet werden soll«, erklärte Salietti.

»Das Geheimnis der Weisen, das mit unserem Stein zu tun hat und dem wir ebenfalls auf der Spur sind und das natürlich in den neun Burgen des Kreises verwahrt wird.«

»Des Kreises, den wir mit dieser verbalen Spielerei gerade geschlossen haben, weil darin deutlich geworden ist, wie wenig wir wissen und wie viel wir noch in Erfahrung bringen müssen«, sagte Grimpow zum Abschluss.

Daraufhin begannen beide zu lachen, wie sie schon lange nicht mehr gelacht hatten.

Die Ebene von Ullense war mit ausgedehnten Weinbergen und Weizenfeldern überzogen, und am Ufer eines breiten Flusses, der sich zwischen dichten Pappeln wand, reihten sich kleine Dörfer aneinander. Rechts und links erhoben sich sanfte Hügel mit Burgen aus rötlichem Stein am Horizont, die aus der Ferne wie träge, verschlafene Wächter über die Wege wirkten.

Wie in jedem Jahr würden viele Herren aus der Gemarkung Ullense an den Wettkämpfen teilnehmen. Manche waren bereits mit ihren Zelten, Waffen und Standarten in Begleitung ihrer Damen, Schildknappen und Diener zu Fenio de Vokkos Festung aufgebrochen. Grimpows und Saliettis Gepäck hingegen war knapp bemessen und ihr Geleit bildete lediglich der Maulesel, der mit der Rüstung, dem Schild, der Standarte sowie der mit dem Wappen des Herzogs von Estaglia bestickten Schabracke für das Pferd beladen war.

Sie machten halt, als sie an einer Kreuzung ankamen, von der aus Wege in alle vier Himmelsrichtungen führten und in deren Mitte eine Kapelle ohne Wächter und Türen stand, die Reisenden und Pilgern als Ort der Einkehr diente. Es war ein winziges, längliches Gebäude mit einem Vordach, das auf zwei runden Säulen ruhte, daneben ein Brunnen und eine Pferdetränke. Der alte Einsiedler, der die Kapelle hütete, saß auf einer Steinbank in der Sonne und hielt in der Linken einen langen, am oberen Ende gebogenen Stock, während seine rechte Hand vom Handgelenk an fehlte.

Als der alte Mann die beiden Reiter sah, lächelte er sie an, und dabei kam der einzige Zahn zum Vorschein, den er noch besaß. Er trug einen langen, zerlumpten Kittel, den er in der Taille mit einem Seil zusammenhielt, ging barfuß und schien eher wahnsinnig als bei Verstand zu sein.

»Flieht, flieht, solange Ihr noch könnt, um Gottes Zorn zu entgehen, ihr verfluchten Söhne des Teufels! Oder kriecht in dieser heiligen Kapelle vor dem Märtyrer zu Kreuze und fleht den Herrn in seiner göttlichen Gnade um Vergebung Eurer Sünden an!«, schrie er.

Unterdessen steuerten Grimpow und Salietti auf die Tränke zu, damit die Tiere ihren Durst löschen konnten.

Der alte Einsiedler stand auf, starrte sie herausfordernd an, reckte den Stock gen Himmel und setzte seine Litanei lauthals fort: »Die Trompeten des jüngsten Gerichts erschallen am Himmel, und auf der Erde kriechen die Würmer unter die Gräber, um dem Licht zu entkommen, das alles sieht! Das ewige Feuer ist so weit, Eure Seelen zu holen! In der Hölle werdet Ihr schmoren! Verräter am Glauben! Sklaven der Unzucht! Diener der Völlerei und der Habsucht! Hört die Verkündigung des Endes! Die Sense des Todes wird Eure Überheblichkeit in den Schlamm ziehen und Eure Köpfe werden ohne Erbarmen von den Hufen Eurer Pferde zermalmt werden! Nichts werden Euch Eure Lanzen und Schwerter nützen! Die Prophezeiungen werden in Erfüllung gehen! Zeigt Reue und betet mit mir!«, schloss er, warf sich in gespielter Ekstase vor ihnen auf die Knie und fing an, ein unverständliches Gebet zu murmeln.

Salietti musterte den alten Einsiedler mitleidig und flüsterte Grimpow zu: »Er führt nur sein Theater als falscher Prophet auf, um sich ein ordentliches Almosen zu verdienen.«

Beim Anblick des verwirrten alten Mannes musste Grimpow an seine Zeit mit Durlib denken. Ihm war klar, dass viele Schelme hungrig durch die Dörfer und über Land strichen und sich schamlos sämtlicher Tricks und Lügen bedienten, um an ein Stück Brot zu kommen. Aber im leeren Blick dieses Einsiedlers meinte er, eine Traurigkeit zu erkennen, die sich über all seine anderen Nöte legte.

»Er hat nicht mit uns geredet«, erklärte er daher.

Salietti sah sich um. »Mit wem denn sonst? Hier ist niemand außer dem Maulesel und den Pferden.«

»Er hat mit den Tempelrittern gesprochen. Vielleicht hat er uns in seinem Wahn mit ihnen verwechselt.«

»Wie kommst du denn darauf?«, fragte der Herzog neugierig.

»Wegen seiner Wortwahl.«

»Ich verstehe nicht, was du meinst. Er hat nichts anderes gesagt als jeder beliebige Prophet des Jüngsten Gerichts.«

»Er hat all das aufgezählt, wessen man die Tempelritter angeklagt hat, um sie als Ketzer zu verurteilen«, widersprach Grimpow, ganz begeistert von diesem Gedanken. »Deshalb hat er uns auch geraten zu fliehen, solange noch Zeit ist«, sagte er und erklärte dem Herzog ausführlich seine Mutmaßungen.

Salietti war verblüfft, dass sein Knappe den Nagel auf den Kopf getroffen hatte. »Du hast recht, Grimpow, die Templer wurden in der Tat angeklagt, den Teufel anzubeten, sich unter der Erde zu verkriechen wie Würmer, um ihre Rituale abzuhalten, und sich dabei vor den Augen Gottes zu verstecken, der alles sieht. Auch sollen sie Verräter am Glauben gewesen sein, die Sünde der Unzucht begangen haben, indem sie unkeuschen Umgang miteinander pflegten, in der Fastenzeit Fleisch gegessen und so viel Reichtum angehäuft haben, bis sie sich für Götter hielten.«

»Es stimmt auch, dass sie vom Papst und vom König persönlich zermalmt wurden, die ihnen früher so zu Diensten gewesen waren wie ihre Pferde«, fügte Grimpow hinzu, »ohne dass ihre Lanzen und Schwerter ihnen etwas nützten, um sie vor dem Scheiterhaufen zu bewahren.«

Grimpow saß von Astro ab, ließ den Schimmel an der Tränke zurück und ging auf den Greis zu, der nach wie vor mit leerem Blick vor ihnen kniete. Er half ihm auf die Füße und begleitete ihn zurück zu der Steinbank vor der Kapelle. In dem Drosselbeerbaum gleich daneben, der seinen Schatten auf den Boden warf, war lautes Vogelgezwitscher zu hören.

»Wie heißt Ihr?«, fragte Grimpow den alten Einsiedler.

»Was tut mein Name schon zur Sache!«, antwortete dieser unwillig.

Auf dem Weg zur Steinbank war dem Jungen aufgefallen, dass der Einsiedler im Nacken ein achtspitziges Kreuz eintätowiert hatte, wie er es in der Höhle unter der Abtei auf dem weißen Mantel und dem Schwert von Bruder Rinaldo von Metz gesehen hatte.

»Seid Ihr ein Tempelritter?«, fragte er den Mann.

»Gibt es den Templerorden etwa noch?«, fragte der Greis mit leerem Blick zurück.

Grimpow setzte sich neben ihn und betrachtete den Stumpf seiner rechten Hand, wo die Haut schrumpelig und verfault war. »Wie habt Ihr Eure Hand verloren?«, fragte er weiter.

»Sie haben sie mir abgehackt, damit ich nie wieder mit einem Schwert kämpfen kann«, antwortete der Greis.

Nun kam auch Salietti leise näher und blieb mit dem Rücken zur Sonne, die im Westen bereits zu sinken begann, vor ihnen stehen. Grimpow bedeutete ihm, die Unterhaltung nicht zu unterbrechen. Er nickte.

»Wer sind ›sie‹?«, fragte der Knappe weiter.

»Die Schergen des französischen Königs«, antwortete der Greis.

»Haben sie Euch gefoltert?«

Der alte Einsiedler nickte gedemütigt. »Wir hatten keine Gelegenheit, uns zu verteidigen. Sie drangen im Morgengrauen in den Turm unseres Pariser Gebiets ein wie Füchse in einen Hühnerstall, nahmen uns alle gefangen und stürzten sich auf unsere Papiere und Schätze. Nichts ist mehr übrig als die verkohlten Leichen Hunderter auf dem Scheiterhaufen verbrannter Templer, die nicht einmal in geweihter Erde begraben wurden, wie es ihr Wunsch gewesen wäre.«

Von seinen traurigen Erinnerungen überwältigt, führte der alte Einsiedler ein Selbstgespräch. Grimpow ließ ihn einfach gewähren. »Mich haben sie von den anderen getrennt und in einen überfluteten Kerker voller Ratten geworfen, wo ich jahrelang ohne Licht eingesperrt war und der entsetzlichsten Folter unterzogen wurde. Sie behaupteten, ich hätte sie dazu genötigt, mir mein Wissen mit den Zangen der Inquisition zu entreißen.«

»Wie konntet Ihr aus Eurem Gefängnis entkommen?«

»Sie dachten, ich wäre wahnsinnig geworden und niemand würde mir glauben. Burumar de Gostelle, der ja selbst einmal dem Templerorden angehörte und dessen Seneschall ich war, hatte ein Nachsehen mit mir und ließ mich entkommen, nachdem ich ihnen gegeben hatte, was sie wollten. Dann irrte ich ziellos umher, bis ich Zuflucht in dieser verlassenen Kapelle fand, die nur noch von Pilgern genutzt wird. Hier warte ich nun auf das Ende meiner Tage, das ich herbeisehne wie eine Wüste den Regen«, erklärte er mit schwacher Stimme. »Über uns wurden die schlimmsten Verleumdungen verbreitet, die man sich vorstellen kann, und unsere Brüder wurden ermordet, nur um unserem Geheimnis auf die Spur zu kommen.«

Salietti zuckte innerlich zusammen, als hätte ihn der Blitz getroffen, ließ sich jedoch nichts anmerken. »Von welchem Geheimnis sprecht Ihr?«, fragte er.

»Von dem, das die neun Ritter der Legende zufolge in Jerusalem fanden, bevor sie vor mehr als zweihundert Jahren den Templerorden gründeten.«

Salietti ließ Grimpow nicht aus den Augen, aus Furcht, der alte Einsiedler könne in seinen vorherigen wahnhaften Zustand zurückfallen.

»Ich nehme an, Ihr kennt dieses Geheimnis«, sagte Grimpow.

»Nein«, erwiderte der Mann und verstummte dann, als wollte er nicht länger über seine Erinnerungen sprechen, die mit so viel Kummer verbunden waren.

»Wollt Ihr damit sagen, dass es gar kein Geheimnis gab?«, fragte Salietti dazwischen.

»Ich will damit sagen, dass die neun Tempelritter lediglich im Auftrag eines Geheimbundes gegen eine bedeutende Summe Goldes etwas von Jerusalem nach Paris beförderten. Ihr Auftrag bestand darin, den kostbaren Inhalt eines geheimnisvollen Wagens vor den Überfällen der Muslime zu schützen und für seine Ankunft in Frankreich einzustehen. Sie wussten nicht einmal, was sie da beförderten. Niemand hat es je erfahren.«

Salietti schien bei der Antwort des alten Einsiedlers den Mut sinken zu lassen. Aber Grimpow sah sich durch die Erklärung des Mannes in seinem Verdacht bestätigt, dass es sich bei dem toten Edelmann nicht um einen flüchtigen Templer, sondern um einen verfolgten Weisen gehandelt hatte.

»Wie habt Ihr das in Erfahrung gebracht?«

»In der Templerfestung in Paris gab es alte Unterlagen, aus denen das hervorging: Briefe, Verträge, Belege. Es war mein Auftrag, sie zu hüten, bis man mich folterte und ich gestand, wo sie versteckt waren.«

»Ist in diesen Unterlagen der Name jenes Geheimbundes aufgetaucht?«, wollte Salietti wissen. Er war noch immer überrascht über ihr zufälliges Zusammentreffen mit dem alten Einsiedler.

»Ouroboros«, antwortete er und ließ sich das Wort auf der Zunge zergehen.

Ja!, rief Grimpow insgeheim und bemerkte, dass auch Salietis Augen sich weiteten, als wüsste dieser genauso gut wie er, wovon der Mann sprach.

»Meint Ihr die Schlange, die sich in den Schwanz beißt?«, fragte Grimpow.

Der Greis nickte.

»Habt Ihr jemals einen der Weisen dieses Geheimbundes kennengelernt?«, fragte er weiter.

»Niemand kennt sie, sie sind so unsichtbar wie Gespenster. Sie können überall sein und entgehen selbst den aufmerksamsten Augen. Sie sind wie Schatten, wie lautlose Wesen.«

»Wird in den Schriften, die Ihr zu Gesicht bekommen habt, der Ort erwähnt, an dem das Geheimnis der Weisen verborgen ist?«, forschte Salietti nach.

»Nein, in diesen Papieren war nur von einem einfachen Vertrag zwischen den neun Rittern und dem rätselhaften Bund namens Ouroboros die Rede. Um dieses Geheimnis ranken sich zahllose Geschichten, aber noch niemandem ist es gelungen, herauszufinden, worum es sich eigentlich handelt oder wo es versteckt ist.«

»Warum ist dann der französische König auf der Suche danach?«, fragte Grimpow.

»Er glaubt, wenn er es besäße, könnte es keine Macht dieser Welt mehr mit ihm aufnehmen, und er würde sogar Unsterblichkeit erlangen. Er glaubt damit auch den Fluch zu bannen, mit dem Jacques de Molay, der Großmeister der Templer, ihn vor seinem Tod auf dem Scheiterhaufen belegt hat. Ich weiß, dass Ihr diesem Geheimnis ebenfalls auf der Spur seid, ich kann es in Euren Gedanken lesen. Schon viele wollten es im Laufe der Jahrhunderte lüften und nicht wenige haben bei dem Versuch ihr Leben verloren. Alle haben den alten Fluch außer Acht gelassen, aber er ist nach wie vor da und lauert wie ein wildes

Tier im Dunkeln, um die Neugierigen, die seinen ewigen Schlaf zu stören wagen, erbarmungslos zu verschlingen.«

»Den Fluch? Meint Ihr etwa den Fluch des Großmeisters der Templer?«, fragte Salietti.

Der alte Einsiedler öffnete die Augen und verdrehte sie, bis nur noch das Weiße zu sehen war. »Nein, der Fluch, den ich meine, ist so alt wie die Zeit. Verflucht seien diejenigen, die es wagen, in das Wesen des Geheimnisses einzudringen, denn die Türen, die sie aufstoßen, werden für immer hinter ihnen zuschlagen!«, schrie er und starrte immer noch ins Leere.

Salietti und Grimpow tauschten in Gedanken die Frage, wie sie dem Geheimnis der Weisen auf die Spur kommen konnten. Der alte Einsiedler schien sie zu verstehen, ohne dass sie ein Wort zu sagen brauchten.

»Wenn Ihr bis zu ihm vordringen wollt, müsst Ihr die Sprache des Steins lernen«, antwortete er, ohne sie anzusehen.

»Meint Ihr den Stein der Weisen?«, fragte Grimpow.

Aber der alte Einsiedler kniff bloß die Augen zusammen und verfiel in sinnloses Gestammel, als wäre er in Trance geraten. Diese würde ihn bald in seinen vorherigen wahnhaften Zustand zurückbefördern, aus dem er womöglich gar nie aufgetaucht war, so dachte Salietti.

Dann stand der Einsiedler auf, ging, auf seinen Stock gestützt, auf die Kapelle zu und schrie erneut: »Flieht, flieht, solange Ihr noch könnt, um Gottes Zorn zu entgehen, verfluchte Söhne des Teufels! Oder kriecht in dieser heiligen Kapelle vor dem Märtyrer zu Kreuze und fleht den Herrn in seiner göttlichen Gnade um Vergebung Eurer Sünden an!«

Grimpow und Salietti sahen ihn unter dem Vordach der Kapelle verschwinden, als beträte er einen Tunnel, in dem die Zeit stillstand, und die Stille schluckte seine Stimme, wie die Nacht allmählich den Tag schluckte.

Der blutrünstige Räuber

Als es dunkel wurde, schlugen Grimpow und Salietti ihr Lager in einer endlosen Einöde ohne Baum und Strauch auf. In alle Richtungen zeichnete sich der Horizont nur als gerader Strich ab, wo sich die Schwärze des Himmels mit den Grenzen der Erde traf. Das Himmelsgewölbe spannte sich wie eine hohle, durchscheinende Halbkugel über die Hochebene, um sich in der Unendlichkeit eines sternenübersäten Firmaments zu verlieren. Es war Neumond und die Dunkelheit schluckte alles um sie herum. Ohne Feuer zu machen, aßen sie eine etwas angetrocknete Schlackwurst sowie Brot und Käse zu Abend.

Über ihnen funkelten die Sterne wie ganze Schwärme von Glühwürmchen auf ihren unermüdlichen Nachtflügen. Salietti schob Grimpow eine Satteltasche unter den Kopf und deckte ihn mit einer Decke zu. Eine leichte Brise aus dem Norden streifte unsichtbar über die Ebene und wehte von weit her wirre Geräusche heran, die sich mit dem Zirpen der Grillen und dem Quaken der Frösche in einem nahen Teich mischten.

»Bruder Umberto hat gesagt, die Antwort auf die Fragen zum Geheimnis der Weisen liege über den Sternen«, sagte Grimpow, ohne dabei den Blick von dem wunderschönen, unendlichen Nachthimmel zu wenden.

»Nun ja, das ist nur ein Bild, um das Geheimnis alles Unbekannten, was uns umgibt, in Worte zu fassen. Bruder Umberto hatte eine große Schwäche dafür, die Rätsel des Kosmos und der Materie zu erforschen, und verbrachte einen Großteil seiner Zeit damit, in den Himmel und seine Destillierkolben zu blicken, um sie zu lösen. Es ist nur folgerichtig, wenn er glaubt, die Antworten auf alle Fragen lägen über den Sternen, die wir Menschen als unerreichbar betrachten. Aber das darf dich nicht überraschen, Grimpow. Die Erde, auf der wir stehen, kam vor Milliarden von Jahren ebenfalls von den Sternen. Sie ist immer noch hier und dreht sich zu unserer eigenen Verwunderung Tag für Tag um die Sonne. Ich weiß noch, als ich in deinem Alter war, pflegte mein Vater mir zu sagen, es gebe nichts Rätselhafteres als das Universum. Ich starrte jede Nacht staunend in den Himmel und lernte, unter den Sternbildern des Tierkreises Merkur, Venus, Jupiter und Saturn auszumachen. Ich träumte davon, eines Tages mit meinen eigenen Händen nach den Sternen zu greifen«, sagte Salietti und deutete mit seinem Schwert Athene auf die Venus, als wäre der Planet, der dort oben zwischen den anderen Sternen blinkte, die funkelnde Spitze seines Schwertes.

»Ich weiß nicht«, erwiderte Grimpow zögernd. »Als ich in der Krankenstube mit ihm gesprochen habe, hatte ich den Eindruck, dass er weit mehr weiß, als er mir gesagt hat.«

»Ich verstehe nicht, was du damit meinst«, versetzte Salietti.

Grimpow holte den Stein heraus und betrachtete ihn erneut, als sähe er ihn zum ersten Mal. »Bruder Umberto hat gewusst, dass ich den Stein besitze, ohne dass ich es ihm gesagt habe. Er hat sein ungewöhnliches Leuchten erahnt und es trotz seiner Blindheit gesehen«, erklärte er.

»Vielleicht war es schlicht eine Eingebung oder Empfindsamkeit, die er sich im Laufe so vieler Jahre der Blindheit in der tiefen Dunkelheit seiner Gedanken angeeignet hat. Viele Blinde entwickeln mit der Zeit ein so feines Gehör, dass sie sogar aus großer Entfernung eine Katze schleichen hören können.«

»Ich glaube, es war mehr als das. Mittlerweile würde ich sogar fast schwören, dass Bruder Umberto einer der Weisen gewesen ist, die einst das Geheimnis des *lapis philosophorum* gehütet haben.«

»Wie kommst du darauf?«, fragte Salietti und betrachtete mit lebhaftem Interesse das rötliche Funkeln des Steins, den Grimpow unter dem unendlichen Sternenhimmel in der Hand hielt.

»Als ich mit ihm gesprochen habe, hat er Dinge gesagt, denen ich damals keine Bedeutung beigemessen habe, die jedoch nur ein Weiser des Ouroboros-Geheimbundes wissen kann.«

»Dieser Geheimbund ist so alt, dass es ihn womöglich gar nicht mehr gibt«, gab Salietti zu bedenken und gähnte vor Müdigkeit.

»Etwas sagt mir, dass diese Weisen noch irgendwo sind und dass Bruder Umberto viel mit ihnen zu tun hatte.«

»Als ich klein war, hat mein Vater mir oft von ihm erzählt«, erwiderte Salietti versonnen. »Sie haben sich an der Universität von Padua kennengelernt, wo Bruder Umberto Philosophie und Astronomie gelehrt und revolutionäre Thesen über die Unendlichkeit des Universums vertreten hat. Manche davon haben sogar der aristotelischen Sphärentheorie und dem Geozentrismus des Ptolemäus widersprochen. Der Mönch aus Alessandria, wie mein Vater ihn immer nannte, behauptete, die Erde sei rund und alle Planeten drehten sich um die Sonne. Das brachte ihm im Schoß der Kirche nicht wenige Feinde ein, denn diese wollte unbedingt daran festhalten, dass die Erde das Zentrum des Universums ist und alle Planeten um sie kreisen. Bruder Umberto hielt sich viele Jahre in Spanien auf, wo er Könige und Prinzen unterrichtete, er lebte in Paris als Universitätsdozent und ging schließlich nach London, wo er gut fünfzig Bücher über alle Wissensgebiete verfasste. Er bereiste auch Asien und Afrika und beherrschte sämtliche Sprachen und Schriften dieser exotischen Länder. Einmal wäre er beinahe von einem Stamm Wilder gevierteilt worden. Zweifellos hielten ihn alle für einen großen Weisen, bis er mit sechzig Jahren von der Heiligen Inquisition der Ketzerei bezichtigt, nach Rom gebracht und vor Gericht gestellt wurde. Wenn er seine Ideen nicht rechtzeitig widerrufen hätte, wäre er ohne jeden Zweifel lebendig auf dem Scheiterhaufen verbrannt worden, genau wie tote Sünder bis in alle Ewigkeit in der Hölle brennen. Gedemütigt und erschöpft flüchtete er sich in die Abtei Brinkum. Seither ist sein Name völlig in Vergessenheit geraten«, schloss Salietti mit einem Seufzer.

Kaum hatte der Herzog geendet, da durchfuhr es Grimpow, und er saß plötzlich kerzengerade auf dem harten Boden der Einöde. »Natürlich!«, rief er. »Jetzt sehe ich es deutlich vor mir.«

Sein verblüffter Begleiter richtete sich ebenfalls auf und sah Grimpow eindringlich in die Augen. »Du hast doch nicht etwa auch Wahnvorstellungen?«, fragte er verwirrt.

»Verstehst du denn nicht? Bruder Umberto hatte viele Jahre genau diesen Stein in der Hand. Er hatte den Auftrag, ihn und das goldene Petschaft des Geheimbundes mit dem Zeichen des Ouroboros zu hüten. Als der Zeitpunkt gekommen war, ihn an seinen Schüler weiterzugeben, den neuen Hüter des Geheimnisses, da weigerte er sich. Das hat er mir in der Krankenstube der Abtei selbst erzählt, ohne dass ich begriffen hätte, was er meinte. Er ist der Versuchung erlegen, sich mit Reichtum zu umgeben und Unsterblichkeit zu erlangen. Damit hat er die Grundsätze und Überzeugungen verraten, die er vorher so genau befolgt hatte. Später bereute er sein Verhalten und gab den Stein in den geheimen Kreislauf zurück. Dennoch wollte er in seinem Laboratorium einen Stein wie diesen herstellen, obwohl er wusste, dass es nicht mehr möglich war. Deshalb hat er zu mir gesagt, der Stein könne mich das Leben kosten, so wie er ihm den Blick und den Verstand getrübt hat.«

»Hat Bruder Umberto vielleicht denselben Fluch gemeint, von dem uns der alte Einsiedler heute Vormittag erzählt hat?«, wandte Salietti ein.

»Das habe ich mich auch schon gefragt. Seit ich den Stein gefunden habe, ist um mich herum lauter Unglück geschehen.« Bedrückt zählte Grimpow all die Dinge auf, die ihm in den letzten Monaten widerfahren waren.

»Wenn du es so siehst, musst du diesem geheimnisvollen Stein die Schuld an allem Unglück geben, das der Menschheit widerfahren ist, seit sie diesen wundersamen Planeten zu bevölkern begann«, wandte Salietti lächelnd ein. »Hinter all den Ereignissen steckt kein Fluch, sie wären genauso eingetreten, wenn du den Stein nicht gefunden hättest.«

»Vielleicht hast du recht und alles war nur Zufall, aber ich vermute, an dem Fluch ist trotzdem etwas dran.«

»Seinem offensichtlichen Wahnsinn nach zu schließen, glaube ich nicht, dass an dem, was uns der Einsiedler über den Fluch, die Templer und den Ouroboros-Geheimbund erzählt hat, etwas Wahres dran ist. Wahrscheinlich hat er die Legenden und Geschichten gehört, die die fahrenden Spielleute auf den Dorfplätzen erzählen, und hat sie in seinem Wahn für wahr gehalten«, widersprach Salietti, legte sich wieder hin und sah in den Himmel hinauf.

»Ich glaube nicht, dass er uns angelogen hat«, beharrte Grimpow. »Der Ouroboros ist auf dem goldenen Petschaft und auf dem versiegelten Brief zu sehen. Außerdem hatte der alte Einsiedler im Nacken das achtspitzige Kreuz der Templer eingebrannt.«

»Das hast du gesehen? Warum hast du mir nichts davon gesagt?«, fragte Salietti und richtete sich erneut auf.

»Ich dachte, du hättest es auch bemerkt. Und seine verstümmelte Hand ist Beweis genug für die entsetzliche Folter, der sie ihn unterzogen haben.«

»Ja, die Schergen der Inquisition gelten zu Recht als brutal, und von den grausamen Quälereien, mit denen sie die Tempelritter verhören, ist nichts erfunden«, bestätigte Salietti.

»Wenigstens wissen wir jetzt, dass die Templer nichts mit dem Geheimnis der Weisen zu tun hatten und es nicht von Jerusalem nach Paris überführt wurde, um es vor den Überfällen der Muslime zu schützen.«

»Wenn das wahr ist, müssen die Weisen dieses Geheimbundes es in Jerusalem gefunden haben«, bemerkte Salietti.

»Nur sie wussten, wo es in Frankreich versteckt war«, fügte Grimpow hinzu.

»Aber nach deiner Theorie hat mindestens einer von ihnen den Stein behalten, den du jetzt besitzt, und ihn vor seinem Tod an seinen Schüler weitergegeben. Dieser reichte ihn wiederum an seinen Schüler weiter und so gelangte er irgendwann in Bruder Umbertos Hände.«

»Ganz recht. Der erfrorene Edelmann muss der letzte Besitzer des Steins gewesen sein und damit wahrscheinlich ein ehemaliger Schüler Bruder Umbertos oder vielmehr ein Schüler von dessen Schüler.« Grimpow versuchte, seine Gedanken zu ordnen, indem er sie laut aussprach.

»Vielleicht ist ja dieser Aidor Bilbicum der Weise, der den Stein bekommen sollte, um ihn fortan zu verstecken?«, überlegte Salietti, ebenfalls in dem Bestreben, Antworten auf ihre vielen Fragen zu finden.

»Schon möglich«, gab Grimpow zu. »Aber wieso war dann der Inquisitor hinter dem unbekannten Edelmann her?«

»Bestimmt sind die gerissenen Bluthunde des französischen Königs bei ihren erbarmungslosen Verhören der Tempelritter dem Ouroboros-Geheimbund auf die Spur gekommen. Das hat doch der alte Einsiedler erwähnt, als er uns von den Pergamenten im Turm erzählt hat«, antwortete Salietti.

»Offenbar ist der Mann doch nicht so wahnsinnig, wie er auf den ersten Blick gewirkt hat. Weißt du noch, was er uns geraten hat, um das Geheimnis der Weisen zu ergründen?«, fragte Grimpow.

»Er sagte, wir müssten lernen, die Sprache des Steins zu verstehen«, murmelte Salietti schläfrig.

»Genau«, sagte der Junge und betrachtete das rötliche Funkeln in seiner Hand. »Aber worin besteht diese Sprache und wie können wir sie lernen?«, fragte er.

Als Antwort erhielt er jedoch nur das genüssliche Schnarchen des edlen Herzogs von Estaglia, der neben ihm tief und fest schlief.

Vor Tagesanbruch sprenkelten die Sterne noch den Nachthimmel, aber ganz allmählich stieg im Osten ein fahles, hellblaues Licht auf. Dann schob sich der mächtige Feuerball der Sonne über den Horizont, und als Grimpow und Salietti sich wieder auf den Weg machten, erhellten ihre goldenen Strahlen die endlose Einöde, die sich vor ihnen ausbreitete wie ein Ozean aus unfruchtbarer, graubrauner Erde.

Viele Meilen weit ritten sie immer geradeaus nach Norden und Salietti erzählte Grimpow begeistert von seinem Leben als Student an den Universitäten von Padua und Paris. Man merkte ihm an, dass er sich nach seiner glücklichen Vergangenheit sehnte, die nur noch in seiner Erinnerung fortlebte.

Am späten Vormittag begann sich die Landschaft zu verändern und ließ in der Ferne Umrisse von hohen Hügeln und tiefen Wäldern erahnen, die sie bei drückender Hitze alsbald erreichten. Sie ritten abseits von Pfaden und Wegen, um die Pilgerkarawanen, die nach Süden unterwegs waren, sowie die Gefolge der Ritter zu meiden, die sich zu Baron Fenio de Vokkos Festung aufgemacht hatten.

Als sie einen schattigen Buchenwald erreichten, strich eine frische Brise über die Wipfel der Bäume und bewegte sie im Takt hin und her. Nichts brach das Schweigen, nicht einmal das Zwitschern der Vögel oder das Tippeln der Eichhörnchen auf dem dürren Laub, das den Boden bedeckte. Sogar die Schritte ihrer Reittiere schienen von der dichten Stille, die sie umfing, geschluckt zu werden.

Schließlich erscholl über ihren Köpfen eine tiefe Stimme, als spräche Gott persönlich zu ihnen: »Bringt Eure Pferde zum Stehen und werft Eure Waffen auf den Boden, wenn Ihr nicht einen vergifteten Pfeil zwischen die Augen bekommen wollt!«

Überrascht über die unbekannte Stimme, zügelten die beiden sofort ihre Pferde. Salietti löste die Gürtelschnalle und ließ Schwert samt Scheide über die Flanke seines Pferdes zu Boden gleiten, während Grimpow Bogen und Köcher abstreifte und sie neben Astros Vorderbeine fallen ließ.

Salietti spähte zwischen dem Geäst hindurch, ohne etwas anderes zu entdecken als die Baumwipfel, die sich im Wind wiegten.

»Jetzt steigt ab und entfernt Euch von den Pferden!«, brüllte die Stimme erneut.

Sie taten wie befohlen, und Salietti rief ins Leere: »So groß ist Eure Kühnheit, dass Ihr Euer Gesicht im Schatten des Waldes verstecken müsst?«

Einen Moment lang blieb seine Frage unbeantwortet, als wäre jene unbekannte Stimme nur Einbildung oder ein Geräusch gewesen, das der Wind herbeigetragen hatte. Doch kurz darauf ließen sich gut ein Dutzend mit Bögen bewaffnete Räuber aus den umstehenden Bäumen fallen und umringten sie, bis sie einen engen Kreis um sie gebildet hatten. Es waren vierschrötige Männer mit dichten Bärten und mürrischem Blick, die zerlumpte Hosen und Kittel trugen.

Einer der Männer löste sich aus der Gruppe der Wegelagerer und ging auf Salietti zu. Er hatte einen langen roten Bart, ein blaues und ein schwarzes Auge, seine Nase war groß, rund und voller Pockennarben und sein Körper stämmig wie eine Eiche.

»Sagt mir, wer Ihr seid und was Euch in den Wald von Opernaix führt«, verlangte er mit derselben tiefen Stimme, die sie gerade empfangen hatte.

»Mein Name ist Salietti de Estaglia und begleitet werde ich von Grimpow, meinem Schildknappen. Wir wollen zu Baron Fenio de Vokkos Festung, um am Frühjahrsturnier der elsässischen Burgen teilzunehmen.«

»Der Weg nach Norden verläuft mehrere Meilen von hier entfernt. Wenn Ihr ein Ritter seid, warum reitet Ihr dann querfeldein wie ein Geächteter?«

»Wir haben uns gestern Abend verirrt und den Weg nicht wiedergefunden«, erklärte Salietti, ohne die Räuber aus den Augen zu lassen, die nach den Zügeln der Pferde griffen und die Waffen vom Boden aufhoben.

»Zu unserem Glück habt Ihr den richtigen Weg eingeschlagen, mein Herr Salietti!«, erwiderte der Räuber und lachte schallend. »Wenn Ihr Schmuck, Silber- oder Goldmünzen bei Euch habt, händigt sie mir lieber freiwillig aus, bevor ich Euch mit Gewalt sogar die Flöhe entreiße, die sich im Fell Eurer Pferde verstecken. Wir behalten alles, was Ihr dabeihabt, als Wegzoll für die Durchquerung dieses Waldes ohne Genehmigung seines Besitzers«, erklärte der Wegelagerer und zwinkerte unbeabsichtigt mit seinem blauen Auge.

»Unser einziges Vermögen sind unsere Pferde, unser Maulesel und unsere Waffen, und wenn Ihr sie uns wegnehmt, verurteilt Ihr uns zur völligen Armut«, wandte Salietti ein.

»Ihr könnt Euch jederzeit unserer Bande anschließen«, spottete der Räuber. »Bettler und plötzlich Verarmte wie Ihr sind uns immerzu willkommen. Und jetzt zieht Eure Kleider aus und legt sie neben diesen Baum«, fügte er mit mürrischer Miene hinzu, die hinter seinem dichten roten Bart kaum zu erkennen war.

»Wir sollen uns nackt ausziehen?«, fragte Grimpow entrüstet, auch wenn ihm die Methoden, mit denen die Wegelagerer ihre Opfer ausplünderten, wohlbekannt waren.

»Wenn ich das lieber selbst übernehmen soll, du kleiner Grünschnabel, reiße ich dir nicht nur eigenhändig das Hemd und das Wams vom Leib, sondern ziehe dir auch das Fell über die Ohren wie einem Kaninchen und nagle die Streifen an die Bäume, um Bären und Ameisen anzulocken«, prahlte der Mann, der offenbar der Anführer der Bande war.

Salietti gab Grimpow ein Zeichen, dem Räuber zu gehorchen. Nun begannen sich beide ihrer prächtigen Gewänder zu entledigen, bis sie splitterfasernackt waren. Grimpow machte sich keine Gedanken um das goldene Petschaft, den versiegelten Brief und den Beutel mit den Goldbohnen, denn Salietti hatte sie an einer schwer zugänglichen Stelle seines Sattels versteckt. Aber als einer der Räuber das Leinensäckchen an seinem Hals bemerkte, trat er auf den Knappen zu und riss es ihm mit einem Ruck ab.

»Was hast du denn da drin?«, fragte er und entblößte seine schmutzigen, lückenhaften Zähne.

»Das ist nur ein Amulett, das meine Mutter mir vor vielen Jahren gegeben hat, um mich vor bösen Geistern wie euch zu schützen. Wenn du es behältst, befällt dich ein schrecklicher

Fluch, und dann schleifst du deinen dicken Bauch bald wie eine stinkende Eidechse über die Erde«, sprudelte es aus Grimpow heraus, denn er wollte dem Wegelagerer einen Schrecken einjagen.

Aus Furcht vor der einfältigen Drohung hielt der Mann das Säckchen dem Rothaarigen hin, der es vorsichtig aufzog.

»Bah! Da sind ja bloß ein Stein und ein bisschen Rosmarin drin. Meine Großmutter hat auch immer versucht, mit solchem Zeug das Unglück von sich fern zu halten, und am Ende ist sie mit den anderen Hexen aus ihrem Dorf auf dem Scheiterhaufen verbrannt worden. Man hat ihr eine Seuche angehängt, an der alle Schweine, Schafe, Kühe und Ziegen der Gegend eingegangen sind«, sagte er verächtlich, warf Grimpow das Säckchen mit dem Rosmarin wieder zu und behielt nur den Stein. »Ich hoffe, Ihr habt etwas Wertvolleres bei Euch als das hier«, fügte er hinzu und betrachtete seine Beute neugierig. »Sonst röstet Drusus Euch die Fußsohlen am Lagerfeuer, bis sie glühen.« Er brach in schallendes Gelächter aus, das im Wald widerhallte und seine Kumpane zu spöttischen Kommentaren ermunterte.

»Drusus? Hast du gerade Drusus der Blutrünstige gesagt?«, fragte Grimpow.

»Du hast richtig gehört, mein Junge. Kennst du ihn etwa?«, wollte der Rothaarige wissen.

»Nein, nein«, antwortete Grimpow, »aber er ist in der Gemarkung Ullense so bekannt, dass sogar die fahrenden Spielleute von seinen Blutbädern berichten und sie rühmen, als wären sie das Werk eines legendären Helden«, fügte er voller Sorge über seine Zukunft und die seines Steines hinzu.

Unterdessen hoben zwei Räuber Saliettis Kleider auf und durchsuchten sie bis in die verstecktesten Falten hinein ab, ohne etwas zu finden. Dann machten sie sich über Grimpows Kleider her. Kaum schüttelte einer von ihnen die Hose aus, da fiel der kleine, mit Saphiren und Rubinen besetzte Dolch des toten Edelmannes zu Boden.

»Sieh mal einer an, hier haben wir ja einen kleinen Schatz!«, rief der Räuber aus und hielt sich den Dolch vor die Augen, geblendet von den im Schaft eingearbeiteten Edelsteinen.

»Her mit dem Dolch!«, schrie ihn der Rothaarige an und riss ihm die Waffe aus der Hand. Der Räuber ergötzte sich am Anblick des Dolchs, durchbohrte Grimpow dann mit Blicken und fragte ihn: »Wo hast du denn dieses Prachtstück her?«

Salietti kam Grimpow zuvor und antwortete: »Ich selbst habe ihn meinem Knappen zur Aufbewahrung gegeben, für den Fall, dass ich mich im Wald gegen irgendwelches Ungeziefer verteidigen muss«, log er.

»Dieser Dolch hat einmal einem Ungläubigen gehört, den die Kreuzritter im Heiligen Land getötet haben«, versetzte der Räuber. »Ich kenne sie nur zu gut, denn ich bin in jungen Jahren auf der Suche nach Reichtum selbst in dieses teuflische Land gereist und konnte in einem schrecklichen Hinterhalt nur dank der göttlichen Vorsehung meinen Hals vor den scharfen Dolchen der Assassinen retten. Drusus wird sich freuen, wenn er diese Waffe, Eure Pferde und Eure polierte Rüstung sieht. Es kann sogar sein, dass er so großzügig ist, Euer Leben zu verschonen, und Euch nur Finger und Ohren abschneidet.« Wieder stieß er das Lachen eines Betrunkenen aus.

Der Anführer der Wegelagerer forderte die beiden nun auf, Stiefel und Hosen wieder anzuziehen. Dann befahl er ihnen mit einem kräftigen Stoß in den Rücken, sich in Bewegung zu setzen, während seine Kumpane nach wie vor mit ihren Pfeilen auf sie zielten. Salietti tat eingeschüchtert und gefügig und zwinkerte Grimpow zu, um ihm zu bedeuten, dass er schon einen Weg finden werde, alles zurückzubekommen, was ihnen die Räuber entwendet hatten.

Eine Zeit lang schritten sie halb nackt in Richtung Westen, wo die Sonne allmählich hinter grauen Wolken unterging, die von einem fernen Gewitter kündeten. Allerdings wurde der Wald bei jedem Schritt undurchdringlicher, bis die Äste über ihren Köpfen schließlich ein dichtes Geflecht bildeten. Die Räuber verboten ihnen, miteinander zu sprechen, aber Salietti näherte sich Grimpow und fragte ihn flüsternd, ob er diesen Wegelagerer namens Drusus der Blutrünstige wirklich kenne.

Grimpow nickte, um die Räuber, die ihre Schritte und jede Bewegung überwachten, nicht auf sich aufmerksam zu machen. Er wusste nur zu gut, wer Drusus der Blutrünstige war. Dieser abscheuliche Spitzname war nicht nur seines Rufs als erbarmungsloser Räuber mehr als würdig, sondern spiegelte auch die Grausamkeit wider, mit der er seinen Opfern zu Leibe rückte. Meist schlitzte er ihnen mit seinem scharfen Schlachtermesser von oben bis unten den Bauch auf und ließ sie anschließend ausbluten wie Schweine. Sein Freund Durlib hatte einst Drusus' Bande angehört, sie jedoch wegen der immer gewalttätigeren und blutrünstigeren Raubzüge irgendwann wieder verlassen. Ihre Meinungsverschiedenheiten hatten in einem Schwertduell gegipfelt, bei dem Drusus schwer verletzt wurde und Durlib Rache schwor. Dabei hatte dieser sein Leben geschont, nachdem er ihn entwaffnet hatte und Drusus ihm ausgeliefert war. Seither hatten sie sich nie wieder getroffen.

Durlib hatte Grimpow erzählt, Drusus habe als Junge seinen Herrn mit einem Pfeilschuss ins Herz getötet, weil er ihn während einer Fuchsjagd dafür geohrfeigt hatte, dass er die Hunde losgelassen hatte, bevor man es ihm befohlen hatte. Drusus konnte entkommen und flüchtete sich in den Wald, aber als er nachts in sein Dorf zurückkehrte, fand er seine Eltern und seine beiden jüngsten Geschwister mit ausgestochenen Augen und heraushängenden Gedärmen an der Tür seines elenden Zuhauses hängen. Völlig außer sich schloss Drusus sich einer Bande von aufständischen Bauern an und wurde mit der Zeit zum Anführer einer vielköpfigen Schar aus Dieben, Bettlern, abtrünnigen Mönchen, Mördern und Geächteten. Sie plünderten Kirchen, Klöster, Dörfer, Höfe und kleine Burgen, brannten Landgüter und Felder nieder und versetzten Reisende und Pilger in Angst und Schrecken, indem sie sie erbarmungslos vierteilten und ihre Leichen am Wegrand liegen ließen.

Auf einer Waldlichtung sahen sie ein Lagerfeuer brennen, und sogleich drang der Geruch nach dem gebratenen Fleisch von zwei Rehen zu ihnen, die über dem Feuer hingen. In der Nähe waren einige Hütten aus Tierfellen und trockenen Ästen zu sehen und von überall her kamen ihnen mit langen Stöcken und großen Bögen bewaffnete Männer entgegen. Manche lachten und machten sich über das Aussehen der Neuankömmlinge lustig, andere musterten sie mit einfältiger Neugier, als hätten sie noch nie einen gefesselten Adligen mit seinem Knappen gesehen.

Salietti nahm an, dass Drusus als Erster auf sie zukam, denn er trug einen zerschlissenen blutroten Seidenumhang, und auf seinem verfilzten Schopf saß eine windschiefe, verrostete Blechkrone, die ihm das stolze Aussehen eines entthronten Königs verlieh. Ein Teil seines Gesichts war verbrannt, auch wenn ein dichter weißer Bart die tiefen Narben verbarg.

Grimpow hatte ihn sich jünger vorgestellt, vielleicht in Durlibs Alter, aber er sah aus wie ein in die Jahre gekommener Mann, dessen Muskeln noch die Kraft der verlorenen Jugend enthielten. Seine Augen waren so kalt und schwarz, dass sie jedem den ganzen Hass ins Gesicht zu speien schienen, den Drusus seit der Ermordung seiner Familie in sich aufgestaut hatte.

»Ihr betrachtet Euch als König und behandelt einen Ritter

auf diese Weise?«, warf ihm Salietti an den Kopf, sobald er vor ihm stand.

»Die Gesetze dieses Königreichs haben nichts mit jenen des Rittertums zu tun. In diesem Wald gibt es keine anderen Regeln als die der wilden Tiere, und Ihr seid jetzt wie ein umzingeltes Reh, das nur darauf wartet, von den Wölfen gefressen zu werden. Genau das sind wir: wilde Wölfe, die jeden Menschen fressen, der es wagt, den Wald von Opernaix zu betreten. Wie Ihr sehen könnt, bin ich der König des Rudels und das hier sind meine treuen Vasallen«, erwiderte Drusus höhnisch und ließ den Blick über die Räuber schweifen, die ihn umringten.

Der Rothaarige streckte Drusus in einer Geste der Angst und Unterwürfigkeit den Dolch entgegen.

»Bloß das hier haben wir bei ihnen gefunden und dann noch diesen Stein«, erklärte er.

Drusus ignorierte den Stein, betrachtete jedoch den reich verzierten Dolch mit unverhohlener Bewunderung.

»Woher seid Ihr?«, fragte er, ohne den Blick von der Waffe zu lösen.

»Mein Name ist Salietti, Herzog von Estaglia.«

»Seid Ihr Italiener?«

»Aus dem Piemont.«

»Was führt Euch hierher, so weit in die Ferne?«

»Wir wollen zu Baron Fenio de Vokkos Festung, um am Frühjahrsturnier der elsässischen Burgen teilzunehmen, wenn Ihr nichts dagegen habt.«

Drusus löste sich vom Anblick des Dolchs, zielte damit auf Saliettis Herz und hielt einen Moment gedankenverloren inne. Dann setzte er dem Herzog die Spitze der Waffe auf die Brust, bis die Haut eingedrückt war, ohne sie jedoch aufzuritzen, und sah ihm fest in die Augen.

»Vielleicht können wir einen Handel schließen.«

Salietti warf Grimpow einen Blick zu, ohne zu begreifen, was für einen Handel Drusus der Blutrünstige ihm anbieten wollte. Aber der Junge begnügte sich damit, stumm zu bleiben, wie es sich für einen treuen Knappen in solch einer ernsten Lage gebührte, die sein Herr zu regeln hatte.

»Wenn Ihr wollt, dass wir wie Ritter verhandeln und nicht wie die Raubtiere, von denen Ihr vorhin gesprochen habt, müsst Ihr Euern Männern befehlen, uns loszubinden und uns unsere Kleider zurückzugeben.«

Der gnadenlose Räuberhauptmann gab dem Rothaarigen ein Zeichen, die Fesseln an den Händen seiner Geiseln aufzuschneiden, und ein anderer Räuber beeilte sich, ihnen ihre Wämser, Gürtel und Hemden zu reichen.

»Was ist mit meinem Schwert, den Pferden und meiner Rüstung?«, fragte Salietti, nachdem er sich das Wams übergezogen und die von den Fesseln geröteten Handgelenke gerieben hatte.

»Über diese Nebensächlichkeiten sprechen wir später. Jetzt sagt mir: Was wisst Ihr von dem Krieg, von dem alle Reisenden und Pilger im Norden so viel munkeln?«

Der Ritter berichtete alles, was er wusste, und blickte den Räuber erwartungsvoll an.

»Habt Ihr denn die Absicht, Euch Baron Fenio de Vokkos Heer anzuschließen, um die Burgen des Steinkreises zu erstürmen?«, fragte der Räuberhauptmann.

Salietti verzog das Gesicht, als stellte ihn Drusus der Blutrünstige vor ein Rätsel, von dessen Lösung sein Leben abhing. Von dem bevorstehenden Krieg wusste er nur, was Meister Altrup ihm erzählt hatte. Doch wusste er nicht, ob er die Frage bejahen sollte, da er nicht einschätzen konnte, was der Räuber von ihm hören wollte.

»Ja, ohne Zweifel«, erklärte der Ritter dann entschlossen. »Mit diesem Vorsatz komme ich von so weit her. Mein Herzogtum im Piemont ist verarmt, und ich erhoffe mir Ruhm, Ehre und Reichtum, wenn ich beim Turnier und beim Kreuzzug mitkämpfe«, führte er aus.

»Ich habe gehört, Baron Fenio de Vokko wolle alle Räuber begnadigen, die sich seinem Heer anschließen, um gegen die Beschützer der Templer zu kämpfen«, erwiderte Drusus unter den erwartungsvollen Blicken seiner Männer.

»Was hindert Euch dann daran, die Gelegenheit beim Schopfe zu packen?«, fragte Salietti, dem noch nicht klar war, worauf der Räuber hinauswollte.

Drusus druckste herum und raufte sich den Bart, als kostete ihn die Beantwortung dieser Frage große Überwindung. Schließlich gestand er: »Ich habe als Junge seinen Großvater getötet und seine Soldaten verfolgen uns bis heute in den Wäldern und Bergen. Ich bin mir nicht ganz sicher, ob er uns in seinem Söldnerheer dabeihaben will.«

Saliettis Augen spiegelten, dass er anderer Meinung war. »Das ist schon lange her, und soweit ich weiß, ist Baron Fenio de Vokko nicht zimperlich, wenn es darum geht, Bündnisse zu schließen, die ihm von Nutzen sind.«

»Genau damit hat der Handel zu tun, den ich Euch vorschlagen will«, erwiderte Drusus. Offensichtlich hatten ihn all die Jahre, die Entbehrungen als Geächteter und seine eigene Grausamkeit zermürbt und ermüdet.

»Werdet deutlicher. Ich verstehe nicht ganz«, erklärte Salietti.

Drusus zeigte sich nervös und wenig daran gewöhnt, sich zu anderen herabzulassen. »Wenn Ihr mir bei Eurem Schwert schwört, dass Ihr Baron Fenio de Vokko meine Botschaft überbringt, sobald Ihr in seiner Festung eintrefft, lasse ich Euch und Euren Knappen unbeschadet weiterziehen.«

»Was soll ich dem Baron denn bestellen?«, fragte Salietti nüchtern.

»Sagt ihm ganz einfach, dass ich ihn demütig um Verzeihung bitte und dass nur meine Männer und ich imstande sind, die hohen Felsen zu den Burgen des Steinkreises hinaufzuklettern und dort Katapulte aufzustellen. Er wird schon einsehen, wie nützlich wir ihm und seinem Heer sein können, wenn er den Krieg gewinnen will.«

Grimpow wünschte sich, Saliettis Antwort fiele abschlägig aus und er ginge kein wie auch immer geartetes Bündnis mit dem blutrünstigen Räuber ein. Er erwartete sogar, dass der stolze Herzog de Estaglia sich aus dieser Klemme befreite, wie es einem ehrenhaften, wackeren Ritter gebührte, nämlich indem er zum Schwert griff, um klarzumachen, wer hier die Bedingungen stellte.

»Was geschieht mit meinen Waffen und den Pferden?«, fragte Salietti, bevor er auf Drusus' Angebot einging.

»Euer Schwert und Eure Rüstung könnt Ihr mitnehmen, ebenso wie die Pferde und den Maulesel.«

»Und mein Dolch und der Stein des Jungen?«, hakte Salietti nach.

»Den Dolch behalte ich. Ihr bekommt ihn zurück, wenn wir uns im Kampf unter den Standarten des Barons wiedersehen, das schwöre ich Euch. Was den Stein angeht, das müsst Ihr mit Bent klären. Unter uns Geächteten gilt, dass die wertlosen Stücke demjenigen gehören, der sie erbeutet hat. Nur wer diesen im Duell besiegt, kann sie ihm gegen seinen Willen abnehmen, außer er lehnt es ab, sich zu schlagen«, erklärte er und sah den Rothaarigen an.

Der Räuber mit dem blauen und dem schwarzen Auge machte den Mund auf und lachte schallend. »Wenn der edle Ritter Salietti de Estaglia wünscht, dass sein Knappe dieses Amulett zurückbekommt, wird er es sich persönlich holen müssen«, sagte er herausfordernd.

Seine Worte sorgten bei den Räubern für großes Gejohle. Sie feuerten Bent an, dem italienischen Herzog die Knochen zu brechen.

»Wähl du die Waffe«, willigte Salietti ein und machte sich auf eine Abreibung gefasst.

»Wir werden mit unseren Stöcken kämpfen. Eure Schwerter sind etwas für Ritter, aber das hier ist ein Streit unter Gemeinen.«

Das Geschrei schwoll an, zwei der Räuber reichten den beiden Widersachern ihre langen Stöcke und alle bildeten einen kleinen Kreis um sie.

Aber bevor sie aufeinander losgingen, sprang Grimpow in die Mitte des Kreises und rief: »Der Stein gehört mir, ich muss ihn zurückfordern und mich darum schlagen!«

Als die Räuber den Jungen hörten, verstummten sie, bis einer von ihnen eine Bemerkung zu seiner Größe machte und sich alle die Seiten hielten vor Lachen.

»Der Junge hat recht«, erklärte Drusus der Blutrünstige. »Wenn das Amulett ihm gehört hat, kann nur er es zurückfordern. Die Erlaubnis seines Herrn benötigt er in diesem Wald nicht dazu. Unter uns gibt es nämlich keine Rangordnung, die es einem Knappen verwehrt, so frei zu sein wie ein Ritter. Soll der Junge die Herausforderung annehmen, und möge das Schicksal entscheiden, was aus dem Stein wird!«

Grimpow bat Salietti mit einem stummen Blick, sich nicht in den Streit einzumischen. »Lasst uns den Stein an diesen Ast hier hängen«, schlug er dann vor und deutete auf einen Baum. »Er soll demjenigen gehören, dem es als Erstem gelingt, die Schnur aus fünfzig Schritt Entfernung mit einem Pfeil zu durchtrennen.«

Bent entblößte beim Lächeln seine gelben Zähne und nahm Grimpows Herausforderung zufrieden an.

Der Kreis aus Männern öffnete sich schweigend, bis sie zwei

parallele Reihen bildeten. Drusus band den Stein an das Ende einer feinen Schnur und hängte ihn an den Ast, auf den der beherzte Knappe gedeutet hatte. Unterdessen nahm Salietti Bogen und Köcher aus den Händen eines buckligen Räubers entgegen und reichte beides an Grimpow weiter.

Drusus kehrte zu den Räubern zurück, indem er fünfzig Schritte abzählte und mit einem Stock einen Querstrich in die Erde zog. Der Stein funkelte in der Ferne wie ein winziges Pendel und die Schnur war aus der Entfernung kaum zu sehen.

»Als Erster wird Bent schießen, wie es dem Herausgeforderten zusteht. Wenn er die Schnur durchtrennt, gehört der Stein ihm, andernfalls hat der Junge die Gelegenheit, ihn zurückzubekommen«, verkündete Drusus und trat zur Seite.

Der Rothaarige stellte sich vor die Linie, schloss das blaue Auge und hob den Bogen in Schulterhöhe. Er holte tief Luft und spannte ihn unter den ungeduldigen Blicken seiner Kumpane. Salietti kreuzte in einer Anwandlung von Aberglauben die Finger und Grimpow schloss die Augen. Die Sehne klang wie die stumme Saite einer Mandoline, ein Pfeil sirrte durch die Luft und verschwand im Dickicht, ohne Schnur oder Stein berührt zu haben.

Die Räuber bedauerten lautstark, dass der Rotschopf das Ziel verfehlt hatte, und kommentierten untereinander, wie dicht der Pfeil an der Schnur vorbeigeflogen sei. Sein Luftzug hatte angeblich sogar das Ziel in Bewegung versetzt. Bent schlug mit der Faust in die Luft, um seiner Verärgerung Ausdruck zu verleihen, während Salietti und Grimpow erleichtert aufatmeten.

Dann war der Knappe an der Reihe. Als er sich vor der in die Erde geritzten Linie aufstellte, spürte er alle Blicke auf sich. Über den Wald senkte sich eine Stille, welche die Zeit zum Stehen zu bringen schien, und Salietti zwinkerte ihm zu, um ihm Sicherheit beim Schuss zu verleihen.

Grimpow hob den Bogen, bis er dessen Mitte vor seinem offenen Auge sah, und begann ihn langsam zu spannen, bis Schnur und Stein deutlich vor dem Zielpunkt erschienen. Er hielt einen Augenblick die Luft an, dann ließ er die Sehne los und hörte sie dumpf nachschwingen. Der Pfeil schoss mit solcher Geschwindigkeit davon, dass Grimpow ihn aus den Augen verlor, aber in fünfzig Schritt Entfernung sah er den Stein vom Baum fallen, als wäre er die schönste Mandel, die jemals ein Mensch gefunden hatte. Saliettis Jubel übertönte das Wehgeschrei der Räuber, während Drusus der Blutrünstige Grimpow den Stein zurückgab, der so eng mit seinem Schicksal verknüpft war.

Cornille in Flammen

Nach einer deftigen Mahlzeit mit Rehbraten und gekochten Pilzen verließen sie den Wald von Opernaix, ohne aus ihrem Gepäck mehr verloren zu haben als den kostbaren Dolch des Edelmannes. Salietti war überzeugt, dass sie Drusus dem Blutrünstigen wiederbegegnen würden und er den Dolch dann zurückbekäme.

»Wirst du Baron Fenio de Vokko die Nachricht des blutrünstigen Räubers überbringen?«, fragte ihn Grimpow. Sie ritten gelassen durch das Dickicht zwischen den hohen Bäumen einher, um wieder auf den Weg nach Norden zu gelangen, zu dem es nicht mehr weit sein konnte.

»Ich habe Drusus mein Ehrenwort gegeben, und ein Ehrenmann, der etwas auf sich hält, darf nicht wortbrüchig werden.«

»Der Kerl ist ein Mörder!«, protestierte Grimpow. »Er hat uns nur lebendig aus dem Wald gelassen, weil er auf die Begnadigung des Barons hofft, obwohl er dessen Großvater getötet hat.«

»Vielleicht kann ich aus meiner Unterredung mit Baron Fenio de Vokko auch irgendeinen Nutzen ziehen und ihn über sein Vorhaben aushorchen, die Burgen des Steinkreises zu stürmen.«

»Glaubst du wirklich, dass der Krieg gleich nach den Festlichkeiten beginnen wird?«

»Das werden wir bald erfahren.«

Sie ritten eine ganze Weile schweigend hintereinander her, und mit der Zeit nahmen Erdboden und Felder, Wälder und Hügel, Sümpfe und Einöden eine andere Farbe an, als streifte die Landschaft wie ein Reptil ihre alte Haut ab.

Grimpow fragte sich, was sie bei ihrer Ankunft in Baron Fenio de Vokkos Festung erwarten mochte und ob sie jemals die Tore von Straßburg durchschreiten würden. Er wusste nicht einmal, ob Jan Hinkebein, Bruder Umbertos Freund mit der Herberge »Zum Auge des grünen Drachen«, noch lebte. Schließlich hatte der blinde Mönch die Abtei seit unzähligen Jahren nicht mehr verlassen und wahrscheinlich lebte sein Freund längst nicht mehr in Straßburg.

Über der Aufregung der letzten Tage hatte Grimpow beinahe vergessen, was er in Straßburg wollte. Wenn Jan Hinkebein ihnen half, diesen Aidor Bilbicum aus dem Brief ausfindig zu machen, würde sich das Geheimnis vielleicht endlich lüften lassen, und ihre Mission würde damit enden, dass sie ihm den Brief, das goldene Petschaft und den Stein übergaben. Der Mann würde sicher wissen, was er damit anzufangen hatte, so wie alle Weisen, die ihn vor Grimpow besessen hatten.

Manchmal zweifelte Grimpow daran, ob es überhaupt ein anderes Geheimnis zu lüften gab als das wahre Wesen des Steins. Warf der Stein selbst etwa nicht genug Rätsel auf?

Unzählige Fragen schwirrten ihm im Kopf herum, während sie einen Bergrücken erklommen. Von dort oben aus entdeckten sie wieder den Weg nach Norden, der sich zwischen ausgedehnten Weinbergen und sanften Hügeln dahinschlängelte.

In der Ferne stieg eine dichte Rauchwolke bis zu den grauen, am Horizont zusammengeballten Wolken auf. Der aufkommende Westwind schien aufgeregt zu flüstern und der Himmel hatte den metallischen Glanz einer fahlen, kalten Abenddämmerung angenommen. Salietti bekam einen Schreck, reckte sich auf seinem Pferd und spähte in die Ferne, um zu verstehen, was da vor sich ging.

»Es brennt in Cornille, und mir scheint, der Wind trägt Todesschreie und Kampflärm heran. Lass uns hinreiten, um nachzusehen, was los ist«, schlug er vor, ließ sich wieder in den Sattel sinken und gab seinem Pferd die Sporen.

Grimpow tat es ihm gleich und zog den Maulesel energisch hinter sich her. Er lauschte angestrengt und hörte in der Ferne die Kirchenglocken Sturm läuten, während sein Herz genauso wild schlug wie das des armen Tieres, das, von seinen Schreien und Pfiffen angetrieben, den Hügel hinunterjagte.

Als sie sich der Rauchwolke näherten, stellten sie fest, dass die meisten Häuser und Ställe von Cornille den lodernden Feuerzungen zum Opfer fielen, die über die Strohdächer zuckten wie Gespenster in einem schaurigen Höllentanz. Einige Männer und Frauen versuchten vergebens, den verheerenden Brand zu löschen, indem sie auf die Flammen Eimer voll Wasser schütteten, das andere mühsam aus einem Brunnen zogen.

Salietti ritt direkt auf einen kahlköpfigen, kräftigen Mann zu, der die Schürze eines Schmieds trug und dessen Haut unter der riesigen schwarzen Rauchwolke vor Schweiß glänzte. Er musste brüllen, damit der Mann ihn in dem Lärm hören konnte.

»Was ist denn passiert?«, fragte er.

»Gegen Abend ist ein Trupp Soldaten des Barons Fenio de Vokko ins Dorf gekommen und hat nach dem Gasthof gefragt. Dort hatte ein Mann namens Gandalf Labox Quartier bezogen, der erst vor wenigen Tagen in Begleitung seiner Tochter hier eingetroffen ist. Die Soldaten holten Vater und Tochter mit Gewalt aus dem Haus, fesselten sie, luden sie auf einen Karren und nahmen sie mit. Bei ihrem Rückzug steckten sie das Dorf und unsere Felder in Brand.«

»Wisst Ihr, warum sie die beiden festgenommen haben?«

»Der Wortführer der Soldaten hat gesagt, dass sie unsere Häuser abbrennen, weil das Dorf einem Zauberer Unterschlupf gewährt hat. Einem dieser Sternenanbeter, die von der Inquisition verfolgt werden«, antwortete der Mann und wischte sich mit dem bloßen Arm den Schweiß von der Stirn.

»Gibt es im Dorf irgendeinen Freund dieses Mannes, jemanden, der ihn gut kennt?«, wollte Salietti wissen. Sein Pferd begann, unruhig mit den Hufen zu scharren, denn es scheute genau wie Astro und der Maulesel das Feuer.

»Fragt den Priester, vielleicht kann er Euch etwas sagen.«

Zu beiden Seiten der Straße brannten die Häuser, und die Pferde weigerten sich, die Feuerschluchten zu betreten. Direkt hinter den Dächern ragte der in Wolken aus Rauch und Asche gehüllte Turm der Kirche hervor. Die Flammen prasselten in die Höhe und der Feuerschein verband sich mit dem Abendrot zu einem unheilvollen Farbenspiel.

Betrübt beobachtete Grimpow die verzweifelten Bemühungen der Männer, Frauen und Kinder, damit die Feuersbrunst nicht alles zerstörte, was sie besaßen. In der Hütte in den Bergen hatte das Feuer in ihm stets Bewunderung und Freude ausgelöst. In Bruder Arbens Laboratorium hatte er sogar die Tugenden des alchimistischen Feuers kennengelernt. Doch das Feuer, vor dem er nun stand, war erbarmungslos und zerstörerisch und konnte mit seinen Flammen die Träume der Menschen verschlingen.

»Warum wolltest du wissen, wen Fenio de Vokkos Soldaten aus dem Dorf geholt haben?«, fragte Grimpow Salietti auf dem Weg zur Kirche.

»Wenn der Schmied recht hat und sie ihn gefangen genommen haben, weil er die Sterne anbetet, dann muss es sich um einen weisen Sternkundigen handeln und nicht um einen Schwarzmagier, auch wenn die Kirche sie lieber als Hexenmeister und Magier bezeichnet. Das tut sie nur, um sie der Ketzerei zu beschuldigen und ihre Verfolgung zu rechtfertigen.«

»Meinst du, dieser Sternkundige könnte etwas mit dem Geheimnis der Weisen zu tun haben?« Grimpow versuchte, Saliettis Gedanken nachzuvollziehen, die voll und ganz mit seinen eigenen übereinzustimmen schienen.

»Das wäre nicht weiter verwunderlich, schließlich wollen der Papst und der französische König genau dieses Geheimnis lüften. Mit Sicherheit haben sie den Mann deshalb festgenommen. Da wir ebenfalls hinter dem Geheimnis her sind, ist es nicht verkehrt, wenn wir so viel wie möglich über Gandalf Labox herauszufinden versuchen. Sollten sie ihn in die Festung des Barons gebracht haben, können wir vielleicht mit ihm sprechen und erhalten einen zuverlässigen Hinweis über den Ouroboros-Geheimbund«, antwortete er.

Grimpow kam just in diesem Moment der Verdacht, dass sein guter Freund und Herr ihm gegenüber nicht ganz so aufrichtig gewesen war, wie er behauptet hatte.

Auf dem Platz vor der Kirche erteilte der Priester gerade einigen Bauern Anweisungen, die brennenden Balken, die neben das alte Gebäude aus Holz und Stein gefallen waren, beiseitezuräumen. Er war ein schlanker, hellhäutiger Mann mit großen Ringen unter den Augen und trug eine lange, schwarze Kutte, die in der Taille mit einem weißen Zingulum und mehreren Knoten zusammengehalten wurde. Er schrie und fuchtelte vor lauter Verzweiflung unablässig mit den Händen.

Zum Glück schien die Kirche der Gefräßigkeit der Feuerzungen entgangen zu sein. Salietti sprang vom Pferd und half den

Männern, die Balken fortzuschaffen. Dann ging er zum Priester und grüßte ihn mit einer leichten Verbeugung.

»Jetzt habe ich keine Zeit für Euch, kommt ein andermal wieder«, erwiderte der Geistliche, ohne auf den Ritter zu achten.

Unbeeindruckt von der Abweisung des Priesters trat Salietti ein Stück näher. »Ich weiß, dass Ihr Euch in dieser schweren Stunde um Eure Gemeinde kümmern müsst, aber ich habe etwas Dringendes mit Euch zu besprechen.«

Der Priester hob den Kopf und sah Salietti an. »Worüber wollt Ihr mit mir sprechen?«, fragte er.

»Über den Weisen Gandalf Labox.«

»Den haben Fenio de Vokkos Soldaten soeben zusammen mit seiner Tochter abgeführt.«

»Ich weiß«, erwiderte Salietti selbstsicher. »Genau aus diesem Grund komme ich nach Cornille: um Euch zu warnen, dass er auf Befehl des Inquisitors Burumar de Gostelle festgenommen werden soll.«

Saliettis Worte machten Grimpow sprachlos. War die Behauptung aus der Luft gegriffen oder entsprach sie der Wahrheit?

»Wie Ihr am Feuer und am Unheil selbst sehen könnt, kommt Ihr zu spät. Aber sagt mir, wer schickt Euch?«, fragte der Priester.

»Das kann ich Euch leider nicht verraten, es ist Teil des Geheimnisses.«

»Des Geheimnisses?«, wiederholte der Priester fragend und runzelte die Stirn.

Salietti nickte, und Grimpow fürchtete schon, nun sitze er endgültig in der Klemme, denn ihm war nicht klar, wo dieser neuerliche Schwindel – wenn es denn einer war – hinführen sollte.

»Verstehe«, entgegnete der Priester nachdenklich. Für einen

kurzen Moment sah er Salietti tief in die Augen und fragte schließlich: »Seid Ihr ein Freund von Gandalf Labox?«

»Sagen wir mal, ich möchte ihm helfen, aber dazu muss ich wissen, ob er in diesem Dorf gefunden hat, wonach er suchte.«

Der Priester warf einen Blick auf den Maulesel und musterte lange das Wappen auf Saliettis Schild, der auf dem Rücken des Tiers festgebunden war: Sonne und Vollmond.

»Euer Schild ist rätselhaft«, sagte er.

»Nicht für jemanden, der ihn zu deuten weiß«, versetzte Salietti dunkel.

Die Zweifel des Geistlichen schienen sich zu lichten. »Lasst Eure Pferde hier und begleitet mich hinein. Wir sprechen besser in der Sakristei weiter.«

Sie banden die Pferde und den Maulesel an Ringen neben dem Kirchenportal fest und betraten das feuchte, dunkle Gotteshaus von Cornille. Durch die scheibenlosen Fenster kamen zahllose Funken hereingeflogen, die wie winzige schwarze Schwalben in der Luft herumwirbelten.

Es war eine alte, nicht allzu große Kirche mit einem Mittelschiff und zwei kleineren Seitenschiffen, die durch dicke Säulen und breite Bögen abgetrennt waren und zahlreiche Kapellen mit Jungfrauen und Heiligen enthielten. Der Schein einiger brennender Kerzen vor dem Hochaltar zerriss die Dunkelheit und erhellte den mageren Körper eines gekreuzigten Christus, der wie durch Zauberhand in der Luft zu schweben schien.

Grimpow hatte den Eindruck, das schummrige Innere dieser Kirche berge ebenso viele Sinnbilder und Geheimnisse wie die Handschriften der Alchimisten. Jedes Bild, jeder Steinquader, jede Statue und jedes Säulenkapitell hatte eine Bedeutung, die den meisten Menschen entging. Genau wie jeder gebildete Mensch kannte der Priester sie jedoch wahrscheinlich, so wie Grimpow die ungewöhnliche Sprache der Alchimie kannte.

Als sie in die Sakristei traten, einen gewölbten Raum mit niedriger Decke und kleinen, geschlossenen Fenstern in einer der Steinwände, zündete der Priester die Kerzen des vierarmigen Leuchters auf dem Tisch an. An einer Seite hing der heilige, mit goldbesticktem Besatz verzierte Ornat, den der Geistliche im Gottesdienst trug. Auf einer Anrichte aus geschnitztem Holz stand ein Tablett mit einem Messingkrug. Der Priester holte aus einer Schublade drei passende Becher und schenkte ein.

»Das ist ein Zwetschgenlikör, den ich selbst gebrannt habe. Sehr mild und bekömmlich um diese Tageszeit, wenn die Welt im Dunkel versinkt und uns die Schrecken der Nacht belauern«, erklärte er, als er seinen unerwarteten Gästen die Becher reichte.

Salietti leerte mit einem großen Schluck seinen Becher, während der Priester und Grimpow an den ihren nur nippten und sich den angenehmen Geschmack der Zwetschgen auf der Zunge zergehen ließen.

»Schwarz sind die Stunden, die uns bevorstehen, kein Zweifel«, bestätigte Salietti. »Ich nehme an, Ihr habt von Fenio de Vokkos Absicht gehört, die Burgen des Steinkreises zu stürmen«, fügte er hinzu, nachdem er sich über die Lippen geleckt hatte.

Der Priester schnalzte mit der Zunge und nickte. »Im ganzen Elsass wird von nichts anderem geredet. Die Herolde des Barons ziehen von Dorf zu Dorf und Stadt zu Stadt, werben gegen gutes Geld und Sonderrechte Soldaten für sein Heer an und locken sogar die Aufständischen und Räuber. Ich glaube, seit den Kreuzzügen hat man kein so vielköpfiges Heer mehr gesehen«, erzählte der Geistliche, angeregt durch den Likör.

»Ja, der französische König hat sich mit dem Baron verbündet, weil er glaubt, in den Burgen des Steinkreises verberge sich das Geheimnis der Templer«, verriet Salietti, um das Vertrauen des Priesters zu gewinnen.

»Ich dachte, der Grund sei, dass Herzog Ulf von Österberg den Rittern des Templerordens in seinen Burgen Schutz gewährt und damit der Bulle von Papst Clemens zuwiderhandelt«, versetzte der Geistliche.

»Eine Handvoll flüchtiger Templer, die von der Erniedrigung und Zerschlagung ihres Ordens entmutigt sind, rechtfertigen keinen Krieg. Das ist nur der Vorwand, den der französische König braucht, um in Herzog Ulfs Festung einzudringen und in ihren unterirdischen Gängen das Geheimnis zu suchen, auf dessen Besitz er so versessen ist«, brachte Salietti vor. »Deshalb hat er auch Gandalf Labox festnehmen lassen, in der Hoffnung, dass dieser weiß, wo sich das Geheimnis verbirgt.«

»Schwört Ihr mir, dass Ihr das, was ich Euch gleich erzählen werde, für Euch behaltet?«, fragte der Priester.

»In den Gräbern des Friedhofs von Cornille werdet Ihr keinen Leichnam finden, der verschwiegener ist als ich. Das schwöre ich bei meiner Ritterehre«, erklärte Salietti und führte sich den über den Daumen gekreuzten Zeigefinger an die Lippen und küsste beide, als wäre es ein Kruzifix.

»Und Euer Knappe?«, fragte der Priester und warf Grimpow einen argwöhnischen Blick zu.

»Ihr könnt ihm ebenso sehr vertrauen wie mir, seinem Herrn, denn zwischen ihm und mir gibt es keine Geheimnisse«, erklärte Salietti genauso feierlich wie bei seinem Schwur.

Der Priester schenkte die Messingbecher noch einmal voll, und sie erfreuten sich erneut am köstlichen Geschmack des Likörs, als wäre er ein göttlicher Nektar.

»Vor einigen Wochen hat mich ein alter Mann aus Paris aufgesucht, den ich nicht kannte. Er trug einen Brief mit dem Siegel des Papstsitzes in Avignon bei sich, der an den bescheidenen Priester des Dorfs Cornille gerichtet war, also an mich. Ihr könnt Euch meine Verblüffung und meine Freude vorstellen, als ich ihn sah. Darin wurde mir der Besuch des Edelmannes Gandalf Labox angekündigt, des Überbringers des Schreibens. Ich wurde angewiesen, ihm Zugang zum Gemeindearchiv zu gewähren und ihm zu ermöglichen, sich dort nach Belieben zu jeder Tages- und Nachtzeit völlig frei zu bewegen, ohne ihn zu stören oder ihm Fragen zu stellen. Ich sollte ihm lediglich behilflich sein, wenn er etwas brauchte oder einen Wunsch hatte. Außerdem bat man mich, ihm und seiner Tochter eine Unterkunft zu besorgen, denn sein Gesundheitszustand sei nicht der beste und das Mädchen solle sich um ihn kümmern. Als Letztes befahl man mir, das Schreiben und die Gründe, die zu seiner Abfassung geführt hatten, absolut geheim zu halten, so wie Ihr es mir auch geraten habt. Ich nehme an, Ihr wisst, worum es dabei geht und was dieser betagte Edelmann im Gemeindearchiv suchte, für den ich inzwischen, das muss ich gestehen, aufrichtige Wertschätzung empfinde«, schloss der Priester.

Salietti trank einen weiteren Schluck Likör und räusperte sich, um den Kloß loszuwerden, der sich in seinem Hals gebildet hatte. »Wie Ihr aus der geheimen Natur meiner Mission schließen könnt, darf ich darüber nicht sprechen. Aber der Edelmann Gandalf Labox wurde festgenommen, ohne dass wir wissen, ob er in dieser Kirche fündig geworden ist. Deshalb solltet Ihr mir die Schriftstücke zeigen, die er untersuchte. Nur so kann ich meinen Bericht an den Papst abfassen, bevor ich morgen zu Fenio de Vokkos Festung aufbreche und versuche, den Gefangenen aus den Klauen seiner Entführer zu befreien.«

»Wenn Ihr es wünscht, stelle ich sie Euch augenblicklich zur Verfügung, dann könnt Ihr sie so lange studieren, wie Ihr wollt. Unterdessen werde ich zum Dorfplatz zurückkehren und mich um die Einwohner kümmern, die beim Brand ihre Häuser verloren haben«, schlug der Priester vor.

Bei diesen Worten griff er nach dem Kandelaber und bedeutete ihnen, ihm in einen an die Sakristei angrenzenden Raum zu folgen, den man durch einen niedrigen, türlosen Bogen betrat.

Das Gemeindearchiv von Cornille fand in einem knapp drei Klafter langen und zwei Klafter breiten Raum Platz, der mit einem kleinen Schreibtisch in der Mitte und einem bis zur Decke reichenden Regal ausgestattet war.

»Hier findet Ihr alle Dokumente, die in dieser Pfarrei seit ihrer Erbauung zu Zeiten der Westgoten angefallen sind«, erklärte der Geistliche und stellte den Kandelaber auf den Tisch. »Es sind Mappen voller Urkunden über Taufen, Eheschließungen, Sterbefälle, Käufe, Schenkungen, Belege für Instandhaltung, Besuche von Adligen und Königen, Priesterweihen und Bestattungen. Wie Ihr sehen könnt, hinterlässt das Leben der Menschen in dieser Welt nur flüchtige Spuren. Ohne die Erlösung, die uns im Himmelreich erwartet, würde sich unser Leben auf einen Stapel Papiere beschränken, die irgendwann verbrannt werden, wie Fenio de Vokkos Soldaten die Häuser dieses Dorfes abbrennen. Ihr könnt so lange hierbleiben, wie es Euch beliebt. Ich sehe Euch dann später«, sagte der Mann und verließ das Archiv. Dabei murmelte er leise vor sich hin, als betete er: »Armer Gandalf Labox.«

Grimpow konnte es kaum erwarten, mit Salietti allein zu sein, damit dieser ihm erklärte, wie er dem Priester entlockt hatte, was Gandalf Labox in diesem abgelegenen Dorf machte. Hatte er nun tatsächlich gelogen, als er von seiner Mission sprach?

Sobald der Knappe hörte, wie die Schritte des Geistlichen hinter der Sakristei verhallten, fragte er: »Wusstest du wirklich, dass Gandalf Labox als päpstlicher Gesandter in dieses Dorf gekommen war und dass er festgenommen werden sollte?«

»Ich hatte nicht den blassesten Schimmer«, gab Salietti zu. Er vertiefte sich in eine dicke Handschrift, die er soeben aus dem

Regal gezogen hatte und in der die Namen aller Priester dieser Kirche der letzten dreihundert Jahre verzeichnet waren.

»Wie konntest du dem Geistlichen dann weismachen, du wärst ebenfalls ein Gesandter seiner Heiligkeit?«

»Ich dachte, wenn ich ihm gegenüber das Geheimnis erwähne, würde ich mir eine Menge Erklärungen ersparen und der Priester würde nicht daran zweifeln, dass wir etwas mit der Mission zu tun haben. Schließlich hat dieser Gandalf Labox dasselbe gesucht wie wir, davon bin ich überzeugt«, antwortete er. Dabei blätterte er rasch die Seiten des Buches durch und ließ den Zeigefinger über eine endlose Auflistung von Namen gleiten.

»Ich dachte, der Papst hätte sich auf der Suche nach dem Geheimnis der Weisen ebenfalls mit dem französischen König verbündet.«

»Ganz recht, aber auch wenn sie diese Partie Schach zusammen spielen, wird jeder für sich zu gewinnen versuchen. Wahrscheinlich haben die Späher des Papstes herausgefunden, dass sich in dieser Kirche etwas verbirgt, was kostbar genug ist, um einen ihrer Fachleute im Lösen von Rätseln herzuschicken.«

»Gandalf Labox?«

»Genau der.«

»Dann hat er das Geheimnis hier vielleicht ausfindig gemacht?«, fragte Grimpow ungläubig.

»Genau das würde ich gerne herausbekommen, wenn du mal einen Moment aufhören würdest, mir ein Loch in den Bauch zu fragen. Nimm eines dieser Verzeichnisse der Besuche von Adligen und Königen und sieh nach, ob dir irgendein Name etwas sagt«, versetzte Salietti verärgert. Derart angespannt hatte Grimpow ihn noch nie erlebt.

Sie durchforschten alle Schriftstücke, die in dem Archiv unter einer dicken Schicht Staub und Vergessen schlummerten, ohne einen Hinweis darauf zu finden, was Gandalf Labox gesucht haben könnte.

»Vielleicht hat der Weise all diese Dokumente nicht einmal angesehen«, sagte Grimpow entmutigt.

»Aber irgendetwas muss er hier gewollt haben. Warum ist er sonst mit dem päpstlichen Schreiben hier aufgetaucht?«

»Möglicherweise befindet es sich gar nicht hier, sondern in der Kirche«, mutmaßte Grimpow.

»Du hast recht, mein Junge. Wir wollen uns dort umsehen«, erwiderte Salietti. Bevor er das Buch zuklappte, in dem er gerade blätterte, entdeckte er, dass zwischen den Seiten die Spitze eines kleinen Stückes Pergament hervorlugte. »Was ist denn das?«, fragte er und betrachtete die Zeilen, die in tadelloser Schönschrift auf dem Blatt standen:

Gehe ins Tal der Sonne,
und dir tut sich der Sarkophag ohne Leichnam auf,
in dem die Geschichte ruht.
Mach dich auf in die Stadt des Briefes
und frage nach dem, der nicht mehr ist,
so vernimmst du die Stimme der Schatten.

»Da ist von einem Sarkophag die Rede. Der muss in der Krypta dieser Kirche stehen«, sagte Grimpow. »Und die Stadt des Briefes könnte Straßburg sein. Vielleicht hat Gandalf Labox dieses Pergament gesucht.«

»Vielleicht hat er aber auch jemanden erwartet und ihm diese Nachricht hinterlassen, weil er fürchtete, ihm könnte etwas zustoßen«, überlegte Salietti.

»Wenn es so wäre, wie du sagst, waren diese Worte vielleicht an den toten Edelmann gerichtet. In dem Brief, den er bei sich getragen hat, ist schließlich von Straßburg die Rede.«

»Wer könnte der sein, der nicht mehr ist?«, fragte Salietti. Er dachte an Aidor Bilbicum, dessen Name ebenfalls in dem versiegelten Brief des Edelmannes auftauchte.

»Lass uns die Krypta suchen. Wenn wir uns in jenes rätselhafte Tal der Sonne begeben, erfahren wir vermutlich weit mehr von der Geschichte, die noch in einem Grab zu ruhen scheint. Dann reisen wir nach Straßburg, der Stadt des Briefes. Dort fragen wir nach jemandem, der nicht mehr ist, und vernehmen vielleicht die Stimme der Schatten. Alles passt zusammen«, erklärte Grimpow.

Als sie aus der Sakristei in das Seitenschiff der Kirche traten, drohten die Wogen der Verwirrung über ihnen zusammenzuschlagen, wie bei einem Schiff, das bei Sturm im aufgewühlten Meer zu versinken droht. Alles um sie herum war ebenso still wie dunkel, und als sie den Kandelaber an die Bilder von Jungfrauen und Heiligen hielten, die stumm und bleich wie Wachs in ihren Wandnischen standen, spürten sie deren eisige Blicke, als wären es Gespenster.

Wortlos liefen sie weiter und begutachteten jede Bodenfliese, jeden Winkel und jeden Hohlraum. Sie untersuchten die Grabstätten einiger Adliger neben dem Altar, die Weihwasserbecken, die Taufkapelle, die Kanzeln. Doch sie fanden nichts, was ihre Aufmerksamkeit erregte, bis sie hinter dem Hochaltar eine schmale Treppe entdeckten, die in die Krypta hinunterführte.

»Dort liegen bestimmt die Priester der Kirche begraben«, sagte Salietti und runzelte die Stirn. Ihm war nicht wohl dabei, um diese Nachtzeit zu den Grabstätten hinabzusteigen.

Auch Grimpow behagte es nicht besonders, einen so unheimlichen Ort lediglich mit dem Licht des Kandelabers zu betreten. Doch seit er die vor dem geheimen Zugang zur Klosterbibliothek in Brinkum aufgetürmten Totenköpfe gesehen hatte, konnte ihn nur noch wenig erschrecken.

»Krypten waren schon immer gute Orte, um Geheimnisse zu verstecken, also lass uns hinuntergehen«, erklärte der Knappe wenig begeistert.

Salietti hielt den Kandelaber an die schmale Treppe zur Krypta. Sein schwaches Licht erhellte das Gewölbe und die Stufen, die spiralförmig in den finsteren Schacht hinabführten.

»Ich gehe voraus«, verkündete der Ritter und zog den Kopf ein, um sich nicht an der niedrigen Decke zu stoßen.

Als sie in der Krypta angelangt waren, flackerten die Flammen der Kerzen, als hätte ein unsichtbares Wesen sie auszublasen versucht, und ihre Schatten zitterten an den feuchten Felswänden.

Auch dort war die Gewölbedecke recht niedrig, doch zumindest konnten sie aufrecht stehen. Vor ihnen tat sich ein finsterer Gang auf, der nach rechts führte, als folgte er einer Kreislinie. Grimpow nahm an, dass die Krypta unter der Apsis der Kirche lag.

Zu ihrer Rechten taten sich mehrere Bögen auf, die alle auf Säulen ruhten. Dahinter entdeckten sie einige Marmorsarkophage, die strahlenförmig und somit im rechten Winkel zur Kreislinie standen, die der Gang beschrieb. Salietti richtete das Licht des Kandelabers auf die einzelnen Grabstätten. Auf jeder ruhte die Statue eines Mannes in einer prächtigen Tunika. Alle hatten langes Haar, einen Bart und die Arme über der Brust gekreuzt, als schliefen sie friedlich. Inschriften, Namen oder Sterbedaten konnten sie nicht entdecken.

»Die müssen Hunderte von Jahren alt sein«, sagte Salietti.

Als sie den Kreis abgeschritten hatten, hatte Grimpow einen Geistesblitz. »Die Krypta hat einen achteckigen Grundriss!«, rief er. Ihm war die Zeichnung der Quadratur des Kreises wieder eingefallen, die Bruder Rinaldo von Metz für ihn angefertigt hatte.

Er erklärte Salietti die Bedeutung des Achtecks und der Burgen des Steinkreises, so wie der Mönch es damals im Geheimkabinett der Abtei ihm erklärt hatte. Viele Festungen und Kirchen der Tempelritter, so führte er aus, seien achteckig, als Sinnbild für die Verschmelzung von Himmel und Erde, die Harmonie zwischen dem Göttlichen und dem Menschlichen, denn diese besäßen im Universum dieselbe Mitte.

»Aber diese Kirche hat nie den Rittern vom Tempel Salomons gehört«, wandte Salietti ein.

»Deshalb muss sie irgendeinen Bezug zum Geheimnis der Weisen haben. Genau darum ist es dem alten Gandalf Labox gegangen«, erwiderte Grimpow. Instinktiv schritt er noch einmal unter einem der Bögen hindurch und steuerte auf die Mitte der Krypta zu.

Salietti folgte ihm und leuchtete ihm mit dem Kandelaber. Das Herz des Jungen schlug höher, als er eine Inschrift entdeckte, die von den acht Sarkophagen umringt wurde, als wären es acht Ritter, die sie bewachten, wenn auch ohne Schilde und Waffen.

»Hier!«, rief er aufgeregt.

Beide starrten auf die kreisförmig in den Felsboden gemeißelten Zeichen. Es waren die gleichen Schriftzeichen wie im versiegelten Brief des toten Edelmannes und Grimpow konnte sie mühelos entziffern.

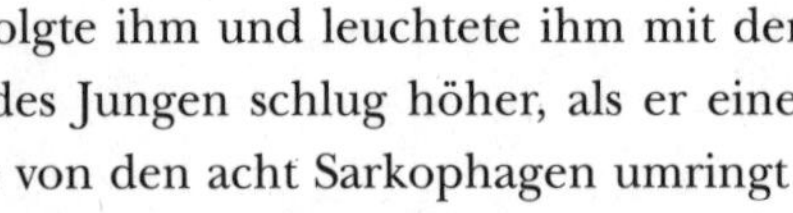

»Was bedeuten diese Zeichen?«, fragte Salietti ungeduldig.

Grimpow hatte aus dem Gemeindearchiv ein Stück Pergament und einen Kohlestift mitgenommen. Damit trat er nun in den Lichtkegel des Kandelabers und schrieb:

GEHE INS TAL DER SONNE

GEMIHINES

»Das ist dasselbe Tal der Sonne, von dem auch auf dem Pergament die Rede ist. Ob es tatsächlich von Gandalf Labox stammt?«, überlegte er.

»Vielleicht handelt es sich lediglich um eine gemeinsame Inschrift für diese namenlosen Sarkophage«, mutmaßte Salietti, völlig verblüfft über ihre Entdeckung.

»Aber sie ist in derselben Geheimschrift abgefasst wie der versiegelte Brief«, gab Grimpow zu bedenken.

Salietti verlor sich in den Anblick der in den Fels gemeißelten Inschrift. Schließlich sagte er: »Vielleicht liegen in dieser Krypta nicht die ehemaligen Priester der Kirche begraben, sondern acht weise Wächter des Geheimnisses. Deshalb sind die Gräber auch so alt und tragen weder Namen noch Sterbedaten.«

»Willst du damit sagen, dass sich das Geheimnis der Weisen womöglich unter diesem Felsen verbirgt?«, fragte Grimpow.

»Das ist nur eine Vermutung, auch wenn sich die Inschrift auf den Übergang ins Jenseits nach dem Tod zu beziehen scheint. Das Tal der Sonne kann so etwas wie der Garten Eden oder das Paradies sein, in das allen Religionen zufolge die Seelen der Toten gelangen und wo ewiges, goldenes Licht scheint. Und GEMIHINES ist vielleicht nichts anderes als der Name des Weisen, der diese Inschrift angebracht hat«, rätselte Salietti.

»Vielleicht ist dieses Tal der Sonne ja auch der Ort, an dem das Geheimnis der Weisen verborgen liegt, und man kann es nur ausfindig machen, indem man dorthin geht«, bemerkte Grimpow.

»Jedenfalls handelt es sich um ein neues Rätsel, das schwer zu verstehen ist. Ich frage mich, ob Gandalf Labox den Sarkophag öffnen konnte, bevor Fenio de Vokkos Soldaten ihn festgenommen haben.«

»Das werden wir nie erfahren, außer von ihm selbst«, erwiderte Grimpow.

»Ich vertraue darauf, dass es den Schergen der Inquisition nicht gelingt, ihm sein Wissen zu entreißen. Wenn sie ihn foltern und er preisgibt, was er in dieser Kirche gesucht hat, wird es nicht lange dauern, bis die Soldaten des Barons oder des französischen Königs zurückkommen.«

Jeder hing seinen eigenen Gedanken und Befürchtungen nach und versuchte eine vernünftige Erklärung für die geheimnisvolle Inschrift zu finden. Grimpow verfiel sogar auf die Idee, das Tal der Sonne sei vielleicht nur ein Sinnbild, wie bei den Alchimisten, und anstelle des alchimistischen Goldes stehe hier die Sonne für das Licht der Weisheit, genau wie im Brief des in den Bergen erfrorenen Edelmannes. Mit einem Mal war Grimpow davon überzeugt, dass sich in der Krypta noch etwas anderes befand als nur die in den Felsboden gemeißelte Inschrift.

»Könnte es nicht ein Kryptogramm sein?«, fragte Salietti plötzlich.

Grimpow fiel ein, was Bruder Rinaldo ihm über verschlüsselte Botschaften erzählt hatte. Die Menschen benutzten sie von alters her dazu, Geheimnisse zu verbergen.

»Du meinst eine verschlüsselte Botschaft?«

»Genau.«

»Aber die Worte sind bereits in einer Geheimschrift abgefasst, die niemand entziffern kann, der sie nicht kennt«, wandte Grimpow ein.

»Manche Geheimtexte sind durch mehrere Arten von Verschlüsselungen geschützt. Das hier könnte einer der Fälle sein, in denen man alle entziffern muss, um zur endgültigen Lösung des Rätsels zu gelangen.«

In diesem Moment drang der Lärm einer Menschenmenge zu ihnen.

»Die Dorfbewohner kommen in die Kirche. Vielleicht übernachten hier einige, weil sie nun kein Dach mehr über dem Kopf haben. Lass uns hinaufgehen, bevor wir die Neugier dieser Leute wecken«, schlug Salietti vor.

»Und was ist mit der Inschrift?«

»Wir überlegen oben weiter, in der Sakristei. Lass uns jetzt lieber gehen.«

Sie stiegen wieder die schmale Wendeltreppe hinauf und liefen in die Sakristei, die ganz in der Nähe rechts vom Hochaltar lag. Am anderen Ende der Kirche, neben dem Eingangsportal, umringte eine Menschentraube den Priester, der Anweisungen erteilte, die Bänke des Mittelschiffs zu Schlafstellen zusammenzurücken. Die Frauen und Kinder sollten dabei von den Männern getrennt werden. Manche hatten Decken und Felle dabei und alle wirkten erschöpft und niedergeschlagen.

In der Sakristei goss sich Salietti noch einen Becher Likör ein, während Grimpow in einem Band mit dem Titel *Handbuch für den Gottesdienst* blätterte, verfasst von einem Mönch namens Guillermo Durando. Allerdings stieß er auf nichts, was ihm interessant erschien. Beide versuchten, eine Lösung für das Rätsel in der Krypta zu finden. Diese Inschrift konnte alles Mögliche bedeuten, aber sie konnte auch genau das bedeuten, was sie besagte: GEHE INS TAL DER SONNE.

Dieser Teil der Inschrift ergab für sich genommen einen Sinn, vor allem, wenn man bedachte, dass eine Krypta eine Grabstätte war und der Tod in allen Religionen den Übergang zum ewigen

Leben darstellte, wie Salietti überlegt hatte. Das Wort GEMIHINES hingegen hatte keine nachvollziehbare Bedeutung. Es konnte sich natürlich um den Namen des Verfassers der Inschrift handeln, genauso gut konnte es jedoch auch den Schlüssel zur gesamten Bedeutung des Kryptogramms darstellen, so wie Aidor Bilbicum der Schlüssel zur Botschaft in dem Brief des Edelmannes zu sein schien. Grimpow überlegte angestrengt, verlor sich im Dickicht seiner Gedanken und wiederholte für sich ein ums andere Mal das Wort GEMIHINES, als wäre es das stete Schlagen seines Herzens.

Da betrat der Priester die Sakristei und riss Grimpow aus seinen Grübeleien. Er fragte die beiden Besucher, ob sie im Archiv etwas Interessantes gefunden hätten, aber Salietti schüttelte den Kopf.

»In diesen Unterlagen stehen nur Namen und Zahlen, die die Gemeinde betreffen. Es wäre leichter, eine Gerbernadel in einem Heuschober zu finden«, antwortete er.

»Genau das habe ich auch Gandalf Labox erklärt, als ich ihm das Archiv gezeigt habe. Auf diesen Borden stehen nur Namen und Zahlen, sagte ich zu ihm, aber er bestand darauf, jedes einzelne Dokument zu lesen, als suchte er das Geheimnis des Heiligen Grals«, erwiderte der Priester mit einem Lächeln.

»Sagt Euch das Wort GEMIHINES etwas?«, fragte Grimpow. Es war ihm egal, dass er dadurch das Gebot des Schweigens brach, das ihm sein Stand als Knappe auferlegte.

Der Priester sprach das Wort nach und runzelte die Stirn, um seine Verwunderung zum Ausdruck zu bringen.

»Vielleicht ein griechischer Name?«, murmelte er und wurde ganz nachdenklich, als sänke er in eine wohlige Trance. Schließlich sagte er: »Nein, ich habe es nie gehört und glaube nicht, dass dieser Name in den Unterlagen auftaucht, die im Archiv aufbewahrt werden.«

»Wer liegt in den acht Sarkophagen in der Krypta begraben?«, fragte Salietti wie ein liebenswürdiger Inquisitor.

Der Priester senkte den Blick, griff nach seinem Zingulum und spielte mit den Knoten.

»Diese Kirche ist wie alle anderen auch«, erklärte er. »In jeder Kirche, Kapelle, Einsiedelei oder Kathedrale werdet Ihr etwas finden, das niemand erklären kann und dessen wahren Ursprung und wirkliche Bedeutung nur die Erbauer kennen. Unsere Krypta befand sich schon viele Jahre an derselben Stelle, ehe das christliche Gotteshaus darüber errichtet wurde. Die Sarkophage sind mindestens dreihundert Jahre alt.«

»Sie sind nicht mit Namen versehen, und nach den Steinfiguren zu schließen, scheinen die Toten nicht gerade von adliger Abstammung gewesen zu sein. Außerdem tragen sie keine Schilde, Rüstungen und Waffen, sondern wirken eher wie Gelehrte, die friedlich schlafen«, führte Salietti aus.

Plötzlich musste Grimpow wieder daran denken, dass er beim Anblick des heiteren Ausdrucks im erstarrten Gesicht des erfrorenen Edelmannes gedacht hatte, der Tod sei vielleicht nur ein friedlicher, ewiger Schlaf.

»Die Namen dieser Toten werden in keinem Dokument des Archivs erwähnt. Davon habe ich mich persönlich überzeugt, als ich die Pfarrei vor fünf Jahren übernommen habe«, versetzte der Priester.

»Was sagt Ihr zu der Inschrift in der Mitte der Krypta?«, fragte Grimpow.

»Gandalf Labox hat viele Stunden in der Krypta zugebracht und sie zu entziffern versucht. Soweit ich weiß, ist es bislang noch niemandem gelungen. Es sind seltsame alte Zeichen, die alles Mögliche bedeuten können. Es könnte sich sogar um schlichte Steinmetzzeichen der Bauleute handeln, die diese Kirche errichtet haben. Wie allgemein bekannt ist, versehen sie ihre Werke mit den Zeichen ihrer Zünfte.«

»Nein, hinter diesen Zeichen steckt ein Geheimnis, da bin ich mir sicher, und Gandalf Labox hatte den Auftrag, sie zu entziffern«, versicherte Salietti.

»Vielleicht gelingt es Euch mit Gebeten und viel Ruhe, ein wenig Licht in diese Verwicklungen zu bringen, die Euch so beschäftigen«, erwiderte der Priester.

Dann erklärte er Salietti sein Bedauern, ihm kein standesgemäßes Nachtlager anbieten zu können. Leider habe das Feuer auch das Dorfgasthaus zerstört. Dort waren Gandalf Labox und seine Tochter untergekommen, daher sei es als Erstes in Brand gesteckt worden. Stattdessen bot er ihnen den Kornspeicher der Kirche an, der hinter der Sakristei lag und von den Flammen verschont worden war. Dorthin machten sie sich mit ihren Pferden auf, die draußen ungeduldig und hungrig warteten.

Als Grimpow mit dem ersten Hahnenschrei erwachte, war sein Bewusstsein von einem einzigen Wort erfüllt, als wäre es ihm die ganze Nacht durch den Kopf gegangen: Geheimnis. Er sprang mit einem Satz aus dem Bett und rüttelte Salietti, um ihn aus dem Tiefschlaf zu wecken.

»Was ist?«, fragte dieser und drehte sich auf dem Strohlager zu ihm um.

»Geheimnis!«, rief Grimpow voller Freude aus.

»Ja, ja, ich weiß, wir sind von Geheimnissen umringt. Ich habe auch die ganze Zeit darüber nachgegrübelt und höchstens zwei Stunden richtig geschlafen«, murmelte der Ritter noch ganz benommen.

»Verstehst du denn nicht? Geheimnis ist das Anagramm von Gemihines, man muss nur die Buchstaben vertauschen, dann erhält man das Wort GEHEIMNIS.«

Salietti fuhr hoch, als hätte sein Knappe ihn mit einem Eimer kalten Wassers übergossen.

»Du hast das Kryptogramm entschlüsselt?«, fragte er ungläubig und riss die Augen auf.

»Ich glaube schon«, antwortete Grimpow.

Er griff nach dem Stück Pergament, auf dem er die Zeichen notiert hatte, und zeigte Salietti den Wortlaut der Inschrift.

GEHE INS TAL DER SONNE

GEMIHINES

»Wenn wir GEMIHINES durch GEHEIMNIS ersetzen…«, sagte er.

»…dann sind immer noch zwei Rätsel zu lösen: GEHE INS TAL DER SONNE und GEHEIMNIS«, unterbrach ihn Salietti und schob den Kopf seines Pferdes beiseite, das ihm unbedingt das Gesicht ablecken wollte.

»Aber wenigstens wissen wir, dass sich im TAL DER SONNE das GEHEIMNIS befindet. Wir müssen nur herausfinden, wo es liegt, dann machen wir dort bestimmt das Geheimnis der Weisen ausfindig, das wir suchen.«

»Wenn Gandalf Labox uns nicht zuvorgekommen ist und seine Entführer schon dorthin unterwegs sind. Lass uns sofort zur Festung des Barons aufbrechen, bevor es zu spät ist«, entschied der Herzog, hob sein Schwert vom Boden auf und schnallte es um die Hüfte.

Sie schickten sich gerade an, den Kornspeicher zu verlassen, als Grimpow eine Idee pfeilschnell durch den Kopf schoss.

»Moment mal«, sagte er. »Das TAL DER SONNE gibt es vielleicht gar nicht.«

Salietti blieb abrupt stehen und drehte sich um. »Woher willst du das wissen?«, fragte er, von dieser plötzlichen Behauptung verwirrt.

»Weil wir, wenn wir die Reihenfolge der Buchstaben des Wortes GEMIHINES umkehren, vielleicht noch mehr Buchstaben oder gar ganze Wörter gegeneinander austauschen müssen. Was, wenn es gar nicht um das Tal der Sonne, sondern um das Tal der Geheimnisse geht?«

»Das Tal der Geheimnisse!«, rief Salietti aus. »Klingt nicht schlecht, vielleicht bist du tatsächlich auf die Lösung des Rätsels gestoßen. Dann wollen wir uns mal auf die Suche nach diesem Tal machen.«

»So einfach ist das bestimmt nicht«, versetzte Grimpow.

»Nein, vermutlich nicht, aber hier haben wir nun wirklich nichts mehr verloren.«

»Ich meinte das Kryptogramm.«

»Das Kryptogramm hast du doch schon entschlüsselt. Vielleicht kann dieser Aidor Bilbicum aus Straßburg uns mehr dazu sagen, wenn wir ihn überhaupt ausfindig machen können.«

Grimpow hörte Salietti nicht mehr zu. »Irgendetwas stimmt hier noch nicht. Was ist mit den Buchstaben aus dem Wort SONNE? Die haben sicher auch noch eine andere Bedeutung. Wer es sich ausgedacht hat, hat das Rätsel mit den Schriftzeichen geschützt und darin eine komplizierte Botschaft versteckt. Sie muss vollständig entschlüsselt werden, um ihre wahre Bedeutung zu erfassen«, überlegte er laut.

»Aber sie ist längst klar. Die verborgene Botschaft ergibt doch Sinn.«

In diesem Augenblick fiel Grimpow der Wortlaut des Briefes wieder ein: Im Himmel sind das Dunkel und das Licht. Da sah er mitten in der Dunkelheit einen Funken Licht.

»Ich hab's, ich hab's!«, rief er.

»Was denn noch?«, fragte Salietti. Er hatte gerade die Zügel seines Pferdes in die Hand genommen und ließ sie nun wieder sinken.

»Wir müssen aus allen Buchstaben einen neuen Text formulieren. Erst dann kommen wir auf die richtige Lösung.«

»Wieso das denn?«, protestierte der Ritter. »Ich fürchte, dieses Kryptogramm bringt dich noch um den Verstand. Wir wollen es dabei bewenden lassen und uns auf den Weg machen.«

Grimpow starrte auf das Pergament in seinen Händen. »Ich meine damit, dass alle Wörter Anagramme sind und eigentlich etwas anderes bedeuten.«

Salietti versuchte, im Geiste die Reihenfolge der Buchstaben zu verändern und Wörter mit einer anderen Bedeutung zu finden, aber Grimpow kam ihm bei der Lösung des Rätsels zuvor.

»Zum Beispiel kann man DEN STEIN daraus bilden und LEG.«

»LEG DEN STEIN. Sagenhaft!«, rief Salietti voller Begeisterung über Grimpows Schlussfolgerungen.

»Hm, mal sehen.« Grimpow ging die verbleibenden Buchstaben durch und murmelte dabei vor sich hin. Er wollte fast schon aufgeben, als plötzlich ein Strahlen seine Wangen überzog. Dann schrieb der Knappe unter den ursprünglichen Satz:

SO LEG DEN STEIN HERAN

Nun hatte er die Gewissheit, dass das rätselhafte Kryptogramm endgültig gelöst war.

»Aber um welchen Stein handelt es sich hier bloß, und wo soll man ihn hinlegen?«, fragte Salietti wieder ernüchtert. Der Lösungssatz stellte für ihn alles andere als eine Lösung, sondern lediglich ein weiteres Rätsel dar.

»Damit ist unser Stein gemeint! Er ist der Schlüssel zu dem Geheimnis«, behauptete Grimpow ohne den geringsten Zweifel.

»Der Stein?«, wiederholte Salietti.

»Ja, der Stein der Weisen. Der *lapis philosophorum* ist der Schlüssel zu allen Rätseln der Natur und des Kosmos. Wir müssen unseren Stein, den Schlüssel zu dem Geheimnis, an die Inschrift in der Krypta halten.«

»Du bist genial, Grimpow!«, lobte Salietti seinen Scharfsinn.

»Nicht ich bin genial, sondern der Stein«, widersprach Grimpow, überzeugt von der Geringfügigkeit seiner Verdienste.

Der Schlüssel zu dem Geheimnis

Es war niemand in der Kirche. Die Bänke im Mittelschiff standen wieder an Ort und Stelle und ein durchdringender Weihrauchgeruch reinigte die Luft rund um die auf dem Altar flackernden Kerzen.

Salietti und Grimpow suchten den Priester, fanden ihn jedoch nicht einmal in der Sakristei. Also nahmen sie sich einen Kandelaber, zündeten die Kerzen an, um den Weg in die Tiefen der finsteren Krypta auszuleuchten, und verließen die Sakristei. Sie fragten sich, welches neue Geheimnis sie wohl erwartete, wenn sie den Stein über die Inschrift hielten, und ob sie womöglich gar das Geheimnis der Weisen enträtseln konnten.

Als sie erneut in der Krypta vor der Inschrift standen, holte Grimpow den Stein aus dem Leinensäckchen, ging in die Hocke und hielt ihn in Richtung der kreisförmig angeordneten Schriftzeichen. Daraufhin nahm der ungewöhnliche Stein einen anderen Farbton an, bis er glühte wie brennende Kohle. Sachte fuhr der Knappe mit der ausgestreckten Hand über die Inschrift und wiederholte dabei im Geiste die Worte SO LEG DEN STEIN HERAN. Sofort begann sie, rot zu glühen, in einer Farbe, die so außergewöhnlich und durchdringend war, als wären die Schriftzeichen mit Feuer geschrieben.

Weiter geschah allerdings nichts.

»Was nun?«, fragte Salietti voller Unruhe. Immerhin hielt er den Stein doch für den echten, sagenumwobenen *lapis philosophorum* und erwartete, dass etwas Unerwartetes, Magisches eintrat.

»Ich weiß es nicht. Ich habe keine Ahnung, was wir noch tun sollen«, antwortete Grimpow freimütig. In seiner Stimme schwang Enttäuschung mit.

»Vielleicht ist unser Stein der Weisen gar nicht der Schlüssel zu dem Geheimnis und wir müssen noch weiterdenken«, wandte Salietti ein.

»Oder wir müssen ihn nicht nur über die Inschrift halten!«, begriff Grimpow blitzartig.

Instinktiv hob er den Blick zur Kuppel, die sich zwei Handbreit über Saliettis Kopf und ein paar Handbreit mehr über seinem eigenen wölbte. Da sah er es, in der Mitte, wo die Rippen des Deckengewölbes strahlenförmig zusammenliefen.

»Der Ouroboros!«

Über der Inschrift der Krypta war die sich in den Schwanz beißende Schlange eingemeißelt, ohne dass sie es bisher bemerkt hatten.

»Gib mir den Stein, ich halte ihn an den Ouroboros, dafür brauche ich nur den Arm zu heben«, schlug der Ritter vor und schöpfte neue Hoffnung.

Doch auch diesmal geschah nichts.

»Lass es mich mal versuchen«, sagte Grimpow und nahm Salietti den Stein wieder aus der Hand.

Sobald er ihn unter den Ouroboros hielt, schoss aus der Mitte der Kuppel ein Lichtstrahl wie himmlisches Feuer und beleuchtete die Inschrift. Gleichzeitig vernahmen sie neben sich ein steinernes Knirschen. Als sie den Blick in Richtung des Geräusches wandten, sahen sie, dass sich einer der Sarkophagdeckel um die eigene Achse drehte, als täte sich vor ihnen die finstere Höllenpforte selbst auf.

»Fest steht, dass du der Erwählte dieses Steines bist, oder was auch immer der *lapis philosophorum* sein mag«, erklärte Salietti.

»Was willst du damit sagen?«, fragte Grimpow.

»Dass dieser Stein seine magischen Kräfte allein in deinen Händen entfaltet. Er braucht dich, um sein wahres Wesen zu zeigen, und offenbar erwählt er seinen Besitzer selbst«, antwortete der Herzog mit Nachdruck.

»Was, wenn ein anderer ihn gefunden hätte?«, fragte Grimpow weiter.

»Für den wäre er vermutlich nichts weiter als ein wertloser rötlicher Stein.«

Da fiel Grimpow Wort für Wort ein, was Bruder Rinaldo im Geheimkabinett der Bibliothek zu ihm gesagt hatte: ›Ein Auserwählter zeichnet sich durch seine Wissbegier aus, die ihn nicht eher ruhen lässt, als bis er die Beschaffenheit der Welt erkundet hat. Damit trägt er seinen Teil zu der über die Menschheit hinausreichenden Weisheit bei, die ihn schließlich dazu führen wird, das Geheimnis der Weisen zu lüften. Dieser wunderbare Schatz, den niemand je erblickt hat und dessen Pforten vielen verschlossen bleiben, ist nur demjenigen zugänglich, der sich auf die Suche begibt, indem er den richtigen Zeichen und Wegen folgt.‹

»Glaubst du denn … glaubst du, dass wir das Geheimnis der Weisen dort finden werden?«, stammelte Grimpow überwältigt.

»Das erfahren wir nur, wenn wir einen Blick hineinwerfen«, antwortete Salietti. Er richtete das Licht des Kandelabers auf den offenen Sarkophag und steckte den Kopf in das unheimliche schwarze Loch.

»Kannst du etwas erkennen?«, fragte Grimpow.

»Hier liegt kein einziger Knochen«, erklärte Salietti. Vorsichtig tastete er das Innere ab, stets in der Furcht, auf ein verwittertes Skelett zu stoßen. Plötzlich rief er: »Warte, hier ist etwas.«

»Was denn? Komm, sag schon!«, drängte Grimpow.

»Ich glaube, es ist nur eine alte Handschrift«, versetzte Salietti wenig begeistert. Er zog den Kopf aus dem Sarkophag und reichte Grimpow ein uraltes, staubbedecktes Buch.

Als der Knappe über den Deckel blies, stob eine dichte, graue Staubwolke auf. Dann wischte er mit dem Ärmel seines Kittels darüber, bis der Einband mit magischer Eindringlichkeit golden glänzte.

Es war ein außergewöhnlich schönes Buch mit einem vergoldeten Verschluss und vergoldeten Ecken. In der Mitte war der Ouroboros abgebildet, und darüber stand der Titel in der Geheimschrift, die Grimpow bereits kannte. Der Ouroboros stimmte mit dem auf dem goldenen Petschaft und dem versiegelten Brief des Edelmannes überein und entsprach auch dem Zeichen an der Decke der Krypta.

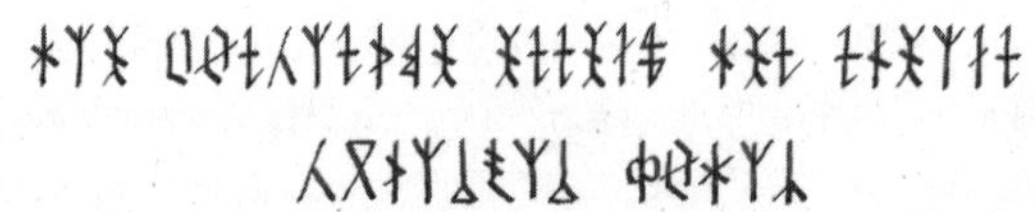

»Wie lautet der Titel des Buches?«, wollte Salietti wissen.

»*Die kosmische Essenz des Steins!*«, rief Grimpow zufrieden aus.

Diese alte Handschrift würde ihnen endlich verraten, was es

mit seinem Stein auf sich hatte. Darüber hinaus brachte sie wahrscheinlich Aufschluss darüber, wie sie das Geheimnis der Weisen lüften konnten, wo auch immer es verborgen sein mochte.

Salietti lächelte ebenfalls froh, als ihm klar wurde, welch entscheidende Bedeutung dem alten Text für ihre Suche vermutlich zukam.

»Steht auch der Name des Verfassers auf dem Einband?«, erkundigte er sich besorgt.

»Unter dem Titel des Manuskripts erscheint der Name eines gewissen Muciblib Rodia. So habe ich ihn jedenfalls entziffert«, antwortete Grimpow.

»Der Name klingt fremdländisch, doch irgendetwas daran überzeugt mich nicht ganz.«

Salietti bat Grimpow um das Stück Pergament und den Kohlestift und schrieb darauf den seltsamen Namen:

MUCIBLIB RODIA

»Ich glaube, diesmal hast du etwas Wesentliches übersehen«, erklärte der Ritter und versuchte, sich ein hämisches Grinsen zu verkneifen.

»Sag es mir«, bat Grimpow ihn, um sich ein neues Rätsel und eine neue Verwicklung zu ersparen.

»Du musst ihn rückwärts lesen.«

Grimpow folgte Saliettis Rat. Seine Überraschung war so groß, dass er vor Freude aufschrie.

»Aidor Bilbicum! Der Verfasser ist Aidor Bilbicum!«

»Ganz recht«, erwiderte Salietti. In seinen Augen funkelte Entdeckerstolz.

»Wie bist du darauf gekommen, dass es sich um ein neues Kryptogramm handeln könnte?«, fragte Grimpow.

»Nenn es Intuition, wenn du willst«, antwortete der Ritter ungnädig. »Und nun lass uns das Buch aufschlagen, ehe die Kerzen des Kandelabers heruntergebrannt sind und wir im Dunkeln stehen.«

Die Handschrift war nicht gerade umfänglich, sondern bestand lediglich aus acht dicken Pergamentblättern. Doch schon nach den ersten Zeilen war Grimpow klar, dass dieses uralte Buch schöner und rätselhafter war als sämtliche Geheimschriften der Alchimisten.

»Lies mir ein Stück daraus vor, dann wissen wir wenigstens, wovon die Rede ist«, bat Salietti.

Grimpow schlug das Buch auf und begann zu lesen:

Als ich das erste Mal mit jenem geheimnisvollen Weisen sprach, hielt ich ihn für verrückt. Eine Laune des Universums brachte mich auf einer meiner Reisen übers Meer mit ihm zusammen, auf einer robusten Handelsgaleere, die Seide und Gewürze aus dem Orient geladen hatte. An jenem Abend wehte von Westen her ein warmer Wind, und die ruhige See lud dazu ein, an Deck zu verweilen und das wundersame Funkeln an der sternenübersäten Himmelskuppel zu bestaunen.

Der Neumond bot mir eine günstige Gelegenheit, mich wieder einmal an den Sternbildern zu erfreuen. Ich hielt unverzüglich nach ihnen Ausschau, indem ich mit meinem Spazierstock gen Himmel wies. Kaum hatte ich im westlichen Kreisviertel das Zeichen des Schützen ausgemacht – denn es war nicht mehr lange bis zur Tagundnachtgleiche des Frühjahrs –, da bemerkte ich, dass jemand hinter mir stand und mich beobachtete. Ich drehte den Kopf, um meinem ungebetenen Gast ins Gesicht zu sehen, und es war, als würde es vom nicht vorhandenen Mond erhellt oder als strahlten seine Augen gar selbst wie zwei Monde.

Er war ein Mann von durchschnittlicher Statur, mit dichtem Bartwuchs und langem Haar, und er sah mich erwartungsvoll an. Viel-

leicht vertraute er darauf, dass ich mit dem Höflichkeitsritual begann und ihn dann an meinen Beobachtungen und Entdeckungen am erhabenen Nachthimmel teilhaben ließ. Ich war schon im Begriff, mich ihm vorzustellen, als er mir zuvorkam, mich beim Namen nannte und erklärte, wenn ich wolle, könne er mich zu einem Schloss in den Sternen mitnehmen, die ich mit solchem Eifer beobachtete. Dass er meinen Namen kannte, erstaunte mich nicht, war ich doch wie er ein Passagier jener Galeere. Er hatte ihn sicher aus dem Munde irgendeines Matrosen oder aber von mir selbst vernommen, als ich mich vor Beginn unserer Überfahrt der Schiffsführung vorgestellt hatte. Doch seine Worte weckten in mir den Verdacht, dieser Mann habe den Verstand verloren und leide nach all den Tagen an Bord, die wir nun schon der erbarmungslosen Sonne, dem Schaukeln des Schiffes und dem jähen Peitschen der Stürme ausgesetzt waren, unter Halluzinationen.
Mit einem Lächeln überspielte ich meine Verblüffung ob der Torheit dieses Angebots, denn es schien mir nicht nur unhöflich, ihn auf seine Verwirrtheit hinzuweisen, sondern ich fürchtete auch, er könne mich in einem Wutausbruch über Bord stoßen und den in diesen tiefen Wassern überaus zahlreichen Haien zum Fraß vorwerfen. Daher beschloss ich, auf ihn einzugehen und mich vom sanften Wellengang seiner Vorstellungskraft davontragen zu lassen. Liebend gern, so erwiderte ich, würde ich einen derart gewagten, neuartigen Sternenflug mit ihm antreten, doch leider werde ich an Land von einem guten Freund und hervorragenden Himmelskenner erwartet, mit dem ich mich über die Planeten und deren elliptische Bahnen um die Sonne austauschen wolle. Ich nahm an, mein Begleiter werde sich mit dieser Erklärung, die obendrein zutraf, zufriedengeben, mir gestatten, mich wieder meiner Beschäftigung zuzuwenden, und den Besuch bei den Sternen, den er mir so schamlos angetragen hatte, auf eine günstigere Gelegenheit verschieben. Ganz entgegen meinen Erwartungen zeigte er Verständnis für

meine Absage und lobte meine hehren Gründe, schließlich verbringe er seine Zeit ebenfalls mit diesen Dingen. Dann erklärte er sich bereit, mir etwas zur chemischen Zusammensetzung der Himmelskörper und zur Abmessung der Entfernungen zwischen den Sternen zu sagen, falls ich dies wünsche. Erfreut willigte ich in seinen Vorschlag ein, der mir weder das Verlassen der Galeere noch irgendeinen unsinnigen Flug über den Nachthimmel abverlangte. Auch erschienen mir die angekündigten Ausführungen als Ausgangspunkt für ein Zwiegespräch angemessener.

Sodann setzte mein Gegenüber zu einem geschliffenen Vortrag über das Universum an, der so reich an fundierten und originellen Theorien war, dass mir nichts anderes übrig blieb, als ihm staunend zuzuhören. Meine Überraschung war so groß, dass ich nun plötzlich selbst den Verstand zu verlieren oder einer schonungslosen Halluzination zu erliegen meinte. Denn an keinem der zahlreichen Orte, die ich aus meiner Leidenschaft für die Sternenkunde heraus aufgesucht hatte, waren mir derart fortschrittliche und zutreffende astrologische Erkenntnisse zu Ohren gekommen. Daher beugte ich mich der Brillanz seiner Gelehrsamkeit und bat ihn, für die Dauer unserer Überfahrt in seiner Gesellschaft verweilen, ja sogar, ihn fortan als Gehilfe begleiten zu dürfen.

Der geheimnisvolle Weise nahm meine Worte wohlwollend auf und wir setzten unser anregendes Gespräch bis nach Mitternacht fort. Alsdann gab er mir zu verstehen, er beabsichtige ebenfalls, an der Küste, die unser Schiff ansteuere, an Land zu gehen, denn dort wolle er ein unbekanntes und von erstaunlichen Fabelwesen bevölkertes Paradies erkunden. Als ich das hörte, zweifelte ich wiederum an seinem Verstand, doch seine vorangehenden Äußerungen waren so erhellend und brillant gewesen, dass ich meinen Argwohn rasch vergaß und ihm weiter aufmerksam zuhörte, bis ich den stechenden Juckreiz der Übermüdung in den Augen verspürte und mich nach meinem Bett sehnte.

Wir verabschiedeten uns sogleich, nicht ohne uns vorher zu versprechen, unser faszinierendes Gespräch am nächsten Tag fortzusetzen. In meiner Kajüte am Heck der Galeere angelangt, überließ ich mich dem süßen Schlummer, gab mich hochfliegenden kosmischen Träumereien hin und fiel schließlich in einen tiefen Schlaf. Selbst dort oben bei den Sternen drang mir noch das rhythmische Plätschern der Wellen ans Ohr, die an den Rumpf unserer Galeere klatschten und von den herrlichen Klängen von Tang, Sirenen und Muscheln begleitet wurden…

»Bis hierher klingt das Ganze nur wie ein Bericht über eine fantastische Reise«, bemerkte Salietti.

»Ich vermute, das ist bloß die Einleitung und Aidor Bilbicums alte Handschrift erzählt die Geschichte des Steins, des Geheimnisses der Weisen und davon, wie wir es enthüllen können. Allerdings glaubte ich zwischen den Zeilen zu lesen, dass wir auf dem Weg dorthin noch zahlreiche Rätsel zu lösen haben. Falls wir Aidor Bilbicum in Straßburg antreffen, hilft er uns vielleicht, einen Weg aus diesem Labyrinth zu finden.«

»Dann lass uns in die Kirche zurückkehren. Die Kerzen sind fast heruntergebrannt und wir müssen den Sarkophag wieder verschließen. Du kannst mir auf dem Weg zu Fenio de Vokkos Festung erzählen, was es mit der kosmischen Essenz des Steins auf sich hat, von der in dem Buch die Rede ist.«

Grimpow hielt den Schlüssel zu dem Geheimnis vor das Zeichen des Ouroboros am höchsten Punkt der Kuppel, genauso wie er es zum Öffnen des Sarkophags getan hatte. Daraufhin schloss sich die Grabstätte mit einem dumpfen Geräusch, und das unsichtbare Skelett, das ihnen seinen kostbaren Schatz geschenkt hatte, verschwand wieder in der Finsternis. Eines stand für den Knappen fest: Dieses unsichtbare Skelett hatte nun kein Geheimnis mehr zu hüten.

Das konnten sie vom Priester von Cornille nicht behaupten. Er hatte sie zwar freundlich empfangen und war bereit gewesen, ihnen bei ihrer ungewissen Suche zu helfen, doch sie fürchteten, er könnte einen Boten mit der Nachricht ihres Besuchs zu Fenio de Vokkos Festung gesandt haben. Dessen Schergen würden gewiss nicht lange auf sich warten lassen und sie genau wie Gandalf Labox und dessen Tochter festnehmen. Doch ihre Befürchtungen zerstreuten sich, als sie den Priester erneut in der Sakristei antrafen, wo er unbesorgt und ohne jede Spur eines schlechten Gewissens seinen Ornat für die Mittagsmesse anlegte.

»Haben Eure Gebete in der Kirche Früchte getragen? Seid Ihr in der Krypta fündig geworden?«, fragte er und legte sich ein Skapulier um den Hals.

»Dort unten liegt nichts als totes Gebein«, antwortete Salietti verstimmt.

Der Priester zog das Messgewand über und wand sich darin, als juckte es ihn auf der Haut. »Falls Ihr auf Gold aus wart, hättet Ihr besser in den Schatztruhen des Papstes in Avignon oder im Laboratorium eines Alchimisten suchen müssen«, erwiderte er lachend.

Doch sein Gesichtsausdruck verwandelte sich augenblicklich, als er die Handvoll Goldbohnen erblickte, die Salietti ihm hinhielt. »Habt Ihr doch einen Schatz gefunden?«, fragte er fassungslos.

»Nein, das wäre zu schön gewesen. Dieses Gold schickt Euch der Papst als Dank für Eure Hilfe und für Euer Stillschweigen. Damit könnt Ihr die Kirche instand setzen, den Bedürftigsten im Dorf unter die Arme greifen und ihnen helfen, ihre abgebrannten Häuser wieder aufzubauen.«

Der Priester wollte gerade nach den Goldbohnen greifen, als Salietti unversehens die Hand zurückzog.

»Zuvor müsst Ihr einen Eid ablegen«, erklärte er streng.

»Einen Eid?«

»Ihr müsst beim Kreuz auf Eurer Brust schwören, niemandem gegenüber ein Wort über Gandalf Labox oder über uns zu verlieren …« Er machte eine Pause. »Habt Ihr gehört? Niemandem, selbst wenn Ihr noch so sehr davon überzeugt seid, dass der Betreffende unser Geheimnis kennt.«

Der Priester griff nach dem Kruzifix, führte es an die Lippen und küsste es ehrfürchtig. »Ich schwöre es!«, stieß er hastig hervor.

»Wenn Ihr Euern Schwur brecht, soll der Allmächtige Euch die Eingeweide mit Würmern füllen, die Euch bei lebendigem Leibe verschlingen. Haltet Ihr Euer Versprechen, so möge er Euch mit Glück überschütten bis ans Ende Eures Lebens, das so lang und gesund sein soll, wie er es für Euch vorsieht«, erklärte Salietti und reichte dem Priester die Goldbohnen.

»Geht hin in Frieden. Ich versichere Euch, die Würmer werden sich erst über mich hermachen, wenn ich tot bin. Aber nicht einmal dann werde ich zugeben, Euch gesehen zu haben, weder Euch noch Euern Knappen.«

Beunruhigende Neuigkeiten

Als sie Cornille hinter sich gelassen hatten und die von einem durchsichtigen Wolkenschleier verhüllte Sonne verblasste, aßen sie beim Reiten ein paar Scheiben Wildschweinschinken und Brot. Beides hatte ihnen der Priester nebst einem bis oben mit seinem schmackhaften Zwetschgenlikör gefüllten Schlauch mit auf die Reise gegeben. Die Landschaft bestand aus sanften, von Steineichen und Sträuchern bedeckten Hügeln und der von Bäumen gesäumte Weg nach Norden zog sich kühl und schattig dahin.

Während sie aßen, sprachen sie noch einmal ausführlich über die letzten Ereignisse ihrer Reise, um festzustellen, dass ihre ungewisse Suche bereits erste Früchte zeigte. Dabei wurde ihnen einmal mehr bewusst, warum der Papst und der französische König so interessiert daran waren, das Geheimnis zu lüften: Alle beide spürten sie schon den Tod im Nacken. Der Fluch des Großmeisters der Templer, Jacques de Molay, der ihnen vom Scheiterhaufen aus prophezeit hatte, dass sie noch vor Jahresfrist sterben würden, trieb sie unermüdlich an. Sie wollten dem Tod entrinnen und nebenbei die Unsterblichkeit erlangen. Denn der Fluch, mit dem der letzte auf dem Scheiterhaufen verbrannte Tempelritter ihr Dasein vergiftet hatte wie der

Biss einer verendenden Schlange, ließ sich nur mit dem Geheimnis der Weisen aufheben.

»Lieber ewig leben, als bald sterben«, sagte Salietti. »So denken die beiden wohl.«

Wohl wissend, dass die Zeit schneller läuft als ein durchgegangenes Pferd, hatten die beiden mächtigsten Männer der Welt unverzüglich ihre besten Späher beauftragt, das Geheimnis der Weisen zu ergründen und damit zu verhindern, dass der andere es als Erster fand. Grimpow vermutete, dass der Papst genau aus diesem Grund Gandalf Labox nach Cornille gesandt hatte und der französische König Baron Fenio de Vokko befohlen hatte, diesen zu verhaften. Doch ahnten weder Papst noch König, dass Ritter Salietti de Estaglia und sein junger Knappe den Stein besaßen und dass die Enthüllung des Geheimnisses der Weisen ohne den richtigen Schlüssel nie gelingen würde, wo es auch verborgen sein mochte. Das ging aus Aidor Bilbicums Handschrift eindeutig hervor und kein anderer wusste mehr über den Stein und das Geheimnis.

Wie der Verfasser in seinen Zeilen erklärte, hatte ihn jener geheimnisvolle, namenlose Weise in einige erstaunliche Rätsel der Natur und des Kosmos eingeweiht, die dem menschlichen Vorstellungsvermögen damals noch sehr fernlagen. Auch hatte er ihm einen sonderbaren, vom Himmel gefallenen Stein ausgehändigt, mit dem er nicht nur Blei in Gold verwandeln, sondern auch vollkommene Weisheit und Unsterblichkeit erlangen konnte. Außerdem hatte er ihm in einer Höhle unter dem Salomonischen Tempel von Jerusalem einen einzigartigen Gegenstand gezeigt, der bei der Berührung mit dem Stein unvorstellbare Wunder wirkte. Kurz darauf verschwand der geheimnisvolle Fremde spurlos und Aidor Bilbicum sah ihn nie wieder. Bei seiner Rückkehr nach Frankreich gründete Bilbicum im Verborgenen eine kleine Schule von Weisen, die er auf den Namen Ouroboros taufte und ihr eine Schlange zuordnete, die sich in den Schwanz beißt, als Symbol für Unendlichkeit und Verwirrung.

Geraume Zeit später kehrte er nach Jerusalem zurück, um sieben anderen Weisen seiner Schule den wunderkräftigen Gegenstand zu zeigen und ihn nach Frankreich zu überführen, wo sie ihn eingehend untersuchen wollten. Damals hielten sich auch neun französische und flämische Ritter in Jerusalem auf, um die Pilger im Heiligen Land zu schützen und ihnen zu Hilfe zu kommen. König Balduin II. hatte ihnen in den Stallungen des Salomonischen Tempels Unterschlupf gewährt. Als Aidor Bilbicum und seine Schüler mit ihnen in Verbindung traten, betrauten sie die Männer mit der Aufgabe, den in Schafsfelle gehüllten wunderkräftigen Gegenstand auf der Reise nach Paris mit ihren Schwertern zu beschützen. Dafür sollten sie großzügig mit Gold entlohnt werden.

Sieben der neun Ritter erklärten sich zu dieser Aufgabe bereit, denn sie wollten sowieso nach Frankreich zurückkehren und dort einen Ritterorden gründen, der die Pilger im Heiligen Land vor den Überfällen der Muslime schützte. Als der Tag gekommen war, brach in Jerusalem also eine Karawane zu einem unbekannten Ort in Paris auf. Dort angekommen, beschlossen Aidor Bilbicum und seine Schüler, von der grenzenlosen Macht jenes wunderkräftigen Gegenstands vollkommen überwältigt, ihn an einem sicheren Ort zu verbergen und seine Existenz geheim zu halten, weil niemand außer ihnen von dessen Zauberkraft erfahren sollte. Die Jahre gingen ins Land. Die sieben Weisen des Ouroboros-Bundes starben einer nach dem anderen und wurden in Cornille in der alten achteckigen Krypta bestattet.

»Aber im Gemeindearchiv von Cornille war sein Name nicht verzeichnet. Ich bin das gesamte Geburten- und Taufregister durchgegangen«, wandte Salietti ein.

»Vielleicht hieß er gar nicht Aidor Bilbicum und hat sich einen falschen Namen gegeben, um seine wahre Identität zu verheimlichen«, gab Grimpow zu bedenken.

»Ja, gut möglich«, erwiderte der Ritter. »Aber erzähl weiter. Die Geschichte interessiert mich.«

»Er ist als Einziger am Leben geblieben«, nahm Grimpow den Faden wieder auf. »Denn durch den sonderbaren Stein, den ihm der geheimnisvolle Fremde gegeben hatte, war er nicht nur zu einem großen Weisen geworden, sondern erfreute sich auch der Unsterblichkeit der Götter. Allerdings wusste Aidor Bilbicum, dass er den Stein an einen seiner Schüler weitergeben musste, um zu verhindern, dass er ihn zugrunde richtete und in den Tod riss. Daher wählte er unter seinen Schülern einen jungen Mann aus und lehrte ihn alles, was er selbst gelernt hatte. Irgendwann kam der Moment, da Aidor Bilbicum der Unsterblichkeit müde wurde und beschloss, seinem Leben ein Ende zu setzen, um in ewigem Frieden zu ruhen. Er gab den Stein an seinen Schüler weiter und bat ihn, seine sterblichen Überreste gemeinsam mit der Handschrift in der Krypta von Cornille zu bestatten, wo schon die sieben anderen Weisen des Ouroboros-Geheimbundes ruhten. Der Sarkophag, den wir geöffnet haben, muss also der von Aidor Bilbicum gewesen sein«, schloss Grimpow.

»Aber dann ist Aidor Bilbicum ja tot!«, rief Salietti aus. Er war verwirrt, weil in dem Sarkophag kein Skelett gelegen hatte.

»Nach dem Buch zu schließen, ist das wohl der Fall.«

»Das bedeutet aber, dass wir ihn in Straßburg gar nicht finden werden und der Brief des toten Edelmannes nutzlos ist. Schließlich kann nicht ein Toter den Brief eines anderen Toten lesen, und schon gar nicht in einer Stadt weitab von dem Ort, an dem einer von beiden seit Jahrhunderten begraben liegt«, rätselte er.

»Vielleicht ist der Text ja eine Losung oder ein neues Kryptogramm. Keine Ahnung«, überlegte Grimpow. Er fragte sich gleichzeitig, wie er all die Gedanken ordnen sollte, die sich in seinem Kopf überschlugen. »Auf jeden Fall steht in der Handschrift, wo das Geheimnis der Weisen verborgen liegt. Allerdings scheinen die letzte Seite sowie eine Landkarte zu fehlen. Aidor Bilbicum hat wohl damit gerechnet, dass einmal eine Zeit käme, in der andere Weise den wunderkräftigen Gegenstand aus dem Salomonischen Tempel wiederentdecken würden. Daher hat er die Anleitung für die Suche schriftlich niedergelegt, wenn auch in der Geheimschrift des Ouroboros-Geheimbundes und durch alle möglichen Rätsel geschützt. Es ist alles da, bis auf die Karte und jene letzte Seite, die ich gerade erwähnt habe«, versicherte Grimpow und zeigte auf das Buch, das er beim Reiten in der Hand hielt.

»Aber wenn Aidor Bilbicum nicht in Straßburg ist, was suchen wir dann dort?«, fragte Salietti.

»Den wahren Anfang vom Ende. Das heißt, wir zäumen das Pferd vom Schweif her auf«, erklärte Grimpow. »Wir suchen Aidor Bilbicum, obwohl er tot ist, und stoßen dabei womöglich in Straßburg auf den Schlüssel, um die hier im Text enthaltenen Rätsel zu lösen. Genau das will Gandalf Labox uns mit der im Gemeindearchiv von Cornille hinterlegten Botschaft mitteilen. Nur wenn wir in die Stadt des Briefes reisen und dort nach dem fragen, der nicht mehr ist, werden wir die Stimme der Schatten vernehmen«, führte er dann aus.

»Was soll uns diese Stimme sagen?«, fragte Salietti.

»Wenn ich mich nicht täusche«, erwiderte Grimpow, »dann wird sie uns sagen, wie wir das Geheimnis der kosmischen Essenz lüften können.«

Auf dem Weg zu Baron Fenio de Vokkos Festung holten sie einige Ritter ein, die mit ihren Karawanen gen Norden fuhren, um am Frühjahrsturnier der elsässischen Burgen teilzunehmen. Grimpow war fasziniert von der Farbenpracht und Erlesenheit der Gefolge. Die Kutschen der Damen und ihrer Zofen waren mit Blumengirlanden und Seidenbändern geschmückt, die Lanzenspitzen funkelten in der strahlenden Sonne und Unmengen von Bannern und Standarten flatterten an den Sätteln einer großen Schar Ritter und Soldaten.

Grimpow und Salietti kamen mit ihren Pferden schneller voran als die Gefolge der Edelleute, sodass sie die mit Dienern, Zelten, Geschirren, Waffen und Proviant schwer beladenen Fuhrwerke schon bald überholten. Einige Kinder winkten ihnen zu und begrüßten sie johlend, als sie an ihnen vorüberzogen. Auf der Höhe einiger Karossen sah Grimpow junge Zofen miteinander tuscheln und rasch die errötenden Gesichter bedecken, als Salietti freundlich vor ihnen den Kopf neigte. Die Soldaten musterten die beiden Reiter dagegen mit argwöhnischen, verächtlichen Blicken, und die Edelmänner ließen sie erhobenen Hauptes links liegen, ohne ihre angeregten Unterhaltungen zu unterbrechen und ihnen auch nur die geringste Beachtung zu schenken.

Nur ein einzelner Ritter von edler Erscheinung, der dicht gefolgt von seinem Knappen dem Zug allein voranritt, entbot ihnen höflich seinen Gruß, als sie sich anschickten, ihn zu überholen. Er war zwar keineswegs ein Greis, doch konnte man ihn auch nicht als jung bezeichnen. Er hatte graue Augen, eine gerade Nase, im Nacken kurz geschnittenes Haar, aschgrau wie die Brauen und der gestutzte Bart, während er auf dem Kopf ein an den Rändern zugespitztes Barett mit einer Fasanenfeder trug. Unter der Staubschicht war seine Kleidung durchaus vornehm und ließ einen robusten Schwertschaft mit vergoldeten Enden erkennen.

»Das Wappen Eures Schildes kommt mir bekannt vor. Seid

Ihr zu Fenio de Vokkos Festung unterwegs?«, sprach er Salietti an.

Der Ritter parierte sein Pferd durch, um sich der Geschwindigkeit des Fremden anzupassen, und setzte sich vor Grimpow. Dieser näherte sich indessen dem Knappen, einem dunkelhäutigen jungen Mann, der sich damit begnügte, ihn gleichgültig zu mustern.

»Das ist tatsächlich mein Ziel und Euers ebenfalls, wie ich annehme, Herr…«

»Radogil, Radogil de Curnillonn. Und Ihr, wie heißt Ihr?«, fragte der Edelmann.

»Salietti de Estaglia, Enkel des Herzogs Iacopo de Estaglia.«

»Demnach seid Ihr ein Fremdling.«

»Ja, gebürtig im italienischen Piemont.«

»Das heißt, Ihr habt die hohen Berge der Alpen überquert, um am Turnier teilnehmen zu können?«

»Für einen vor Abenteuerlust und Entdeckungsdrang brennenden Ritter sind die Alpen nichts als Riesen, die es in erbitterten Schlachten zu schlagen gilt«, erwiderte Salietti.

Der edle Herr lachte laut auf. »Recht so, mein Lieber. Da Ihr schon von Abenteuern, Entdeckungen und Schlachten sprecht, so sagt mir doch, ob Ihr auch die Absicht hegt, in dem geplanten Kreuzzug anzutreten?«

»Als ich im Piemont aufgebrochen bin, hatte mich die Kunde dieses Krieges noch nicht erreicht, wenngleich ich unterwegs durchaus etwas über diesen Kreuzzug habe verlauten hören. Allerdings entziehen sich mir noch die Gründe, die diesen rechtfertigen sollen. Soweit ich erfahren habe, hat sich der Baron mit dem französischen König verbündet, um die flüchtigen Templer zu jagen, die in den Festungen von Herzog Ulf von Österberg und seinen Getreuen Zuflucht fanden. Oder täusche ich mich da?«, fragte Salietti.

»Pah! Leeres Gerede!«, rief da der Ritter verächtlich. »Der französische König weiß genau, was er fern seines prächtigen Pariser Palasts sucht. Trachtet er auch, seine wahren Beweggründe in den Winkeln seines verschlagenen Gemüts zu verbergen, so sind sie doch allseits bekannt. Er will die Burgen des Steinkreises dem Erdboden gleichmachen, genau wie vor sechs Jahren den Turm des Pariser Templergebiets. Er will sie ausplündern und darin nach dem Geheimnis der Tempelritter fahnden.«

»Aber das Geheimnis der Tempelritter ist doch nur eine Legende. Wer kann denn sagen, ob es sich tatsächlich in Herzog Ulf von Österbergs Festung befindet?«, fragte Salietti arglos. Er lockte sein Gegenüber immer weiter aus der Reserve, indem er so tat, als glaubte er nicht an die spannende Geschichte.

Der Ritter bewegte sich unruhig im Sattel seines Pferdes und schob die Scheide seines Schwerts auf der Kruppe des Tiers zurecht.

»Mein Lieber«, sagte er, »wenn jemand wie Jacques de Molay König und Papst ankündigt, sie würden binnen Jahresfrist sterben, so ist an dieser Drohung etwas Wahres dran.«

»Was, wenn der Großmeister der Templer diesen Fluch niemals ausgestoßen hat? In Zeiten wie den unseren sind die Leute geneigt, Geschichten von Zaubereien und schwarzen Künsten zu erfinden, an die sie dann selbst glauben, als wären sie bewiesen«, gab Salietti zu bedenken.

»Wenn Ihr etwas auf mein Wort gebt, dann könnt Ihr gewiss sein, dass jener Fluch wahr ist. Ich war selbst dabei, als auf dem Vorplatz von Notre-Dame auf der Insel der Juden in Paris am achtzehnten März der Scheiterhaufen gebrannt hat. Ich habe den Fluch mit eigenen Ohren gehört. Als alle Anwesenden jeden Augenblick damit rechneten, dass Jacques de Molay sein Leben aushauchte, da schrie er plötzlich: ›Ich verfluche meine

Mörder und verlange, dass sie binnen Jahresfrist vor dem Göttlichen Gericht Rechenschaft über ihre Verbrechen gegen den Templerorden ablegen!‹ Im Übrigen ist dieser Fluch teilweise schon in Erfüllung gegangen.«

»Ich verstehe nicht ganz«, stammelte Salietti verstört, als er Radogil de Curnillonns Worte hörte.

»Gestern hat ein Bote den Edelmännern hinter uns die Nachricht überbracht, dass Papst Clemens V. vor wenigen Tagen unweit von Avignon verstorben ist.«

»Was sagt Ihr da?«, fragte der Herzog erschrocken.

»Ihr habt richtig vernommen. Zunächst hat der Papst sich unwohl gefühlt, dann verspürte er heftige Schmerzen, krümmte sich und spie schließlich Blut, als wären ihm die Eingeweide geplatzt.«

»Dann hat sich der Fluch also wortwörtlich erfüllt«, sagte Salietti bestürzt.

»Habt Ihr je daran gezweifelt?«, fragte der Ritter in geheimnisvollem Ton.

»Zu Verwünschungen, Zaubereien und Hexenkünsten habe ich in der Tat wenig Zutrauen«, gestand der Ritter nachdenklich.

Der Edelmann lachte abermals. »Mir geht es genauso, mein Lieber, ganz genauso. Und was den Papst getötet hat, das war auch kein Fluch, es war Gift«, raunte er, ohne die Miene zu verziehen.

Saliettis Erstaunen wuchs von Minute zu Minute, da er nicht beurteilen konnte, ob verbürgt war, was der Ritter ihm da erzählte, oder ob er nur seine Vermutungen äußerte.

»Woher wisst Ihr das?«, fragte er.

»Weil nur ein Gifttrank einen so grausamen, blutigen Tod bewirken kann und die Tatsache, dass es sich um einen Racheakt handelt, so klar ist wie Wasser.«

»Ein Racheakt? Wer soll den denn verübt haben? Die Templer, die in den Wirrnissen ihre Haut vor dem Scheiterhaufen zu retten vermochten, haben Frankreich allesamt vor sechs Jahren verlassen. Im Süden sind sie nach Spanien und Portugal und im Norden zu den Burgen des Steinkreises und nach Deutschland geflohen.«

»Es gibt in Frankreich immer noch widerständige Templer, die bereit sind, die Ehre ihres Ordens zu verteidigen. König Philipp weiß es und ist nach dem Tod von Papst Clemens ängstlicher als ein Schwein auf der Schlachtbank. Er fürchtet sich vor dem gleichen Schicksal und weiß, dass er vielleicht noch vor dem nächsten Frühjahr tot ist, sollte er das Geheimnis des Templerordens nicht rechtzeitig entdecken und mit ihm das begehrte Lebenselixier, von dem er sich Unsterblichkeit erhofft.«

Bei diesen Worten des Ritters, die ebenso vernünftig wie wahrhaftig klangen, hielt Salietti mit seinem Erstaunen nicht hinterm Berg. »Ich habe vernommen, dass der König von Frankreich am Frühjahrsturnier der elsässischen Burgen teilnehmen wird«, sagte er dann.

»Das ist wohl seine Absicht gewesen und er war wohl auch schon aufgebrochen. Aber der Bote hat jene Ritter gestern darüber verständigt«, berichtete er und wandte sich zu dem Gefolge der Edelmänner um, »dass er wie ein geprügelter Hund mit eingezogenem Schwanz wieder nach Paris umgekehrt sei.«

»Jene Ritter? Gehört Ihr dem Zug denn nicht an?«, fragte Salietti.

»Oh nein! Ich dachte, dies eingangs erwähnt zu haben«, erwiderte der Reiter und entschuldigte sich für das Versäumnis. »Mein Knappe und ich reiten allein zu Fenio de Vokkos Festung. Wir haben die Karawane gestern vor Sonnenuntergang eingeholt und sind über Nacht bei ihr geblieben.«

»Werdet Ihr an den Wettkämpfen teilnehmen?«

»Nein, ich schlage mich nur ungern im Zweikampf. Mein Knappe und ich hatten eine Mission zu erfüllen, doch werden wir die Angelegenheit jetzt nur teilweise erledigen können.«

»Warum erzählt Ihr mir davon? Wenn die Dinge liegen, wie Ihr sagtet, dann bringt Ihr Euch damit in Lebensgefahr«, tastete sich Salietti vor. Er hegte inzwischen den Verdacht, Radogil de Curnillonn könnte ein als edler Ritter verkleideter Templer sein, mit der Mission, den französischen König auf dem Turnier zu ermorden.

»Seid unbesorgt. Ich sagte Euch schon, dass mir das Wappen Eures Schildes bekannt vorkommt.«

Der Wind frischte auf und allmählich brach die Dämmerung herein. Der Himmel wurde immer klarer, nur einige Haufenwolken türmten sich noch wie Wattebäusche hinter der Linie des nahen Gebirgszugs.

In den Sternen liegt Magie

Fenio de Vokkos Festung erhob sich auf einem Gebirge, das die gesamte elsässische Ebene beherrschte. Die beeindruckende, riesige Burganlage war ausgestattet mit uneinnehmbaren Hauptttürmen, vorgelagerten Toren, Schießscharten, Pechnasen und sehr hohen, mit Zinnen bewehrten Wachttürmen, die fast alle runde Dächer trugen wie schwarze Aschehauben. Das Torhaus war von zwei dicken Wehrtürmen flankiert und von einem Fallgitter und einer Zugbrücke quer über den Graben geschützt.

Von Standarten umgeben, entboten dort einige Herolde des Barons sowie eine Gruppe von Spielleuten den Gefolgen der Edelleute einen Willkommensgruß, als diese vor den Festungsmauern ankamen. An Ort und Stelle wies man ihnen zwei Diener zu: einer, der die edlen Herren und ihre Damen in ihre Gemächer führen sollte, und ein weiterer, der die Kutschen und Reittiere in die Stallungen brachte.

Im Innern der Burg war das Treiben noch lebendiger. Hunderte von Rittern und Soldaten in Kettenhemden und funkelnden Helmen bewegten sich zwischen den Mauern und Türmen der Burganlage hin und her, während in allen Ecken Fackeln und Duftlampen mit züngelnden Flammen brannten, als wollten sie mit dem Wind davonfliegen.

Sie hatten kaum die Burgfeste betreten, da sprang Grimpow geschickt zur Seite und rettete sich mit knapper Not vor den Hufen eines sich aufbäumenden Pferdes, dessen Reiter sein Gesicht unter einem Furcht einflößenden Helm verbarg. Fasziniert vom allgemeinen Aufruhr, konnte der Knappe nicht umhin, sich unentwegt nach allen Seiten umzuschauen, während der Diener über den weitläufigen Vorplatz zu den Gemächern vorausging.

»Wer ist dieser Reiter, der sein Pferd so aufbringt?«, wandte sich Salietti an den Jungen, der wie Grimpow zwei Satteltaschen geschultert hatte.

»Außer dem Herold, der ihn heute Morgen am Eingang der Burg empfangen hat, weiß das niemand. Mit dem Helm zeigte ihm der Ritter seinen Adelstitel und äußerte den Wunsch, seine Identität erst nach dem Turnier preiszugeben«, antwortete er. »Seit seiner Ankunft ist er unentwegt in der Burg ein- und ausgegangen und alle wollen wissen, wer er ist. Niemand hat ihn bisher erkannt. Viele glücklose Abenteurer von adliger Herkunft strömen Jahr für Jahr zum Frühjahrsturnier und versuchen auf die eine oder andere Weise, Aufsehen zu erregen«, beschwerte er sich. »Aber Ihr gehört nicht dazu, dessen bin ich gewiss. Man braucht Euch nur anzusehen, um zu wissen, dass Ihr bei den Wettkämpfen zu den Anwärtern auf einen Sieg gehört.«

»Und du, wie heißt du?«, fragte Salietti den Diener, einen Jungen mit Segelohren und Hasenzähnen, kaum älter als Grimpow.

»Nennt mich Guival, Herr.«

»Guival«, wiederholte Salietti und buchstabierte den Namen. »Kein übler Name für einen aufgeweckten Jungen, wie du einer bist.«

An dem schmeichelnden Ton seines Herrn erkannte Grimpow, dass dieser auf Anhieb jemanden gefunden hatte, der ihm alles hinterbringen würde, was sich zwischen den dicken Mauern der Festung zutrug.

»Sollte etwas fehlen, so braucht Ihr mich nur darum zu bitten«, sagte Guival. Und als er an einem Brunnen vorüberkam, rief er aus: »Seht, dort ist mein Herr, der Baron Fenio de Vokko!«

Am Brunnen stand ein prächtig gekleideter Edelmann und erteilte seinen Rittern Anweisungen – sehr viel jünger, als Grimpow ihn sich vorgestellt hatte. Er trug keinen Bart und seine schwarzen langen Haare wehten im Wind. Ein Schimmern in seinen Augen sprach von Unerbittlichkeit, während sein Blick ebenso ernst war wie Stimme und Gesten. Ein langer, schwarzer, mit Goldborten verzierter Samtumhang hing ihm über den Rücken und sein weißes Hemd trug auf der Brust die Stickerei eines aufrechten schwarzen Bären. Er hatte ein langes Schwert um die Hüften gegürtet, dessen Schaft funkelte, als wäre eine ganze Handvoll Edelsteine mit dem Eisen verschmolzen worden.

Als sie auf seiner Höhe anlangten, machten sie eine Verbeugung, um dann ihren Weg quer über den Waffenhof, an den Schuppen und den Küchen vorbei fortzusetzen, bis sie an einen von Soldaten in Kettenhemden und Helmen bewachten Turm gelangten. Die Wachen nahmen ihre Lanzen auseinander und gewährten ihnen Einlass. Ihre Schilde trugen das Wappen des aufrechten Bären, der auch auf sämtlichen Standarten prangte, die in der Festung im Wind flatterten.

Sie stiegen über eine enge Wendeltreppe ins erste Geschoss des Turmes hinauf und kamen in einen Saal mit dickem Mauerwerk und niedriger Decke. Etwa zwanzig Betten mit je einem Strohsack am Fußende standen dort nebeneinander. Im Saal herrschte eine ähnliche Betriebsamkeit wie draußen auf dem Hof, denn die zahlreichen Turnierteilnehmer richteten sich mit ihren Satteltaschen und ihrer Kleidung neben den zugewiesenen Betten ein.

»Hier ist Euer Platz. Dieses Lager ist für Euch und der Strohsack für Euren Knappen«, erklärte Guival überflüssigerweise, denn Grimpow hatte längst begriffen, dass er auf dem Boden übernachten musste. »Auf der Bank hier könnt Ihr Eure Satteltaschen abstellen und dort habt Ihr einen Wasserkübel. Die Latrinen findet Ihr unten am anderen Ende des Hofes. Mein Herr, der Baron, wünscht Euch einen angenehmen Aufenthalt in seiner Festung. In zwei Stunden wird im großen Waffensaal zu Nacht gespeist. Morgen früh werden die Herolde ausrufen, wer im Zweikampf gegeneinander antritt, und dann beginnen die Wettkämpfe«, ließ der Diener verlauten, als wäre er der öffentliche Ausrufer des Königreichs.

»Gut, Guival, das ist sehr freundlich von dir«, schmeichelte ihm Salietti abermals.

Indem er eine Verbeugung andeutete, machte der Diener Anstalten, sich zurückzuziehen.

»Warte noch einen Moment«, bat ihn der Ritter halblaut, damit ihn die anderen Männer nicht hörten, die sich gerade wuschen oder ihre staubigen Reisekleider wechselten.

»Sag an, Guival, hast du je den Glanz einer Goldbohne gesehen?«

Der Junge starrte den Herzog verständnislos an, dann wanderte sein Blick zu Grimpow hinüber, als wollte er ihn fragen, ob sein Herr noch ganz bei Trost sei.

»Nein, Herr«, antwortete er zögerlich. »Das einzige Gold, das ich je gesehen habe, ist das vom Siegel meines Herrn Barons und das der Geschmeide und Armreifen, welche die Burgdamen zu tragen pflegen.«

»Womöglich bekommst du als Lohn für deine Dienste gelegentlich eine Goldbohne von mir«, raunte Salietti Guival ins Ohr.

Der Diener zuckte zusammen, als hätte ihm jemand einen Dolch in den Rücken gestoßen. »Was habe ich zu tun?«, fragte er mit weit aufgerissenen Augen.

»Vorerst genügt es mir, wenn du mir sagst, ob vor einigen Tagen ein alter Mann mit seiner Tochter als Gefangener zur Burg gebracht worden ist.« Salietti kam unumwunden zur Sache.

Bevor er antwortete, ließ Guival den Blick durch den Raum schweifen, um sich zu vergewissern, dass niemand sie beobachtete. »Ich weiß nicht, ob ich mit Euch darüber sprechen darf. Wenn meinem Herrn zu Ohren kommt, dass ich meine Zunge nicht im Zaum halte, dann schneidet er sie mir unverzüglich heraus und wirft sie seinen Hunden zum Fraß vor«, stammelte er erschrocken.

»Du kannst dich darauf verlassen, dass er nie davon erfahren wird. Ich schwöre es dir bei meiner Ritterehre«, beruhigte Salietti ihn.

»Der alte Mann und seine Tochter sind vor zwei Tagen hergebracht worden. Und glaubt mir, wenn ich Euch sage, dass meine Augen nie eine schönere junge Frau erblickt haben«, erwiderte Guival.

»Sind die beiden ins Burgverlies gesperrt worden?«, fragte der Ritter weiter und lauerte gebannt auf die Antwort.

»Nein, mein Herr«, sagte der Diener stockend. »Der alte Mann traf schwerkrank hier ein. Man hat ihn im Wachtturm in eine Kammer gesperrt. Heute Nacht ist er gestorben. Am Morgen haben sie seinen Leichnam ins Beinhaus hinuntergetragen, gleich neben dem Verlies. Sie haben ihn ohne Totenmesse und Zeremonie einfach dort liegen gelassen wie den Leichnam eines Geächteten. Wenn man die Soldaten reden hört, dann war er ein Zauberer und Schwarzmagier.«

Diesmal fuhr Salietti zusammen wie von einem unsichtbaren Dolch durchbohrt. Obwohl er die Trübsal, die ihn bei dieser

Nachricht überkam und die ihn in eine abgrundtiefe Melancholie versetzte, verbergen wollte, erkannte Grimpow am feuchten Schimmern seiner Augen, dass der alte Gandalf Labox für seinen Herrn kein Unbekannter gewesen sein konnte. Salietti verbarg ihm also doch etwas, wie er schon vermutet hatte, als sie bei ihrer Ankunft in Cornille mit dem Schmied gesprochen hatten.

»Weiß die Tochter, dass der alte Mann tot ist?«

»Ich glaube schon, denn seit heute Nacht ihr Vater verstarb, hat sie nicht aufgehört zu schluchzen.«

»Wo ist sie jetzt?«

»Weynelle sitzt in einem Zimmer im Hauptturm hinter Schloss und Riegel. Mein Herr hat sich bei ihrem Anblick in ihre Schönheit verliebt, und vermutlich versucht er nun, ihr Herz zu gewinnen, obwohl sie seine Gefangene ist.«

Grimpow bemerkte abermals, wie ein Ruck durch Saliettis Herz ging.

»Wer verwahrt den Schlüssel zu diesem Turmzimmer?«, fragte der Ritter voller Furcht.

»Der Baron, und zwar in einer kleinen Schatulle in seinem Salon.«

Salietti zog zwei Goldbohnen aus dem Beutel, den er unter dem Gürtel verbarg, und steckte sie dem Diener zu.

»Danke für deine Hilfe, Guival. Sieh zu, dass dich niemand damit erwischt, sonst wird man glauben, du hättest sie gestohlen. Ich werde deine Dienste sicher noch öfter benötigen.«

»Wenn Ihr mich braucht, schickt Euren Knappen mit einer Nachricht in die Stallungen. Ich stehe Euch dann sofort zu Diensten, mein Herr«, sagte der Diener frohgemut und entfernte sich unter unausgesetzten Verbeugungen.

Als Grimpow und Salietti wieder allein waren, richteten sie sich mit ihren Satteltaschen ein und wuschen sich Gesicht und

Hände am Wasserkübel. Der Ritter zog sich aus, klopfte die staubigen Reisekleider ab und breitete sie über das Lager. Aus einer der Satteltaschen holte er frische Strümpfe, ein Hemd und ein vornehmes Wams, das sie in Ullense erstanden hatten. Dann zog er sich an, als ginge er zur feierlichen Ernennung eines Ritters.

»Ich glaube, du bist neulich nicht ganz aufrichtig zu mir gewesen. Wir haben uns doch in der Dachkammer der Schenke in Ullense geschworen, keine Geheimnisse voreinander zu haben«, sagte Grimpow ärgerlich.

Salietti reagierte überrascht auf die Worte seines Freundes, der sich in dem Saal als sein Schildknappe ausgegeben hatte.

»Ich weiß nicht, wovon du sprichst, Grimpow. Du weißt ebenso viel über mich wie ich über dich«, verteidigte er sich leise, während er sein Schwert gürtete.

»Ich spreche von Gandalf Labox und seiner Tochter. Du kennst sie irgendwoher. Es war also kein Zufall, dass wir nach Cornille gegangen sind. Du hast gewusst, dass die beiden dort waren, auch wenn du nicht damit gerechnet hast, dass sie von den Soldaten des Barons festgenommen würden, nicht wahr?«, fragte Grimpow streng.

Salietti sah ihm sanft ins Gesicht. »Ich kann jetzt nicht darüber sprechen, mein Freund. Aber es ist nicht so, wie du denkst.«

Unwillkürlich stiegen dem Jungen die Tränen in die Augen und liefen ihm über die Wangen, ohne dass er recht wusste, warum. Gründe dafür gab es genug. Vielleicht war es die Erschöpfung der Reise, die seit Monaten währende Anspannung, der Einfluss des magischen Steins, die Ungewissheit darüber, was sie in der Festung des Barons noch erwartete, der Tod des Alten, den er nicht einmal gekannt hatte, das Geheimnis der Weisen, das sie noch zu enthüllen hatten, oder einfach die Tatsache, dass er sich ein weiteres Mal von jemandem schmählich hintergangen fühlte, den er für seinen besten Freund gehalten hatte.

»Nun komm schon, Grimpow, ich will dich nicht kränken! Es ist eine lange, verworrene Geschichte, aber ich verspreche, dir später alles zu erzählen. Jetzt müssen wir uns um wichtigere Dinge kümmern.«

Saliettis Worte trösteten Grimpow und munterten ihn ein wenig auf. Ihm kam sogar der Gedanke, er habe dem Ritter zu Unrecht Vorwürfe gemacht. Schließlich konnte er seine Gründe haben, ihm nicht alles über sein Leben, seine Vergangenheit und seine Beweggründe, die ihn zu dieser Reise veranlasst hatten, zu erzählen. Letzten Endes, so dachte er, hat die Seele eines jeden Menschen eben doch geheime Winkel für dessen innerste Gedanken, Wünsche und Träume – oder auch für dessen Bosheiten.

»Es tut mir leid«, sagte er, »es war nicht meine Absicht, dir Vorwürfe zu machen.«

Mit einem Lächeln nahm Salietti seine Entschuldigung an und zwinkerte ihm zu. »Schon gut. Na los, mach dich fertig, wir wollen vor dem Nachtmahl einen Rundgang durch die Festung machen. Ich hoffe, wir bekommen heute ausnahmsweise mal ein schmackhaftes warmes Essen vorgesetzt.«

»Hast du schon einen Plan, wie du zu Weynelle gelangen kannst?«, fragte Grimpow. Er wusste genau, dass kein anderer Gedanke als dieser Saliettis Geist beschäftigte.

»Noch nicht. Ich muss vorher noch eine dringende Angelegenheit mit Fenio de Vokko besprechen. Hast du das vergessen?«

»Hast du etwa die Absicht, ihm die Botschaft von Drusus dem Blutrünstigen zu überbringen?«

»Ich habe einen Eid geschworen und ein Ehrenmann erfüllt

stets seine Versprechen. Außerdem kann ich ihm vielleicht während unserer Unterredung den Schlüssel zum Turmzimmer entwenden.«

»Willst du dich etwa ganz allein in die Höhle des Löwen begeben?«, rief Grimpow irritiert.

»Nur so kann ich erfahren, wie spitz seine Reißzähne tatsächlich sind.«

Salietti näherte sich der Bank mit ihren Satteltaschen und holte einen Stapel Karten heraus, den Grimpow nie zuvor bei ihm gesehen hatte.

»Hast du vor, mit dem Baron Karten zu spielen?«, fragte er.

»Nein«, sagte der Ritter und lachte. »Dies hier sind ganz besondere Karten mit verschiedenen gleichnishaften Motiven. In manchen Ländern des Orients werden sie benutzt, um daraus die Zukunft zu lesen. Viele edle Herren und ebenso viele Damen können die Ungewissheit ihres Schicksals so wenig ertragen, dass sie etwas über ihr Los in Erfahrung zu bringen versuchen, als wäre es dadurch zu verhindern. Fenio de Vokko ist einer von ihnen und brennt förmlich für die Wahrsagerei. Ich bin allerdings davon überzeugt, dass er die Wahrsagung durch ein schlichtes Kartenspiel wie dieses noch nicht kennt. Deshalb möchte ich es ihm schenken, um sein Vertrauen zu gewinnen.«

»Womit soll ich mir inzwischen die Zeit vertreiben?«

»Für dich habe ich einen Auftrag. Hast du noch den Kohlestift und das Stück Pergament aus der Sakristei in Cornille?«

»Ja, ich habe sie in der Satteltasche hier.«

»Hol sie heraus, ich muss etwas Wichtiges aufschreiben.«

Grimpow nahm den Kohlestift und riss von dem Pergament ein Stück ab, damit er seine Aufzeichnungen nicht aus der Hand geben musste. Salietti forderte ihn auf, sich umzudrehen und den Rücken zu krümmen, damit er ihm als Schreibpult diente. Dem Knappen ging aber auch durch den Sinn, dass der

Ritter das nur tat, damit er nicht sehen konnte, was sein Herr schrieb.

»Keine Sorge, ich gebe es dir gleich zu lesen«, sagte Salietti, der seine Gedanken erriet.

Dann schrieb er auf Grimpows Rücken in einer Handschrift, die eher zu einem Mönch aus einer Schreibstube als zu einem fahrenden Ritter passte:

In den Sternen liegt Magie
und Vollmondnächte üben Zauber aus.
Sieh sie dir an, dann offenbaren sie dir deine Träume.

»Ist das für das Mädchen?«, fragte Grimpow, nachdem er die Botschaft gelesen hatte.

»Ganz recht.«

»Ist das etwa auch ein Kryptogramm?«, fragte der Junge.

»Nicht ganz. Sie wird es verstehen.«

»Willst du denn nicht deinen Namen daruntersetzen?«

»Mein Name wird ihr nichts sagen«, erwiderte Salietti, dem die Fragerei seines Knappen allmählich auf die Nerven ging. »Nun hör mir mal gut zu. Während ich versuche, mit dem Baron zu sprechen, gehst du zu den Stallungen und tust so, als wolltest du dich um unsere Pferde kümmern. Sieh aber zu, dass du Guival triffst. Sobald du dich unbeobachtet weißt, gibst du ihm eine weitere Goldbohne und richtest ihm aus, er möge der Tochter des alten Gandalf Labox möglichst rasch diese Botschaft hier zuspielen.«

Keines der Rätsel und Geheimnisse, mit denen Grimpow sich in den vergangenen Monaten beschäftigt hatte, spannte ihn mehr auf die Folter als die Angelegenheit, der Salietti gerade nachging. Während sie sich im Schein der Fackeln zwischen den unzähligen Soldaten, Rittern, Knappen, Dienern, Fuhrwerken und Pferden hindurchzwängten, die in den verschiedenen für die vielen Turnierteilnehmer in der Festung hergerichteten Quartieren ein- und ausgingen, schwirrte Grimpow der Kopf vor lauter Fragen. Wer war Gandalf Labox? Warum hatte er in der Kirche von Cornille das Geheimnis der Weisen gesucht? Was verband ihn mit Salietti? Was drängte diesen dazu, sich so für die eingesperrte Weynelle einzusetzen? Auch zerbrach er sich den Kopf über den Text von Saliettis Botschaft und fragte sich, ob Salietti sich vielleicht ebenfalls in das Mädchen verliebt hatte. Wenn ja, wo, wie und wann hatte er sie dann kennengelernt? Schließlich hatten sie außer mit der Wirtin der schmuddeligen Schenke in Ullense mit keiner Dame oder Frau mehr ein Wort gewechselt, seit sie gemeinsam zu ihrer Reise aufgebrochen waren.

Die Karte *Der Tod*

Nachdem Salietti eine Weile durch feuchte Gänge und über enge Wendeltreppen gegangen war, gelangte er zum großen Waffensaal der Ritterburg. Zahlreiche vornehm gekleidete Edelmänner und ihre Damen in erlesenen Gewändern und Kopfputz umringten Baron Fenio de Vokko, der sich angeregt unterhielt. Alles war schon für das Nachtmahl gerichtet und viele Ritter hatten bereits ihre Plätze an den langen Tafeln in dem mit prächtigen Wandteppichen geschmückten Raum eingenommen. Ungewöhnliche Jagdtrophäen prangten an den Wänden, und von der Decke hingen lange Standarten und zahllose Waffenschilde mit gekreuzten Lanzen und Speeren herab. Die Beleuchtung mit Lampen und Duftlampen stammte von dicken, strahlenförmig angeordneten Wachskerzen und von einem Kamin, der an einer Seite des Raumes brannte und so groß war, dass man einen vollständigen Hirsch darin hätte braten können.

Salietti steuerte direkt auf einen Ritter zu, der mehreren Herolden in Galauniform Anweisungen gab, und fragte ihn: »Seid Ihr der Burgvogt hier?«

»Ganz recht«, sagte dieser mit einer leichten Verbeugung, die der Herzog andeutungsweise erwiderte. »Womit kann ich Euch behilflich sein, Ritter…«

»Ich heiße Salietti de Estaglia. Seht, ich weiß, dass der Baron derzeit von seinen Pflichten als Gastgeber des Turniers eingenommen ist. Richtet ihm daher meine Bitte aus, in einer dringenden Angelegenheit, die ihn sicherlich interessieren wird, eine private Unterredung mit ihm zu führen.«

»Mein Herr, ich werde dem Baron Euer Anliegen vortragen, sobald wir zu Tisch sitzen, verlasst Euch darauf«, erwiderte der Burgvogt mit einer weiteren Verbeugung und entschwand zu einer anderen Gruppe von Herolden, die auf seine Anweisungen warteten.

Salietti war zufrieden, dass er den Köder wie geplant hatte auswerfen können, jetzt musste er nur noch abwarten, bis der Baron anbiss. Auf einmal kam ihm der Gedanke, dass Radogil de Curnillon vielleicht schon im Saal war. Der Ritter, dem er mit Grimpow auf dem Weg zur Festung begegnet war, musste längst in der Festung eingetroffen sein. Er hielt unter den Gästen nach ihm Ausschau und glaubte, ihn in einem Edelmann erkannt zu haben, der gerade genüsslich einen Bierkrug leerte. Doch als Salietti auf ihn zutrat, um ihn zu begrüßen, stellte er fest, dass er ihn verwechselt hatte. Als ein Diener bemerkte, dass er keinen Anschluss fand, wies er ihm seinen Platz an der Tafel bei einer Gruppe junger Ritter zu, die zwischen Scherzen und lautem Gelächter mit ihren Lanzen- und Schwertkünsten prahlten.

Kaum hatten Fanfarenstöße den Beginn des Mahls angekündigt, da trug auch schon eine Schar Bediensteter schwere Tabletts mit gebratenen Fasanen, Lämmern und Hirschen, Salaten, Früchten und Kuchen von der Küche in den Speisesaal. Als Salietti die Köstlichkeiten erblickte, regte sich sein Appetit, und er schlang ungehemmt so viel Essen in sich hinein, wie er nur konnte, ohne das Gejohle der jungen Ritter neben ihm weiter zu beachten.

Er vermutete, dass sich sämtliche Edlen aus dem Elsass, aus

Lothringen und Burgund an den langen Tafeln versammelt hatten. Aufmerksam beobachtete er ihre Mienen, ihr Gelächter und ihre Gebärden, als wäre die Gesellschaft plötzlich verstummt und die Bilder zögen in Zeitlupe an ihm vorüber. Dann fiel sein Blick auf Fenio de Vokko, der ihn eindringlich musterte, während er sich zu dem Burgvogt zu seiner Rechten beugte und dessen Worten lauschte. Salietti deutete mit einem Nicken einen Gruß an, den der Baron interessiert erwiderte. Zur Linken des Burgherrn saß ein Dominikanermönch mit einem rötlichen Bart und einem narbenzerfurchten Gesicht. Salietti zweifelte keinen Augenblick daran, dass es sich um den ruchlosen Inquisitor Burumar de Gostelle handelte.

Vor dem Ende des Mahls ergriff der Baron das Wort und hielt eine kurze, von großspurigen Gesten untermalte Rede, in der er die anwesenden Ritter aufforderte, sich dem Kreuzzug anzuschließen. Anschließend betraten Gaukler den Waffensaal, spien lange Feuerzungen und vollführten dazu im Rhythmus ihrer durchdringenden Trompeten- und Tamburinmusik atemberaubende Sprünge und Kunststücke. Die Ritter hoben ihre Krüge und brachten ausführliche Trinksprüche aus, während die Damen entzückt in die Hände klatschten, miteinander tuschelten und kicherten.

Salietti bemerkte, als der Baron seinen Platz an der Tafel verließ und hinter dem Podium aus dem Saal zu seinen Gemächern ging.

Fenio de Vokko kann es nicht erwarten, mich kennenzulernen, dachte der Ritter bei sich. Sicher wird in Kürze einer seiner Herolde zu mir herüberkommen und mich in seinen Salon führen, malte er sich genüsslich aus.

Nicht lange darauf trat ein Herold zu ihm. »Verzeiht, mein Herr, der Baron wünscht Euch privat zu sprechen. Seid so gut und folgt mir«, flüsterte der Mann Salietti ins Ohr.

»Kommt herein, seid willkommen!«, rief Fenio de Vokko, als er Salietti an der Schwelle des weitläufigen Saals erblickte. Er erwartete den Ritter schon ungeduldig und schritt rastlos vor einem prächtigen Wandteppich auf und ab. Auf dem von zwei riesigen ausgestopften Hirschköpfen flankierten Teppich war die Stickerei eines aufrechten Bären zu sehen.

Salietti verbeugte sich mit freundlichem Lächeln. Er heuchelte Ehrerbietung und Bewunderung für seinen Gastgeber, aber in Wahrheit empfand er nichts als Abneigung und Wut gegen ihn.

»Der Burgvogt hat mir mitgeteilt, Ihr wünschtet, mich privat in einer Angelegenheit zu sprechen, die mich gewiss interessieren werde.«

»Ganz recht, mein Herr. Mein Name ist Salietti, Enkel des Herzogs Iacopo de Estaglia aus dem italienischen Piemont.«

Der Baron nickte zustimmend. »Eure Mitteilung muss von großer Wichtigkeit sein, wenn Ihr eine derart lange und mühevolle Reise auf Euch nehmt, um sie mir zu überbringen.«

»Das sollt Ihr allein beurteilen. Eigentlich bin ich zu Eurer Festung gekommen, um am Turnier teilzunehmen, dessen Ruhm und Ansehen, wie Ihr sicher wisst, bis nach Norditalien reichen.«

»Das stimmt wohl, denn jedes Jahr sind die Ritter aus Triest, Padua und Bozen zahlreicher vertreten, was uns aufrichtig erfreut«, sagte der Baron. Er gab sich herzlich und gesprächig, während Salietti seine Freundlichkeit als Bauernschläue durchschaute.

»Auf dem Ritt hierher haben mir einige reisende Edelleute von Eurer Absicht berichtet, schon bald die Burgen des Steinkreises zu stürmen. Auch habe ich die traurige Nachricht vernommen, dass Papst Clemens V. verstorben ist.«

»Diesen Verlust betrauern wir alle sehr. Und was meinen Plan angeht, so hat man Euch nichts Falsches erzählt«, befand der Baron überheblich.

»Ich hoffe, Ihr gestattet mir, mich Eurem Kriegsvolk anzuschließen.«

Der Baron näherte sich Salietti und legte ihm den Arm um die Schultern. »Selbstverständlich. Ihr seid unter meinen Rittern hochwillkommen und ich versichere Euch, dass die Troubadoure unseren Sieg auch dann noch besingen werden, wenn die Erinnerung daran längst verblasst ist. Doch bis hierher hat kein Wort von Euren Lippen das von Euch angekündigte lebhafte Interesse bei mir zu wecken vermocht«, sagte Fenio de Vokko hintersinnig.

Der Ritter verstand die Anspielung und beschloss, ohne weitere Umschweife zur Sache zu kommen. »Ihr habt recht, aber seid gewiss, der dritte Grund meines Besuchs wird Euch zur vollen Befriedigung gereichen. Zuvor wüsste ich gerne von Euch: Könnt Ihr mit dem Namen Drusus der Blutrünstige etwas anfangen?«

Der Baron zuckte merklich zusammen, versuchte es aber zu überspielen. »Was soll diese Frage?«

»Er hat mich im Wald von Opernaix überfallen und gefangen genommen.«

»Ihr habt Euch von diesem Strauchdieb und seinen Kumpanen ergreifen lassen?«

»Ein Schwert vermag wenig auszurichten gegen eine mit Pfeil und Bogen bewaffnete Bande Geächteter, die in ihren Verstecken nicht einmal zu sehen waren. Als Drusus aber erfuhr, dass mich die Reise zu Eurer Festung führte, gab er mir die Freiheit zurück, nachdem ich ihm geschworen hatte, Euch in seinem Namen um Vergebung für seine Untaten zu bitten.«

»Dieser Halunke ist nicht nur blutrünstig, sondern obendrein unverschämt! Er wagt es, mich um Vergebung zu bitten, nachdem er meinen Großvater ermordet hat? Jahrelang hat mein Vater versucht, seiner habhaft zu werden. Seit er tot ist, habe ich die Suche nach diesem Schurken fortgesetzt, um anstelle meines Vaters Rache zu nehmen«, sagte er betrübt und erbittert zugleich.

»Nun habt Ihr Gelegenheit zur Rache. Er denkt, dass er Euch beim Sturm auf die Burgen des Steinkreises nützlich sein könnte. Ihr könnt Drusus unter dem Vorwand, ihn begnadigen zu wollen, zur Teilnahme am Krieg berufen und, sobald ihr ihn in Händen habt, wie eine Siegestrophäe am höchsten Turm Eurer Festung aufhängen lassen«, versetzte Salietti mitleidslos.

Der Baron blieb in Gedanken versunken, ohne dass der Ritter wusste, ob er Drusus den Blutrünstigen für den geplanten Sturm auf die Burgen zu verwenden erwog oder sich genüsslich ausmalte, ihn hinzurichten.

»Lasst mich darüber nachdenken. Ich will die Entscheidung nicht überstürzen.«

»Ihr braucht ihm nur eine Nachricht in den Wald zu schicken, dann wird er Euch wenige Tage später demütig zu Füßen liegen. Ich habe meinen Schwur erfüllt, doch ehe ich gehe, möchte ich Euch noch ein Geschenk überreichen.«

»Ein Geschenk?«, fragte Fenio de Vokko mit wiedererwachter Neugier.

»Ich weiß von Eurer Leidenschaft für die Wahrsagerei und dachte, dass Ihr Gefallen daran haben könntet, diese Karten hier kennenzulernen. Sie sollen Euch gehören und vielleicht dazu dienen, ungünstige Pfade des Schicksals zu meiden«, sagte Salietti und zog das Kartenbündel unter seinem Wams hervor.

Als Fenio de Vokko nach den Karten greifen wollte, glitten sie Salietti scheinbar unabsichtlich aus der Hand und fielen zu Boden. Während sich der Baron bückte, um sie aufzusammeln, erging sich der Ritter in zahllosen Entschuldigungen, wobei er mit der einen Hand die Karten auflas und mit der anderen auf dem Tisch nach einer Schatulle tastete. Er fand sie, öffnete sie und suchte darin den Schlüssel zum Turmzimmer. Vergeblich.

Als alle Karten aufgehoben waren, betrachtete der Baron sie mit unverhohlener Neugier. »Seid Ihr ein Wahrsager?«, fragte er und bewunderte die Schönheit der Illustrationen.

»Die Gabe der Zukunftsdeutung besitze ich von Geburt an und seit meiner Jugend habe ich sie fortentwickelt«, erklärte Salietti und grinste ob dieses Schwindels in sich hinein.

»Wo sind die her?«, fragte der Baron knapp.

»Ich habe sie einem fliegenden Händler in Venedig abgekauft, als ich im vergangenen Herbst eine Reise dorthin unternahm. Der Mann hat mir auch ihre Bedeutung erklärt und mir erzählt, woher sie stammen. Offenbar hat er sie selbst mitsamt einer Pergamentrolle gefunden, die ihre Beschreibung enthielt. Das soll in einem fernen Land gewesen sein, wo er in den Ruinen einer Totenstadt nach den Grabgaben wühlte, mit denen man dort die Toten zu bestatten pflegte. Er versicherte mir, dass diese Karten übernatürliche Kräfte besitzen wie unsichtbare Augen, die imstande sind, über die Wirklichkeit und die Zeit hinauszuschauen. Wenn Ihr möchtet, kann ich Euch zeigen, wie man sie auslegt.«

Der Baron ließ die Karten immerfort durch seine rauen Hände gleiten, als wollte er sie durch die Berührung kennenlernen. Er verfiel eine Weile in Stillschweigen, ohne sich anmerken zu lassen, dass er sich unglaublich begünstigt fühlte, diese fremdartigen Karten zu besitzen.

»Ihr seid also sicher, dass sich mit diesen Karten die Zukunft deuten lässt?«

»Nicht allein die Zukunft, Baron, auch die Vergangenheit«, erwiderte Salietti im Brustton der Überzeugung. »Setzt Euch und gestattet, dass ich es Euch vorführe.«

Fenio de Vokko und der Ritter nahmen am Tisch Platz, von dem aus der Baron täglich seine Angelegenheiten mit den Vasallen erledigte, während das Licht einer Fackel hinter ihnen lange Schatten warf.

Salietti verteilte die zweiundzwanzig Karten in vier Reihen zu fünf Karten auf dem Tisch. Zum Schluss legte er noch je eine einzelne Karte mittig über und unter den Kartenblock. Er hatte sie verdeckt ausgelegt, sodass sie alle gleich aussahen. Die Rückseite bestand aus zwei gekreuzten Silberschwertern vor einem wolkenlosen blauen Himmel mit Sonnenuntergang.

Der Baron war so gespannt, dass er sogar vergaß, seinen Gastgeberpflichten entsprechend im Waffensaal noch einmal seine Aufwartung zu machen, bevor er sich zur Nachtruhe in seine Gemächer zurückzog.

»Nehmt die Karte auf, die Euch am stärksten lockt«, forderte ihn Salietti höflich auf.

Fenio de Vokko ließ den Blick über die Auslage schweifen, als suchte er, das Rätsel unter dem stumm wiederholten Motiv zu ergründen. Schließlich hielt er bei einer Karte inne und drehte sie um.

»Die Verliebten!«, rief der Ritter aus, als er die Gestalten von Mann und Frau sah, die sich unter einer strahlenden Sonne an der Hand hielten. »Ihr hättet nicht besser beginnen können.«

»Verheißt sie mir Glück in der Liebe?«, fragte der Baron verdutzt.

»Daran besteht kein Zweifel. Es ist eine großartige Karte, die Euch Freude, Wohlbefinden und Leidenschaft voraussagt. Wenn im Moment Eure Liebe auch nicht erwidert wird, wie ich in Euren enttäuschten Augen lese, so ruft Euch diese Karte laut und deutlich zu, dass Euer Liebeskummer bald beendet sein und einer unvergänglichen Liebe weichen wird. In nicht allzu langer Zeit wird Euer Glück nicht größer sein können.«

Der Baron lächelte zufrieden und wählte die nächste Karte: das Bild einer großartig gezeichneten Pyramide, deren Spitze von einem Blitz gespalten wurde.

Bei ihrem Anblick schien Salietti in eine tiefe Trance zu fallen.

Ungeduldig fragte Fenio de Vokko in das Schweigen hinein: »Was seht Ihr?«

Salietti ließ sich mit seiner Antwort Zeit, dann raunte er geheimnisvoll: »Ich sehe, dass die Erde unter der Helligkeit Eures Schwertes erbeben wird, das wie ein Blitz vom Himmel fährt, um uneinnehmbare Mauern und Türme zu vernichten. Und ich sehe Euch sieghaft aufgerichtet nach blutigen Schlachten, die in den Lauf der Geschichte eingreifen werden. Vor dem Glanz, der Euch erwartet, wird die Vergangenheit wie eine traurige Erinnerung verblassen. Wählt nun eine weitere Karte, die nach einer Seite wenigstens zwei Reihen von der ersten Reihe entfernt liegen muss, und zeigt sie mir.«

Vor Glück strahlend, wählte der Baron seine dritte Karte und drehte sie um. Darauf erschien das Bild eines Wagenrads, umgeben von sonderbaren Zeichen, die er nicht zu lesen verstand.

Ehe er seine Frage aussprechen konnte, kam ihm Salietti zuvor: »Das ist das Glücksrad. Heute Nacht scheint Euch das Glück hold zu sein.«

»Was hat es zu bedeuten?«, forschte Fenio de Vokko unumwunden.

Salietti setzte eine kundige Miene auf. »Ihr seid mit großer Entschiedenheit auf der Suche nach etwas, das sich Eurem Zugriff entzieht. Es ist eine Sache, die Euch vor langer Zeit zu Unrecht verweigert wurde. Ich weiß nicht...«, er stockte. »Vielleicht ein Schatz... nein!«, korrigierte er sich nach einer Pause, schüttelte den Kopf und verfiel in Schweigen. »Es muss etwas sehr viel Kostbareres sein.«

»Kostbarer als ein Schatz?«, fragte der Baron, der seine Anspannung nicht länger verbergen konnte.

»Ja, es ist etwas Glattes, Glänzendes. Es wird von vielen Männern begehrt, die verzweifelt danach suchen. Aber nur wenige Auserwählte vermögen, es zu finden.«

Die Augen des Barons bewegten sich rastlos in ihren Höhlen. »Habt Ihr gerade von einigen Auserwählten gesprochen?«

»Ja«, hauchte Salietti, als müsste er sich dieses Wort mühsam abringen. »Ich weiß nicht, wer sie sind. Die Karte spricht in einem dieser verschlüsselten Symbole von ihnen. Vielleicht wisst Ihr, was gemeint ist. Versucht, Euch zu entsinnen«, forderte er sein Gegenüber auf.

Fenio de Vokko dachte angestrengt nach, ohne dahinterzukommen, wer diese Auserwählten sein könnten, wenn nicht am Ende die Templer gemeint waren.

»Jetzt sehe ich es mit aller Deutlichkeit«, rief Salietti bestürzt und lenkte die Aufmerksamkeit des Barons wieder auf sich. »Was Ihr sucht, ist etwas Vollkommenes, unvergleichbar mit irgendeiner uns bekannten Form. Es ist ein großer Gegenstand aus einem kostbareren Metall als Gold.«

»Werde ich ihn denn finden?«, fragte der Baron mit angehaltenem Atem.

»Wählt nach Gutdünken eine weitere Karte, darin wird die Antwort auf Eure Frage stehen«, sagte Salietti. Insgeheim amüsierte er sich darüber, wie viel Spaß er in der Rolle als Wahrsager hatte.

Zaudernd näherte sich der Baron seiner nächsten Karte, indem er unentschlossen die Hand über der Auslage kreisen ließ. Als er endlich über der ausgesuchten Karte innehielt und sie umdrehte, lag das Bild einer Wegkreuzung in einem dichten Gehölz vor ihm. Jene wunderbaren Karten fesselten ihn auf Anhieb.

»Lasst mich mal sehen«, sagte Salietti und schwieg einen Augenblick, um die Spannung weiter zu erhöhen. Dann erläuterte er: »Als Ihr den richtigen Weg dorthin wählen konntet, habt Ihr Euch in eine Richtung gewandt, die Euch weiter vom Ziel entfernt hat. Ich sehe aber auch, dass Euch noch immer Zweifel plagen.«

»Nun sagt mir doch endlich: Werde ich den Schatz finden?«, brach es unversehens aus dem Baron heraus, der dem falschen Wahrsager sämtliche Vorhersagen vorbehaltlos glaubte.

»Ich bedaure, Euch mitteilen zu müssen, dass Ihr ihn niemals finden werdet, weil sich jener Schatz nicht an dem Ort befindet, wo Ihr ihn vermutet. Er befindet sich an überhaupt keinem Ort, den Ihr entdecken könntet.«

»Ich werde ihre Burgen zerschlagen und auch den letzten Winkel durchsuchen, an dem diese verfluchten Templer ihn versteckt haben können!«, schrie der Baron in einer plötzlichen Anwandlung von Verzweiflung.

»Ich weiß nicht, wovon Ihr sprecht, aber wählt eine weitere Karte, wenn Ihr noch etwas über Eure Zukunft erfahren wollt«, beschwichtigte ihn Salietti.

Fenio de Vokko streckte zaghaft die Hand aus, dann griff er entschlossen nach der letzten Karte in der zweiten Reihe, als wollte er das sich anbahnende Verhängnis ein für alle Mal aus der Welt schaffen.

»Schlechte Vorzeichen überschatten derzeit Euer Geschick«, raunte Salietti geheimnisvoll.

»Was wollt Ihr damit sagen? Drückt Euch gefälligst klarer aus«, verlangte der Baron stirnrunzelnd.

»Diese Karte spricht von Krieg und Verwüstung. Hütet Euch davor, Euch der Gefahr auszusetzen, denn es kündigen sich schreckliche Schlachten an, nach deren Ende die Felder mit Leichen übersät sein werden. Allerdings kann ich auch sehen, dass Ihr über eine schlagkräftige Streitmacht verfügt.«

»Über fünfzehnhundert Mann«, bemerkte der Baron stolz.

»Reiter sehe ich allerdings nur wenige«, fuhr Salietti fort, um ihn zum Reden zu bringen.

»Fast fünftausend bewaffnete Reiter und über fünfhundert Ritter sind bereits zu den Grenzen im Norden aufgebrochen, wo sie mich und mein Heer erwarten, um den Krieg zu beginnen. Findet Ihr, dass es nicht genug sind für den Sturm auf die Burgen des Steinkreises?«

»Ich habe die Vorahnung, dass Ihr mehr Männer benötigen werdet, wenn Ihr Euer Ziel erreichen wollt.«

»Uns steht auch hierzulande unbekanntes Kriegsgerät sowie ein Trupp Söldner aus dem Süden zur Verfügung, denen kein Fels und keine Mauer trotzen kann.«

»Am besten wählt Ihr noch eine weitere Karte, damit sie Licht in das Dunkel bringt, das uns momentan umgibt. Nehmt diejenige, die Euch am meisten lockt«, schlug Salietti vor.

Zornig deckte der Baron die einzelne Karte unter dem Kartenblock auf und erblickte entsetzt die Gestalt des Todes.

Lanzen und Schwerter

Als er aufwachte, stellte Grimpow erleichtert fest, dass Salietti auf seinem Lager war, denn er hatte ihn seit dem Vorabend nicht mehr gesehen, als er fortgegangen war, um mit Fenio de Vokko zu sprechen.

»Wo warst du gestern Nacht? Als ich mich schlafen gelegt habe, bist du noch nicht zurück gewesen«, fragte er den Ritter, sobald dieser die Augen aufschlug.

»Es war ein langer Abend, der für mich sehr günstig verlaufen ist, glaube mir«, antwortete Salietti halblaut. »Erst habe ich üppig gespeist und dann mit dem Baron stundenlang über seine Zukunft und seine Pläne gesprochen. Ich habe sein Vertrauen recht schnell gewonnen und wertvolle Auskünfte von ihm erhalten, nur den Schlüssel zum Turmzimmer konnte ich nicht finden. Du hättest seine Miene sehen sollen, als ich von seinen Kriegsplänen und dem wunderkräftigen Gegenstand geredet habe, den er vergeblich sucht.«

»Hast du mit ihm auch über das Geheimnis der Weisen gesprochen?«, fragte Grimpow und wusch sich an ihrem Wasserkübel das Gesicht.

»Genauso wie ich gerade mit dir spreche. Er wollte wissen, ob er es bald entdecken würde.«

»Was hast du geantwortet?«

»Ich habe ihm die Wahrheit gesagt: dass er es nie entdecken wird, weil es nicht dort ist, wo er es vermutet, und weil er es immer auf dem falschen Weg sucht. Aber als er dann die Karte *Der Tod* gezogen hat, wurde sein Schurkengesicht so weiß wie Wachs.«

»Der Tod?«, hakte Grimpow nach.

»Ja. Die Karte hat verschiedene Bedeutungen, je nach den Einsichten des Wahrsagers. Ich habe sie ihm als Schatten der Ungewissheit ausgelegt. Er könne in den bevorstehenden Schlachten den Tod finden, habe ich zu ihm gesagt. Das war schließlich nicht gelogen.«

»Das verstehe ich nicht.«

»Wenn er in Kürze die Burgen des Steinkreises angreift, dann ist ihm der Tod so gut wie sicher, kein Wahrsager und keine Zauberkräfte werden das verhindern können.«

»Auch ich habe gestern Abend in der Küche ein paar interessante Erkenntnisse gewonnen«, sagte Grimpow mit einem Unterton anmaßender Selbstgefälligkeit in der Stimme.

»Ich freue mich zu erfahren, dass du deine Zeit nicht vertrödelt hast, während ich mein Leben aufs Spiel gesetzt und den Baron an der Nase herumgeführt habe. Hast du Guival die Nachricht überbracht?«, wollte Salietti wissen, während er wieder seine Reisekleidung anzog und das festliche Wams für die Feierlichkeiten am Abend weglegte.

»Lass uns frühstücken gehen. Ich habe nicht so üppig zu Abend gegessen wie du und der Hunger nagt schon an meinem Magen.«

Unterwegs berichtete Grimpow Salietti, wie er den Abend verbracht hatte. Er erzählte, dass er Guival mit anderen jungen Dienern des Barons in den Stallungen gefunden habe, wo sie die Pferde versorgten und dabei heimlich ein paar Krüge Bier leerten.

»Als ich dort aufgetaucht bin, war seine Freude so groß, als stünde sein Schutzengel vor ihm. Die Goldbohne hat er sofort eingesteckt und dann erst angefangen, darüber nachzudenken, wie er der Gefangenen die Nachricht überhaupt zustellen könnte, weil die Tür des Turmzimmers stets von einem Soldaten bewacht wird. Diesem hat der Baron wohl angedroht, dass er es mit dem Leben bezahlen müsse, falls jemand dort eindringt. Da ist mir eingefallen, dass jemand vom Küchenpersonal der Gefangenen ja etwas zu essen bringen muss. Guival erklärte mir, er kenne die Dienstmagd, aber sie würde niemals einem Befehl des Barons zuwiderhandeln, ganz gleich wie viel Gold man ihr dafür in Aussicht stelle.«

»Das klingt ja ganz schön vertrackt«, meinte Salietti, der aufmerksam zugehört hatte.

»Ja, aber Guival hat mir angeboten, die Dienstmagd abzulenken, während sie den Korb mit den Speisen zurechtmachte, damit ich die Botschaft hineinschmuggeln konnte. So sind wir verblieben. Anschießend hat er mir als Sohn des Falkners ausführlich von der Falknerei des Barons erzählt und behauptet, dass es im Umgang mit den Vögeln keinen Kunstgriff gebe, auf den er sich nicht verstehe. Dabei haben wir uns die ganze Zeit in der Hauptküche herumgedrückt und keinen Augenblick den Korb aus den Augen gelassen, der schon auf einem Tisch bereitstand. Schließlich kam die Küchenmagd, eine füllige, reife Frau mit gerötetem Gesicht und mürrischer Miene, und fing an, das Mahl zusammenzustellen: einen Fisch, Brot, etwas Käse und einen Krug Wasser. Als sie gerade damit losgehen wollte, hat Guival sie unter irgendeinem Vorwand vom Korb weggelockt. Diesen Augenblick habe ich genutzt, um die Nachricht darin zu verstecken.«

»Wo genau hast du sie versteckt?«, fragte Salietti in der Angst, die Botschaft könnte ihr Ziel verfehlt haben.

»Ich habe sie auf das Wasser im Krug gelegt.«

»Du hast sie ins Wasser geworfen!«, rief der Ritter vor Schreck so laut, dass die Umstehenden auf ihn aufmerksam wurden.

»Mir ist nichts Besseres eingefallen«, verteidigte sich Grimpow und senkte die Stimme. »Kohlestift ist nicht wasserlöslich«, erklärte er dann.

»Du hättest sie doch ins Brot stecken können«, raunte Salietti.

»Das wollte ich auch. Aber dann ist mir eingefallen, dass der Kummer über den Tod ihres Vaters ihr vielleicht den Appetit verschlägt und sie die Speisen gar nicht anrührt«, rechtfertigte er seine Entscheidung.

Salietti überlegte. »Stimmt, vielleicht war der Einfall doch nicht so schlecht. Durst lässt sich nicht so leicht bezwingen, ganz gleich wie groß unsere Bedrängnis ist. Wenn Weynelle aus dem Krug getrunken hat, dann hat sie die Nachricht jedenfalls gefunden«, lenkte der Ritter ein, als sie in den großen Hof der Stallungen einbogen, wo mehrere Dienstboten den Rittern und ihren Knappen ein schnelles Frühstück reichten.

Sie nahmen ein paar Brotkanten und einige Stücke gebratenes Fleisch und zogen sich zum Essen in eine Ecke zurück.

»Was hast du noch herausbekommen?«, fragte Salietti kauend.

»Burumar de Gostelle ist ebenfalls hier«, berichtete Grimpow.

»Ich weiß. Ich habe ihn gestern beim Festmahl im Waffensaal gesehen. Dank der Beschreibung von Bruder Rinaldo habe ich ihn sofort erkannt. Ich glaube nicht, dass man häufig ein so finsteres Gesicht wie das dieses Dominikanermönchs zu sehen bekommt.«

»Ich habe auch erfahren, dass Gandalf Labox während des Verhörs gestorben ist. Er hat die Folter seines Peinigers nicht überlebt«, setzte Grimpow hinzu, dem die Sache keineswegs behagte.

»Weißt du das mit Gewissheit?«, fragte Salietti entsetzt nach.

»Sämtliche Diener der Burg wissen darüber Bescheid. Sie behaupten, gestern Abend habe es unter den Soldaten kein anderes Gesprächsthema gegeben. Die Schreie des Alten seien im ganzen Wachtturm zu hören gewesen. Dann sei Stille eingekehrt und am nächsten Tag habe man den Leichnam herausgeholt und ins Verlies geworfen.

»Dieser Burumar de Gostelle ist ein Mörder!«, entfuhr es Salietti. Augenblicklich biss er sich auf die Zunge, um seinen Schmerz nicht vor den im Hof versammelten Rittern laut herauszuschreien.

»Ein Diener hat mir sogar erzählt, er sei selbst dabei gewesen, als der Dominikanermönch mit Fenio de Vokko aneinandergeraten sei, weil der Inquisitor die Tochter des Alten als Hexe bezeichnet hat und sie ebenfalls vernehmen wollte. Der Baron hat das wohl entschieden abgelehnt. Aus diesem Grund hat er sie in einem Zimmer unweit seiner eigenen Gemächer unterbringen lassen. Jeder, der sie gesehen hat, scheint von ihrer Schönheit geradezu geblendet zu sein. Böse Zungen sagen ihr nach, sie habe den Burgherrn verhext und sich mithilfe ihrer schwarzen Künste seiner Seele bemächtigt.«

»Diese Gerüchte muss Burumar de Gostelle gezielt verbreitet haben, um den Baron zum Einlenken zu bewegen und ihn dazu zu bringen, die Dame seinen Folterknechten zu überstellen«, überlegte Salietti.

»Glaubst du, dass sie aus Gandalf Labox herausbekommen haben, was er in der Kirche von Cornille gesucht hat?«

»Nein, bestimmt nicht. Denn dann wäre der Dominikanermönch längst nicht mehr hier.«

»Aber wieso hat der Inquisitor ihn dann trotz des Begleitbriefes vom Papst verfolgt?«, fragte Grimpow, dem das ganz und gar nicht einleuchten wollte.

»Der Brief war gefälscht«, erwiderte Salietti und sah zu Boden. »Nun lass uns die Pferde und meine Rüstung holen.«

Grimpow wollte seinen Freund gerade fragen, woher er das wisse, als von den Türmen die Fanfaren erklangen und die Trommeln den Beginn des Turniers ankündigten.

Die Zelte der ritterlichen Herausforderer waren wie große bunte Pilze in der Ebene verstreut, alle geschmückt mit prächtigen Standarten und weithin sichtbaren Wappen. Dutzende von Rüstungen funkelten auf den nervösen Pferden, die in Erwartung des Startsignals unentwegt wieherten und mit den Hufen stampften. Ein feiner Nebel hing über den Mauern der Burg, auf deren Stufen Fenio de Vokko und der Inquisitor in Gesellschaft der einflussreichsten Edelherren und der vornehmsten Damen aus dem Elsass unter einer Überdachung aus aufwendigem purpurfarbenen Samt den Vorsitz über die Festspiele führten.

Sie standen in Grüppchen beieinander und sprachen über die Darbietungen der Gaukler und Spielleute, an denen sie sich während des reichhaltigen Mahls am Vorabend erfreut hatten. Einige behaupteten unterdessen, der französische König habe die Schatztruhen des Barons mit unzähligen Klumpen reinen Goldes gefüllt. Der Baron hatte den Rittern nämlich versprochen, seine Schätze unter ihnen aufzuteilen, wenn sie sich seinem Heer anschlossen, und es gab kaum einen, der dieses großzügige Angebot ausschlagen wollte.

Deshalb wimmelte die ganze Ebene von Rittern, die während der Kampfspiele ihre Geschicklichkeit im Umgang mit der Waffe beweisen wollten, um sich unter Fenio de Vokkos Kriegsvolk einen Ehrenplatz zu erobern. Außerdem stand die Wahl der Turnierkönigin auf dem Programm, und viele junge Männer lockte die Aussicht, ihre Liebste krönen zu dürfen.

Die Veranstaltung hatte noch nicht begonnen, als Grimpow und Salietti das Turnierfeld erreichten. Die Herolde riefen soeben die ersten Herausforderer mit Namen und Titeln auf, während der Ritter und sein Schildknappe mit den anderen Teilnehmern hinter einem Palisadenzaun warten mussten, bis die Reihe an sie kam. Salietti machte in der Ritterrüstung von Meister Altrup eine blendende Figur und Grimpow meinte, den Waffenmeister aus Ullense sogar im Gewühl auf den Terrassen wiederzuerkennen. Hunderte von Knechten und Mägden, Dienern, Gemeinen und Bauern wohnten dem Spektakel von den abschüssigen Hängen unterhalb der Burgmauern aus bei, wo sie einen fröhlichen Lärm veranstalteten.

Die Menge brach in Jubelrufe aus, als ein Trompetenstoß den Beginn des ersten Zweikampfs ankündigte. Zwei Reiter betraten das Turnierfeld und zeigten zunächst ihre Wappen auf der Schabracke ihrer Pferde und auf ihren Schilden herum. Sie hatten die Helme noch geöffnet und hielten ihre Lanzen senkrecht mit dem stumpfen Ende nach unten. Sie nahmen einander gegenüber Aufstellung, senkten die Visiere und die Lanzen und gaben, vom lauten Gejohle der Menge begleitet, ihren Pferden die Sporen.

Im Galopp jagten sie auf einen niedrigen Holzzaun in der Mitte des Platzes zu, der verhindern sollte, dass die Tiere beim Anprall gegeneinanderstießen. Der Zusammenstoß war brutal. Einer der Ritter riss seinen Gegner mit dem ersten Lanzenhieb aus dem Sattel und verletzte ihn so schwer, dass mehrere Knappen herbeieilen und ihn vom Kampfplatz tragen mussten. Von seinen Gefolgsleuten umjubelt, wandte sich der Sieger zur Tribüne des Barons, während er zum Zeichen seines Triumphes die Lanze emporreckte. Sein Wappen war mit einem Doppeladler in Rot und Blau verziert. Dann trabte er vom Platz und zog sich in sein Zelt zurück, um auf die zweite Kampfrunde zu warten.

Mehrere Stunden lang traten die Ritter paarweise gegeneinander an. Nur selten konnten sie sich mehr als zwei Stöße lang gegen ihre Herausforderer im Sattel halten. Nach jedem Zweikampf schenkte eine der Damen dem Sieger ein feines Seidentuch, das er stolz an die Spitze seiner Lanze band und wie eine begehrte Trophäe vor sich hertrug.

In der johlenden Menge an den Hängen erkannte Grimpow Guival, dem er sich seit ihrem gemeinsam ausgeführten Plan besonders zugeneigt fühlte. Der Diener hatte sich einen guten Platz am Hang erobert, direkt gegenüber der Tribüne des Barons und in etwa auf mittlerer Höhe des Turnierplatzes. Von dort ließ er sich nichts von der spektakulären Lanzenstecherei entgehen und jubelte dem Sieger nach jedem Zweikampf begeistert zu, wie ein junger Knappe, der hoffnungsfroh den großen Sieg seines Herrn erwartet. Grimpow winkte ihm, und als Guival ihn bemerkte, verließ er eilig seinen Posten, als wäre ihm etwas sehr Wichtiges eingefallen.

Er schlüpfte unter dem Palisadenzaun hindurch, und als er bei ihnen ankam, musterte er Ritter Salietti voller Bewunderung von Kopf bis Fuß. Noch völlig außer Atem rief er: »Habt Ihr sie gesehen, mein Herr?«

Der Ritter fuhr zusammen. »Wen?«

»Die Gefangene. Dort sitzt sie, direkt neben dem Baron«, sagte er und wies zur Tribüne am Rande des Turnierplatzes.

Salietti und Grimpow drehten gleichzeitig die Köpfe. Zwischen dem Baron und dem Burgvogt saß tatsächlich eine junge Dame mit schwarzem Haar, das sie zu einem Knoten zusammengesteckt und mit einem Diadem geschmückt hatte. Ihr Blick schien sich vor lauter Kummer in der Ferne zu verlieren. Dennoch war der Baron offenkundig entzückt, sie an seiner Seite zu wissen, und gab sich redlich Mühe, sie aufzumuntern, indem er immer wieder Bemerkungen zu den Turnierkämpfen machte.

»Bist du sicher, dass sie es ist?«, fragte Salietti ungläubig. Er hatte noch nie eine hinreißendere Frau mit feineren Zügen gesehen. Auch Grimpow ergötzte sich am Anblick der jungen Weynelle und verstand augenblicklich, warum sämtliche Ritter des Turniers ihrer ungewöhnlichen Schönheit erlagen. Dann sah er zu Salietti hinüber und bemerkte in dessen unschuldiger Miene die gleiche Liebe, wie er selbst sie in der Abtei Brinkum empfunden hatte, als ihm plötzlich das Mädchen mit den kristallklaren Augen gegenübergestanden hatte.

»Habt Ihr je eine schönere Dame gesehen? Ich habe es ja gleich gesagt, im gesamten Elsass werdet Ihr keine ihresgleichen finden und ebenso wenig im ganzen französischen Königreich«, verkündete Guival stolz.

Salietti wirkte verwirrt. »Wenn die junge Frau wirklich die Tochter von Gandalf Labox ist, dann bin ich sicher, dass sie meine Nachricht gelesen hat. Daraufhin hat sie wahrscheinlich den Baron um Erlaubnis gebeten, ihn zum Turnier begleiten zu dürfen. Sie weiß, dass die Botschaft aus dem Wasserkrug nur von jemandem stammen kann, der ihr helfen will. Und sie weiß auch, dass sie dem Turmzimmer nur entkommen kann, wenn sie sich, trotz der Trauer um ihren verstorbenen Vater und der Anwesenheit von Burumar de Gostelle auf der Tribüne, den Wünschen des Barons fügt«, sagte er.

»Es freut mich, Euch ein weiteres Mal zu Diensten gewesen zu sein, mein Herr«, sagte Guival grinsend.

»Du weißt gar nicht, wie sehr du das warst. Wir sehen uns später wieder, und erinnere mich bitte daran, dass ich dir noch eine Goldbohne schulde.«

Der Diener bot Grimpow an, ihm nach dem Turnier die Falken und Habichte des Barons zu zeigen. Als der nächste Ritter den Kampfplatz betrat, entfernte er sich schon wieder in Richtung Hang.

»Hütet Euch vor dem Schwert des Reiters, der am Eingang des Kampfplatzes steht«, hatte er Salietti noch rasch zugeflüstert.

Der Herzog wandte sich zum Eingang des Kampfplatzes um und musterte die beeindruckende Gestalt eines Ritters in festlicher schwarzer Kampfkleidung mit einem Schild, auf dem ein Turm von einem Rabenflügel gekreuzt war. Auf dem Knauf seines Stechhelms prangte ein Geierkopf. Sein Pferd trug eine lange schwarze Decke, die ihm bis über den Kopf reichte und nur die großen schwarzen Augen frei ließ.

»Wer ist der Mann?«, fragte Salietti neugierig.

»Das ist der gefürchtete Valdigor de Rovol. Von ihm machen Geschichten die Runde, die den geschicktesten und wagemutigsten Rittern das Blut in den Adern stocken lassen. Er ist die rechte Hand des Barons und pflegt eine freundschaftliche Beziehung zu Burumar de Gostelle. Beide haben ihm nicht nur große Mengen Goldes in Aussicht gestellt, wenn er sich dem Kreuzzug anschließt, sondern auch Ulf von Österbergs Festung als Entschädigung versprochen.«

Valdigor de Rovol schlug seinen Gegner mit einer Leichtigkeit, als gelte es, eine Vogelscheuche umzukippen. Danach ritt er als stolzer Sieger über den Turnierplatz und zeigte die Abzeichen seiner Standarte herum. Die Soldaten bejubelten ihn, die Ritter erwiesen ihm die Ehre, die Damen warfen ihm bewundernde Blicke zu und lächelten ihn verstohlen, aber zustimmend an, und auch der Baron war sichtlich zufrieden.

Indessen begann Salietti unter seiner Rüstung zu zappeln, als erlitte er gerade einen Krampf.

»Wie viele Wettkämpfer sind noch vor uns dran?«, fragte er Grimpow, als die Trompeten zum nächsten Zweikampf riefen.

»Noch zwei, dann kommt deine Gelegenheit, dich zu beweisen. Dein Gegner ist der Ritter, dessen Pferd mich gestern fast niedergetrampelt hätte. Weißt du noch, der mit dem geschlossenen Helm?«

»Diese Beleidigung werde ich ihm mit dem ersten Hieb meiner Stechlanze heimzahlen«, sagte Salietti lachend, ohne die bezaubernde Dame auf der Tribüne aus den Augen zu lassen. Sie schien vor Melancholie fast zu vergehen, wie sie so ein Stück von Burumar de Gostelle abgerückt dasaß, der sie immer wieder mit hasserfüllten, misstrauischen Blicken bedachte.

Bevor der Herold Salietti aufrief, bestieg der Ritter sein festlich geschmücktes Pferd mit den vier Quadraten im Wappen – der Sonne vor blauem Himmel und dem Mond vor schwarzem Himmel –, die abwechselnd je zweimal erschienen. Dann zog er seinen Helm über, auf dem ebenfalls eine Sonne funkelte und dazu ein goldener Helmbusch. Als er nun seinen Freund bat, ihm die Stechlanze und den wehrhaften Wappenschild zu reichen, da wurde Grimpow vom Stolz überwältigt, sein Knappe zu sein.

Der Junge führte das Pferd an den Zügeln zum Eingang des Kampfplatzes. Als die Herolde den Herzog de Estaglia ausriefen, sah Salietti zur Tribüne hinüber und versuchte zu erkennen, ob sich Weynelles Gesichtsausdruck beim Erklingen seines Namens veränderte. Aber die junge Frau blieb von den Stimmen der Herolde und all dem Lärm ungerührt und hielt den Blick immerfort auf den noch leeren Kampfplatz gerichtet.

Als die Trompetenstöße erschollen, nahmen Salietti und der unbekannte Ritter einander gegenüber Aufstellung und brachten ihre Pferde zum Wiehern. Dann gaben sie ihnen die Sporen und schossen im Galopp nach vorn, die kampfbereite Stechlanze im Anschlag, den Blick von den Helmvisieren verdeckt. Kurz darauf trafen die Lanzenspitzen mit dem Geräusch eines

Gongs auf den Schild des Gegners und zerbarsten in tausend Teile. Sie flogen durch die Luft, ohne dass einer der beiden Herausforderer aus dem Sattel gestürzt wäre. Ein gedehnter Aufschrei entfuhr den Kehlen der Zuschauer, während die beiden Gegner mit ihren Pferden zum Ausgangspunkt zurückkehrten.

Nachdem Grimpow Salietti eine zweite Stechlanze gereicht hatte, bemerkte er, dass Weynelles Antlitz die Farbe wechselte und ihre Augen am Abbild von Sonne und Mond auf Saliettis Wappen hängen blieben. Es sah aus, als verstehe sie deren Bedeutung und erblicke darin ihren einzigen Hoffnungsschimmer. Salietti zog an den Zügeln, bis sein Pferd stieg und mit den Hufen in die Luft schlug, dann stach er ein zweites Mal mit der Lanze zu, diesmal für den unbekannten Ritter weniger glücklich. Denn Salietti traf ihn so fest am Kopf, dass nicht viel gefehlt hätte und er hätte den Mann enthauptet, bevor er zu Boden sank. Grimpow vollführte eine Reihe von Freudensprüngen, und die bildschöne Weynelle spürte erneut das Blut in ihren Adern strömen, als sie den Sieger des Zweikampfs auf die Tribüne zukommen sah. Er öffnete seinen Helm und bat sie, die Spitze seiner Stechlanze mit ihrem Schleier zu schmücken.

Da der Besiegte immer noch am Boden lag, ohne dass ihm ein Knappe zu Hilfe geeilt wäre, lief Grimpow zu ihm und stellte sicher, dass er nicht unter dem Helm erstickte. Er befreite den Kopf des Mannes und stellte erstaunt fest, dass er den jungen Pelin de Langfort, den flüchtigen Novizen aus der Abtei Brinkum, vor sich hatte.

»Bist du verwundet?«, fragte er ihn.

Aber Pelin de Langfort sah ihn nur an, als wäre er nach dem harten Schlag auf den Kopf nicht ganz bei Sinnen, und fiel, kaum dass er die Augen geöffnet hatte, in Grimpows Armen in Ohnmacht.

Am Nachmittag nahm es Salietti mit einem weiteren Herausforderer auf und besiegte auch diesen, obwohl er um Haaresbreite vom Pferd gestürzt wäre, das genau in dem Moment strauchelte, als die beiden Stechlanzen mit voller Wucht gegen die Schilde prallten. Aber es war ihm gelungen, im Sattel zu bleiben, womit er sich die Teilnahme an der Endausscheidung sicherte, aus der am folgenden Tag der Gesamtsieger hervorgehen würde.

Die Turnierkönigin

Nach dem nachmittäglichen Turnier fand im großen Waffensaal der Festung ein Bankett statt. Baron Fenio de Vokko zeigte offen seine Begeisterung darüber, dass ihn die bezaubernde junge Weynelle begleitete, während er sich mit Valdigor de Rovol und Burumar de Gostelle angeregt über die glanzvollen Kämpfe und die anstehenden Kriegsvorbereitungen austauschte. Salietti schlich indessen um den Baron herum und lauerte auf einen günstigen Moment, um ein Wort mit der Tochter von Gandalf Labox zu wechseln, um ihr zu sagen, dass er sie sehr bald aus ihrer Gefangenschaft befreien werde.

Derweil verbrachte Grimpow seine Zeit mit Guival bei den Gehegen, wo die Jagdvögel des Barons mit ledernen Kappen über den Köpfen vor sich hin dämmerten. Die majestätischen Falken, die Königsadler und Habichte, die der Vater des Dieners abrichtete, beeindruckten ihn. Dann streifte Guival zu seiner Verwunderung einen dicken schwarzen Lederhandschuh über die linke Hand und holte einen prachtvollen Wanderfalken aus dem Käfig. Er zog dem Tier die Kapuze vom Kopf und der Vogel fixierte Grimpow mit seinen lebhaften honigfarbenen Augen.

»Das ist mein Liebling«, vertraute er seinem neuen Freund an und streichelte das weiche Gefieder. »Wenn das Turnier vorbei ist, lassen wir ihn vom Turm fliegen«, fügte er hinzu.

Der Falke reckte misstrauisch den Hals, ließ aber zu, dass Grimpow ihm den Kopf kraulte, dann den großen Schnabel, die kräftigen Klauen und die langen, spitzen Schwingen befühlte. Schon immer hatte Grimpow davon geträumt, einen Raubvogel wie diesen zu besitzen, und er fühlte sich in Guivals Gesellschaft pudelwohl. Zum ersten Mal seit langer Zeit war er wieder mit einem Gleichaltrigen zusammen, mit jemandem, der war wie er, bevor er in den Bergen über die Leiche des Edelmannes gestolpert war – ein fröhlicher, lebenslustiger, aufgeweckter Junge, der weder lesen noch schreiben konnte, der aber unentwegt lachte und vor Lebensfreude nur so sprühte.

Da dachte Grimpow, dass auch er sich glücklich schätzen konnte, denn sein Kindheitstraum hatte sich auf wundersame Weise erfüllt. Er war der Schildknappe des Herzogs Salietti de Estaglia und gemeinsam nahmen sie an diesem wunderbaren Turnier teil. Er verwandte keinen Gedanken auf den seltsamen Stein oder die Suche nach dem Geheimnis der Weisen, die ihnen noch bevorstand.

Später vertrieb sich Grimpow die Zeit im Hof der Burgstallungen, wo er andere junge Knappen im Bogenschießen übertrumpfte. Erstaunt sahen sie zu, wie er jedes Mal ins Schwarze traf und das gerupfte Huhn durchbohrte, das wie ein Gehenkter an einem Ast baumelte.

»Wo hast du gelernt, so gut mit Pfeil und Bogen umzugehen?«, fragte ihn ein sommersprossiger Junge mit einem dichten blonden Schopf.

»In den Bergen, bei der Hasenjagd«, erwiderte Grimpow unbekümmert.

»Du könntest einen guten Bogenschützen abgeben. Hast du nie daran gedacht, dich als Soldat zu verdingen?«

»Der Baron würde dich bestimmt in seine erstklassige Bogenschützentruppe aufnehmen«, bestätigte ein anderer mit trübem Blick und Adlernase.

»Ich bin Schildknappe, auf etwas anderes verstehe ich mich nicht«, erwiderte Grimpow, während er den Bogen vor die Augen hob, die Sehne spannte, zielte und losließ, sodass der Pfeil wie eine Peitsche durch die Luft pfiff und die Brust des Huhnes durchbohrte.

»Hör mal, wenn du Lanze und Schwert auch nur annähernd so zu führen verstehst wie den Bogen, dann dauert es nicht mehr lange und du bist ein Ritter. Wenn mein Herr es erlaubt, werde ich eines Tages auch einer sein«, sagte der Blondschopf.

»Ich werde darüber nachdenken«, bemerkte Grimpow wenig überzeugt und streckte sich nach den Münzen aus, welche die Knappen in dem arglosen Glauben verwettet hatten, er werde sein Ziel mit einem Abstand von über dreißig Metern verfehlen.

Der Junge mit dem trüben Blick und der Adlernase versuchte, Grimpows Zielsicherheit nachzuahmen, doch der Schuss ging daneben und trug ihm nur Gelächter ein.

»Hast du etwas von dem bevorstehenden Krieg verlauten hören?«, fragte er Grimpow, ohne die Spötter zu beachten.

»Dasselbe wie du vermutlich«, sagte dieser.

»Die Geschichte von dem sagenhaften Schatz der Tempelritter glaube ich jedenfalls nicht«, warf nun ein älterer, rotwangiger Knappe ein.

Bei diesen Worten horchte Grimpow auf. »Was ist denn das für eine Geschichte?«, fragte er scheinbar ahnungslos und gab den Bogen an seinen Besitzer zurück. Dann setzte er sich neben die anderen auf einen Stein.

Mit gesenkter Stimme, als fürchtete er, es könnte sie jemand belauschen, begann der Blondschopf zu sprechen. »Das ist übrigens der Grund, warum wir alle hier sind und warum sich der fürchterliche Valdigor de Rovol dem Baron angeschlossen hat. Böse Zungen behaupten von ihm, er sei mit diesen Templern befreundet gewesen«, beendete er seinen Bericht.

»Woher weißt du das alles?«, knurrte Guival.

»Ich habe es meinen Herrn nach den Nachmittagskämpfen sagen hören. Er hat auch behauptet, Ritter Valdigor de Rovol habe bei seiner Ehre geschworen, er werde das Turnier gewinnen. Dann will er die schöne Dame, die der Baron gefangen hält, zur Königin der Frühjahrsfestspiele ernennen. In sie haben sich alle Ritter verliebt, als wäre sie die Prinzessin ihrer Träume«, fügte der Knappe inmitten der dreisten Lacher seiner Kameraden hinzu.

»Valdigor de Rovol ist ein Prahlhans. Meinen Herrn, Salietti de Estaglia, wird er niemals besiegen!«, platzte Grimpow heraus.

»Ich gehe jede Wette ein, dass Valdigor de Rovol deinen Herrn beim ersten Zusammentreffen der beiden schlagen wird«, sagte der Blonde überheblich und stand auf, um deutlich zu machen, dass er Grimpow um einiges überragte.

Als dieser etwas auf die Herausforderung erwidern wollte, stürzte der Knappe auf ihn zu und versetzte ihm einen solchen Schlag vor die Brust, dass er rücklings in einem Haufen Pferdemist landete.

»Beim Bogenschießen magst du mutig sein, aber beim Faustkampf bist du ein elender Feigling«, sagte der Blonde und spuckte verächtlich aus.

Grimpow ballte die Fäuste, rappelte sich wutentbrannt wieder auf und stürzte sich auf den Angreifer, sodass sie schließlich ineinander verkeilt über den Boden rollten. Die anderen Jungen bildeten lachend und johlend einen Kreis um die Streithähne, nur Guival wollte eingreifen, um Grimpow aus der Verlegenheit zu helfen. Just in diesem Moment kam ein junger Ritter vorbei und bemerkte die raufenden Knappen. Er beschloss, die beiden zu trennen, bevor noch Blut floss.

»Pelin!«, rief Grimpow, kaum dass er den jungen Ritter erblickte, der ihn soeben aus der Umklammerung seines Widersachers befreit hatte.

Pelin de Langfort erstarrte, als er seinen Namen hörte und musterte erstaunt den Jungen, der ihm vom Boden die Hand entgegenstreckte, damit er ihm auf die Beine half. Dann rief er: »Grimpow! Du bist das!«

Der Knappe nickte bloß, denn es hatte ihm ebenso die Sprache verschlagen wie dem jungen Ritter.

»Was hast du in einem Streit von Plebejern zu suchen?«, fragte Pelin de Langfort, immer noch fassungslos über ihr Wiedersehen.

»Das war nur Spaß«, log Grimpow und sah aus den Augenwinkeln zu Guival und den anderen Jungen hinüber, die sich beim Anblick des Ritters eingeschüchtert und stumm zurückgezogen hatten.

»Ich meinte, dich auf dem Kampfplatz gesehen zu haben, als ich beim Zweikampf aus dem Sattel gefallen bin. Aber dann bin ich im Zelt aufgewacht und neben mir saß bloß ein Medikus, der mich gerade zur Ader lassen wollte. Da habe ich das Ganze als Traum abgetan, wegen des kräftigen Schlags, den ich auf den Kopf bekommen habe«, sagte Pelin lachend.

»Nun, du siehst, dass ich es bin, und zwar in Fleisch und Blut«, erwiderte Grimpow und lachte mit.

Der frühere Novize und jetzige Ritter Pelin de Langfort trat einen Schritt zurück, um seinen Freund von Kopf bis Fuß zu mustern. »Ist das nur die Möglichkeit! Ich kann es kaum glauben, nicht einmal jetzt, da du vor mir stehst. Nie und nimmer hätte ich gedacht, dass wir uns wiedersehen würden!«

»Das Schicksal wollte nicht, dass wir uns gemeinsam auf den

Weg machen, aber es war gnädig genug, uns zu gestatten, dass sich unsere Lebenswege erneut kreuzen.«

»Komm, begleite mich ein Stück und erzähl mir, was in Brinkum los war, nachdem der Abt und Bruder Rinaldo entdeckt hatten, dass der aufsässige Novize Pelin de Langfort aus der Abtei Reißaus genommen hat«, sagte er und legte Grimpow den Arm um die Schultern.

Der ging neben dem jungen Ritter her und berichtete angeregt, wie die Dinge sich damals zugetragen hatten. »Bruder Brasco hat mir damals glaubhaft versichert, du würdest nach einer ordentlichen Tracht Prügel wegen deiner Auflehnung bald wieder bei uns im Kloster sein«, endete er.

»Am Ende hat mir mein Vater meine verrückten Jugendstreiche vergeben, aber er hat mir nicht gestattet, ihn wie meine Brüder zum Turnier zu begleiten und mich dem Kriegsheer anzuschließen. Mithilfe eines Dieners meiner Mutter, dessen Liebling ich war, ist es mir dennoch gelungen, heimlich eine alte Rüstung in einem der Wagen meines Vaters zu verstauen und in einer Kutsche mit seinem Gefolge hierherzugelangen. Ich wollte niemandem meine Identität preisgeben, bevor ich meiner Familie nicht bewiesen hatte, dass ich mich wie jeder andere Ritter im Turnier schlagen kann. Mein Vater, der beim Baron auf der Tribüne saß, hat meine List entdeckt, als ich beim Zweikampf unterlag, und bringt mir jetzt denselben Stolz entgegen wie meinen Brüdern«, berichtete er.

»Dann nimmst du also auch am Krieg teil?«, fragte Grimpow.

»Ja, ich werde endlich meine Ritterträume wahrmachen und in der Schlacht das Schwert schwingen«, rief er wie ein Troubadour und legte die Hand an den Schaft des Schwertes an seinem Gürtel. »Aber was ist mit dir? Du hast mir noch nicht erzählt, wie es kommt, dass du dich in dieser Festung aufhältst.«

Auf einem langen Spaziergang durch mehrere nur schwach

von Fackeln beleuchtete Innenhöfe und zahlreiche Gänge der Burg erzählte Grimpow dem jungen Ritter, wie er seinen Herrn Salietti de Estaglia kennengelernt hatte.

»Mein Herr wollte den Bischof von Straßburg aufsuchen und sich danach dem Kriegsvolk des Barons anschließen. Deshalb habe ich beschlossen, ihn zu begleiten«, erzählte er, wobei er nur ungern log.

»Dann werden wir uns also noch öfter begegnen, und wenn dir eines Tages danach zumute sein sollte, einem anderen Ritter zu dienen, dann erinnere dich daran, dass es mein brennender Wunsch ist, dich zum Schildknappen zu haben«, sagte Pelin de Langfort beherzt.

»Ich werde daran denken«, erwiderte Grimpow schlicht und empfand mit einem Mal Wehmut bei der Erinnerung an seinen Aufenthalt bei den Mönchen.

Als sie sich dem Eingangstor zum Hauptturm näherten, wo das Bankett der Edelleute stattfand, machte Ritter Pelin Anstalten, sich zu verabschieden.

Doch dann fiel ihm noch etwas ein und er sagte: »Übrigens, erinnerst du dich noch an den Dominikanermönch Burumar de Gostelle?«

»Ja, und ich meine, ich hätte ihn während des Turniers neben dem Baron auf der Tribüne sitzen sehen«, flüsterte Grimpow mit erstickender Stimme.

»Ich hatte schon Gelegenheit, mit ihm einige Worte zu wechseln. Als ich ihm erzählt habe, dass ich in der Abtei Brinkum Novize war, war er überaus erfreut, mich kennenzulernen, und hat mich regelrecht nach den Mönchen und ihren Gepflogenheiten ausgefragt, besonders nach dem Bibliothekar Rinaldo von Metz. Den hat er als einen verdammten Ketzer bezeichnet und gesagt, er wolle ihn eines Tages auf dem Scheiterhaufen brennen sehen, falls er nicht zuvor an Altersschwäche stirbt.«

»Eine solche Beleidigung hat Bruder Rinaldo ganz und gar nicht verdient«, ereiferte sich Grimpow.

Der junge Ritter wunderte sich über die Heftigkeit von Grimpows Äußerung. »Ich habe nie verstanden, wieso du dem alten Mönch derart zugetan warst. Aber ich werde dem Inquisitor auf jeden Fall erzählen, dass du auch hier bist. Ich bin nämlich sicher, dass er sich mit dir genauso gerne unterhalten möchte«, sagte er.

Als Grimpow hörte, was Pelin de Langfort vorhatte, kamen ihm Bedenken. »Tu das lieber nicht. Auch ich bin ohne die Erlaubnis der Mönche aus der Abtei geflohen und will nicht, dass Burumar de Gostelle mich zwingt, nach Brinkum zurückzukehren«, brachte er als Erklärung vor.

»Das ist verständlich. Er würde es dir bestimmt befehlen, damit er dich dort als Späher einsetzen kann«, mutmaßte Pelin. »Jetzt muss ich aber los. Ich hoffe, wir sehen uns bald mal wieder.«

Der Ritter machte auf dem Absatz kehrt und wandte sich dem Eingang des Turms zu, wo ihn zwei kichernde junge Damen erwarteten, die so schön waren wie die Sirenen, die Grimpow einmal in einem der verbotenen Bücher in der Abtei Brinkum gesehen hatte.

Unterdessen hatte sich im großen Waffensaal eine Gruppe fahrender Spielleute mit bunten Hüten und langen aufgesteckten Federn eingefunden. Sie ließen auf ihren Lauten, Drehleiern, Zimbeln und Flöten liebliche Romanzen erklingen, während die edlen Herren und Damen zur Freude der Ritter vor ihnen tanzten.

Salietti drückte sich den ganzen Abend unbemerkt um die bezaubernde Weynelle und Fenio de Vokko herum, bis die Tochter des ermordeten Gandalf Labox endlich für einen Moment allein blieb, sodass er sie ansprach.

»In den Sternen liegt Magie«, sagte er nur, hielt ihr mit leicht schief gelegtem Kopf die Hand hin und bat sie somit um den nächsten Tanz.

»Und Vollmondnächte üben Zauber aus«, erwiderte Weynelle, während ihr die Röte in die Wangen stieg. Das plötzliche Auftauchen des unbekannten Ritters überraschte sie, und sie dachte, es müsse zweifellos derselbe sein, der ihr die Botschaft im Wasserkrug hatte zukommen lassen.

Die junge Frau trug das Haar im Nacken zusammengebunden, und über ihrer Stirn hatten sich ein paar Strähnen gelöst, die ihren zärtlichen Blick umrahmten. Sie hatte smaragdgrüne Augen, und ihre köstlichen Lippen verhießen dem, der sie küsste, den erlesensten Kirschgeschmack. Ihre Stimme war so warm wie eine Sommerbrise und ihr Stolz schien so unbeugsam wie eine Festung. Von diesem verzauberten Augenblick an träumte Salietti von Troubadourküssen, bunten Schmetterlingen, zwinkernden Monden und leuchtenden Glühwürmchen.

»Schon morgen werde ich Euch aus Eurem Gefängnis befreien«, raunte er, während sie ihre Körper dem Rhythmus der Melodie überließen wie zwei behutsam turtelnde Tauben.

»Wer seid Ihr?«, fragte die junge Frau und ihre Lippen öffneten sich zu einem freundlichen Lächeln, hinter dem sie ihre Verwirrung verbarg.

»Betrachtet mich als einen guten Freund, der vom Tod Eures Vaters genauso betroffen ist wie Ihr«, sagte Salietti gefühlvoll. Dabei spürte er Weynelles Haut unter der vorsichtigen Berührung seiner Hand.

»Wie heißt Ihr?«

»Salietti de Estaglia.«

Die Augen der jungen Frau füllten sich mit Tränen und glitzerten, als würden alle Sterne des Firmaments darin erglänzen.

»Haltet Eure Tränen zurück, ich flehe Euch an«, bat der Ritter. »Niemand darf Verdacht schöpfen, dass ich Euch zu helfen versuche.«

»Wie gedenkt Ihr, es zu tun? Der Baron weicht keinen Augenblick von meiner Seite, und des Nachts bewacht einer seiner Soldaten die Tür des Turmzimmers, als gelte es einen Schatz zu hüten.«

»Verwundert Euch das? Ihr seid das kostbarste Juwel, von dem ein Ritter nur träumen kann«, erwiderte Salietti lächelnd. Er war außerstande zu verbergen, wie viel Liebe sich in seinem Herzen für die junge Frau zu regen begann.

»Ich ziehe es tausendmal vor zu sterben, als weiter in dieser Festung gefangen zu sitzen«, murmelte Weynelle. Als sie merkte, dass Fenio de Vokko und der Inquisitor sie beobachteten, verstummte sie rasch.

»Ihr müsst nur so tun, als wäre Euch die Gesellschaft des Barons nicht zuwider, und ihn bitten, dass er Euch gestattet, ihn morgen zum Turnier und zu den anschließenden Feierlichkeiten zu begleiten. Alles andere überlasst getrost mir«, schloss der Ritter, von sich überzeugt.

»Seht Euch vor, wer Ihr auch sein mögt«, wisperte Weynelle ihm ins Ohr und unterstrich das Ende des Musikstücks mit einem angedeuteten Knicks.

Salietti hatte es eilig, sich von ihr zu lösen, doch bevor er sich von der jungen Frau entfernen konnte, waren die beiden Beobachter schon zur Stelle.

»Gestattet, dass ich Euch den Abgesandten des Papstes und Inquisitor von Lyon, Burumar de Gostelle, vorstelle, der uns während des Turniers mit seiner Anwesenheit beehrt«, stellte Fenio de Vokko seinen Begleiter vor.

Der Ritter verbeugte sich ehrerbietig, woraufhin ihm der Dominikaner seine Hand mit dem Prunkring zum Kuss hinhielt.

»Der Baron hat mir wahre Wunder von Euch erzählt und mir berichtet, dass Ihr Euch unserem Heer im heiligen Kreuzzug gegen die widerständischen Tempelritter anzuschließen gedenkt, die sich wie Ratten verkrochen haben«, sagte er mit tiefer Stimme.

»Ich für meinen Teil habe von Euren Großtaten als Inquisitor reden hören und freue mich, dass Ihr unerbittlich gegen die Ketzereien in der Welt vorgeht«, log Salietti wie gedruckt. Er spürte den Vorwurf in Weynelles Miene, als sich ihre Blicke kreuzten. »Wenn Ihr mich jetzt bitte entschuldigen wollt, ich möchte mich zurückziehen. Morgen wartet eine harte Prüfung auf mich, und ich will mir nicht die Gelegenheit entgehen lassen, die Turnierkönigin zu wählen«, fügte er hinzu und schickte sich zum Gehen an.

»Wartet noch!«, sagte der Baron, ergriff warmherzig den Arm des Ritters und zog ihn beiseite.

»Womit kann ich Euch dienen?«, fragte Salietti und spürte eine düstere Beklemmung, als er sah, dass Weynelle mit dem Inquisitor alleine stehen blieb.

»Habt Ihr mit der Dame über mich gesprochen?«, wollte Fenio de Vokko wissen.

»Ohne Zweifel. Ich habe ihr zu Freundlichkeit und Fügsamkeit gegen ihren einzigen Beschützer geraten«, sagte Salietti.

»Glaubt Ihr im Ernst, dass sie mich lieben wird, wie Eure wundersamen Karten es mir vorhergesagt haben?«, forschte der Edelmann bange.

»Lasst ihr Zeit. Ihr Herz ist noch schwer vom Tod ihres Vaters. Doch sie wird sich schon sehr bald von ihrer Trauer erholt haben und ihre große Liebe zu Euch entdecken. Ihr solltet ihr ein wenig Ablenkung verschaffen und sie dazu überreden, morgen der Endausscheidung des Turniers beizuwohnen. Das wird sie auf andere Gedanken bringen und ihre Lebensgeister wieder wecken«, riet Salietti ihm und war sich seines Doppelspiels durchaus bewusst.

Der Inquisitor erfuhr vom Inhalt dieser Unterredung nichts, dennoch war er sich nicht sicher, ob der italienische Ritter tatsächlich der war, für den er sich ausgab.

Tags darauf strömten die Zuschauer noch zahlreicher zur Festung, da sie sich die Endausscheidung des Turniers nicht entgehen lassen wollten. Es war Sonntag, und die Bürger und Bauern der umliegenden Dörfer ließen die Arbeit ruhen, um in hellen Scharen herbeizuströmen und jeden freien Platz mit Blick auf das Turnierfeld zu belegen. Auf den Stufen und Hängen der Burganlage drängten sich Männer, Frauen, Kinder und Alte dicht an dicht, während sich zahllose Seiltänzer, Gaukler, Akrobaten, Komödianten, Spaßmacher und Spielleute unter die Zuschauer mischten und Edle wie Gemeine mit ihren Nummern unterhielten. Die meisten aßen und tranken, lachten oder sangen im Chor, während die Soldaten ein paar Krüppel und Landstreicher vertrieben, die um Almosen baten.

Nach jedem Zweikampf feierten die Zuschauer den Sieger für seine Stärke oder Geschicklichkeit mit Beifall und Hochrufen, während der Unterlegene das Feld unter Beschimpfungen, Buhrufen und Pfiffen zu Fuß oder auf der Trage verließ. Salietti hatte bei der Vorausscheidung gut abgeschnitten und durch seinen gekonnten Umgang mit Pferd und Lanze die Gunst zahlreicher Zuschauer gewonnen, aber niemand vermochte die Menge so in Raserei zu versetzen wie Valdigor de Rovol. Die Herolde riefen sie beide als die besten Ritter der Vorrunden aus und schließlich kam der lang erwartete Augenblick des letzten Turnierkampfes.

Saliettis Pferd war von den heftigen Zusammenstößen der vorangehenden Duelle völlig erschöpft, sodass sie es im letzten

Moment gegen Astro austauschten. Grimpow warf dem Schimmel gerade die Schabracke mit dem Wappen des Herzogs von Estaglia über, als die Herolde schon mit lauter Stimme den letzten Kampf des Turniers ankündigten.

»Glaubst du, Burumar de Gostelle erkennt Astro? Immerhin hat er das Pferd damals persönlich zur Abtei Brinkum geführt?«, fragte Grimpow bang.

»Unter dem festlichen Überwurf, der sogar Astros Kopf verdeckt, würdest noch nicht einmal du ihn wiedererkennen«, beschwichtigte ihn Salietti. Er hatte gerade ganz andere Sorgen, da er nicht nur Valdigor de Rovol ausstechen und als Sieger aus dem Turnier hervorgehen, sondern vor allem Weynelle aus den schmutzigen Klauen des Barons befreien wollte. Allerdings verlor er kein Wort darüber, um Grimpow nicht zu beunruhigen.

»Ich hatte noch keine Gelegenheit, es dir zu erzählen, aber gestern Abend bin ich dem Ritter begegnet, den du beim ersten Zweikampf besiegt hast. Du weißt schon, der junge Kerl, von dem niemand wusste, wer er ist, weil er immer nur mit geschlossenem Helm zu sehen war. Er heißt Pelin de Langfort und ist der Sohn des Herzogs von Langfort. Er war Novize in der Abtei Brinkum, von wo er wenige Wochen vor deiner Ankunft ausgerissen ist«, erklärte Grimpow.

Salietti nahm seinen Sattel und legte ihn auf Astros Rücken. »Was ist denn nun mit diesem Novizen, Ritter oder was er auch sein mag?«, fragte er ungeduldig.

»Na ja, er war auch in der Abtei, als Burumar de Gostelle den Abt ermordet hat«, sagte der Knappe mit gedämpfter Stimme. »Als Pelin den Inquisitor hier entdeckt hat, da hat er sich ihm vorgestellt, und der Dominikaner hat ihn über die Mönche regelrecht ausgefragt, insbesondere über Bruder Rinaldo. Inzwischen hat der Ritter Burumar de Gostelle vielleicht sogar schon erzählt, dass ich damals auch in der Abtei gewesen bin und der alte Bibliothekar mich unterrichtet hat.«

»Warum fällt dir das gerade jetzt ein?«, fragte Salietti, ohne Grimpows Befürchtungen allzu ernst zu nehmen.

»Weil ich Pelin de Langfort gerade mit dem Inquisitor von Lyon auf der Tribüne sprechen sehe. Sie haben eben zu uns herübergestarrt wie zwei Luchse, die ihre Beute beobachten.«

Salietti drehte sich zur Tribüne um und beobachtete den jungen Ritter und den Abgesandten des Papstes eine Weile. »Im Moment können wir nichts tun«, sagte er, ohne sich seine Furcht anmerken zu lassen.

Falls der Dominikaner sie verdächtigte, so überlegte Salietti, dann wartete eine weitere Aufgabe auf ihn, nämlich Grimpow und sich selbst vor den glühenden Eisen des Inquisitors zu retten. Doch sosehr er auch darüber nachdachte, er hatte keine Ahnung, wie ihm diese Heldentat gelingen sollte.

»Ich wünsche dir, dass du das Turnier gewinnst, ganz gleich, was danach passiert«, sagte Grimpow warmherzig.

»Ich will mir alle Mühe geben, mein lieber Freund. Ich tue es für dich und für Weynelle, und wenn es das Letzte sein sollte, was ich in diesem Leben zu vollbringen habe. Nun hilf mir auf Astro und übernimm deine Pflichten als Schildknappe«, befahl er und zerzauste Grimpow mit der eisernen Hand das Haar.

Ein Herold des Barons rief die letzten Herausforderer des Turniers auf, indem er weihevoll jede einzelne Silbe ihrer Namen und Adelstitel betonte. Darauf ritten die beiden Kontrahenten, siegesgewiss und von Fanfaren und Trommelwirbeln begleitet, auf das Feld. Die Menschenmenge johlte vor Begeisterung und untermalte mit rhythmischem Klatschen jeden Schritt der Pferde, während die beiden Ritter eine Ehrenrunde um den Turnierplatz drehten und vor Fenio de Vokko ihre Stechlanzen senkten. Nur mir Mühe vermochte die junge Weynelle die Tränen zurückzuhalten, als sie den Mann auf die Tribüne zukommen sah, der ihr versprochen hatte, sie aus ihrer Gefangenschaft zu befreien.

Sobald die Ritter einander gegenüberstanden, verstummte der Lärm, und es wurde so still, dass zwischen dem metallischen Klappern der Rüstungen das Keuchen der Pferde zu hören war. Die Tiere schnaubten unruhig und wirbelten beim Scharren mit den Hufen Staubwolken auf, während sie darauf warteten, dass ihre Reiter sie in gestrecktem Galopp lospreschen ließen.

Ritter Salietti de Estaglia ließ sein Pferd steigen, und als Astro wieder auf allen vieren stand und ein langes Wiehern ausgestoßen hatte, gab er ihm kräftig die Sporen und stürmte auf seinen Rivalen zu, der ihm seinerseits wütend entgegenraste. Aller Augen fixierten die Mitte des Kampfplatzes und erwarteten den brutalen Aufprall der Stechlanzen auf den Schilden der Ritter. Valdigor de Rovol hielt seine Lanze fest auf das Ziel gerichtet, doch als er Saliettis Schild traf, ging sie mit einem lauten Krachen entzwei, wie ein vom Blitz gespaltener Baum. Grimpow, Weynelle und Guival schlossen gleichzeitig die Augen, wo sie gerade standen oder saßen, weil sie Saliettis Niederlage fürchteten. Doch offenbar hatte ihm der heftige Stoß nichts anhaben können, denn er saß immer noch aufrecht im Sattel, die unversehrte Lanze gerade vor sich ausgestreckt.

Die beiden Herausforderer ritten rasch zum Ausgangspunkt ihres Zweikampfes zurück und machten eine knappe Kehrtwende. Valdigor de Rovols Knappe reichte seinem Herrn eine neue Lanze, die er hastig ergriff, um seinem Pferd erneut verbissen die Sporen zu geben. Wieder prallten die Ritter mit Gewalt aufeinander, und diesmal traf Salietti seinen Widersacher und errang einen glatten Sieg über Valdigor de Rovol, der aus dem Sattel stürzte und scheppernd wie hundert zerschlagene Töpfe zu Boden ging.

Für einen Moment war die Menge schier außer sich. Auch Grimpow hüpfte und vollführte Freudensprünge, doch dann sah er, dass Valdigor de Rovol, wenngleich übel zugerichtet, wieder auf die Füße kam und wutschnaubend sein Schwert aus der Scheide zog. Die gespannte Erwartung ließ die Kehlen der aufgewühlten Menge verstummen und es entstand tiefstes Schweigen. Salietti stieg ab, zückte ebenfalls sein Schwert und führte mit der Rechten ein paar kräftige Schläge gegen Valdigor de Rovol aus, während dieser sich rasend wie ein verwundetes Tier wehrte.

Obwohl die Kontrahenten reichlich entkräftet waren und die Waffen längst schweigen sollten, trugen sie einen langen, erbitterten Schwertkampf aus. Inzwischen waren sie beide verwundet, dennoch stießen sie ein ums andere Mal zu, um den entscheidenden Streich zu führen, ohne dass es dem einen oder anderen jedoch gelang, seinen Gegner zu töten. Ein jeder ließ sich immer wieder mit unvermuteter Heftigkeit vom Gegner zurückschlagen, bis Salietti mit seinem Schwert Athene weit ausholte und es mit solcher Wucht auf Valdigor de Rovol niedergehen ließ, dass dessen Waffe in der Mitte entzweibrach und der Ritter in sich zusammensackte wie eine Marionette, bei der jemand die Fäden durchtrennt hatte.

Die Edelleute, Bürger und Bauern, die den Kampfplatz füllten, empfanden die Niederlage ihres Helden wie ihre eigene. Niemand gab einen Laut von sich, allein Grimpow jubelte vor Freude. Er sprang über den Palisadenzaun auf das Feld und lief zu Astro, der seelenruhig den Boden des Kampfplatzes beschnupperte. Der Knappe streichelte den Schimmel und redete so leise mit ihm, dass niemand es hörte. Als er Salietti die Zügel übergab, bemerkte er, dass dem Ritter Blut über die Hände rann.

»Bist du verletzt?«, fragte er, wie es seine Aufgabe als Schildknappe war.

»Schon gut, mein Freund, schon gut«, antwortete Salietti erschöpft.

Der Ritter steckte sein Schwert zurück in die Scheide und näherte sich der Tribüne, wo Fenio de Vokko und der Inquisitor und Abgesandte des Papstes den Vorsitz führten.

Ein weiteres Mal breitete sich angespanntes Schweigen über das Turnierfeld, denn jetzt warteten alle wie gebannt, wen der Sieger zur Königin des Turniers krönen würde. Jahr für Jahr wurde die Auserwählte tagelang mit Geschenken überhäuft wie eine Göttin und die Menschen wünschten ihre Wahl ebenso sehnsüchtig herbei wie die Weizenernte in Zeiten der Hungersnot.

»Als Sieger des Turniers gebührt Euch, Ritter Salietti de Estaglia, die Ehre, die Königin der Frühjahrsfestspiele zu erwählen!«, verkündete der Baron feierlich.

Im selben Moment erschollen die Fanfaren und die Menge jubelte, doch bei den darauffolgenden Trommelwirbeln kehrte wieder gespannte Stille ein.

»Nennt den Namen der Dame Eurer Wahl und bringt sie auf die Tribüne, damit wir sie zur Königin krönen können«, rief der Baron und hielt schon die dicht mit Edelsteinen besetzte goldene Krone bereit.

»Mein Herr, die Dame meiner Wahl soll keine andere sein als jene, deren Schönheit alle Turnierritter und auch Euch verzaubert. Meine Wahl fällt auf sie, weil ich überzeugt bin, damit die Empfindungen aller Anwesenden zum Ausdruck zu bringen, und ich hoffe, Ihr werdet stolz sein, ihren edlen Namen zu vernehmen, der kein anderer ist als Weynelle«, erklärte Salietti mit kräftiger Stimme. Erwartungsvoll blickte er in die Runde der Zuschauer, die den Namen der Erwählten, kaum dass sie ihn vernommen hatten, in einem lauten Sprechchor immerfort wiederholten und gar nicht mehr damit aufhören wollten.

Grimpow musste insgeheim grinsen, als er feststellte, wie schlau Salietti diese List durchdacht hatte, der nun stolz wie ein Fasan dastand und sein schillerndes Gefieder zur Schau trug. Die Worte seines Freundes waren so geschickt gewählt, dass sich sogar Fenio de Vokko durch die Wahl geschmeichelt fühlte. Der Baron glaubte, der italienische Ritter und Wahrsager habe seine Angebetete zur Königin der Frühjahrsfestspiele erkoren, um ihr den weiteren Aufenthalt in seiner Festung schmackhaft zu machen. Die junge Weynelle schien gleichermaßen Überraschung und Rührung zu empfinden.

»So kommt herauf zur Tribüne und setzt ihr selbst die Königskrone auf!«, sagte der Baron zufrieden.

Salietti nahm den Helm ab, überließ Grimpow Astros Zügel und wandte sich unter dem Jubel der Menge zur Tribüne, wo der Baron schon im Begriff war, ihm als Turniersieger die Krone anzuvertrauen.

Da rief Burumar de Gostelle plötzlich: »Wie wäre es, wenn uns Ritter Salietti de Estaglia zuerst noch erklären würde, woher er dieses Pferd hat!«

Erneut verstummten die Anwesenden, und alle Blicke ruhten auf dem Schimmel, den der Dominikaner mit ausgestreckter Hand anprangerte. Grimpow ging zu Astro hinüber und tätschelte ihm beruhigend den Hals, als könnte sogar das Pferd die furchterregende Stimme des Inquisitors wiedererkennen.

»Was wollt Ihr damit sagen?«, fragte der Baron, der nicht verstand, worauf der Inquisitor hinauswollte.

»Das werdet Ihr gleich selbst sehen, wenn Eure Soldaten diesem Pferd die Schabracke abnehmen«, sagte Burumar de Gostelle schnippisch.

Salietti versuchte, Grimpow und Weynelle mit Blicken zu beruhigen, während ein Soldat auf Astor zuging und dem Tier trotz Grimpows Protest den Überwurf mit dem Wappen vom Leib zog.

In der Menge machte sich langsam Unmut breit, denn die Zuschauer verstanden nicht, was der Inquisitor bezweckte.

Dann entdeckte Burumar de Gostelle das Brandzeichen auf Astors Rücken und erhob abermals die Stimme. »Da habt Ihr den Beweis! Salietti de Estaglia ist…!«

Doch bevor der Dominikaner den Satz beenden konnte, surrte ein Pfeil wie ein unsichtbarer Blitz durch die Luft und durchbohrte Fenio de Vokkos Brust.

Die Menge erstarrte, alle waren wie gelähmt und zutiefst verunsichert durch den tödlichen Pfeil, dessen Schütze niemand gesehen hatte. Es war, als fürchteten die Menschen, mit jeder Bewegung selbst zur Zielscheibe eines zweiten Geschosses zu werden, das sie in die Brust oder zwischen den Brauen treffen könnte. Die Ritter griffen nach ihren Schwertern, aber keiner von ihnen wagte, es aus der Scheide zu ziehen, aus Angst, den mysteriösen Bogenschützen herauszufordern, der sich in den Türmen oder Mauern der Festung versteckt hielt.

Salietti nutzte die Gunst der Stunde, zückte den Dolch, den er unter der Rüstung trug, und hielt dem päpstlichen Abgesandten geistesgegenwärtig die scharfe Klinge an die Kehle. Dann rief er mit einem Pfiff sein Pferd herbei und befahl einem Soldaten, das Ross des Barons zur Tribüne zu bringen.

»Kannst du reiten?«, fragte er Weynelle.

Statt einer Antwort raffte die junge Frau die Rockschöße und hastete von der Tribüne in den Sattel.

Grimpow begriff zwar nicht, was da gerade geschah, doch als er Weynelle aufsitzen sah, nahm er Anlauf und landete mit einem Satz auf Astros Rücken, bereit zu fliehen, sobald Salietti ihm ein Zeichen gab.

Im Schutze von Burumar de Gostelles Körper stieg Salietti von der Tribüne und befahl dem Inquisitor aufzusitzen. Dann rief er den Rittern und Zuschauern warnend zu, dass jeder, der sich rührte, zum Ziel der Bogenschützen werde. Im nächsten Moment saß er hinter dem päpstlichen Abgesandten auf der Kruppe seines Pferdes, fasste die Zügel und brüllte: »Wer auch immer uns verfolgt, ich werde ihm persönlich die Gurgel durchschneiden!«

Endlich die Wahrheit

In gestrecktem Galopp verließen sie das Feld und fragten sich insgeheim, wer den Pfeil abgeschossen haben mochte. Als sie unweit der Festung auf einer steinernen Brücke einen tosenden Fluss überquerten, zügelte Salietti sein Pferd und dirigierte es bis an den äußersten Rand. Da Grimpow und Weynelle die Absicht des Ritters erahnten, gesellten sie sich zu ihm.

»Was habt Ihr vor?«, stammelte Burumar de Gostelle zitternd. Die Angst stand ihm förmlich ins Gesicht geschrieben.

»Ich hoffe, Ihr könnt schwimmen!«, erwiderte Salietti und versetzte dem Dominikaner einen Schubs, als entledigte er sich eines Sacks mit Unrat.

»Lasst uns weiterreiten, ehe die Soldaten des Barons uns einholen!«, mahnte Grimpow.

Indessen strampelte der Abgesandte des Papstes im Wasser und schlug mit den Händen in die Luft, um zu verhindern, dass ihn die Strömung mitriss.

Sie wandten sich ab und galoppierten direkt am Flussufer entlang, um auf ihrer Flucht keine Spuren zu hinterlassen.

Als die drei Reiter sich Straßburg näherten, dunkelte es bereits. Die Abenddämmerung hatte den Horizont in rote Flammen getaucht und über dem Rhein hingen graue Nebelschwaden wie der Dampf über einer heißen Suppe. In einer Flussbiegung machten sie halt und saßen ab. Weynelle setzte sich ins feuchte Ufergras, schlug stumm die Hände vors Gesicht und weinte bitterlich über den Tod ihres Vaters.

Salietti trat zu ihr, zog sie auf die Füße und schlang zärtlich die Arme um sie.

»Dein Vater war ein sehr guter Freund meines Vaters, sie haben beide auf der Suche nach der Weisheit ihr Leben gelassen«, flüsterte er ihr ins Ohr. »Als du noch ein kleines Mädchen warst, habe ich mehrere Jahre bei euch in Paris gelebt. Geduldig habe ich deine Kinderstreiche ertragen, während ich in einer Kammer unterm Dach studierte. Ich kann mich gut an euer Haus erinnern, das voller alter Bücher war, und an die Nächte, als ich mit deinem Vater in Paris den Sternenhimmel beobachtete. Du weißt das sicher alles nicht mehr, weil du damals noch sehr klein warst, aber dein Vater sagte immer zu mir: ›In den Sternen liegt Magie und Vollmondnächte üben Zauber aus. Sieh sie dir an, dann offenbaren sie dir deine Träume.‹«

Weynelle wischte sich mit dem Ärmel ihres Kleides über die Augen, dann sah sie Salietti an. »Diese Worte hat er auch jeden Abend beim Zubettgehen zu mir gesagt«, erwiderte sie mit einem zaghaften Lächeln, das ihre Miene wieder aufhellte. »Deshalb wusste ich auch sofort, dass mir jemand helfen wollte, der ihm sehr nahe gestanden hatte, als ich deine Botschaft erhielt. Mir kam sogar der Gedanke, dass er noch am Leben sein und sie selbst verfasst haben könnte. Aber ich wäre nie darauf gekommen, dass ausgerechnet ein Freund aus Kindertagen, dessen Namen ich noch dazu tatsächlich vergessen habe, mich retten würde«, sagte sie gerührt. Sie schluchzte auf und warf sich abermals in Saliettis Arme.

Grimpow spürte, wie auch ihm die Tränen über die Wangen liefen. »Einer von euch wird mir das Wirrwarr mal genauer erklären müssen«, sagte er und gab einen Stoßseufzer von sich.

»Ich habe dir ja gesagt, dass es eine lange und verworrene Geschichte ist«, erwiderte Salietti. »Am besten wir setzen uns dort auf die Steine und ich erzähle sie euch jetzt gleich. Wahrscheinlich brennt ihr beide darauf, sie zu hören, und ich will euch nicht warten lassen, bis die Nacht hereinbricht.«

Sie blieben am Flussufer auf den moosbedeckten Steinen unter den hohen Ulmen sitzen, bis die schwarzen Schleier der Nacht sie einhüllten.

»Mein Vater hieß Iacopo de Estaglia, wie auch mein Großvater«, begann Salietti, während Weynelle und Grimpow ihn erwartungsvoll ansahen. »Er wollte meinen Vater immer zu einem furchtlosen Ritter und damit zu einem würdigen Erben für sein heruntergewirtschaftetes Herzogtum erziehen. Nach dem Wunsch meines Großvaters sollte mein Vater Estaglia seinen früheren Glanz zurückgeben. Doch von Kindheit an verspürte mein Vater eine Berufung zum Studieren und tat sich schon bald durch seine Kenntnisse in allen Wissensgebieten hervor, von der Arithmetik über die Philosophie bis zur Physik und Astronomie. Als er fünfzehn Jahre alt war, zog er gegen den Willen meines Großvaters nach Padua, um dort an der neu gegründeten Universität zu studieren, die sich abseits des päpstlichen Einflusses großer akademischer Freiheit erfreute. Dort lernte er einen gebürtigen Piemontesen namens Umberto von Alessandria kennen. Dir habe ich bereits von der Freundschaft zwischen dem Mönch und meinem Vater erzählt«, sagte er an Grimpow gewandt.

Der Knappe nickte zustimmend.

»Nachdem mein Vater der Schüler des weisen Mönchs geworden war«, fuhr der Ritter fort, »reiste er unermüdlich mit ihm durch die Lande, ehe er sich in Paris niederließ und dort meine spätere Mutter kennenlernte. Bald darauf kam ich zur Welt und sie gaben mir den Namen Salietti. Wir zogen nach Lyon und mein Vater lehrte an der Universität Philosophie. Wenn er Bruder Umberto in der Abtei Brinkum besuchte, wo dieser Zuflucht vor der Inquisition gefunden hatte, nahm er mich oft mit.«

Grimpow erinnerte sich an diesen Teil der Geschichte und dass Salietti sie ihm erzählt hatte, als er einmal die Vermutung äußerte, dass der blinde hundertjährige Mönch womöglich einst den Stein besaß.

»Mein Vater wollte aus mir ebenfalls einen gebildeten jungen Mann machen, daher schickte er mich einige Zeit später, als Sechzehnjährigen, zurück nach Paris, wo er mich in die Obhut eines Gelehrten des Kosmos namens Gandalf Labox gab«, sagte Salietti und lächelte Weynelle an. »Doch als mein Vater erkannte, dass das Blut der Estaglia durch meine Adern strömte, beschloss er, mich mit achtzehn meinem Großvater zu unterstellen, damit er mich zu einem Ritter erzog und im Waffenhandwerk unterwies, während ich gleichzeitig meine Studien im nahen Padua fortsetzte. Dort blieb ich, bis ich nach dem Tod meines Großvaters dessen Herzogtum erbte, nachdem mein Vater das Erbe ausgeschlagen hatte.«

An diesem Punkt unterbrach sich Salietti und machte eine Pause. »Das alles habe ich euch nur erzählt, damit ihr das Folgende versteht, worum es mir eigentlich geht.

Gegen Ende des vergangenen Winters«, fuhr der Ritter fort, »als ich im Palais meines Herzogtums im Piemont weilte, erhielt ich einen seltsamen Brief ohne jeden Stempelabdruck im Siegellack. Ich öffnete ihn mit großer Neugier und fürchtete erst, meine Kameraden in Padua könnten sich einen Scherz erlaubt haben, um dann verblüfft festzustellen, dass es eine Nachricht des Bibliothekars aus der Abtei Brinkum war. Er wende sich im

Auftrag von Umberto von Alessandria an mich, so las ich, da dieser nicht selbst zur Feder greifen könne. Bruder Umberto war damals schon blind und seit über zwanzig Jahren bettlägerig. Anschließend unterrichtete mich Rinaldo von Metz über den Tod meines Vaters in den Bergen unweit der Abtei …«

»Dann war der tote Edelmann also dein Vater?«, fragte Grimpow entgeistert.

»Ganz recht, mein Freund«, gestand Salietti bedrückt, »und ich bedaure aufrichtig, dass ich es dir bisher verschwiegen habe. Aber inzwischen wirst du verstehen, warum ich mich dazu genötigt gefühlt habe.«

»Dann hat dein Vater den Stein besessen!«, rief Grimpow, einer Ohnmacht nahe.

Als das Wort »Stein« fiel, setzte Weynelle eine verständnislose Miene auf, obwohl sie Saliettis Worten bisher hatte folgen können. »Wovon sprecht ihr? Was hat jener Stein mit unseren Vätern zu tun?«, fragte sie. Offensichtlich brannte sie darauf, in all die Dinge eingeweiht zu werden, die ihr der Vater stets vorenthalten hatte.

»Ihr werdet alles verstehen, wenn ihr mich nur fortfahren lasst«, sagte der Ritter und versuchte die Verwirrung, die er gestiftet hatte, wieder zu glätten.

»Einverstanden, erzähl weiter«, willigte Grimpow ein. Er holte den Stein aus dem Leinensäckchen an seinem Hals und gab ihn an Weynelle weiter. Sie nahm ihn so behutsam in die Hand, als vertraute der Knappe ihr das kostbarste Kleinod an.

»Jedenfalls drängte Bruder Rinaldo in seinem Brief darauf, dass ich die Schneeschmelze in den Bergen nutzte und ohne Aufschub zur Abtei Brinkum aufbrach, weil ich, wie er mir zu verstehen gab, eine Angelegenheit von großer Wichtigkeit übernehmen sollte. Ich wusste, dass im Frühjahr in der Festung von Fenio de Vokko das Turnier der elsässischen Burgen stattfand. Da ich ohnehin in Richtung Norden ziehen würde, packte ich meine Rüstung auf ein Maultier und wollte die Reise nutzen, um in jenen Landen zu Ruhm und Ehren zu kommen. Ich sattelte also mein Pferd und machte mich alsbald auf den Weg zur Abtei. Nachdem ich eine Woche über die hohen Gebirgspässe der Alpen geritten war, erreichte ich Brinkum und begegnete dir auf dem Klosterpfad. Du hast mir von deinem sehnlichen Wunsch erzählt, Schildknappe eines fahrenden Ritters zu werden ...«

Abermals unterbrach ihn Grimpow. »Dann wusstest du bei deiner Ankunft ja noch gar nicht, welche Mission in der Abtei auf dich wartete, und hast mich trotzdem zu deinem Schildknappen ernannt«, hielt er seinem Freund vor.

»Ich habe in deinem Blick so viel Abenteuerlust funkeln sehen, dass es mir ein Vergnügen war, dein Spiel mitzuspielen«, rechtfertigte sich Salietti lachend.

»Du hast dich über mich lustig gemacht?«

»Nur zu Anfang. Als ich die Abtei betrat, hast du mich dem Bibliothekar vorgestellt, damit er mich zu Bruder Umberto führte, der noch immer auf demselben Lager in der Krankenstube ruhte wie in meiner Jugend. Bruder Rinaldo ließ uns allein, und als der blinde Mönch meine Gegenwart bemerkte, war er so ergriffen, dass seine Augen feucht wurden, als wollten sie sich mit Tränen füllen. Er gestand mir, dass ihn der Tod meines Vaters schmerze wie der seines eigenen Sohnes und dass er mir ein Geheimnis anvertrauen wolle, von dem nur wenige wüssten. Mein Vater sei im Besitz eines wundersamen Steins gewesen, des *lapis philosophorum*, der in Wirklichkeit aber weit mehr sei als nur das. Er erzählte mir, dass er diesen Stein einst selbst besessen und von seinem Lehrer erhalten habe.«

Salietti räusperte sich kurz, bevor er fortfuhr. »Er selbst habe ihn an meinen Vater weitergegeben, als dieser in Padua sein

Schüler war. Dieser Stein, so erläuterte er mir, verleihe Weisheit und sogar Unsterblichkeit, aber niemand dürfe ihn allzu lange besitzen. Schließlich sollten seine Wunder auch anderen zuteilwerden und ihnen schrittweise die Rätsel der Natur und des Kosmos enthüllen. Die Besitzer des Steins und die ihnen nahestehenden Weisen hätten im Laufe der Jahrhunderte einen Geheimbund namens Ouroboros gegründet. Dieser drohe jetzt unterzugehen, da der Stein einem Jungen namens Grimpow in die Hände gefallen sei, der in der Abtei lebe.«

Am liebsten hätte Grimpow Salietti an dieser Stelle noch einmal unterbrochen, doch er beherrschte sich und hörte seinem Freund gebannt bis zum Ende zu.

»Bruder Umberto erzählte mir, du hättest den Leichnam meines Vaters im Schnee gefunden und dass ein Halunke, mit dem du eine Hütte in den Bergen teiltest, dir den Stein in der Annahme gab, es sei ein Amulett. Dann sagte er mir, dass sich die Leiche meines Vaters im Schnee in Luft aufgelöst habe, weil jeder, der je den Stein besessen hat, und jeder, der ihn im Sterben in der Hand hält, ohne jede Spur von dieser Welt geht. Danach wohnt er bis in alle Ewigkeit in einem Schloss in den Sternen und kommt endlich in den Genuss der Unsterblichkeit.«

»Das muss die Burg sein, von der Aidor Bilbicum in seiner Handschrift schreibt!«, rief Grimpow und stürzte Weynelle damit erneut in Verwirrung.

»Dann hat Bruder Umberto mir noch erzählt, es gebe außer dem Stein noch einen weiteren wunderkräftigen Gegenstand. Diesen hätten in früherer Zeit einige Weise des Ouroboros-Bundes im Salomonischen Tempel zu Jerusalem gefunden. Auf Umbertos Geheiß hätten ein paar Tempelritter ihn nach Frankreich geholt, wo ihn anschließend die Weisen verborgen haben, da niemand außer den Mitgliedern des Bundes ihn je finden sollte. In den letzten drei Jahrhunderten hätten alle Weisen des Ouroboros-Bundes um dieses Geheimnis gewusst, das ihre ersten Meister seiner wunderkräftigen Eigenschaften wegen versteckt hatten. Gleichwohl hätten sie verschlüsselte Hinweise hinterlassen, damit es eines Tages zum Wohle der ganzen Menschheit gelüftet werden könne.«

Grimpow und Weynelle wechselten einen Blick, als Salietti kurz innehielt.

»Alsdann versicherte mir Bruder Umberto, nun sei die Zeit dafür reif«, fuhr der Ritter fort. »Unwissen und Aberglaube hätten sich der Welt bemächtigt, daher sei es notwendig, das Geheimnis zu enthüllen, um der Weisheit zum Sieg über die fanatische religiöse Volksverdummung der Kirche zu verhelfen. Diese habe es nämlich nicht nur auf die Weisen abgesehen und ließe sie auf dem Scheiterhaufen brennen, sondern auch auf den Stein und den wunderkräftigen Gegenstand, von dem er mir gerade berichte. Im Zuge dessen sei nun einer der Weisen gefangen genommen und gefoltert worden und habe unter entsetzlichen Qualen den Namen meines Vaters preisgegeben. Er sei der letzte Besitzer des Steins und der Verantwortliche des Ouroboros-Bundes. Der päpstliche Gesandte, der das Geheimnis der Weisen lüften sollte, so sagte er mir, sei ein Inquisitor aus Lyon, Burumar de Gostelle. Er habe die Templer verraten und dem französischen König eingeredet, dass sie den wunderkräftigen Gegenstand in den Burgen des Steinkreises versteckt hätten. Meinem Vater gelang es gerade noch, aus Lyon zu fliehen und sich auf den Weg zur Abtei Brinkum zu begeben, wo er Unterschlupf suchen wollte. Aber er verirrte sich im Nebel, kam in den Bergen vom Weg ab und erfror schließlich. Bruder Umberto trug mir dann auf, die Mission meines Vaters fortzuführen und den Stein wieder an mich zu bringen, weil das Geheimnis der Weisen ohne diesen nicht zu enthüllen sei.«

Inzwischen sah Grimpow seine Befürchtung bestätigt, dass Salietti ihn arglistig getäuscht hatte.

»Du wolltest mir also nur den Stein stehlen? War das die Mission, die du erfüllen solltest?«, fragte er den Ritter gekränkt.

Dieser ließ gedemütigt den Kopf hängen. Grimpow nahm Weynelle den Stein ab und drückte ihn Salietti wütend in die Hand.

»Hier! Du kannst ihn behalten! Behalte ihn nur, diesen verfluchten Stein, und zwar für immer!«, schrie der Knappe unter Tränen und begann bitterlich zu weinen.

Es war nicht das erste Mal, dass Grimpow sich verraten fühlte. Deshalb vermochte er auch die Tränen nicht zurückzuhalten, als er von Saliettis wahren Absichten erfuhr. Auch Durlib war sein Freund gewesen und hatte ihn trotzdem allein in der Abtei zurückgelassen, als zählten seine Gefühle nicht oder als hätte er gar keine. Dem Jungen lag nicht viel an dem geheimnisvollen Stein, er hätte ihn seinem Freund gut und gerne gegeben, wenn dieser ihn darum gebeten hätte. Ja, er hätte für einen Freund noch viel mehr gegeben, sogar sein Leben. Doch nun musste er noch einmal feststellen, dass Menschen, die er für seine Freunde hielt, nicht bereit waren, dasselbe für ihn zu tun. Er hätte nicht unglücklicher sein können.

»Du hast mich betrogen!«, schrie er wütend.

»Ich musste es tun«, gab Salietti zurück.

»Und jetzt, wo du den Stein hast, was hast du jetzt vor? Willst du mich umbringen, he? Willst du mich Burumar de Gostelle ausliefern, damit er mich foltert und bei lebendigem Leibe auf dem Scheiterhaufen verbrennt? Ist es das, was du mit mir vorhast, nachdem du mir den Stein der Weisen abgenommen hast? Ich habe gedacht, du wärst mein Freund«, schloss Grimpow und wurde erneut von einem Weinkrampf gepackt.

Weynelle bemerkte zwar in Saliettis Augen sehr viel Hochachtung für den Knappen, beschloss aber, sich aus dem Streit herauszuhalten. Der Ritter ging auf seinen Freund zu und wollte ihn trösten, doch dieser rückte von ihm ab.

»Na, komm schon, Grimpow. Es tut mir leid, wirklich. Bitte verzeih mir! Ich habe dich betrogen, aber zu deiner eigenen Sicherheit. Wie hätte ich dich absichtlich bekümmern wollen?«, verteidigte sich der Ritter betrübt. »Anfangs hatte ich den Auftrag, den Stein an mich zu bringen und mich deiner zu entledigen. Aber als ich dich kennengelernt und erfahren habe, wie gut du über die großen Geheimnisse des Lebens Bescheid weißt, da wurde mir klar, dass der Stein ein Teil deiner Seele ist, und ich habe es mir anders überlegt. Ich weiß nicht, warum, aber mir dämmerte, dass die Mission, die Bruder Umberto von Alessandria mir aufgetragen hat, ohne dich unmöglich zu bewerkstelligen sein würde. Ich habe es dir sogar selbst gesagt, erinnerst du dich?«

Grimpow musterte seinen Freund nur schweigend.

Daher redete Salietti einfach weiter. »In der Krypta der Kirche von Cornille habe ich zu dir gesagt, der Stein hätte dich erwählt. Deshalb habe ich auch beschlossen, dich zu beschützen und dir bei der Suche nach dem Geheimnis zu helfen. Ich wollte, dass du an meiner Stelle die Mission fortführst, die mein Vater nicht zu Ende bringen konnte. Bruder Umberto hat mir erzählt, er habe einen Brief an einen Weisen gesandt, dessen Namen er nicht genannt hat, um ihn zu schützen. Dieser Mann sollte mich in der Kirche von Cornille erwarten und mir zur Seite stehen. Die ersten Hinweise in den alten Handschriften besagten nämlich, dass die Suche nach dem Geheimnis genau in jener Kirche beginnen müsse. Ich wusste nicht im Geringsten, wonach ich dort suchen sollte, als wir bei unserer Ankunft die brennenden Häuser sahen. Ich fürchtete schon, es könnte etwas geschehen sein, und als der Schmied uns erzählte, dass die Soldaten des Barons einen alten Mann mitsamt seiner Tochter abgeführt hatten, da zweifelte ich nicht mehr daran, dass es sich um den alten Freund meines Vaters handelte.«

Saliettis Gesicht schien gealtert, während er über diese Ereignisse sprach, Grimpow dagegen schaute wieder versöhnlicher drein.

»Nun wisst ihr also alles«, schloss Salietti und war so erschöpft wie nach dem letzten Zweikampf beim Turnier.

Weynelle ging zu Grimpow und fasste ihn an der Hand. »Mein Vater hat mir nie ein Sterbenswort von dem Stein gesagt und auch nicht vom Ouroboros-Bund oder vom Geheimnis der Weisen. Was seine Studien und Entdeckungen angeht, hat er sich stets sehr bedeckt gehalten. Nur meine Mutter sagte einmal über seine Reisen, es habe eine Zeit gegeben, in der er sich mit anderen weisen Männern in den von euch erwähnten Burgen des Steinkreises zu versammeln pflegte.«

»Weißt du, ob dein Vater in der Kirche von Cornille irgendetwas gefunden hat?«, fragte Grimpow noch immer verzagt. Mit den Ärmeln seines Kittels wischte er sich die Tränen aus den Augen.

»Keine Ahnung«, sagte Weynelle. »Mein Vater wollte mich nicht mit auf diese Reise nehmen, aber er war so krank, dass ich auf eigene Faust beschlossen habe, ihn zu begleiten und für ihn zu sorgen. Meine Mutter ist schon mehrere Jahre tot. Seit er verwitwet war, ist sein Herz immer schwächer geworden, bis er kaum noch alleine das Haus verließ. Als er die Nachricht erhielt, von der du gerade gesprochen hast«, sagte sie an Salietti gewandt, »da schien wieder Leben in ihn zu kommen, und ich kann mich entsinnen, dass er sagte: ›Sehr bald wird das Licht der Erkenntnis wieder das Universum der Menschen erleuchten.‹«

»Er hat gewusst, dass Aidor Bilbicums Handschrift in der Kirche von Cornille versteckt war. Wir haben sie in der Krypta gefunden. Dafür hatte er mir im Gemeindearchiv die Nachricht hinterlassen, da bin ich sicher«, behauptete Salietti.

»Aber den Sarkophag konnte man ohne den Stein nicht öffnen, sodass Weynelles Vater erfolglos blieb. Dafür hättest du erst ins Dorf kommen und ihm den Stein geben müssen«, wandte Grimpow ein.

»Dann muss der fehlende Teil von Aidor Bilbicums Handschrift noch irgendwo sein. Lasst uns aufbrechen, vielleicht finden wir in Straßburg, wonach wir suchen«, schlug Salietti vor und sprang entschlossen auf die Füße.

»Wer ist dieser Aidor Bilbicum?«, fragte Weynelle und fürchtete, dass ihr noch viele Einzelheiten dieser Geschichte fehlten.

»Sitz auf, wir erklären dir den Rest unterwegs«, sagte der Ritter.

Der schwarze Schleier der Nacht hatte sich bereits über sie gelegt.

Die Herberge von Jan Hinkebein

Jan Hinkebein schlief schon, als er die harten Schläge an der Tür seiner Herberge vernahm. Tastend erhob er sich aus dem Bett, entzündete eine Kerze, die das Schlafzimmer erhellte, schlüpfte in die maßgefertigten Schuhe und sah nach, wer um diese unchristliche Zeit seine Ruhe störte. Dazu öffnete er eine Fensterluke zur Straße, wo ein Messingschild mit einem grünen Drachenkopf von seiner Herberge kündete, und warf mit zusammengekniffenen Augen einen misstrauischen Blick auf die späten Gäste. Die Straße lag völlig im Dunkeln, sodass er nur die Umrisse von drei Reitern auf ihren Pferden erkannte, die unten standen und reglos zu ihm hinaufschauten.

Grimpow tat den Mund auf und wollte gerade erklären, dass Bruder Umberto von Alessandria sie schickte, da kam ihm Salietti zuvor: »Erkennst du deine Freunde nicht mehr, liebster Jan?« Der Ritter musterte den kleinen Kopf des Gastwirts in der offenen Fensterluke.

»Salietti, bist du es?«, sagte Jan von oben und seine Freude war ihm deutlich anzumerken.

Überrascht stellte Grimpow fest, dass der Herzog Jan Hinkebein ebenfalls kannte, doch diesmal ohne den Absichten des Freundes zu misstrauen.

»Wer sollte Euch um diese Stunde aufscheuchen, wenn nicht ein übernächtigter fahrender Ritter, der nicht weiß, wo er sein müdes Haupt betten soll, und keinen Taler hat, um eine anständige Herberge zu bezahlen?«, trug ihm Salietti sein Anliegen vor wie den Text einer Komödie.

»Einen Augenblick, mein Freund, ich bin sofort unten und öffne dir den Hof zum Weinlager, damit ihr die Pferde hineinführen könnt.«

Jan schloss das Fenster und lief so schnell ihn sein Hinkebein trug über Flure, Treppen und den Hof zum Lager hinunter, wo die Eichenfässer in endlosen Reihen aufgestapelt lagen und so viel Wein fassten, dass er auch ohne neue Ernte für Jahre gereicht hätte. Er öffnete beide Flügel des Hoftors und sagte: »Vorwärts, schnell hereinspaziert, ehe die Nachbarn aus den Häusern lugen und sich fragen, was Ihr hier für einen Lärm veranstaltet.«

Salietti führte sein Pferd an den Zügeln in den Hof, dann lief er zu Jan und half ihm, das große Tor wieder zu schließen. Erst danach fielen sich die beiden Freunde in die Arme.

»Komm, damit ich dir als Erstes meine Freunde vorstelle«, sagte Salietti.

»Ich sehe schon, du bist nicht allein gekommen«, sagte Jan und versuchte angestrengt, mit dem Ritter Schritt zu halten.

Grimpow und Weynelle saßen ab und warteten neben Salietti darauf, dass er sie mit dem Wirt bekannt machte. Jan betonte mehrfach, wie sehr ihn der Besuch freue, und hieß sie herzlich willkommen.

Schließlich sagte er: »Lasst uns in die Gaststube gehen und einen Wein trinken, dann erzählt ihr mir, welchem Umstand ich diese angenehme Überraschung zu verdanken habe. Ich will euch auch etwas zu essen geben, denn ihr seid bestimmt hungrig. Niemand sollte zu Bett gehen, solange sein Magen noch unzufrieden knurrt«, fügte er lachend hinzu.

In der Gaststube war es finster und ein säuerlicher Geruch hing in der Luft, eine Mischung aus Most und Gerste. Jan stellte die Kerze auf einen Tisch, der mit einer dicken Schmutzschicht überzogen war, und bat seine Gäste, Platz zu nehmen. Dann holte er mehrere Krüge von der Theke, füllte sie mit Wein und gab sie an Salietti weiter, damit dieser sie verteilte. Anschließend verschwand der Wirt in der Küche und kehrte kurz darauf mit einem Holzbrett zurück, auf dem ein paar große Brotkanten und ein Stück Käse lagen.

»Leg endlich los, Salietti. Wie kann ich euch behilflich sein?«

Der Ritter nahm ein Stück Käse und Brot, dann ergriff er das Wort. »Vorab will ich dir noch die Grüße von einem alten Bekannten ausrichten, Bruder Umberto von Alessandria«, sagte er.

»Er hat uns nämlich geraten, bei dir unterzukommen«, warf Grimpow ein und war gespannt darauf, bald mehr über die Beziehung zwischen Salietti und dem Gastwirt zu erfahren.

Jan machte ein zufriedenes Gesicht, als die Erinnerungen an alte Zeiten in ihm hochkamen. »Der alte Umberto! Lebt er noch? Es ist über zwanzig Jahre her, dass ich ihn das letzte Mal gesehen habe. Wo steckt er denn?«

»In der Abtei Brinkum«, klärte Salietti ihn auf, ohne auf die Bettlägerigkeit und die Blindheit des greisen Mönchs einzugehen.

»Und dein Vater, wie geht es dem unermüdlichen Iacopo de Estaglia?«, wollte Jan nun wissen.

»Er ist im vergangenen Winter verstorben«, sagte Salietti. »Aber wenn es dir nichts ausmacht, erzähle ich dir ein andermal mehr.«

»Mein Beileid, mein aufrichtiges Beileid. Ich nehme an, dass du deine Gründe hast, jetzt nicht weiter darauf eingehen zu wollen«, sagte der Wirt betrübt, um dann sogleich hinzuzusetzen:

»Ich kann mich noch gut an den Tag erinnern, als er mir ein Paar Stiefel geschenkt hat wie diese hier.« Er zeigte auf sein verkürztes Bein unter dem Tisch. »Sie haben einen erhöhten Holzabsatz und gleichen so das Hinken aus. Ich kannte niemanden, der so erfinderisch war wie dein Vater. Doch sag an, welche Angelegenheit führt euch nach Straßburg?«

Grimpow und Weynelle saßen schweigend da, verschlangen Käse und Brot und tranken den Wein in kleinen Schlucken.

»Wir bitten dich um ein Quartier für die Nacht und brauchen deine Hilfe bei der Suche nach einem Mann namens Aidor Bilbicum«, sagte Salietti.

»Aidor Bilbicum?«, wiederholte der Gastwirt nachdenklich. »Ich kann mich nicht entsinnen, diesen Namen je gehört zu haben.«

»Wir nehmen an, dass er zu einem Geheimbund von Weisen gehört hat, der Ouroboros hieß«, ergänzte Grimpow.

»Das macht die Sache nicht einfacher«, murmelte Jan und kratzte sich am Kopf. »In Straßburg haben inzwischen alle möglichen Gilden und Zünfte ihre Geheimlogen gegründet, erst recht seit sie mit dem Bau des neuen Münsters begonnen haben. Neben all diesen Handwerkern und Kaufleuten gibt es die Juweliere, die Schmiede, die Alchimisten, die Zauberer, die Schwarzmagier und seit einigen Jahren auch die Templer. Keine dieser Gruppen sieht es gern, wenn die Angehörigen ihrer hermetischen Geheimgesellschaften bekannt werden. Und viele ihrer Mitglieder nehmen das Ganze so wichtig, dass sie sich künstliche Namen zulegen, um ihre Versammlungen einzuberufen und sich ihre Geheimnisse mitzuteilen.«

»Wir wissen, dass es nicht leicht sein wird, ihn ausfindig zu machen. Du solltest übrigens noch etwas wissen. Aidor Bilbicum ist vermutlich tot. Soweit uns bekannt ist, hat er vor fast zweihundert Jahren das Zeitliche gesegnet«, setzte Salietti hinzu.

»Dann könnt ihr ihn ja nur noch auf dem Friedhof finden!«, rief Jan. Er amüsierte sich ausgiebig über seinen Einfall, der Weynelle immerhin ein höfliches Lächeln entlockte.

»Wenn wir uns selbst nach ihm erkundigen, so haben wir uns gedacht, dann könnten wir Verdacht erregen, und man wird wissen wollen, wer wir sind und was wir vorhaben«, erläuterte Grimpow.

»Wir müssen dich nämlich auch warnen: Baron Fenio de Vokkos Soldaten sind hinter uns her«, sagte Salietti mit Nachdruck. »Unser Aufenthalt in deiner Herberge könnte dir also durchaus Unannehmlichkeiten bereiten.«

Jan rutschte auf seinem Platz hin und her und riss bei dieser Eröffnung gespannt seine winzigen Augen auf. »Du weißt, dass ich für deinen Vater und dich alles tun würde«, sagte er dann zu Salietti und schenkte sich den Krug noch einmal voll.

»Ich weiß, Jan. Ich weiß. Sehr wahrscheinlich glauben unsere Verfolger aber, wir wären in die Burgen des Steinkreises geflohen. Sie halten mich nämlich für einen Tempelritter.«

»Du und ein Tempelritter?«, fragte der Gastwirt ungläubig.

»Das denkt jedenfalls ein Inquisitor mit Namen Burumar de Gostelle, dem wir in Fenio de Vokkos Festung begegnet sind«, erläuterte Grimpow.

Salietti erzählte seinem Freund kurz von ihren Erlebnissen.

»Den tödlichen Pfeil auf den Baron können nur die Tempelritter abgeschossen haben«, sagte Jan, als der Ritter mit seinem Bericht geendet hatte.

»Davon bin ich überzeugt, denn die Federn an dem Pfeil waren schwarz und weiß. Das sind bekanntlich die Farben der Standarte des geächteten Templerordens«, pflichtete Salietti ihm bei.

»Nun gut«, sagte Jan. »Lassen wir die Angelegenheit bis morgen ruhen, sonst wird sie euch noch den Schlaf rauben. Ihr seid sicher müde von der Reise und es ist schon spät. Folgt mir nach oben, ich zeige euch eure Unterkünfte.«

Der Wirt nahm die brennende Kerze wieder vom Tisch und geleitete die drei durch einen kurzen Flur zu einer finsteren Stiege, die zu den Gästezimmern hinaufführte. Mit seiner Kerze entzündete er lauter kleine Wachslichter, die an der Decke hingen, und die Düsterkeit um sie herum verwandelte sich in einen breiten Gang mit etlichen Türen zu beiden Seiten.

»Du sollst das Zimmer bekommen, in dem ich immer deinen Vater untergebracht habe, wenn er nach Straßburg kam. Vielleicht erinnerst du dich ja noch, obwohl du damals noch zu quirlig warst, um dir so was zu merken. Dein Vater mochte es, weil durch das Fenster der Fluss und die drei Brückentürme zu sehen sind. Wenn am Morgen die Sonne aufgeht, dann strahlt sie bis aufs Bett«, sagte er.

Jan hinterließ jedem von ihnen eine brennende Kerze, dann sagte er ihnen Gute Nacht und wünschte ihnen einen geruhsamen Schlaf in seinem Haus. Anschließend kehrte er in sein eigenes Zimmer zurück, stieg ins Bett und schlief schon kurz darauf tief und fest.

Die neuen Bewohner der Herberge »Zum Auge des grünen Drachen« mussten dagegen länger auf den Schlaf warten. Grimpow blies die Kerze aus und blieb im Dunkeln liegen, als hätte er auch ohne Licht die Welt deutlich vor Augen. Nun war er in Straßburg und die Zeiger auf der gemächlichen Uhr seines Lebens rückten in eine neue Zeit vor. Was er zurückgelassen hatte, war nicht mehr wichtig: die Hütte in den Bergen, seinen Freund Durlib, die Abtei Brinkum, die Mönche, die vielen Stunden des Studierens in der Bibliothek, die nächtelangen Himmelsbeobachtungen mit Bruder Rinaldo, das Essen des ebenso freundlichen wie ängstlichen Bruders Brasco, Bruder Arbens alchimistische Experimente und die geheimnisvollen Worte Umbertos.

Einen Augenblick lang versuchte er, sich vorzustellen, was aus seinem Leben geworden wäre, wenn er weiter mit Durlib durch die Lande gezogen wäre oder sich entschlossen hätte, als Novize in der Abtei zu bleiben. Binnen weniger Monate war ihm nämlich aufgegangen, dass jeder Lebensweg, wie der Kreislauf der Natur, von Gegensätzen bestimmt wurde, die sich abwechselten, aufeinander folgten und sich wiederholten, bis daraus ein magischer Kreis entstanden war, der sich nur schwerlich beschreiben ließ.

Auch Salietti schien in seinem bequemen Zimmer in Jan Hinkebeins Herberge zu schlafen, während seine rastlose Fantasie die Bilder ungastlicher Kampfplätze, menschlicher Schrecken und naher Liebesabenteuer in ihm wachrief. Er fürchtete sich vor dem tragischen Schicksal, das sie in den Burgen des Steinkreises ereilen könnte, doch zugleich spürte er Weynelles Nähe, die nur wenige Schritte von ihm entfernt war, und meinte, in Erwartung der versprochenen und ersehnten Begegnung schon ihren beschleunigten Atem zu vernehmen.

Weynelle ihrerseits lag mit geschlossenen Augen und wachen Sinnen in ihrem Zimmer und ließ ihre Gedanken in die jüngste Vergangenheit abschweifen, zu ihrem Vater, der erlittenen Gefangenschaft und dem Kummer über seinen Tod. Immerhin regte sich eine Hoffnung in ihrer Brust: die wiedererlangte Freiheit und die Begegnung mit Salietti, dessen Liebe ewig zu währen versprach. Als die junge Frau hörte, wie sich die Tür ihrer Kammer auftat und der Ritter leise, um sie nicht zu erschrecken, ihren Namen flüsterte, da wusste sie, dass ihre nackten Körper in dieser mondlosen Nacht unter unerschöpflichen Liebkosungen und endlosen Küssen auf dem Lager miteinander verschmelzen würden.

Die Neuigkeiten, die Jan Hinkebein ihnen am nächsten Morgen zum Frühstück unterbreitete, waren so frisch wie die Forellen und das noch warme Brot.

Schlaftrunken fanden sie sich im Gastraum ein, als der Wirt sagte: »Nachrichten verbreiten sich in Straßburg so schnell wie der Nordwind.«

»Was hast du denn für Neuigkeiten zu berichten?«, fragte Salietti.

»In der ganzen Stadt wird über nichts anderes gesprochen als über den verwundeten Baron.«

»Das heißt, er ist noch am Leben?«, fragte Weynelle voller Hoffnung. Fenio de Vokko hatte sie zwar in seiner Festung gefangen genommen, aber immerhin hatte er den Inquisitor persönlich davon abgehalten, sie der Folter auszuliefern.

»Er hatte Glück, der Pfeil hat ihm die linke Schulter durchbohrt, aber nicht das Herz getroffen. Er ist schwer verletzt und sehr erzürnt über den italienischen Ritter, der das Turnier gewonnen und anschließend seine Herzensdame entführt hat. Es geht sogar das Gerücht, dass einige Spielleute schon Romanzen zu den Ereignissen schrieben, um sie mit den schönsten Balladen ihres Liederschatzes auf Straßen, Plätzen und Märkten vorzutragen.«

Grimpows und Weynelles Blicke wanderten zu Salietti, den sie sich beileibe nicht als den Helden eines Liebesliedes vorstellen konnten.

»Weiß man, wer den Pfeil auf den Baron abgeschossen hat?« Grimpow stellte die Frage, die ihm seit einer ganzen Weile im Kopf herumsummte wie eine lästige Hummel.

»Nein, aber die Leute zweifeln nicht daran, dass es ein als Bauer verkleideter Tempelritter gewesen ist, der sich auf einem der Festungstürme herumgetrieben hat. Offenbar hat er einen Bogenschützen des Barons überwältigt, ihm die Kleider entwendet und auf einem kleinen Wachtturm genau gegenüber der Tribüne Stellung bezogen.«

»Konnten sie ihn festnehmen?«, wollte Grimpow wissen.

Jan zog die Mundwinkel nach unten. »Noch nicht und wahrscheinlich wird es ihnen auch nicht gelingen, bevor die Heere des Barons und des Königs von Frankreich die Burgen des Steinkreises dem Erdboden gleichgemacht haben. Dorthin soll er nämlich geflohen sein.«

»Ich weiß, wer den Pfeil auf Fenio de Vokko abgeschossen hat«, sagte Salietti und zog alle Blicke auf sich.

»Hast du jemanden den Bogen spannen sehen?«, fragte Jan.

»Nein, aber ich habe mit ihm auf dem Weg zur Festung des Barons gesprochen.«

»Meinst du Ritter Radogil de Curnillonn?«, fragte Grimpow.

»Ja. Er hat mir auch vom Giftmord an Papst Clemens V. und von der Angst des französischen Königs erzählt, dass sich der Fluch des Großmeisters der Templer erfüllt, der sie beide vor Gottes Gericht zitierte. Radogil de Curnillonn sagte mir außerdem, dass er zur Festung des Barons unterwegs sei, weil er dort eine Mission zu erfüllen habe. Es war sicher kein Zufall, dass sein Knappe einen großen Bogen auf dem Rücken trug und an seinem Sattel ein Köcher voller Pfeile mit weißen und schwarzen Federn hing. Vielleicht wollten sie während des Turniers König Philipp IV. töten und haben, als dieser nach Paris umgekehrt ist, spontan beschlossen, mit seinem Bundesgenossen Fenio de Vokko kurzen Prozess zu machen, damit die Reise wenigstens nicht umsonst war«, sagte Salietti.

»Das Gerücht von diesem Fluch ist bis nach Straßburg durchgedrungen, ebenso wie die Nachricht vom Papstmord. Es würde mich kaum wundern, wenn sich nicht schon bald eine weitere, ebenso tragische wie undurchschaubare Legende um die beiden ranken würde«, bemerkte Jan.

»Außerdem hat der Ritter damals bemerkt, dass ihm das Wappen deines Schildes bekannt vorkomme. Erinnerst du dich?«, ergänzte Grimpow.

»Ja, das stimmt«, bestätigte Salietti.

Jan kraulte sich am Kinn. »Die Templer haben schon immer ganz gut über die Alchimie und die Alchimisten Bescheid gewusst. Wenn der Ritter, von dem ihr sprecht, ein Templer war, dann muss er gewusst haben, dass die Sonne auf deinem Wappen für das Gold steht und der Mond für das Silber. Am Ende kannte er sogar deinen Vater oder deinen Großvater. Immerhin hatte der verschwundene Templerorden überall auf der Welt seine Kontaktleute und Verbündeten. Deshalb ist es ja so schwer, ihn endgültig zu zerschlagen.«

»Was spricht man in der Stadt über den bevorstehenden Krieg?«, ließ sich nun Weynelle vernehmen.

»Weil er mit seiner Verwundung nicht selbst ausziehen kann, hat Fenio de Vokko gestern Ritter Valdigor de Rovol als Heerführer über seine Soldaten und Ritter beauftragt. Am heutigen Morgen brechen sie zu den Grenzen im Norden auf und noch heute Nacht sollen sie mit der Belagerung beginnen.«

»Sie können es kaum erwarten, den Burgen des Steinkreises die Schätze und Geheimnisse zu entreißen, wie der französische König es ihnen seinerzeit in Paris vorgemacht hat«, bemerkte Salietti.

»Bevor Fenio de Vokko und der König von Frankreich Herzog Ulf von Österbergs Festung einnehmen können, werden sie erst die getreuen Ritter der Burgen des Steinkreises überwinden müssen. Das dürfte ihnen allerdings nur schwerlich gelingen.«

Sie versanken alle in tiefes Schweigen, als schwebte unter der rauchigen Zimmerdecke der Schatten der Sorge über ihren Köpfen.

»Der Krieg hat also schon begonnen«, sagte Grimpow mit hängendem Kopf.

»Ja, das fürchte ich, mein Junge, und wir können so gut wie gar nichts dagegen unternehmen«, bestätigte Jan.

Salietti stand auf. »Lasst uns jetzt die Sache in Angriff nehmen, deretwegen wir hergekommen sind. Wir wollen denjenigen ausfindig machen, der nicht mehr ist, und die Stimme der Schatten vernehmen«, sagte er und verwendete exakt die Worte, die Gandalf Labox ihm in dem Buch des Gemeindearchivs von Cornille hinterlassen hatte.

»Ich merke schon, du sprichst auf dieselbe geheimnisvolle Weise wie dein verstorbener Vater«, schloss Jan lachend.

Sie fanden es zu gefährlich, sich gemeinsam in Straßburgs überfüllten Straßen zu bewegen, denn Jans Erkundigungen zufolge wusste bereits jeder in der Stadt, dass drei Reiter nach dem Mordanschlag aus Fenio de Vokkos Festung geflohen waren. Es war ebenfalls bekannt, dass es sich dabei um eine bildschöne Dame, einen italienischen Ritter und den dazugehörigen jungen Knappen handelte.

Deshalb beschlossen sie, zu zweit loszuziehen und sich die Stadt aufzuteilen. Salietti und Weynelle übernahmen das Viertel der Handwerker und Kaufleute, während Grimpow und Jan die Plätze absuchen und auf der Baustelle des neuen Münsters mit Maurermeistern und Steinmetzen sprechen wollten. Außerdem hatten sie vor, ein paar Alchimisten zu befragen, die Jan in der Gegend bei den Kanälen kannte.

Die Stimme der Schatten

Straßburg hatte nichts von seiner ursprünglichen Majestät und seinem Glanz eingebüßt, obwohl es schon mehr als einmal in Erbfolge- und Grenzstreitigkeiten durch Plünderungen und Brände verwüstet worden war. Die Stadt erhob sich im Winter aus dem dichten Nebel über dem Fluss, der sie teilte und dessen Ufer bis zu den Stadtmauern von einer langen Zeile schiefergedeckter Fachwerkhäuser gesäumt waren. Die Mauern wurden von drei riesigen Türmen beherrscht, die wie Wächter über der sich verzweigenden Ill aufragten. Über die Kanäle spannten sich zahlreiche Brücken, auf denen von morgens bis abends Reittiere und Fuhrwerke verkehrten, denn tagein, tagaus kamen Händler von den entlegensten Dörfern in die Stadt, um auf den Märkten und Messen ihre Waren zu verkaufen.

Zwei Tage lang durchstreiften Salietti und Weynelle Straßburg unermüdlich von Norden bis Süden und von Osten bis Westen. Sie besuchten das Viertel der Gerber, der Goldschmiede, der Schreiber, der Schmiede, der Weber, der Schreiner, der Schuster und der Juweliere. Jeden Mann und jede Frau, die ihren Weg kreuzten, fragten sie nach Aidor Bilbicum. Aber sie ernteten nur finstere, misstrauische Blicke und immer wieder ein entschiedenes Kopfschütteln, in einigen Fällen sogar mit einer

Spur Verachtung und Grobheit. Alle Menschen schienen beim Klang dieses Namens entweder zusammenzufahren oder um ihre Haut zu fürchten, wenn sie mit Fremden sprachen.

Jan und Grimpow gelang es genauso wenig, auch nur einen einzigen Hinweis auf den gesuchten Mann zu bekommen.

»Wenn dieser Aidor Bilbicum nicht mehr lebt, wie Salietti und du sagen, dann weiß ich nicht, wie ihr ihn finden wollt. Was ist, wenn ihn niemand kennt? Wenn keiner von ihm weiß?« Keuchend vor Erschöpfung, verlangte Jan eine Antwort von Grimpow.

Sie kamen gerade von einem Apotheker, dessen Haus an einer Straßenecke am Münsterplatz gelegen war. Im Untergeschoss hatte es nach Safran und verbranntem Zinn gerochen, nach Arzneikräutern, Gewürzen, Salben und Elixieren wie im Laboratorium der Abtei Brinkum. Grimpow zweifelte keinen Augenblick daran, dass auch jener Apotheker ein Alchimist war, und hoffte, wenigstens er könnte ihnen mit irgendeinem Wink weiterhelfen. Dann würden sie endlich die Stimme der Schatten vernehmen, wie die Botschaft von Gandalf Labox besagte.

Doch der Apotheker hatte mit dem Namen nichts anzufangen gewusst. Und damit nicht genug. Denn obwohl der Mann Jan Hinkebein seit vielen Jahren kannte, packte ihn mit einem Mal die Furcht, die Inquisition könnte den Gastwirt als Späher zu ihm gesandt haben, und er gab sich extrem wortkarg.

»Wenn niemand etwas von ihm weiß, dann werden wir nie finden, wonach wir suchen«, sagte Grimpow.

»Was sucht ihr denn, abgesehen von diesem Weisen?«, fragte Jan stirnrunzelnd.

»Die Weisheit, Jan, die Weisheit«, erwiderte Grimpow.

Mit aufrichtiger Bewunderung betrachtete er das großartige Straßburger Münster, an dem Hunderte von Lehrlingen, Gesellen und Baumeistern beschäftigt waren und soeben die Rosette an der Hauptfassade fertigstellten. Um diese ungewöhnliche, überwältigend schöne Kirche zu errichten, mussten komplexe Kenntnisse der Physik und atemberaubende mathematische Berechnungen umgesetzt werden, deren Geheimnis die Baumeisterlogen streng hüteten. Der Junge wusste, dass nur weise Männer, Architekten genannt, die Unterlagen einsehen durften.

Auf dem Vorplatz des Münsters sprachen sie mit mehreren Steinmetzen, die große Steinblöcke behauten. Am Bauwerk selbst erhoben sich riesige Gerüste mit jeder Menge Seilen, Rollen und Führungen, um die fertigen Skulpturen bis zur zweiten Ebene oberhalb des Gewölbes hochzuhieven.

Keiner der Anwesenden hatte je den Namen Aidor Bilbicum gehört, aber Grimpow bemerkte, dass ein jeder Steinmetz sein eigenes individuelles Zeichen in seinen Block meißelte, als machten sie ihr Werk mit einer persönlichen Signatur kenntlich. Einerseits erinnerten ihn diese Markierungen an die Schriftzeichen in dem Brief von Saliettis Vater, andererseits war er sicher, dass die Weisen des Ouroboros-Geheimbundes diese Hieroglyphensprache entwickelt hatten. Wahrscheinlich hatten sie das Alphabet auf verschiedene, von den Steinmetzen kopierte Schriftzeichen übertragen, sodass jeder Buchstabe einem bestimmten Zeichen entsprach. Grimpow fragte sich, ob die Weisen des Geheimbundes wohl in enger Verbindung zu den Erbauern der Kathedralen standen.

Sie suchten auch das Kanalviertel auf, wo zahlreiche Wassermühlen ihre Schaufeln wie Riesenarme durch die Luft kreisen ließen, aber auch dort war nichts zu erfahren. Aidor Bilbicum war und blieb unsichtbar wie ein Gespenst.

Die Nacht senkte sich schon über die Stadt, als sie den Rückweg zur Herberge antraten, um Weynelle und Salietti wiederzutreffen. Am Ufer eines schmalen Wassergrabens kam ihnen ein von Fackelträgern begleiteter Bestattungszug entgegen. Eine Gruppe Maskierter trug auf einem halb verfallenen hölzernen Katafalk ein Skelett, bedeckt mit schwarzen Seidentüchern, aus denen ein Totenschädel hervorschaute. Der ohrenbetäubende Lärm von Trommeln und Tamburinen begleitete die Teilnehmer der Prozession, denen eine große Schar Maskierter hüpfend, grölend und Fackeln schwenkend folgte.

»Sie feiern die Hexennacht und tragen einen Monat nach der Tagundnachtgleiche das Skelett des Winters zu Grabe, um anschließend das fruchtbare Frühjahr begrüßen zu können«, sagte Jan.

Er blieb stehen und betrachtete das lärmende Kommen und Gehen der Fackelträger und Maskierten, die tanzend um ihn herumsprangen. Grimpow vertiefte sich in das Schauspiel einer Gruppe tanzender Akrobaten, die an langen Ketten große brennende Feuerbälle wie kleine Sonnen auf ihrer Umlaufbahn herumwirbelten, und merkte nicht, dass sein Begleiter weiterging. Als er ihn dann suchte und auf Zehenspitzen über die Köpfe der Menge spähte, war Jan nirgends mehr zu sehen.

In diesem Moment steuerte eine junge Frau auf Grimpow zu, die ihr Gesicht mit einem Kopftuch verhüllte. Ihr Blick war durchdringend, geradezu aufwühlend, und ihre Augen waren so schwarz wie die Nacht.

»Komm her, mein Junge, und lass mich das Schicksal in deinen Händen lesen. Denn niemand außer mir kann darin sehen, was dir die Zukunft vorbehält«, sagte sie mit einer so einschmeichelnden Stimme, dass Grimpow wie hypnotisiert war.

Er trat ein Stück näher und streckte ihr die Hand entgegen. Er wusste nicht, weshalb, aber ihre Stimme war für ihn derart verlockend wie der Gesang von Sirenen. Dann kam ihm in den Sinn, wie sich Salietti vor Lachen ausgeschüttet hatte, als er beschrieb, was für eine dümmliche Miene Fenio de Vokko aufgesetzt hatte, während er ihm die Zukunft deutete. Sollte er sich wirklich von der abwegigen Vorstellung verleiten lassen, eine Zukunft kennenzulernen, die unsichtbar in seine Hand eingeschrieben war? Nein, er würde diesen verhexten Ort sofort verlassen und laufen, so schnell ihn seine Beine trugen. Aber da berührte ihn die junge Frau ganz zart und seine Haut überlief ein heißer Schauer, der unbekannte Träume und Wünsche in ihm wachrief.

»Du hast die Hände eines Prinzen«, säuselte die Unbekannte. »Aber eine edle Herkunft kann ich darin nicht erkennen.«

»Ich gehöre zu einer Karawane von Wanderschäfern«, log Grimpow im Bann der fremden schwarzen Augen. Die Wahrsagerin sah ihn an, ohne ein einziges Mal zu blinzeln.

»Du kommst von weit her. In dir mischen sich die Düfte von Kräutern und Blumen mit dem Geruch nach Rauch und Lagerfeuer«, behauptete die junge Frau und sog die Luft ein, als könnte sie so erraten, woher er stammte.

Der Knappe schwieg, in den Anblick der jungen Frau versunken, die angeblich in den Linien seiner Hand die unergründlichen Furchen seiner Vergangenheit erkannte.

»In dir ist auch viel alter Kummer, eine Trauer über Verstorbene und die Bitterkeit früherer Tränen.«

Die junge Frau ließ ihren Zeigefinger so sachte wie eine Liebkosung über Grimpows Hand gleiten und er empfand einen wohligen Schauer. Der Knappe fragte sich, ob diese Empfindung wohl wie die süßen Zärtlichkeiten waren, von denen ihm Pelin de Langfort schon so viel erzählt hatte und nach denen er selbst sich verzehrte.

»Meine Mutter ist lange tot«, log Grimpow weiter und ihn überlief eine Gänsehaut.

»Dennoch wirst du nicht von Einsamkeit begleitet. Deine Reisegesellen beschützen dich und scheinen wie zwei Vögel auf der

Schnur deines glücklichen Lebensweges auf und ab zu hüpfen.«

»Das verstehe ich nicht«, sagte Grimpow.

»Viele bewachen dich, auch wenn sie nicht da sind, um dir zur Seite zu stehen«, erklärte die Frau. Dann versank sie in ein langes Schweigen, schloss die Augen, als wollte sie über die Grenzen der Wirklichkeit hinausblicken, und sagte schließlich: »In deinem Kopf überschlagen sich wirre Fragen ohne Antworten. Du hoffst, sie bei der Betrachtung des Universums zu klären.« Während sie sprach, wurde ihre Miene auf einmal ganz ernst und tiefsinnig.

»Wer seid ihr? Was wollt ihr von mir?«, stammelte Grimpow verunsichert.

Trotz der dröhnenden Trommeln kam es ihm so vor, als wäre die ganze Stadt verstummt und nur er allein könnte die Stimme jener Fremden hören. Sogar der wahnwitzige Tumult der um ihn herumtanzenden maskierten Menschen mit den Fackeln erschien ihm plötzlich still und stumm wie ein Trugbild. Er sah die ausladenden Gebärden, das überstürzte Hasten und das übertriebene Fuchteln ihrer Hände im Schein der Fackeln, dennoch hörte er nichts als das Gesäusel der eindringlichen Worte jener jungen Fremden.

»Geh zum Münster und schlage dreimal an das rechte Portal, dort, wo sich die Steinbildnisse der drei weisen Jungfrauen befinden«, sagte sie, ohne seine Hand loszulassen. »Jemand, den du suchst, möchte mit dir sprechen. Aber geh alleine. Geht jemand mit dir oder folgt dir, wirst du denjenigen nicht mehr finden.«

Mit diesen Worten streichelte sie Grimpow noch einmal über die Hand, als wollte sie ihm eine letzte Liebenswürdigkeit erweisen, dann verschwand sie in der ausgelassenen Menschenmenge, die um ihn herumtanzte.

Vom Kanal aus erblickte der Knappe im fahlen Mondlicht die Silhouette des Straßburger Münsters. Er hielt nach Jan Ausschau, doch die Menschenmenge war zu einer undurchdringlichen Masse gesichtsloser Körper angewachsen und schien sich am Getöse eines dämonischen Rituals zu berauschen, in das der Bischof einwilligte, um den sündigen Seelen Linderung zu verschaffen.

Schubsend und stoßend bahnte er sich seinen Weg aus dem Getümmel und drang in die dunklen, einsamen Gassen ein, während er darüber nachsann, ob ihm nicht jemand eine Falle gestellt hatte, um sich seines Steins zu bemächtigen. In der ganzen Stadt nach Aidor Bilbicum zu fragen, war die einzige Möglichkeit gewesen, die ihnen in den Sinn gekommen war, um jemanden zu suchen, den es offenbar gar nicht gab.

Allerdings hatten sie auf diese Weise auch laut hinausposaunt, dass sie den Stein besaßen und nach dem Geheimnis der Weisen suchten. Wenn es in Straßburg tatsächlich mehr Geheimbünde gab, als sie sich vorstellen konnten, dann hätte jeder ihre List durchschauen und versuchen können, ihnen den Stein mit genau demselben Trick zu entwenden. In der Stadt wimmelte es von Gaunern, die nur hätten behaupten müssen, sie wollten mit ihm über Aidor Bilbicum sprechen, um ihn in einen Hinterhalt zu locken und alles aus ihm herauszupressen, was er wusste.

Mit diesen Überlegungen erreichte Grimpow das Portal des Münsters, das nur wenige an den Ecken des Vorplatzes brennende Fackeln beleuchteten. Er sah nach rechts und entdeckte die steinernen Skulpturen dreier stehender Frauen und eines Mannes. Das mussten die drei weisen Jungfrauen sein, von denen die Fremde gesprochen hatte. Er trat ans Tor und pochte dreimal hintereinander kräftig dagegen, wobei er dem Rhythmus seines aufgeregten Herzschlags folgte. Er wusste zwar nicht, was ihn im Münster erwartete, aber nun gab es kein Zurück mehr. Wenn er jetzt fortging, würde er vermutlich nie wieder Gelegenheit haben, die Stimme der Schatten zu vernehmen, und seine Suche nach dem Geheimnis der Weisen wäre für alle Zeiten unterbrochen.

Mit einem rostigen Quietschen tat sich die Tür auf, ohne dass jemand darin erschienen wäre. Grimpow wartete einen Augenblick, dann steckte er den Kopf hinein und starrte in die Finsternis, die sich jenseits der Tür zu verdichten schien. Es deutete nichts darauf hin, dass dort jemand auf ihn wartete. Plötzlich sah er im Innern des Münsters ein schwaches Licht aufflammen und trat trotz seiner zitternden Knie entschlossen über die Schwelle. Ich hätte Salietti Bescheid sagen müssen, dachte er bei sich, obwohl die Warnung der Fremden eindeutig gewesen war: Ging jemand mit ihm oder folgte ihm, würde er denjenigen nicht mehr dort finden.

Die kleine Flamme einer brennenden Altarkerze beleuchtete die Vierung mitten in der Finsternis des Mittelschiffs. Grimpow bewegte sich auf das Licht zu, bis sein Gesicht unter der hohen Kuppel des Münsters sichtbar wurde.

»Wen suchst du?«, fragte eine Männerstimme aus dem Schatten, die in der Stille nachhallte.

Endlich, dachte er beruhigt und zufrieden, endlich höre ich die Stimme der Schatten. Er blickte sich um, in dem vergeblichen Versuch, ihre Herkunft zu ergründen.

»Ich suche Aidor Bilbicum«, sagte er schlicht.

Wiederum erscholl die Stimme, die klang wie das verlängerte Echo seiner eigenen Worte. »Aidor Bilbicum lebt nicht mehr. Er ist schon vor Hunderten von Jahren gestorben.«

»Das weiß ich«, bestätigte Grimpow.

»Ich habe eigentlich mit Iacopo de Estaglia gerechnet.«

»Iacopo de Estaglia ist letzten Winter in den Bergen unweit der Abtei Brinkum erfroren«, erklärte der Knappe nüchtern.

Es herrschte einen Moment Stillschweigen, das Grimpow nutzte, um selbst eine Frage zu stellen. »Wer war die Frau, die mir gesagt hat, ich solle herkommen?«

»Sie hat sich als Wahrsagerin ausgegeben, um in der Hexennacht unerkannt zu bleiben«, erwiderte die Stimme der Schatten und setzte ohne Unterbrechung hinzu: »Wozu willst du Aidor Bilbicum sehen?«

»Ich habe eine Nachricht für ihn.«

»Die kannst du ebenso gut mir mitteilen«, versetzte die Stimme, und Grimpow urteilte, dass die Stimme einem ehrbaren Greis gehörte.

»Im Himmel sind das Dunkel und das Licht.«

»Bist du etwa im Tal der Sonne gewesen?«

»Ja, in der Krypta der Kirche von Cornille.«

»Wie hast du das geschafft?«

»Ich habe den Schlüssel zu dem Geheimnis über die Inschrift und über den Ouroboros gehalten.«

»Und was dann?«

»Dann hat sich der Sarkophag ohne Leichnam aufgetan, in dem die Geschichte ruht.«

Grimpow wusste, dass die Stimme zu einem Menschen gehörte, der sein Antlitz nicht preisgeben wollte. Es war kein Gespenst, so viel stand fest, dennoch hätte er das leere Münster am liebsten auf schnellstem Wege wieder verlassen.

»Hast du den Stein bei dir?«, fragte die Stimme.

»Ja«, bekannte der Junge unumwunden. »Wollt Ihr ihn haben?«, setzte er dann hinzu.

»Nein, der Stein hat dich gewählt«, erwiderte die Stimme.

»Was habe ich nun zu tun?«

»Du musst die Zeichen des Geheimnisses deuten, wie du es bisher getan hast. Hinter der Altarkerze findest du die fehlende Seite von Aidor Bilbicums Handschrift.«

»Wo war sie?«

»Ich habe sie vor langer Zeit in der Werkstatt eines Schreibers hier in Straßburg gefunden.«

»Gandalf Labox ist auch tot«, wechselte Grimpow das Thema.

»Dann sind also nur noch zwei von uns am Leben«, erklärte die Stimme der Schatten. »Deshalb musst du das Geheimnis der Weisen lösen und dafür sorgen, dass es auch anderen zugutekommt, damit die Menschheit vom Licht der Weisheit erleuchtet wird, anstatt weiter im Dunkel des Aberglaubens und der Unwissenheit zu verharren.«

Grimpow ging zu dem Kandelaber hinüber, auf dem die brennende Kerze steckte, und entdeckte dahinter auf den Steinfliesen des Münsters ein Pergament. Er hielt es an die Flamme und las den Text von Anfang bis Ende:

Folge dem Weg des Zeichens
und suche die versiegelte Kammer,
wo die Zeit Leben wie auch Tod ist.
Doch nur wenn du Unsterblichkeit erlangst,
kannst du den Unsichtbaren Weg sehen.
Dieser wird dich zur Insel Ipsar führen,
wo Fabelwesen und Ungeheuer wohnen.
Tritt dem Teufel entgegen
und finde zu seinen Füßen die letzten Worte.
Durchschreite die Säulen des Übergangs
und begib dich ins Labyrinth.
Dort bring die Saat aus,
dann siehst du die Blume erblühen.

»Das ist ja schon wieder ein Kryptogramm!«, rief Grimpow, doch die Stimme der Schatten antwortete ihm nicht mehr.

In ein Fass gesteckt

Auf dem Rückweg zu Jans Herberge begegnete Grimpow in den engen, dunklen Gässchen um das Straßburger Münster einigen Soldaten, die die Hexennacht auf ihre Art zu begehen schienen. Einer von ihnen stimmte ein Lied an, das der Junge seinen Freund Durlib so manches Mal in der Hütte in den Wäldern von Ullense hatte singen hören. Die anderen torkelten hinterdrein, die Helme schief auf den Köpfen, die Schwerter an den Gürteln auf dem Boden schleifend. Ohne den Blick zu heben, schlich Grimpow an ihnen vorüber, in der Furcht, es könnte ihn einer erkennen. Aber die Soldaten waren so betrunken, dass sie nur die auf- und abwogenden Häuserzeilen sahen, als befänden sie sich mitten im aufgewühlten, schäumenden Meer.

In der Schenke im Erdgeschoss der Herberge saßen die Bauern, Handwerker und Steinmetze jeweils zu mehreren beieinander und taten sich am Wein gütlich. Sie tranken ihn aus schweren Krügen, die sie beherzt ansetzten, sodass ihnen der Wein beidseitig aus den Mundwinkeln rann.

Leise betrat der Knappe das Haus und ging die Stufen von der Straße in den Schankraum hinunter. Er sah Jan hinter der Theke stehen und mit einem grobschlächtigen, verwahrlost aussehenden Mann reden. Als der Gastwirt den Jungen eintreten sah, unterbrach er sein Gespräch für einige Augenblicke und ging zu ihm hinüber.

»Ich habe schon befürchtet, dir wäre etwas zugestoßen«, murmelte er und wischte die Hände an dem fettigen Tuch ab, das an seinem Gürtel hing.

»Ich habe denjenigen gefunden, der nicht mehr ist!«, platzte Grimpow heraus. Es drängte ihn, sein Erlebnis mit jemandem zu teilen.

»Aidor Bilbicum? Du allein?«, fragte Jan ungläubig.

Der Knappe antwortete mit einer Gegenfrage. »Wo sind Weynelle und Salietti? Ich muss sie so bald wie möglich sehen«, sagte er aufgeregt.

»Als ich in der Schenke angekommen bin und ihnen erzählt habe, dass ich dich in dem Gewühl des Kanalviertels verloren habe, da sind sie losgezogen, um dich zu suchen. Aber sie müssten bald zurück sein. Du gehst am besten nach oben und wartest in deinem Zimmer auf sie«, sagte Jan und nahm das Gespräch mit dem Mann wieder auf.

Grimpow öffnete eine klapprige Tür in der Nähe der Theke, tappte blind einen engen Flur entlang und ertastete schließlich in einer Wandnische die Kerze. Er entzündete den Docht, sodass sich eine Aureole aus Licht um die Kerze legte und im Halbdunkel sein Gesicht beschien. Von seinen eigenen Schatten an der Wand begleitet, stieg er hinauf in sein Zimmer. Lautlos öffnete er die Tür und schob von innen den Riegel vor. Er entzündete eine zweite Kerze, die neben seinem Lager auf dem Boden stand. Dann setzte er sich auf die Fensterbank und holte unter seinem Wams das Blatt hervor, das ihm die Stimme der Schatten im Münster übergeben hatte. Er war gerade im Begriff, den rätselhaften Text ein zweites Mal zu lesen, als jemand leise an die Tür klopfte. Sein Herz machte einen Sprung, und als er öffnete, blickte er in die besorgten Gesichter von Weynelle und Salietti.

»Darf man erfahren, wo du gesteckt hast? Du hast uns einen Mordsschrecken eingejagt«, sagte der Ritter sichtlich verärgert.

Grimpow ging auf die Vorhaltung seines Freundes nicht ein. »Ich habe denjenigen gefunden, der nicht mehr ist, und die Stimme der Schatten vernommen«, berichtete er mit einem zufriedenen Lächeln auf den Lippen.

»Wie denn das?«, wunderte sich Weynelle.

»Ich erzähle euch gleich, was geschehen ist, nun seht euch zuerst das hier an«, sagte Grimpow begeistert und reichte ihnen das fehlende Blatt von Aidor Bilbicums Handschrift.

Salietti vergaß auf der Stelle seinen Ärger, nahm das Pergament in die Hand und hielt es ins Kerzenlicht, während Weynelle ihm neugierig über die Schulter spähte.

»Was bedeutet dieser Text? Es scheint alles verschlüsselt zu sein«, murmelte Salietti, denn er verstand kein Wort von dem, was da stand.

»Was hast du denn erwartet? Das hat Aidor Bilbicum doch in seinem Buch schon angekündigt. Kannst du dich nicht erinnern? ›Wer das Geheimnis der Weisen sucht, muss ins Dunkel schauen und das Gewirr der unergründlichen Rätsel lösen‹«, zitierte Grimpow auswendig.

»Er hat recht«, sagte Weynelle. »Jetzt wisst ihr wenigstens, welche Rätsel auf euch warten.«

Salietti sah Weynelle in die Augen. »Auf uns warten, meinst du wohl. Du gehörst auch dazu, das sind wir deinem und meinem Vater schuldig«, sagte er.

»Dann lass mich diesen geheimnisvollen Text einmal genauer anschauen«, erwiderte Weynelle hocherfreut über diese Ansicht des Ritters – endlich wurde sie mal eingeweiht. Nachdem sie das Kryptogramm eingehend betrachtet hatte, sagte sie: »Ich glaube, der Text besteht aus drei Abschnitten und in jedem geht es um ein anderes Rätsel. Das erste ist in diesem Teil enthalten:

Folge dem Weg des Zeichens
und suche die versiegelte Kammer,
wo die Zeit Leben wie auch Tod ist.
Doch nur wenn du Unsterblichkeit erlangst,
kannst du den Unsichtbaren Weg sehen.

Das zweite Rätsel«, fuhr sie fort, »steht in den folgenden Zeilen:

Dieser wird dich zur Insel Ipsar führen,
wo Fabelwesen und Ungeheuer wohnen.
Tritt dem Teufel entgegen
und finde zu seinen Füßen die letzten Worte.

Und das dritte und letzte Rätsel«, sagte sie sehr selbstgewiss, »ist in diesem Abschnitt enthalten:

Durchschreite die Säulen des Übergangs
und begib dich ins Labyrinth.
Dort bring die Saat aus,
dann siehst du die Blume erblühen.«

Salietti konnte nicht verbergen, wie sehr er in Weynelle verliebt war, und seine Worte schmeckten süß wie Sirup. »Einverstanden, wir haben hier alle Rätsel, um das Geheimnis der Weisen zu finden, aber wie sollen wir den Text auslegen?«, wunderte er sich.

»Indem wir einfach vorne anfangen«, schlug Weynelle vor. »Mein Vater hat immer gesagt, das sei die beste Art, einem Geheimnis auf die Spur zu kommen.«

»Dann müssen wir als Erstes ausfindig machen, wo sich die versiegelte Kammer befindet, in der die Zeit Leben wie auch Tod ist«, erklärte Salietti.

»Dafür müssen wir dem Weg des Zeichens folgen«, nahm

Weynelle den Faden auf und spürte, wie dieser rätselhafte Text sie zu fesseln begann.

»Ich glaube, ich weiß, wo sich die versiegelte Kammer befindet«, meldete sich Grimpow zu Wort. »Auf dem Rückweg hierher hat mich diese Frage auch schon beschäftigt. Mit dem Zeichen kann nichts anderes gemeint sein als die Schlange, die sich in den Schwanz beißt. Wenn wir ihrem Weg folgen, dann erhalten wir …« Er unterbrach sich, in der Erwartung, Weynelle oder Salietti würden den Gedanken fortführen.

Beide blieben nachdenklich, bis Weynelle als Erste die Antwort fand. »Einen Kreis! Das Zeichen des Ouroboros bildet auf dem Weg vom Kopf bis zum Schwanz einen Kreis«, rief sie eifrig.

Salietti war ungemein stolz auf sie.

»Die versiegelte Kammer befindet sich also in den Burgen des Steinkreises«, schloss Grimpow.

Sie beglückwünschten sich gegenseitig zu ihrer treffenden Deutung, nur Saliettis Antlitz blieb von einer Sorge überschattet.

Grimpow schreckte aus dem Schlaf hoch. Er war schweißgebadet und in seinem Kopf überschlugen sich die zusammenhanglosen Bilder eines verworrenen, unvollendeten Traumes. Es war ein entsetzlicher Albtraum gewesen, in dem er überdeutlich Saliettis blutleeren Körper zwischen Hunderten von Leichen hatte liegen sehen. Er selbst stand daneben, während Burumar de Gostelle auf ihn zukam. Der Inquisitor riss ihm den Stein aus den Händen, ohne dass Grimpow sich ihm widersetzte. Dann begann der Dominikaner schallend zu lachen und befahl seinen Schergen, den Jungen zu den Folterknechten zu führen. Grimpow hatte sich selbst auf eine Folterbank gefesselt gesehen, bis ihn sein eigener Entsetzensschrei aus dem Schlaf gerissen hatte.

Der Holzabsatz an Jans erhöhtem Schuh hämmerte rhythmisch auf den Dielenfußboden und weckte jeden, der in der Herberge noch schlief. Grimpow sprang aus dem Bett, zog den Riegel an der Tür zurück und sah, dass der Ritter aus Weynelles Zimmer ebenfalls auf den Flur lugte.

»Ist etwas, Jan?«, fragte Salietti den Wirt, der sichtlich nervös und ziemlich erschrocken wirkte.

»Ihr dürft keine Zeit verlieren und müsst sofort aus Straßburg verschwinden! Dieser Burumar de Gostelle ist in der Stadt und sucht mit den Schergen des Barons nach euch. Sie haben sogar ein paar Baumeister des Münsters und mehrere Magier und Alchimisten festgenommen, um sie auszuhorchen. Sie denken, ihr hättet in ihren Häusern Unterschlupf gefunden.«

»Ich hätte diesen Dominikaner töten sollen, als ich ihn in Händen hatte«, presste Salietti hervor.

»Ich gehe hinunter zum Weinlager und sattle die Pferde«, sagte Grimpow, während er sich hastig in der offenen Zimmertür anzog.

»Zu Pferd werdet ihr nicht weit kommen. Die Soldaten durchsuchen alles und jeden, der die Befestigungsbrücken passiert. Ich werde die Tiere anschirren und vor mein Fuhrwerk spannen. Euch verstecke ich in ein paar leeren Fässern aus meinem Weinlager.«

»Wenn es dir gelingt, uns aus der Stadt zu bringen, können wir unseren Weg zu den Burgen des Steinkreises alleine fortsetzen, sobald wir uns weit genug von den Stadttoren entfernt haben«, sagte Salietti.

»Zu den Burgen des Steinkreises? Du willst dem Scheiterhaufen entkommen, um auf direktem Wege in die Hölle zu reiten? Der Sturm auf die Burgen von Herzog Ulf hat längst begonnen und mir ist zu Ohren gekommen, dass Fenio de Vokko sich trotz seiner Verletzung gemeinsam mit Valdigor de Rovol an die Spitze seines Streitheers gestellt hat. Im Westen konnten sie schon drei Burgen einnehmen, zwar haben die getreuen Ritter des Herzogs sie bis zum Schluss verteidigt, doch dann mussten sie sich in die Festung zurückziehen.«

»Wir wollen versuchen, über die Schlucht im Osten dorthin zu gelangen. Wenn wir jetzt aufbrechen, sind wir noch vor Einbruch der Dunkelheit dort«, sagte Salietti unbeirrt.

Vor zwölf Uhr mittags hatte Jan die drei Pferde seiner Gäste und sein eigenes paarweise vor den Wagen gespannt, auf dem er die falsche Weinlieferung verstaute. Diese bestand aus sechs Fässern, drei gewöhnlichen und dreien mit doppeltem Boden, die groß genug waren, um darin eine hockende Person zu befördern. Grimpow, Weynelle und Salietti krochen nacheinander in die Fässer, so beklommen, als sollten sie in bauchigen Holzsärgen lebendig begraben werden. Jan befestigte die Deckel darauf und versiegelte sie mit Fett, damit es aussah, als wären sie luftdicht verschlossen. Dann stieg er auf den Kutschbock, ließ die Peitsche knallen und verließ den Hof seiner Herberge.

Der Wagen fuhr zügig durch das Handwerkerviertel, dann passierte er die leere Straße der Schreiber und Buchhändler, die einst berühmt und lebendig war, doch seit Beginn der Verfolgungen durch die Inquisition wie ausgestorben dalag. Kurz darauf kam er am Straßburger Friedhof vorbei und ließ eine endlose Reihe hoher Zypressen zu seiner Rechten liegen, die so schmal zuliefen wie die hinter den Wipfeln aufragenden Kirchturmspitzen.

Danach fuhr er auf einer mit drei Spitzbögen befestigten Brücke über die Ill und an den drei markanten zinnenbewehrten Türmen vorüber, während er auf das nordöstliche Tor zuhielt, durch das er die Stadt verlassen wollte. Eine Patrouille aus bewaffneten Soldaten mit Lanzen und Schwertern stand als Wache davor. Jan brachte sein Fuhrwerk hinter den anderen Karren zum Stehen, die die Turmwächter penibel durchsuchten.

Wegen seines zu kurzen Beines stieg er umständlich vom Kutschbock und gab vor, den Zustand seiner Fässerladung zu begutachten. Indem er unauffällig nach links und rechts schaute, stellte er fest, dass die Soldaten voll und ganz mit den vorderen Karren und deren Ladungen aus Korn, Heu, Gemüse, Geflügel und Schweinen beschäftigt waren. Er tat, als würde er die Stricke nachziehen, mit denen er die Lieferung befestigt hatte, und senkte den Kopf.

»Rührt euch nicht und haltet die Luft an, so gut ihr könnt. Wir verlassen jetzt Straßburg und die Soldaten werden den Wagen gleich durchsuchen«, warnte er die blinden Passagiere leise.

Kaum hatte er die Worte ausgesprochen, da sah er den Seneschall, einen beleibten Mann mit hochrotem Gesicht und missmutiger Miene, in Begleitung zweier Wachsoldaten auf seinen Karren zusteuern. Er ging den beiden übertrieben humpelnd entgegen.

»Das ist doch der Krüppel Jan Hinkebein! Schickt dich etwa der Baron, damit du seinen Soldaten mit deinem verwässerten Wein den Durst löschst?«, sagte der Seneschall spöttisch, als er den Kutscher erkannte. Dann nahm er den Helm ab und fuhr sich mit dem Unterarm über die Stirn, um den Schweiß abzuwischen.

Grimpow, Weynelle und Salietti hielten in ihren Fässern den Atem an, als sie die raue Stimme des Wachmanns vernahmen, und schlossen die Augen, um in der undurchdringlichen Dunkelheit ihrer hölzernen Verstecke über die Angst Herr zu werden.

»In solchen Zeiten hat Fenio de Vokko Wichtigeres zu tun, als dir mit meinem Wein den Durst zu löschen, du alter Schurke«, rief Jan hochzufrieden über sein Glück. Der wachhabende Mann war nämlich ein Stammgast in seiner Schenke.

»Na los, zeig mir, was du da drin hast, und sag an, wer der Empfänger dieser kostbaren Wagenladung sein soll«, verlangte der Seneschall, während er um das Fuhrwerk herumging.

»Ich habe sechs Fässer meines besten Weines für einen Tuchhändler im benachbarten Isbroden geladen. Wenn du die Fässer öffnest, werde ich die Ware unterwegs verlieren. Ich habe sie versiegelt, um den himmlischen Tropfen unterwegs nicht zu verschütten«, sagte Jan und grinste in sich hinein. »Aber wenn du die Güte des Inhalts kosten willst, dann behalte ruhig einen dieser Weinschläuche, die ich als Kostprobe mitgenommen habe. Damit wollte ich eigentlich nach meiner Rückkehr den Handel begießen und mir die trockene Kehle laben«, fügte er hinzu und schlug dabei die Planen des Fuhrwerks beiseite, auf dem die sechs Fässer und die beiden Schläuche zum Vorschein kamen.

Der Seneschall kratzte sich am Kopf, als würde er über das Angebot nachdenken. »Vorwärts, lasst uns überprüfen, was dieser hinkende Halsabschneider da sagt«, entschied er schließlich. Gleichzeitig gab er seinen Soldaten einen Wink, das prall mit Wein gefüllte Fell in Empfang zu nehmen.

Einer der Männer drückte seine Lanze kurzerhand seinem Nebenmann in die Hand, holte den Schlauch vom Wagen und öffnete den Stopfen. Dann nahm er einen langen Zug.

»Schmeckt gut«, sagte der Soldat nur und reichte den Schlauch an den Befehlshaber weiter.

Der tat es ihm nach, hob den Schlauch wie ein aufgeblähtes Lammfell an den Mund und labte sich an einem ausgiebigen Schluck. Dann wischte er sich mit der Hand über die Mundwinkel, bis der letzte Tropfen daraus entfernt war.

»Wir behalten das Geschenk, und jetzt steig auf deinen Wagen und geh mir aus den Augen, ehe ich noch auf die Idee komme, auch deine Fässer zu behalten.«

Die drei Flüchtigen verfolgten das Gespräch in ihren Verstecken und atmeten erleichtert auf.

Jan kletterte auf den Kutschbock und wollte die Pferde schon antreiben, da fiel ihm noch etwas ein. Er fragte den Seneschall: »Was ist eigentlich in Straßburg los, dass solch eine Unruhe auf den Straßen herrscht?«

»Sie suchen drei Geächtete, die aus Fenio de Vokkos Festung geflohen sind«, berichtete dieser. »Angeblich ist unter ihnen auch der Sieger des Frühjahrsturniers und die Dame in seiner Begleitung muss eine wunderschöne Zauberin sein.«

»Glaubst du etwa an solche Märchen?«, frage Jan.

»Ich glaube nur das, was ich mit eigenen Augen sehe, und wenn ich betrunken bin, nicht einmal das«, sagte der Seneschall und brach in schallendes Gelächter aus, das wie ein grollendes Gewitter in den Fässern widerhallte.

Jan trieb die Pferde an, und als er kurz darauf den letzten Turm der Brückenbefestigung passierte, fiel endlich die Angst, entdeckt zu werden, von ihm ab.

Er schlug den Weg nach Norden in Richtung Isbroden ein, und nachdem er die Stadt weit genug hinter sich gelassen hatte, brachte Jan das Fuhrwerk an einem brachliegenden Feld zum Stehen, das von hohem Gestrüpp umgeben war. Er stieg vom Kutschbock und schlug rasch die Plane über den Fässern zurück. Dann kletterte er auf die Ladefläche und nahm vom ersten Fass den trügerischen Deckel ab, während von innen Weynelle mit beiden Armen dagegendrückte. Noch leicht benommen von der überstürzten Flucht, blinzelte die junge Frau ins Sonnenlicht, dann stand sie auf und sprang an Jans Hand aus der Tonne.

»Ich dachte schon, ich käme nie mehr aus dieser finsteren Höhle heraus!«, rief sie und sog mit vollen Lungen die frische Luft ein, als nähme sie den allerersten Atemzug.

»Komm und hilf mir, die beiden anderen Fässer aufzumachen«, bat Jan.

Salietti und Grimpow hüpften fröhlich aus ihren Verstecken, wie zwei Fuchswelpen, die den Ausgang ihres Baus entdecken. Sofort schirrten sie ihre Pferde vom Wagen ab, dann dankten sie dem Wirt für alles, was er für sie getan hatte. Bevor sie aufbrachen, zog Salietti den Lederbeutel mit den Goldbohnen heraus und gab Jan eine Handvoll.

»Vielleicht solltest du Straßburg für eine Weile verlassen. Das hier wird dir helfen zu überleben, bis du wieder zurückkannst, ohne zu fürchten, dass Burumar de Gostelle dich bei lebendigem Leibe wie ein Lamm über dem Feuer brät«, sagte er.

»Du weißt, dass du mir nichts schuldig bist. Dein Vater und du, ihr hättet für mich dasselbe getan. Aber ich will dein Goldgeschenk nicht verschmähen, wenn ich damit einem so langsamen und grausamen Tod entrinnen kann, wie ihn mir dieser Dominikaner gewiss vorbestimmt hat. Ich will in Richtung Süden ziehen, nach Mühlhausen, und meinen Bruder besuchen, den ich schon seit Jahren nicht mehr gesehen habe. Ich gehe davon aus, dass er noch am Leben ist, falls nicht, bleibe ich vielleicht ein Weilchen dort und helfe seiner Familie. Er hat elf Kinder und ist nur ein Schweinehirt.«

Zum Abschied umarmten sie Jan, und er wünschte ihnen Glück bei der Suche nach der Weisheit, auch wenn ihm schleierhaft war, wie sie einen so wenig greifbaren Schatz je ausfindig machen wollten.

Die versiegelte Kammer

Vom Ende der Schlucht aus sah man über den drei Burgen des Steinkreises im Westen dichte Rauchwolken aufsteigen. Tausende von Reitern bewegten sich wie ein Ameisenheer durch das Tal auf Herzog Ulf von Österbergs Festung zu, ohne auf Gegenwehr zu stoßen oder anderweitig an ihrem Vormarsch gehindert zu werden.

»Fenio de Vokkos Streitheer hat bereits die ersten Burgen erstürmt. Die Soldaten haben eine breite Bresche geschlagen und rücken jetzt weiter vor, um die Festung zu belagern. Wenn wir uns nicht beeilen, sind sie dort, ehe wir das Tor erreicht haben«, sagte Salietti.

Er saß aufrecht und angespannt im Sattel, während Grimpow und Weynelle die Schönheit des Tals bewunderten, das sich vor ihren Augen ausbreitete.

Das weitläufige Weideland wurde von Osten nach Westen von den klaren Wassern eines breiten Stroms durchzogen. Aus dem Gras ragten sieben mächtige Felsen empor, auf deren Kuppen die Burgen des Steinkreises standen. In der Mitte befand sich auf einem von glatten Felswänden umgebenen Tafelberg Herzog Ulf von Österbergs riesige Festung, deren Türme und Wehrmauern eine verwinkelte Zitadelle umschlossen.

Der Ritter und seine beiden Begleiter trieben ihre Pferde an und preschten ins Tal hinunter, bevor einer der Soldaten, der sie von ferne herangaloppieren sah, eilig ihre Verfolgung aufnahm.

Der einzige Zugang zu dem felsigen Tafelberg lag in östlicher Richtung und verband die Erhebung in einem steilen Gefälle mit dem Tal. Ein breiter, tiefer Graben umgab schützend diesen Teil des Befestigungsrings, den eine kleine, der Zugbrücke vorgelagerte Burg beherrschte. Dahinter erhoben sich zwei dicke Tortürme mit einer weiteren bogenförmigen Maueröffnung samt Fallgitter und zwei massiven Toren, die zu der kleineren Burg unterhalb des Felsens führten. Im Deckengewölbe und in den Mauern des Torhauses zwischen dem ersten und dem zweiten Eingang waren Unmengen von Fallen und trickreichen Verteidigungsvorrichtungen eingelassen, um alle Angreifer abzuwehren, die es lebend bis dorthin geschafft hatten.

Wer vor den Tortürmen stand, hatte alle vorangehenden Hindernisse überwunden. Der Burgherr ließ sein Anwesen mit gekreuzten Ketten verteidigen, die Pferden den Zugang unmöglich machten, außerdem gab es Schießscharten für Bogenschützen und Löcher im Gewölbe, um die Angreifer mit kochendem Öl zu übergießen oder mit runden Steingeschossen zu bombardieren. Wenn diese erste Verteidigungslinie genommen war, führte ein steiler Weg zum Eingang der eigentlichen Festung, deren Türme und Wehrmauern sich über den Schluchten des wuchtigen Felsmassivs erhoben. Eine Festung über der anderen.

Dennoch waren die drei Reiter inzwischen auf der Erhebung angelangt, die sie über einen gewundenen Weg aus dem Tal genommen hatten, und hatten keinerlei Schwierigkeiten, in die Festung zu gelangen. Sobald die am Eingang postierten Turmwachen sahen, dass es sich um einen Ritter und seine jungen Begleiter handelte, die offensichtlich vor Fenio de Vokkos Vorhut flohen, stießen sie in ihre Trompeten, damit die Wachmannschaft die verschiedenen Tore der kleinen Burg öffnete und die Ziehbrücke herabließ.

Im Innern der kleinen Burg stellte sich Salietti dem Wachhauptmann vor und verlangte, unverzüglich vom Herzog empfangen zu werden. Er legte dem Hauptmann gerade die Beweggründe ihres Besuchs auseinander, da trat ein Ritter hinzu, den Salietti und Grimpow bereits kannten.

»Ich hatte schon die Hoffnung aufgegeben, Euch nach Eurer überstürzten Flucht aus der Festung des Barons je wiederzusehen und hätte hier in dieser Templerzuflucht, die jetzt im Kriegsgetöse kocht, schon gar nicht mit Euch gerechnet«, sagte eine tiefe Stimme hinter ihnen.

Die Neuankömmlinge drehten die Köpfe und erblickten den rätselhaften Ritter Radogil de Curnillonn. Da dieser Salietti auf dem Weg zum Turnier anvertraut hatte, er habe eine Mission zu erfüllen, war Salietti zu dem Schluss gekommen, dass nur er oder sein Schildknappe den Pfeil auf Fenio de Vokko abgeschossen haben konnten.

Radogil de Curnillonn trug ein Kettenhemd und darüber einen langen weißen Waffenrock, seine Taille war mit dem Lederriemen seines Schwerts umgürtet. Auf seiner Brust prangte rot das eingestickte große Kreuz des Templerordens, während von seinen Schultern ein langer Umhang herabhing, der auf der linken Seite ebenfalls mit dem roten Kreuz bestickt war.

Grimpow musterte den Mann eingehend von oben bis unten, denn er erinnerte sich dunkel, ein solches Gewand schon einmal gesehen zu haben, und zwar damals mit Keno in der unterirdischen Höhle der Abtei Brinkum.

»Was führt Euch hierher?«, fragte der Tempelritter, nachdem er Salietti mit ausgestrecktem Arm seinen Gruß entboten und dann dem Hauptmann ein Handzeichen gegeben hatte, sie allein zu lassen.

»Wir mussten aus Straßburg fliehen, sonst hätte uns Burumar de Gostelle festgenommen«, erklärte Salietti, der sich allmählich von seiner Überraschung erholte.

»Wenn Ihr Euch nicht vor mein Ziel gestellt hättet, dann gäbe es diesen Dominikanerbruder jetzt nicht mehr, denn ich hätte ihn mit einem Pfeil in die Stirn erledigt. Was habt Ihr mit ihm gemacht, nachdem Ihr ihn als Geisel vom Turnierfeld abgeführt hattet?«

»Ich habe ihn in die Fluten des Rheins geworfen und gehofft, er würde im Strom untergehen«, sagte der Herzog und bedauerte, dass er mit dem ruchlosen Inquisitor nicht kurzen Prozess gemacht hatte.

»Ihr hättet besser daran getan, ihm Euer Schwert ins Herz zu stoßen«, donnerte der Templer lachend los und legte seinen schweren Arm auf Saliettis Schultern.

Weynelle und Grimpow waren bei den Pferden geblieben, froh, in der Festung angelangt zu sein, bevor die Soldaten sie einholten. Sie fieberten beide darauf, die Suche nach der versiegelten Kammer aufzunehmen. Sie wussten nicht, ob sie diese ausfindig machen könnten, bevor die Streitheere des Barons und des französischen Königs gegen die Festung anstürmten, um ihr das Geheimnis der Weisen zu entreißen.

Unterwegs hatte Grimpow Weynelle die Legende der neun Tempelritter und des Salomonischen Tempels zu Jerusalem erzählt. Und soeben berichtete er ihr von den Gerüchten, dass das Geheimnis der Weisen in der herzoglichen Burgfeste zu finden sei. Was auch immer hinter diesen Wehrmauern versteckt lag, dass es wahrscheinlich nicht das Geheimnis der Weisen war, wussten sie inzwischen.

Grimpow hatte unaufhörlich über den Sinn des schwierigen

Kryptogramms nachgegrübelt, obwohl er vermutete, dass sie den Unsichtbaren Weg zum Geheimnis der Weisen sehen würden, wenn sie die versiegelte Kammer fanden und es ihnen gelang, darin Unsterblichkeit zu erlangen. Seine Hauptsorge galt immer noch dem Albtraum, der ihn vorige Nacht in Jans Herberge aus dem Schlaf gerissen hatte.

»Ich habe gesehen, dass die ersten Burgen des Steinkreises bereits vom Heer des Barons und des französischen Königs erstürmt worden sind«, sagte Salietti.

»Ja, was für ein Unglück! Doch tausend Mann vermögen nun mal wenig gegen über sechstausend bewaffnete Reiter und deren ungewöhnliches Kriegsgerät. Glücklicherweise sind inzwischen alle Bewohner der Burgen wohlbehalten hier in dieser uneinnehmbaren Festung in Sicherheit«, bemerkte Radogil de Curnillonn ohne große Begeisterung. »Jetzt kommt mit mir, ich werde Euch zu Herzog Ulf von Österberg bringen, der es kaum abwarten kann, Euch kennenzulernen. Er ist mit seinen Rittern im Wehrturm und rüstet sich für die lange Belagerung, die uns bevorsteht.«

»Herzog Ulf von Österberg weiß von mir?«, fragte Salietti erstaunt und musterte den Tempelritter noch einmal.

»Selbstverständlich, und wie er sich mir gegenüber äußerte, hat er sogar Euren Vater gekannt«, antwortete der Tempelritter und Salietti war wieder verblüfft. »Ich bin nach meinem missglückten Anschlag auf Fenio de Vokkos Leben, der dem französischen König gegolten hätte, wenn er da gewesen wäre, hierher zurückgekehrt und habe Herzog Ulf alles erzählt, was ich mit eigenen Augen angesehen habe. Als ich Euch vorhin aus dem Turm erspäht habe, bin ich sofort hinuntergestiegen und habe mit Freuden veranlasst, dass man Euch umgehend die Tore öffnet. Glaubt mir, wenn ich Euch versichere, dass Herzog Ulf genauso beglückt ist, Euch in seiner Burg willkommen zu heißen, selbst in so tragischen Augenblicken wie diesem.«

Salietti wusste, dass sein Vater regelmäßig nach Straßburg gereist war, weil er ihn als Student mehrmals dorthin begleitet hatte. Aber er hätte niemals angenommen, dass Herzog Ulf und sein Vater sich kannten.

Der Pfad, den sie zur erhöhten Festung hinaufritten, war so schmal, dass kaum zwei Pferde nebeneinandergehen konnten. Sie passierten das Torhaus, nachdem die Wachen das Fallgitter hochgezogen hatten, und betraten einen weitläufigen Waffenhof. Scharen von Soldaten und Rittern kletterten unaufhörlich die Mauern hinauf und hinunter und bezogen Stellung. Radogil de Curnillonn und seine Begleiter banden die Pferde im Burghof an, nahmen den Tieren die Satteltaschen ab und stiegen in den Turm hinauf.

Von den Zinnen des Wehrturms aus beobachtete Herzog Ulf von Österberg besorgt und mit bitterer Miene das unaufhaltsame Vorrücken des Feindes. Die drei westlichen Burgen des Steinkreises loderten inzwischen wie riesige Fackeln am Horizont. Deren Ritter und Vasallen waren zu ihm in die Festung geflüchtet und hatten sich auf alle Winkel verteilt. Nun richteten sie ihre Pfeile her, schliffen ihre Schwerter oder füllten vorsorglich Fässer mit Löschwasser.

Ulf von Österberg war nur wenige Jahre älter als Salietti, erweckte aber mit seinen blauen Augen und dem gestutzten weißblonden Bart den Eindruck von Weisheit und majestätischer Würde.

»Ihr kommt zur Stunde des Unheils. Die Unwissenheit der Barbarei wird diese unauslöschlich mit Blut besudeln«, sagte der Herzog, als er Salietti und seine beiden jungen Begleiter hinter Radogil de Curnillonn eintreten sah.

»Wenn es ansteht, Eure Festung vor der Bedrohung durch die

wilden Horden zu verteidigen, so freue ich mich, dass ich rechtzeitig gekommen bin, um die Schlacht mit meinem Schwert an Eurer Seite schlagen zu können«, erwiderte Salietti und neigte sich zu einer leichten Verbeugung.

Weynelle und Grimpow hielten sich ein wenig abseits und warteten darauf, dass der Ritter sie vorstellte.

»So seid denn hochwillkommen in den Burgen des Steinkreises wie einst Euer Vater, obwohl dieser nie ein anderes Schwert geschwungen hat als das seines weisen Scharfsinns.«

»Bis zur Stunde war mir nicht bekannt, dass mein Vater je Eure Festung betreten hat«, sagte Salietti.

»Unsere Väter waren eng befreundet und zählten auch andere weise Männer zu ihrem Kreis. Mehrmals im Jahr haben sie sich in einem Saal dieser Festung versammelt, allerdings liegt das schon viele Jahre zurück«, erklärte der Herzog und in seiner Stimme lag die Wehmut nach einer fernen, glücklicheren Zeit.

Bei der Erwähnung des Saales überlief Salietti, Grimpow und Weynelle gleichermaßen ein Schauer. Sie hatten damit gerechnet, die versiegelte Kammer über Umwege ausfindig machen zu müssen, um nun festzustellen, dass sie zum Greifen nahe war.

»Ritter Radogil de Curnillonn hat mir erzählt, Ihr hättet meinen Vater persönlich gekannt«, forschte Salietti behutsam weiter.

»Ich war noch ein Junge, als Euer Vater mir ein seltsames Glas schenkte, mit dem man kleine Dinge vergrößern konnte. Wenn man es senkrecht zur Sonne hielt, ließ sich damit sogar alles in Brand stecken, worauf man sein wunderbares blaues Licht richtete«, sagte der Herzog lachend.

»Dann habt Ihr vermutlich auch einen Weisen namens Gandalf Labox gekannt«, erkundigte sich Salietti unter Weynelles erwartungsvollen Blicken.

»Ganz recht. Er hat ebenfalls zu den Weisen gehört, mit denen mein Vater seine Zusammenkünfte abhielt«, bestätigte Ulf von Österberg.

Salietti winkte Weynelle und Grimpow herbei und stellte sie dem Herzog vor. Dann erzählte er ihm von ihren Erlebnissen.

Der Herzog drückte dem Ritter und dem hübschen Mädchen sein Beileid aus und setzte dann hinzu: »Ich bin davon überzeugt, dass unsere Begegnung in diesem so schwerwiegenden Augenblick kein Zufall sein kann. Wenigstens wird sie dazu dienen, das Andenken an unsere Väter hochzuhalten. Kommt mit, ich möchte Euch den ehemaligen Versammlungssaal der weisen Männer zeigen und eine Geschichte erzählen, die ich bisher mit keinem Sterbenslaut je erwähnt habe.«

Herzog Ulf übergab Ritter Radogil de Curnillonn das Kommando über seine Truppen und verließ in Begleitung der Neuankömmlinge den Turm. Schweigend stiegen sie die Treppe zum Waffenhof hinunter, wo das aufgeregte Auf und Ab der Soldaten auf den Zinnen anhielt. Eigentlich hätte der Herzog seinen Beobachtungsposten im Turm kurz vor dem Angriff der feindlichen Truppen nicht verlassen dürfen, aber dies war genau der richtige Moment, um einen alten Schwur zu erfüllen. Ein starkes, wenngleich unerklärliches Freundschaftsgefühl mit den Fremden trieb ihn, die drei in den Saal zu führen, den er seit dem Tod seines Vaters nicht mehr betreten hatte. Auch Weynelle und Salietti hatten den Eindruck, etwas mit Herzog Ulf von Österberg gemeinsam zu haben, etwas Unfassbares wie die Geschichte ihrer Väter und deren Ringen um Weisheit.

Am anderen Ende des Waffenhofes schloss Herzog Ulf eine kleine eiserne Tür unter einem Torbogen auf, nahm eine Fackel aus dem ringförmigen Metallhalter an der Decke und entzündete sie. Gemeinsam stiegen sie eine enge Wendeltreppe hinunter, die in einen kleinen, runden Saal mündete. Der riesige Raum war vollkommen leer und die halbkugelförmige Decke hatte in anderen Zeiten vermutlich das Himmelsgewölbe dargestellt.

Eines ließ Grimpow, Weynelle und Salietti jedoch aufmerken, kaum dass sie den Saal betreten hatten. Gegenüber des Eingangs stach ihnen mitten auf der Rundmauer das Relief eines mit großen Lettern in den Fels gehauenen lateinischen Schriftzugs ins Auge:

TEMPUS ET VITA
TEMPUS ET MORS

»Zeit und Leben, Zeit und Tod«, murmelte Grimpow leise vor sich hin und hatte keinen Zweifel mehr, dass sich die versiegelte Kammer, wo die Zeit Leben wie auch Tod ist, in nächster Nähe befinden musste. Denn so stand es auf der fehlenden Seite von Aidor Bilbicums Manuskript geschrieben.

Herzog Ulf merkte sofort, dass der in den Stein gemeißelte Text seine drei Begleiter fesselte, besonders den Jungen, der die lateinischen Buchstaben anstarrte, als sähe er mehr als deren offensichtliche Bedeutung.

»Ehe es zu spät ist, wollte ich Euch von dieser geheimnisvollen Inschrift erzählen«, begann der Herzog in feierlichem Ton. Er unterbrach das gespannte Schweigen seiner Begleiter, indem er fortfuhr: »Einer meiner entfernteren Vorfahren, Aberol von Österberg, war in seiner Jugend der Schüler eines Weisen namens Aidor Bilbicum, der vor zweihundert Jahren, von seiner Leidenschaft für die Astronomie getrieben, in den Orient reiste. Dort hat ihm offenbar ein geheimnisvoller Weiser einen wundersamen Stein ausgehändigt, der in den Legenden als *lapis philosophorum* bezeichnet wird. Außerdem entdeckte er den Salomonischen Tempel zu Jerusalem, wo ein wunderkräftiger

Gegenstand von so überwältigender Macht versteckt lag, dass sämtliche Könige und Herrscher der Welt ihn hätten besitzen wollen, wenn ihnen seine Existenz bekannt gewesen wäre. Aberol von Österberg begleitete Aidor Bilbicum in jene entlegenen Gefilde, bevor die Kreuzzüge ins Heilige Land begannen. Gemeinsam mit anderen Weisen eines Geheimbundes namens Ouroboros erteilten sie neun Rittern, die sich selbst Templer nannten, weil sie in den Stallungen des Salomonischen Tempels Unterkunft nahmen, den Auftrag, diesen wunderkräftigen Gegenstand vor den Überfällen der Muslime und Räuber zu schützen und nach Frankreich zu bringen. Sie entlohnten den Männern die Mission reichlich mit purem Gold. In Frankreich angelangt, verbarg der Ouroboros-Bund den wunderkräftigen Gegenstand an einem geheimen Ort. Die neun Tempelritter gründeten den mächtigen Templerorden zu Ehren des Salomonischen Tempels zu Jerusalem, in dem sie viele Jahre lang als Soldatenmönche gelebt und die Pilger beschützt hatten …«

»Bis hierher ist uns die Geschichte bekannt, abgesehen davon, dass Euer Vorfahr einer der Begründer des Geheimbundes der Weisen war. Denn genauso erzählt Aidor Bilbicum sie in einer Handschrift mit dem Titel *Die kosmische Essenz des Steins*«, unterbrach ihn Salietti. »Doch fahrt nur fort, denn ich glaube, Ihr könnt uns die fehlenden Glieder in der Kette dieser fantastischen Legende liefern.«

»In der Tat wurde die Geschichte zur Legende, als die Ritter des Templerordens so viel Macht und Reichtum gewannen, dass sie bei Päpsten, Königen und Kaisern Neid erregten. Diese kamen irgendwann zu dem Schluss, dass die neun Ritter daselbst einen Schatz von unermesslichem Wert entdeckt haben müssten. Doch lasst mich vorher noch erwähnen, dass Aberol von Österberg der Lieblingsschüler des weisen Aidor Bilbicum war und daher damit betraut wurde, ihn nach seinem Tod in einer unbekannten Krypta zu bestatten …«

Abermals unterbrach ihn Salietti. »Die Krypta befindet sich in der Kirche von Cornille, nördlich der Stadt Ullense«, warf er ein.

»Wie ich sehe, hat mich mein Gefühl, dass Ihr im Besitz des Steins seid, nicht getäuscht. Aus diesem Grund werdet ihr sicher wissen wollen, was ich Euch noch zu sagen habe.«

Die drei nickten einvernehmlich.

»Aidor Bilbicum händigte den Stein seinerzeit nämlich meinem Vorfahren aus. Nachdem er die sterblichen Überreste seines Meisters mitsamt dem Euch bekannten Buch zu Grabe getragen hatte, verbarg er den Schlüssel, der zum Geheimnis der Weisen führt, an einer geheimen Stelle in dieser Festung. Aberol von Österberg verriet niemandem, wo er den Schlüssel versteckt hatte. Doch als seine Söhne verständig genug waren, um zu begreifen, was sie hörten, ließ er sie schwören, diese Geschichte niemals weiterzuerzählen. Außer eines Tages besuche ein weiser Mann ohne ersichtlichen Grund die Burgfeste. Den sollten sie in den Saal führen und so lange wie nötig darin allein lassen, sich aber nicht wundern, wenn er nie wieder herauskäme.«

Die Worte des Herzogs versetzten Grimpow in Unruhe, ihm kam sogar der Gedanke, dass er vielleicht plötzlich verschwinden könnte, genauso wie sich der Leichnam von Saliettis Vater vor seinen Augen in Luft aufgelöst hatte.

»Aber Aberol von Österberg nahm seinen Kindern einen weiteren Schwur ab«, fuhr der Herzog fort. »Nämlich dass sie diese Geschichte ihren Kindern weitererzählen und sie das Gleiche schwören ließen. So war gewährleistet, dass es immer einen Herzog von Österberg geben würde, der die Geschichte kannte und einem künftigen Besitzer des Steins ermöglichte, das Geheimnis der Weisen zu lüften, sobald die Zeit dafür reif war. Ich weiß, dass mein Vater ebenso wie Eure Väter einer dieser Weisen gewesen ist und dass der Ouroboros-Geheimbund seine Zusammenkünfte in diesem Saal abhielt. Ich habe meinem Vater den gleichen Schwur geleistet, wie ihn Aberol von Österberg seinen Kindern abnahm, und hiermit habe ich ihn erfüllt«, schloss Herzog Ulf.

»Fürchtet Ihr, dass Fenio de Vokko die Festung angreifen und den Schlüssel zum Geheimnis der Weisen finden könnte?«, fragte Salietti.

»Blind vor Ehrgeiz und Todesangst, sind der Baron und der französische König nur hinter einem Hirngespinst her. Sie glauben, der Schatz der Templerlegende sei in dieser Festung verborgen. Denn ich bin sicher, dass einer der weisen Templer unter den unerträglichen Qualen der Folterknechte diesen Saal erwähnt hat. Ich muss gestehen, dass mich die Legende ebenfalls verlockt hat und ich die Burg bis in die hintersten Winkel nach dem Schatz abgesucht habe. Doch fand ich nichts außer dieser rätselhaften lateinischen Inschrift, in der es um die Zeit, das Leben und den Tod geht. Zwischen diesen leeren Wänden hat es nie etwas anderes gegeben als Weisheit. Nun ist es an Euch, mithilfe des Steins herauszufinden, was davon übrig ist. Bitte entschuldigt mich jetzt. Ich muss mich um meine Männer kümmern, damit wir den Angreifern einen Empfang bereiten, der ihrer Kühnheit würdig ist. Ich vertraue darauf, Euch bald wiederzusehen«, schloss der Herzog und machte kehrt, um zum Wehrturm zurückzugehen.

»Wartet«, hielt Salietti ihn auf. »Ich gehe mit Euch. Wie ich bereits sagte, will ich mein Schwert mit dem Euren vereinen. Ich bin kein Weiser, das bin ich nie gewesen und glaube auch nicht, dass ich je einer werde. Als Ritter ist mein Platz in der Schlacht, das war seit jeher mein einziger Wunsch.«

Weynelle und Grimpow waren wie vor den Kopf gestoßen. Verzweiflung überfiel sie, denn wenn es ihnen ohne Salietti gelang, in die versiegelte Kammer einzudringen, dann würden sie ihn womöglich nie wiedersehen.

Zeit und Leben, Zeit und Tod

Als Grimpow mit Weynelle allein in dem Versammlungssaal zurückblieb, nahm er die Fackel und suchte die Mauern nach einem Spalt ab. Aber die Felswände waren so glatt und poliert, dass sie aus einem einzigen Stück zu bestehen schienen. Weynelle ging mit ihm, doch wanderten ihre Gedanken immer wieder zu ihrem Vater, der an diesem Ort einst seinen festen Platz eingenommen hatte. Sie fragte sich, ob ihr Vater und die anderen Weisen geahnt hatten, dass sie ihre Zusammenkünfte in nächster Nähe zu der versiegelten Kammer abhielten, die Aidor Bilbicum in seiner Handschrift erwähnte.

»Hier muss die Kammer sein, da bin ich ganz sicher. Nichts anderes hat der in den Felsen gemeißelte lateinische Spruch zu bedeuten. Wenn ich doch nur wüsste, wie sie sich öffnen lässt«, sagte Grimpow und hielt das Licht der Fackel dichter an die Worte, die er von Neuem laut vorlas.

»Zeit und Leben, Zeit und Tod«, wiederholte die junge Frau. Sie war genauso begierig wie Grimpow, die wahre Bedeutung jener rätselhaften Zeilen zu verstehen.

Der Knappe übergab Weynelle die Fackel, holte den Stein aus dem Leinensäckchen an seinem Hals und fuhr damit über die Buchstaben, wie er es schon in der Krypta der Kirche von Cornille getan hatte. Er hoffte, dass sich die versiegelte Kammer auf dem gleichen Wege öffnen ließe wie der Sarkophag. Aber er merkte bald, dass der Schlüssel zu dem Geheimnis keine Macht über jene Felswände hatte, die sie einschlossen wie ein undurchdringlicher Wall.

»Aberol von Österberg muss genauso klug und erfinderisch gewesen sein wie sein Meister und hat wohl ein Verfahren zum Schutz seines Geheimnisses ersonnen, das ungemein raffiniert ist«, sagte Grimpow wie zu sich selbst. »Trotzdem werde ich das Gefühl nicht los, dass die Worte TEMPUS ET VITA, TEMPUS ET MORS keine andere Bedeutung haben als genau diese.«

»Ich glaube auch nicht, dass der Spruch ein Anagramm ist, das einen anderen Begriff ergibt, wenn man die Buchstaben vertauscht. Die Lösung des Rätsels liegt offenbar in seiner wörtlichen Bedeutung«, meinte Weynelle.

Dann bemerkte sie, dass der innere Rand des O in MORS ein winziges Ouroboros-Zeichen enthielt.

»Sieh nur! Das ist die Schlange«, rief die junge Frau. Sie hielt die Fackel dichter an die Inschrift, damit sie es sehen konnten, ohne dass das Relief Schatten warf.

Grimpow stellte sich auf die Zehenspitzen, um das Zeichen besser erkennen zu können, und bemerkte, dass es sich um ein Negativrelief der Schlange handelte. Genau wie damals im Siegellack des Briefes, den er bei Saliettis Vater gefunden hatte. Er hatte eine blitzartige Eingebung – endlich schien Licht ins Dunkel zu kommen.

»Das Petschaft! Der Schlüssel ist das goldene Petschaft! Deshalb ist auf der fehlenden Seite von Aidor Bilbicums Handschrift von einer versiegelten Kammer die Rede«, ereiferte er sich.

»Wovon redest du da?«, fragte Weynelle ratlos.

Grimpow erklärte ihr den Zusammenhang, während er die

Satteltasche über seiner Schulter öffnete und ihr das goldene Petschaft mit dem Ouroboros entnahm. »Die Kammer wurde genau mit diesem Petschaft verschlossen und nur damit lässt sie sich auch wieder öffnen. Das ist also der Grund, weshalb Saliettis Vater diese drei Dinge bei sich trug. Ohne sie ist das Geheimnis der Weisen niemals zu finden. Mit dem Stein, dem Schlüssel zu dem Geheimnis«, erklärte er, »ließ sich die Krypta öffnen, in der die Geschichte des Ouroboros-Geheimbundes ruhte. Deren verschlüsselte Botschaft gab Aufschluss darüber, wie man denjenigen ausfindig macht, der nicht mehr ist und die Stimme der Schatten vernimmt. Und dieses Petschaft vermag die versiegelte Kammer aufzuschließen. Verstehst du es jetzt?«, fragte er.

Weynelle nickte wenig überzeugt. Doch bevor sie etwas erwidern konnte, legte Grimpow auch schon das goldene Petschaft in das winzige Zeichen des Ouroboros, das in den Fels geritzt war. Augenblicklich ließ sich ein dumpfes Summen vernehmen und der Saalboden erbebte. Vor ihren Augen drehte sich der Felsblock mit dem eingemeißelten Spruch und die versiegelte Kammer öffnete sich.

Als Erste trat Weynelle mit der Fackel in der Hand ein und war überwältigt von der Schönheit jener geheimnisvollen Kammer, deren Öffnung sich unversehens wieder hinter ihnen schloss, nachdem auch Grimpow eingetreten war. Sie standen in einem großen achteckigen Raum, an dessen Wänden kostbare Gemälde hingen. An den Kanten zwischen den Wandflächen waren acht Räucherpfannen angebracht, die Weynelle mit der Fackel entzündete, während sie staunend den Blick zu dem großartigen Deckengewölbe hob. Es enthielt die Darstellung eines sternenübersäten Firmaments, das so durchscheinend wirkte wie der endlose Nachthimmel. Bevor sie sich aber in die Betrachtung jener großartigen Kammer vertieften, öffnete sich an einer der Seiten eine Klappe, aus der wie ein goldener Wasserfall der allerfeinste Sand in den Raum zu rieseln begann und sich alsbald auf dem Boden verteilte.

»Wir sitzen in der Falle! Die versiegelte Kammer ist eine Falle!«, schrie Grimpow entsetzt, als er merkte, dass der wie flüssiges Gold hereinströmende Sand sie lebendig begraben würde, wenn sie das Rätsel der Kammer nicht rechtzeitig lösen konnten.

Weynelle warf einen Blick auf die Öffnung und versuchte trotz ihrer eigenen Angst, Grimpow zu beruhigen.

»Jetzt verstehe ich den lateinischen Text am Eingang und die Worte in Aidor Bilbicums Handschrift, wo geschrieben steht, dass die Zeit Leben wie auch Tod ist«, sagte Weynelle. »Diese Kammer ist wie eine Sanduhr und misst die Zeit, bis wir ihr Rätsel gelöst haben. Gelingt es uns, bevor unsere Zeit abgelaufen ist, dann retten wir unser Leben. Gelingt es uns nicht, bedeutet das unseren sicheren Tod. Deshalb hat Herzog Ulfs Ahne warnend erwähnt, dass es durchaus sein könne, dass jemand, der allein im Versammlungssaal der Weisen bleibt, nie wieder herauskommt«, fügte sie hinzu und setzte ein tragisches Gesicht auf.

Grimpow deutete den lateinischen Eingangsspruch genauso wie Weynelle. Als er zu Boden sah, stellte er fest, dass der Sand ihn schon vollständig bedeckte.

Er rechnete sich aus, dass sie mindestens zwei Stunden Zeit hätten, bis ihnen der Sand bis zur Taille reichte. Doch dann erinnerte er sich auch an den Fluch, von dem der Einsiedler in der kleinen Kapelle in der Nähe von Ullense gesprochen hatte: »Verflucht seien diejenigen, die es wagen, in das Wesen des Geheimnisses einzudringen, denn die Türen, die sie aufstoßen, werden für immer hinter ihnen zuschlagen!« Nun fürchtete er, jener Fluch könnte sich hier erfüllen.

In der Mitte der Kammer stand ein beeindruckender, ebenfalls achteckiger Tisch, dessen Platte mit einer Windrose bemalt war. An den acht Seiten des Tisches saß je eine Steinfigur auf einem ebenfalls steinernen Stuhl mit hoher Lehne. Es waren lebensgroße Abbilder von acht Weisen in weiten Talaren, die ihre Arme auf den Tisch stützten und in den Händen je einen großen bronzenen Buchstaben hielten.

Weynelle betrachtete die Steinskulpturen, als wären sie Menschen aus Fleisch und Blut, denen man nur Leben einzuhauchen brauchte, damit sie wieder anfingen, sich zu regen, und ertappte sich sogar dabei, wie sie glaubte, die Züge ihres Vaters zu entdecken. Aber die Gesichter mit den tief liegenden Augen und den langen Bärten waren ihr allesamt unbekannt. Auch Grimpow suchte unter den Weisen die in sein Gedächtnis eingebrannten Züge von Saliettis Vater, ohne sie zu finden. Immerhin war eine der acht Figuren Herzog Ulf wie aus dem Gesicht geschnitten, obwohl sie einen alten Mann darstellte.

»Ich glaube, das hier sind die Bildnisse der acht Begründer des Ouroboros-Geheimbundes, die das Geheimnis der Weisen gefunden und verborgen haben«, mutmaßte Grimpow. Er war jetzt deutlich ruhiger und unternahm einige erste Versuche, jener Szene, in der die Zeit stillzustehen schien, einen Sinn abzugewinnen.

Tatsächlich hatte die Zeit in jenen Steinbildnissen innegehalten, während sie für Grimpow und Weynelle in der versiegelten Kammer mit jener absonderlichen Sanduhr alles andere als stillstand. Wenigstens wussten sie, dass ihr Überleben nun davon abhing, ob sie es rechtzeitig schafften, das vielschichtige Rätsel aus all den Elementen in dieser geheimnisvollen Kammer zu lösen.

»Wenn wir hier lebend wieder herauskommen wollen, müssen wir alles erforschen, was zu dem Rätsel gehören könnte, und dann irgendeine Methode anwenden, um es zu lösen«, schlug Grimpow vor.

»Dann lass uns von vorn beginnen, wie mein Vater mir stets

geraten hat. In der Mitte der Kammer haben wir also den achteckigen Tisch und an jeder Seite die Figur eines Weisen mit einem Buchstaben in der Hand.«

»Genau«, pflichtete Grimpow ihr bei. »Anfangs habe ich vermutet, dass die Buchstaben die Initialen ihrer Namen sind, aber es ist kein A dabei, von Aidor Bilbicum oder von Aberol von Österberg. Und das sind die beiden einzigen Namen, die wir kennen. Am besten zeichne ich den Tisch und die Buchstaben kurz auf, vielleicht bringt das ein wenig Licht ins Dunkel«, verkündete der Knappe, während er aus seiner Satteltasche das Stück Pergament und den Kohlestift holte. Dann fertigte er eine Skizze des Tisches an.

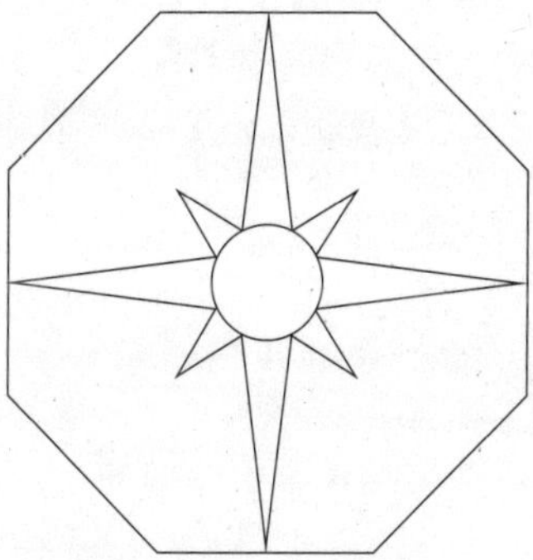

»Die Tischplatte ist mit einer Windrose bemalt, die in alle vier Himmelsrichtungen zeigt«, sagte Weynelle.

»Du hast recht. Offensichtlich hat das etwas zu bedeuten.«

»Dann sind da noch die Gemälde an den acht Wänden des Raumes«, fuhr Weynelle fort, während Grimpow seine Zeichnung vervollständigte. »Lass uns bei der Wand im Norden der Windrose beginnen, wo der Polarstern zu sehen ist, der ja den Seefahrern als Leitstern dient. Wir sollten von links nach rechts fortfahren und damit der Richtung folgen, in der sich die Erde um die eigene Achse dreht.«

Grimpow nickte zustimmend.

»Das erste Gemälde stellt einen Destillierkolben mit einer braunen Flüssigkeit dar. Auf dem zweiten sind nichts als Sterne zu sehen. Auf dem dritten scheint eine Kugel die Erde darzustellen. In der vierten Szene sieht man einen herrlichen Garten voller Leben. Das fünfte Bild stellt eine wunderschöne Blume dar. Auf dem sechsten Bild sieht man einen Herrscher auf einem Thron. An der siebten Wand betrachtet ein halb nackter Mann mit primitiven Gesichtszügen den abgerissenen Zweig eines brennenden Baumes. Und an der achten erscheint eine Schlange, die sich in den Schwanz beißt«, sagte Weynelle.

Während der anschaulichen Beschreibungen des Mädchens hatte Grimpow die acht Szenen in sich aufgenommen und eine erste Ahnung von der möglichen Lösung dieses großen, undurchschaubaren Bilderrätsels.

»Und über uns wölbt sich die Himmelskuppel«, sagte er und stellte seine Zeichnung auf dem Tisch der weisen Männer fertig. Danach trat er auf Weynelle zu und zeigte ihr das Ergebnis.

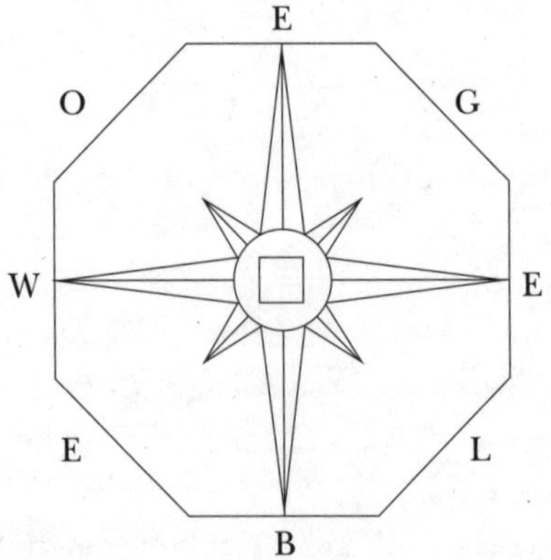

Beide versanken für geraume Zeit in die Betrachtung der zwar ungenauen, aber vollständigen Skizze, um daraus weitere Schlüsse zu ziehen, obwohl ihnen der hereinströmende Sand schon bis zu den Knöcheln reichte und die versiegelte Kammer unaufhaltsam weiterfüllte.

Schweigend vertieften sie sich und meditierten über die Einzelheiten des Rätsels, das sie wie ein dunkler, undurchdringlicher Nebel einschloss. Dann hatte Grimpow einen Einfall und bat Weynelle, dass sie ihm half herauszufinden, ob er einen Sinn ergab.

»Ich glaube, der Schlüssel könnten die Buchstaben sein, die die Weisen in der Hand halten«, sagte er und ging auf den zu, der das E hatte und im Norden der Windrose saß. Weynelle hatte, aufmerksam, wie sie war, ja bereits auf den Polarstern verwiesen, der an der nördlichen Wand der Kammer zu sehen war. Grimpow griff nach dem Buchstaben und stellte fest, dass er lose auf den kalten Steinhänden der Statue gelegen hatte.

Weynelle bewunderte Grimpows Scharfsinn. »Was willst du damit genau sagen?«, fragte sie.

»Dass wir den Weisen die Buchstaben in einer bestimmten Reihenfolge aus der Hand nehmen müssen«, grübelte Grimpow und hoffte, mit dieser Vermutung richtig zu liegen. »Vielleicht stehen die Buchstaben ja in irgendeinem Zusammenhang zu den Gemälden an den acht Wänden der versiegelten Kammer.«

»Nenn mir mal ein Beispiel«, forderte Weynelle ihn auf, um besser nachvollziehen zu können, was er meinte.

»Sieh dir noch mal meine Skizze vom Tisch an«, sagte er und hielt Weynelle das Stück Pergament hin.

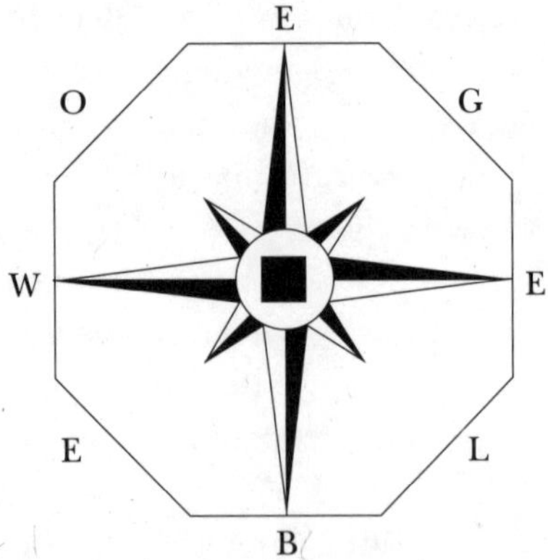

»Die Windrose zeigt nach Norden«, fuhr er fort, »lass uns also bei dem Weisen beginnen, der den Buchstaben E in der Hand hält, wie du vorhin schon vorgeschlagen hast. Lass uns auf dem Bild dahinter nach einem Begriff suchen, der mit einem E beginnt. Das ist nur so ein Einfall, aber vielleicht führt er uns ja weiter. Kannst du noch mal deine Beschreibung der ersten Szene wiederholen?«

Weynelles Blicke wanderten von der Zeichnung zu dem Gemälde an der Nordseite des Raumes. »Es handelt sich um einen Destillierkolben mit einer … Essenz?«, murmelte sie nachdenklich.

»Meiner Theorie zufolge hast du ein Wort verwendet, das mit E beginnt: Essenz«, erläuterte Grimpow und notierte es auf dem Pergament.

»Jetzt lass uns das Bild rechts davon betrachten und der Richtung folgen, in der sich die Erde um ihre Achse dreht. Beschreib es mir!«

»Auf dem zweiten Bild sind lauter Gestirne zu sehen«, schrie sie fast, weil sie wusste, dass die unerbittliche Sandhr immer weiterlief.

Der Sand reichte ihnen inzwischen bis kurz unter die Knie.

»Das ist leicht, denn der Weise vor dem Bild hat den Buchstaben G in der Hand«, sagte Grimpow. Er fügte das Wort Gestirne seinen Aufzeichnungen hinzu.

»Auf dem dritten Bild scheint eine Kugel die Erde darzustellen«, sagte Weynelle, entzückt von Grimpows Deutungen.

»Du hast Kugel und Erde gesagt, und da der Weise ein E in der Hand hält, muss Erde das richtige Wort sein.« Grimpow setzte das Wort Erde auf die Liste.

»Die vierte Szene ist ein herrlicher Garten voller Leben.«

»Das G von Garten haben wir schon den Gestirnen zugeordnet. Aber das L von Leben ist noch da!«, rief Grimpow und notierte es aufgeregt.

»Auf dem fünften Bild ist eine herrliche Blume.«

Grimpow schrieb rasch das Wort Blume auf, weil er fertig werden wollte, denn der Sand näherte sich schon bedrohlich der achteckigen Steinplatte des Tisches. Wenn er erst die Buchstaben in den Händen der Weisen bedeckte, wären alle ihre Bemühungen umsonst und sie bräuchten nur noch zu warten, bis der Sand auch sie lebendig begrub.

»Das sechste Bild zeigt einen Herrscher auf einem Thron. Er wirkt sehr erhaben«, beschrieb Weynelle weiter.

»Also, wir haben Thron und Herrscher. Damit können wir nichts anfangen, aber in Erhabenheit steckt das E. Das muss es sein«, schloss Grimpow messerscharf.

»Auf dem siebten Bild betrachtet ein halb nackter Mann mit primitiven Gesichtszügen den abgerissenen Zweig eines brennenden Baumes«, sagte Weynelle bedrückt, weil sie das Bild ungemein schwierig fand.

Auch Grimpow zuckte zusammen. »Du hast Mann gesagt, außerdem Gesicht, primitiv, Zweig und Baum. Aber leider ist keiner dieser Anfangsbuchstaben dabei, nur das G von Gesicht und das steht schon für die Gestirne. Wir müssen eine andere Bedeutung finden, die zu unserer Methode passt«, sagte der Junge. Plötzlich überkam ihn die Angst, dass ihnen alles, was sie sich bis hierher zusammengereimt hatten, nichts nützen könnte.

Weynelle schloss die Augen, um sich zu konzentrieren, aber sie fand kein Wort, das mit einem W anfing und einen Sinn ergab.

»Es sind nur noch das W und das O übrig, und das gehört eindeutig zum letzten Bild, auf dem sich die Schlange in den Schwanz beißt, also zum Zeichen des Ouroboros mit dem Anfangsbuchstaben O. Was sollen wir nur mit dem W anfangen?«, fragte er nervös.

Weynelle versenkte sich abermals in die siebte Szene und wiederholte im Geiste den Buchstaben W ein ums andere Mal. Endlich rief sie aus: »Wissen! Der primitive Mann auf dem Bild betrachtet den abgerissenen Zweig eines brennenden Baumes und entdeckt das Feuer, weil er ein vernunftbegabtes Wesen ist!«, rief sie aufgeregt.

»Ja, ja! Wir haben es, wir haben es«, bestätigte Grimpow, wedelte mit der Liste und legte Weynelle dann das Ergebnis vor.

ESSENZ
GESTIRNE
ERDE
LEBEN
BLUME
ERHABENHEIT
WISSEN
OUROBORUS

»Es ist die Geschichte der menschlichen Weisheit, die Geschichte des Steins, des *lapis philosophorum,* des Schlüssels zu dem Geheimnis!«, rief Grimpow ergriffen. »Jahrmillionen von

Rätseln werden in diesen paar Begriffen zusammengefasst: Aus der kosmischen Essenz ist das Universum entstanden und hat sich mit Gestirnen gefüllt, darunter die Erde, die alles Leben beherbergt, symbolisiert durch eine wunderschöne Blume. Ihre Erhabenheit kann der Mensch dank seines Wissens erkennen, welches die Weisen im Ouroboros-Geheimbund kultiviert haben. Wenn wir die Anfangsbuchstaben dieser Worte aneinanderreihen, dann ergibt sich:

EGELBEWO

Als er es laut aussprach, nahm Grimpow einem Weisen nach dem anderen die bronzenen Buchstaben aus der Hand und legte sie vor sich in den Sand, der den achteckigen Tisch mit der Windrose schon fast bedeckte. Doch nichts geschah, außer dass der Sand noch stärker und schneller zu strömen begann.

Weynelle bat Grimpow, die Buchstaben rasch an ihre Plätze zurückzulegen. Und tatsächlich: Nachdem er den Weisen die bronzenen Lettern zurückgegeben hatte, rieselte der Sand wieder mit dem ursprünglichen Tempo in die Kammer.

Sie dachten beide angestrengt nach und fürchteten schon, jene Augenblicke wären die letzten, die ihnen vom Leben blieben, bis Weynelle meinte: »Du hast doch vorhin etwas von der Himmelskuppel gesagt. Das ist es! Sieh nur, die Buchstaben ergeben Sinn.« Rasch nahm sie die Lettern wieder in die Hand und legte damit das Wort:

GEWOELBE

Grimpow umarmte die junge Frau stürmisch und beide hoben den Blick zur Kuppel über ihren Köpfen und betrachteten überwältigt die atemberaubende Schönheit der Deckenbemalung mit der Sternenkuppel.

»Das Universum!«, rief der Knappe.

Einen Moment lang war es totenstill, dann tat sich der achteckige Tisch wie durch Zauberhand auf und legte in seiner Mitte eine kleine goldene Schatulle frei. Darin fanden sie die wunderlichste Karte, die sie je zu Gesicht bekommen hatten.

Die Tür der versiegelten Kammer öffnete sich wieder und Grimpow erinnerte sich an den Text auf der fehlenden Seite von Aidor Bilbicums Handschrift, die ihm die Stimme der Schatten im Straßburger Münster hinterlegt hatte:

Folge dem Weg des Zeichens
und suche die versiegelte Kammer,
wo die Zeit Leben wie auch Tod ist.
Doch nur wenn du Unsterblichkeit erlangst,
kannst du den Unsichtbaren Weg sehen.

Da war er also, der Unsichtbare Weg, direkt vor ihren tränengefüllten Augen.

Der Sturm auf die Festung

Die feindliche Armee hatte den felsigen Tafelberg erreicht und bezog Stellung, um die Festung in der Mitte des Steinkreises zu belagern. Niemand würde mehr dort ein und aus gehen können, ohne auf die feindlichen Soldaten zu treffen. Selbst den Weg zum Fluss im Tal schnitt ein Trupp Ritter ab, die ihren Posten auf einer Steinbrücke einnahmen.

Die Soldaten begannen, ihre Zelte und Kriegsgeräte am Fuß des mächtigen Tafelberges aufzubauen, während es an den Burgmauern schon zu ersten Scharmützeln gegen eine Vorhut aus Kletterern kam, die über Felsvorsprünge zum Eingang der unteren Burg zu gelangen versuchten. Herzog Ulf von Östergs Schützen spannten auf den Zinnen ihre Bogen und Armbrüste und zwangen die ersten Angreifer mit ihren Geschossen zum Rückzug. Etliche starben auf der Stelle und viele wurden verwundet und brachten sich rasch im Schutz der Felsen in Sicherheit.

Salietti stand ebenfalls auf den Zinnen des Wehrturms und beobachtete jede Bewegung von Fenio de Vokkos Kriegsvolk. Ganze Hundertschaften begannen, den Tafelberg zu Fuß von Nordosten aus zu erklimmen, wo die Bogenschützen von der Festung sie nicht erreichen konnten. Doch Radogil de Curnillonn befahl seinen Mannen immer wieder, Hunderte von Pfeilen von der Wehrmauer aus so in die Luft zu schießen, dass sie in hohem Bogen nach unten sausten und wie Giftstachel auf die Angreifer niederprasselten.

»Habt ihr den Unsichtbaren Weg ausfindig machen können?«, fragte Salietti, als sich Grimpow und Weynelle wie zwei strahlende Kinder wieder zu ihm gesellten.

»Ich weiß zwar nicht, ob wir Unsterblichkeit erlangt haben, aber es ist uns immerhin gelungen, der Falle in der versiegelten Kammer lebend zu entkommen«, sagte Weynelle.

Sie gingen in eine Ecke des Turms, wo die junge Frau Salietti berichtete, welche Überraschung Grimpow und sie in der versiegelten Kammer erwartet hatte.

»Hier ist er!«, sagte Grimpow begeistert und zeigte Salietti die seltsame Karte aus der Schatulle.

»Aber da ist doch überhaupt nicht eingezeichnet, wo ihr den Unsichtbaren Weg finden könnt!«, erwiderte dieser verwundert.

Weynelle runzelte die Stirn und ließ die Suche nach dem Unsichtbaren Weg für einen Moment außer Acht. »Wie meinst du das? Warum sagst du ›wo ihr den Unsichtbaren Weg finden könnt‹? Gehörst du denn nicht auch dazu?«, fragte sie und wartete bang auf seine Antwort.

»Ich habe beschlossen, bei Herzog Ulf und seinen Rittern zu bleiben, bis der Krieg zu Ende ist«, verkündete Salietti mit einem Anflug von Traurigkeit in den Augen.

»Aber das ist doch nicht dein Krieg! Du kannst uns jetzt nicht im Stich lassen! Wir sind hergekommen, um die versiegelte Kammer zu finden!«, protestierte Grimpow. Er sah nun wahrlich nicht ein, dass er sich ein weiteres Mal von seinem besten Freund trennen sollte.

Salietti ging auf Grimpow zu und legte ihm die Hand auf die

Schulter. »Du warst mir der beste Schildknappe, den sich ein Ritter nur wünschen kann, Grimpow. Weynelle dagegen ist für mich der schönste Traum, der sich mir offenbaren kann, wenn ich mich in die Sterne oder in die Vollmondnächte vertiefe. Trotzdem ist dieser Krieg genauso der meine wie der von Herzog Ulf. Denn in diesem Krieg kämpfen Unwissenheit und Aberglaube gegen Wissen und Weisheit. Die Angreifer wollen nichts als das Geheimnis lüften, das unsere Väter verschlüsselt und gehütet haben, damit es eines Tages der ganzen Menschheit zugutekommt. Sie wollen nur ihre eigene Habgier und Macht befriedigen. Wenn ich von hier fortginge, ohne mich für das eingesetzt zu haben, wofür mein Vater und deiner und all die anderen gestorben sind, dann käme ich mir vor wie ein Schuft. Bitte glaub mir.«

In diesem Moment trat Herzog Ulf mit ungemein ernster Miene zu ihnen. »Es freut mich zu sehen, dass das, was ihr im Saal der Weisen gefunden habt, euch offenbar nicht daran hindern konnte, wieder herauszukommen«, sagte er.

Grimpow näherte sich dem Herzog und hielt ihm die Karte entgegen. »Diese Karte gehört Euch. Da Euer Ahnherr sie versteckt hat, seid Ihr der rechtmäßige Besitzer. Nach dieser Karte suchen Fenio de Vokko und der französische König, und wenn Ihr sie ihnen aushändigt, lässt sich dieser Krieg vielleicht noch verhindern«, sagte er.

Ulf von Österberg nahm die Karte, betrachtete sie einen Moment lang neugierig und lächelte. Die Worte dieses Burschen beeindruckten ihn. »Lieber Grimpow, wer könnte eine Horde mordlustiger Fanatiker davon überzeugen, dass ihre Vorstellungen die falschen sind? Wenn ich diese Karte einem der beiden geben und ihnen versichern würde, dass dieses herrliche Pergament den Weg zu dem Schatz weist, dann würden sie mich wahrscheinlich auslachen und mir kein Wort glauben, ganz gleich ob ich die Wahrheit spreche oder nicht.«

»Wieso denn?«, fragte Grimpow dazwischen.

»Ganz einfach: Diese Karte haben weise Männer erdacht und versteckt, die sich nichts aus Reichtum gemacht haben, weil es für sie nichts Wertvolleres als Weisheit gab. Weynelle und du, ihr habt trotz eurer jungen Jahre bewiesen, dass ihr die einzigen würdigen Besitzer dieser Karte seid. Damit werdet ihr das Geheimnis der Weisen ergründen und die Menschen von der Unwissenheit befreien, damit sie nicht im Morast ihrer falschen Überzeugungen stecken bleiben. Mein Vater hat mich schon als Kind gelehrt, dass sich die Erde um die Sonne dreht und dass sich diese revolutionäre Theorie beweisen lässt. Trotzdem setzt die Kirche alles daran, sie zu leugnen, und verbrennt jeden auf dem Scheiterhaufen, der es wagt, diese Ketzerei laut zu verkünden. Sucht das Licht, Grimpow, sucht das Licht im Dunkel der Unwissenheit. Weynelle und du, ihr werdet es finden«, schloss er. Im selben Moment geriet der Turm unter Beschuss und ein wütender Pfeilhagel ging darauf nieder.

In den frühen Morgenstunden rissen herabpolternde Felsbrocken und prasselnde Feuersbrünste die Bewohner der Festung ungnädig aus dem Schlaf. Das angreifende Heer hatte in der Nacht den westlichen Rand des Tafelbergs einnehmen können und unter den Burgmauern riesige Katapulte aufgestellt. So begann also der Feind, noch vor dem Mittag Herzog Ulf von Österbergs Festung mit einer Lawine aus Steinen und Feuerkugeln aus seinen schlagkräftigen Kriegsgeräten zu beschießen, woraufhin Türme und Mauern erzitterten, als wäre eine Naturkatastrophe über sie hereingebrochen.

Auch den Kletterern war es im Schutz der Dunkelheit gelungen, die Felsvorsprünge zu erreichen, und nun stiegen Soldaten und Ritter zu Hunderten über endlose Strickleitern aus dem Tal zur Festung herauf. Zahllose brennende Pfeile zerschnitten den

Himmel wie rasende Blitze, und der Schatten des Todes schwebte über dem Gemäuer der Burg, als könnte er es nicht abwarten, seinen unheilvollen Schleier darüberzubreiten.

Salietti suchte Grimpow und Weynelle in dem Saal, in den auch Herzog Ulfs Frau und dessen kleine Töchter geflohen waren. Dort hatten sie, umgeben von ihren Damen, Burgfräulein und Hofjungfern, die endlosen bangen Stunden der Nacht mit Geplauder und Stickereien erlesener Tapisserien zugebracht, als wäre nichts geschehen.

Als nun der Ritter in den Salon stürmte, fuhren die Damen auf und waren für Augenblicke wie erstarrt und unfähig, weiter ihre Ängste zu überspielen. Sie wussten alle, was mit ihnen geschehen würde, wenn es den feindlichen Soldaten gelänge, die Festung einzunehmen. Ihnen war klar, dass sie kein Erbarmen erwarten durften, und sie zogen es tausendmal vor, ihr Leben freiwillig zu beenden, als diesen mordlustigen Bestien in die Hände zu fallen. Keine von ihnen war bereit, durch die Geheimgänge der Burg zu fliehen, die mehrere Meilen westwärts in Richtung Metz führten. Ihr ganzes Leben hatte sich zwischen diesen Mauern abgespielt, und hier befand sich alles, was ihnen lieb und teuer war. Wenn ihre Männer bereit waren, bei der Verteidigung der Festung ihr Leben zu lassen, dann wollten sie mit ihnen in den Tod gehen, so grausam dieses Schicksal auch sein mochte. Sie warteten nur auf einen Wink von Herzog Ulf, um das Gift zu schlucken und für immer einzuschlafen. Als sie Salietti hereinkommen sahen, fürchteten sie daher, ihre letzte Stunde hätte geschlagen und sie müssten von der Welt Abschied nehmen.

Erschrocken warf sich Weynelle in Saliettis Arme, der sie mit angstverzerrtem Gesicht umfing.

»Wo ist Grimpow?«, fragte er.

»Im Saal nebenan, wo er die Jüngsten mit Geschichten von

Drachen und Fabelwesen unterhält. Er hatte sich in den Kopf gesetzt, mit Pfeil und Bogen an deiner Seite zu kämpfen, aber ich habe ihn schließlich davon überzeugen können, dass er in seinem Alter noch nicht für den Krieg taugt«, antwortete Weynelle.

Salietti führte die junge Frau in eine Saalecke und sprach dort mit gedämpfter Stimme weiter. »Ihr müsst unverzüglich von hier fliehen. Das Heer des Barons steht unmittelbar vor der Wehrmauer und wird die Festung in Kürze dem Erdboden gleichmachen. Hier wird kein Stein auf dem anderen bleiben«, sagte er.

»Ich dachte, die Festung wäre uneinnehmbar«, stammelte Weynelle mit besorgter Miene.

»Das war sie bisher auch. Aber für eine so schlagkräftige Kriegsmaschinerie ist sie es offenbar nicht mehr.«

»Was hast du vor?«, fragte die junge Frau, auch wenn sie die Antwort eigentlich gar nicht hören wollte.

»Mein Platz ist neben Herzog Ulf, wie auch unsere Väter in der Versammlung neben dem seinen saßen.«

»Aber du wirst umkommen, ihr werdet alle umkommen!«, rief Weynelle unter Tränen.

Salietti streichelte seiner Liebsten sanft über die Wange. »Deshalb sollt ihr ja gehen. Wenn ich in diesem sinnlosen Krieg mein Leben lassen muss, dann soll es zu Ehren unserer toten Väter geschehen, deren Feinde nicht mehr erlangen können als ihren Sieg in einem weiteren Blutbad. Euer Tod dagegen wäre nicht nur sinnlos, er würde auch verhindern, dass das Geheimnis der Weisen enthüllt wird, um eine neue Zeit einzuläuten. Denn nur dann wird die Weisheit endlich aus ihrer Asche aufstehen und der Menschheit den Weg in eine uns noch unvorstellbare Zukunft weisen. Unsere Väter haben das bereits gewusst. Deshalb haben sie auch geglaubt, dass die Zeit reif sei, das

Geheimnis der Weisen zu suchen. Dieses Wissen haben sie mit dem Leben bezahlt. Nur ihr, du und Grimpow, könnt vollbringen, was sie nicht mehr beendet haben, so sehr es ihnen auch am Herzen lag. Ihr habt die Karte des Unsichtbaren Weges gefunden. Sie wird euch leiten, so wie uns Aidor Bilbicums Handschrift bis hierher geführt hat.«

»Wohin sollen Grimpow und ich denn gehen? Wir haben die Karte bisher nicht deuten können. Deshalb wissen wir auch nicht, welche Richtung wir einschlagen müssen«, sagte Weynelle und fügte sich in ihr Schicksal. Obwohl die Aussicht auf eine Trennung von Salietti ihr das Herz zu brechen drohte.

»Nehmt von den vielen Geheimgängen unter der Burg jenen, der nach Westen führt. Wenn ihr wieder ans Tageslicht kommt, dann setzt euren Weg in dieselbe Richtung fort, bis ihr auf die Straße nach Metz stoßt. Ihr müsst jetzt sofort aufbrechen, damit ihr noch vor Einbruch der Dunkelheit vor den Stadttoren seid. Sobald ihr in Metz eintrefft, haltet Ausschau nach dem achteckigen Turm einer stillgelegten Kapelle des verfolgten Templerordens. Grimpow soll dann vortäuschen, von einem Leiden gequält zu werden, und du erkundigst dich nach einem Medikus namens Humius Natz in der Nachbarschaft. Er ist Herzog Ulf in treuer Freundschaft verbunden. Ihr braucht ihm bloß zu sagen, dass euch der Herzog schickt, dann wird er euch freundlich aufnehmen. Ihr könnt euch vorbehaltlos auf ihn verlassen.«

»Wann sehen wir dich wieder?«, wollte Weynelle zutiefst betrübt wissen.

»Wartet dort zwei Tage auf mich. Wenn ich am Morgen des dritten Tages nicht erschienen bin, dann zieht ohne mich weiter. Nehmt diesen Beutel Gold mit, ich habe hier keine Verwendung dafür, aber euch kann er in der Not eine Hilfe sein. Geh jetzt und sage Grimpow Bescheid. Kommt dann rasch in den Waffenhof hinunter, wo eure Pferde bereitstehen werden. Ich werde euch zu den unterirdischen Gängen führen und danach zur Schlacht zurückkehren«, sagte Salietti.

Grimpow konnte den Beschluss seines Freundes, in der Festung zu bleiben, nicht nachvollziehen. Vor dem geistigen Auge des Knappen tauchte immer wieder der Albtraum auf, den er in Jan Hinkebeins Herberge gehabt hatte. Er fürchtete, dass er ein schlechtes Vorzeichen war und den nahen Tod des Freundes ankündigen könnte. Wenn sein Freund mit Herzog Ulf und dessen Rittern in der Festung blieb, dann würde er sehr wahrscheinlich mit ihnen in der Schlacht ums Leben kommen. Grimpow bekniete ihn, mitzukommen und mit Weynelle und ihm die Suche nach dem Geheimnis der Weisen fortzusetzen. Aber Salietti war nicht von seinem Entschluss abzubringen.

Der Ritter hielt im Waffenhof die Pferde am Zaum, die wegen des Gepolters und der Flammen rundherum nur mit großer Mühe zu beruhigen waren. Überall liefen Bogenschützen über die Galerien der ringförmigen Wehrmauern und leerten im Handumdrehen ihre Köcher. An mehreren Stellen bildeten die Soldaten Menschenketten und schütteten einen Eimer Wasser nach dem anderen auf die brennenden Vordächer und Galerien. Herzog Ulfs Ritter verstärkten die Mauern und Türme im Westen und mussten mit dem Schwert schon die ersten Nahkämpfe gegen die Angreifer austragen, die mit Haken und Strickleitern die Zinnen erklommen. Ab und zu legte sich ein dumpfes, finsteres Grollen wie das Röcheln eines erbarmungslosen Ungeheuers über die Burg, alsdann schlugen große Ladungen von brennenden Felsbrocken auf Mauern und Dächer ein und sprengten sie in Stücke.

Die drei Freunde betraten einen langen, tiefen, von mächtigen Fackeln beleuchteten Gang und stiegen darin ins Erdinnere hinunter, bis sie sich in einer großen, extrem hohen, runden Grotte voller Stalaktiten wiederfanden, die wie Sterne über ihren Köpfen funkelten. Im Boden der Grotte war mit farbigen Steinsplittern ein Mosaik in Form einer Windrose eingelassen, ähnlich der, die sie in der versiegelten Kammer vorgefunden hatten. Sie gab die acht Richtungen der Geheimgänge vor. Jeder Gang führte zu einer der acht Burgen des Steinkreises, die um Herzog Ulf von Österbergs Festung herumlagen, und jenseits davon bis zum Ende des Tals.

Grimpow fragte sich, wer diese endlosen Stollen, die ihn an die dunklen Gänge eines riesigen Tierbaus erinnerten, wohl ausgehoben haben mochte.

»Warum fliehen nicht alle Bewohner durch diese Löcher und kehren der Schlacht den Rücken, bevor die Festung endgültig verloren ist?«, fragte Grimpow in einem letzten Versuch, Salietti umzustimmen.

»Mein lieber Freund, nicht immer wählt ein Ritter sein Schicksal selbst«, erwiderte dieser.

Er trat auf seinen Freund zu und umarmte ihn innig. Danach wandte er sich Weynelle zu und umschloss ihre Lippen mit den seinen. Ihr Atem verband sich und sie verschmolzen miteinander, als wollten sie durch ihre Münder gleichsam ihre Seelen austauschen. Salietti ahnte, dass dieser Kuss die letzte Erinnerung an seine Liebste sein könnte.

»Ihr müsst euch jetzt aufmachen«, sagte er dann traurig und löste sich aus Weynelles Armen. »Zieht nach Metz, indem ihr immer gegen Westen reitet. Und vergesst nicht: Wenn ich am Morgen des dritten Tages nicht im Haus von Humius Natz erschienen bin, dann wartet nicht länger, sondern brecht auf und folgt dem Unsichtbaren Weg.«

Mit diesen Worten schlug er ihren Pferden auf die Hinterhand, damit weder Grimpow noch Weynelle sahen, wie ihm die Tränen in die Augen stiegen.

Herzog Ulf und seine Ritter kämpften noch immer auf dem westlichen Mauerring, als Radogil de Curnillonn mit Warngeschrei auf sie zustürmte. Ein großer Trupp Söldner hatte unter Valdigor de Rovols Führung die Schießscharten der vorgelagerten Festungsmauern eingenommen und war im Begriff, die untere Burg zu stürmen. Damit würden sie Tausenden von Soldaten, die mit riesigen Rammböcken und hoch aufragenden Sturmtürmen vor dem Burggraben standen, den Weg zur höher gelegenen Festung öffnen.

Salietti entdeckte seine Leute im großen Waffenhof und schloss sich mehreren Hundertschaften von Rittern an, darunter zahlreiche Templer, die gemeinsam unter Herzog Ulfs Kommando zur unteren Burg eilten, um sie zurückzuerobern. Denn wenn es Valdigor de Rovols Söldnern erst gelang, die Ziehbrücke herabzulassen, dann war die vorgelagerte Burg für immer verloren.

Die Bogenschützen zogen sich geordnet in die zweite Kampflinie hinter der Mauer zurück. Von dort wehrten sie mit ihren Pfeilen das weitere Vorrücken der Angreifer ab, die zu Dutzenden den Steilhang emporstürmten und die Schießscharten einnahmen, wenngleich etliche von ihnen in die Brust, den Hals oder die Stirn getroffen wurden und unter Wehgeschrei in den Abgrund stürzten.

Herzog Ulf gab Befehl, das Tor der unteren Burg zu öffnen, worauf seine wütenden Krieger, das Schwert in die Höhe gereckt und den Schild eng gegen die Brust gepresst, zu Hunderten auf die Angreifer losstürzten. Salietti zögerte nicht, die erstbesten Söldner, die ihm in die Nähe kamen, anzufallen, ihnen mit seinem Schwert Athene die Sturmhelme zu spalten und die Schädel zu zerschmettern, sodass ihnen das Blut nur so übers Gesicht rann. Rechts und links von ihm sanken die herzoglichen Ritter reihenweise leblos zu Boden, während das Wutgebrüll der Angreifer zwischen den Mauern widerhallte.

Auch Herzog Ulf von Österbergs Schwert sauste durch die Luft und trennte mit jedem Streich einem der Angreifer den Kopf ab, während der Tempelritter Radogil de Curnillonn tapfer an seiner Seite kämpfte. Doch als er Valdigor de Rovols Schild mit dem vom Rabenflügel gekreuzten Turm sah, bahnte sich der Herzog einen Weg durch die schäumende Menge. Er holte mit solcher Wucht gegen Valdigor de Rovol aus, dass dieser den Halt verlor und aus dem Sattel stürzte.

Das Schwert des Herzogs wirbelte durch die Luft und schnellte wie ein Blitz aus bewölktem Himmel auf den Ritter nieder, traf aber nur dessen Schild. Diesen Fehlschlag machte sich Valdigor de Rovol, der noch immer auf der Erde saß, zunutze und zielte nun seinerseits auf die ungeschützte Taille seines Widersachers. Er stieß dem Herzog das Schwert mit solcher Erbitterung in den Leib, dass es bis zum Schaft in der Ritze zwischen den eisernen Rüstungsplatten verschwand. Salietti sah, wie Ulf von Österberg die Augen aus den Höhlen traten, und erkannte, dass dem Mund des Herzogs mit dem herausquellenden Blut der letzte Lebenshauch entfuhr, als er vor den Toren seiner Festung tot zu Boden fiel.

Der italienische Ritter stieß einen Schmerzensschrei aus und es durchfuhr ihn, als hätte Valdigor de Rovols eisige Klinge seine eigenen Eingeweide durchbohrt. Halb wahnsinnig vor Hass schlug er einen nach dem anderen jeden Kämpfer nieder, der sich ihm entgegenstellte, bis er den finsteren Ritter endlich vor sich hatte.

»Das werdet Ihr mit dem Leben bezahlen!«, brüllte Salietti, als sich die beiden unter dem Burgtor gegenüberstanden.

Valdigor de Rovol erkannte auf Anhieb Sonne und Mond im Wappen des Ritters, der ihn da zum Kampf aufforderte. »Seid

Ihr das, Salietti de Estaglia?«, fragte der Anführer der angreifenden Truppen herrisch.

»Als ich beim letzten Mal das Schwert auf Euch gerichtet habe, da habe ich Euch das Leben gelassen. Aber diesmal seid Ihr ein toter Mann!«, verkündete Salietti.

»So kann nur ein harmloser Knappe prahlen!«, versetzte Valdigor de Rovol und brach in schallendes Gelächter aus. »Ihr habt mich im Elsass gedemütigt, das ist wohl wahr, und jetzt ist der Augenblick gekommen, diese Beleidigung mit dem Schwert zu rächen.«

Bei diesen Worten holte er mit aller Kraft zu einem Schlag aus, doch Salietti parierte ihn kaltblütig. Nun folgte in rasender Geschwindigkeit ein Schwertstreich auf den anderen, aber Grimpows Freund vermochte in seiner überschäumenden Wut, den Gegner zurückzudrängen, bis sein Schwert die Mauer traf. Während Valdigor de Rovol den Hieben, die pausenlos auf seinen zerstörten Schild niedergingen, gerade noch ausweichen konnte, trat ihm der Schweiß aus allen Poren, lief ihm über die Stirn und vernebelte ihm die Sicht, als blickte er schon dem Tod ins Auge.

»Glaubt Ihr immer noch, Ihr könntet den Krieg benutzen, um Euch dieser Festung zu bemächtigen, nachdem Ihr den Burgherrn eigenhändig umgebracht habt?«, fragte Salietti und nutzte Valdigor de Rovols Unachtsamkeit, um den Ritter mit einem gekonnten Schwertstreich zu entwaffnen.

Als dieser, zu Tode erschrocken, etwas erwidern wollte, sah er eine langsame, endlos scheinende Bildfolge vor sich ablaufen: Salietti packte mit beiden Händen sein Schwert, hob es auf Schulterhöhe an, drehte sich in der Hüfte und vollführte eine Kreisbewegung mit dem Körper, um ihm mit einem Hieb den Kopf abzuschlagen. Valdigor de Rovol spürte, wie die scharfe Eisenklinge glatt in seinen Hals eindrang, er spürte, wie sie ihm den Kopf vollkommen schmerzlos von den Schultern trennte und wie dieser mitsamt seinem Helm auf den Boden rollte. Schließlich sah er einen dunklen Blutstrom darunter hervortreten, der ihm den Blick verschleierte.

DRITTER TEIL

Der Unsichtbare Weg

Im Himmel sind das Dunkel und das Licht
ARS
Der Unsichtbare Weg

Das Dunkel und das Licht

Grimpow und Weynelle reisten den ganzen Tag in Richtung Westen, ohne ein einziges Mal zum Essen oder Rasten anzuhalten und fast ohne ein Wort zu sprechen. Beide waren sie traurig und voller Sorge über Saliettis Schicksal und fürchteten, ihn nie wiederzusehen. Nicht einmal die Tatsache, dass sie der versiegelten Kammer lebend entronnen waren und die wunderliche Karte des Unsichtbaren Weges gefunden hatten, regte sie zu einem Gedankenaustausch an. Der Ritter war nicht bei ihnen und sie konnten an nichts anderes denken. Die beiden Tage und Nächte des Wartens bei Medikus Humius Natz würden ihnen gewiss lang werden und überschattet sein von der Ungewissheit, Angst und Hoffnung, ob Salietti vor Anbruch des dritten Tages wohlbehalten in Metz zu ihnen stieß.

Nachdem sie sich in der Grotte unter Herzog Ulf von Östbergs Festung von ihrem Freund verabschiedet hatten, waren sie einem langen, nur von ihren Fackeln erhellten Gang gefolgt. An den Felswänden dieses dunklen Stollens schimmerten Wasserflecke und die Pferdehufe hallten darin wider, als wären sie der einzige Laut, den jene düstere, unterirdische, nie enden wollende Welt kannte. Nur ab und zu hörten sie im Vorbeireiten die Fledermäuse aufflattern, wenn der Schein der brennenden Kienspäne die Tiere aus ihren Schlupfwinkeln aufscheuchte.

Den Hades in der griechischen Mythologie, das Reich des gleichnamigen Gottes der Unterwelt, stellte sich Grimpow genauso finster und unheilvoll vor wie diesen Schacht. In der Bibliothek der Abtei Brinkum hatte er davon gelesen und wusste, dass Hades der Bruder des Zeus und des Poseidon war. Die drei Götter hatten, nachdem die Titanen besiegt waren, die Welt unter sich aufgeteilt. Zeus sollte fortan der Himmel gehören, Poseidon das Meer und Hades schlug sein Reich in der Unterwelt auf, in der Hölle also. Der französische König und Fenio de Vokko hatten beim Sturm auf die Burgen des Steinkreises im Grunde Ähnliches vor, dachte der Junge. Der König von Frankreich trachtete wahrscheinlich eher nach dem wunderkräftigen Gegenstand, während der Baron zufrieden das herrliche Tal mit den Burgen des Steinkreises zu seinen Ländereien hinzunehmen würde. Ritter Valdigor de Rovol hatte er die Festung auf dem Tafelberg versprochen, sodass dieser zum Herrn über die Unterwelt würde, durch die sie gerade ritten.

Die fahle Abendsonne begrüßte sie am Ausgang des unterirdischen Ganges, ehe sie hinter einem felsigen, mit großen Eichen bestandenen Berg unterging. In der Ferne sahen sie einen wasserreichen Fluss wie einen silbernen Spiegel funkeln. Daneben hoben sich am westlichen Horizont die Dächer und Türme einer kleinen, von einer Mauer umschlossenen Stadt ab.

Sie betraten Metz durch das Osttor, dessen Türme sich über die Flussbrücke erhoben. Eine Schar Bauern kehrte gerade von der Feldarbeit zurück und zog mehrere mit Kornbündeln beladene Esel hinter sich her. Grimpow und Weynelle ritten durch das Tor in die Stadt und entdeckten über deren Dächern alsbald die Türme der Kathedrale und einiger anderer Kirchen, auf deren Glockentürmen Störche nisteten. Auf einem von vornehmen Wohnhäusern mit Arkaden umschlossenen Platz trafen sie auf eine Gruppe Damen. Die in vornehme Kleider und zarte Farben gekleideten Edelfrauen plauderten angeregt und strebten zur Abendmesse auf die Kathedrale zu. Neugierig beäugten sie die beiden Fremden und tuschelten miteinander.

Weynelle ging auf die kleine Schar zu und fragte nach dem Haus von Medikus Humius Natz. Sie behauptete, dessen Hilfe zu benötigen, weil ihr Bruder an Schwindel und Übelkeit litte. Grimpow stellte sich indessen so krank, als hätte ihn die Pest befallen. Die Frauen wichen erschrocken zurück, denn sie fürchteten, sich an einer unheilbaren Krankheit anzustecken. Aber eine von ihnen, eine vornehme Frau mit schwarzem Haar und munteren Augen, fasste sich ein Herz und gab Weynelle Auskunft. Sie sollten den Platz über eine Seitengasse der Kathedrale verlassen und die nächste Straße rechts abbiegen, dann kämen sie zur Kapelle der Templer. Dort sollten sie der schmalen Gasse gegenüber des Turms folgen und beim vierten Haus auf der linken Seite an die Pforte schlagen.

Die Erinnerung an Bruder Rinaldo von Metz war schon in Grimpow aufgestiegen, als sie die Brücke vor den Toren der Stadt überquert hatten. Aber als sie nun vor der verriegelten Kapelle des geächteten Templerordens standen, kam richtig Leben in das geistige Bild des alten Gelehrten mit den wimpernlosen Augen. Die Mauern des kleinen Gotteshauses waren unversehrt, und im Turm sah man Glocken, die schon seit Jahren verstummt waren und keinen Tempelritter mehr mit ihrem Geläut zum Gottesdienst riefen.

Ehrfürchtig berührte Grimpow die Steine jener Kapelle und stellte sich den alten Mönch darin vor. Wieder, so dachte der Junge, schließt sich in meinem Leben ein Kreis. Diesmal hatte er mit der Bekanntschaft des Bibliothekars begonnen, der in der Abtei Brinkum sein Lehrer gewesen war. In Metz, wo Bruder Rinaldo vor über achtzig Jahren geboren worden war, begegnete Grimpow nun dessen Vergangenheit.

Humius Natz wohnte in der Nähe der Templerkapelle, so wie Salietti es ihnen gesagt hatte. Von außen machte sein Haus nicht viel her, denn die Hauptfassade bestand nur aus ein paar Fenstern über der Eingangstür. Seine Pracht sollte sich erst im Innern entfalten, angefangen bei dem großzügigen Innenhof voller Jasmin und Kletterpflanzen. Weynelle pochte mit der Faust an die Tür, während Grimpow die Pferde an den Zügeln hielt.

Ein alter Mann mit weißem Haar und einem langen Bart öffnete ihnen, sichtlich überrascht über den unerwarteten Besuch, die Tür.

»Herzog Ulf von Österberg bittet Euch, uns für einige Tage in Euerm Haus Quartier zu geben«, sagte Weynelle. Dabei sog sie den Duft nach Blumen und Arzneien ein, der dem Innenhof entströmte.

»Wenn der Herzog Euch schickt, dann seid herzlich willkommen«, sagte der alte Herr, ohne ihnen irgendwelche Fragen zu stellen.

Humius bat sie, ihre Pferde in den Hof zu führen, und zeigte ihnen die Tür seines kleinen Stalls. Er half ihnen, die Tiere abzusatteln, und füllte einen Trog mit Futter und einen weiteren mit Wasser.

»Damit sind die beiden für heute Nacht erst einmal versorgt. Nun kommt mit in die Küche, auch ihr seht müde und hungrig aus. Ich werde meiner Frau eure Ankunft ankündigen, damit sie euch die Zimmer fertig macht und dem Abendessen zwei Portionen hinzufügt. Sie heißt Manele, und ich bin sicher, dass sie sich über euern Besuch freuen wird.«

Grimpow kamen Gesicht und Stimme des freundlichen alten Herrn irgendwie bekannt vor. Doch vielleicht bildete er sich das auch nur ein, weil er Bruder Rinaldo vor Augen hatte, oder aber das wahre Bild des alten Bibliothekars war in seinem Gedächtnis inzwischen verblasst und er verwechselte ihn nun mit dem Medikus. Jedenfalls hätte der Junge schwören können, dass sich die beiden ähnelten wie ein Ei dem anderen, wäre da nicht dieser dichte Bart gewesen, der das Gesicht des alten Mannes halb verdeckte.

Eine ganze Weile beobachtete Grimpow den Medikus aufmerksam, als könnte der Ausdruck jener melancholischen grauen Augen seine Zweifel ausräumen.

»Ich habe in der Abtei Brinkum einen Mönch kennengelernt, der vor über achtzig Jahren in dieser Stadt das Licht der Welt erblickt hat«, wagte er dann endlich seinen Vorstoß, als sie in den Hof zurückkehrten.

Der Medikus zog die Stirn in Falten. »Unsere Stadt hat der Welt Mönche, Prediger, Äbte, Bischöfe, Edelmänner, Ritter, Räuber und sogar den einen oder anderen Propheten geschenkt, der wie ein Hellseher durch die Lande zieht«, sagte Humius lächelnd.

»Er hieß Rinaldo, Rinaldo von Metz«, setzte Grimpow hinzu.

Der Alte wurde nachdenklich und kratzte sich an der Nase. »Mein ältester Bruder heißt Rinaldo, aber ich habe schon lange nichts mehr von ihm gehört.«

»Der Mönch, von dem ich spreche, ist dem Orden der Ritter vom Tempel Salomons beigetreten, als er noch ein junger Mann war. Das geschah auf Anraten seines Onkels, der in der hiesigen Komturei der Templer Komtur war und ins Heilige Land ging, bevor er zum Ritter geschlagen wurde«, erzählte Grimpow weiter und wartete, ob sich die Miene des Medikus' veränderte.

»Woher weißt du das alles?«, fragte ihn Humius überrascht.

»Er hat es mir selbst in der Abtei Brinkum erzählt. Er war dort Bibliothekar und für einige Monate mein Lehrer. Glaubt mir, wenn ich Euch versichere, dass mich eine große Zuneigung mit ihm verbindet«, erklärte Grimpow.

Humius setzte sich auf eine Bank in der Hofmitte, als hätte ihn diese Eröffnung so entkräftet, dass er sich erst mal ausruhen musste, bevor er etwas darauf erwidern konnte. Weynelle verharrte schweigend und sann über die launenhaften Zufälle nach, die sich im Leben zweier Menschen ereignen können, die auf den ersten Blick keine Verbindung zueinander zu haben scheinen. Genauso war es ihr mit Salietti ergangen.

»Wir haben immer gedacht, Rinaldo wäre auf dem letzten Kreuzzug ums Leben gekommen. So jedenfalls haben es uns die Tempelritter erzählt, die nach dem Verlust des Heiligen Landes nach Metz zurückgekehrt sind. Es fällt mir schwer zu glauben, dass er noch am Leben sein soll. Denn wir haben nie wieder etwas von ihm gehört«, sagte er aufgewühlt.

»Er lebt und ist trotz seines Alters bei bester Gesundheit, seid gewiss«, versicherte Grimpow. »Euer Bruder hat mir in der Abtei erzählt, er habe ab dem Alter von sechzehn Jahren im Heiligen Land gelebt und dort die Templerburgen verteidigt.«

»Als ich dich vor der Tür meines Hauses stehen sah, wäre ich im Leben nicht daraufgekommen, dass du der Überbringer solch angenehmer Nachrichten bist«, rief Humius froh.

»Auch ich war überrascht, als ich Eure Ähnlichkeit mit Bruder Rinaldo bemerkte. Deshalb habe ich Euch von ihm erzählt.«

Manele war eine kleine Greisin mit feinen Zügen, obwohl ihr Gesicht von Falten überzogen war. Ihre schwarzen Augen waren so tief wie zwei geheimnisvolle Abgründe und erinnerten Grimpow an die Augen seiner Mutter.

»Kommt in die Küche. Eure Betten sind gemacht. Zum Abendessen habe ich eine schmackhafte Hühnerbrühe zubereitet, die wird eure traurigen Mienen wieder aufhellen«, sagte sie.

Während der Mahlzeit erzählte Weynelle ihren Gastgebern, wie es um die Burgen des Steinkreises stand. Sie sprach auch von ihrem persönlichen Schicksal und von Salietti de Estaglias Entschluss. Daher, so erklärte sie, müssten Grimpow und sie bis zum Anbruch des dritten Tages in Metz auf ihn warten.

»Ihr seid auf der Suche nach dem Geheimnis der Weisen, nicht wahr?«, fragte Humius.

Diesmal war die Überraschung auf Grimpows und Weynelles Seite.

»Wie habt Ihr das erraten?«, erkundigte sich der Junge.

»Ich habe es nicht erraten, ich habe es mir zusammengereimt. Iacopo de Estaglia und Gandalf Labox waren beide sehr gute Freunde von mir, wir gehörten alle dem Ouroboros-Geheimbund an. Wir tauschten unsere Erkenntnisse aus und teilten uns gegenseitig unsere Entdeckungen der Rätsel der Natur und des Kosmos mit. Bis vor vielen Jahren die Verfolgung und die Verbrechen begannen. Wir träumten von einer friedlichen Welt, regiert von weisen Königen und Prinzen, doch die Mächtigen haben stets die Unwissenheit der Weisheit vorgezogen«, sagte Humius. »Daher fürchte ich, dass alle unsere Bemühungen und Hoffnungen umsonst waren und wie Funken über den Feuern der Barbarei auffliegen und verglimmen, wenn es dem König von Frankreich und Baron Fenio de Vokko gelingen sollte, die Burgen des Steinkreises zu erobern.«

Sie sprachen noch lange über die Geschichte der magischen Essenz des Steins und auch über die Rätsel, die das Geheimnis der Weisen schützten und die Grimpow und Weynelle allmählich entschlüsselten. Diese Rätsel, so erklärte Humius, seien von weisen Männern erdacht worden und könnten nur von Menschen gelöst werden, die nicht lockerlassen, ehe ihre Fragen nach Weisheit und Erkenntnis beantwortet sind.

Trotz ihrer Sorge um Saliettis Wohlergehen befassten sich Grimpow und Weynelle während der folgenden Tage mit der Karte des Unsichtbaren Weges. Schon bald stellten sie fest, dass sie für die Entschlüsselung ihr ganzes Geschick und ihre ganze Vorstellungsgabe aufbringen mussten, wenn sie rasch vorankommen und das Geheimnis der Weisen lüften wollten.

Humius war zu einem Typhuskranken in die Umgebung von Metz gerufen worden, während seine Frau auf den Markt gegangen war, um Gemüse und Fleisch einzukaufen. Grimpow und Weynelle waren allein zu Hause und saßen in der Küche.

Der Knappe holte die Karte aus seiner Satteltasche und breitete sie vor ihnen auf dem Tisch aus. Dieses einzigartige Stück Pergament war mit seinen herrlichen Farben die wunderlichste und geheimnisvollste Karte, die sie sich vorstellen konnten. Sie beschlossen, diese neue Herausforderung planvoll anzugehen und alle Einfälle, die ihnen dazu in den Sinn kamen, zu ordnen.

»Ich werde eine Zeichnung von der Karte anfertigen, damit wir alle ihre Einzelheiten genau untersuchen können«, schlug Grimpow vor und nahm den Kohlestift und das Stück Pergament zur Hand, auf dem er alle seine bisherigen Aufzeichnungen vermerkt hatte.

Als er mit der Zeichnung fertig war, schrieb er darüber den Satz, der rund um die Himmelskuppel angeordnet war. Dann betrachteten sie eine Weile schweigend das Bild.

Nachdem sie die einzelnen Teile des Pergaments eingehend erforscht hatten, ergriff Grimpow als Erster das Wort. Der sternenübersäte Nachthimmel habe seine besondere Aufmerksamkeit geweckt, und er sei davon überzeugt, dass der Schlüssel zum Rätsel in den Sternen jener Himmelskarte stecke. Ihm seien die Worte Bruder Umbertos wieder eingefallen, der in der Krankenstube der Abtei zu ihm gesagt hatte, die Antworten auf die Fragen zum Geheimnis der Weisen seien über den Sternen zu finden. Außerdem entspreche der Satz den Worten im versiegelten Brief von Saliettis Vater. Er handle vom Licht, das ihnen den Unsichtbaren Weg erhellen würde und das, umgeben vom Dunkel seines eigenen Geheimnisses, am Himmel leuchte. Schließlich befand er noch, dass jene Himmelskuppel den Sternkarten gleiche, die Bruder Rinaldo in den wolkenlosen Nächten in der Abtei angefertigt hatte.

Im Himmel sind das Dunkel und das Licht

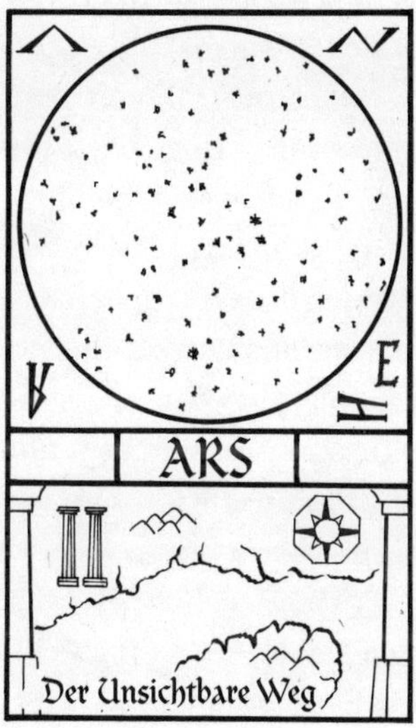

»Das klingt logisch, aber du hast bei der Deutung der Karte oben angefangen. Ich dagegen glaube, dass wir mit dem unteren Teil beginnen sollten«, meinte Weynelle. Dabei glänzten ihre schönen Augen genauso wie die Sterne auf dem Pergament vor ihnen.

»Was hat es mit dem unteren Teil der Karte deiner Ansicht nach auf sich?«, fragte Grimpow und faltete die Zeichnung, dass sie so aussah:

»Für mich sind im unteren Teil der Karte eindeutig die drei Etappen auf dem Weg zum Geheimnis der Weisen abgebildet. Erstens die versiegelte Kammer mit dem achteckigen Tisch und der Windrose. Was steht noch mal über den Unsichtbaren Weg in Aidor Bilbicums Handschrift? Dass er uns zur Insel Ipsar führen wird, wo Fabelwesen und Ungeheuer wohnen, wo wir dem Teufel entgegentreten und zu seinen Füßen die letzten Worte finden werden. Wenn du genau hinsiehst, dann fällt auf, dass die Insel Ipsar im Westen der versiegelten Kammer liegt, also im Westen der Burgen des Steinkreises und damit genau in der Richtung, der wir gefolgt sind. Unsere erste Erkenntnis lautet also, dass die Insel Ipsar im Westen liegt und wir auf dem Unsichtbaren Weg weiter in diese Richtung ziehen müssen.«

»Einverstanden«, pflichtete Grimpow ihr bei. »Deine Überlegung erscheint mir richtig, aber welche Bedeutung hat dann das Wort ARS mitten auf der Karte? Ich weiß zwar, dass dies das lateinische Wort für Kunst ist, aber was heißt das für unsere Suche?«

Er konnte sich keinen Reim darauf machen und überließ Weynelle die Initiative, die ihr Talent für Deutungen bereits in der Kammer bewiesen hatte.

»Vielleicht hat das Geheimnis oder der Ort, wo es versteckt liegt, etwas mit Kunst zu tun.«

»Kunst findet sich nur in Kirchen und Kathedralen!«, rief Grimpow, begeistert von seiner Erkenntnis.

»Ja, daran habe ich auch gerade gedacht«, sagte Weynelle angeregt.

»Daraus ließe sich als Nächstes folgern, dass wir eine Kirche oder Kathedrale im Westen suchen müssen.«

»So ist es«, stimmte Weynelle zu, »aber Frankreich ist voller Kirchen und Kathedralen. Es mag Hunderte davon geben. In jedem Dorf und jedem Weiler stehen Einsiedeleien und Kirchen, und kaum eine Stadt, so klein sie auch sein mag, rühmt sich nicht einer eigenen Kathedrale. Auch hier auf dem Marktplatz von Metz steht eine, wir sind gestern daran vorbeigekommen.«

»Daraus könnte man wiederum schließen, dass der nächste Schlüssel im oberen Teil der Karte zu suchen ist, in den Sternen der Himmelskuppel«, überlegte Grimpow.

Er ließ den Blick über die von ihm abgezeichnete Darstellung des Himmels wandern und hüllte sich geraume Zeit in Schweigen, während er in Gedanken bei den Nächten war, die er mit dem Bibliothekar auf dem Hügel vor der Abtei verbracht hatte. Auf einmal erinnerte er sich daran, wie sein Lehrer ihm die erste Sternkarte gezeigt und ihm erklärt hatte, dass sie den Nachthimmel wiedergebe, den er gerade vor Augen habe.

Im Himmel sind das Dunkel und das Licht

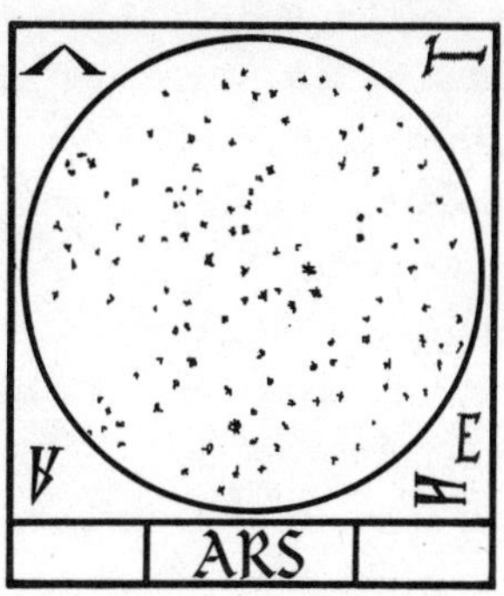

»Das sind echte Sternbilder! Der Himmel auf der Karte enthält ganz bestimmte Sternbilder. Deshalb ist der Weg zum Geheimnis der Weisen auch unsichtbar!«, rief Grimpow und senkte den Blick wieder auf seine Zeichnung.

Im Himmel sind das Dunkel und das Licht

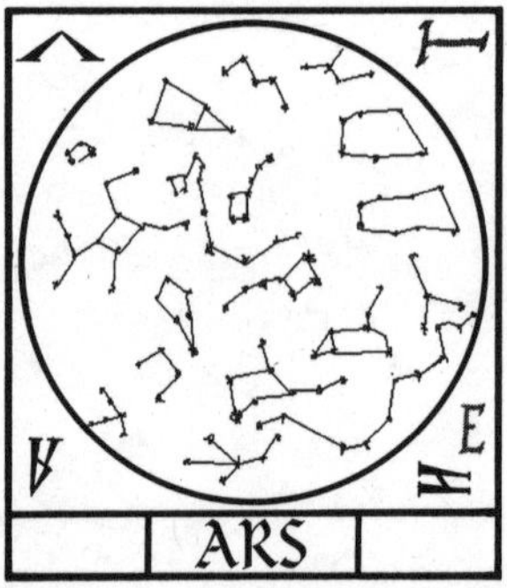

Dann nahm er den Kohlestift und begann, die Punkte mit feinen, geraden Linien zu verbinden, bis sich das Gewirr vor seinen Augen zu klaren Sternbildern geordnet hatte.

»Das ist ja großartig, Grimpow! Es ist wahr: Im Himmel waren das Dunkel und das Licht. Aber du hast das Sternenlicht gefunden und damit den Unsichtbaren Weg sichtbar gemacht«, stellte Weynelle staunend fest.

Inzwischen zeichnete Grimpow jedes einzelne Sternbild auf und vermerkte den jeweiligen Namen darunter.

»Jetzt stehen wir wahrhaftig vor einem schwierigen Bilderrätsel! Ich weiß nicht, wie wir über diesen Wirrwarr jemals Herr werden sollen, und genauso wenig, welcher dieser Wege zum Geheimnis der Weisen führt«, stellte Grimpow seufzend fest.

»Ich gestehe, dass ich es auch nicht weiß, aber ich bin nicht gewillt, mich jetzt geschlagen zu geben«, sagte Weynelle.

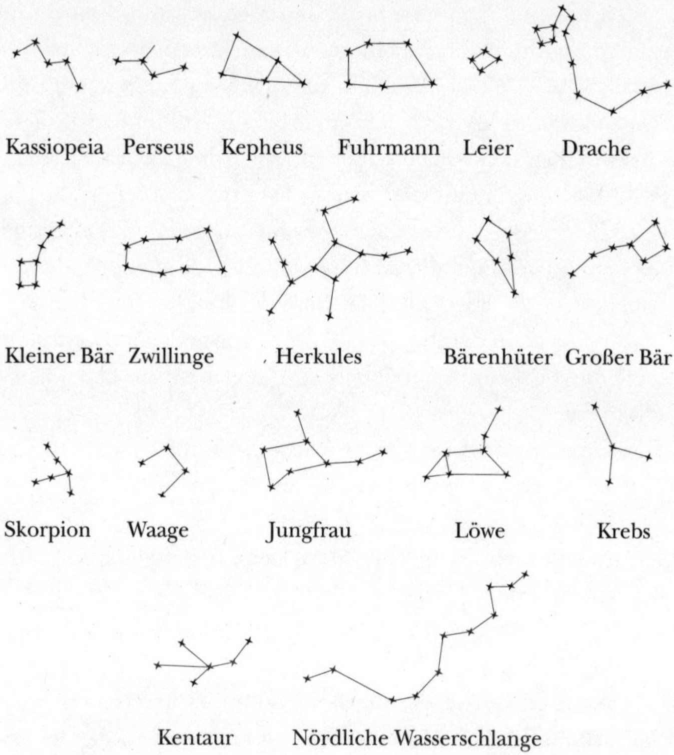

Als ihr zweiter Tag in Metz sich dem Ende zuneigte, beschlossen sie, Humius um Rat zu fragen. Endlose Stunden lang hatten sie die Anfangsbuchstaben der Sternbilder in immer neuen Folgen aneinandergereiht, um eventuelle Anagramme und Doppeldeutigkeiten zu entdecken, ohne dass sie auf etwas gestoßen wären, was ihnen der Rede wert schien.

Grimpow beschrieb dem Medikus jedes Rätsel, das sie bisher gelöst hatten. Dann ergriff Weynelle das Wort und berichtete von ihren Fortschritten bei der Lösung des Rätsels um den Unsichtbaren Weg.

»Ich muss euch gestehen, ich bin Medikus und besitze nur wenige Kenntnisse in Astronomie. Dein Vater hätte sicher keinerlei Schwierigkeiten gehabt, dieses Rätsel aus Sternen und Sternbildern zu lösen. Er war ein großer Sternkundiger«, sagte er und schaute Weynelle dabei an. »Allerdings kann ich mich entsinnen, dass er einmal von einer Theorie gesprochen hat, die er an der Pariser Universität erforschte. Ihr zufolge sind einige der bedeutendsten Kathedralen Frankreichs so auf der Erde verteilt, dass sie die Form des Sternbilds der Jungfrau ergeben.«

»Das Sternbild der Jungfrau?«, fragte Weynelle, und Grimpow fügte diese Erkenntis auf dem Stück Pergament zu seinen Notizen hinzu.

»Ganz recht. Soweit ich weiß, wurde die Jungfrau im Tierkreis stets als bildschöne junge Frau mit einer Ähre in der Hand dargestellt.«

»Deshalb wird ihr hellster Stern auch Spika genannt, nach dem lateinischen *spica*, Ähre. Bruder Rinaldo hat mir von diesem Stern erzählt, als wir einmal bei Neumond den Himmel beobachtet haben«, erläuterte Grimpow.

»Die ersten Weisen des Ouroboros-Bundes standen in enger Verbindung zu den Baumeistern und Steinmetzen der Kathedralen, die ganz allein das Wissen besessen haben, um solche großartigen Bauten zu errichten«, fuhr Humius fort.

»Womöglich liegt das Geheimnis in einer dieser Kathedralen verborgen«, grübelte Grimpow.

»In der Sprache der alten Weisen ist nichts, wie es auf den ersten Blick zu sein scheint. Die Kathedralen sind schon für sich genommen ein unergründliches Geheimnis«, fuhr der Medikus fort. »Ihre unglaubliche Höhe, die riesigen Kirchenschiffe und die hohen Kuppeln, die Türme, die Portale, die Rosetten und Glasfenster sind voller Malereien und Skulpturen, voller Symbole und Sinnbilder, deren Auslegung Jahrhunderte in Anspruch nehmen würde. Die Kathedralen von Reims, Paris, Chartres und Amiens sind die großartigsten Bauwerke Frankreichs und befinden sich alle westlich von hier. Ich glaube, dass ihr mit euren Schlussfolgerungen auf der richtigen Spur seid«, schloss Humius.

Dann stand er vom Küchentisch auf und ging in sein Konsultorium. Kurz darauf kehrte er mit einer Karte von Frankreich zurück, auf der die vier Städte eingezeichnet waren, die er gerade genannt hatte. Er breitete die Karte auf dem Tisch aus, ergriff den Kohlestift und das Stück Pergament mit Grimpows Notizen und begann, das Sternbild der Jungfrau zu zeichnen.

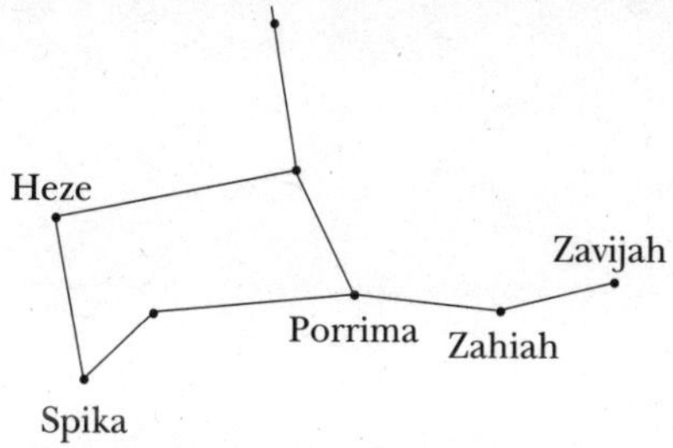

Weynelle und Grimpow sahen Humius neugierig zu und versuchten zu erraten, was er vorhatte, als er zwischen den Sternen Verbindungslinien zog. Dann überprüfte Humius seine Idee anhand einer französischen Landkarte und fertigte eine zweite Zeichnung an. Die jungen Leute waren verblüfft.

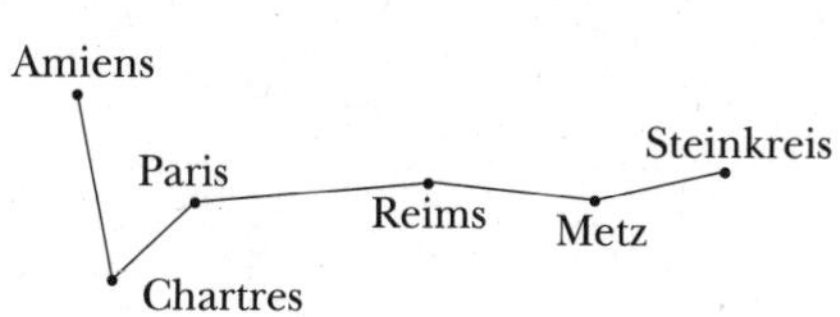

»Der Unsichtbare Weg!«, rief Grimpow, nachdem er die Worte des alten Medikus in sich aufgenommen und dessen Zeichnungen miteinander verglichen hatte.

»Das ist ja unglaublich!«, entfuhr es Weynelle. Sie stand fassungslos da, als der Unsichtbare Weg wie durch Magie vollständig vor ihren Augen erschien.

»Nun wisst ihr also, wohin morgen die Reise gehen soll«, sagte Humius bescheiden.

»Nach Paris!«, rief Weynelle.

»Eindeutig!«, bekräftigte Grimpow und verstand sofort, wie seine hübsche Begleiterin darauf gekommen war.

Wieder vereint

Übel zugerichtet und mit unzähligen Brandwunden im Gesicht und auf den Armen erreichte Salietti die Tore von Metz. Trotz seines Zustands beschloss er, mit seinem Pferd die Nacht abzuwarten, ehe er in den verwinkelten Gassen den Weg zu Humius' Haus suchte.

In seinen Ohren hallten noch die Schreie der Sterbenden wider und das Donnern der Felsbrocken, als sie die Mauern und Türme der Festung zerschmetterten. Er fröstelte vom Fieber und hatte die Wahnvorstellung, dass die zurückliegenden Ereignisse nichts als ein schrecklicher Albtraum gewesen seien. Ein böser Traum, aus dem er nie mehr erwachte. Er wusste nicht einmal, ob noch jemand außer ihm die Schlacht überlebt hatte. Alles war so schnell gegangen, so unerwartet… Bei diesem Gedanken schlief er vor Erschöpfung ein. Der Mond zog hinter dem zarten, fadenscheinigen Wolkenschleier über den Himmel, als hätte er es eilig. Und in den Bäumen, unter die sich Salietti bei Einbruch der Dunkelheit geduckt hatte wie ein dem Galgen entkommener Schurke, schrien die Eulen.

Als er nach mehreren Stunden aus einem Albtraum voller Grauen erwachte, sah er in der nächtlichen Finsternis die Sterne schüchtern blinken. In der Ferne erklang Hundegebell und der Wind ließ in dem Baum über ihm die Zweige erzittern. Salietti richtete sich auf, bestieg mühselig sein Pferd und legte das letzte Wegstück nach Metz zurück. Er überquerte die Brücke und ritt behutsam durch die verschlungenen Straßen der Stadt, wo die Nachtschatten und der hohle Hufschlag auf dem Kopfsteinpflaster seine einzigen Begleiter waren.

»Sie haben alle getötet!«, stieß er hervor, als Humius ihm die Tür öffnete.

»Wer seid Ihr? Was ist mit Euch geschehen?«, fragte der Medikus entgeistert.

»Ruft Weynelle und Grimpow«, stammelte Salietti, ehe ihm die Sinne schwanden und er ohnmächtig vom Pferd fiel.

Seine beiden jungen Freunde ließen nicht lange auf sich warten. Das Klopfen an der Haustür hatte sie geweckt und sie hatten schon voller Unruhe vor ihren Kammern auf Humius' Erklärung für die Ruhestörung gewartet. Sie hatten sogar befürchtet, draußen könnten die Soldaten des Königs stehen, um sie festzunehmen. Doch dann meinte Weynelle, Saliettis Stimme zu erkennen, und sprang hastig mit Grimpow die Treppe hinunter, um sich zu vergewissern.

»Hier verlangt jemand nach euch, offenbar ein Schwerverletzter. Das muss der Ritter sein, auf den ihr wartet«, sagte Humius voller Sorge.

»Ja, das ist Salietti, er ist es!«, rief Grimpow, als er seinen Freund vor der Tür liegen sah.

Weynelle näherte sich dem Ritter, der wie leblos dalag, küsste ihn auf die Stirn und fuhr ihm durchs Haar, während ihr die Tränen über die Wangen liefen.

»Lasst ihn uns hereinholen, schnell«, sagte der Medikus.

Mit vereinten Kräften hoben Weynelle und Humius Saliettis schweren Körper hoch und schafften ihn ins Haus.

»Du bringst am besten das Pferd in den Stall«, bat der Medikus Grimpow, der mit anfassen wollte, indem er den Kopf seines Freundes stützte.

Sie brachten den Verwundeten in eines der Hofzimmer, das nahe am Eingang gelegen war, und betteten ihn auf einen langen Tisch. Die Wände waren mit Bücherborden bedeckt, in denen dicke Medizinbände standen, und als Humius ein paar Öllämpchen entzündete, blitzten in einer Nische die sorgfältig bereitliegenden chirurgischen Instrumente auf.

Nachdem sie dem Verwundeten die Rüstung abgenommen hatten, ergriff der Medikus ein scharfes Skalpell und schlitzte Saliettis Helm auf. Die Kleidung des Verwundeten war von geronnenem, schwärzlichem Blut durchtränkt. Humius löste sie behutsam von der Haut ab, bis er einen tiefen Schwertschnitt freigelegt hatte, der von der Schulter bis zum Hals reichte.

»Ich will ausnutzen, dass er bewusstlos ist, und die Wunde nähen, bevor er wieder zu sich kommt«, sagte Humius und holte die nötigen Gerätschaften aus dem Schrank, um auf Saliettis Brust das klaffende Fleisch zusammenzunähen.

»Ich will Euch helfen«, erwiderte Weynelle und krempelte auch schon die Ärmel ihres Nachthemdes hoch. Dann wusch sie sich in einem Spülbecken unter dem Fenster die Hände.

Humius' Frau kam herein und schenkte dem Mann auf dem Behandlungstisch einen mitfühlenden Blick.

»Ich mache Wasser heiß und hole ein paar saubere Kompressen«, sagte sie und verließ den Raum leise.

Weynelle trocknete sich an einem Tuch, das neben dem Spülbecken hing, die Hände ab und fragte verzagt: »Glaubt Ihr, dass die Verletzung sehr schwer ist?«

»Nein. Allerdings hat er eine Menge Blut verloren und ist nach dem langen Ritt hierher sehr geschwächt. Außerdem scheint er hohes Fieber zu haben«, stellte der Medikus fest, nachdem er Saliettis Stirn befühlt hatte.

Grimpow kam ins Zimmer und seine Miene verdüsterte sich, als legte sich ein unheilvoller Schatten über das Licht der Öllämpchen. Die bösen Vorahnungen, die ihn vor ihrem Aufbruch in Straßburg befallen hatten, waren wahr geworden, und der Sturm auf die Burgen des Steinkreises war mit einem erbarmungslosen Blutbad zu Ende gegangen. Aber er konnte von Glück sagen, dass sein Freund Salietti noch am Leben war.

»Wenn ich dem Inquisitor den Stein und die Karte mit dem Unsichtbaren Weg ausgehändigt hätte, wäre dieser Krieg vielleicht verhindert worden«, sagte Grimpow. Wie gebannt starrte er in die offene Wunde, die der Medikus sich zu schließen anschickte.

Nachdem Weynelle die Verletzungen gereinigt hatte, stach Humius beherzt mit der Spitze einer hakenförmigen Nadel in Saliettis Fleisch. Er schob sie weiter, bis sie in der Wunde zum Vorschein kam, und zog so fest daran, als wollte er ein Stück Leder flicken.

Dann sagte er: »Sie hätten euch allesamt getötet, selbst wenn du ihnen das Geheimnis der Weisen preisgegeben hättest. Das ist schon einmal geschehen und es wird wieder passieren. Mörder wie dieser Dominikanermönch brauchen keine Gründe, um zu töten. Du kannst nichts dafür.«

»Der Gedanke, dass Herzog Ulf und seine Ritter sterben mussten, weil sie für uns gegen Aberglauben und Unwissenheit gekämpft haben, schmerzt mich.«

»Unsere Sache ist die der ganzen Menschheit, Grimpow, das darfst du nicht vergessen. Wir haben nie jemandem etwas zuleide getan, und alle unsere Erkenntnisse werden dazu dienen, eine bessere, gerechtere und vernünftigere Welt aufzubauen, in der nicht mehr Ruhmsucht, sondern Weisheit herrscht. Dass andere Menschen, ungeachtet des Schadens, den sie damit anrichten, nur ihre Habgier und ihre Bosheit ausleben wollen, kannst du dir nicht anlasten. Wenn der König von Frankreich und Fenio de Vokko unter dem Einfluss dieses ruchlosen Inquisitors all diese Morde befohlen haben, dann trägst nicht du die Schuld an diesen Verbrechen, sondern sie. Schlimm genug, dass wir uns verstecken müssen.«

»Ich fürchte, es werden noch sehr viel mehr Menschen sterben, ehe diese Gräuel ein Ende nehmen«, sagte Weynelle betrübt und wischte das Blut ab, das aus Saliettis Wunde rann.

»Ja, das ist wohl wahr, leider«, pflichtete der Medikus ihr bei.

Die Tür öffnete sich abermals und Manele kam herein. Sie ging zu Weynelle und übergab ihr ein paar Tücher und Verbände, die einen kräftigen Kräuterduft verströmten.

»Ich will gleich noch eine Brühe holen, die ich auf dem Herd stehen habe. Die wird dem Verwundeten zur Genesung verhelfen und euch noch ein paar Stunden Nachtruhe verschaffen«, sagte sie und verließ lautlos das Zimmer.

Manele war nicht sonderlich gesprächig, und obwohl sie ihrem Mann bei der Behandlung seiner Patienten stets zur Hand ging, mischte sie sich kaum in seine Angelegenheiten ein. Nur wenn es um die passende Salbe oder den richtigen Trank ging, um die Leiden eines Kranken zu lindern, brachte sie ihr Wissen ein. In seiner Jugend hatte Humius weite Reisen unternommen und sein Heilwissen von weisen Männern in fernen Ländern erworben. Er war lange Zeit Herzog Ulfs Leibarzt gewesen, bis ihm das Alter nahelegte, ins heimelige Städtchen Metz zurückzukehren, wo er geboren war und wo er auch seine Tage beschließen würde.

Nachdem die Wunde genäht war, behandelte der alte Medikus die Verbrennungen in Saliettis Gesicht und auf seinem geschundenen Körper mit verschiedenen Salben. Dann wickelte er ihn in die Tücher aus Maneles Kräuterbad, und Weynelle und Grimpow halfen ihm, den Verletzten ins Nachbarzimmer zu tragen, wo ein großes, bequemes Bett auf ihn wartete.

»Ich werde für den Rest der Nacht bei ihm Wache halten«, erklärte Weynelle und nahm Saliettis Hände in die ihren.

Während Humius und Grimpow sich in ihre Schlafkammern zurückzogen, grübelte die junge Frau über das gegensätzliche menschliche Streben nach. Viele weise Männer wie Humius taten alles, um das Leben ihrer Nächsten zu retten, wogegen andere alles taten, um es auszulöschen.

Trotz des fortgeschrittenen Frühjahrs graute der Tag regnerisch und kühl. Am Brunnen im Hof des Hauses plusterten sich die Spatzen auf und schüttelten die Tropfen aus dem Gefieder. In der Küche hantierte Manele mit mehreren Töpfen, in denen über den Flammen des Herdfeuers Wasser sprudelte, während Humius, Weynelle und Grimpow zum Frühstück ein paar Brotscheiben mit Pökelfisch und dazu eine große Tasse Milch zu sich nahmen.

Seit Saliettis Ankunft waren inzwischen zwei Tage vergangen, und alle warteten darauf, dass er aus seinem Tiefschlaf erwachte und ihnen Einzelheiten von den Ereignissen in Herzog Ulfs Festung erzählte. Da sie fürchteten, dass ihm die Soldaten des Inquisitors bis nach Metz gefolgt sein könnten, um sie alle miteinander gefangen zu nehmen, gaben sie kaum einen Laut von sich, hielten die Köpfe stets gesenkt und hingen meist ihren Gedanken nach.

Grimpow dachte an Paris und daran, was sie dort wohl erwarten mochte. Er war sich gewiss, dass er und Weynelle die richtigen Schlüsse gezogen hatten und sich die von Fabelwesen und Ungeheuern bewohnte Insel Ipsar in jener Stadt befand. Als Humius ihnen gesagt hatte, dass Paris zu den Städten des Unsichtbaren Weges gehörte, brauchte er nur noch die Buchstaben des Namen Ipsar neu zusammenzusetzen, um festzustellen, dass sich damit auch der Name Paris bilden ließ. Ob es in der Stadt eine Insel gab, wusste Grimpow nicht. Aber Weynelle kannte sich dort gut aus und erklärte ihm, dass es in der Seine, die mitten durch Paris floss, eine große Insel gebe, auf der die Kathedrale von Notre-Dame stand. Grimpow fragte sich nunmehr, welcherart Fabelwesen und Ungeheuer auf jener Insel wohnen mochten und wie sie dem Teufel entgegentreten konnten, um zu dessen Füßen die letzten Worte zu finden.

Auch Weynelles Gedanken wanderten nach Paris, ihre Heimat. Die Stadt, in der sie geboren war und an deren Universität ihr Vater ein Leben lang Astronomie gelehrt hatte. Unzählige Erinnerungen tauchten auf, stürzten mit ihren Gefühlen wie ein Gebirgsbach auf sie ein und drückten sie nieder. Seit sie ihr Haus in Paris verlassen hatte, um den kranken Vater nach Cornille zu begleiten, hatte sich ihr Leben verwandelt wie das Blei der Alchimisten. Aus der schwärzesten Betrübnis waren ihr goldene Regungen für Salietti erwachsen. Nun war er endlich wieder an ihrer Seite.

»Ich hoffe, ihr habt noch ein Stück Fisch für den Hunger eines Sterbenden übrig«, erscholl Saliettis Stimme. Wie ein Auferstandener tauchte er plötzlich in der Küche auf.

Als Weynelle ihn sah, stand sie lächelnd vom Tisch auf und schlang die Arme um ihn.

»Du solltest noch ein paar Tage das Lager hüten«, rügte ihn Humius.

»Wenn ich noch länger in jenem Bett liege, dann nur um die Stunde meines Todes vorwegzunehmen. Aber noch traue ich mir zu, seinen scharfen Klauen zu entkommen, um ihm irgendwann im Alter zu Füßen zu sinken«, erwiderte Salietti. Er war froh, am Leben zu sein und Grimpow wiederzusehen, der den Verletzten als Nächster mit einer vorsichtigen Umarmung begrüßte.

»Salietti, ich stelle dir den Medikus Humius Natz vor, der

auch ein Freund unserer Väter war. Er hat deine Wunden versorgt und uns in seinem Haus Aufnahme gewährt. Das hier ist seine Frau Manele«, sagte er und zeigte auf die Greisin, die lächelnd neben ihm stand. »Ihre Salben und Brühen sind so kräftigend, dass jeder Kranke wieder auf die Beine kommt, wie du festgestellt hast.«

»Ich stehe bei beiden in tiefer Schuld für ihre großzügige Gastfreundschaft«, erwiderte Salietti und brachte seinen Dank mit einem achtungsvollen Blick auf das Paar zum Ausdruck.

Der Medikus und seine Frau neigten höflich die Köpfe.

»Humius ist ein großer Weiser und hat uns geholfen, das Rätsel des Unsichtbaren Weges zu entschlüsseln. Wir wissen jetzt, dass wir nach Paris weiterreisen müssen«, platzte Grimpow heraus. Er konnte es kaum abwarten, seinem Freund von ihren Erfolgen zu berichten.

»Erzähl ihm später davon, mein Junge. Salietti soll sich zuerst zu uns setzen und uns vom unseligen Ende der Burgen des Steinkreises berichten«, schlug Humius vor.

Der Ritter trug den linken Arm in einer mit dem Brust- und Schulterverband gebildeten Schlinge. Er nahm umständlich am Tisch Platz. Lieber hätte er über etwas anderes gesprochen, als sich an das Grauen zu erinnern, das er überlebt hatte. Da er jedoch wusste, wie gut Humius mit Herzog Ulf von Österberg befreundet war, sah er ein, dass er schildern musste, was geschehen war.

Betroffen lauschten Weynelle und Grimpow den Ausführungen ihres Freundes, dessen Augen schimmerten, als würde er das Unglück noch einmal erleben. Auch Medikus Humius erschauerte bei der Nachricht, dass sein Freund gefallen war. Er selbst hatte ihm einst das Leben gerettet, als er im Kindesalter an Schwindsucht erkrankt war.

»Wir zogen uns wieder hinter die Tore zurück, so gut wir

konnten«, setzte Salietti den Bericht fort, »und waren von Söldnern umringt, denen es gelungen war, die Mauern der kleinen Burg zu durchbrechen. Wir kehrten nach oben zur großen Festung zurück, um unsere Abwehr neu aufzustellen. Der Tempelritter Radogil de Curnillonn übernahm die Führung über die Soldaten des geächteten Templerordens, die sich in die Burgen des Steinkreises geflüchtet hatten, und befehligte auch die getreuen Ritter des verstorbenen Herzogs. Die Männer wollten eher sterben, als die Festung des Edelmannes aufzugeben, der noch wenige Augenblicke zuvor ihr tapferer Burgherr gewesen war.«

Er seufzte tief und machte eine kurze Pause.

»In jener Nacht«, fuhr er schließlich fort, »kam es zu einer kurzen Waffenpause, die wir nutzten, um ein wenig zu ruhen und riesige Pfannen mit brennendem Öl in jede Zinne der Westmauer und der Burgtürme zu schaffen. Die Festung schien einer riesigen Feuersbrunst zum Opfer zu fallen, und die Belagerer glaubten schon, wir zögen es vor, auf dem Scheiterhaufen unseres Frevels zu sterben, als ihnen die begehrten Schätze auszuliefern.

Tags darauf ging die Sonne wie jeden Morgen im Osten auf und beschien die Zelte unserer Feinde, die alsbald ein Kriegsgeheul anstimmten und sich im Tal in Bewegung setzten. Wie ein Ameisenvolk schickten sie sich an, die einst uneinnehmbare Festung zu zermalmen. Ein ohrenbetäubender Lärm von Fanfaren, Stimmen und Tamburinen hob an und scholl in einer solchen Lautstärke bis zu den Türmen hinauf, dass wir mit angstzerfurchten Mienen stumm das Vorrücken der Angreifer beobachteten. Zu Tausenden näherten sie sich den Hängen im Westen und waren so gut gerüstet, dass es nicht lange dauerte, bis sie unsere Mauern und Türme besetzt hatten, ohne sich vom brennenden Öl aus den Pfannen aufhalten zu lassen.«

»Das ist ja furchtbar«, wandte der Medikus entsetzt ein.

Salietti nickte und sprach weiter. »Die Katapulte unserer Feinde rissen an vielen Stellen Löcher in den Mauerring. Außerdem hatten sie uns im Handumdrehen eingeschlossen, nachdem es ihnen gelungen war, die Osttore zu stürmen und in die Festung einzudringen. Wir kämpften viele Stunden lang unbeirrt mit Streitäxten, Schwertern, Lanzen und Pfeilen weiter. Doch die Templer und die getreuen Ritter des Herzogs fielen einer nach dem anderen. Wir waren keine Hundert mehr, als wir versuchten, den Hof des Hauptturms zu verteidigen, in dem sich die Frauen und Kinder befanden.«

An dieser Stelle hielt Salietti erneut mit seinem Bericht inne und stieß einen Seufzer aus, als schwänden ihm wieder die Kräfte.

»Wenn dir nicht wohl ist, dann brauchst du nicht weiterzureden«, sagte Humius. »Wir können uns schon vorstellen, was dann geschehen ist.«

Salietti fing sich wieder und setzte seinen Bericht fort. »Nein, ihr könnt euch dieses Grauen nicht vorstellen, nicht einmal wenn ich es euch beschreibe. Die ganze Festung war mit Leichen übersät, und wir alle, die wir noch kämpften, in dem Wissen, dass uns nur noch der Tod blieb, traten dabei auf die in Blutlachen schwimmenden Leichen. Dann erinnere ich mich nur noch an einen dumpfen Schmerz am Hals und an einen kräftigen Schlag auf meinen Helm. Aus den Augenwinkeln sah ich gerade noch einen von Fenio de Vokkos Rittern hinter mir und hörte ihn schallend lachen, als er mich tot umsinken sah. ›Tötet sie alle!‹, war das Letzte, was ich ihn im Getöse unserer Niederlage brüllen hörte. Als ich wieder zu mir kam, war es Nacht und ich lag blutend inmitten von unzähligen Leichen. Ich war so benommen, dass ich den Eindruck hatte, das Letzte Gericht und den Weltuntergang mitzuerleben. Erst dann bemerkte ich, nicht allzu weit von mir entfernt, eines der Tore zu den unterirdischen Gängen. Nachdem ihr auf diesem Weg geflohen wart, hatte ich mein Pferd unten in der Grotte stehen lassen. Ich machte mir den allgemeinen Tumult und den Siegesrausch des Gegners zunutze. Denn die Horden stürmten bereits den Hauptturm, um ihn in ihrer Habgier zu plündern. In der Zwischenzeit schleppte ich mich die Treppe hinunter und gelangte zu dem Gang, durch den ich jenem unheilvollen Gemetzel entkommen konnte.

Die Barkasse des Troubadours

Die Reise nach Paris verlief ohne Zwischenfälle. Der Ritter und seine beiden Begleiter machten sich vor Morgengrauen unter einem bewölkten, Schauer und Gewitter ankündigenden Himmel auf den Weg. Bei Tagesanbruch klarte es aber auf, denn der Wind drehte nach Osten, und die Wolken jagten über den Himmel, als wollten sie an einen fernen, unbekannten Ort fliehen.

Als sie alles zum Aufbruch vorbereiteten und Weynelle und Salietti ihre wenigen Habseligkeiten in die ledernen Satteltaschen packten, nahm Grimpow ein langes, scharfes Messer vom Küchentisch.

»Wozu brauchst du das Messer?«, wollte Humius wissen.

»Falls uns die Soldaten des Inquisitors noch einmal begegnen, so soll es sie teuer zu stehen kommen, wenn sie mir die Kehle durchschneiden wollen wie einem wehrlosen Schaf«, scherzte Grimpow.

Salietti hob den Blick und musterte den Jungen belustigt. »Wenn wir unser Leben von deinen Fähigkeiten im Umgang mit dem Messer abhängig machen, dann ist unser Schicksal wohl besiegelt. Nimm lieber deinen Bogen und den Köcher mit den Pfeilen mit«, sagte er lachend.

»Ich will dafür sorgen, dass mich wenigstens einer der Bluthunde auf meine letzte Reise begleitet«, gab Grimpow mit grimmiger Miene zurück.

Alle brachen in schallendes Gelächter aus.

Da betrat Manele den Hof. »Die Gefahren, die ihr noch zu bestehen habt, scheinen euch ja mächtig Vergnügen zu bereiten«, sagte sie, leicht verunsichert über die kindliche Ausgelassenheit ihres Mannes.

»Mein geliebtes Weib, lieber lache ich tausendmal über das Leben, als dass es einmal über mich lacht und mich mit dem kalten Lächeln des Todes schminkt«, erwiderte der Medikus, ging auf seine Frau zu und küsste sie sanft auf die Stirn.

»Du brauchst das Messer nicht«, sagte Salietti und warf Grimpow den Dolch zu, den ihm Drusus im Wald von Opernaix entwendet hatte.

»Du hast den Dolch wieder!«, rief der Junge verblüfft.

»Wie könnte ich zulassen, dass eine Waffe, die meinem Vater gehört hat, in Händen eines Mörders bleibt.«

»Soll das heißen, dass der Räuber auch bei der Schlacht dabei war?«

»Ja, er war unter den Söldnern, die die Schießscharten eingenommen haben. Als ich ihn gegen Valdigor de Rovol kämpfen sah, habe ich verlangt, dass er den Dolch herausgab, mit dem er sich verteidigte. Immerhin hatte er mir versprochen, ihn zurückzugeben, wenn ich dem Baron seine Nachricht überstelle. Aber er hat sich erdreistet vorzubringen, wir würden nicht auf derselben Seite kämpfen, wenn ich ihn haben wolle, dann nur über seine Leiche. Genau so war es dann.«

Nachdem sie ihr bescheidenes Hab und Gut untergebracht hatten, sattelten sie im kleinen Stall des Medikushauses die Pferde und schnallten ihnen die Satteltaschen und mehrere zusammengerollte Decken auf den Rücken. Dann sagten sie Humius und Manele Lebewohl. Die beiden Alten gaben ihnen den

Rat mit auf den Weg, sich vor den Feinden der Weisheit in Acht zu nehmen, und wünschten ihnen alles erdenkliche Glück des Himmels und der Sterne auf ihrem sichtbaren Weg, um endlich das Geheimnis der Weisen zu lösen.

Sie verließen die Stadt in südwestlicher Richtung und hatten schon bald das Südtor von Metz hinter sich gebracht. Eine grüne, von rotem Klatschmohn gesprenkelte Ebene breitete sich vor ihnen aus und endete erst am Horizont in einer gezackten Bergkette.

Sie kamen zügig voran, obwohl Saliettis Verletzungen noch nicht abgeheilt waren und er beim Reiten ein Stechen wie von Dutzenden Nadeln am Hals verspürte. Trotzdem hatte er die Reise nach Paris nicht länger hinauszögern wollen. Denn die Schlacht gegen die Burgen des Steinkreises war geschlagen und das Kriegsvolk des französischen Königs würde schon bald in der Stadt seines Herrschers zurück sein, um mit Paraden, Gejohle und Trinkgelagen in den Straßen seinen Sieg zu feiern.

Aber für Salietti stand fest, dass es für König Philipp IV. auch diesmal nichts anderes zu feiern gab als ein grausames Gemetzel. Denn sein Bluthund Burumar de Gostelle würde ohne die Schätze und den gesuchten wunderkräftigen Gegenstand aus der Schlacht heimkehren. Nur Letzterer konnte dem König aber die heiß begehrte Unsterblichkeit verleihen, die ihm der Dominikaner versprochen hatte, um den Fluch des Templers abzuwenden. Was für ein sinnloses Blutvergießen in diesem vollkommen sinnlosen Unterfangen, dachte Salietti bei sich, als sie am frühen Nachmittag die Umgebung von Verdun erreichten.

Sie hatten beschlossen, ihren Weg abseits von Dörfern, Gehöften und Städten zu suchen und sich von den Strecken der Händler, Mönche, Pilger, Bettler und Räuber fernzuhalten, die im Frühjahr aus dem nördlichen Elsass nach Paris zu wandern pflegten. Ihr Leben und ihre geheime Mission wollten sie nicht noch einmal aufs Spiel setzen.

Als der zweite Reisetag sich seinem Ende zuneigte, entdeckten sie am Horizont Châlons, wo der nördliche Weg nach Reims abzweigte und die Westroute nach Paris weiterführte. Die kleine, beschauliche Stadt lag am Ufer der wasserreichen Marne und war umgeben von der endlosen Weite einer Sumpflandschaft voller Wasservögel, die bei sinkender Sonne schnatternd und kreischend in großen Schwärmen über die Feuchtgebiete flogen. Über den Dächern der Fachwerkhäuser sahen sie die Türme der Kathedrale und einer weiteren Kirche aufragen, die dem Städtchen einen wohlhabenden, vornehmen Anstrich verliehen.

»Ihr seid also sicher, dass unser nächstes Ziel auf der unsichtbaren Landkarte Paris ist und nicht Reims? Hier steht nämlich auch eine prächtige Kathedrale, in der sogar die letzten französischen Könige in allem Prunk ihres herrlichen Hofstaats gekrönt wurden. Damit wäre es jedenfalls nicht der schlechteste Ort, um solch einen kostbaren Schatz zu verbergen«, befand Salietti.

»Aidor Bilbicums Handschrift ist trotz seiner schwer zugänglichen Botschaft und seiner Undurchschaubarkeit in diesem Punkt eindeutig. Erinnere dich an den Text, da steht, dass uns der Unsichtbare Weg zur Insel Ipsar führt, also nach Paris, wo Fabelwesen und Ungeheuer wohnen …«, setzte Weynelle an.

Salietti fiel ihr ins Wort. »Aber wo sollen denn auf der Pariser Insel diese Fabelwesen wohnen?«, entfuhr es ihm.

»Lassen wir uns überraschen«, schlug Weynelle vor und behielt ihre Vermutungen für sich.

»Ich frage mich allerdings auch, wo wir den Teufel finden sollen und wie wir ihm entgegentreten können«, brachte nun auch Grimpow seine Zweifel zum Ausdruck.

»Bisher ist es uns gelungen, alle Rätsel zu lösen. Und wir wussten nie, was uns erwartet, bevor wir direkt davorstanden. Wir werden zu gegebener Zeit mehr wissen, davon bin ich überzeugt«, beruhigte ihn das junge Mädchen.

»Das stimmt, aber jedes Rätsel ist schwieriger als das vorangehende und diesmal kann uns Humius nicht helfen. Ob wir ohne ihn herausgefunden hätten, dass der Unsichtbare Weg im Sternbild Jungfrau angelegt ist? Wohl kaum«, gab Grimpow zu bedenken, obwohl er große Hochachtung für Weynelles Überlegenheit und Scharfsinn empfand.

»Wenn die Theorie meines Vaters zutrifft, dann muss das Geheimnis der Weisen in einer dieser Städte zu finden sein. Der Schlüssel dazu steht in Aidor Bilbicums Buch. Wir müssen den Text nur richtig deuten.«

»Ich hoffe bloß, dass wir nicht wieder in eine Falle geraten wie in der versiegelten Kammer«, sagte Grimpow bang.

»Immerhin habt ihr diesmal mich an eurer Seite und ich werde euch gegen jede drohende Gefahr verteidigen. Ein Schwert werde ich noch führen können, zur Lösung der Rätsel werde ich allerdings nicht viel beitragen können, fürchte ich«, ließ sich nun Salietti vernehmen.

»Mach dir darüber keine Gedanken. Wir sind heilfroh, dass du wieder bei uns bist, trotz deiner Schwerfälligkeit«, sagte Grimpow fröhlich.

»Ja, das ist wohl wahr«, bestätigte Weynelle und reichte dem Ritter mit einem Lächeln die Hand, das aber sofort in Besorgnis umschlug, als sie nicht allzu weit entfernt eine Gruppe von Kapuzenträgern entdeckten.

Salietti bedeutete ihnen, die Stimmen zu senken.

»Sie sehen aus wie Bettelmönche«, urteilte Grimpow und kniff die Augen zusammen, um die Wanderer in der Abenddämmerung besser zu erkennen.

»Ich reite voraus und sehe nach, wer sie sind«, beschloss der Ritter, gab seinem Pferd die Sporen und stob davon.

Weynelle und Grimpow verkrochen sich unterdessen im hohen Dickicht, das sie umgab.

Es war eine kleine Gruppe von Aussätzigen, die ziellos umherirrten, nachdem der Bischof von Reims sie aus ihrer Zuflucht in den umliegenden Höhlen vertrieben hatte. Auf Saliettis Zeichen hin kamen Weynelle und Grimpow aus dem Gebüsch und trabten herbei. Als die Aussätzigen die beiden Begleiter des Ritters sahen, hoben sie den Blick, verhüllten aber ihre entstellten Gesichter mit vor Schmutz starren Kapuzenumhängen.

»Weshalb hat Euch der Bischof aus eurer Bleibe vertrieben?«, fragte Salietti laut.

Als die Männer eisern schwiegen, ergriff eine stämmige Frau das Wort. Unter ihrer Kapuze war nur ein Paar trauriger Augen zu sehen. »Der Bischof von Reims behauptet, unsere Krankheit sei die Strafe Gottes für unsere Sünden«, erklärte sie. »Er wirft uns Hexenkünste vor und dass wir die gottesfürchtigen Kathedralenbesucher, an deren Türen wir um Almosen gebeten haben, mit unserer unheilbaren Krankheit angesteckt hätten. Sie haben unsere ganze Habe aus den Höhlen verbrannt und damit gedroht, uns umzubringen, falls wir wieder zurückkehren.«

»Diese verfluchte Höllenbande!«, rief Salietti erbost.

»Habt Ihr westlich von hier die Soldaten des Königs gesehen?«, fragte Weynelle dazwischen.

»Nein, so weit sind sie noch nicht vorgedrungen. Aber wir haben in einer Kirche gehört, dass sich ein Teil des königlichen Heeres bereits auf dem Rückzug nach Paris befindet. Die Soldaten müssen auf ihrem Weg alle Dörfer und Weiler dem Erdboden gleichmachen, um sich am Korn und am Vieh der Bauern satt zu essen«, berichtete ein Mann. Er sah aus, als wäre er der Anführer der Gruppe.

»Wenn Ihr ihnen in die Arme lauft, dann seid ihr verloren. Sie werden Euch töten und Eure Pferde schlachten«, meldete sich nun ein weiterer Mann zu Wort. Er hatte Vertrauen gefasst und war überzeugt, dass die Unbekannten ebenfalls vor jemandem oder etwas auf der Flucht waren.

»Welches ist der sicherste Weg nach Paris?«, fragte Salietti.

»Wenn Ihr vor einer Gefahr davonlauft, dann führt der schnellste und verlässlichste Weg am Fluss entlang. An der Anlegestelle von Châlons stoßt Ihr auf eine Barkasse, mit der Ihr zur Mündung der Marne in die Seine gelangen könnt. Jede Nacht laufen von dort mehrere Barkassen mit Händlern und Pilgern beladen aus und fahren bis vor die Stadttore von Paris.«

Als sich Salietti zum Gehen wandte und den Aussätzigen Glück wünschte, schob der Mann nach: »Fragt an der Anlegestelle nach Aziel dem Troubadour. Er ist zwar ein wenig ungehobelt und singt schlechter als ein tauber Frosch, aber niemand kennt den Fluss so gut wie er. Wenn Ihr ihm sagt, dass ich Euch schicke, wird er Euch jede nötige Hilfe leisten, ohne Euch lästige Fragen zu stellen.«

Grimpow und Weynelle wechselten einen Blick von Sattel zu Sattel, verwundert über die freundschaftliche Unterstützung des Fremden.

»Von wem sollen wir ihm das denn ausrichten?«, wollte nun Salietti wissen.

»Es genügt, wenn Ihr ihm sagt, Ihr wärt Freunde von Predal.«

»Wohin werdet Ihr jetzt gehen?«, fragte dann Weynelle.

»Wir wandern nach Südosten. In den Außenbezirken von Toul errichten die Franziskaner zurzeit ein Siechhaus für Aussätzige. Dort hoffen wir auf die Aufnahme, die man uns in Reims verweigert.«

Salietti holte aus seinem Beutel eine Handvoll Goldbohnen und hielt sie dem gesichtlosen Mann hin.

»Das wird Euch helfen, die Franziskaner davon zu überzeugen, Euch umgehend die Tore ihres Hospizes zu öffnen.«

Vom Glanz des Goldes geblendet, starrten die Aussätzigen auf Saliettis offene Hand.

»Oh, mein Herr, wie könnten wir Euch je ein so großzügiges Almosen vergelten!«, flüsterte der Mann und streckte die verstümmelte, von Schwären bedeckte Hand danach aus.

»Das habt Ihr bereits getan. Zieht hin in Frieden und seid Gott befohlen.«

Vor der Anlegestelle floss die Marne friedlich im Licht des Vollmondes dahin, der sich in ihren Wassern spiegelte. Am Ufer standen mehrere Männergruppen und dazwischen vereinzelt Frauen und Kinder, die an ihren Hüten und den Stöcken mit den Kalebassen als Pilger auf dem Weg nach Santiago de Compostela zu erkennen waren. Nun warteten sie auf die Barkassen, damit sie sich von Paris aus mit weiteren Karawanen auf den mühseligen Weg voller Ungewissheiten und Gefahren begeben konnten. Bei ihrem Anblick musste Grimpow an Pelin de Langfort denken, der von Ruhmestaten im fernen Spanien geträumt hatte, und er fragte sich, ob der Novize im Krieg gefallen war und ob seine Seele nun als einer der Geister durch die Wälder irrte, vor denen sich der Küchenmönch Bruder Brasco so sehr fürchtete.

Sie saßen von ihren Reittieren ab, und Salietti ging einem Stauer entgegen, der gerade mehrere Körbe mit strohgepolstertem Tongeschirr auf einen bauchigen Einmaster mit zwei schmuddeligen Segeln schleppte.

»Könnt Ihr mir sagen, welches die Barkasse von Aziel dem Troubadour ist?«

Der Mann sah nur kurz auf, dann wandte er sich wieder seiner Beschäftigung zu. »Wer verlangt nach ihm?«, fragte er schlecht gelaunt.

Der Ritter wusste sofort, dass er ihn schon gefunden hatte. »Ein Freund von Predal.«

»Was wollt Ihr von ihm?«, forschte der Stauer.

»Das will ich ihm persönlich sagen.«

»Er steht vor Euch.«

»Ihr müsst mich und meine Begleiter nach Paris mitnehmen. Hier ist die Vorauszahlung für die Überfahrt«, sagte Salietti, ergriff Aziels raue Hand und drückte drei Goldbohnen hinein. »Eine für jeden Fahrgast«, erklärte er.

»Ich lege sofort die Rampe an, damit Ihr Eure Pferde in den Laderaum bringen könnt. Ihr könnt an Deck mitfahren«, sagte der mürrische Troubadour schon ein wenig freundlicher.

Als sie ablegten, sahen sie im hellen Mondlicht hinter dem schäumenden Kielwasser die Türme der Kathedrale von Châlons wie zwei auf das Firmament gerichtete Pfeile in den Himmel aufragen. Salietti und Weynelle betteten zum Schlafen die Köpfe auf die Satteltaschen und legten sich je eine Decke über, um sich vor der feuchten Kälte zu schützen, während Grimpow an der Reling stand und beobachtete, wie der Bootskiel die Fluten teilte, ehe die Finsternis sie verschluckte.

Kurz nachdem sie ausgelaufen waren, begann der Troubadour, seine Romanzen zu singen, und seine raue Stimme sorgte dafür, dass um sie herum ein lautes Froschkonzert anhob.

Die letzten Worte

Die Überfahrt dauerte die ganze Nacht und den halben Morgen, aber noch vor Mittag gingen sie in Paris an Land. Die Sonne strahlte an einem beinah unwirklich blauen Himmel und breitete mit ihrem Glanz einen Zauber über das trübe Seinewasser. Der Hafen lag in der Nähe der beiden Pariser Inseln, die der Fluss so umspülte, dass seine Arme eine langgestreckte Acht bildeten.

Grimpow zweifelte keinen Augenblick daran, dass sich Aidor Bilbicums Handschrift auf eine dieser Inseln bezog, wahrscheinlich auf die größere, auf der die Kathedrale von Notre-Dame stand. Von der Seine betrachtet, wirkte das Bauwerk mit seinen mächtigen Türmen wie ein riesiger zweiköpfiger Krebs, die hohen Strebebogen der Seitenschiffe waren seine Beine und sein Panzer war von den stacheligen Kuppelspitzen übersät.

Im Pariser Hafen lagen Dutzende von Schiffen jeder Art und Größe in einer langen Reihe hintereinander. Die Stauer schufteten um sie herum und beluden die Frachträume, während die Seeleute an Deck hin und her liefen, wo sie die Takelage und die Segel in Ordnung brachten.

Viele wandten sich um, als die drei Reiter Aziels bauchige Barkasse über den Steg verließen, und bestaunten die bezaubernde

Dame, die ihr Pferd mit unvergleichlicher Anmut am Zügel führte. Zwar hatte Weynelle ihr Haar unter einer Haube versteckt, um möglichst wenig Aufsehen zu erregen, doch ihre Schönheit war derart überwältigend, dass kaum einer der Versuchung widerstehen konnte, ihre großen grünen Augen anzustarren, die wie die Sonne über dem Meer strahlten.

Nachdem sie den Kai hinter sich gelassen hatten, machte Weynelle ihren beiden Begleitern den Vorschlag, sich als Erstes zu ihrem Elternhaus zu begeben. Seit sie mit ihrem Vater nach Cornille aufgebrochen war, war sie nicht mehr dort gewesen. Sie könnten die Pferde dort unterstellen, ein heißes Bad nehmen und die Kleider wechseln.

Aber Salietti wehrte ab und erklärte, es sei zu unvorsichtig, wenn Weynelle am helllichten Tage mit zwei Fremden und ohne ihren Vater nach Hause zurückkehrte.

»Es würde mich nicht wundern, wenn der Inquisitor in der Nachbarschaft einen Späher untergebracht hätte, der sofort bei den königlichen Wachen Alarm schlägt, sobald du dich in der Nähe deines Elternhauses blicken lässt. Da es den ruchlosen Dominikaner schon in Fenio de Vokkos Festung unter den Nägeln gebrannt hat, dich den Scharfrichtern auszuliefern, können wir davon ausgehen, dass er dem Teufel seine Seele verkaufen würde, wenn er uns auf diese Weise zu fassen bekäme. Gerade jetzt, da sich alle seine Hoffnungen zerschlagen haben, den Schatz der Templer zu heben oder das Geheimnis der Weisen zu finden.«

»Was wollen wir dann tun?«, fragte Grimpow, der auf die Fortsetzung ihres Abenteuers aus war.

»Ich schlage vor, dass wir nach der Herberge Ausschau halten, die uns der Troubadour empfohlen hat, und dort unsere Pferde unterbringen. Als Fußgänger fallen wir weniger auf. Sobald es dunkel wird, können wir unbemerkt zu Weynelles Haus gehen. Dort die Nacht zu verbringen, hieße aber womöglich, uns in die Höhle des Löwen zu begeben und damit in eine Gefahr, die genauso unsichtbar ist wie der Weg auf unserer Landkarte. Wenn die königlichen Wachen dort nach uns suchen, sitzen wir jedenfalls in der Falle.«

»Wahrscheinlich sind deine Befürchtungen berechtigt, aber irgendwann muss ich nach Hause zurück. Dort befindet sich alles, was meinem Vater und mir gehört«, brachte Weynelle nachdenklich vor und wurde bei der Erinnerung ganz wehmütig.

»Auch wenn es dir noch so schwerfällt, du bist jetzt bloß noch eine Geächtete und auf dich wurde ein Kopfgeld ausgesetzt, vergiss das nicht. Wir müssen in dieser großen Stadt auf der Hut sein. Jeder Schatten kann hier Verdacht erregen und jeder Fremde kann sich als Feind entpuppen«, sagte Salietti, der nur ungern die Gefühle seiner Liebsten verletzte.

»Sobald wir dem Teufel entgegengetreten sind und zu seinen Füßen die letzten Worte gefunden haben, werden wir Paris den Rücken kehren. Lasst uns jetzt die Suche nach dem Geheimnis der Weisen fortsetzen. Zum Klagen haben wir keine Zeit«, sagte Grimpow, der Weynelle damit Mut machen wollte.

»Du hast recht, Grimpow. Lasst uns tun, was Salietti vorgeschlagen hat.«

In den Straßen von Paris wimmelte es nur so von Menschen, die bei dem Ritter lebhafte Erinnerungen an seine Jugend wachriefen. Grimpow kamen sie dagegen vor wie das biblische Babel, das Bruder Brasco einmal erwähnt hatte. Der Küchenmönch hatte ihm erzählt, wie Gott den Hochmut der Menschen bestraft hatte, als sie einen Turm bis in den Himmel bauen wollten. Er habe ihre Sprachen verwirrt, sodass sie einander nicht mehr verstehen konnten. Damit verhinderte er, dass der Mensch ihm gleich würde.

Als Grimpow nun in der Ferne die Türme unzähliger Kirchen und die der Kathedrale von Notre-Dame sah, die wie der legendäre Turm zu Babel herausfordernd gen Himmel strebten, da fragte er sich, ob Gott die Menschen in dieser Stadt vielleicht noch einmal zu Tumult und Lärm verdammt hatte, die sie jetzt im Stadtviertel der Händler, unweit des Seineufers, umwogten. Noch nie hatte der Junge solch dichte Häuserreihen in einheitlich angelegten Straßenzügen erblickt, und er bezweifelte, dass er diese großartige Stadt je wiedersehen würde, sobald er von ihr Abschied genommen hatte.

Hunderte von Menschen schoben sich, vom Marktgeschrei begleitet, über das Pflaster, während die Bauern an den Ständen ihr Obst und Gemüse für seine unerreichte Köstlichkeit priesen, die Fischer auf das silbrige Schimmern ihres frischen Fangs verwiesen, die Fleischer die gehäuteten, noch blutigen Leiber ihrer besten Lämmer wie Trophäen zur Schau stellten und die Gewürzhändler lauthals die Wunderwirkung ihrer Kräuter, Tränke und Elixiere beschwörten, deren berauschender Duft die Luft erfüllte.

Sobald sie die Pferde in den Stallungen der Herberge in der Nähe des Stadtviertels Innocents untergebracht hatten, folgten sie Weynelle durch die gewundenen Gässchen, die sie ebenso gut zu kennen schien wie die Linien ihrer Hand. Sie kamen an einem kleinen Friedhof vorüber, über dessen niedrige Einfassung Grabmäler und Zypressen ragten, ließen die Straße der Goldschmiede und die der Weber hinter sich und gelangten noch einmal zum rechten Seineufer. Grimpow trug eine Satteltasche mit der Landkarte des Unsichtbaren Weges, Aidor Bilbicums Handschrift und seinen Aufzeichnungen samt dem Kohlestift quer über der Brust, während Salietti den Beutel mit den Goldbohnen und das goldene Petschaft des Ouroboros-Geheimbundes in seiner Kleidung versteckte.

Weynelle ging vorneweg, ohne ein einziges Mal zu stocken, bis sie die Brücke zur Insel Ipsar überquerten. Nun tauchten rechter Hand die Türme einer düsteren Festung auf, in deren Kerkern die Ketzer der Inquisition seit vielen Jahren schmachteten und gefoltert wurden. Zu ihrer Linken erhob sich dagegen majestätisch die Kathedrale von Notre-Dame, als böte jene winzige Insel genügend Platz für beides: Hölle und Himmel.

Geblendet von der künstlerischen Pracht der Hauptfassade, ahnte Grimpow, dass die Gemäuer jenes erhabenen Bauwerks weit mehr Geheimnisse bargen als die gesuchten. Er erinnerte sich wieder an die Worte des Einsiedlers, der ihnen geraten hatte, die Sprache des Steins zu verstehen, wenn sie das Geheimnis der Weisen ergründen wollten. Von irgendwelchen Fabelwesen und Ungeheuern war jedenfalls bisher keine Spur zu sehen.

Als erriete sie seine Gedanken, zeigte Weynelle auf die höchsten Gesimse der Kathedrale und sagte: »Sieh nur, Grimpow, dort oben sind die Fabelwesen und Ungeheuer aus der Handschrift.«

Als Grimpow mit dem Blick Weynelles Arm folgte, da sah er die Fabelwesen auf den Kranzgesimsen hocken und von oben auf das Elend der Menschen herabschauen. Es waren Drachen dabei, Vögel, Teufel und Raubtiere mit fürchterlich aufgerissenen Mäulern, als wären sie die soeben zu Stein erstarrten Wächter jener schwindelnden Höhen oder würden sich weigern fortzugehen, nachdem man sie aus einem Reich verstoßen hatte, das nicht ihres war.

»Jetzt verstehe ich: Die Fabelwesen und Ungeheuer sind die Wasserspeier. Es sind bloß Steinfiguren, die das Böse darstellen und deshalb draußen bleiben müssen«, dämmerte es Salietti.

»Worauf warten wir dann noch? Lasst uns den Teufel suchen, der sich hineingemogelt hat, und nachsehen, was wir zu seinen

Füßen finden. Ich hoffe nur, dass dieser Satan genauso harmlos ist wie die Ungeheuer dort droben«, sagte Grimpow. Er war zufrieden, dass sie so schnell einen Schritt weitergekommen waren.

Vor den Toren der Kathedrale drängten sich Horden bettelnder Blinder und Krüppel, während unter den Seitenportalen ein paar Gaukler mit Feuerbällen jonglierten. Grimpow streifte sie mit einem Blick und empfand Mitleid, denn sie erinnerten ihn an längst zurückliegende Zeiten.

Die Stille in der Kathedrale war genauso dicht, wie das durch die Glasfenster einfallende Licht bunt war. Das Hauptportal lag im Westen, und die Sonne traf um die Mittagsstunde bereits die große Fassadenrosette, die wie ein riesiger Schmelztiegel erglühte. Die Kirchenfenster schienen eine Menge Geschichten zu erzählen, deren tiefere Bedeutung aber nur jene zu kennen schienen, die sie gemalt hatten. So barg die Kathedrale offenbar unzählige Geheimnisse, die nie jemand lüften würde. Die bunten Glasbilder lasen sich vordergründig, auch von Analphabeten, wie ein offenes Buch, aber gleichzeitig verschwiegen sie ihre verborgenen Botschaften, die sie demjenigen vorbehielten, der den richtigen Schlüssel besaß.

Aber Grimpow war zuversichtlich und sah sich, von der unermesslichen Schönheit geblendet, nach allen Seiten um. Er wusste, dass jede Statue und jedes Gemälde von künstlerischer Genialität als höchstem Ausdruck menschlicher Schöpfungskraft durchdrungen war. So jedenfalls hatte er das Kryptogramm des Unsichtbaren Weges mit dem lateinischen Zauberwort ARS in der Mitte unter der Sternkarte verstanden. Er staunte aber ebenso über die unsichtbare Kunst der Geometrie und Mathematik um ihn herum, die ihm Rinaldo von Metz in der Abtei Brinkum nahegebracht hatte. An diesem Ort sprang sie ihm förmlich ins Auge, als überbordende Kunstfertigkeit und Weisheit in jeder der von den Glasfenstern beschienenen Wände, in den mächtigen Säulen und all den spitzbogigen Kuppeln, die wie schwerelos über ihm in der Luft schwebten.

Vor einer Seitenkapelle, in der Dutzende von Altarkerzen und Lichter brannten, schreckte Weynelle Grimpow aus seinen Gedanken, indem sie ihn sachte am Arm berührte. Salietti war damit beschäftigt, die frommen Besucher im großen Mittelschiff und in den zahllosen Seitenkapellen zu beobachten, Edelleute oder Gemeine, Händler, Bürger, Pilger, Mönche und Geistliche, deren Mienen und Bewegungen, die ihm verdächtig erschienen, er aufmerksam verfolgte.

»Kommt, ich glaube, ich weiß, wo der Teufel zu finden ist. Wenn ich als kleines Mädchen mit meiner Mutter hierherkam, habe ich mich immer an ihm vorbeigedrückt, vor lauter Angst, er könnte mir die Seele rauben, wenn ich ihm in die Augen gucke. Das wagt nämlich niemand. Vielleicht verlangt Aidor Bilbicum genau das in seinem Manuskript, dass wir diese Angst überwinden.«

Sie schritten den Chorumgang und den Altarraum ab, wo Salietti unter der harmlos aussehenden Statue eines Mannes mit einem Buch in der Hand mehrere Wörter entdeckte. Aufgefallen waren sie ihm durch ihre Anordnung und ihren scheinbar fehlenden Zusammenhang.

Er gab Grimpow ein Zeichen und fragte: »Kannst du mit diesen Wörtern irgendetwas anfangen?«

Grimpow dachte einen Augenblick nach und versuchte, die Begriffe miteinander zu verknüpfen, was ihm nicht gelang. »Nein, ich weiß weder, was sie verbindet, noch, was sie bedeuten könnten. Diese Kathedrale enthält weit mehr Geheimnisse als wir je lösen können, so viel steht fest.«

»Ich komme auch nicht darauf, was es damit auf sich haben könnte«, erklärte Weynelle.

»Vielleicht sind es die letzten Worte von Aidor Bilbicums Handschrift«, mutmaßte Salietti.

Weynelle schüttelte den Kopf. »Darin steht etwas vom Teufel, diese Figur hier stellt ihn aber nicht dar.«

»Nach der Kirchenlehre kann der Teufel tausenderlei Gestalt annehmen, um die Unachtsamen zu versuchen. Vielleicht dürfen wir Aidor Bilbicums Text nicht so wörtlich nehmen, wie wir es bisher getan haben«, verteidigte Salietti seine Vermutung.

»Bisher haben wir mit unseren Deutungen ganz richtig gelegen, aber du könntest trotzdem recht haben. Erinnere dich an die versiegelte Kammer und den Spruch TEMPUS ET VITA, TEMPUS ET MORS, die sich als tödliche Falle herausgestellt haben«, warf Grimpow ein. Nach kurzem Schweigen setzte er hinzu: »Es kann natürlich auch sein, dass es sich bloß um eine Bildunterschrift handelt, eine Laune des Bildhauers, um die Neugier des Betrachters zu wecken. Im Straßburger Münster habe ich zugesehen, wie die Steinmetze ihre Arbeit mit Schriftzeichen, ihrem Namen oder irgendwelchen für sie bedeutsamen Symbolen gekennzeichnet haben, die sonst niemand lesen konnte.«

»Lasst uns erst noch zu dem Teufel gehen, von dem ich euch erzählt habe. Wenn dort nichts zu finden ist, können wir ja zurückkommen und versuchen, das Rätsel hier zu lösen«, beendete Weynelle mit ihrer vernünftigen Art die Beratung.

Schweigend führte sie ihre Freunde in einen allen Blicken verborgenen Winkel, wo auf einem Stein ein kleiner Teufel mit vorspringenden Augen, platter Nase und einem unverhältnismäßig großen Mund stand. Sein Gesicht hätte komisch wirken können, wenn da nicht diese Beklemmung gewesen wäre, ihm geradewegs in die Augen zu sehen.

»Da habt ihr ihn. Vielleicht ist er das«, sagte Weynelle erschauernd.

»Was jetzt? Die Figur rührt sich nicht. Wie sollen wir ihr da entgegentreten?«, fragte Salietti scherzhaft und umklammerte den Schaft seines Schwerts.

»Vielleicht ist die Begegnung mit ihm eher im übertragenen Sinn gemeint«, erklärte Weynelle.

»Daran habe ich auch schon gedacht«, bestätigte Grimpow.

»Ich glaube, ihr solltet das lieber ohne mich herausfinden. Ich bleibe da vorne und passe auf, dass euch niemand dabei stört«, sagte Salietti, ehe er sich ein paar Schritte von ihnen entfernte.

»Es ist nur so eine Idee, aber ich glaube, wir müssen ihn überwältigen und von der Stelle bewegen«, überlegte Grimpow.

»Das klingt gar nicht so falsch«, stimmte Weynelle ihm zu. »Jetzt müssen wir nur noch ausmachen, wer von uns beiden diesem Teufel entgegentreten soll.«

»Lass mich das tun«, bat Grimpow. »Wenn es mir gelingt, dann kann ich vielleicht einige Ängste ablegen, die mir immer wieder zu schaffen machen, seit ich den Stein gefunden habe«, sagte Grimpow.

Weynelle gab sich mit einer Geste einverstanden, und der Junge ging zögerlich auf die steinerne Figur zu, als fürchtete er, sie könne plötzlich zum Leben erwachen. Zögerlich streckte er die Hand aus und tastete das kalte Antlitz des Teufels ab, um sich zu vergewissern, dass er nur einem von Menschenhand erschaffenen Schrecken entgegentrat, einem Trugbild also. Dann ging er noch näher heran und umschlang den Teufel mit beiden Armen wie beim römischen Ringkampf. Er presste ihn mit aller Kraft an sich und ruckelte an der Statue, als wollte er ihr die Glieder brechen. Plötzlich knackte es laut und Grimpow ließ von der Skulptur ab. Sie drehte sich einmal um die eigene Achse, bis der Teufel ihnen den Rücken zukehrte. Aber wo zuvor seine Füße gestanden hatten, erschien nun ein gleichmäßiges, in den Stein gemeißeltes Quadrat mit scheinbar wahllos angeordneten Buchstaben.

»Die letzten Worte sind wieder ein Rätsel!«, rief Weynelle begeistert.

S	M	U	S	R	E	V	I	N	U	S
E	D	N	E	K	R	I	W	S	A	D
D	N	U	T	I	E	Z	R	E	D	E
G	A	R	F	E	N	I	E	T	S	I
S	E	N	L	E	D	N	A	W	R	E
V	T	T	O	G	N	I	H	C	S	N
E	M	R	E	D	T	S	N	I	E	H
C	I	S	D	R	I	W	T	L	E	D
N	A	W	E	R	H	E	A	R	U	Z
N	R	O	K	N	E	Z	I	E	W	S
A	D	H	C	I	S	E	I	W	O	S

»Das haben wir gleich entschlüsselt«, sagte Grimpow mit neuem Mut, nahm das Stück Pergament und den Kohlestift aus der Satteltasche und ergänzte seine übrigen Aufzeichnungen um die Buchstaben aus dem Quadrat.

Salietti konnte es kaum glauben, dass sie tatsächlich so schnell so weit gekommen waren. Gleichzeitig ließ er sich aber seinen Verdruss anmerken, dass sie schon wieder ein Rätsel lösen mussten, bevor sie die Säulen des Übergangs endlich durchschreiten und sich ins Labyrinth begeben konnten, um dort die Saat auszubringen und am Ende ihrer Suche die Blume erblühen zu sehen.

Auch Grimpow und Weynelle wussten nicht, welche Richtung ihnen die letzten Worte weisen würden, hofften aber, darin endlich den Schlüssel zu dem Ort zu finden, an dem das Geheimnis der Weisen versteckt lag. Sie blieben in der Kathedrale und ließen sich auf einer Bank vor der Kapelle einer schwarzen Madonna nieder. Die beiden brachten ihre gesamte Vorstellungskraft auf, um jenes rätselhafte Quadrat zu verstehen, während Salietti darauf achtete, dass niemand in ihre Nähe kam.

Geraume Zeit wandten sie die Augen nicht von dem scheinbar willkürlichen Buchstabengewirr ab, bis Grimpow als Erster ein vollständiges Wort in dem Quadrat entdeckte. Es füllte die oberste Zeile fast vollständig aus und war von rechts nach links geschrieben.

»Da steht Universum!«, rief er voller Freude über den Anfang vom Ende, der sich endlich in diesem Kryptogramm ankündigte, und schrieb dann auf:

UNIVERSUM

»Dieses Zauberwort hat uns doch schon in der versiegelten Kammer das Leben gerettet«, erwiderte Weynelle mit ungebremster Begeisterung, als sie die Übereinstimmung entdeckte, die ihr wie Zauberei vorkam.

»Nun taucht es hier offenbar wieder auf. Was wohl der Grund sein mag?«, ergänzte Grimpow.

»Da, ich habe das Wort Zeit entdeckt, in der dritten Zeile und ebenfalls von rechts nach links geschrieben!«, verkündete Weynelle. Sie war immer überraschter, als sie ihre Entdeckungen im geheimnisvollen Buchstabenquadrat plötzlich so deutlich vor Augen hatten wie die Landkarte des Unsichtbaren Weges.

»Das Wort Zeit war der Schlüssel, um in die versiegelte Kammer hineinzugelangen«, bemerkte Grimpow und setzte es unter seine Aufzeichnungen.

ZEIT

»Und hier steht das Wort Gott«, fuhr Weynelle fort.

Grimpow schrieb es sofort nieder.

GOTT

Dann rief Grimpow plötzlich: »Und das Wort Mensch ist auch dabei. Anscheinend sind wir auf der richtigen Fährte«, sagte er und der Kohlestift flog nur so über das Pergament.

MENSCH

Sie schwiegen eine Weile, als hätten sie alle Möglichkeiten, die ihnen jenes wirre Buchstabenquadrat zu bieten hatte, ausgeschöpft, bis Weynelle eine weitere Entdeckung machte.

»Weizen, ich habe das Wort Weizen gefunden!«, rief sie.

Grimpow setzte es auf seine Liste.

WEIZEN

»Fabelhaft! Da ist auch das Wort Ähre, wenn auch ohne Umlaut geschrieben. So heißt doch die Übersetzung des hellsten Sterns im Sternbild Jungfrau, nicht wahr?«, rief Grimpow. Ungläubig betrachtete er die Wortreihe und ergänzte sie durch den neuen Begriff.

AEHRE

Salietti kam wieder zu ihnen und erkundigte sich, was sie bisher herausgefunden hatten. Außerdem wollte er sie auffordern, etwas leiser zu sprechen, weil sie noch in einiger Entfernung zu hören waren und Aufsehen erregen könnten.

»Wir haben diese Wortreihe hier gefunden«, sagte Weynelle.

Damit versetzte sie den Ritter erneut in Erstaunen, obwohl dieser ohnehin nicht mehr an der Weisheit seiner Freunde zweifelte. Um die beiden nicht von ihren Nachforschungen abzulenken, kehrte Salietti zu seinem Wachposten neben einer Kanzel zurück.

»Was die letzten Worte wohl zu bedeuten haben?«, überlegte

der Knappe laut, während er ihre Funde im Buchstabenquadrat unterstrich.

Weynelle und Grimpow dachten angestrengt nach, um schnellstens hinter den Sinn der Wörter aus dem Buchstabenquadrat zu kommen. Doch schienen diese so beliebig zu sein, dass sich die beiden in den unzähligen Möglichkeiten verloren. Sie würden Stunden oder sogar Tage benötigen, um sie alle zu prüfen.

S	M	U	S	R	E	V	I	N	U	S
E	D	N	E	K	R	I	W	S	A	D
D	N	U	T	I	E	Z	R	E	D	E
G	A	R	F	E	N	I	E	T	S	I
S	E	N	L	E	D	N	A	W	R	E
V	T	T	O	G	N	I	H	C	S	N
E	M	R	E	D	T	S	N	I	E	H
C	I	S	D	R	I	W	T	L	E	D
N	A	W	E	R	H	E	A	R	U	Z
N	R	O	K	N	E	Z	I	E	W	S
A	D	H	C	I	S	E	I	W	O	S

»Wir sollten vielleicht zuerst überlegen, wonach wir eigentlich suchen«, schlug Weynelle vor, um ihren Grübeleien eine Richtung zu verleihen.

»Wir suchen das Geheimnis der Weisen«, sagte Grimpow ohne Umschweife.

Die Offensichtlichkeit dieser Antwort entlockte Weynelle ein Lächeln. »So habe ich das nicht gemeint. Ich wollte darauf hinaus, dass wir nach etwas ganz Bestimmtem suchen. Es geht uns doch als Nächstes vor allem darum, wo sich die Säulen des Übergangs befinden.«

»Meinst du einen bestimmten Ort?«

»Richtig. Und der müsste in den geheimnisvollen Worten enthalten sein. Deshalb sollten wir nach etwas suchen, das uns darüber Aufschluss gibt«, erklärte Weynelle.

»Nach dem Unsichtbaren Weg befindet sich dieser Ort hier in Paris oder in Chartres, Amiens oder Reims. Reims liegt aber schon hinter uns.«

»Und in Paris sind wir bereits. Das heißt, dass wir nach Amiens oder nach Chartres müssen«, sagte Weynelle. Bevor sie weitersprechen konnte, hielt ihr Grimpow nochmals die sechs Wörter hin.

UNIVERSUM
ZEIT
GOTT
MENSCH
WEIZEN
AEHRE

»Mit einzelnen Buchstaben dieser Wörter kann man den Namen Amiens bilden«, rief Grimpow aus. »Es ist also Amiens!«

Weynelle starrte einen Moment auf die Liste, dann sagte sie: »Stimmt, Grimpow, aber ich fürchte, Chartres kann man ebenfalls damit bilden.«

Grimpow hatte einen Gedankenblitz und platzte damit heraus. »Wenn du dich nur mal an den Verlauf des Unsichtbaren Weges erinnerst«, sagte er und kramte die Skizze hervor, »entspricht die Lage von Chartres auf der Erde der Position des hellsten Sterns im Sternbild Jungfrau, also der Ähre«, folgerte er und deutete auf die Linien des Medikus. »Viel wahrscheinlicher ist es also Chartres.«

»Gut möglich, aber letztlich weist nichts eindeutig auf eine der beiden Städte hin. Und in Reims oder Paris kann sich das Geheimnis im Grunde auch befinden.«

Diese letzten Worte Weynelles verwirrten Grimpow genauso wie die letzten Worte aus Aidor Bilbicums Handschrift, und er

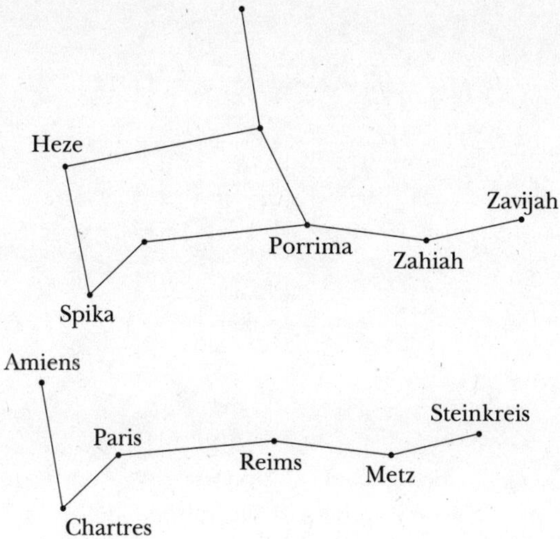

hatte für einen Augenblick das Gefühl, dass sie in eine Sackgasse geraten waren. Es ging weder vor noch zurück und sie drehten sich mit dem Buchstabenquadrat fortwährend im Kreis. Bei diesem Gedanken fiel ihm ein, dass Rinaldo von Metz in der Bibliothek der Abtei Brinkum einmal einen Kreis für ihn gezeichnet hatte, als Darstellung des Himmels, in den er als Erde ein Quadrat hineinsetzte. Diese sechs rätselhaften Wörter, so schien es Grimpow nun, deuteten auf irgendeine Weise genau auf diese Unterteilung in Kreis und Quadrat hin, in Himmlisches und Irdisches. Das Universum, die Zeit und Gott gehörten demnach in den undurchdringlichen Himmelsraum, während der Weizen, die Ähre und der Mensch eindeutig dem Erdenleben zuzurechnen waren.

Er beschloss, Weynelle diese Gedanken mitzuteilen, die vielleicht Licht ins Dunkel ihrer Grübeleien bringen könnten.

Die junge Frau lauschte ihrem weisen Freund aufmerksam,

S	M	U	S	R	E	V	I	N	U	S
E	D	N	E	K	R	I	W	S	A	D
D	N	U	T	I	E	Z	R	E	D	E
G	A	R	F	E	N	I	E	T	S	I
S	E	N	L	E	D	N	A	W	R	E
V	T	T	O	G	N	I	H	C	S	N
E	M	R	E	D	T	S	N	I	E	H
C	I	S	D	R	I	W	T	L	E	D
N	A	W	E	R	H	E	A	R	U	Z
N	R	O	K	N	E	Z	I	E	W	S
A	D	H	C	I	S	E	I	W	O	S

ohne dabei das Buchstabenquadrat aus den Augen zu lassen, das Grimpow zur Veranschaulichung mit einem Kreis umgeben hatte.

»Bruder Rinaldo von Metz hat gesagt, die Quadratur des Kreises sei unmöglich, weil sie der Vereinigung von Himmel und Erde gleichkäme, also von Gott und Mensch«, erzählte Grimpow entmutigt.

Aber kaum hatte er das gesagt, leuchteten Weynelles Augen auf, als hätte der als Kreis dargestellte Himmel soeben die Erde berührt.

Aufgeregt rief sie: »Genau darin liegt die verborgene Bedeutung des Buchstabenquadrats! Es besteht nicht nur aus den einzelnen Wörtern Universum, Zeit, Gott, Mensch, Ähre und Weizen.«

Grimpow starrte sie verwundert an. »Was willst du damit sagen?«, fragte er dann, weil er ihrem Gedankengang nicht folgen konnte.

»Dass die letzten Worte, von denen in Aidor Bilbicums Handschrift die Rede ist, ein vollständiger Text sind. Das hatte ich vorhin schon kurz vermutet, weil die sechs Wörter, die wir im Buchstabenquadrat unterstrichen haben, alle von rechts nach links geschrieben sind. Du hast es mir gerade mit dem bestätigt, was dir der Bibliothekar über die unmögliche Quadratur des Kreises gesagt hat.«

Weynelle bat Grimpow um das Stück Pergament und begann, die letzten Worte der Weisen des Ouroboros-Geheimbundes aufzuschreiben, während sie ihm erklärte, dass der Text im Buchstabenquadrat verkehrt herum, also von unten rechts nach oben links geschrieben sei. Er lautete:

SO WIE SICH DAS WEIZENKORN ZUR AEHRE WANDELT,
WIRD SICH EINST DER MENSCH IN GOTT VERWANDELN.
ES IST NUR EINE FRAGE DER ZEIT UND DAS WIRKEN
DES UNIVERSUMS.

»Das bedeutet, dass die Quadratur des Kreises tatsächlich stattfinden wird, dann nämlich, wenn sich der Mensch in Gott verwandelt und damit Unsterblichkeit erlangt. Im Grunde genommen hat der Mensch Gott ja erfunden, weil er eine Erklärung sucht, für sich selbst, für die Welt und den Kosmos. Wenn er aber vollkommene Weisheit erlangt, wird der Mensch mit Gott eins, der Kreis schließt sich und bleibt für immer mit dem Quadrat verbunden. Davon hat mir mal mein Vater erzählt«, sagte Weynelle.

»Wann wird das sein?«, fragte Grimpow verblüfft.

»Sobald die Zeit dafür reif ist und das Wirken des Universums es erlaubt. Vielleicht dauert es noch Jahrhunderte, Jahrtausende oder Jahrmillionen, aber die Verwandlung ist schon in Gang und unsere Aufgabe ist es jetzt, dafür zu sorgen, dass sie nicht wieder durch die Unwissenheit ins Stocken gerät.«

Grimpow saß mit offenem Mund da und brachte kein Wort heraus.

Endlich verstand er, warum der Ouroboros-Geheimbund als Zeichen die Schlange gewählt hatte, also das einzige Tier, das mit seinem Leib einen Kreis formen kann – als Symbol für Anfang und Ende der Weisheit.

Sie hatten sich ein paar Schritte von der Seitenkapelle entfernt und gingen jetzt im großen Bogen um das Mittelschiff herum, wo die Pilger und Frommen auf den Knien lagen und beteten.

Salietti konnte mit der Enthüllung der letzten Worte von Aidor Bilbicums Buch nichts anfangen, sosehr Weynelle und Grimpow auch versuchten, sie ihm begreiflich zu machen.

»Aber wo sind denn dann die Säulen des Übergangs?«, fragte er und konnte es kaum abwarten, die Kathedrale zu verlassen und möglichst bald aus Paris fortzugehen. Mit jeder Stunde, die verstrich, wurde die Wahrscheinlichkeit nämlich größer, dass die ersten Soldaten des königlichen Heeres in die französische Hauptstadt zurückkehrten. Er rechnete sogar damit, dass Burumar de Gostelle unter ihnen war, um dem König persönlich zu unterbreiten, dass seine Mission gescheitert war.

»Wir wissen noch nicht, ob sie hier in Paris sind, in Reims, in Chartres oder in Amiens«, sagte Weynelle. »Fest steht nur, dass das Geheimnis der Weisen in der Kathedrale einer dieser vier Städte verborgen liegt.«

»Wie wollt ihr das herausbekommen?«, fragte Salietti. Aus den Augenwinkeln behielt er eine Pilgergruppe im Auge, die soeben die Kathedrale durch das gegenüberliegende Seitenportal betreten hatte und jetzt einen Lobgesang anstimmte.

»Wenn die letzten Worte, die wir zu Füßen des Teufels gefunden haben, den Schlüssel nicht enthalten, dann ist er vielleicht in den vier Ecksymbolen der Sternkarte des Unsichtbaren Weges zu finden. Die haben wir bei unseren bisherigen Untersuchungen völlig außer Acht gelassen«, sagte Grimpow und zeigte ihnen noch einmal seine Aufzeichnungen.

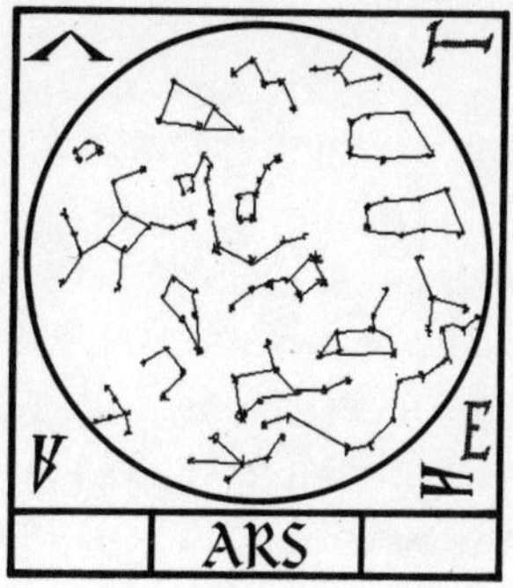

Dann malte er die fünf Zeichen in beliebiger Reihenfolge von der Sternkarte ab.

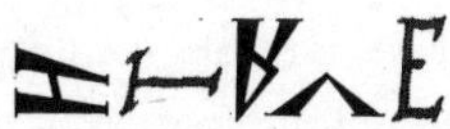

»Wir sollten die ganze Kathedrale nach diesen Zeichen absuchen, einzeln oder zusammen, und gleichgültig in welcher Anordnung. In ihnen muss der Schlüssel zu dem Ort verborgen sein, wo das Geheimnis der Weisen liegt. Sie sind nämlich das letzte Glied in der Kette, ehe wir die Säulen des Übergangs durchschreiten und das Labyrinth betreten können. In Aidor Bilbicums Manuskript ist das die letzte Etappe und die muss hier irgendwo sein. Lasst uns jeder für sich losgehen und jeweils ein Kirchenschiff absuchen, danach treffen wir uns hier wieder«, bestimmte er.

»Ich glaube, es ist nicht nötig, dass jeder für sich losgeht«, widersprach Weynelle. Sie fürchtete sich nämlich alleine vor all den Christusfiguren, Madonnen und Heiligen, die trotz ihres menschlichen Aussehens wie Wesen aus einer anderen Welt aus ihren Steinnischen dreinsahen.

»Einzeln erregen wir weniger Aufsehen und verdreifachen unsere Möglichkeiten, die Zeichen in dieser riesigen Kathedrale zu entdecken«, versuchte Grimpow sie zu überzeugen.

Weynelle und Salietti fügten sich dem Jungen, der inzwischen das Kommando übernommen hatte, wie ein Seneschall, der für seine Bogenschützen den Angriff plant. Letzten Endes war er der neue Besitzer des Steins, und das Wirken des Universums hatte inzwischen einen furchtlosen, weisen jungen Mann aus ihm gemacht, ohne dass er es selbst bemerkt hätte.

Sie gingen in der Kathedrale sämtliche Seitenkapellen ab, dann den Chorumgang und den Altarraum, untersuchten jede Säule, jede Skulptur, jedes Gemälde und jedes Fensterbild und erforschten alle möglichen darauf abgebildeten biblischen Geschichten. In einem Moment meinte Grimpow, auf einer der Kanzeln, die sich rechts und links vom Presbyterium erhoben, einen Schatten zu sehen. Offenbar wurde er beobachtet, doch als der Knappe auf den Fremden aufmerksam wurde, duckte dieser sich rasch und verschwand. Er fasste sich ein Herz und stieg das Treppchen zur Kanzel hinauf, um nachzuschauen, konnte aber niemanden entdecken. Da tat er die Sache mit dem Gedanken ab, dass er sich das aus lauter Angst vor Burumar de Gostelles Schergen nur eingebildet hatte. Er stieg wieder von der Kanzel herunter und kehrte zu Weynelle und Salietti zurück.

Sie trafen sich mit hängenden Köpfen im Mittelschiff vor dem Hauptportal, weil ihre Suche vollkommen unergiebig gewesen war. In der Kathedrale wimmelte es nur so von Symbolen und Zeichen, aber keines ähnelte denen, die sie suchten. Sollte es ihnen jedoch nicht bald gelingen herauszubekommen, in welcher der vier Städte sich die Säulen des Übergangs befanden, würden ihnen die Bluthunde des Inquisitors ganz gewiss auf die Spur kommen. Dann würden sie Gefahr laufen, ihr halbes Leben lang von Paris nach Reims, nach Amiens oder nach Chartres weiterzuziehen, ohne diesem ausweglosen, waghalsigen Teufelskreis je entkommen zu können.

»Lasst uns nach Amiens reiten. Dort gibt es eine beeindruckende Kathedrale und die Stadt liegt auf der Landkarte am Ende des Unsichtbaren Weges. Da uns nur noch eine Etappe fehlt, um ins Labyrinth zu gelangen, steht für mich außer Zweifel, dass sich die Säulen des Übergangs dort befinden müssen«, sagte Salietti.

»Was machen wir, wenn sich die Säulen des Übergangs nicht dort befinden? Wenn sie hier in Paris sind, in dieser Kathedrale, ganz in unserer Nähe, und wir nur nicht darauf kommen?«, wollte Grimpow wissen, der im Geiste unermüdlich eine zufriedenstellende Antwort auf diese Frage suchte.

Weynelle beschloss, den Grübeleien ihrer Freunde etwas entgegenzusetzen. »Wenn wir uns die Landkarte des Unsichtbaren Weges ansehen, lässt sich Folgendes ablesen: Die Säulen des Übergangs befinden sich im Westen der Insel Ipsar und außerhalb davon. Deshalb kann das Geheimnis der Weisen eigentlich nicht hier in der Kathedrale versteckt sein. Ich glaube auch nicht daran, dass es sich in Reims verbirgt, weil die Stadt östlich von Paris gelegen ist. Damit blieben uns nur noch Amiens und Chartres, das eine im Nordwesten und das andere im Südwesten von Paris. Angenommen Salietti hätte mit seiner Vermutung recht, dann läge das Geheimnis der Weisen in Amiens. Wenn wir aber auf Grimpows Meinung hören, dann liegt Chartres genau an der Stelle des Unsichtbaren Weges, wo sich im Sternbild Jungfrau der hellste Stern befindet. Nun müssen wir uns nur noch irgendwie Gewissheit verschaffen, zu welcher dieser beiden Städte wir unsere Schritte lenken sollen.«

In diesem Augenblick fielen die Strahlen der untergehenden Sonne durch die Glasfenster der großen Rosette an der Hauptfassade der Kathedrale und ließen sie aufstrahlen, wie das Herdfeuer des Alchimisten seinen Destillierkolben zum Leuchten bringt.

»Genau da ist die Antwort und wir haben sie nicht gesehen!«, rief Grimpow aus und verfolgte das prächtige, farbenfrohe Spiel, das die Sonnenstrahlen in der Rosette schufen.

Weynelle und Salietti starrten auf die erleuchteten Glasfenster, als hätten sie deren Zauber noch gar nicht wahrgenommen, erkannten aber nicht, welches der vielen Glasbilder ihnen nun Antwort auf ihre Frage gab.

»Meinst du die Glasfenster der Rosette?«, drängte Weynelle.

»Nein«, erwiderte Grimpow und nahm das Stück Pergament mit seinen Aufzeichnungen und den Kohlestift zur Hand. »Ich meine die Landkarte des Unsichtbaren Weges.«

»Komm, spann uns nicht so auf die Folter«, versetzte Salietti ungeduldig.

Zur Erklärung malte Grimpow noch einmal die Schriftzeichen auf, die die Sternkarte umgaben.

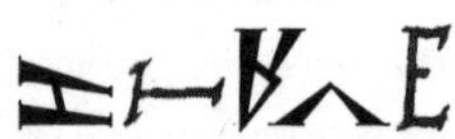

»Wir wissen, dass das Geheimnis der Weisen etwas mit dem Wort ARS zu tun hat, das in der Mitte der Landkarte direkt unter der Sternkarte steht. Und wir haben daraus den Schluss gezogen, dass die Kunst in den Kathedralen zu finden ist…«

»Was folgerst du aus dieser Überlegung?«, schnitt ihm Salietti das Wort ab.

»Dass sich die Kunst in einer ganz bestimmten Kathedrale befindet, nämlich der von…

Eine Blume im Labyrinth

Nachdem sie die Kathedrale von Notre-Dame durch das Hauptportal verlassen hatten, liefen sie zur Herberge und holten ihre Pferde. Dann ritten sie denselben Weg zurück, wechselten über eine schmale Brücke ans linke Seineufer und steuerten auf das Universitätsviertel zu, in dem Weynelles Elternhaus gelegen war.

Um jene frühe Abendstunde waren die Straßen voller Studenten. Lachend und lärmend gingen die jungen Männer in den Schenken ein und aus, unterhielten sich in Grüppchen an den Straßenecken und hier und da stand einer vor dem Fenster einer Jungfer und machte ihr den Hof. Die meisten sprachen Latein, weshalb jenes Pariser Stadtviertel auch Quartier Latin hieß.

Es dämmerte bereits, als sie mit ihren Pferden über den schwach beleuchteten Vorplatz der Sorbonne trabten, wo Fackeln an der Fassade des schlichten Universitätsgebäudes brannten. Dort hatte der weise Gandalf Labox viele Jahre lang seine Vorlesungen gehalten. Salietti erinnerte sich an seine beiden Studienjahre, und Weynelle durchfuhr es freudig beim Wiedersehen der Stätte, die sie von klein an so häufig mit ihrem Vater aufgesucht hatte. Doch diesmal fürchtete sie sich und rechnete auf Schritt und Tritt damit, erkannt und gefragt zu werden, warum ihr Vater und sie eines Tages spurlos verschwunden waren, ohne je wieder etwas von sich hören zu lassen.

Sie kamen durch dämmrige, nur hier und da von einer Öllampe oder einer Fackel erhellte Gassen, weshalb die Wahrscheinlichkeit, dass jemand die bildhübsche junge Weynelle Labox im Dämmerlicht erkannte, eher gering war. Mehrere Wagen fuhren, mit Vieh beladen, laut polternd auf dem Kopfsteinpflaster an ihnen vorüber und nötigten sie, sich eng an die Hauswände zu schmiegen, um nicht unter die Eselshufe oder die grob gezimmerten Wagenräder zu geraten, die unter der schweren Last ächzten.

Als sie auf Weynelles Elternhaus zuritten, zeigte die junge Frau am Ende der Straße auf ein Portal aus zwei Säulen, auf denen ein steinerner Sturz ruhte.

»Ich hätte nicht gedacht, dass du in einem so vornehmen Haus wohnst«, sagte Grimpow beim Anblick der Fassade.

»Mein Großvater war ein angesehener Schreiber bei Hofe und hat ein kleines Vermögen angespart, damit sein einziger Sohn studieren konnte.«

»Oben unter dem Dach habe ich zwei meiner schönsten Jugendjahre verbracht«, bemerkte Salietti wehmütig.

»Wo hast du den Schlüssel?«, fragte Grimpow Weynelle und fürchtete schon, ein zusätzliches Rätsel lösen zu müssen.

»Einen haben wir mitgenommen, als wir uns nach Cornille aufgemacht haben. Der ist mit unserem Gepäck in der Herberge geblieben, als uns Fenio de Vokkos Soldaten festgenommen haben. Mein Vater hat aber immer einen in dem Hohlraum hinter dem Abzeichen der Schreiberzunft auf dem Türsturz hinterlegt.«

»Bleibt kurz hier stehen und seid jeden Moment bereit, im Galopp die Flucht zu ergreifen. Ich will schnell hinüberreiten und den Schlüssel holen. Rührt euch nicht von der Stelle, ehe ich euch die Tür öffne und mich vergewissert habe, dass uns keine Gefahr droht. Einverstanden?«, sagte Salietti leise.

Weynelle und Grimpow nickten, doch als der Ritter gerade auf das Haus zureiten wollte, war plötzlich hinter einem der Fenster ein Lichtschein zu sehen. Er hielt inne, als hätte jenes Licht sein Pferd zu Stein erstarren lassen.

»Im Haus ist jemand!«, rief er dann.

»Das Fenster gehört zum Studierzimmer meines Vaters!«, sagte Weynelle beunruhigt.

»Hatte außer euch noch jemand einen Haustürschlüssel?«, fragte Grimpow. Er war genauso verstört wie seine beiden Freunde.

Weynelle schüttelte den Kopf, unfähig, ein Wort herauszubekommen. Es lag Grimpow auf der Zunge, ihnen von dem Schatten in Notre-Dame zu erzählen. Aber er besann sich rasch eines Besseren, schließlich wollte er Weynelle nicht noch mehr ängstigen.

Salietti stellte sich mit seinem Pferd neben die junge Frau und streckte die Hand nach ihr aus. »Ich habe euch ja gesagt, dass es sehr gefährlich sein würde, hierherzukommen«, sagte er. »Irgendjemand hat offenbar euer Haus in Beschlag genommen, in der Annahme, dass du und dein Vater nicht zurückkehren würdet«, setzte er zornig hinzu.

»Aber das konnte doch niemand wissen«, wunderte sich Weynelle, als der erste Schreck überwunden war.

»Burumar de Gostelle und einige seiner Späher oder Lakaien schon. Wenn du möchtest, klopfe ich an die Tür, dann wissen wir es genau, aber das wäre ebenso töricht, als wollte ich laut herausrufen, dass du oder jemand, der deinem Vater und den Weisen des Ouroboros-Geheimbundes sehr nahesteht, in Paris ist«, gab Salietti zu bedenken.

»Nein, ich glaube, es wäre wirklich eine Riesendummheit, wollten wir die Schergen des Inquisitors erneut auf uns aufmerksam machen«, sagte Weynelle und war entschlossen, jeden Anflug von Selbstmitleid zu unterdrücken.

»Dann lasst uns Paris für immer Lebewohl sagen. Hier hält uns nichts mehr«, erklärte Grimpow.

»Was soll aus uns werden, wenn unsere Suche in Chartres zu Ende geht? Wir können nicht für den Rest unserer Tage als Geächtete durch die Lande ziehen und von einem Ort zum anderen fliehen, stets in der Furcht, gefasst zu werden?«, sagte Weynelle.

»Wir gehen nach Italien. Ich will die kleine Burg meines Großvaters im Piemont loswerden. Mit dem Geld kaufen wir uns ein Haus in Florenz, der freien, wohlhabenden Republik abseits des Einflussbereichs von Päpsten und Herrschern. Dort fangen wir ein neues Leben an, ohne uns vor den Schrecken der Inquisition und der Gier des mächtigen Königs von Frankreich fürchten zu müssen. Wir sind jetzt wie eine Familie, und Grimpow braucht ein Heim, in dem er aufwachsen, und eine freie Universität, an der er studieren kann. Nur so kann er später einige Weise um sich scharen und einen neuen Geheimbund gründen, der auch weiterhin den Namen Ouroboros tragen wird.«

Rund um das Südtor der Pariser Stadtmauer herrschte ein einziges Gewühl aus Kutschen, Pferde- und Eselskarren, Reittieren und Fußgängern. Als sie die Stadt verließen und sich die Umrisse von Zinnen und Türmen in ihren Rücken gegen den dunklen Nachthimmel abzeichneten, blickte sich Grimpow nicht ein einziges Mal um. Dafür war er viel zu sehr in die Beobachtung der vielen Pilgerkarawanen vertieft, die den beginnenden Sommer nutzten. Es wehte eine laue Brise, wenn auch aus Richtung Norden, und der wolkenlose Himmel war mit Sternen übersät.

Immer wieder setzte Grimpow sie in Gedanken am dunklen Firmament zu zahllosen Wegen zusammen, genau wie die Sternbilder von ihrer Karte. Über ihren Köpfen im Norden erkannte er die Sternbilder der Kassiopeia und des Kleinen Bären und darunter den langen Schwanz des Drachen und den Großen Bären, im Süden die Jungfrau mit dem Stern Spica und darunter die Sternbilder Waage, Skorpion und Kentaur und im Osten die Zwillinge, den Krebs und die Nördliche Wasserschlange.

Das Abendessen nahmen sie in einer Pilgerherberge mehrere Meilen außerhalb von Paris ein, wo sie sich auch ein paar Stunden im Schlafsaal ausruhten. Im ersten Morgengrauen waren sie aber schon wieder unterwegs. Chartres war noch einen Tagesritt entfernt und sie wollten die Kathedrale vor Einbruch der Dunkelheit erreichen, um nicht vor verschlossenen Türen zu stehen.

Es fiel ihnen nach wie vor schwer, sich den wunderkräftigen Gegenstand vorzustellen, von dem in Aidor Bilbicums Handschrift die Rede war. Einig waren sich die drei nur darüber, dass es nicht der sagenhafte heilige Gral und auch nicht die Bundeslade oder irgendein Schriftstück über die antiken Götter oder Religionen war. Doch was in aller Welt konnte es dann sein? War es ein riesiger Goldschatz, waren es Schmuck und Edelsteine aus den fremden Ländern des Orients, deren Besitzer der reichste Mensch der Welt sein würde? Oder handelte es sich vielleicht um eine ungeheure Waffe, um die sich viele Legenden rankten, weil sich der mächtigste und gefürchtetste Feind mit ihr bezwingen ließ?

Über diese und andere Fragen zerbrachen sich Grimpow, Weynelle und Salietti den Kopf, auch wenn keiner von ihnen sie laut aussprach. Sie fragten sich sogar, was sein würde, wenn sie erst das Geheimnis der Weisen enthüllt hatten und wie sie es anschließend mit nach Florenz nehmen und dort erneut verstecken konnten.

Grimpow war inzwischen wieder zuversichtlicher, denn im Verlauf seiner langen Reise hatte er gelernt, dass sich für alles eine Erklärung findet, wenn man erst den passenden Schlüssel dazu hat. Dennoch machte er sich nach dem vielen Glück und Unglück, das ihm in seinem kurzen Leben schon widerfahren war, darauf gefasst, die Säulen des Übergangs aus irgendeinem Grund nicht zu durchschreiten und das Labyrinth nicht betreten zu können. Alles bliebe dann ein Hirngespinst, das dazu gedient hätte, die Wissbegier und die Ruhelosigkeit des Lernens zu wecken, als wäre die Suche nach dem Geheimnis der Weisen am Ende nichts anderes als die Suche nach sich selbst, die Suche nach dem innersten Wesen der Menschen im verwirrenden Labyrinth ihres Lebens – eine Suche, welche die Blume der Weisheit in sein Herz gesät hatte wie ein fruchtbares Samenkorn.

Gleichzeitig beschäftigte Grimpow der Gedanke, dass schon zweihundert Jahre vergangen waren, seit Aidor Bilbicum und die ersten Weisen des Ouroboros-Bundes ihr Geheimnis versteckt hatten. In der Zwischenzeit konnte sich alles Mögliche zugetragen haben, ohne dass sie es ahnten. Über die Jahrhunderte hinweg konnte sich der Lauf der Geschichte ebenso unerwartet verändern wie ein Flusslauf unter Einwirkung der Natur. Daher hielt er es auch für möglich, dass die Weisen des Ouroboros-Geheimbundes das Geheimnis zunächst sorgfältig versteckt hatten, ihm aber später einen anderen Platz zugedacht oder es zerstört hatten. Vielleicht war das ganze Geheimnis der Weisen aber auch nichts anderes als eine Legende, wie sie die Alten den Jungen in kalten Winternächten am Feuer erzählten oder wie sie die Troubadoure in ihren Epen und Romanzen besangen.

Die anmutigen Spitztürme der Kirchen und der Kathedrale von Chartres ragten am Horizont in den rot glühenden Abendhimmel, der die ausgedehnten Weizenfelder um sie herum mit einem goldenen Schimmer übergoss.

Trotz der Jahreszeit und obwohl unzählige Pilger unterwegs waren, strahlte die Stadt an jenem Spätnachmittag eine ungewöhnliche Ruhe aus, die den Absichten der drei Reiter zupasskam. Sie ritten auf einem gepflasterten Weg durch mehrere kleine Gehölze darauf zu, mit Blick auf den ruhigen Fluss und die vielen Mühlen, deren Flügel sich am Ufer drehten, auf Gerbereien, Holzbrücken und Waschplätze, deren Hütten unter den Ulmen verstreut lagen, auf Häuser, Kirchen und die majestätische Kathedrale, die wie ein steinerner Koloss über der Stadt thronte.

Sie erreichten den Marktplatz mit der Kathedrale über ein kleines Stadtviertel mit malerischen Fachwerkhäusern, wo sie bald einen Stall für ihre Pferde fanden, damit diese fressen und sich von dem langen, ermüdenden Ritt erholen konnten. Der Stallknecht nahm sich wortlos ihrer Tiere an, denn er war von Geburt an taubstumm und verständigte sich nur mit Gebärden und Kehllauten. Sein Lächeln wurde noch breiter, als er in seiner Hand die Goldbohne erblickte, die ihm der Ritter gerade hineingedrückt hatte.

Als sie vor dem Hauptportal ankamen, mussten sie überrascht feststellen, dass die Tore geschlossen waren. Sie hielten nach jemandem Ausschau, der ihnen erklären konnte, was das mitten im Frühjahr zu bedeuten hatte, als ein Greis mit üppigem Bartwuchs ihren Weg kreuzte. Salietti befragte ihn, und sie erfuhren, dass ganz Chartres gerade ein Fest zu Ehren eines Heiligen feierte. Alle Einwohner vergnügten sich bis zum Morgengrauen vor den Stadttoren. Sie hatten am anderen Flussufer unter den Pappeln Lagerfeuer entzündet und ergingen sich im

Festschmaus mit Trinkgelagen, Musik, Tanz und Rummel. Aber er sagte ihnen auch, dass das Nordtor der Kathedrale, das sogenannte Tor der Eingeweihten, offen stehe.

Diese Bezeichnung ließ Grimpow aufmerken und er fragte den Greis geradeheraus: »Wieso hat das Tor solch einen seltsamen Namen?« Dabei tat er, als wüsste er nicht, wer die Eingeweihten waren.

»Jenes Tor ist seit jeher den Zünften der Baumeister, Maurer und Steinmetze vorbehalten. Es darf niemals verschlossen sein, selbst wenn die Kathedrale leer ist«, erklärte ihnen der Greis und verabschiedete sich mit einer Verneigung, um seinen Weg zum Fluss fortzusetzen.

Grimpow verspürte einen seltsamen Drang, sich diesem steinernen Bauwerk ganz unbefangen zu nähern, als befände er sich nicht zum ersten Mal an diesem Ort oder hätte ihn schon oftmals im Traum gesehen, sodass ihm alle Symbole und Geheimnisse darin wohlvertraut wären. Doch ihr tatsächlicher Anblick ließ seine Vorstellungen wie wirre Traumfetzen verblassen.

Während sich Weynelle und Salietti über ihre Zukunft in der wohlhabenden italienischen Republik Florenz unterhielten, näherte sich Grimpow der Kathedrale und besah sich die Steinbildnisse zu beiden Seiten des mächtigen Eingangsportals an der Westseite. Zur Linken entdeckte er die Figuren zweier Männer und einer Frau auf Sockeln und zur Rechten die ebenfalls aufrechten Gestalten dreier Männer und einer Frau. Jeder von ihnen hielt ein dickes Buch in der Hand und einige außerdem eine Pergamentrolle. Als Grimpow die Figuren betrachtete, zweifelte er keinen Augenblick daran, dass es sich um eine Darstellung der Weisen des Ouroboros-Bundes handelte, die mit den Büchern – der einzigen Waffe der Weisheit – den Eingang der Kathedrale bewachten, in der das Geheimnis der Weisen verborgen lag.

»Lasst uns um die Kathedrale herumgehen und das Nordtor suchen. Dort dürften auch die Säulen des Übergangs sein«, schlug Salietti vor. Er war wild entschlossen, das Geheimnis der Weisen oder was auch immer an diesem Ort verborgen sein mochte, so bald wie möglich zu finden und dafür die Zeit zu nutzen, während die Stadt wie ausgestorben dalag.

Sie gingen um die Kathedrale herum zum Südtor und betrachteten das großartige Bauwerk dabei in allen Einzelheiten. Die Kirche wirkte tatsächlich wie ein Werk der Götter, wo der Stein seine eigene Sprache sprach, wie ihnen der Einsiedler seinerzeit verheißen hatte. Eine in die Ausdrucksformen der Kunst und der menschlichen Vorstellungskraft übersetzte Sprache, dazu imstande, die erhabenste und unvergänglichste Schönheit zu erschaffen.

Kaum waren sie ein Stück gegangen, da entdeckten sie an einer Ecke, die mit der Fassade den gestuften Vorraum zum Südeingang bildete, eine kleine, halb im Boden verschwindende Treppe, die zu einem eisernen Tor führte.

»Hier muss die Krypta sein«, stellte Salietti fest. Er ging näher heran und rüttelte vergeblich an der verschlossenen Tür.

Grimpow musste sofort an die düstere, geheimnisumwitterte Krypta der Kirche von Cornille denken. Er wünschte inständig, dass sich die Säulen des Übergangs, die sie durchschreiten mussten, um ins Labyrinth zu gelangen, nicht ausgerechnet dort unten befanden, in jener unheimlichen, düsteren Gruft.

Als sie um die nächste Ecke bogen, standen sie an der Ostseite. Auf ihrem Gang um die Kathedrale achteten sie auf jedes Zeichen und jeden für ihre Suche dienlichen Hinweis und erforschten unermüdlich jeden Mauervorsprung, jede Säule und jedes Kapitell, jedes in die Giebelfelder eingemeißelte Relief und all die vielen Skulpturen, die wie im Stein verewigte Wesen die Kathedrale zierten.

Am Nordtor angelangt, standen sie vor einer offenen Tür.

»Nun können wir ja doch in die Kathedrale hinein«, frohlockte Salietti.

In diesem Moment bemerkte Weynelle die Säulen zu beiden Seiten der Tür und über ihren Kapitellen die Nischen mit den Basreliefs.

»Seht nur!«, rief die junge Frau und war sicher, dass sie gefunden hatte, wonach sie suchten.

Grimpow und Salietti hoben gleichzeitig den Blick und betrachteten die beiden in den Stein gemeißelten Szenen, die in ihrer hermetischen Sprache lautlos zu sprechen begannen.

»Die eine Szene zeigt eindeutig eine Truhe, die auf einem Ochsenkarren befördert wird, und die andere einen Mann, der die Truhe inmitten eines von Leichen übersäten Feldes mit einem Tuch bedeckt«, beschrieb Weynelle, was sie sah.

»Eine der Leichen sieht aus wie ein Ritter im Kettenhemd«, fügte Salietti hinzu.

»Es ist die Geschichte von der Überführung des Geheimnisses der Weisen durch die neun Ritter des Salomonischen Tempels. Deshalb bedeckt der Mann im zweiten Bild die Truhe mit einem Tuch, von der die Legenden behaupten, dass sich darin der Schatz der Templer befindet«, folgerte Grimpow.

»Hier, unter den beiden Bildern mit dem Karren und der Truhe, ist eine lateinische Inschrift«, bemerkte Salietti.

»Was könnte der Text bedeuten?«, fragte Weynelle.

»Ich kann nicht genau verstehen, was da steht«, erwiderte Salietti.

Grimpow zückte das Stück Pergament mit seinen Aufzeichnungen und den Kohlestift und schrieb die Inschrift ab.

HIC AMITITUR ARCA CEDERIS

»So wie sie dastehen, ergeben die Worte auf Lateinisch keinen eindeutigen Sinn. *Hic* heißt ›hier, an diesem Ort‹; *amititur* scheint eine eigene Wortschöpfung zu sein, denn das Wort gibt es auf Latein nicht, obwohl es so klingt. Vielleicht ist es eine Ableitung von *amittere*, dessen eigentliche Bedeutung ›weit schicken‹ ist, aber es kann auch mit ›verlassen‹ oder ›verbergen‹ übersetzt werden. Die Reliefbilder legen nahe, dass mit *arca* wohl eine Truhe gemeint ist. Das Wort *cederis* bereitet mir die größten Schwierigkeiten, es könnte etwas mit *cedere* zu tun haben, was ›abgeben‹ bedeutet, oder aber mit *foederi*, dann würde die Übersetzung ›Bund‹ lauten«, erläuterte Salietti ihnen, denn er kannte seine Muttersprache sehr gut.

»Nach deiner Auslegung ist die Inschrift also in einem wenig gebräuchlichen Latein verfasst und könnte bedeuten, dass die abgegebene Truhe oder Bundeslade von weit her geschickt wurde«, fasste Weynelle zusammen.

Der Ritter blieb nachdenklich und versuchte, der undurchschaubaren Inschrift noch einen eindeutigeren Sinn zu entlocken, bis er schließlich einräumte: »Ich bin nicht ganz sicher. Aber ich glaube, das könnte eine ziemlich treffende Deutung sein.«

»Wenn wir bedenken, dass uns Humius gesagt hat, dass in der Sprache der alten Weisen nichts so ist, wie es zu sein scheint, dann wäre es nicht verwunderlich, wenn sich diese Inschrift bloß als Lateinisch tarnt, damit nur diejenigen ihre wahre Bedeutung verstehen, für die sie bestimmt ist. Ich stimme deiner Auslegung übrigens voll und ganz zu«, überlegte Grimpow.

»Das sehe ich genauso: Die Reliefs über den Säulenkapitellen stellen zweifellos die mühselige Reise der neun Tempelritter dar. Deshalb befindet sich der nach diesen Säulen benannte Übergang auf der Landkarte des Unsichtbaren Weges und aus Aidor Bilbicums Manuskript genau hier. Dann lasst uns also die Säulen des Übergangs durchschreiten und uns ins Labyrinth begeben, um die Saat auszubringen und die Blume erblühen zu sehen.«

Als sie die Kathedrale von Chartres durch die Tür der Eingeweihten betraten, fiel die Abendsonne durch die Glasfenster der hohen Kirchenschiffe, sodass die zahllosen Bibel- und Alltagsgeschichten einen durchsichtigen Teppich in zartem Rot, Gelb, Blau und Grün über den Boden breiteten. Beim Anblick dieses schier endlosen Spiels aus Lichtern und Bildern verstand Grimpow, warum das Wort ARS als Teil des Namens der Stadt Chartres auf der Landkarte des Unsichtbaren Weges auftauchte. Im gleichen Augenblick spürte er voller Staunen, dass der Stein an seinem Hals wieder seine warme glutrote Farbe annahm.

»Mit dem Labyrinth könnte das Gewirr der Bilder in diesen großartigen Fenstern gemeint sein. Ich glaube, wir müssen uns beeilen und noch vor Sonnenuntergang herausfinden, wo die Saat auszubringen ist«, sagte Weynelle. Sie war fest entschlossen, jede Bibelszene bis zur letzten in den Kirchenfenstern zu untersuchen.

Sie begannen bei der Rosette über dem Nordportal, in der eine Marienfigur von Königen und Propheten umgeben war, und gingen dann weiter zum östlichen Seitenschiff, wo sie jedes einzelne Kirchenfenster erst von unten nach oben studierten, als stiegen dessen Bilder von der Erde zum Himmel auf, und dann von rechts nach links wie die letzten Worte, die sie in der Pariser Kathedrale zu Füßen des Teufels gefunden hatten. In einem üppigen Licht- und Farbenspiel erschienen in jedem Fenster unzählige menschliche und göttliche Gestalten, dazu abstrakte Formen und Pflanzenornamente, umrahmt von Kreisen, Vierecken, Dreiecken und Achtecken.

Grimpow hielt den Stein fest in der Hand. Er nahm dessen Wärme und das rötliche Schimmern als ein unmissverständliches Zeichen wahr, dass sich das Geheimnis der Weisen ganz in ihrer Nähe befand, vielleicht ummauert von einer jener kolossalen Säulen oder unter einer Steinplatte des Kathedralenbodens.

Unter den Spitzbogen jener Kuppeln voller Weisheit und Geheimnis erahnten auch Weynelle und Salietti in ihrer Reichweite etwas Magisches, Wunderkräftiges, etwas Erstaunliches und Unvorstellbares, das imstande war, das finstere Universum ihrer Zeit für alle Zukunft zu erleuchten. Letzten Endes waren die Begriffe Universum und Zeit nicht nur zufällig in den Rätseln vorgekommen. Weynelle sah als Erste etwas im Südschiff auf dem Boden funkeln, um dann festzustellen, dass auch die Ähre nicht bloß eine Laune war. Denn im nächsten Moment entdeckten sie die auffällige weiße Bodenplatte in der Kathedrale, in der eine eingelassene metallene Ähre schimmerte wie das Gold der Alchimisten.

Weynelle erschauerte, als ihr Blick darauf fiel. »Die Ähre, die dem hellsten Stern des Sternbilds Jungfrau seinen Namen gibt und im Buchstabenquadrat mit den letzten Worten auftaucht, ist auch hier in der Kathedrale von Chartres«, rief sie aus.

»Das könnte ein Hinweis darauf sein, dass das Geheimnis der Weisen unter dieser Bodenplatte verborgen liegt. Womöglich gibt diese Ähre die genaue Stelle an, wo die Saat ausgebracht werden muss«, mutmaßte Salietti.

Grimpow sagte nichts, er bückte sich nur und führte die Hand mit dem Stein ganz dicht an die goldene Ähre heran, die im letzten Tageslicht funkelte.

Sie warteten alle gespannt, ob das Wunder geschah und die weiße Bodenplatte einen Geheimgang unter ihren Füßen freigab, der sie endlich zum Geheimnis der Weisen führen würde. Aber Ähre und Bodenplatte rührten sich nicht von der Stelle und es tauchte nichts anderes auf als die Enttäuschung in Saliettis Miene.

»Vielleicht ist es doch nicht so einfach, wie wir gedacht haben«, sagte Grimpow, ohne den Mut sinken zu lassen.

»Ich werde mal ein paar Kerzen anzünden, bevor es hier drinnen vollkommen finster ist und wir unsere eigenen Schatten nicht mehr sehen«, sagte der Ritter. Damit wandte er sich unverzüglich zum Presbyterium, wo mehrere Altarkerzen brannten.

Doch als er das Mittelschiff betrat, hielt er plötzlich inne. Auf dem Steinboden vor seinen Füßen entdeckte er lauter konzentrische Kreise, die mit bräunlichen Fliesen gelegt waren und sich deutlich von ihrer Umgebung abhoben.

Unter dem Eindruck dieses Fundes lief er zum Altar, nahm mehrere Kerzen, entzündete sie an der Flamme der brennenden Altarkerzen und kehrte damit zu Grimpow und Weynelle zurück.

»Ich habe das Labyrinth gefunden«, rief er und konnte seine Begeisterung kaum zügeln. »Kommt, es ist da vorn, im Mittelschiff, ganz in der Nähe des Haupteingangs«, fügte er hinzu. Er nahm Weynelle an der Hand und zog sie mit sich, als wollte er sie entführen.

Grimpow folgte den beiden, und seine Gedanken schwangen sich in die Höhe wie ein majestätischer Adler, während er sich vorstellte, was in jenem Labyrinth geschehen würde. In der Bibliothek der Abtei Brinkum hatte er mit Bruder Rinaldo die Bedeutung dieses uralten Symbols studiert, das sich bis zu den Labyrinthen von Lemnos, Clusium und Kreta in der Geschichte zurückverfolgen ließ. Ein Labyrinth war ein verwirrender Ort, eine Falle, in die man hineingeriet, ohne je wieder herauszukommen, außer man folgte dem Ariadnefaden der griechischen Mythologie. Grimpows Herz schlug höher und das Licht des Steins in seiner Hand, das Licht des Steins der Weisen, das Licht des *lapis philosophorum*, das Licht des Schlüssels zu allen Geheimnissen begann erneut magisch zu leuchten.

Sie blieben vor dem äußeren Rand des Labyrinths stehen, das eigentlich aus lauter aneinandergereihten Halbkreisen bestand und wie gezähnt wirkte.

»Ja, das ist zweifellos ein Labyrinth, obwohl es nicht so aussieht, wie ich es mir vorgestellt habe. Ich habe mit verschlungenen unterirdischen Gängen gerechnet, in denen man sich verläuft«, gab Weynelle zu und ließ den Blick über den Boden der Kathedrale schweifen.

»Auch ich habe etwas anderes erwartet, muss ich gestehen. Ich dachte, wir müssten den Eingang zu irgendeinem unterirdischen Gang finden, dabei liegt das Labyrinth flach auf dem Boden und hat weder Mauern noch sichtbare Gänge«, sagte Grimpow.

»Scheinbar handelt es sich aber um einen offenen Gang, der in die Mitte führt, wenn man der Strecke durch all die darum angeordneten Kreise und Biegungen folgt«, bemerkte Salietti.

»Die Blume!«, rief Grimpow und war vor Freude ganz außer sich. »Die Blume befindet sich mitten im Labyrinth«, vervollständigte er seinen Satz. Gleichzeitig griff er nach dem Stück Pergament mit seinen Aufzeichnungen, um das Gesehene hinzuzufügen. Alle drei sahen sie nun staunend in der Mitte jenes einzigartigen verschlungenen Weges die Blütenblätter einer mit einem Kreis umrahmten Blume auftauchen.

»Kommt, dann wollen wir mal den Eingang dieses Labyrinths suchen«, schlug Weynelle vor. Sogleich ging sie um den gezahnten Rand des Kreises herum bis zu der Stelle, wo er sich öffnete und der Weg auf dem Kathedralenboden seinen Anfang nahm.

Sie waren alle drei zutiefst berührt, denn sie wussten, dass nur noch wenige Schritte sie vom Geheimnis der Weisen trennten, und spürten schon mit allen Sinnen die magische Gegenwart eines überwältigenden Wunders, obwohl dies ihren Augen noch verborgen war. Der Weg zu der Blume lag endlich vor ihnen. Sie brauchten ihn nur noch zu begehen, um die Saat auszubringen, die nichts anderes sein konnte als der Stein in Grimpows Hand, der die Form eines fremdartigen Samenkorns hatte.

»Lasst uns hineingehen und dem Labyrinth bis zur Mitte folgen. Dort werden wir hoffentlich erfahren, was als Nächstes zu tun ist«, sagte Grimpow.

Weynelle und Salietti blickten ihren Freund an, und ihre Augen spiegelten die ganze Zuneigung und Achtung, die sie für ihn empfanden. Nie hätten sie sich träumen lassen, einen so aufgeweckten und weisen Jungen wie Grimpow kennenzulernen, und beide waren sie stolz, ihn ihren besten Freund nennen zu dürfen.

»Nein, du musst allein ins Labyrinth«, sagte Weynelle dann und berührte zärtlich seine Hand. »Die Wege sind so schmal, dass nur ein Einzelner sie beschreiten kann. Jeder muss alleine zur Mitte der Blume gelangen, wie ein Pilger, der auf seiner langen Wanderschaft die Reise nach innen antritt, um in sich ein geniales Wesen zu entdecken, das keinem anderen Wunder des Universums gleicht.«

»Weynelle hat recht, du hast den Stein der Weisen gefunden. Er hat dich erwählt, weißt du noch? Nur du kannst das Geheimnis enthüllen.«

»Aber wir sind doch alle zusammen hergekommen. Der geheimnisvolle Stein gehört euch genauso wie mir«, widersprach Grimpow. Plötzlich überkam ihn die Angst vor der Verantwortung.

»Wir sind nur deine Begleiter, aber du musst die Mission beenden, die unsere Väter begonnen haben. Das sind wir ihnen und ihrem Traum schuldig. Weder Salietti noch ich können den Einfluss des Steins so stark wahrnehmen wie du. In unseren Händen ist er nichts als ein schlichter Stein von ungewöhnlichem Aussehen. Allein in deinen Händen wird er zu etwas Wunderbarem.«

»Na komm, Grimpow, nun geh schon! Wir werden hier auf dich warten und dich keine Sekunde aus den Augen lassen«, beruhigte Salietti ihn.

Der Junge holte tief Luft und zögerte einen Augenblick, ehe er ganz langsam die Linien abzuschreiten begann. Nach den ersten zaghaften Schritten beschrieb der Weg auf dem Boden der Kathedrale von Chartres eine Linkskehre und führte auf die entgegengesetzte Seite des Labyrinths. Grimpow wurde allmählich ruhiger und nahm die eigentümliche Kraft des immer heller strahlenden Steins in seiner Hand wahr, der seinen Geist und seine Seele auf nie gekannte Weise zu erleuchten schien.

Während er langsam und stetig voranschritt, sich mal nach links und mal nach rechts wandte, mal von Westen nach Osten ging und dann wieder nach Süden oder Norden, tauchte in seiner Erinnerung erst der Text aus der Botschaft auf, die Gandalf Labox ihm und Salietti in der Kirche von Cornille hinterlassen hatte, und dann der Text von Aidor Bilbicums Handschrift, den sie dort am Anfang iher Suche nach dem Geheimnis der Weisen gefunden hatten. Er sagte sie beide im Geiste auf wie das Gedicht eines Troubadours.

Gehe ins Tal der Sonne,
und dir tut sich der Sarkophag ohne Leichnam auf,
in dem die Geschichte ruht.
Mache dich auf in die Stadt des Briefes
und frage nach dem, der nicht mehr ist,
so vernimmst du die Stimme der Schatten.
Folge dem Weg des Zeichens
und suche die versiegelte Kammer,
wo Zeit Leben und Tod ist.
Nur, wenn du Unsterblichkeit erlangst,
wirst du den Unsichtbaren Weg sehen.
Dieser führt dich zur Insel Ipsar,
bewohnt von Fabelwesen und Ungeheuern.
Tritt dem Teufel entgegen
und finde zu seinen Füßen die letzten Worte.
Durchschreite die Säulen des Übergangs
und begib dich ins Labyrinth.
Bring dort die Saat aus,
dann siehst du die Blume erblühen.

Dann sah er sein Leben an sich vorüberziehen, seit er als kleines Kind sein Heimatdorf verlassen hatte. Er erinnerte sich an das liebevolle Gesicht seiner Mutter, an seinen Freund Durlib, an den toten Edelmann, an die Mönche der Abtei Brinkum und an alles, was er bei ihnen gelernt hatte. Er schätzte sich glücklich, Salietti kennengelernt und mit ihm die Suche nach dem Geheimnis der Weisen angetreten und mit Weynelle in der versiegelten Kammer Unsterblichkeit erlangt zu haben. Als er in der Mitte des Labyrinths angelangt war, betrachtete er die Blütenblätter der Blume zu seinen Füßen. Sein Stein leuchtete jetzt so hell, dass er aus reinem Feuer zu bestehen schien, dennoch lag er wie eine warme Liebkosung in seiner Hand.

Grimpow wusste nicht, wo er die magische Saat ausbringen sollte. Doch anstatt darüber nachzudenken, blickte er zu Weynelle und Salietti hinüber, die ihn aufmerksam beobachteten. Sie standen ganz in seiner Nähe, und trotzdem schien es, als läge ein Abgrund zwischen ihnen oder als wäre die Wirklichkeit in jenem Labyrinth eine andere. Erneut holte er das Pergament mit seinen Aufzeichnungen hervor und malte die Blume ab.

Als die Zeichnung fertig war, bemerkte er, dass die Bodenfliese im Herzen der Blume eine kleine Einbuchtung enthielt, kaum größer als sein Stein. Er ging langsam in die Hocke und legte den Stein ohne zu zögern hinein. Da geschah das Wunder und das rötliche Licht des Steins verwandelte sich in ein so starkes blaues Leuchten, dass er regelrecht geblendet war. Plötzlich breitete sich das helle Licht wie ein weiß glühender Funke, mit der Geschwindigkeit einer Sternschnuppe, über die ganze Blume aus und erfasste dann alle Linien in den Bodenplatten. Es ließ jede Biegung des Labyrinths aufleuchten, bis dieses in einem wundersamen blauen Feuer lichterloh zu brennen schien. Gleichzeitig begannen alle Glasfenster in den Wänden rund um das Labyrinth zu strahlen, als wäre mitten in der Nacht die Sonne aufgegangen, während unter der dunklen Kuppel der Kathedrale lauter winzige Sterne und Planeten auftauchten und ihre Bahnen zogen, wie in einem frisch erschaffenen Universum.

Grimpow sah über der Blume des Labyrinths eine herrliche, von zarten Nebelschleiern umhüllte Himmelskugel schweben, in der endlose Zahlenreihen und mathematische Formeln, Bilder vergangener und zukünftiger Zeiten sowie sagenhafte Zeichen und unergründliche Symbole erschienen. Kaum tauchte in seinem Geist eine Frage auf, schon entdeckte er in der Himmelskugel die Antwort, auch wenn er sie nicht zu deuten wusste.

Dann begriff er, dass er sämtliche Rätsel der Natur und des Kosmos vor Augen hatte, dass alles verstanden und erklärt werden konnte, wenn man nur den passenden Schlüssel besaß, um seine geheimnisvolle Essenz zu enthüllen. Die kosmische Essenz seines Steins würde der Menschheit dazu dienen, vollkommene Weisheit zu erlangen, die Weisheit, die jene wunderbare Kugel im endlosen dunklen Raum schon seit undenklichen Zeiten, als es nur das Nichts gab, enthalten hatte.

Grimpow setzte sich auf den kalten Steinboden der Kathedrale und versank für Stunden in die Betrachtung jenes vollkommenen kleinen Universums. Mit großer Klarheit erkannte er die gleichen Bilder, die er in der Abtei Brinkum in seinen wirren Träumen gesehen hatte. Er sah, wie berstende Himmelskörper zu Millionen neuer Sterne am Firmament wurden. Er sah, wie planetarische Umwälzungen Kontinente und Ozeane in wunderschöne, zeitlose Landschaften verwandelten. Er sah, wie sich die Erde unter einem undurchdringlichen schwarzen Aschehimmel mit ewigem Eis überzog. Er sah, wie Seuchen die Erde verwüsteten, erbarmungslose Maschinen zwischen schrecklichen Explosionen Feuer spuckten und Kriege Millionen von Männern, Frauen und Kindern vernichteten.

Aber im Innern jener überwältigenden Himmelskugel entdeckte Grimpow unvergleichliche Kunstwerke, großartige Gegenstände und unglaubliche Wunderdinge für unzählige Zwecke und von unendlichen Formen. Er sah fantastische Städte mit Glaspalästen voller Licht, die nachts funkelten und bis in den Himmel reichten. Er sah gepflegte Menschen in ausgefallenen, gewagten Kleidungsstücken, die sich zwischen unzähligen funkelnden, dahinrasenden Metallkarossen bewegten. Er sah riesige Apparate wie enorme fremdartige Silbervögel durch die Luft segeln und wie ungeheure Feuerpfeile das Firmament durchbohren und zu fernen Galaxien schießen, um sich im endlichen Universum zu verlieren.

Grimpow wusste, dass er das Geheimnis der Weisen gefunden hatte, das ihm durch die Berührung des Steins gestattete, vollkommene Weisheit und vielleicht sogar Unsterblichkeit zu erlangen. Aber er wusste auch, dass dieses Geheimnis ein fortwährendes Wunder war, dessen Enthüllung erst begonnen hatte, und dass noch Tausende von Jahren vergehen würden, ehe die Menschheit in der Lage war, dieses unfassbare Rätsel vollständig zu ergründen.

Momentan war er nicht einmal imstande herauszufinden, durch welchen Zaubertrick jene Herrlichkeit vor seinen Augen erstand, aber das war ihm gleichgültig. Die Weisen des Ouroboros-Bundes hatten es wahrscheinlich auch nicht gewusst, weil die Antwort, wie ihm der blinde Bruder Umberto versichert hatte, über den Sternen lag und einen neuen Unsichtbaren Weg aufzeigte, den kein Mensch alleine gehen konnte.

Wie den letzten Worten der Weisen zu entnehmen war, die Weynelle und er zu Füßen des Teufels gefunden hatten, war dies eine Frage der Zeit und das Wirken des Universums, dem sich die ganze Menschheit zu unterziehen hatte. Da offenbarte sie sich nun in seinem Stein, die Landkarte jenes neuen Unsichtbaren Weges. Den würden sie fortan beschreiten und in Natur und Kosmos nach der magischen Essenz des Steins und der menschlichen Seele suchen, die eines Tages mit Gott verschmelzen würde.

Am nächsten Morgen weckten ihn die Sonnenstrahlen, die durch das bunte Glas der Rosette über dem Hauptportal der Kathedrale von Chartres fielen. Grimpow lag auf dem Labyrinth mitten auf der Blume, den Stein der Weisen in der Hand, der noch immer so blau strahlte wie ein kostbares Juwel. Weynelle strich ihm über die Stirn und half ihm dann, sich aufzurichten.

»Alles ist wieder verschwunden«, sagte der Junge erschöpft. Dann sah er zur Kuppel der Kathedrale hinauf, wo er nur wenige Stunden zuvor eine herrliche Himmelskugel an einem endlosen, sternenübersäten Firmament erblickt hatte.

»Das Universum jener Weisheit liegt nun in deinen Händen«, sagte Salietti.

»Endlich bricht eine neue Zeit an, die das menschliche Universum erleuchtet. Das war von jeher der Traum unserer Väter und der Weisen des Geheimbundes. Du bist ihr einziger Erbe«, erklärte Weynelle sanft.

Der Ritter wollte sie gerade ermahnen, sich so schnell wie möglich nach Florenz aufzumachen, als sie fromme Gesänge vernahmen und von der herannahenden Menschenmenge aufgescheucht wurden. Die Bewohner von Chartres hatten ihre nächtliche Feier beendet und strömten nun alle zur Frühmesse in die Kathedrale.

Das mächtige Hauptportal öffnete sich sperrangelweit dem neuen Tag und eine fröhliche Festprozession ergoss sich ins Mittelschiff, während Grimpow, Weynelle und Salietti stillschweigend durch das Tor der Eingeweihten ins Freie schlüpften. Als die Westfassade schon hinter ihnen lag und sie zum Stall gingen, um ihre Pferde zu holen, erhob sich aus der Menge plötzlich das laute Geschrei einer Greisenstimme. Sie hielten inne, um den Worten zu lauschen, und Grimpow kam die Stimme keineswegs unbekannt vor.

Hört meine Worte,
ihr Ungläubigen, die ihr die Erde bewohnt,
ihr Misstrauischen
vor jedem Wunder,
ihr Gottlosen und Zweifler,
welche die Magie niemals aufstört noch beunruhigt.
Merkt auf und glaubt mir,
die Geschichte, die hier erzählt wird,
ist nicht nur schön, sie ist auch wahr.
Schärft eure Sinne,
öffnet sie der Erhabenheit
und lasst euch von der Vorstellungskraft leiten,
ohne Betrug und Niedrigkeit,
zu einem Schloss in den Sternen…

Dramatis personae

Grimpow, junger Protagonist
Durlib, Grimpows Freund
Keno, Diener in der Abtei Brinkum
Bruder Brasco, Küchenmönch
Der Abt von Brinkum
Burumar de Gostelle, Inquisitor von Lyon
Bruder Rinaldo von Metz, Bibliothekar der Abtei Brinkum
Bruder Arben, Kräutermönch
Bruder Umberto von Alessandria, blinder hundertjähriger Mönch
Pelin de Langfort, Novize
Salietti de Estaglia, fahrender Ritter
Meister Altrup, Waffenmeister in Ullense
Der Einsiedler
Drusus der Blutrünstige, Räuber
Der Priester im Dorf Cornille
Gandalf Labox, Weiser
Aidor Bilbicum, Weiser
Radogil de Curnillonn, Tempelritter
Fenio de Vokko, elsässischer Baron
Guival, Schildknappe des Barons
Weynelle, Tochter des Weisen Gandalf Labox
Valdigor de Rovol, mit dem Baron verbündeter Ritter
Jan Hinkebein, Gastwirt in Straßburg
Ulf von Österberg, Herzog der Burgen des Steinkreises
Humius Natz, Medikus in Metz
Manele, Humius' Frau
Aziel der Troubadour, Schiffer in Châlons

Danksagung

Ich möchte meinen guten Freunden José Ángel Sanz Morales und Manoli Campoy Ramón meinen Dank aussprechen für die endlosen Nächte, die Loli und ich damit zugebracht haben, gemeinsam durch ihr wunderbares Teleskop den Himmel zu betrachten. Die Idee zu diesem Buch entstand auf der »Sternwarte«, ihrer herrlichen, zum Universum geöffneten Terrasse.

Ganz besonders danke ich auch meinem Freund Fernando Gómez Lobato, der mit seinem Zeichentalent die kryptische Landkarte des Unsichtbaren Weges zu einem mittelalterlichen Kunstwerk gestaltet hat, wie es mir von Anfang an vorschwebte.

Jenny Mai Nuyen

Nijura – Das Erbe der Elfenkrone

512 Seiten ISBN-10: 3-570-13058-4
ISBN-13: 978-3-570-13058-2

Ein unglaubliches Vergehen erschüttert den Frieden der Welt: Elrysjar, die magische Halbkrone der Moorelfen, wird von einem machtbesessenen Menschen gestohlen. Er schwingt sich auf zum neuen König, um die Welt mit seiner Schreckensherrschaft zu überziehen. Nur eine Waffe kann das Elfenvolk retten – das magische Messer der Freien Elfen. Das Messer braucht eine Trägerin. Alle Hoffnungen ruhen auf der jungen Halbelfe Nill. Sie ist die Auserwählte – sie ist Nijura.

Ulrike Schweikert
Die Maske der Verräter

480 Seiten ISBN 978-3-570-12967-8

Würzburg im Jahr 1453: Zu später Stunde preschen drei maskierte Reiter in höchster Eile in die Schmiede von Meister Buchner. Ein Mordanschlag wird geplant. Der Lehrling Jos gerät in eine lebensgefährliche Verschwörung, als er zufällig die Unterredung der drei belauscht. Doch wem gilt der Anschlag? Und was haben der unheimliche Henker der Stadt und seine schöne junge Frau Rebecca mit den Morden zu tun?

6233

cbj

www.cbj-verlag.de